後六十種曲

第十冊

朱恒夫　主　編

復旦大學出版社

目　　錄

如是觀（傳奇） ………………………… 明・張大復	1
第一齣 ………………………………………………	5
第二齣 ………………………………………………	5
第三齣 ………………………………………………	8
第四齣 ………………………………………………	10
第五齣 ………………………………………………	15
第六齣 ………………………………………………	18
第七齣 ………………………………………………	24
第八齣 ………………………………………………	26
第九齣 ………………………………………………	34
第十齣 ………………………………………………	38
第十一齣 ……………………………………………	41
第十二齣 ……………………………………………	45
第十三齣 ……………………………………………	46
第十四齣 ……………………………………………	47
第十五齣 ……………………………………………	52
第十六齣 ……………………………………………	55
第十七齣 ……………………………………………	60
第十八齣 ……………………………………………	61
第十九齣 ……………………………………………	66
第二十齣 ……………………………………………	68
第二十一齣 …………………………………………	72
第二十二齣 …………………………………………	76

第二十三齣	83
第二十四齣	88
第二十五齣	88
第二十六齣	90
第二十七齣	96
第二十八齣	100
第二十九齣	102
第三十齣	106

臨春閣(雜劇) ································ 清·吳偉業 107
第一齣 ·· 111
第二齣 ·· 114
第三齣 ·· 119
第四齣 ·· 124

讀離騷(雜劇) ································ 清·尤 侗 129
第一折 ·· 133
第二折 ·· 136
第三折 ·· 138
第四折 ·· 141

龍舟會(雜劇) ································ 清·王夫之 147
楔子 ·· 151
第一折 ·· 151
第二折 ·· 155
第三折 ·· 158
第四折 ·· 164

續離騷(雜劇) ……………………… 清·嵇永仁 169
引 …………………………………………………… 173
劉青田教習扯淡歌 …………………………………… 173
杜秀才痛哭泥神廟 …………………………………… 178
癡和尚街頭笑布袋 …………………………………… 181
憤司馬夢裏罵閻羅 …………………………………… 184

蝶歸樓(傳奇) ………………………… 清·黃治 191
自序 ………………………………………………… 195
題詞 ………………………………………………… 196
總一齣　鼓引 ……………………………………… 197
第一齣　蝶因 ……………………………………… 197
第二齣　緣夢 ……………………………………… 200
第三齣　閨謔 ……………………………………… 203
第四齣　賺弟 ……………………………………… 205
第五齣　味曲 ……………………………………… 206
第六齣　借寓 ……………………………………… 209
第七齣　樓誓 ……………………………………… 212
第八齣　促別 ……………………………………… 215
第九齣　心病 ……………………………………… 217
第十齣　欺誤 ……………………………………… 220
第十一齣　倩書 …………………………………… 222
第十二齣　杖子 …………………………………… 225
第十三齣　越樓 …………………………………… 228
第十四齣　病圓 …………………………………… 230
第十五齣　情訣 …………………………………… 233
第十六齣　化蝶 …………………………………… 236
第十七齣　閨慟 …………………………………… 239
第十八齣　兄夢 …………………………………… 240

第十九齣　哭墓 …………………………………………… 244
第二十齣　鬼譚 …………………………………………… 246
第二十一齣　魂歸 ………………………………………… 250
第二十二齣　究情 ………………………………………… 253
第二十三齣　嚇婿 ………………………………………… 255
第二十四齣　醮遣 ………………………………………… 259
第二十五齣　醫判 ………………………………………… 262
第二十六齣　嫂訊 ………………………………………… 266
第二十七齣　勸姻 ………………………………………… 269
第二十八齣　緣盡 ………………………………………… 273
第二十九齣　後圓 ………………………………………… 276
第三十齣　蝶仙 …………………………………………… 279
綴一齣　鼓詞 ……………………………………………… 281
補一齣　大圓 ……………………………………………… 283
跋 …………………………………………………………… 291

打漁殺家（京劇） ………………………… 清·譚鑫培等　293
第一場 ……………………………………………………… 297
第二場 ……………………………………………………… 297
第三場 ……………………………………………………… 305
第四場 ……………………………………………………… 308
第五場 ……………………………………………………… 316
第六場 ……………………………………………………… 317

黑籍冤魂（京劇幕表戲） ………………… 民國·夏月珊等　323
序 …………………………………………………………… 327
凡例 ………………………………………………………… 329
第一場　奉爹娘命，抽煙弄假成真 ……………………… 330
第二場　為兩口煙來不及送終 …………………………… 331

第三場　一面做孝子，一面抽煙 …………………………… 332
第四場　叫煞煙迷不出來 …………………………………… 332
第五場　買參片來抵三個二十四口煙 ……………………… 333
第六場　毒死兒子，氣死老娘 ……………………………… 334
第七場　東家不問事，管事起黑心 ………………………… 335
第八場　哭公婆又哭兒子 …………………………………… 336
第九場　煙鬼不聽勸，逼死老婆命 ………………………… 336
第十場　債主只揀有辮子的抓 ……………………………… 337
第十一場　一臉黑氣是抽煙人的招牌 ……………………… 338
第十二場　鴉片一口，番餅四十 …………………………… 339
第十三場　一場官司打完人家 ……………………………… 339
第十四場　爹兒雙雙拋撇家門 ……………………………… 340
第十五場　人窮臉兒好，就有人來謀 ……………………… 340
第十六場　捨得親生女，捨不得鴉片煙 …………………… 341
第十七場　一朝錢在手，痛苦都忘却 ……………………… 342
第十八場　賣良為娼是抽煙的報應 ………………………… 343
第十九場　賣女錢都撥到煙斗眼兒裡去了 ………………… 343
第二十場　要拉野雞，自己倒給堂倌拉 …………………… 344
第二十一場　兩眼巴巴望着女兒當婊子 …………………… 344
第二十二場　女兒不得見，倒乞龜兒打 …………………… 345
第二十三場　臨死發善心，留字勸後人 …………………… 346

霸王別姬（京劇） ………… 民國・齊如山、梅蘭芳等改編　349
人物行當 ……………………………………………………… 353
第一場 ………………………………………………………… 353
第二場 ………………………………………………………… 354
第三場 ………………………………………………………… 357
第四場 ………………………………………………………… 360
第五場 ………………………………………………………… 362

第六場 …………………………………………… 363
第七場 …………………………………………… 364
第八場 …………………………………………… 364
第九場 …………………………………………… 371

庸醫鑒（川劇高腔） ………… 民國·劉懷敘 373
 上　卷 ………………………………………… 377
  人物表 ………………………………………… 377
  第一場 ………………………………………… 377
  第二場 ………………………………………… 380
  第三場 ………………………………………… 384
  第四場 ………………………………………… 385
  第五場 ………………………………………… 389
  第六場 ………………………………………… 392
  第七場 ………………………………………… 398
  第八場 ………………………………………… 399
  第九場 ………………………………………… 400
  第十場 ………………………………………… 404
  第十一場 ……………………………………… 405
  第十二場 ……………………………………… 405
 下　卷 ………………………………………… 407
  人物表 ………………………………………… 407
  第一場 ………………………………………… 407
  第二場 ………………………………………… 408
  第三場 ………………………………………… 409
  第四場 ………………………………………… 411
  第五場 ………………………………………… 415
  第六場 ………………………………………… 417
  第七場 ………………………………………… 419

第八場	……………………………………………	420
第九場	……………………………………………	422
第十場	……………………………………………	423
第十一場	…………………………………………	425
第十二場	…………………………………………	427
第十三場	…………………………………………	431
第十四場	…………………………………………	432
第十五場	…………………………………………	434
第十六場	…………………………………………	435
第十七場	…………………………………………	436
第十八場	…………………………………………	436

珍珠塔（錫劇） …………… 錢惠榮、謝鳴改編　439
- 第一場　見姑 ………………………………… 443
- 第二場　贈塔 ………………………………… 453
- 第三場　跌雪 ………………………………… 462
- 第四場　贈印 ………………………………… 464
- 第五場　羞姑 ………………………………… 470
- 尾聲 …………………………………………… 476

鸚鵡記（湘劇） ………… 明・佚名編劇　文憶萱等改編　479
- 第一場　錯判 ………………………………… 483
- 第二場　回府 ………………………………… 490
- 第三場　祭臺 ………………………………… 498
- 第四場　搜府 ………………………………… 509
- 第五場　思妻 ………………………………… 516
- 第六場　對弈 ………………………………… 523
- 第七場　廟祭 ………………………………… 532

梨花情(越劇) …………………………………… 包朝贊 537
  人物表 …………………………………………………… 541
  一、雙飛 ………………………………………………… 541
  二、苦旅 ………………………………………………… 546
  三、折腰 ………………………………………………… 555
  四、驚夢 ………………………………………………… 561
  五、明志 ………………………………………………… 566
  六、喜禍 ………………………………………………… 569
  七、真金 ………………………………………………… 574

遲開的玫瑰(眉户劇) ……………………………… 陳　彦 583
  人物表 …………………………………………………… 587
  序 ………………………………………………………… 587
  第一場 …………………………………………………… 588
  第二場 …………………………………………………… 593
  第三場 …………………………………………………… 601
  第四場 …………………………………………………… 606
  第五場 …………………………………………………… 614
  第六場 …………………………………………………… 623
  第七場 …………………………………………………… 630

如 是 觀

（傳奇）

明·張大復

【作者簡介】張大復(約1554?—1630),蘇州崑山人。名彞宣,字心期,一作星其。自號寒山子,又號病居士。明代著名戲曲作家、聲律家,為蘇州戲曲作家羣重要成員之一。張大復壯歲曾遊歷名山大川。初患青光眼,憑微弱的視力堅持寫作、教書,至四十歲失明。《曲海總目提要》稱其"粗知書,好填詞,不治生產。性淳樸,亦頗知釋曲"。一生作傳奇三十種,主要有《如是觀》、《天下樂》、《金剛鳳》、《醉菩提》、《海潮音》、《釣魚船》、《井中天》、《快活三》等。未完稿者有《智串旗》、《三祝杯》、《大節烈》、《羅江怨》、《新亭淚》、《金鳳釵》等六種。其《如是觀》一名《倒精忠》,又名《翻精忠》(見《古本戲曲叢刊三集》),寫岳飛抗金大獲全勝的故事。曲譜著作有《寒山堂新定九宮十三調南曲譜》、《南詞便覽》、《元詞備考》、《詞格備考》傳世。《如是觀》一說為明末吳玉虹作,人多不信。

【劇情概要】宋代靖康二年,金人攻破汴京,擄走徽、欽二帝,兵部侍郎李若水隨駕入金營,慷慨罵賊,英勇就義。東京留守宗澤憂憤成疾,彌留之際,將兵符印信交付於岳飛。岳飛臨危受命,辭家別親時,母親將"精忠報國"四字刺於其背。岳飛率領義軍連續攻克數郡,殺得金人倉皇逃遁。岳飛率部駐扎朱仙鎮,待機渡河殺敵。金邦四太子兀術見抵抗不過,暗地差人送上金珠名馬、美女玉帛,乞請罷戰結盟。岳飛嚴辭拒絕,立誓收復失地,迎還二帝。正在此時,汴京淪陷後變節投敵,又被金人遣返充作內應的秦檜,假旨連下十二道金牌,強令岳飛班師回朝。同時他又上和議之策,並與以身事敵的妻子王氏合謀,誣告岳飛按兵不動,與金國同謀。昏庸的高宗趙構下令將岳飛全家投入大牢。老臣李綱自縛己身,帶領全家俯伏於午朝門外,指斥昏君佞臣陷害忠良,被惱羞成怒的高宗削奪官職,投入死牢。岳飛部將牛皋抓獲攜帶秦檜妻子私書潛行金營告密的奸細,審出秦檜矯詔召岳飛班師內幕。岳飛斬了假傳聖旨的秦檜心腹田思忠,擒獲前來行刺的秦府家將戚方,又將計就計佈下疑陣,一舉殲滅前來偷襲的金兀術部。然後,他一面遣人赴臨安報捷,一面長驅北進,直趨金國城下,尋訪被囚於此的徽、欽二帝。岳飛護送二聖還朝,勘問叛變投敵的秦檜夫婦,將其凌遲處死。

【版本流傳】《如是觀》現存有康熙五十三年（1714）鈔本，題"康熙五十三年孟秋江寧署中馬子元錄"。《古本戲曲叢刊三集》據之影印。杜穎陶《岳飛故事戲曲說唱集》（上海古籍出版社，1985年）收有整理本。本書據《古本戲曲叢刊》本整理。

【演出情況】張大復《如是觀》"以《精忠》直敘岳飛之死，而秦檜受冥誅未快人意，乃作此以翻案。言飛成大功，檜受顯戮，兩人一善一惡，當作如是觀，故名《如是觀》也"。這是一部成功的翻案作品。尤其突出的是第八齣《交印》、第九齣《刺字》、第二十三齣《草地》、第二十六齣《敗金》等，不但是昆曲的盛演劇目，在很多種地方戲裏也一直被保存，京劇《徽欽二帝》和京劇、川劇、秦腔等劇種的《泥馬渡康王》皆受此劇的影響。

（李春蕾）

第一齣

（末上）

【滿江紅】宋室凌夷，兵戈動，衣冠倒著。同授首，文臣、武將受他欺虐。李綱定有守城謀，徽、欽難免巡沙漠。其間殉難亦堪悲，傷漂泊！　　中興功，精忠岳。悲中斷，遠和約。不平千古，吁嗟寥落。二聖南還酬素志，羣臣戮力除奸惡。假真當作"如是觀"，開懷酌。

（白）來者，靖康是也。

第二齣

（生、副扮太監、二旦扮宮女引小生上）

【女冠子】主宗立廟，傳來武勇文豪。風和日皎。太平天子，珠歌翠舞，月夜花朝。山河何足寶！喜來聖壽無疆，塤箎合調。好光陰難討；秉燭夜遊，金樽頻倒。

（白）錦帳春風堆絳雪，春殿嫦娥魚貫列。風簫吹斷水雲煙，重按霓裳歌遍徹。寡人趙桓，乃徽宗之長子。年號靖康，乃太祖九世之主也。我父太上道君皇帝在位二十六年，邊庭雖有羽書之警，海內幸多昇平之樂，因此留情木石，醉意花鳥；珍奇寶玩，無不搜集內苑；起造艮嶽萬壽山，以為遊賞之地；高俅、童貫，為戲弄之臣。近又得羽士林靈素，道術高妙，我父皇遂立志焚修，以求長生之術。自號道君皇帝，禪位於朕，靜養於靈壽宮。自朕即位以來，且喜風調雨順，武偃文修，正可及時行樂。方纔內宴初罷，懶於視朝。內侍！

（生、副）有。

（小生）今乃臘月初旬，傳旨京城大放花燈，謂之"預借元宵"。我與太上皇設宴於萬壽山，同樂太平之景。

（副）領旨。

（生）啟萬歲爺：兵部侍郎李若水、樞密李綱有邊庭事啟奏。
（小生）這些文臣，一個個小事大言，小題大做，偏有這許多絮聒！傳旨李綱、李若水便殿奏事。
（生）領旨。聖上有旨：宣李綱、李若水便殿朝見。（副、生下）
（內）領旨！
（外上）
【引】燕雀處堂，積薪伺火何時了？（末上）危亡難道，拚此丹心表！
（外）臣李綱見駕，
（末）臣李若水見駕，
（合）願吾皇萬歲、萬萬歲！
（二旦）平身。
（外、末）萬歲！
（小生）二卿有何文表？明白奏來！
（外）臣李綱啟奏陛下：今女真兵勢強暴；破遼以來，日肆猖獗，大有進窺中原之心。乞陛下早調良將，把守關津要道，方保無虞。
（小生）若水卿何奏？
（末）臣李若水謹奏：古人云："女真兵不滿萬，可無敵於天下"；今已聚衆數萬，若率爾長驅，何以禦之？乞陛下修聖德以化夷，罷土木以資餉。
（小生）朕已知道了。自古道："天生德於予。"金人其如予何！二卿平身。
（外、末）萬歲！
（小生）撤宴過來，二卿把盞，為朕開懷。
（外、末）領旨！（合唱）
【畫眉序犯】慶賞好良宵。百歲光陰水中泡，且開懷暢飲，莫負花朝。笑杞人漫自憂天，明日裏陰晴難料。（內吹打介。小生）何處笙歌匝地？（外、末）今日文、武狀元連轡遊街，舊例遊宮三日。（小生）文、武狀元連轡遊宮，亦是盛事。傳旨御駕幸翠華樓觀之。

二卿同往。（外、末）領旨！（合唱）笙歌繞。楸枰一局成湯、武，杯酒千年起舜、堯。

（上樓介。老旦、小軍引付上，唱）

【滴溜神仗】笙歌擁，笙歌擁，綠袍映飄。歡聲徹，歡聲徹，玉鞭嫋嫋。花裏紅裙歡笑，爭羨看狀元豪，狀元豪。

（下。小生）此是何人？

（外）是文狀元秦檜，係江寧人也。

（小生）若水卿！

（末）臣有。

（小生）你精通九流之術，看此人可為太平人物否？

（末）臣不敢道。

（小生）明白奏來。

（末）臣啟陛下：此人獐頭鼠目、行動徘徊，利於北不利於南。

（小生）既利於北，朕當以北地任之。

（末）萬歲！

（丑、老引生上，唱）

【神仗滴溜】軍民吵鬧，旌旗擁導，把英雄圍繞。念此君恩難報。十年磨劍功，一朝光耀；問朝野不平，為君除掃。（下）

（小生）此又是何人？

（外）是武狀元岳飛，乃相州湯陰人也。

（小生）李卿，此人才識若何？可做干城推轂之任否？

（末）臣據相法觀之，此人利於南不利於北。

（小生）如此你傳旨："選秦檜為河北行人使司，岳飛為江南遊擊將軍。"二人各分南北之任，以試李卿之術。

（外末）萬歲！

（小生）如此回宮。

（二旦）領旨！（合唱）

【僥僥令】武臣功戰討，文士重才略，只有報國丹心懸一道。文武合、年歲豐、金遼掃，河清、海宴、邊烽少，君明、臣直、民安樂；萬萬歲皇圖浩。

【尾】君臣共樂風光好,內苑笙歌重又攢。(二旦)退班!(唱)秉燭莫辭醉潦倒。

(外、末先下。小生、二旦後下)

第三齣

(丑扮夜不收上白)天分南北與華夷,虎鬥龍爭真是癡。試看千村幾家在,誰憐百戰一身歸!咱乃大金粘沒喝元帥麾下一個精細小番是也。俺家四太子破遼之後,兵勢日增。俺元帥奉四太子將令,與斡離不丞相分道南侵,因未知宋室虛實,着俺扮作南朝夜不收模樣,打聽他的河津關隘有無把守,如何防禦。俺已打聽明白,不免回復元帥去也!(唱)

【鬥鵪鶉】只為着虎鬥龍爭,致令得神嚎鬼哭。因甚的婦北夫南?怎禁得天翻地覆!貴的呵!他也保不定烏紗;富的呵!捨不下金珠萬斛。把一個澤國江山入戰圖。端的是一將功成萬骨枯。好花枝拂着旌旗,閑酒杯伴着弓弩。

(白)俺奉元帥將令,直入宋家,却見關津無備,將怠兵殘;俺四太子大兵一出,眼見得宋室江山可也不保也!(唱)

【紫花兒序】却為着花魔、酒債,子幼、妻嬌,弄得個武怠文疏;怎禁得靴尖踢倒這城都,投鞭兒斷了這江滸。(白)那宋官終日沉迷酒色,怎知俺四太子的英雄也!(唱)雄圖,分明是虎入羣羊,泰山壓卵。(內喊介。白)呀,你看那壁廂煙塵蔽日,殺氣彌天,想必四太子的大兵來也!(唱)我遙望見旗閃似烏雲,馬隊蛟龍,人威猛虎。

(下。淨、外、副、三旦、小生上唱)

【回回曲】大金武藝甚高能,直入中原奪帝京,驟馬城池一踹平。子女金珠打夥分,打夥分。真灑銀!打辣酥,吞了吞;嬌嬌馬上做成親。

(淨)俺,金邦四太子兀術完顏亮是也。

(外)咱,丞相斡離不是也。

（付）咱,元帥粘没喝是也。

（淨）俺自起兵破遼之後,兵勢日增。聞得宋朝徽宗皇帝大興土木,不理朝政,禪位於其子趙桓——年號靖康;又聞他耽於酒色。我欲乘其初立,統兵直入潼關,奪他的花花世界,有何不可!

（付）咱已差精細小番,到南朝去打聽關津險隘去處。

（外）待他回來,便知分曉。

（淨）小番,扎住營盤!（衆應）

（丑上）身輕如過鳥,足健趕飛龍。小番叩膝。

（淨）看你：短甲隨身結束齊,

（外）趙家國政事何如?

（副）兩脚猶如千里騎,

（淨）你細把機關説與知。喘息定了,慢慢説來!

（丑）千歲爺,那宋官家即位之後,終日耽迷酒色、信任奸邪。朝政荒疏,怨嗟塞道,將老兵殘,城虛糧盡;俺太子起兵,只管長驅直入也。

（淨）起來講。

（丑）太子聽禀!（唱）

【小桃紅】那汴京花酒古來多,昏迷了趙家哥；萬壽山徹夜聽笙歌,嵌金珠不知野外有饑寒苦。滿道上短歎長吁,幾多價流離痛楚,端只為蔡京、童貫坐朝都。

（淨）他那裏關津險要若何?

（丑）爺!（唱）

【天淨沙】我見幾處關、隘、津、河,不曾有塞跡、營圖。都只是些偷安樂逸利名徒,甘受用皇家俸禄,肯存心社稷憂慮?

（淨）既如此,俺就起兵攻打便了。

（丑）千歲爺!（唱）

【調笑令】憑着俺鐵騎驟、浮屠固,拐子馬到處成功奏凱多,恰便似疾風掃得殘紅墮。一望裏投戈納款是良謀。投鞭斷了汴京河,管取那趙官家扶櫬出皇都。

（淨）且到後營吃些打辣酥,再去打聽。

（丑）謝爺！（下）
（衆）好灑銀嚇！
（淨）吩咐粘沒喝為先鋒，斡離不合後，俺督中軍便了。
（外、副）得令。
（淨）小番，與我準備人馬前去攻打。就此起兵前去！
（衆應，合唱）

【禿斯兒】呀！只聽得一聲笳鼓，却早躍馬揮戈。一片價殺氣騰騰貫牛斗，真個是神嚎鬼哭遍山河。

（衆）啟太子：已到黃河了。
（淨）站開。啊呀，哈哈哈哈！好個宋官家，恁若得一二千人守住河口，俺這裏豈能渡哉！嚇，丞相，元帥！
（外、副）太子（合唱）

【聖藥王】啊哈！却，却怎生兵也無，將也無，俺可也長驅直搗汴京都；眼見得君也孤、臣也孤，把一座錦江山雙手奉與某——方顯得天意屬金胡。

（衆）啟太子：已是汴京城下了。
（淨）把都兒！與我把汴京城團團圍住，八面攻打。要道君皇帝親到軍前議和，方許退兵。
（衆）得令。
（淨）嚇，丞相，元帥！（唱）

【煞尾】這一回趙官家驚得來死也麼活，衆文武降也麼躲。管教他一個個到軍前齊頓首，方顯得大金邦俠少主。

（衆下。淨、外、副三跑馬下。）

第四齣

（末冠帶上）

【引】一座孤城累卵危，知此身死葬何方！殺氣偏微，彼軍何壯，問天、天意兒怎向？

（白）萬戶傷心絕炊煙，中原黎庶受迍邅。可惜黃河東去水，變作胡兒飲馬泉。下官李若水,官拜兵部侍郎。不意聖上怡情酒色,不理朝政,因此邊烽不絕。豈料金酋猖獗,突入長城,圍住汴京。無人與他對敵;勤王之師雖集,盡皆袖手旁觀。城中百姓倉忙慌亂,戰守無謀。金兵攻城愈急,眼見危如累卵。我亦無計可施;倘有不幸,惟有一死以報君恩便了!(內喊介)呀!你聽殺聲震天,莫非金兵入城來了?咳!正是:鼓無聲兮山寂寂,夜正長兮風淅淅。啊呀,教我如何是好?

(外、小生、旦、丑、副、生扮文武臣上)走嚇!(同唱)

【六么令】吾家師長——不用干戈,只用文章;魆然兵到好心慌,呼妻子,叫爹娘!(末白)啊呀,列位要往那裡去?(衆)啊呀,李大人,不好了——那金兵勢焰滔天,攻破宣化門入城來了!我每三十六着,走為上着。(末)城既已破,必須保駕出城逃難纔是。(衆)呸!我們自己也顧不過來,那裏顧得皇帝,走嚇!(唱)(合)一時樹倒猢猻散,一時樹倒猢猻散。

(末扯丑介白)啊呀,將軍且住,在此保駕出城。

(丑)他每都去了,扯我一個做啥?

(末)你是武將——養兵千日,用在一朝。

(丑)你可曉得:"養兵千日,用在一跑";倘若扯我,我就一刀。逃命嚇!

(下。末)嚇?啊呀!你看這些公侯,一個個都抱頭鼠竄而去,國家大恩置之何地?呀呸!(唱)

【前腔】那些文臣武將,闊論高談,閒坐朝堂;今國家有事,在何方?(占上白)不好了!(末)來的好似康王殿下。飛馬何往?(占唱)君父難,萬民殃。(合)此身社稷誰依仗?此身社稷誰依仗?

(末白)殿下!君父有難,飛馬何往?

(占)原來是李卿!時遭不幸,聖上與太上皇都在萬壽宮,遍召羣臣,無一至者。那金人宣言:"必要太上皇親赴軍前議和,方許退兵。"奈太上皇年老成疾,不能命駕,我怎忍見君父憂懷!(唱)

【前腔】只得孤身前往,親到軍前,與彼端詳。(白)李卿!你平日忠心大義,孤所仰慕。今日我去議和,若議得成,乃萬幸也;倘議不成,太上皇與皇兄全仗於你。(末)那金人反復狡詐,殿下須當酌量。(占)咳!(唱)我身拚死葬沙場。(末白)如今聖上在那裡?(占)俱在萬壽宮。你快進去,把美言寬慰,勿驚聖躬。我自去也。(末)殿下不可造次,還須商議而行。(占)李卿,孤此去呵!(唱)生和死,枉商量。(合)天,天忍把吾家喪?天,天忍把吾家喪!

　　(下。末白)呀,那康王殿下素稱慷慨,此去必定成功——但不知聖上與太上皇果在何處?

　　(內)好苦嚇!

　　(末)呀!你聽宮中哭聲震天,好淒慘人也!

　　(外上)皇兒走嚇!

　　(小生上,老旦、旦隨上。小生)父皇請!(同唱)

【前腔】數遭乾兀,地覆天翻,血戰玄黃。未知何日再安康!歡未了,哭聲揚。(合)天,天忍把吾家喪?天,天忍把吾家喪!

　　(末白)臣李若水見駕,願吾皇萬歲!

　　(外、小生)嚇,李愛卿,你可知金兵聲勢如何了?

　　(末)聖上還不知?金兵攻破宣化門,進城擄掠。康王殿下飛馬到軍前議和去了。

　　(外、小生)有這等事!但願此去退得金兵便好!

　　(淨上)吶,宋官家聽着!

　　(末)什麼人?

　　(淨)奉四太子將令,道:"康王年幼,不准議和;須要太上皇親到軍前一議,方准退兵。如若遲延,大兵進宮,寸草不留哩!"

　　(末)知道了。

　　(淨)快快出城,不必遲延嚇!

　　(下。外、小生)嚇,李卿,何處喧嚷?

　　(末)聖上嚇!那金酋宣令,道:"康王年幼,不准議和;須要太上皇親到軍前一議,方准退兵。如若遲延,大兵進宮,寸草不留。"

　　(外)嚇?有這等事——兀的不痛殺我也!

　　(倒地介。小生)呀啊,父皇蘇醒!

　　(末)太上皇蘇醒嚇!(外唱)

【紅衫兒】聽聲震宮牆，唬得人魂魄飛揚。看我眼前骨肉，死生怎傍？事到此也，無計商量！（內喊介）恨金酋不良！（合）豈知道國破家亡，奈身經這殃！

（丑、淨上白）龍虎臺前出入，貔貅帳下傳宣。呀，趙官家好不達理！

（末）又是什麼？

（淨、丑）四太子鈞旨不是當耍的。太上皇再不出城，大兵進宮，就不與你講理哩！

（末）知道了，候着！

（淨、丑）煞，□□蛙布羅拉海赤！

（外、小生）又有何事？

（末）啊呀陛下！那金人又宣言：「必須太上皇親至軍前，方可退兵。」

（小生）啊呀，太上皇年老病篤，為人子者，於心何忍！也罷，待寡人親往軍前一議便了。

（外）啊呀皇兒嚇！不可如此。我老邁餘生，死不足惜；你春秋正富，豈可受那犬羊之辱？

（末）啊呀陛下！（唱）

【前腔】雖然是龍遭綱，也做不得隨風飄蕩。陛下嚇！你若是屈膝羶羊，也難免後世談量。（外白）啊呀皇兒嚇！（唱）我無妨猛拚死，葬沙場，和他每面講。（合）說到此，痛斷肝腸！這吉凶未祥。

（淨、丑白）煞，不必多講，快些耶步嚇！

（外）啊呀皇兒嚇！我就出城與他講理，料不怠慢孤家——我就去不妨。

（小生）啊呀，這是孩兒不孝，有累父皇屈萬聖之尊，受犬羊之辱——孩兒死有餘辜矣！

（合唱）

【獅子序】只為兵戈亂、宗廟亡，死和生憑誰主張？顧不得屈身倒着冠裳。惟願取從今以往，保全我家和國、父和兒、夫和妻團圓無恙！（丑、淨白）扯了他耶步！（外、小生合唱）（合）但願得逢凶化吉,遇難成祥!

（外、淨、丑下。老白）皇兒蘇醒!

（旦）陛下蘇醒!

（小生唱）

【前腔】聽哀聲起,滿廟廊。慘淒淒天昏地荒,忍將我趙家兒照一點恩光!（末白）李若水見駕。（小生）我想為人子者,怎忍見君父陷身虜穴?此乃天亡我也!梓童,取佩劍,待我自刎。（旦）啊呀,陛下不可如此!（同唱）雖則是危亡一晌,或者是天不棄、國不亡、民不變,那時中興可望。（合）萬般皆是命,果然半點不須忙。

（淨、丑上唱）

【東甌令】將軍令,豈尋常——疾似風雷凜似霜!（白）四太子鈞旨,粘沒喝元帥將令,道太上皇年老成疾,難以議和。必要趙官家親往軍前一議,方准退兵哩。（末）太上皇講了是一般的。（淨）煞!（唱）你要全家國多無恙,須是親身往。（老旦、末、小生同唱）算將來此事費商量,難保去無妨。

（小生白）我想金人必欲邀我出城;孤若不去,百姓必遭荼毒。我只得命駕一往。

（末）陛下不可去。金人狡詐,再三邀陛下出城,恐生不測。

（小生）李愛卿,今我是釜中之魚、砧上之肉,料難違他了。

（末）陛下既欲出城,臣當隨駕。

（小生）若得愛卿協助,我父子兄弟之萬幸也!我國家養士二百餘年,並無一人前來赴難;能存忠義者,今惟愛卿一人耳!

（淨、丑）噲,羞嚇!（唱）

【前腔】你空淒切,枉悲傷,禍到臨頭灼好香。（內喊介。小生眾唱）聽一聲聲喊殺連天響,唬得人魂飄蕩!（丑白）快些耶步!（小生眾唱）怒轟轟催促似豺狼,凶吉怎堤防?

（淨、丑推小生介。末攔介,白）住了!

（淨、丑）嗯,嗯。

（外、小生、二旦）啊呀苦嚇!（唱）

【苦引】家亡國破苦難支,何時再整舊官儀?（下）

第五齣

（副上）

【引】世人盡把君親重，偏我老秦不用；我欲飄東轉西，只落得眼下通融。

（白）自古道"落花有意隨流水"，那怕他"流水無心戀落花"。我今日"不戀故鄉生處好"，只落得"受恩深處便為家"。下官秦檜，本係江寧人也，別號會之，忝中宋朝狀元。平生見利忘義，一味妒賢嫉能。用幾分脅肩諂笑，沒一些禮義廉恥；奉上人小心謹慎，與同列大言不慚。奸詐盜偽，不識的多道我希聖希賢；那知殘忍刻薄，遭着的多道我活羅活剎。不惟百俐千伶，又喜我夫人巧言舌辯。他原出自名門，乃王莽、王敦之後；欺君誤國，家教相傳。區區多賴他指教。前日金兵渡河，我夫妻被擄，一時沒了主意，我就與夫人商議，他就說："啐！如今時勢，圖了虛名，就失了實利。難道金邦不吃飯，不穿衣？"我一時被他說的如醉方醒、如夢方覺，因此我就一輘輘轉身來虛心下氣，降了金邦。今日聞得汴京已破、二帝出城、六宮嬪妃已囚禁在營，我想大事已屬金邦。方纔又聞得幹離不丞相與二聖在四太子軍前議和已成，大兵即日班師。我今想來：還是去護駕還宮好呢？還是從四太子大兵北去的好呢？心下狐疑，且待夫人出來，與他商議便了。

（占內嗽介。副）呀，言之未已，夫人出來了！

（占上）

【引】妒春光幾陣狂風，有誰人傷落紅！

（副白）夫人拜揖！

（占）相公萬福！

（副）咳！

（占）嚇，相公為何眉頭不展、面帶憂容，莫非有難決之事嗎？

（副）夫人有所不知，如今大兵破了汴京，百官星散。勤王之師雖然雲集，不敢向前。二聖已邀至金營兩日，議定納幣。聞得要送二聖回宮,金兵即日班師。我如今還是護駕入城,依舊做宋家的官兒好呢?還是從金人北去,做金邦的官兒好呢?心下狐疑,特與夫人商議。

　　(占)咳!可惜你睡夢中一個狀元,風雲氣色一些也看不出!為了一個人,要識天時、明地理、辨人心。如今金邦兵不血刃,破城如破竹,宋兵望風而逃,天時屬之大金了;他破了汴京,內藏一空,他那裏兵精糧足,這分明扼喉地利大金已得。如今只有人心未附。你若向了南朝,背了天意;向了北朝,被人唾罵。你如今只得做個身在南朝心在北——上合天時,下合人心——我包你一生的富貴了。

　　(副)嚇?包我一生富貴?啊呀妙嚇!我的賢德夫人,如何叫"身在南朝心在北"?愚夫一時昏瞶,望夫人指教!

　　(占)你道二聖即日還宮麼?

　　(副)是即日還宮了嚇。

　　(占)正好休想。此乃四太子之計。

　　(副)何以見得四太子之計?

　　(占)他若肯放二聖還宮,如何把宮中太后、妃、嬪、彩女盡邀出城?

　　(副)這個——連下官也不理會。

　　(占)他恐怕人心有變,故此揚言:議幣,送還二聖。依我看來,那二聖決不能夠還宮了。

　　(副)若如此,和你一心隨順金邦;倘二聖有還宮之日,我原保駕入城。此計如何?

　　(占)啐!你又癡了。萬一二聖還宮,誰不知你我降順金邦?被人談議,取禍不小!

　　(副)夫人高見。我今不管二聖還宮不還宮,一心降順金邦便了。

　　(占)你又差了。

　　(副)何差呢?

　　(占)你若一心降順金邦,少不得從他北去。和你皆為夷狄,不能見故鄉。

（副）這又難了！去又不好，住又不好，把一個身子弄得東又不東，西又不西，這就難了！

（占）有甚難處？

（副）還說不難？

（占）我每且隨他北去，慢慢結好了金人；等他信了我每是個好人，那時再尋機會，用些奸巧詐術，使宋朝也信我每是個好人——却與兩下暗通消息，那時再看時勢隨風倒舵，這叫做"身在南朝心在北"，就保得長久富貴了。

（副）妙！夫人這篇議論，就是重生諸葛，再世張良，教我怎不依你行事！

（占）你若果依我行事，不管在南在北，包你做個數一數二的臣子。

（副）妙嚇！只是還有一說，那四太子為人剛直，不比南人，怎生使他信服嚇？

（占）這個何難。只要隨機應變，鑒貌辨色，一時也說不盡哩！（唱）

【四邊靜】其中妙訣人難識，圈套瞞天織。隨你勇力戰千人，舌柔料難敵。（合）隨曲隨直，可南可北——兩下做人情，一心看風色。

（副白）夫人！（唱）

【前腔】平生自謂能得失，全賴妻賢德。膝下久無毛，心中有真墨。（合）隨曲隨直，可南可北——兩下做人情，一心看風色。

（副白）機關做就兩玲瓏，

（占）隨北隨南西復東。

（副）算定機關人不識，

（占）那知奸詐在心胸。

（副）嚇，夫人，是便是了，畢竟怎樣一個法兒弄得他信服纔好？

（占）我一向教你奉承人的法兒。

（副）雖已知六七，還未全曉，望夫人一一明示！

（占）那個也不消說了。只是一件,那四太子不比別人,萬一被他識破你我是個奸詐之人,反為不美。
（副）便是呢。要想一個萬全之策,一心貼服我每纔好。
（占）只可惜嚇！若是我……
（副）若是夫人便怎麼樣？
（占）我是為你而說嚇。
（副）自然為我了麼。
（占）若使我去見他,莫說是四太子,就是銅鑄的太歲,鐵打的魔王,教他猶如順手牽羊,隨我轉動。
（副）唔,好便好,只有一節不停當。
（占）那一節？
（副）那四太子雖則英雄豪傑,也是個酒色留戀之人,萬一見了夫人就要不三不四起來,那時教我就難為情了。
（占）啐,走來！你若惜了這小費,則大事不成矣嚇！
（副）是嚇！這叫做:捨得自己,贏得他人。
（占）說便這等說,我遲了些還要商量。
（副）商量什麼！商量也如此,不商量也如此。我只是一心靠着夫人,但憑夫人如此便了。
（占）啐！
（同下）

第六齣

（丑上白）陰陽分内外,人物重華夷。昆崗俱失火,玉石盡皆灰。自家,大金粘没喝元帥麾下一個精細小番是也。奉四太子將令,將徽、欽二帝押解出城,着我羈留在營,已經三日。城内金珠掠盡,后妃俱都出城。着我將二聖解至軍前,不知如何發落。呀,言之未已,兩個皇帝出來了！

（外上）

【引】戈戟如麻,旌旗似霧,馬嘶人語嘈雜。（小生上）龍逢潛水,威武不如蝦!(末上)國破家亡,身死留心,一念休差。
(見介。丑白)呴,南朝皇帝聽者!
(末)為什麼?
(丑)奉四太子均旨,請二位皇帝到營講話哩。
(末)知道了。備車駕伺候!
(丑)那來的車駕!還是這等大模大樣!罷也,有兩匹驢兒,騎了去吧。
(末)這等無禮!
(外、小生)李卿,今日此去如何?
(末)此去凶多吉少,臣不能料。
(外、小生)啊呀皇天嚇!不料我父子遭此閔凶,可愧嚇,可歎!
(丑)不必遲延,快些耶步!
(外、小生、末合唱)

【園林好】掩羅袍偷將淚灑,怕人瞧羞顏帶霞,猶道中朝官駕。遭不幸,受波查,南囚、羑里不爭差。
(丑白)住了!此是大營了。四太子鈞旨,須要下馬進見。
(末)住了!豈不知宋朝與金邦舊有叔侄之稱!今雖在流離困苦之際,亦須存天子之禮。
(丑)呔!你這蠻子官兒,你曉得個什麼的!不知俺四太子的利害哩!
(末)有何利害?
(丑)那大遼也是一國之主,尚且扭械囚服相見,稀罕你這兩個皇帝麼!你下驢不下驢?
(末)不下驢便怎麼樣?
(丑)不下驢我就一頓皮鞭,問你下驢不下驢!
(末)咳!罷了罷了!
(外、小生)不必囉唕,下來便了。
(丑)□□□蛙布羅拉海赤!
(末)唗!騷羯狗胡講!
(丑)也不怕你不下來。嗯,這蠻子官兒淘死着咧。

（小生）待孩兒同李卿扶了父皇，慢慢而行。
（末）有理。
（丑）快些耶步！
（外、小生、末唱）

【尹令】步履離披高下。那裏是稱孤道寡！幾曾受恁般驚唬？（內喊介。丑白）哪，此是大營了。（外、小生、末同唱）看劍樹、刀林，退後趨前心如麻。

（丑白）嚇，大將軍來了。站着，小心嚇！
（副、生隨口唱小曲上。丑見介。副）來的蠻子是誰？
（丑）是宋朝皇帝，要見四太子的。
（副）嚇，就是皇帝麼？
（丑）者。四太子可曾升帳？
（副）還沒有。我每來看皇帝。
（生）者。瞧皇帝。
（丑）煞，站好！
（副）嗯，這是老皇帝？
（丑）者。
（生）那個是小皇帝？
（丑）者。
（副指末）這是個？
（末）哎！
（副、生）嚇，嚇，阿媽易撅撅。
（末）這等放肆！
（副）來嚇！這是？
（丑）老皇帝。
（生）那是？
（丑）小皇帝嚇。
（副指末）那也是個皇帝麼？
（生）是中皇帝嚇？
（丑）爺，那是個蠻子官兒。

（副）嚇？是個蠻子官麼？

（丑）者。

（副）□□□蛙布羅。望着俺發哼？狠打！

（末）哎！騷羯狗你來！

（生、丑勸副）爺不必動氣。

（副隨口罵下。丑）你也囉酥。在營門下伺候，我去打聽就來。

（下。末）啊呀，罷了嚇！罷了嚇！

（小生）事已如此，草地上權坐一坐罷。

（外）啊呀天嚇，濛濛的下起雨來了！

（合唱）

【品令】想昔日清歌妙舞，秋月共春花；珠圍翠繞，內苑撥箏琶，何期撇下！來此兵戈罅，鳴刀、枹鼓，多則是雷轟星馬——草地上含愁，比上苑絲綸不甚差。

（丑、淨上白）令行山嶽動，言出鬼神驚。呦，南朝皇帝聽者，四太子有令——（唱）

【豆葉黃】道："趙官家，今日有甚良法？大金朝恩德褒容，天兵到壘塹征伐。"（末白）有什麽講？（丑、淨唱）"免伊洗蕩，免伊哈喇。今日既扶櫬轅門，今日既扶櫬轅門，哪，特賜青衣一襲，恩寵遇加。"

（末白）嚇？這樣衣服豈是吾主穿的！

（丑）啊呀，怎麽的？怎麽的？

（淨）你換不換嚇？

（末）不換便怎麽？

（丑）不換又要打哩。

（外、小生）不要打，就換便了。

（末）咳，陛下不可嚇！

（丑）也不怕你不換。

（末）咳！罷了，罷了！

（外、小生唱）

【三月海棠】迅令發，一聲未絕魂靈怕。把趙官家父子這等折罰！（末唱）車駕，雖然顛沛遭困苦，也把中朝帝王來尊架。（丑白）什麼希罕！（淨）者。（末）也罷！（唱）我事到頭來，騰騰怒發。為人臣，不死難干罷。

（淨白）呦！（唱）

【五韻美】你不怕殺？（末白）哎！不怕殺。（淨、丑唱）你不怕剮？（末白）我也不怕剮！（丑、淨唱）輒敢把軍令當耍？（末白）這些騷羯狗！（外、小生）啊呀李卿嚇！（唱）論死生一刹，還有甚禮法！我父子隨地禁押。（末白）自古道："主憂臣辱，主辱臣死。"此時正當臣死之時也！（唱）怎忍見君王國主遭困下！叫我鐵膽銅肝，淚珠如麻。

（丑、淨白）呦，蠻子！（唱）

【二犯六么令】有你熒熒土苴？枉自傷悲，徒然嗟呀。（末白）閑說！（唱）縱流離患難，須存綱紀法。怎做出天翻地塌！（淨、丑白）呦，蠻子，你那兩個皇帝尚且釜魚幾肉哩！（唱）諒你這蝦蟆，做什麼乖張口巴！

（末白）陛下，臣李若水不忍見陛下遭此慘毒，臣只得辭駕去矣。

（外、小生）啊呀，今日患難之際，你若去了，身畔就無人了。

（末）啊呀陛下，臣李若水呵！（唱）

【玉交枝】不能隨駕。（白）今生不能報陛下洪恩了！（唱）待來生把君恩報答。（淚介。淨、丑白）噲，羞嚇！堂堂男子，哭起來！敢是怕死麼？（末）哎，騷羯狗！我李老爺豈是怕死的！（唱）我咬牙切齒把胡囚罵。（丑白）好罵嚇！（末唱）頓教人倒豎毛髮。（淨、丑白）煞，你若再罵，我就砍了你！（末）呦，騷羯狗！你止殺得我一身，此心還未泯滅。我今生不能殺盡你每這班胡賊了！（唱）我死為厲鬼還奮發。（丑白）你若再罵，我就敲你的牙。（末）你要敲我的牙？（淨）還要斷你的舌。（末）你要斷我的舌？（外、小生）忍耐些罷。（末）騷羯狗！（丑、淨）好罵嚇！（末）我口不能言，眼能怒賊。（丑）砍嚇！（末）手能指賊。（淨）咦！（末）呀呸！（唱）我無非是死，何足怕！（下。丑、淨白）咦，好個嘴巴巴的官兒嚇！（唱）霎時間剁為肉鮓,霎時間剁為肉鮓。

（外、小生）啊呀,唬殺人也！啊呀李卿嚇！（唱）

【江兒水】我死知目下,不甚差。（丑）好個官兒嚇！（淨）鐵錚錚不怕死的好官兒！（外、小生唱）吞聲掩面難干罷。父、子、夫、妻生拋下,君王、臣宰難招架！呀吪！做了一場虛話！這錦繡江山,一霎時煙消物化！

（淨、丑白）那邊皇帝老婆來了。

（付、老旦、正旦上。副）耶步嚇！

（二旦唱）

【嘉慶子】把龍樓鳳閣生撇下,受地黑天昏胡地沙,骨肉分離誰訝！人亂亂,眼難霎；嬌怯怯,力難加。

（小生白）來的好像母后、梓童！

（副）皇帝老婆。

（丑）賽,賽。

（外、小生唱）

【川撥棹】啊呀,驚的怕,走將來誰信他！父和子受盡波查,婆和媳受盡波查,但相看淚珠似麻！你如何輕離家？你如何輕離家？

（老）自你父子駕幸金營,三日不返,金兵至城擄掠。我婆媳正在驚惶,見一隊胡兵擁入宮來,將我等驅逐出城；正欲一死,因未得你父子消息,為此苟延殘喘——李卿隨駕,為何不見？

（外、小生）罵賊而死了。

（二旦）在那裏？

（外、小生指地介）這不是麼？

（二旦）啊呀李卿嚇！（唱）

【前腔】不道你身遭這樣痛殺,親骨肉逐浪花！（內喊介）呀！聽聲聲忽奏胡笳,聽聲聲忽奏胡笳,知我死在那一答！要生全,料是差；料團圓,總是差。

（丑）四太子升帳,快些進營罷,快些耶步罷也！

（外眾唱）

【尾聲】生生的把人辱抹殺！怎禁得風吹雨打！下場頭中朝

官駕！

（下。丑）快些耶步！快些耶步！（下）

第七齣

（占上唱）

【綿搭絮】欲圖富貴，怎顧得一時羞；因此假扮喬裝，佈就牢籠香釣鉤。那怕他有機謀、猿馬牢收，相公呵！拼娶出妻獻子，欲圖拜相封侯。若得我夫婦榮華，方顯得我溫香第一籌。

（白）計就月中擒玉兔，謀成日裏捉金烏。奴家王氏。我丈夫欲圖四太子歡心，無計可施。與我設個香粉鴛鴦之計。聞得四太子每日在北山遊獵，我今扮作採桑婦人，等他到來，將機就計，哄他上手，有何不可。呀，你看那邊一簇人馬，想是太子來了。我且閃過一邊，只做採桑，看他如何。正是：欲圖生富貴，須下死功夫。

（下。末、小生、二旦扮小番、淨扮兀術上唱）

【窣地錦襠】閑跨獵馬射雙獐，日暖風和草正芳。已知逐鹿走秦邦，何處蟠溪老釣姜？

（淨）前隊為何不行？

（眾）桑陰之下有個俊哈唎當路。

（淨）與我輕輕地抓過來。

（眾）嚇，婦人，四太子喚你。

（占）啊呀，大王饒命嚇！

（淨）擡起頭來。

（占）是。

（淨笑）妙嚇，果然好個俊哈唎！嚇，婦人，你那裡人氏？不要慌張，細細講來。

（占）大王聽稟！（唱）

【醉扶歸】妾家祖貫江寧胄。（淨）江寧人——在此何幹？（占唱）隨夫逐宦帝京遊。（淨）你丈夫姓甚名誰？（占）姓秦名檜。（淨）是秦哈喇娘媽？（丑）者。（占）御苑爭先占鰲頭。（淨）既是狀元的老婆,為何在此採桑?(占唱)採桑井臼奴甘受。(淨向丑)對他講,俺要與他成親哩。(丑)者。婦人,俺太子要與你成親哩。(占)啐!(唱)羅敷錯被使君留,休認作牆邊柳。

(丑)太子,他肯嚇!(眾唱)

【金字經】休認作牆邊柳,喜今朝得遇咱。在氆帳生春,醉打辣,醉打辣;稱風流,歡愛殺。□□□,□□□,□□□,□□□。

(副暗上)酒不醉人人自醉,色不迷人人自迷。你看四太子上了我夫人的鉤了,不免膝行而進。

(淨)帳前跪的何人?
(丑)是什麼人?
(副)小人秦檜,聞知太子遊獵至此,特備斗酒助情的。
(丑)是秦檜,特備鬥酒助情的。
(占)就是我丈夫。平昔最老誠的。
(淨)好個知趣的官兒。
(副)小臣叩見,太子千歲!
(淨)嚇,秦檜,我與你老婆成親,吃個合卺杯,你意下如何?
(副)但恐拙妻不堪侍奉太子。倘蒙不棄,臣之幸也。侍小臣把盞。

(淨)妙嚇!(付唱)

【醉扶歸】階前頓首為君壽,原皇圖永固萬年留。(占)待奴也奉一杯。(唱)翠袖殷勤半含羞,脂香雜處胡羶臭。(淨)好灑銀嚇!(副唱)生羅刹鑽入在粉香兜,管取死俘囚擤上個雲霄走。

(淨)秦檜營前聽使喚。吩咐回營!

(眾唱)

【金字經】擤上個雲霄走,把佳人懷內抓。拍手哈哈,眼目花花,眼目花花;這風流,直恁佳。□□□,□□□,□□□,□□□。

(眾下。副)啊呀完了,竟把我夫人抱上馬去了!我秦老爺今番有些想頭了!(唱)

【皂羅袍】他此去必然有望,這其間難為了我那即世親娘!(白)且不要歡喜,還有一說,只怕他水性楊花,受用好了,竟忘了親丈夫怎麽處？（唱）況他風情嫋娜,料不是尋常楊花性格,隨風飄蕩。（白）這又是我多心了。我的夫人足智多謀,料不如此薄情！（唱）□□□□,□□□□。□□□□,□□□□。（白）只怕此計不就,做了"其計不成,反輸一貼。"罷,這也説不得了！（唱）我眼前折本,指望他時長。（下）

第八齣

（老、正引生上）

【引】一生落魄,忠孝平生樂。問丹心幾時歸着？為國深憂,思親愁索,兩事恨來漂泊。

（白）伏櫪悲鳴意不窮,相逢伯樂馬嘶空。人生莫恨無知己,英雄自古識英雄。下官姓岳名飛字鵬舉,乃相州湯陰人也。忝中武科狀元,除授江南遊擊。向在張招討麾下,今歸宗留守轅門。聞得元帥有恙,不免前去問安。過來,到轅門上去！

（老、正）嚇,已經是轅門了。

（生）看那一位將爺在。

（老）是。嚇,那一位將爺在？

（末上）巍巍元帥府,團團將軍營,是那個？

（老）是岳爺在此。

（末）嚇,岳將軍請了。

（生）請問元帥起身了麽？

（末）還未起身。

（生）相煩通報。手本在此,説岳飛問安。

（末）既如此,且在馬臺少坐,待元帥升帳,與你通報便了。

（生）是。請便。

（末下,生）過來,你每回去；若有緊要之事,即來報知。

（老生應下。生）英雄自恨英明事,心病難將心藥醫！

（下。丑扶外上）

【引】心事將誰託？這幾日愁心越覺。白髮沖冠,丹心如昨,未審孤臣怎生着落!

（白）主暗臣庸天地陰，羽書烽火動人心。胡酋未滅身先死，長使英雄淚滿襟！下官宗澤，官拜東京留守。只因朝中奸雄跋扈，盜賊蜂起，蒙聖恩，命我出鎮荊、湖——雖授節鉞之隆，實為疏遠之計。幸喜提兵到此，軍民有幸，烽煙無警。前日在張招討麾下新得一將，姓岳名飛——有罪將刑；我見他一表非俗，免其一死，赦他帶罪立功，要彼撫順招逆。我看他實有大將之才。嚇，我想起朝廷得此一二輩也呵，何患金人跋扈哉！咳，只是當今主上勤於土木，信任奸邪！不料杞人之憂，積勞成疾，連日謝事臥帳。咳，不知可有痊疴的日子麼？過來！

（丑）有。

（外）喚中軍。

（丑）是。中軍，老爺喚。

（末上）是。

（外）我有病臥帳，一應事情不許進見。

（末）嚇。

（外）來！

（丑）來！

（末）有。

（外）若有緊急軍情，纔許通報。

（末）是。啟元帥：岳飛問安轅門，候久了。

（外）嚇？岳飛在外麼？快令進來！

（末）嚇。

（外）我正在想他來談談。來得好！

（末）岳將軍那裡？

（生上）欲顯醫國手，須識病根源。

（末）元帥令將軍進見。

（生）是。

（末）岳飛傳到。

（外）鵬舉少禮。

（生）問安！
（外）請。
（丑）請。
（外）看座。
（丑）嚇。
（生）元帥在上，小將不敢坐。
（外）我來有幾句話兒談談，坐了好講。
（生）如此告坐了。
（外）把椅子往上些。
（丑）嚇。
（生）不敢！
（外）再上些。
（生）夠了！
（外）吼，吼，這裏來！
（丑）嚇。
（外）快去烹茶來。
（丑應下。生）聞得元帥有恙，岳飛特來稟候。
（外）多承！
（生）元帥貴恙，幸得痊疴了些麼？
（外）咳！怎能痊疴嚇！
（生）請問元帥貴恙，從何而起？
（外）嚇，鵬舉，我這個病嚇！（唱）

【高陽臺】只為恩重身輕，愁真神失，丹心晝夜熱極。（生白）緣何就得此症？（外唱）積怒邪風，怕乘虛早晚徹入，悲憶！（生白）不日自然痊疴。（外唱）目前恨無醫國手，（生白）還請太醫調治。（外唱）病膏肓料非藥石。（生白）不用醫怎得痊疴？（外唱）則除是民安國泰，便是九還一粒。（生唱）

【前腔】得失事在於天，數皆前定，可見絕非人力，一木難支，大廈可憐頹危！攻擊；但能保全神氣也，賊風邪自然難入。勸君侯此身倚重，甚勿輕擲！

（淨上白）報！萬騎胡兒入帝京，羽書飛報進軍營。將軍縱有回天力，此際應難定太平！來此已是帥府，轅門上有人麼？
（末上）啲，什麼人？
（淨）嚇，爺！邊上夜不收報緊急軍情的。
（末）住着。
（淨）嚇，加，加……啊呀！跑得渾身是汗，跑乏了！跑乏了！
（外）鵬舉嚇！
（生）元帥！
（外）這幾日不知邊庭事如何了？
（生）便是。
（末）啟元帥：夜不收緊急軍情事要見。
（外）嚇？夜不收緊急軍情事！速速令進來！
（末）嚇。
（淨）如何還不出來？
（外）纔在此講，就有軍情報來了！
（生）是。
（末）嚇，夜不收呢？
（淨）在。
（末）元帥令你進見。
（淨）嚇，夜……
（末）住了。元帥有恙，
（淨）嚇。
（末）報事緩緩而講！
（淨）我曉得。
（末）隨我來。
（淨）夜不收進見，夜不收叩頭。
（外）嚇，夜不收！
（淨）有。
（外）我着你打聽金酋的消息，如何了？
（淨）啊呀，爺爺……

（生、末）吓,元帅有恙,悄悄地講!

（淨）嚇,爺爺！不好了——那金兀術打破汴京、飛渡黄河,事在危迫了嚇!

（外）嚇,怎麽講?

（淨）啊呀爺爺嚇!

（外）嚇?

（淨）兀術打破潼關、飛渡黄河、直抵汴京,将勇兵强。事在危迫,一言难盡呢!

（外）住,住了！那兀术打破潼關?

（淨）打破潼關。

（外）飛渡黄河?

（淨）飛渡黄河。

（外）直抵汴京,事在危迫了麽?

（淨）事在危迫了。

（外）你,你且起來講嚇!

（末、生）起來講。

（淨）嚇,爺聽禀!（唱）

【前腔】即日胡馬長驅,看花洛苑,一片鬼嚎神泣!（外白）可有人與他交戰麽?（淨）誰敢與他交戰！（唱）他就靴踢城崩,不費半矢人力。（外白）那文武百官如何下落?（淨）那些百官呵！（唱）安逸！或降或走文共武,止留得趙官家孤立。（外白）城内百姓怎麽樣了?（淨）那兀術在城擄掠,把百姓灼殺、砍殺也,惨不可言嚇（唱）那汴京城、三宫六院,盡成空壁。

（外白）住了,城破之後那兀術如何定奪?

（淨）爺,那兀術破城之後,他就——（唱）

【前腔】飛檄,（白）要邀二聖出城講和。（外）可曾出城?（淨）怎麽不去！（唱）只得親詣軍前,偷安宗廟。（外白）可曾還宫?（淨唱）羈留至今不出。（外白）后妃宫嬪呢?（淨唱）那些后妃、宫嬪,俘囚百不存一。（外白）二聖在虜營如何相待?（淨）小的一路打聽,説二聖在虜營好不苦哩！（唱）絶食,（外白）嚇,絕了食！（淨唱)青衣侍酒為異服,滿道上軍民號泣。(外白)住了,可有勤王之師麼?(淨)啊呀爺嚇!(唱)沒勤王,人人袖手,旁觀無策。

(外白)住,住了,那兀術恁般猖獗!汴京破了?

(淨)汴京破了。

(外)沒有人勤王?

(淨)沒有人勤王。

(外)二聖在虜營受苦?

(淨)虜營受苦。

(外)呀,嚇!

(暈介,生)外廂伺候。

(末)外邊去。

(淨)嚇。

(下,生、末)元帥蘇醒!

(外醒介,唱)

【紅衲襖】我驟聞言,(白)啊呀!啊呀!(唱)日月昏,天地翻!(生白)快看熱湯水來了!末應介下。外唱)不由人不箭攢心,魂魄散。(生白)元帥保重嚇!(外)啊呀,我好恨嚇!(生)敢是恨小將不能夠為國分憂麼?(外)非也!(唱)我恨金酋恁猖獗,肆禍殘,把中原人看得來不在眼。(生)其實可恨!(外)啊,鵬舉,你道此事從何說起?(生)這個,小將不知。(外)多是朝中蔡京、童貫、楊戩、高俅那班的賊嚇!(唱)他逞奸雄、弄朝權、蒙蔽了天,致令得宋江起、山宗廟遷、君父散。(生白)原來如此!(外)鵬舉,取我令箭,傳諸將進營議事。(生)曉得。嚇,那一位在?(末上)怎麼?(生)元帥有令,速傳諸將進營議事。(末應下。外)啊呀!二聖嚇!(生)元帥,傳令出去了。(外)唔,鵬舉來!(生)有何吩咐?(外)扶我起來。(生)做什麼?(外)階下去。(生)何幹?(外)我要遙拜二聖。(生)元帥,聖上是該拜的,貴體有恙,恐勞動不得。(外)咳!你怎說得個勞動不得?我就死,一定要拜的!(生)如此,看仔細。(外)不妨。(生)啊呀元帥!(外)你扶好了。(生)是。(外)咳,不想聖上遭此大變!(生)元帥,已是階下了。(外)是階下了麼?(生)正是。(外)二聖行宮在那裡？(生)望北一帶就是。(外)嚇？望北一帶就是？(生)是。(外)二聖在虜營受苦？(生)正是。受苦！(外)受苦嚇！(生)受苦！(外)啊呀，我那二聖嚇！(唱)不道須臾變亂如斯也！(生白)啊呀元帥！(外)我宗澤老邁病篤，不能够瞻天仰望，為國報仇了！(唱)我除非做厲鬼，我殺——殺賊還！

(生白)啊呀元帥嚇！

(外跌介。生)元帥嚇！

(末引付、丑、淨、小生上)太平原是將軍定，不許將軍見太平。

(末)隨我來——衆將到——交令。

(衆)一同進見元帥——諸將打躬，問安。

(外)諸將齊了麼？

(生)俱齊了。

(外)嚇，列位將軍！

(衆)元帥！

(外)我宗澤老邁病篤，不能與諸公歡呼殺賊了嚇！

(衆)元帥，吉人自有天相，何出此言！

(外)我死何足惜，但恨君父受此慘禍——臣子聞之，五內迸裂。我死之後，公等當思忠義，為國報仇，我縱死在九泉，一靈兒只在諸公馬前旗下矣嚇！

(衆)元帥何出此不利之言，請自保重！

(外)嚇，鵬舉！

(生)有。

(外)你一生忠孝自許，智勇兼全。我意欲同你少建功業，嚇，不料皇天不佑，中道捐生，恰當此國破家亡之日！中軍，取印信兵符過來——我今日就將兵符印信交付與你。我死之後，須要為國報仇，掃盡金酋，迎還二聖。此一節大事，全仗於你，還望你無負我意！送過去！

(生)且慢。元帥在上，岳飛有一言告稟。

(跪介。外)起來講！

(生)岳飛一介武夫，蒙聖恩首拔，承元帥提攜，何惜一死，上報朝廷，下答元帥；只是家中有老母在堂，不能輕許一死，有負元帥重托，岳飛不敢奉命。

（外）咳，鵬舉你差了！為人臣者，怎能忠、孝兩全？汝當細思，勿負我意。送過去！

（眾）岳將軍，元帥執意如此，請收了！

（生）既如此，小將只得權且拜領。多謝元帥！

（跪介。外）請起。諸將都在麼？

（眾）都在。

（外）我今日將印信兵符交付與岳將軍了。

（眾）是。

（外）我死之後，汝等當與岳將軍同心戮力，為國報仇。

（眾）元帥遺令，悉聽岳將軍指揮。

（外）好！公等報效朝廷，名垂竹帛，我宗澤含笑九泉矣嚇！

（倒介。眾）啊呀，元帥蘇醒！元帥蘇醒！

（生）嚇！（唱）

【前腔】我見他剖丹心似濺萇弘血一盤，狠號呼把忠心苦問天！（外白）渡河殺賊嚇！（生）列位嚇！（唱）他就死，不忘渡河殺賊還，可見忠心鐵石樣堅。（白）皇天，我岳飛出自草茅，蒙聖恩首拔，今承元帥重託，君父受此慘禍，若不能為國報仇，何顏立於人世！（唱）我怎忍見君王受困殘！為人臣，真汗顏！（外白）快快渡河殺賊嚇！（生）嚇，元帥！（唱）你還須保重尊軀也，留取丹心為國全。

（外白）鵬舉，眾將還在麼？

（生）還在。

（外）我死之後，切不可把我屍首埋葬。

（眾）却是為何？

（外）你每不知：二聖陷身虜穴，為人臣者，怎忍安然就土！只待諸公掃滅金酋，迎回二聖，那時纔與我薄治棺殮——只要諸公在我靈前高叫一聲，說：「宗留守，宗澤！……」

（眾）元帥！

（外）"今日二聖還朝了！"那時我就……啊喲！啊喲！

（嘔介。生扶介。衆）快扶進去！

（扶外下。生）啊呀列位！元帥嘔血不止，料不濟事了嚇！

（衆）便是。

（末上）啊呀岳將軍，不好了——元帥進賬連呼"渡河殺賊！"嘔血而亡了！（下）

（衆）啊呀元帥嚇！（揮淚介）

（生）啊呀，列位不必悲傷，恐亂軍心。元帥新喪，我自承理；今後有事，大家商議而行。

（衆）這也有理。

（生）嚇！元帥嚇！元帥！你赤膽忠心：三寸氣在千般用，一旦無常萬事休！

（衆）將軍戰馬今何在，野草閑花滿地愁！

（同下）

第九齣

（旦上）

【引】侍姑餘力守蠶桑，夫志忠良，妾志貞良。

（白）既受蘋蘩託，須承菽水歡。妻賢夫禍少，子孝父心寬。妾身張氏，乃岳狀元之妻。我丈夫少孤、貧窘，虧我婆婆三遷之教，稍成頭角。我父張世遠，為本郡太守，見我丈夫文武全才，將奴侍奉巾櫛。不幸我父物故，喜得兒夫得中武狀元，除授江南遊擊。雖則用武之秋，爭奈他時乖運蹇。初在張招討麾下，有罪當刑，虧得宗留守救拔，置之幕下，因出鎮荊、湖，我丈夫亦常得告假省親。今已兩月不回，想有戎事羈身也。正是：公而忘私事，為國敢辭勞！

（四將引生上）

【引】萱親年邁景斜陽，欲報君王，難捨高堂。

（衆白）老爺回府！

（外扮院子上，接印）回避。

（四將下。生）夫人。

（旦）相公回來了。

（生）母親康泰否？

（旦）且喜平安。

（生）如今在那裏？

（旦）在南樓拜佛。

（生）同上樓去。

（旦）是。

（老旦上）阿彌陀佛！

（生）呀，母親出來了。

（旦）呀，婆婆出來了。

（老旦唱）

【引】和丸教子喜飛黃，惟願流芳，不望門牆。

（生白）母親在上，孩兒拜見。

（老）罷了。

（生）只為邦家多是非，久違膝下戲斑衣。

（老）我做娘的，不圖鼎食三牲奉，惟願芳名萬古知。嚇，你又回來怎麼？

（生）孩兒在軍中因放母親不下，為此匹馬省候。喜得母親康泰，孩兒始得放心。

（老）你此言差矣！做娘的呵！（唱）

【粉孩兒】縈縈的守孤燈，惟望你報君恩立志，揚名於世。（旦唱）豈因小節失大機？論君親，要識高低。（老唱）古人云："為國忘家。"那曾有公後先私！

（生白）母親，孩兒只為這個呀！（唱）

【福馬郎】我幾度欲言仍自止，怕說着又添親怨憶。我偷將淚滴。（旦白）相公！（唱）為甚沉吟無語，幾多歎息？（老旦白）岳飛！（唱）你心戚戚，為何的？把衷腸事說與吾知。

（生跪介，白）告母親知道。

（老）起來講。

（生）孩兒非為別事。只因近日邊報到來，道金人入寇，攻破汴京，二聖陷身虜營，朝廷盡被腥羶，因此孩兒太息。

（老）你待要怎麼？

（生）孩兒欲奮志勤王，恐違孝道，故爾回家稟知。

（老）咳，罷了罷了！我家門不幸，養你這不肖之子！

（生）阿呀，母親請息怒！

（老）自古道："君親本是一體。"父母有疾，為人子者不親侍湯藥，可為孝乎？君父有難，為人臣者不鞠躬盡瘁，可為忠乎？今君父陷身虜庭，當此國破家亡，正是你立身揚名以顯父母之日，你怎麼反把我來藉口？你事君不能盡忠，事親焉能盡孝。不忠不孝，非吾子也，還來見我怎麼！

（生）阿呀，母親！非是孩兒不能為國報仇雪恥，正要稟明母親：今日宗留守聞二聖陷虜，呼痛不已，即將印信兵符交付與孩兒，要孩兒為國報仇。孩兒再三以親老為辭，不想宗留守連呼"渡河殺賊"，嘔血而亡了。

（老）嚇，那宗留守憂國而亡了？

（生）是。

（老）好！這纔是個忠臣！

（生）孩兒今欲養親行孝，猶恐有負於朝廷；欲盡忠報國，又恐貽憂於母親。因此孩兒進退兩難，望母親教訓。

（老）好胡說！你不曾出仕，乃父母之身，今既受職，乃朝廷之身也。嚇，自你父親亡後，我做娘的孤苦伶仃，教養你成人，指望你立節揚名，以顯我平日訓子之功；你今反以我衰朽之年，累你為不忠之士。咳，我何以生為！

（生）阿呀，母親！還有一節：自古壯士臨陣，不死即傷；孩兒此去，存亡未卜。媳婦又是女流，孫兒岳雲尚在懷抱，教孩兒如何放心得下！

（旦）相公！妾聞"公而忘私，國而忘家"，婆婆以節義自持，相公當忠良為重。婆婆在堂，奴家自能奉養；孩兒岳雲，是我養育。你可放心前去，不必掛懷。

（生）若得夫人如此，愚夫感激不淺也！（唱）

【紅芍藥】蒙美意，侍奉親闈，須替我問寢晨雞。（老唱）男子漢不流別離淚，你速行吾心方喜。（旦唱）君知家庭事且休提，但前去莫思回退。你親老我自扶持，你子幼我當訓誨。

（生白）下官此去呵，（唱）

【耍孩兒】拚取此身全忠義，馬革裹屍還。夫人嚇！也再、再休想望我生回！（老唱）嚇，多言！大丈夫一死何足懼，對妻兒絮聒成何濟？嚇！你甘犯着逆親罪？

（生白）孩兒此去，侍奉無期，母親可有什麼言語？早晚以為憶記。

（老）你要我憶記麼？

（生）是。

（老）你且跪着！

（生）嚇。

（老）朝上跪！

（生）是。

（老）解下衣服來！

（生）曉得。

（老）媳婦，取金針筆硯過來！

（旦）是。

（取介）婆婆，金針筆硯有了。

（老）啊呀兒嚇！（唱）

【會河陽】我二十載諄諄何言教你？食君之禄怎無為？我將"報國精忠"，刺入血皮。（白）起來！我將"精忠報國"四字刺入你皮膚了！（唱）你當日夜牢牢記，念君奮力把胡酋退，念親及早把捷書寄。

（丑、小生、末、付上，唱）

【縷縷金】齊隊伍，列旌旗。轅門宣將令，馬頻嘶。（白）有人麼？（外上）什麼人？（眾）各營兵將請爺議事。（外）住着。啟爺：各營兵將請爺議事。（生）在外廂伺候。（外）嚇，外廂伺候！（眾）

嚇!(生)夫人,下官此去呵,(唱)親老垂星鬢,孤兒年稚。衰親弱子好扶持,全仗你干係。(旦唱)都在我干係。

(老白)岳飛過來!我聞王陵之母,成子之功;陶侃之母,全子之孝——你今留戀不捨,皆因為我,也罷!我當先自刎以絕汝念。

(走介。生、旦)阿呀!

(旦)婆婆嚇!

(生)阿呀!母親不必發怒,孩兒就此拜別!(拜介,唱)

【越恁好】只得階前頓首,只得階前頓首,百拜別慈闈。阿呀,母親嚇!你休將孩兒念,加餐飯,樂桑榆。(白)夫人請上,下官有一拜!(合唱)鸞鳳從此兩分離,叮嚀寄語。(老白)過來!(生跪介)有。(老)你此去雪不得國家之恥,迎不得二聖還朝,你再、再休想來見我!(唱)君父仇,不共天,須牢記,慈親語,不可忘,須常佩。

(生白)帶馬!(衆應介。合唱)

【紅繡鞋】揚鞭一擁如飛,如飛。轟天炮響如雷,如雷。安社稷,定綱紀。迎二聖,雪臣恥。敲金鐙,凱歌回。(下)

(老旦)阿呀兒嚇!(唱)

【尾聲】我明知此去無歸理,(旦唱)背地偷將珠淚垂。(老旦)啊,媳婦!(旦)婆婆!(老)我教你丈夫一心為國,休念家鄉,你可怨我麼?(旦)正該如此,怎敢怨婆婆!(老)嚇,你不怨我?(旦)怎敢!(老)好,這纔是我岳門的好媳婦!嚇,媳婦!(旦)婆婆!(老唱)我豈不念骨肉團圓也,只怕臣道虧!

(白)真個不怪我?

(旦)怎敢怪婆婆!

(老)難得!賢哉媳婦!隨我進來!

(旦)是。(同下)

第十齣

(末、丑引淨上)

【引】定霸圖王,宇宙易如反掌。

（白）破籠飛彩鳳，頓鎖走蛟龍。只因一着錯，滿盤都是空。俺，兀術，自領兵以來，破了汴京，身辱二帝，囚在金營。我只道天下已定，不料康王泥馬渡江，定鼎臨安；李綱、趙鼎等重頒政令；張俊、劉錡輩復整軍容。連日打聽他朝中政治，文武同心，比宣和之時大不相同。即日渡河，有恢復江山之志。我正在猶疑，又有邊報到來，説宗澤已死，他手下有一將士姓岳名飛，提兵前來，連復數郡，所向無敵。我聞之大驚，意願班師北去，不想秦檜夫人獻上一計，説我兵一動，勢難再整，不如行一反間之計。只少一心腹之人前去。我想，若得他夫妻二人前去，做個細作，必能成事。只是我與秦夫人正在情濃之際，怎忍與他分離！咳，俺為天下大事，也説不得了！小番！

（丑）有。

（淨）後帳請秦夫人出來。

（丑）嚇。秦夫人有請！

（占上）

【引】平生志，枕上、衾裏，百無一放。

（白）辱愛王氏見。

（淨）秦夫人少禮，請坐。

（占）千歲！

（淨）嚇，秦夫人！俺想起你夜來之計，十分有理。只少一心腹之人前去。我意欲着你夫妻同去做個細作，你意若何？

（占）多蒙殿下重託。但一來我丈夫既受職於金；二來奴家辱愛，不思遠離麾下。

（淨笑介）多蒙你的美意。但天下事大，和你後會有期，不須留戀。我有金念珠一串贈你，要你念念不忘始終為金之意。

（占）多謝殿下。賤妾朝夕佩帶，如見太子金面。

（兀術授珠，占接介）

（占）奴也有金鳳釵一股，獻與殿下，以見賤妾不久還金、雙鳳和鳴之兆。（授釵介）

（淨）俺亦繫之襟帶。

（丑）啟太子：二聖皇帝要告請還宮，專候發落。
（淨）這兩個酒囊飯袋的膿包，要他何用，放他們去罷！
（丑）嚇。
（占）住了。
（淨）嚇，住了。
（丑）是。
（占）太子差矣！你若放他回宮，不惟長他人之威，我夫婦死無葬身之地矣！焉能成其大事乎？
（淨）嚇：我幾乎錯了！傳令着精細小番，連夜將二人驅至五國城安置，不許放縱。
（丑）嚇。
（淨）令秦檜狀元進營議事。
（末）嚇。秦狀元耶步，太子有宣。
（副上）

【引】賴我妻房，所用必然有望。
（白）秦檜叩見。
（淨）把酥，把酥。
（副）太子呼喚，有何鈞旨？
（淨）秦狀元！
（副）太子！
（淨）我待你情如骨肉、視同心腹，今有一事託你，不可忘情。
（副）太子若有所託，萬死不辭。
（淨）俺要你夫婦到南朝去做個細作。記俺十二個字──
（副）哪十二個字？
（淨）主和議、收甲兵、逐李綱、殺岳飛，此四件事你須牢記着。
（副）秦檜夫婦受太子洪恩，誓死回報。只恐菲材不堪重託。
（淨）我知你夫妻忠義，不必固辭。事成之後，富貴不小。取打辣酥過來。
（末）嚇。
（淨）嚇，秦狀元！此杯酒雖不是金符鐵券──（唱）

【降黃龍】只要你滴在心頭：和議留機，醉迷君王。怕時易變遷，雖受恩深，故土難忘。（副唱）我是忠良。一心為主，休錯認隨波逐浪。（淨白）你不可遺忘。（副）太子若疑我夫妻忘恩，情願立誓。（淨）肯立誓？妙嚇！（副）蒼天在上，我秦檜此去，若不主和議、殺岳飛者，死於刀劍之下。（淨）嚇，嚇，够了够了！（唱）願你立功勳，名垂竹帛，萬古稱揚。

（副白）多謝太子。

（淨）過來，與我點一百名小番，送秦爺夫婦過河。（眾應）

（副、占）我夫婦就此拜別。

（淨）罷了，罷了！

（占、副唱）

【黃龍滾】辭君歸故鄉，辭君歸故鄉，攜婦離氈帳。地北天南，朝夕空懸望。（末白）小番多齊了。（副、占唱）此身為國，敢將輕喪！（淨白）所言不可忘了。（占）四太子嚇！（唱）臨別去，轉馬頭，重稽顙。

（哭介。副先下）

（淨白）去罷！啊呀秦夫人嚇！也罷！（唱）

【尾聲】天時已屬金邦向，趙康王已歸吾掌，（白）岳飛嚇，岳飛！（唱）笑你奮臂螳螂把車轍擋！（下）

第十一齣

（小生上）

【引】夫妻父子羈囚，回首教人流淚。（旦上）鳳閣與龍樓，今生怎得重遊！（見介）

（小生白）陰霾風慘烈，何日佈春光？

（旦）受此苦中苦，誰憐君與王！

（小生）梓童！

（旦）陛下！

（小生）寡人夫妻自從駕至金營，指望議成即返；誰知羈留在此,已經旬月。食、坐、帳具,一無所有;平常飯食,多是羶肉、酪漿,聞之嘔吐。我與你勉強撐挫;只是父皇、母后春秋高邁,積憂成疾。連日又飛雪成山,朔風刺體,如何是好?

(旦)今日太上皇和太后要口粥湯蜜充饑。

(小生)這個所在,那得有此?

(旦)如今把我們拘於山窩之內,外有兵丁看守。只得與他討些口糧清水,待賤妾支下地爐,煮口粥湯,進上公婆,少申孝道。

(小生)言之有理。待寡人與他取討。

(旦)陛下,我想此一時、彼一時,還當屈下些罷。

(小生)我自理會。

(旦暗下。小生)嚇,軍士那裏?

(丑上)來了,得志狐狸強似虎,敗翎鳳凰不如雞。做什麼?

(小生)太上皇爺貴體有恙。有白糧蜜水,進些來。

(丑)咳,皇帝,你死活不知哩!俺營中只有牛肉粑子、燒乾棋子,不知什麼叫白糧、黑糧,咱們喝的多是血水,有甚蜜水。你還記得在宮中吃的是白糧、黑糧,咱這裏不能夠嚇!

(小生)可有什麼可口的東西?

(丑)只有生炙肥羊肉、鹽燒牛子蹄;咱們喝的無非是打辣酥、燒刀子、麩麵飯:這纔有哩。

(小生)這樣東西,怎生吃得?

(丑)別的休想。

(小生)哼!這些東西多用不著。

(丑)用不著?將就些罷!

(小生)使不得。

(丑)你就要吃,咱還沒有得把你吃哩!

(小生)既沒有,去罷。

(旦上)陛下,怎麼樣了?

(丑)咦,好個俊哈喇!腹腹掤掤。

(小生)還不走!這等放肆!

(丑)若不是要緊俘囚的老婆,咱就扯他去□□□哩。

(下。小生)咳,梓童嚇!寡人不幸,遭累梓童受此苦楚,我有何顏立於人世!

(旦)陛下善保聖躬,以待天時。他既無米,待奴拾些枯枝蘆葦,籠些火來,請公婆出來暖一暖也好。

(小生)有理。待寡人去與他們討火。梓童拾些枯枝,即來便了!

(小生暗下。旦唱)

【二郎神】呵纖手,剖瓊花向籬邊壁首,看斷竹枯枝何處有。沾泥帶水,湘裙羅袂來兜。啊喲!又被狂風吹倒走。鳳頭鞋難分幫扣。怎遮羞也!莫料殘生,浪裏虛舟。

(小生上白)好了,有火在此了!籠起火來,待寡人去請父皇母后。父皇、母后有請!

(老旦、外內白)寒顫立身不起。

(小生)孩兒、媳婦籠得些火在此,請出來大家向火。

(外)既有火,且扶我出來!

(小生)是。

(老扶外上。四人同唱)

【集賢賓】生來未知饑餒憂,正虛度春秋也!討不出個龍床,(小生白)席地坐下。(合唱)就在地下踩;比氍毹、繡褥還浮。夫、妻、父、子,且圖個團圓聚首。休眉皺,且受他僝僽。

(淨上白)上命差遣,概不由己。嚇,南朝皇帝聽者:四太子有令,將你父子發到建州五國城安置。連夜起身,不得遲滯!

(外,小生)嚇?要我們到五國城去!有多少路?

(淨)不多路。

(外)這也還好。

(淨)只有八九千里。

(外,小生)多少路嚇?

(淨)八九千里。

(外眾)嚇,啊呀苦嚇!(同唱)

【攤破簇御林】想生無望,死即休;死和生,去與留。料今生返國無期，化啼鵑蜀帝魂遊！（淨白）這兩個婦人，文書上沒有名字的，留下罷。（外、小生）啊呀，這個那裏使得！（合唱）想離宮、去國、還要相分手！號天痛地，淚作長江流。（旦白）陛下，事既如此，也說不得了。妾身前日出宮之時，帶得金珠一囊，藏於臥榻之下。待我去取來。（小生）若有，快去取來。（旦）啊呀，我想為人在世，難免一死。也罷！（唱）我在心頭，殘花風驟，知道兀誰留！（下）

（外、小生白）解官，今日這等風雪，如何上道，乞權歇半日如何？

（淨）咳，俺四太子的軍令，非同兒戲哩！（唱）

【前腔】他時和刻，立地逐；敢誰將，風雪留！（外、小生白）此去，車駕在於何處？（淨）有車駕？（唱）止有兩個搭腳驢兒，對你苦伶仃一對俘囚。（外、小生白）只是我夫、妻、母、子，那有分離之理？望乞方便！（淨）咳，軍令一出，誰敢不從？況此去有千山萬水，看他兩個嬌怯怯的，那裏受得這般苦楚，不如留下罷。（外、小生、老）嚇，若如此說，畢竟不成了？（淨）使不得；若是去得，我也巴不能够行個方便。（外、小生、老）啊呀苦嚇！（唱）要分離，不若同授首，免相思兩地情難扣。（老白）陛下善保聖躬，勿以老妾為念，我也不願去了。（外、小生）如此怎麼好？（老）咳！（唱）我恨胡因，一家拆散，能有幾人留！

（白）媳婦來了。

（外、小生）在那裏？

（老觸階下）

（淨）皇帝，這婆子觸階而死了。

（外、小生）不信。

（淨）這不是？

（外）啊呀妻嚇！

（小生）啊呀母后嚇！（同唱）

【貓兒墜】你衰年白首，露死在荒邱，便是鐵石人心也淚流。一霎天昏地慘是何由？啾啾，眼見得棺槨衣衾，何處搜求？

（小生白）梓童進去半日，不見出來，待我進去一看。嚇，梓童！

梓童！（向內復出介）啊呀，父皇，不好了——梓童縊死在樹上了！（外）有這等事——啊呀苦嚇！（小生）啊，梓童嚇！（唱）苦嚇！

【前腔】哀苦未了，苦事又重頭。教我如何怎措手？未知吾骨倩誰收！（白）父皇嚇！（外）千思萬想，總是一死，不如死在一處罷！（淨）你兩個文書上有名，死不得的。（外，小生）兩個屍骸暴露，教我如何放心得下！（淨）嚇？你捨不得他麼？我倒有個落地在此。（外，小生）有什麼落地？（淨）你瞧嚇，哪——（指介。唱）撇向清流，流到南朝，再起塋邱。

（外，小生白）啊呀苦嚇！（同唱）

【尾聲】說什麼中華帝主江山後！葬清流湘君作偶。（淨白）不要哭，耶步罷。（小生）嚇，父皇！（外）皇兒！（同唱）還不知何處消除咱兩口！

（淨白）耶步！耶步！（同下）

第十二齣

（丑車夫推副、占上）

（副白）車夫趲行！

（丑）是哉。（副唱）

【一江風】故鄉心，兩日情懷甚，鞍馬風塵浸。（白）夫人，我每一路行來，風景幽淒，大非昔日，未知此去若何。（占）啊，相公！（唱）你免憂深。應變隨機，巧語花言，管取人皆聽。（內吶喊介）（副白）為何喊殺連天，陰霾日慘？且下了車，草房權躲。車夫，快去打聽的實，就來回話。（丑）曉得。（下。又吶喊介。副）嚇！（唱）聽悲聲滿樹林，聽悲聲滿樹林。（丑上白）啊呀，不好了——小的打聽，却是岳將軍領兵殺來了。（副）夫人，這便怎麼處？（占）相公不必着忙，竟去見他。他若問時，只說殺了金酋看守之人，逃遁回來。再把二聖消息報與他知道，定然不疑你了。（副）夫人高見不差。且上了車，往樹林躲避便了！（唱）天愁日也昏，來討個平安信。（下）

第十三齣

（生、末扮王貴、老、正、外、小生上）

【一江風】戰袍花,血濺無襟衩,盡染胭脂馬。笑胡兒槍至、刀臨、箭射、鞭敲,一個個無招架。殺他手也麻,罵他口也啞,人兒何事將他怕?

（末上白）報!啟元帥:小將四下巡哨,有個漢子,一騎馬,一個婦人,一輛車,在樹林窺探,反說要見元帥,

（生）綁過來。

（末）嚇,綁見元帥——奸細當面。

（副）啊呀,將軍饒命嚇!

（生）哎,這廝敢是奸細打探俺軍情麼?

（副）啊呀鵬舉,救秦檜之命嚇!

（生）秦檜麼?放了綁。

（末）嚇。

（生）原來是會之先生,請起。

（副）多謝元帥!

（生）多多得罪!

（副）軍令正該如此。

（生）嚇,車內是何人?

（副）是賤內。

（生）吩咐秦夫人車兒暫駐。

（末）嚇。

（生）請問先生何事到此?

（副）一言難盡!

（生）請道其詳。（付唱）

【大聖樂】自那日國破家亡,夫婦君臣苦斷腸。（生白）先生既遭俘虜,必知二聖消息。聖躬安泰否?（副）說也可憐!（唱）遭囚被辱言難盡:無衾枕,少衣糧……（泣介）（生白）為何掉淚?（副

唱)可憐北狩鑾輿去,羞殺南來旅雁行。(生白)如此何不保駕,却轉南還?(副)下官立意保駕,爭奈金酋不許一人隨去。把我夫婦監守,不容疏放。我就乘夜殺了看守之人,同賤內在路途行了一晝夜,來到此間——遇着元帥,我夫婦就得生了。(唱)(合)如重覩天和日也,死中重活,否極呈祥。(生唱)咳!

【前腔】恨金酋劫我君王,戴天仇不可忘。喜君家立節全忠藎,須急去面君王。(白)先生可去臨安見君。若天不亡宋,待我領兵直殺至黃龍府,迎請二聖還朝,那時與君西湖痛飲。(副)那金酋十分驍勇,元帥須要見機而行。(生)咳,我岳飛呵!拚微軀一死沙場葬,迎二聖還宮將夙志償。(副白)自古有志者事竟成,下官專望捷音也。告辭了。(生)請。(副唱)(合)如重覩天和日也,死中求活,否極呈祥。

(生白)請了。

(副)啊喲,拾了一條性命!(下)

(末)啟元帥:方纔這人言詞顛倒。他既在金營出來,又道殺了看守之人,焉能保得家小無事?必是奸細。何不殺之以絕後患?

(生)他道返金歸南。我若殺之,非忠義之本也。他曾讀詩書作狀頭,豈無忠義與良謀?來朝更有新條在,惱亂東風卒未休。吩咐安營!

(眾應下)

第十四齣

(淨上)

(白)啊喲,好冷嚇!飛雪漫空天氣塞,朔風吹老太行山。居家莫道豐年瑞,今日方知行路難。俺奉四太子鈞旨,押解徽、欽二帝到五國城去。在路行了數日,不想天氣嚴寒,雪深三尺,難以行走。但軍令嚴緊,又遲延不得日子;他兩個又是皇帝性兒,耐不得饑寒——這幾日弄得不像個人了——我想若是死了,可不是老大的干係,只得又緩着他。且喜今日雪兒稍可,不免趁早趕路。嚇,皇帝走動!

（末上）耶步嚇!

（外上）

【引】思悄悄,甚孤淒!（小生上）死和生今朝難料!

（淨白）嚇,皇帝老官!今日雪兒稍可,趁早趕路。

（末）快些耶步罷也!

（外、生）嚇,長官!你看我父子二人身上單寒,口中乏食,這等風雪,也求緩寬幾日。

（淨）你好自在性兒!俺四太子的軍令,不似你那皇帝的性子。若遲了幾日,我那吃飯的傢夥可是生根的?若不走,打哩!

（末）罷也,讓他走罷也。

（外、小生）如此帶驢過來,

（淨）你還在那裏做夢哩!前日兩個驢兒又沒料吃、路又滑、天又冷,前晚凍死了。走!

（小生、外）只是雪深泥濘,如何行走?

（末）這也顧不得你每。

（外、小生）啊呀,你看又下雪了,把什麼遮一遮便好?

（末）也罷,來嚇,把那破傘與他每撐一撐罷。

（淨）咳,咱要撐的嚇。

（末）咱有一張破氈條在此,打夥兒遮着些罷。

（外、小生）啊呀皇天嚇!不想我父子遭此慘毒也!（唱）

【荷葉鋪水面】看雲靄慘、風雪飄,伶仃骨肉愁路遙。受餒與沖寒,可知道死和生只這遭!不知溪與道,不分晚共早。步步低高,水裏泥包。（跌介）滑喇煞,路旁邊齊跌倒。

（淨白）嚇,跌死了,扶起來。

（外、小生）啊呀,好苦嚇!

（淨）不好了,滿身多濕了!

（副上）

【吳小四】踏瓊瑤,過小橋。明知酒價高,只為前村酒味好。

（衆白）啊呀冷嚇!（副唱）呀!為甚悲哀雪地號?渾身上水泥澆!

（白）什麼人倒在雪中？
（淨）這狗頭要砍了，砍了！
（副）啊呀，都督爺嚇！
（末）為什麼？
（淨）這狗戴小帽，該砍不該砍？
（副）我戴的是睡帽嚇！
（末）嚇，他戴的是睡帽，不是小帽，饒他罷。
（淨）造化了他。
（副）我好意來看看為何倒在雪中，倒要砍要殺！
（淨）嚇，你是個好意？得罪你了。
（末）我對你說了罷，這兩個是南朝皇帝。
（副）嚇？是南朝皇帝！
（淨）奉四太子軍令，押到五國城安置，不想跌倒在此。
（副）咳，可憐！論起來，我也是他的百姓。
（淨）嚇？你不信麼？
（末）他說也是他的百姓嚇。
（淨）嚇，你既是他的百姓，可憐他凍倒雪中。
（末）可有避風的所在？暖一暖也好。
（副）嚇，前道有所古廟，在那裏權住一宵，明日再走罷。
（淨、末）如此極好的了。來來，打夥兒扶他起來。有多少路？
（副）就在前面，隨我來。
（衆）盡道豐年瑞，豐年瑞若何？長安有貧困，此瑞不宜多。
（走介）
（副）這裏是了。請進去。
（外、小生）好了！
（淨、末）妙嚇，暖了好些！
（副）待我去弄些飯食，與皇帝充饑。
（淨）嚇，蠻子，取個火來。
（副）做什麼？
（末）取個火來，噴噴。

（副）嚇,要個火吃煙嚇?
（淨）者。
（副）要個火沒,火哉,勿知含個奢拉咀裏,喲喲!（下）
（淨）行了一日,有些倦了。把廟門撐了,睡覺嚇。
（末）找一塊石頭來。
（淨）是了,睡罷。
（小生）父皇權且安息罷。
（外）你也睡罷。
（小生）嚇,你看這：頹窗、敗壁、墮棟、空椽,石爐煙斷,鳥雀為巢,神座堆塵,狐狸留跡,風號雪猛,地慘天昏──在這古廟之中,好不淒慘人也!咳!皇天嚇,皇天!不想我趙桓父子,死於此地也!（唱）

【錦纏道】命乖劣,不匡道如斯痛切。今在不如絕,又何須返今引古,誰正誰邪!身做了囚石室越王志竭,那裏討苦從軍萬里謀設,不想道是天滅!痛骨肉離缺,遭俘虜何年返金闕?受饑寒淒涼影子,欸黃昏古廟受風雪!（副上唱）

【普天樂】草頭霜,西山月,石中火,風中燁。（白）這裏是了。好困嚇!開門,開門!（淨）啊呀不好了!皇帝走了!（末）嚇?走了?不相干,門兒關在此。（付）開門!（淨）嚇,方纔那蠻子來了,待我端開了石頭。（末）嚇,蠻子,進來罷。（淨）火呢?（副）拿去。皇帝在那裏?（末）那不是麼?來,打夥兒吃煙。（副）嚇,陛下,小老送些村醪野菜在此,不知可用否?（小生）謝你美意,後當圖報。（付）我哀皇帝,故而進食,豈望報乎!（小生）如此待我請父皇共用。（副）說得有理。（小生）嚇,父皇起來。（外）做什麼?（小生）方纔那野老送些酒食在此,請父皇共用。（外）既有酒食,快取來。（副）只是粗糲之物,不是皇帝吃的。（外）咳,還說此話!（唱）**我在窮途,命若懸絲耳,粗和糲怎地分別!**（小生）咳,這村醪野菜,如此之美!我想昔日食前方丈,怎比得它也!（吃完介。副）着都督爺也拿去吃子。（淨、末）好嚇,這老頭兒倒是個好的。好東西嚇!好東西嚇!（外、小生唱）**珍饈羅列,怎如得村醪野菜精絕!**

（副）此乃野人獻芹，死罪。

（外）野老叫甚名字？何方人氏？日後我父子南還之日，必當厚報。

（副）小人原是陛下子民，流落至此。自小鬻身於人，從來無姓名，人皆呼為野老而已。

（小生）父皇，孩兒謹記在懷。咳！我國家高官厚祿養士二百餘年，到今不見一人。今在風雪古廟之中，得一野老進食——咳，我趙桓知罪也！（唱）

【古輪臺】悔不迭，窮奢極欲向時節！（白）噫！蔡京、童貫，你這班奸賊嚇！（唱）我一時信任奸謀設，無明無夜，致令得四海兵荒，累得個腥羶郊野。（副白）陛下再用些罷。（小生）夠了，把與差頭吃罷。（副）亦造化俚罷。（淨）拿來，拿來。正不自在這裏。（外）嚇，林靈素先生，你此時也該來救我一救！（唱）秘授符章，羅天醮設，飛昇鸞鶴杳然絕。（副）陛下！（唱）你偶遭磨折，有日駕六龍直飛上瑤闕。（外、小生唱）百僚潰散，妻孥不保，蒼生流血，江東父老見紅頰。（淨白）來，把他的東西藏了，嘔他一嘔，耍笑耍笑，（末）作耍？來嚇。（小生）野老過來。（副）有。（小生）我聞御弟康王定鼎臨安，你可到彼奏知。（副）只是沒有對證。（小生）我有龍犀玉佩一枚，你可收下來！（副）是。（小生唱）教他須嘗膽，千秋遺恨誓圖雪。

（副白）領旨。

（淨、末）天明了，趲路罷。

（付）就此拜別！（唱）

【尾聲】沿沿古戍聲不絕，鬼火熒熒明又滅。（淨、末）耶步！（副）野老送陛下。（外、小生唱）來日不知何處歇！（下）

（副白）啊呀，勿好哉！都督爺轉來轉來。

（淨）怎麼怎麼？

（付）還子我個酒壺。

（淨）沒有嚇。

（付）一個廟裏只得你們兩個，沒拿我物事？

（末）罷也，還了他罷。

（淨）造化這老兒。拿去罷。耶步耶步！（同下）。

第十五齣

（末上）虎豹提兵自古無，威風凜凜震金胡。功名奏凱班師日，管取淩煙閣上圖。

（丑上）殺氣橫空透碧霄，為將寧辭汗馬勞？劍戟光芒磨日月，管教醜虜望風逃。吾乃岳元帥麾下副將牛皋是也，

（末）吾乃岳元帥麾下王貴是也。請了。

（丑）請了。哥嚇，俺元帥自提兵以來，所向無敵，那金酋望風逃遁，聞聲喪膽。

（末）正是：威名振四海；胡虜盡皆驚。

（丑）伺候元帥升帳，吾等一同進見。

（末）有理。

（內喝介。丑）嚇，言之未已，元帥升帳了！

（三旦、小生、生上）

【引】沖冠怒髮忠心壯，誓圖恢復皇恩蕩。

（末、丑白）王貴、牛皋參見。

（生）起過一邊。

（末、丑）嚇。

（生）萬里風沙咽鼓聲，三軍殺氣傍旌旗。丈夫立志當如此，肯放胡兒匹馬歸！我岳飛，自提兵以來，身經百戰，連復州郡，金酋望風而逃，眼見得兩京可復，二聖可還也。

（外內白）聖旨下。

（眾）啟元帥，聖旨下了。

（生）排香案伺候！

（外上）

【引】春色動龍顏，恩詔天邊至。

（白）聖旨已到。

（生等跪介。外）詔曰："朕躬不德，遭此閔凶。茲爾岳飛吐忠義之氣、施智勇之才，屢復州郡，捷書連疐，特賜繡旗一面，以壯軍威；銀牌十二面，以勞有功。爾其銳志精忠，迎還二聖，滅盡金酋以雪國恥。朕以此委卿，毋負朕！"望闕謝恩！

（生拜介，起介）看酒過來！

（衆）有酒。

（生）蒼天在上，我岳飛若不肝腦塗地，仰答聖恩者，有如此酒！（潑酒介）

（外）請過聖旨。

（生）香案供着！（衆應）

（生）天使大人！

（外）元帥請了。

（生）請坐。

（外）請。韓元帥、李尚書多多致意。

（生）我岳飛一介武夫，蒙聖恩龍顧，敢勞諸位大臣如此過譽！

（外）好說！

（生）還有一事：前日秦狀元自北歸南，不知可曾面聖否？

（外）元帥還不知麽？秦狀元見駕，龍顏大悦，即拜禮部尚書，不日要領平章事哩。

（生）好也，見他一番去逆效順。天使回朝，為我多多拜上。

（外）領教。告辭了。

（生）前營稍息。

（外）復命要緊。

（生）有慢。

（外）皇華天子使，復命到宸京，請了。

（下，生）衆將官，聖上念爾等在邊勞苦，特賜繡旗一面以壯軍威；銀牌十二面以賞有功。吩咐軍中扯起繡旗，殺豬宰羊，下教場祭旗發令！

（衆）嚇。

（末）下教場去者！（走介）

（副上）禮生見。

（生）請。

（副）請爺拈香。鞠躬！禮獻！亞獻！三獻！進香！躬拜！獻爵！禮生退！（下）

（生）衆將，望闕謝恩！（下）

（衆拜介）嚇，願吾皇萬歲、萬歲、萬萬歲！

（生上）呀，你聽山呼之聲聞於數里，莫說金酋，就是天神下降，也覺膽寒。大小三軍，與我擺齊隊伍，揚旗而出，以示金人。

（衆）得令。（吶喊介）

（生）我岳飛呵！（唱）

【馱還着】感皇恩浩蕩，感皇恩浩蕩，念及封疆。銳氣加增，軍容添壯，報恩精忠佇想。鳳旗龍旌，爭呼萬歲聲，望空稽顙。罪有罰，功重賞，博得個麟閣名上。弓彎月，刀挺霜，看掃盡金酋，易如反掌。

（末白）啟元帥，前面有粘沒喝帶拐子馬數千，欲劫御賜繡旗。

（生）叫大小三軍，與我擺開陣勢，生擒此賊，瀝血祭旗！

（衆）得令！（唱）

【喬合生】仗平生膽量，仗平生膽量，武藝高強，吞胡掃虜忠心壯，怒髮沖冠直上，驟馬親身往。（副上白）來將何名？（生）我乃都統制岳。（副）嚇，原來是岳飛！咳，岳飛岳飛，我大金兵不血刀，平定兩京；那趙康王乃逃亡之徒，偷安一隅，危在旦夕。你敢率螻蟻之衆，來探虎狼之穴？咳，你好癡也！（唱）你當知趨向，識時務俊傑從來講。枉將身喪！看風掃秋雲膽氣揚。（生白）咦！騷羯狗！我岳飛奉天子之命：恢復兩京，迎回二聖。我誓必殺盡你每這班胡酋。（副）啊喲啊喲！（生）我也不問你甚麼姓名，只要借你這顆首級來祭我御賜的繡旗。（合唱）我借你羶狗，當我犧羊。敢將蟻隊來攔擋？殺你不算高強，活捉鞍橋上，方顯英雄將。（殺介，生刺副倒介）

（生白）衆將官！

（衆）有。

（生）與我踹進他的營盤者！

（衆）得令！

（副暗下。衆圍上）啟元帥：殺得金酋片甲不存。金銀數十車，擄來婦女數百，盔甲驢馬不計其數，請元帥將令定奪。

（生）聽吾號令：擄來婦女盡行釋放，金寶解送朝廷，驢馬驅入後營。就此擺隊回兵！

（衆）得令！

（生）衆將！

（衆）有！（生唱）

【越恁好】與我鞭敲金鐙響，（衆唱）鞭敲金鐙響，奏凱亂嚷嚷。肩挑賊首，淋漓血染沙場。一呼奮勇，六軍氣壯，問誰敢當？長繩繫得生擒將，倚干戈醉臥胡人帳。

【尾聲】掃平虜穴心纔放，怒氣沖冠千丈。（生白）大小三軍！（唱）我直待二聖回鑾將素志償。（同下）

第十六齣

（占上）

【引】夢見雖多相見稀，淹煎病、藥石難醫。事在心頭，淚合眼內，盟誓兩心知。

（白）不如意事常八九，可與人言無二三。奴家王氏，自別四太子之後，不覺又經數月。且喜我相公已到臨安，入覲天子，即拜為平章軍國大事——富貴無比。只是四太子實難拋捨，若不為天下大事，怎忍分離！臨別之時，金珠遺念、雙鳳分飛、誓海盟山，這些真誠之意，朝夕在念。怎奈和議未成、岳飛未死，朝暮憂懷，染成一病，今喜稍可。嚇，四太子嚇，我想你又沒有潘安貌、子建才，不知我秦夫人為何如此想念你！

（旦上）絕代有佳人，幽居在空谷。夫人，粥湯在此，請用些。

（占）放下。老爺可曾回來？

（旦）入朝未回。

（占）咳，我想他終日忙忙碌碌，幹的那一件正事？過來，可有邊報？取一本來看看。

（旦）嚇，夫人，恰好方纔送得一本在此。

（占）與我開了東窗。

（旦）是。

（占）放了粥湯，你自回避。

（旦）曉得。（下）

（占）嚇，這是一本月報，待我看來：平章秦檜一本："為和議、積餉、罷兵、養銳事"，聖旨道"與各司復議回奏"。我相公上此一本，倘四太子知道了，也見我夫婦忠心。再看各司可有奏章。李綱一本："金人不可與和事"；胡銓一本："為二聖北狩、國仇當雪事"。唓！可恨那些官兒，二聖、國仇與你每什麼相干？多該重處纔是。韓世忠一本："為金人狡詐事"。啊呀四太子嚇！不想宋朝有許多為國效忠的，教我夫婦如何措手？（唱）

【金絡索】非奴不見機，爭奈人心背。和你誓死捐生，須要殺盡如斯輩。（白）且看後面可有什麼事了。"十二日岳飛以五百騎大敗金人……驢馬盡棄……連復河南八郡。"啊呀四太子嚇，不知你可在軍中？若在，可不驚壞了！"十三日，岳飛大敗金人於鹿城；十四日，岳飛與金人大戰五日五夜，大敗兀術於高家堡；二十日，兀術擁眾二十萬，用拐子馬困住岳飛……。"好了，謝天地，岳飛此番必被四太子所擒了！再看向後面去，如何下落了："其夜，岳飛用鉤鐮槍破拐子馬，大敗金人……屍積成山、血流數十里，兀術身帶重傷，引數騎而遁。"啊呀，四太子嚇！四太子嚇！（唱）誰知你受虧。氣嘹預，此際應知埋怨誰？（白）嚇！岳飛嚇，岳飛，我與你誓不兩立矣！（唱）分明打散我的鸞鳳隊，休想輕輕饒過伊！（白）啊呀四太子嚇！（唱）你今何地？須知見面杳無期。意中人飄泊在天涯，叫我按不住長吁氣。（白）且等相公回來，與他商議便了。平生莫作皺眉事，世上應無切齒人。（旦上）啟夫人：老爺回朝來！（外、小院子、老、末引副上）

【引】（副）朝罷歸私第，擁車馬新築沙堤。

（外白）眾人回避！（眾下）
（旦）夫人，老爺來了。
（副）嚇，夫人如何悶坐在此？
（占）我且問你，今日官從何來？
（副）這多虧夫人妙計、四太子之恩，故有今日。
（占）可又來。為人須要知恩識義。你今富貴，竟忘了四太子昔日之恩，真乃禽獸不若。
（副）夫人説那裏話。我自到臨安，朝夕不敢有忘；爭奈朝中人心未附，故爾遲遲行事耳。
（占）我方纔病起無聊，閲邸報，四太子被岳飛屢敗，我一時見了，好不着忙；你却不在心上，是何道理？
（副）夫人你還不知，下官我為了金邦，費了無限心機，正要與夫人商議。梅香，看酒來，在東窗下與夫人解悶，便好商議大事。
（占）心中事多端，那有心腸飲酒！
（副）夫人，你最喜的是女真酒，昨日邊上送得在此，我與夫人飲一杯。
（占）既是女真酒，取來。
（副）只着侍女承值，閒人不許窺探！
（旦）是，酒在此。（付唱）

【浣溪紗】我酒在心，愁難廢。甚時得逐我心機？論咱家謀略盡堪為，只恨一種，人心不盡歸。（占唱）只在你心着急，用機謀、管什麼忠良，管什麼天和地！

（副白）夫人，我一向揚言：只有一計可以平定天下。未得相位，不易言也。今既拜相，聖上問我如何平定天下，我就將和議之策奏上。聖上道："二聖未還、兩京未復，怎生個和法？"下官奏道："若要天下太平，須要南人歸南，北人歸北。"不想聖上，一時不悦起來，道："朕是北人，今將安歸？"我一時回答不來。朝中紛紛談論。因此只得將和議暫緩。

（占）這也罷了。你既掌朝綱，怎容岳飛屢立大功，結怨於四太子？這怎麼説？

（副）那岳飛我豈不欲殺他？可恨捷書連至，前日又賜精忠繡旗一面以壯軍威，今早又發金牌十二面着下官差人送去，因此不能下手。

（占）住了。你自離了金營，和議未成，岳飛未殺，日後有何面目去見四太子嚇？

（副）夫人！（唱）

【金蓮子】我心下疑。此事非容易，怕畫虎無成遭人恥。（占唱）你為燮理，權柄在你。憑着我忠為佞、生作死，顛倒在人為。

（副白）夫人必有妙策，乞求教我，

（占）四太子之意，以和議之事來愚弄宋朝，就中以圖大事。如今金兵屢敗，宋朝就有恢復之心，怎肯與他和議？若用岳飛，金邦怎得不敗？以此看起來，和議全在岳飛——岳飛不死，和議必不成；若要和議能成，必須先殺岳飛。

（副）是嚇，夫人說得有理，必定先殺岳飛。如此妙論，使下官心胸頓開。待我滿飲一杯。

（占）相公，和你做事，須要人不知、鬼不覺，方為妙算。待奴再用一計，管教岳飛束手受死。

（副）夫人還有何計？

（占）你方纔說，聖上賜岳飛金牌十二面，教他進征，你今假寫一道詔書，憑此金牌，只說准了和議，速召班師。怕他不收兵！

（副）只是他回京面聖，對出此事，如何是好？

（占）這個何難？不等他到京，即令一心腹之人首他一狀。

（副）首他何事？

（占）說：岳飛按兵不舉，虛運糧草，與金國通謀。這個題目盡你去做了，即差校尉途中拿下，發在大理寺獄中，他就是犯官了。不容他朝見，內外隔絕，再着問官加刑，要他承招，那時殺他有何難哉！

（副）妙嚇！此非人謀，真乃仙機也！

（占）事不宜遲，即差門下田思忠前去；他為人精細，倒也去得。

（副）言之有理。傳家將田思忠進來。

（旦）是，田思忠，老爺喚。

（淨上）來了。堂堂丞相府，巍巍閥閱門。老爺！夫人！田思忠叩頭。

（副）起來，我有機密事託你，你須小心留意。事成之後，重重賞你。

（淨）老爺委託，小官敢不盡心。

（副）聖上發出催征的金牌，要你齎到岳飛營中。你到彼營，可改說是班師的金牌，要他連夜收兵，我自另眼相看。

（淨）小官知道。

（占）田思忠，你須要小心遵依，此事不是當耍的，你聽我道！（唱）

【撲燈蛾】你明朝唧命如飛，班師即刻休遲！其中休漏此深機！（淨白）曉得。（走介。占）田思忠過來！（淨）有。（占）我還有話吩咐你。（淨）夫人有何吩咐？（占）我有私書一封；你到邊上，差人溜至金營，到四太子那邊投下。須要小心！（唱）過關津小心，端的非兒戲！同時賞賜不輕微。

（淨白）多謝夫人！少頃領了詔書，就行便了。要將機密事，莫與外人知。（下）

（副）啊呀，哈哈哈哈！妙嚇！（唱）

【尾】婦人謀勝似讀書輩，吾家深賴有賢妻。（占）四太子嚇！（唱）方知俺身在中華幾曾忘記你。

（副白）十二金牌飛召，

（占）抹倒百戰邊功。

（副）莫道殺人可恕，

（合）果然情理難容。

（占）相公快寫假詔，待奴修書寄與四太子，一來少申問候，二來報此消息，教他莫思退縮。

（副）夫人高見，自是不同，下官實難理會。

（占）這封書去，那岳飛這顆頭穩穩在奴荷包裏了。

（副）好個大荷包，那些個袖裏乾坤！

（占）不要閑説，假詔要緊。

（副）四太子的私書也是要緊的。

（占）啐！

（副）我恐怕夫人忘了。下官是知趣的人嚇，哈哈哈哈！（同下）

第十七齣

（二旦引丑上）

【四邊靜】終朝把守防奸細，軍令非兒戲。來往要稽查，文憑有真偽。（合）一心為國，迎取蒙塵二帝。元帥令森嚴，各人擔干係。

（白）我，牛臯。奉元帥將令，把守朱仙鎮。恐有奸細之人出入，須要搜檢明白。軍士們，小心把守！

（末上）既為門下客，當做馬前人。自家乃田思忠手下家丁便是。我家老爺奉秦承相鈞旨：夫人有封私書，要到兀術四太子營中投遞。來此已是朱仙鎮，已近岳元帥營前了，不免悄悄過去。

（老旦）有奸細！

（丑）抓過來，

（衆）嚇，奸細當面。

（末）啊呀，小人不是奸細。

（丑）既不是奸細，是什麼人？

（末）是逃難的百姓。

（丑）嚇，既是逃難的百姓，為何不往南行，却往北走？其中必有原故。左右與我搜搜看。（二旦應介）

（末）將軍，沒有什麼。

（老旦）啟爺，搜出一封書信。

（丑）嚇？有書信麼？拿來。我説這狗頭有些詫異。左右，按着他，不許擡頭。待我拆開來看。嚇，且住，那孔夫子是與俺老牛沒有緣份的，不知寫些什麼在上。嚇，有了，待我假意拆開一看，睨他一唬。嚇,待找看來。嚇嚇,好狗頭嚇!原來有許多情由在裏頭!快快說個明白,饒你性命;倘有一字支吾,惱了俺牛爺爺的性子,我就一鞭打做肉醬。

(末)啊呀,不要打,待小人實說。

(丑)嚇嚇,快講快講!

(末)小人是田思忠家人,俺爺奉秦丞相之命,有封私書,差小人送到兀術四太子營中去,說:不日假詔岳元帥班師,又用計殺害他,教兀術莫思退宿。句句真情,望爺饒命!

(丑)可有話了?

(末)沒有了呢。

(丑)好奸賊!左右,把這廝砍了!(殺末下)

(丑)啊喲妙嚇!還是我牛皋粗中有細,不然,俺元帥險遭毒手。我今就把這書報與元帥知道,速速進兵便了!(眾唱)

【前腔】奸臣做事真奇異,與金邦通消息。若不問因依,怎識其中意?教人怒氣,登時殺取。忙去報元戎,火速迎二帝。(同下)

第十八齣

(小生、占引生上)

【引】功業垂成,又誰知中途遭困!

(白)世事須防假與真,人情反覆似秋雲。畫虎未成君莫笑,安排牙爪使驚人。我岳飛,自提兵到此,身經百戰,連復數郡,金酋望風膽落。眼見兩京可復,二聖還宮只在目下矣,不想昨日飛報到來,說朝廷准了什麼和議策,差田思忠齎詔前來,召我班師。我想其中未必無詐。咳,我岳飛一身既已許國,生死何惜?只是將垂成之功,棄於一旦!嚇,也罷,且待詔書到來,我留心稽察便了!

(淨內白)聖旨下。

(生)接旨。

(淨上)

【引】事在心間。相見處把言詞宛轉。

（白照舊套。讀詔介）詔曰："朕聞修德養仁，則遠戎賓服；黷武窮兵，致生民塗炭。茲爾岳飛，邊戎苦殘，朕實憫焉；着回調養，以慰朕心。張、韓、劉三處人馬俱已撤回，惟岳飛孤軍，不得久駐，特將金牌十二面，速召班師，另行升賞。"謝恩。

（生）請過聖旨。

（淨）元帥為何不謝恩？

（生）請坐。此詔，岳飛這裏不敢奉命。

（淨）將軍差矣？自古道："君命召，不俟駕而行。"今將軍奉詔班師，是何意見？

（生）天使不知其故：前日岳飛奉旨復兩京，迎二聖；今敵人已挫其銳，目下正欲決一死戰以定勝負。今忽然有此班師之詔，誠恐其中有詐。

（淨）有詐？將軍，如此説來，難道下官倒與金國通謀不成？

（生）不是這等講。前日聖上諄諄諭告，今又有此詔，前後不符，未免疑怪。

（淨）將軍到京，自知端的。請自三思，毋貽後悔。

（生）我岳飛以死報國，決心久矣，不必多言。

（淨）將軍若不回京，教小官如何覆旨？豈不知"食君之禄，命懸君手"乎？

（生）自古"將在外，君命有所不受"！（唱）

【夜行船序】你不見殺氣橫天？看人人立志，奮身血戰。那金酋遁，恢復只在目前。（淨唱）你休偏。但記功多，身受聖主，遭愆不便。（生白）就有不便，我岳飛何懼！（淨）此和議策是滿朝文武公議的，故召回各路班師，也非是將軍一處。（唱）傳遍，張、韓、劉輩，盡收兵轉。

（末上白）啟元帥：轅門外連接十二道金牌，催取班師。

（生）知道了。

（淨）那金牌來召，必要班師了；不然，即為抗旨。

（生）天使，岳飛只是可惜事成垂手。此機會一失，再不可得。只求天使緩言回奏，寬限岳飛十日；十日不能平定兩京，迎還二聖，他一唬。嚇,待找看來。嚇嚇,好狗頭嚇!原來有許多情由在裏頭!快快說個明白,饒你性命;倘有一字支吾,惱了俺牛爺爺的性子,我就一鞭打做肉醬。

(末)啊呀,不要打,待小人實說。

(丑)嚇嚇,快講快講!

(末)小人是田思忠家人,俺爺奉秦丞相之命,有封私書,差小人送到兀術四太子營中去,說:不日假詔岳元帥班師,又用計殺害他,教兀術莫思退宿。句句真情,望爺饒命!

(丑)可有話了?

(末)沒有了呢。

(丑)好奸賊!左右,把這廝砍了!(殺末下)

(丑)啊喲妙嚇!還是我牛皋粗中有細,不然,俺元帥險遭毒手。我今就把這書報與元帥知道,速速進兵便了!(眾唱)

【前腔】奸臣做事真奇異,與金邦通消息。若不問因依,怎識其中意?教人怒氣,登時殺取。忙去報元戎,火速迎二帝。(同下)

第十八齣

(小生、占引生上)

【引】功業垂成,又誰知中途遭困!

(白)世事須防假與真,人情反覆似秋雲。畫虎未成君莫笑,安排牙爪使驚人。我岳飛,自提兵到此,身經百戰,連復數郡,金酋望風膽落。眼見兩京可復,二聖還宮只在目下矣,不想昨日飛報到來,說朝廷准了什麼和議策,差田思忠齎詔前來,召我班師。我想其中未必無詐。咳,我岳飛一身既已許國,生死何惜?只是將垂成之功,棄於一旦!嚇,也罷,且待詔書到來,我留心稽察便了!

(淨內白)聖旨下。

(生)接旨。

(淨上)

【引】事在心間。相見處把言詞宛轉。

（白照舊套。讀詔介）詔曰："朕聞修德養仁，則遠戎賓服；黷武窮兵，致生民塗炭。茲爾岳飛，邊戎苦殘，朕實憫焉；着回調養，以慰朕心。張、韓、劉三處人馬俱已撤回，惟岳飛孤軍，不得久駐，特將金牌十二面，速召班師，另行升賞。"謝恩。

（生）請過聖旨。

（淨）元帥為何不謝恩？

（生）請坐。此詔，岳飛這裏不敢奉命。

（淨）將軍差矣？自古道："君命召，不俟駕而行。"今將軍奉詔班師，是何意見？

（生）天使不知其故：前日岳飛奉旨復兩京，迎二聖；今敵人已挫其銳，目下正欲決一死戰以定勝負。今忽然有此班師之詔，誠恐其中有詐。

（淨）有詐？將軍，如此說來，難道下官倒與金國通謀不成？

（生）不是這等講。前日聖上諄諄諭告，今又有此詔，前後不符，未免疑怪。

（淨）將軍到京，自知端的。請自三思，毋貽後悔。

（生）我岳飛以死報國，決心久矣，不必多言。

（淨）將軍若不回京，教小官如何覆旨？豈不知"食君之祿，命懸君手"乎？

（生）自古"將在外，君命有所不受"！（唱）

【夜行船序】你不見殺氣橫天？看人人立志，奮身血戰。那金酋遁，恢復只在目前。（淨唱）你休偏。但記功多，身背聖主，遭愆不便。（生白）就有不便，我岳飛何懼！（淨）此和議策是滿朝文武公議的，故召回各路班師，也非是將軍一處。（唱）傳遍，張、韓、劉輩，盡收兵轉。

（末上白）啟元帥：轅門外連接十二道金牌，催取班師。

（生）知道了。

（淨）那金牌來召，必要班師了；不然，即為抗旨。

（生）天使，岳飛只是可惜事成垂手。此機會一失，再不可得。只求天使緩言回奏，寬限岳飛十日；十日不能平定兩京，迎還二聖，岳飛身認抗旨之罪。

（淨）聖旨將來當耍！今在將軍營中，就是聖駕也奈何不得，何況下官！將軍不班師，悉聽指揮，不敢相強！

（生）天使且不必發怒，再容商議。

（副、外上）走嚇！誰憐百姓苦？賊寇一年留。嚇，長官。

（末）你每什麼人？

（副、外）我每是朱仙鎮上百姓，攀留元帥保障地方的。

（末）住着。

（副）是哉。個個好老爺是去勿得個也。

（末）啟元帥：朱仙鎮上百姓要攀留元帥保障地方的，在外候見。

（生）有這等事！

（淨）那裏來的這些殺不盡的餓莩，也來相纏！

（生）此輩多是身遭喪亂的無靠窮民，須好言慰之。吩咐着一二知事的進見。

（外）是。你們不必推擠。

（副）待我每老誠些的進去罷。

（外、副進介）啊呀，元帥去不得嚇！救我們這些百姓之命！

（淨）這也可笑。聖上因你每久困兵火，故爾罷兵議和；你每倒不要罷兵，是何意呢？

（外、副）天使老爺不知道，我每百姓自遭靖康之亂，淪於左袵，苦不可言；幸得岳老爺提兵恢復，得脫腥羶，又見天日。況岳老爺兵到之時，我等是頂香盤，運糧草——金人聞之，切齒痛恨；今元帥一旦回軍，倘金兵又來，我們猶如滾湯潑老鼠，一夥兒多是死，只求天使老爺方便。

（淨）你每說的話一發可笑。這是聖旨，教我如何方便！

（副、外）若如此，我每死也不放元帥去的，只要天使老爺回朝——（唱）

【前腔】只說蟻喘望獲愛憐，忍將吾赤子傷殘腥犬！（淨白）你每既要保留，何不到臨安去？在此空說也沒用。（衆）若然如此，也说不得嚇！（唱）就去攀龍輦，亂擊登聞聲喧。（淨白）我曉得你每多是賄賂出來的嚇。（生）咳，天使差矣！（唱）休言，我死何難！辨志痛悲，千秋淚涓。（淨）我去朝天，倘聖怒伊家，那時有何折辯？

（生白）這也由你！

（副）去不得的嚇！

（丑上）啊喲喲，好惱嚇！（唱）

【黑麻序】天、天不絕英賢，早瞞天打破賣國奸讒。（外、副白）啊嚇，我們營門前去嚇！將軍嚇！（丑）你每什麼人？（外、副）我們是百姓，攀留元帥，望將軍鼎言相助——是去不得的嚇！（丑）不要嚷，我在，保管元帥去不成。（外、副）極好的了。（丑）嚇，元帥呢？（進介。生）過來，見了天使！（丑）嚇，天使在那裏？（生）這位。（丑）也呔！（唱）到如今方識你這般交串。（淨白）嚇？什麼人這等放肆！（丑）你還不知我牛皋的放肆呢。（生）牛皋，使不得，不可動手。（丑）咳，元帥，我牛皋不怕什麼天使，綁這狗男女，試試俺牛爺爺的利害。（生）不可亂動。（淨）我奉旨而來，誰敢無禮！（丑）呔，你還說奉旨而來麼？（唱）還要昂然？金酋私下連，還謀烈士捐。（生白）此話從何而來？（淨白）你每性命個個難逃。啊喲，反了反了！（丑）元帥，牛皋在四路巡哨，拿得個奸細，搜出私書一封，乃是秦檜老婆寄與兀朮的。恰纔呵！（唱）不費半文錢，拿得回來作證。再有何辯？

（白）元帥請看。大家笑笑。

（淨）天嚇，完了！放我去罷！放我去罷！

（丑）呔，狗囊的那裏走！

（副、外）原來是假的！如今元帥是去不成了！

（淨）好人，放我去罷！

（丑）好奸賊嚇！

（生）待我來看——（看書介，唱）

【一封書】蒙辱愛拜言：淚相思各一天。因和議不免，為岳飛命未顛。今召班師歸帝里，殺取強人報大賢。你可守邊疆，莫向前。書寄難言兩淚連。

（白）有此可笑之事！幾乎死於非命。吩咐將田思忠斬首示衆。

（淨）啊呀，這是秦檜的主意，並非小官之事。

（丑）非干你事？待我動手殺盡你這班奸賊。

（殺淨下。外、副）啊呀好了！我們皆得活命了！

（丑）嚇，元帥，好暢快！

（生）好奸細！

（丑）元帥，叵耐他每與金國通謀，欲害忠良，不若先發兵去殺了奸賊，再來與金酋打仗。

（生）不必多言！

（丑）嚇。

（外、副）元帥在上：如今宋天子聽信奸邪，棄我們百姓於金酋；我們也不願作宋朝的百姓，也不願作金酋的百姓，只願做元帥的百姓罷。

（生）咦！爾等今日不是來攀留我，却來陷我為不忠、不孝、無父、無君之人也。我自離家之時，老母將"精忠報國"四字刺入皮膚，待我卸袍與你每觀之。

（卸袍，衆看介。衆）啊呀，元帥真天神也！（唱）

【黑麻序】神天鑒取忠堅，把金酋滅盡，賊臣夷剪，使吾儕再睹風和日暖。（末、丑）元帥若不去明正其罪，那奸賊反誣我每有反叛之心，如何處置？（生）我也別無良策。連夜發兵，殺到黃龍府，迎請二聖還朝，表我為國之心！（唱）聽言，此身天地間，須難忠孝全。（副、白）百姓怎麼處？（生唱）百姓免憂煎。此際教人不覺感傷腸斷！

（衆）元帥！（唱）

【錦衣香】那賊子謀，深而遠，罪妻孥不便；若不先發制人，恐難舒展。（生白）我豈不慮此，但我一身既已許國——（唱）那私情怎敢亂心田，總之，聽命，萬事由天！（外、副）我每百姓呵！（唱）拼死向前，到臨安鳴辯其冤，萬死多情願呼天救援，扶童攜叟，短肩長擔。

（生白）啊呀，我那親娘嚇！（唱）

【漿水令】恕孩兒貽伊暮年，為忠君孝養未全，一身拚死尋荒煙，妻子流離，老母顛連！（衆唱）言及此，腸寸斷，惟願老天從人願！（生白）我好差也！想宋朝一國之主，尚然骨肉飄零、夫妻分散也，何況於我嚇！（唱）身何望，身何望骨肉團圓？（衆唱）金酋滅，金酋滅，二聖回鑾。

【尾聲】忠良不死天須鑒，惟願把奸人盡殄，那時民安國泰樂怡然。

（白）接踵奸人在帝前，要將忠直喪黃泉。萬事不由人計較，只將身命付蒼天。

（生）父老百姓各自回家安分生理，凡事有我在此。

（外、副）多謝元帥！好了，萬民安樂！

（副）救子我裡個星性命哉。難得好老爺！

（下。生）與我傳命：連夜發兵，殺到東京。如若不遵，即時梟首！

（末、丑）得命！（同下）

第十九齣

（老旦上）

【引】霜鬢如蓬，星眼如盲，禮蓮臺，暮鼓晨鐘。（旦上）蒿砧別去信難通。子愚頑，婆年邁，已身窮。

（白）婆婆萬福！

（老）罷了。遊子天涯不得歸，功名常有捷書來。

（旦）萬事不由人算計，一生都是命安排。

（老）媳婦，自從你丈夫去後，喜他不背我言，奮志向前，常有捷書報至，不知何日纔得成功歸來。

（旦）婆婆，料得天從人願，請自寬懷。喜得孫兒岳雲武藝有成，稍習父風。但他年幼，未能成立。

（老）孫兒雖然年幼，看他孝敬之心甚勤，吾心甚喜；早晚已宜就學,不可放蕩了他。

(旦)婆婆之言甚善,媳婦敢不聽從。

(老)我今想起你丈夫幼時呵!(唱)

【顏子樂】熊膽礪其鋒,教子三遷勤功。晨鐘暮鼓,把忠良兩處作用。家風為國,歡邊城,勞苦奴身悚。坐南窗祿享恩榮,深深的拜告蒼穹。

(占扮岳雲上白)啊呀,不好了!(唱)

【賺】獵馬秋風,為有傳言心下悚。(白)婆婆,母親,不好了!(二旦)為何如此?(占)孫兒今早在村中打獵,聞說今日城中有駕官到來,說我爹爹不奉詔宣、擅殺天使,反投金國,因此朝廷有旨來拿逆黨。岳雲一聞此言,撥馬跑回,報與婆婆、母親知道。(二旦)有這等事!(旦)丈夫嚇!(唱)恁孤忠,緣何一旦聲名送?(老白)住了。你丈夫在家稱孝,為國盡忠,決無此事!(唱)或者妒其功,輸金反間奸謀中,致使市虎,投梭疑似中。(占白)婆婆請寬心,爹爹既在邊關,憑着孫兒兩柄銀錘,保護婆婆、母親前去。豈可束手被擒,憑他鐵騎趕來,我岳雲呵!(唱)逞英雄,頓開金鎖騰蛟鳳,怕誰攔蹤?怕誰攔蹤?

(老白)哇!小小年紀,這等胡講!既有聖旨拘拿,定當赴闕明辨;自有公論,豈可胡為!

(旦)我想此事,必是朝中奸黨妒功排陷。萬一削草除根,孫兒有所不免,如何是好?

(老)媳婦也慮得極是。孫兒過來!你作速上馬,逃往邊關,尋見你父親,教他奮志盡忠,勿以家事為念;若得成功,朝廷決不虧你。

(占)只是放婆婆、母親不下。

(老)岳氏一脈,惟汝一人;若有不測,岳氏香火絕矣。我婆媳挺身進京,料不妨事。快快去罷!如此孩兒就此拜別!(唱)

【催拍】曾聞說男兒氣雄,不肯作離別淚蒙。南北西東,南北西東;上馬登程,涼月寒風;休念親娘,善保身躬;人語亂,莫被樊籠;金鞭耀,疾如風。

（占下，小生、副扮校尉引淨上）走嚇！（唱）

【前腔】為朝廷敕書捕凶，府縣官星飛協同。（淨白）這裏是了。（副、小生）打進去！（老）列位何來？（淨）下官是湯陰縣尹，奉聖旨——（同唱）為岳飛這宗，為岳飛這宗：背叛朝廷，與金國私通。（二旦）那裏説起？（衆唱）大逆賊臣，自古難容，妻孥盡解京中。（白）上了刑具！（唱）須牢固，莫賣鬆。

（副白）快走！

（二旦）正是：渾濁不分鰱共鯉，水清方見兩般魚。

（下。淨）封鎖好了。

（副）曉得。

（小生）走嚇！（同下）

第二十齣

（末上白）齒强先去口，舌柔長自存。忠臣不怕死，怕死不忠臣。自家乃李老爺府中蒼頭便是。我家老爺一味剛直，真心為國。忠肝義膽，奮不顧身。近為秦檜專權，倡立和議，屈陷岳爺，將他家屬拿入監中，非刑拷打；我老爺心自不甘，欲待碎首金階，與他辨冤。咳，只是那秦檜，皇上寵倖非常，誠恐我老爺禍有不測。但秉性如此，無人可解。咳，老爺老爺！你不如閉口深藏舌，到處得便宜。呀，言之未已，老爺出來了。

（外上白）素性稱忠勇，心懷抱不平。奸邪害良將，拼却喪吾身。我李綱。叵耐秦檜這廝倡立和議，屈陷忠良。目睹其奸，豈可袖手！俺今日拼得碎首金階，必須明辨其冤也。（唱）

【端正好】俺老頭顱，堅肝肺，拼一付老頭顱和那堅肝肺，那裡肯眼睜睜看着他以是為非！俺只向金階叩首號天地，感動俺君王意。

（白）今聖上被奸臣蒙蔽，把岳飛譖折，已入聖心矣。俺不免肉袒負斧，死諍一番。嚇，蒼頭過來！

（末）老爺有何吩咐？

（外唱）

【滾繡球】恁與俺除下了疙錚錚鐵豸冠,露一綹蓬蓬的短髮垂,把一紙血淋淋奏表來扎起,再與俺袒下了重浣絺衣,現一身清白無瑕疵。（末）啊呀,老爺不可如此。（外唱）咳!剖一點丹衷向日披,還抱斧鉞來加肩背,效龍逄晉諫死何疑!（白）蒼頭,快將我綁起來!（末）叫小生怎生動手!（外）我意如此,於你無罪。（末）啊呀,小人決不敢的呢。（外）哇!嚇,我命你如此,你還敢反抗我麼?（末）老爺尊意如此,小人勉強從命了。（綁介。外）綁緊些!（末）是了。啊呀老爺嚇!（外）好,綁得好!（末）老爺。像什麼模樣嚇!（外）你管我怎麼?有話吩咐你。（末）老爺有何吩咐?（外）我此去,倘聖上回心,不必説起;倘若不悟,必將我賜死,你可説與夫人、公子知道,切不可把我屍骸安葬。（末）却是為何?（外）你把我皮囊撇在西湖之內。（末）為何撇在湖內?（外）你不曉得:為人臣者怎忍見君父陷於虜廷而不能救、國家大仇而不能報,反見奸人竊柄!此乃名教之罪人也。安可安葬?!（唱）我暴屍欲把君心感,伴一個鴟夷鳥援隨,何由——（末）老爺嚇!（外唱）傷悲!

（老旦、旦上。老旦白）隔牆須有耳,窗外豈無人。啊呀,相公為何這般光景?

（旦）啊呀,爹爹為何這般模樣?

（外）夫人、孩兒不必心慌,我為岳飛有莫大之功,今被奸人排陷,不忍二聖永沉北虜,食君祿者豈容坐視?今日我到午門叫冤,願以赤族擔保岳飛,不知夫人、孩兒亦肯為國家而死否?

（老）相公既已為忠,妾身情願死節。

（外）好,真吾妻也!

（旦）爹爹既已為忠,母親情願死節,也帶孩兒死孝如何?

（外）好,真吾子也!你每都進去!

（末）啊呀老爺,夫人嚇!老爺為國盡忠,夫人死節,公子死孝,小人情願死義。

（外）好,真吾僕也!夫人死節,孩兒死孝,蒼頭死義。

（旦、老、末）正是。

（外）嚇，啊呀哈哈！若如此說，忠孝節義聚於一門也。都進去！
（二旦）是。（下）
（末）小人隨老爺入朝。
（外）你也不必隨我，可同夫人、公子在家候旨便了。
（末）曉得。（下）
（外）嚇，啊呀妙嚇！我李綱今日死得有名也！（唱）
【倘秀才】恁只曉蔭子封妻是喜，俺只道屍祿貪榮是愧。取義忘生何足奇，俺今日個忠良受謗讒，說起來皆裂髮起。
（白）來此午門，不免俯伏。
（末內白）來者何官，赤身綁縛？就此披宣。
（外）臣李綱謹奏：今統制岳飛連復州郡，金人望風而靡，即日二聖可還，中原可復；不料奸臣妬其功績，陷為叛逆。臣不忍見陛下為奸臣所誤，敗忠良垂成之功，千載痛惜；臣不敢愛死，願以全家保岳飛不反。
（內白）官裏道來：“岳飛與金國通謀，何言不反？”
（外）啊呀聖上嚇！（唱）
【叨叨令】這的是奸讒用的毒計，為貪婪不把朝廷計。怎不念父兄行未得歸？把一個和字兒來頹我氣！怎不念祖宗疆未及恢？怎無辜將邊城來便廢？兀的不痛殺人也麼哥！兀的不痛殺人也麼哥！忍包羞含恥，擅把君親棄？
（白）那岳飛呵！（唱）
【脫布衫】他鄉閭中孝養親闈，在邊疆忠烈堪持，他豈肯背君親反投那醜虜？殺岳飛明是金人之計。
（末內白）聖旨道來：“逆黨重罪，死有餘辜。李綱苦諫，若非舊誼，即係同謀。”
（外）聖上嚇！（唱）
【小梁州】李綱與岳飛無舊誼，是同謀為國心齊。（白）那些邊報來說：金人被岳飛屢敗；東京一路，軍民俱不聽金人約束，簞食壺漿以迎王師；金人已遁，盡攜緇重渡河北去。不出數日，東京可復,二聖可還。如若不然——(唱)乞將老臣犬子與山妻,甘同罪,向雲陽斷首有何疑,怎忍見抱屈無分地,去股肱反資仇敵?望丹墀號啕揮淚,念臣愚戇死何惜!

(內白)聖旨道來:"誹謗朝廷,毀辱朕躬,其實可惡!即發去西郊,斬首示衆。"

(外)萬歲,萬萬歲!

(二生扮劊子手上)走嚇!是非只為多開口,煩惱皆因強出頭。李老爺,聖上有旨,請到西郊去——呦,閒人閃開,快些走嚇!

(外唱)

【上小樓】這的是死忠、死義,平生經濟。須索要談笑臨刑,慷慨餐刀,引頸同歸。(二生白)已是西郊了,請跪下罷。(外唱)死生皆命,父與兒、夫與妻,還存綱紀。(白)聖上嚇!(唱)也是俺父子夫妻,骨肉一堆,難道你少無回意?

(二生白)開刀。

(末上白)刀下留人!太后有旨:"李綱係先朝老臣,暫免一死,全家監禁。十日之後,岳飛不能恢復東京,即係叛黨,明正典刑。"謝恩。

(外)萬歲!

(衆)好了好了!

(外)啊呀蒼天嚇,蒼天!俺李綱今又不能够盡忠而死,可恨嚇,可恨!

(二生)方纔的聖旨,還請老爺到監中將息將息。

(外)咳!(唱)

【煞尾】恁教俺去將息,俺這背皮兒難貼席,夢魂兒不離了東京迎二帝。(白)岳飛嚇,俺今日呵!(唱)只為四海的蒼生,那裡是為着你!

(二生白)快些走嚇!(同下)

第二十一齣

（丑上）

【縷縷金】姣姣女,縷縷金,明珠與彩緞,結人心。暮夜無知者,不知是怎。(白)俺奉四太子將令。只為岳飛渡河,所向無敵,以五千人馬破三十萬之衆,勢不可擋。俺四太子無計可施,為此將這金珠、彩緞、美女、名馬,乘夜前去私奉與他。又有誓書一封,願割東京十二郡為鼎足之勢,求他退兵。把這些禮物擺在轅門首,再將些猛古兒奉與他門上將官,方好進見。只得前去走遭。(唱)(合)還將和議結盟深,殷勤致詳審,致詳審。(下。生上)

【引】思慕君恩難報,盡忠為國謀身小。

(白)我,岳飛,前日在朱仙鎮殺死奸賊,奮勇進兵,一路士民壺漿擁道,以此軍中不愁匱乏。連日又屢敗金人,恢復東京,只在目下也。只是朝中這般奸佞,必以為我抗拒朝命、殺死使臣,我身已聽於天,但不知我老母、妻、子性命如何,教我常掛念。也罷,只是順理行將去,憑天降下來!

(末上)好將機密事,報與老爺知。啟爺:營門外有兀朮差人,將許多子女、金帛並兀朮手書,在轅門外奉上元帥。

(生)有這等事麼?

(末)正是。

(生)且住。那兀朮智勇兼全,今日乃至計窮力竭矣。吩咐不容進見,亂棍打出去!

(末)得令。

(生)住了。那兀朮既差人來,必有話講,且看他如何賄我?如何愚我?着刀斧手伺候,吩咐開門!

(末)嚇!元帥有令:多着刀斧手伺候,吩咐開門!

(外、小生扮劊子上)開門!

(三旦、副扮侍女、丑上。丑)你每都隨我來。黃金堪結士,紅粉可酬恩。

（三旦、副）命數當該苦,到底受邅迍。
（丑）嚇,長官!
（末）怎麼?
（丑）相煩通報,說金邦四太子差人求見元帥。
（末）住着!中軍告進!
（外、小生）進來。
（末）啟爺:兀術差人已在營前。
（生）着他進來!
（末）得令。吶,兀術的人呢?
（丑）在。元帥着你每進見。小心嚇!
（丑）知道。你每都隨我來。
（三旦、副）是。
（末）兀術差人進!差人當面。
（丑）元帥爺!金邦四太子差人叩頭。
（生）你是兀術差來的麼?
（丑）正是。
（生）哎!你豈不知我岳飛威名,大膽到此麼?看刀!
（劊子）嚇。
（丑）元帥,小番奉四太子將令,多多拜上帥爺:自提兵以來,伏元帥神威,不敢爭較,為此特具黃金千鎰、美女四十名、彩緞、明珠、良馬百匹,獻於元帥,請盟和好。特遣小番送上。
（生）起過一邊。
（三旦、付、丑）是。
（生）小番過來!
（丑）帥爺。
（生）聽吾吩咐!
（丑）是。
（生）這是你輩無知,侵我疆界,犯我人民。既要求和,怎不言送還二聖?反將貨物愚我!咳,兀術嚇兀術,你好癡心也!
（丑）元帥在上,我四太子呵!

（三旦、副、丑同唱）

【尾犯序】頓首望旌旄,已伏神威,不敢爭較。約守成和,願南北通好。（生白）怎生通好？（丑）四太子恐人知覺,故差小番黑夜而來。（同唱）祈禱:呈玉帛軍前充賞,獻歌妓營中灑掃。（生白）待要怎麼？（丑等合唱）從今後,邊疆罷守,烽火了然消。

（生衆唱）

【前腔】堪嗟醜虜出無聊！搖尾乞憐,千古遺笑。暮夜輸金,却原來當我兒曹。（丑白）暮夜無知,元帥何必膠柱鼓瑟？（生）哎！胡講！你道暮夜無知？天知、地知、你知、我知,何謂無知？！你看本帥是何等人嚇？（衆唱）我是英豪,若貪榮利,怎肯忘生就死；若貪美色,怎肯拋家失小！（丑白）四太子還有後報。（生衆唱）休饒舌！若全蟻命,除是二聖送還朝。

（白）本當斬首,諒爾輩死在目前,倒要借你口,傳我言,教兀術要戰來戰、要降來降,決無別議。刀斧手！

（外、小生）有。

（生）快趕出去。

（外）嚇。走嚇！

（三旦、副）啊呀,元帥救命嚇！

（生）却為何來？

（三旦、副）元帥聽妾輩苦告。

（生）講上來！

（三旦、副唱）

【前腔】哀告苦號啕:萬丈深淵,墜入難撈！（白）妾輩之中,也有民間處子,也有內苑宮妃,俱是被擄的嚇！（唱）今日得睹君侯,指望再返天朝。（生白）這句差矣。自古志士不飲盜泉之水,廉士不受嗟來之食,我怎留得住你每！（三旦、副）啊呀元帥嚇！（唱）聽告:忠義志雖然固守,惻隱心還需暫保。（白）啊呀爺爺嚇！（唱）望你開生死路,願得身歸故土,不致染腥臊。

（生白）咳！看你每如此哀求,使人淒慘。也罷,中軍！

（末）有。把這些女子留下。將這臊韃子趕出去！

（衆）嚇。吶，躁鞭子走出去！

（丑）啊呀且住。事既不成，反留下女子，怎好回復狼主？也罷，我且大着膽上前，再和他講論一番。啊呀元帥爺！

（生）哎！既已趕出，又來怎麼？

（丑）小番還有一言奉告。

（生）你還有什麼講？

（丑）小番奉命而來，指望罷兵和好，今元帥和議不許，反留下女子，叫小番還有何顏去回覆？

（生）好胡講！你不見這些女子說！原係中朝赤子，被你每擄了？將別人之物，作己之情！言及於此，痛心切骨。你若要罷兵，可也休想！

（丑）元帥，俺四太子還有一言禀上，實不敢言。今元帥外敵未平，內難將作；進不能成功業，退不能保身家。今日俺四太子非……

（生）嚇？為何不言了？

（衆）講嚇！

（丑）小番不敢說。

（生）各為其主，你且講來！

（丑）嚇，俺四太子非不能與元帥決戰，所為兩賢不忍相厄耳。望乞三思。

（生）哎！汝等犬羊之輩，覷來如土穴之蜂、枯桑之蟻，敢在我面前攀今掉古麼？刀斧手，與我綁了！

（外、小生）嚇。

（丑）啊呀元帥爺嚇！元帥爺嚇！

（生衆唱）

【前腔】使我騰騰烈火燒。誰教你弄得冠履顛倒，屠我人民，遷我宗廟？（丑白）元帥嚇！小番奉命而來，不得而已，望乞饒恕！（生）哎！（衆唱）你叨叨，能殺我成伊奸狡？（丑白）只求和好。（生衆唱）吾未死，休想和好。（丑白）元帥呵！（唱）真神武，如今方識義比天高。（生白）嚇，也罷。看你如此哀求——常言道兩國相爭，不斬來使——且留你性命,回去説:若要求和,今生休想!與我放了。(丑)謝元帥!(生)過來!本帥還有幾句言詞,對你那兀術講。(丑)是。(生)可笑金酋少智謀,却將貸利説吾儕。我忠心似鐵難回轉,壯士如金豈得柔!報國精忠深入骨,此身誓死滅金酋,立意北征迎二聖,朝夕驅馳復大仇。咳,兀術嚇,兀術!你今若要猖和獗,除非等待岳飛死,我身不死怎干休!且待長繩繫却單於頭。哈哈,管教野草閑花滿地愁。亂棍打出去!

(衆應。丑)罷了罷了!青龍白虎同行,吉凶全然難保。(下)

(生)中軍過來!

(末)有。

(生)吩咐着老誠將士,把這些女子,如有家屬的,訪問的確,各家領去;如無家屬者,着該地方擇配。如有軍中淫污者,軍法重治。

(末)得令。

(三旦、副)老爺再生之恩,使我每重見天日,待我每拜謝!(唱)

【滴溜子】齊拜禱,齊拜禱階前塵下;啣環報,啣環報來生犬馬。感戴恩波德化,願公侯世代熙、壽綿福大。(衆同唱)從今去,準備淚珠,尋爹覓媽。

(生白)中軍領去!

(末)是。隨我來。

(衆)再生重見日,恩波浩蕩中。

(下。生)吩咐衆將,連夜進兵,不得有違!就此掩門!(同下)

第二十二齣

(占上)

【引】可怪狂且跋扈,敢將使命成誅!教人心下重重怒也,須再設機謀。

(白)不作皺眉事,人間切齒無。欲求生富貴,須下死功夫。妾身王氏,憑着一生機巧,輔佐丈夫總理朝政,內外專權。只為四太子之情，朝夕在念。前日已假詔班師，指望取他回來，結果他性命，以報金國之恩，不料那岳飛不惟不肯奉命，反將使臣殺死。我今若不用計害他，日後成功，不惟四太子歸罪於我，我夫婦反受其害。前日我相公密奏一本，說他謀為不軌，聖旨已將他家屬扭械來京，監在大理寺獄中。向聞岳飛事母極孝，我今日只說奉隆祐太后懿旨，着我勘問，取他母親到來，將些好言勸慰他。他是個女流，愛子之心，人皆有之，若賺得他手書前去，岳飛必定班師，那時殺之，有何難哉嚇！家丁那裏？

（外、小生上）來了，養軍千日，用在一朝。夫人有何臺旨？

（占）與我吩咐前堂安排異樣刑法，後堂擺下豐盛酒筵，一面到大理寺獄中，說我奉太后懿旨，取岳飛母親勘問。不得遲誤，取罪未便！

（外、小生）領鈞旨。

（占）安排良計策，勘問岳家人。（下）

（外）噲，哥嚇！我且往獄中走遭。（走介）纔離丞相府，又到大理獄。這裏已是監門上了。禁子那裏？

（副上）來了。公門裏面好修行，勝似終朝禮懺經。是什麽人？

（外）太后有旨，要提岳老夫人到秦府中勘問，快請出來！

（副）原是秦府中大叔，請進來。待我請出來。

（外）快去！

（副）岳老夫人有請！

（老旦上）

【引】無端三尺把身拘，花誥文犀總不知。

（白）請我怎麽？

（副）啟老夫人：太后懿旨，要請老夫人秦府勘問。

（老）既有懿旨，就去不妨。

（外）請老夫人移步，禁子閉上監門。

（副）是哉。噲，第二個，我去去就來個。

（老）我根深不怕風搖動，樹正何愁日影斜。

（外）出得大理獄，

(副)又到相府門。
(外)請太夫人少住。
(副)是哉。老夫人請等介歇。
(外)擊雲板,傳話後堂。
(旦內)怎麼說?
(外)岳老夫人到了。
(旦內)家丁聽着!夫人有命:今日勘問,非比等閒。將欽犯帶到後堂聽審!
(外)曉得。夫人有命,請老夫人到後堂相見。
(老)還要到後堂去麼?
(外)正是。
(老)好個大所在。世間丞相府,天上蕊珠宮!
(外)請少待。擊雲板,請夫人上堂。
(旦內)小心伺候,夫人出堂!
(外)是,夫人出堂!
(小生上)把刑具伺候着!
(占、旦隨上,占)

【引】笑面蛇腹,誰識胭脂化虎!

(旦)啟夫人:犯婦帶到了。
(占)吩咐帶進來!
(旦)是。家丁!
(外、小生)有。
(旦)夫人吩咐帶犯婦!
(外)嚇。
(副)犯婦帶進……
(老)哇!誰是犯婦?
(副)衙門規矩?
(老)什麼規矩!
(付)嚇,進!
(小生、外)犯婦當面。

（占）嚇？這犯婦好大膽，見我怎麼不跪？
（外、小生）為何不跪？
（老）老身魯氏，誥封一品夫人。孩兒岳飛，現為統制。我怎麼跪你？
（占）嚇！原來是岳太夫人。咦！家丁每好打，怎麼不禀個明白？
（外、小生）小的每不知。
（占）咳，還要胡說！開了刑具！
（外、小生）嚇。開刑具！
（占）衆人，外厢伺候！
（旦）外厢伺候！
（小生、副應下。占）請太夫人上前相見。
（旦）太夫人上前相見。
（老）夫人在上，犯婦怎敢？
（占）好說。今早奉太后懿旨，令妾身勘問叛臣家屬，竟不知是太夫人，多有得罪！
（老）豈敢！
（占）請坐。
（老）老身侍立候命，焉敢望坐！
（占）不必過遜。
（老）既蒙夫人垂愛，告坐了。
（占）好說。看茶。
（旦）嚇。（下）
（占）請問賢郎之事，因何而起？
（老）夫人在上，念命婦呵！（唱）

【啄木兒】三遷教，十載餘，熊膽和丸教讀書。（占）久慕老夫人教子之功。（老唱）慈與節，老妾能操。（占白）可惜屢建大功，一旦付之東流！（老唱）忠與孝，孤子叨居。（占白）擅殺使臣，叛入金營何也？（老唱）是何人妄造瞞天布？使覆盆冤陷無門訴。（白）求夫人念此無辜，使老妾面叩九重——（唱）願保我孩兒不背主。

（占白）老夫人！（唱）

【前腔】只怕天高遠，聽見疏，事已懷疑如市虎。（白）賢郎既不背主叛國，朝廷已立和議。他却立意用兵，可不是逆了天了？（老）此話從何説起？（占唱）他只圖身後功勳，竟不顧眼下誅夷。（老白）那有此事？（占）妾身今日有一絶妙之策在此，不知老夫人允否？（老）夫人有何見論？老妾敢不從命。（占）為今之計：聖上取罪賢郎不肯奉詔班師，如今老夫人修下家書，待我差人往邊上去請你令郎到京，一則見你令郎無反叛之心，二則免老夫人受縲絏之苦！（唱）何不做衆人皆醉同啜曲，衆人皆濁須同混？獲罪於天難禱訴！

（老白）咳，我孩兒呵！（唱）

【三段子】他矢忠自許，喪其身要與國家少補。（占白）只怕補不成！（老）況老身呵！（唱）守貞自固，豈肯敗垂成十年勞苦！（白）嚇，我曉得！（占）曉得什麼來？（老唱）這多是欺君誤國奸人賄，指鹿作馬將朝廷誤。（占白）誰是欺君誤國？我好意勸你嚇！（老）咳！（唱）恐遺臭萬年，怎不把心頭自摸！

（旦上。占白）嚇？我好意勸你，反來挺撞我麼？扯開椅兒！

（旦）是。

（占唱）

【前腔】看你子身老婦，對吾行攀今掉古！（老白）有理講理，不曉得什麼攀今掉古！（占）哐！你方纔説奸臣是誰？啊呀！（唱）全不想你是逆奴，反罵誰人是奸讒嫉妒？（老白）自有奸讒之輩。（占）我奉旨勘問你，你反如此倔強，我如今要用刑了。喚家丁！（旦）嚇，家丁！（外、小生）在。（老）咳，你就千刀萬剮，我此心端的無愧。（占）好個無愧。吩咐看刑法伺候！（衆）嚇。（占）你若仍前倔強呵！（唱）要受敲牙、截舌、鞭笞苦，劓刑、刖足、刀和斧。生死明懸，憑伊自取。（老白）住了。你把死活來唬我麼？我——（唱）

【歸朝歡】存忠義，存忠義，死非我罹。縱刀斧，難將志磨。（占白）我叫你兒子回京，也非歹意。（老）嚇？嚇？你還説不是歹意？（唱）你行奸究，行奸究，將花言巧語。不想頭上有青天攔住！（占白）我奉旨勘問，還如此可惡，與我將犯婦拿下！（外，小生）嚇。

（老）住了！我所犯何罪？（占）你是叛臣之母，還說無罪麼？（老）叛逆事大，有何憑據？（占）咦！（老）咦！（占）嚇！（老）嚇！（占）你還敢強辯？那岳飛呵！（唱）不受命擅自把皇宣破，背君投入金邦去。（老白）殺使臣、破皇宣必定是假，背皇恩、投異國未見是真。（占）咦！誰與你通文調武！叫手下！（外、小生）有。（占唱）與我繩縛、鞭捶休慢取！

（外、小生）嚇。

（老）誰敢？（唱）

【前腔】我年衰邁，年衰邁，殘生幾許？縱殺死，何足為慮！（旦白）老夫人！（唱）和為貴，和為貴，把言詞少阻。何事願受無情痛楚？（老白）咦！你是何人？要你多嘴！（旦）我好意勸你嚇！（老）誰要你好意！（旦）嚇啐！那裏說起！（占）好倔強婦人！（旦）其實利害。（老）啊呀兒嚇！願你在邊毋負我言，盡忠報國，我做娘的今日為你死義也！（唱）我身甘做王陵母。（白）呀啐！（旦）好放肆！（老唱）千年唾罵你這長舌婦。罷！拼取清白紅顏點破齷齪除。

（撞旦介。旦）不許放潑！

（占）拿住了！上了刑具。

（外、小生）嚇。上刑具。

（占）這老賤人少不得死在後邊！

（老）我死了你也活不成！

（占）吩咐禁子，好生收管。

（外、小生）曉得。禁子進來！

（付）是。來了。

（占）與我把他緊緊看守。朝廷重犯，不得放縱！

（付）曉得。走！

（老）厲鬼能除逆賊，舌存堪罵妖狐。

（占）饒你人心似鐵，

（旦）怎當官法如爐！

（老）私通金虜的小賤人！

（占）敗國亡家的老賤婢！
（老）小賤人！
（占）老賤婢！
（衆）走！
（老）這等無禮，待我罵完再走。
（占）你還敢罵麼？
（老）你，你這與金人睡的小淫婦！（占呆介）
（旦）帶去收監！
（外、小生、副）嚇，快些走罷！（下）
（旦）嚇，夫人不必動氣，待我取茶來。（下）
（占）咳，常言"不道不知，不試不明"。我只道他是庸流之婦，可以愚弄，原來是個鐵錚錚刀斧不懼的，怪道養出這樣狠的兒子來！方纔把我惡言詈語，使我慚愧無地。咳，罷！總為四太子面上，也不必說了。只是如今拔刀之勢，怎生是了？嚇，我有了計了。府中有一咸方，十分勇悍，且待相公回來，差他到邊上去，投在岳飛帳下，著他相機行事，刺殺岳飛，大事必成矣。嚇，四太子嚇四太子，那知奴家為你如此用心也！（唱）

【鮑老催】有萬千反覆，奴身日夜為你圖。功勞簿上知有奴？為你恩情，愛海盟山衷肺腑。香閨有夢連宵做，相思有病通宵坐，怎見我多情處！

（外、小生引副上）

【尾聲】平章旦夕歸私府，從簇擁馬前呼。（外、小生白）老爺回府了。（下。旦）夫人，老爺回府了。（占）請進後堂來。（旦）是。老爺，夫人在後堂。（副）嚇，夫人在那裏？（占）咳！（副）夫人！（唱）你為甚吁嗟愁未除？（白）嚇，丫環。準備筵席與夫人解悶。

（旦）是。（下）

（副）夫人，你早上定計要賺岳飛母親的手書，可曾賺得否？

（占）不要說起，反被他搶白了一場，氣還未平。

（副）嚇？有這等事！可恨，可惱！如今岳飛之事，與我冰炭不同，勢不兩立，這叫做一不做二不休。只是如今將何處之？

（占）我方纔思量一計，只等你回來。
（副）夫人有何妙計？
（占）且到東窗下細講。
（副）我已吩咐擺酒與夫人飲宴。
（占）平生不做皺眉事，世上應無切齒人。
（副）夫人請！
（占）相公傳話出去，快著戚方伺候！
（副）這個容易。請！
（同下）

第二十三齣

（外、小生引淨上）

【剔銀燈】拔山力，英雄虎熊；時不利，烏騅不逝。追思戰勝歸來際，山河掃唾手風雷。（白）我欲恕人人不恕，人難容我我難容。俺，兀術。自起兵以來，所向無敵；可恨岳飛，屢屢敗我。前日無可奈何，只得將金珠、子女私送與他，求他退兵和好，誰想他執意不從。也罷，俺今日與他決一死戰。把都兒，就此發兵！（外、小生）啊呀，太子使不得，那岳家兵馬凶狠，小番每多害怕哩！（淨）嚇？你每也害怕麼？（外、小生）正是。（淨）也罷，俺如今用個"石欄伏象"之計。（外、小生）怎麼叫做"石欄伏象"之計？（淨）聽者：那岳飛神武，只可智取，不可力敵。我如今將鐵浮屠四下遠遠埋伏。我親自與他打話，一聲炮響，我就詐敗佯輸，誘他進陣。四下將鐵浮屠團團圍住他幾百層，既不與他交戰，也不與他答話，將他困死在內。咳，岳飛嚇！饒你銅筋、鐵骨，也延挨不得幾日饑餓哩！（外、小生）太子妙算。那岳飛若死，小番每就得生了！（淨）一面傳令出去，一面與他答話便了！（合唱）把君臣繫，金珠盡歸，誰想到遭顛沛！（下。老生、正末、丑、生上。生唱）

【前腔】君父仇不同在世，忠孝心死生難背。生來恨見胡兒隊，不由人怒從心起。（生白）嫩草怕霜霜怕日，惡人自有正人磨。

我岳飛，連復數郡，已進東京。爭奈兀術傾國前來與我交戰，被我屢挫其鋒。兀術之計已窮，掃蕩只在目下矣。昨日又打下戰書，約在今日會戰。王貴、牛皋！（末、丑）有。（生）你二人押住陣脚，我親自出馬與他決一勝負。（丑）元帥，待牛皋一馬當先，管教胡兒盡成虀粉，何必元帥親自迎敵？（末）元帥，那兀術屢敗，今日又來，恐其中有計，元帥不可輕出！（丑）着嚇。（生）你每不必多言，我自有道理，看他如何打話。衆將官，與我發兵！（合唱）**把君王繫，臣心痛悲，誓掃盡胡兒輩！**

（衆上戰介，淨敗下。丑）嚇，王哥，我牛皋看得眼熱熱地，也去殺他一陣。

（末）住了。元帥軍令，不可亂動。

（丑）啊喲，悶死了！

（淨上，生衆追上。淨）嚇，元帥請住馬，俺兀術有一言奉告哩。

（生）既有言語，速速道來！

（淨）此間草坡之上，盡可略談，請元帥暫息戰馬，略談片刻，再戰未遲。

（生）大丈夫以信義待人，就下馬一談何妨，請。

（淨）也吀，兩旁將士聽者：不許發冷箭；冷箭傷人，非為好漢。

（生）咳，我岳飛手中槍可以明白交易，何懼於汝？却來暗算！有何言語？速速道來！

（淨）請收槍。

（生）請。

（淨）嚇，元帥神威，諸夷共仰。俺兀術雖不才，也是一國之主，情願下禮卑詞，元帥倨傲自尊，並無一言回答！俺兀術雖是粗鹵韃靼，也頗曉這麼一二。

（生）你曉得什麼？

（淨）我怎麼不曉！

（生）你曉得些什麼來嚇？

（淨）啊喲、啊喲，我又什麼不曉！

（生）講！

（淨）我聞仲尼不為已甚，交以道，接以禮，元帥之固執，不為太甚乎？

（生）咳，汝言差矣！

（淨）差了麼？

（生）自古天尊地卑，人尊獸卑。汝不自量，犯我中原、劫我聖主、腥羶我宮禁、擄掠我人民，如天居下而地居上，獸居尊而人居卑，冠履顛倒，豈能安乎？三尺稚童，無不切齒。我岳飛清白傳家，忠孝自許，豈肯忘君父之仇，受你那犬羊之賄！

（淨）啊喲！啊喲！好罵嚇！

（生）兀術，你要我罷兵也，可也休想，可也休想。

（淨）嚇，元帥，你且休發怒，還有一言，乞盡其詞。

（生）還有何言？速速道來！

（淨）凡事不可執一而論，自古識時務者呼為俊傑，元帥既以忠孝自居，必當以仁智為念。今宋主已准和議，天下罷兵，兩邦和好，以息干戈。今元帥貪一己之功，背萬乘之主，可為忠乎？元帥久戍沙場，令堂必倚門而望。今將父母之遺體，甘冒白刃，貽白髮之親憂，可為孝乎？驅無罪之生靈，飼空山之餓虎，可為仁乎？內乏糧餉，外無救援，將老兵疲，身死何益，可為智乎？我想為人失此四者，何以為英雄嚇？元帥請自三思。

（生）咳，我岳飛但知有君，不知有身。你不復我封疆、送還我二聖，翻把那花言巧語來說我！且自上馬，決一勝負！

（淨）喲喲！

（生）吩咐軍中速擂戰鼓，待我生擒這廝。

（淨）呔，啊呀元帥，你也欺人太甚了！俺兀術呵！（唱）

【光光乍】如此的下禮不回答，勸你又不納。挺槍跳上能行馬，把宋兵殺得光光乍。

（殺介。生）兀術嚇，兀術！（唱）

【前腔】我覷你似蝦蟆，尚敢嘴喳喳？贏我槍尖方纔罷，胡兒掃得光光乍。

（殺下。末、丑上）呀！好一場廝殺也！（唱）

【前腔】看旗影閃飛鴉，刀舞亂霜花；看來眼內教人怕。沙場踐得光光乍。

（淨上）啊呀岳爺爺嚇！（唱）

【前腔】你休趕，且饒咱，救苦叫菩薩！（生上白）兀術那裏走？（唱）焰摩天拼取騰雲駕，鞭稍兒一指光光乍。

（淨下。末、丑）元帥，兀術已敗，待我等追上擒來。

（生）住了。兵法云"窮寇莫追"。我等深入重地，若追下去，恐有埋伏。

（淨內白）把都兒，與我將鐵浮屠團團圍住者！

（內吶喊）得令。

（衆上圍介，繞場下。末）元帥，他逞鐵浮屠之勢，將我等圍困在垓心，不如沖將出去，殺他個禁絕，方為好漢。

（丑）是嚇，方為好漢哩。

（生）兵法："避其銳氣"，且不可亂動。你每把馬匹且在草地上放飽了來！

（丑、末）得令。

（丑嚇，王哥，好個自在性兒。正是：急驚風，

（末）撞着慢郎中。

（下。淨率衆上）把都兒，將岳飛重重圍住者！

（繞場下。生）呀！（唱）

【風入松】你看重重鐵騎八方排，（內喊介。生）啊喲！（唱）待把咱每戕害。我安然不動如泰山，料蟻隊蜂屯空擺。（白）我岳飛今日就死呵！（唱）成馬革英雄志來，說什麼師戎償，敗名該！（末、丑上唱）

【前腔】解鞍收馬示襟懷，以逸俟他兵怠。（白）元帥，馬已喂飽。只是人不及餐，怎生出戰？（生）豈不聞："渴飲刀頭血，饑餐胡虜肉"哪！（唱）看攢山簇簇餱糧在，犬羊食吃些何害。羅雀鼠別求物外，行仁義，莫生猜。

（內喊介。生）呀！你聽東南一角喊殺連天，似有人在彼廝殺。牛臯去看來！

（丑）得令。

（下。生）此間有一小土山，我且上去一望。

（占追淨上。占）呀，那裏走？

（淨下。丑）穿白小廝，我來也。

（占）你來？吃我一錘。

（丑）啊喲喲！

（下。生）遠遠望見牛皋被一穿白小廝戰敗。王貴，快去救應！

（末）得令。

（下。生）呀，你看那穿白小廝使得好兩柄銀錘也！（唱）

【急三槍】看他馬前沖，車後擋，似飛龍勢。神斧劈，泰山開。

（占追丑上）那裏走？

（丑）啊呀呀，慢來。

（末上）不必動手，請小將軍留名。

（丑）留名嚇，留名。

（占）不須留名，要見岳元帥的。

（末、丑）岳元帥是你何人？

（占）是我父親。

（丑）難怪殺他不過。

（末）那繡旗下的就是，隨我每來。

（末、丑）啟元帥，小將軍到了。

（占）爹爹，孩兒在此。

（生）血裏沙揚，面龐不識，報上名來。

（占）是孩兒岳雲在此。

（生）啊呀孩兒嚇。（唱）

【前腔】你因何事輕身到沙場上？你把家中事說明白。

（占白）前日呵！（唱）

【風入松】道爹爹降虜背君來，把家屬盡皆扭解。恐除根斬草遭毒害，叫孩兒逃生邊寨。知此去存亡好歹？思量起，淚盈腮。

（生白）嚇，啊呀親娘嚇！（唱）

【急三槍】兒不孝，貽親累，家園敗！（白）我如今進不能夠盡忠,退亦不能够盡孝,咳!(唱)教我進與退,好難排!

(末、丑白)元帥,今日雖在患難之際,又得小將軍相聚,此乃天意與元帥成功也。家庭之事,何用悲傷,有亂軍心。

(生)言之有理。嚇,孩兒過來。

(占)爹爹。

(生)吾父子今日相會。二聖尚在沙漠。你婆婆、母親生死必在一處。我和你同葬沙場,是吾之願也。

(占)只是放婆婆、母親不下。

(生)啊呀兒嚇!(唱)

【前腔】我死忠、母死節、兒死孝;死得所,不須哀。

(占白)既如此,待孩兒引路,殺出重圍,再做道理!(同唱)

【風入松】雙龍飛出鐵城開,潮湧山崩人敗。銀冠兒猛勇岳爺愛。錘到處馬頭羅拜,不怕死誰人敢來?頭顱嫩,不經挨!(殺下)

第二十四齣

(副上白)將相本無種,男兒當自強。我乃秦丞相府中一個家將戚方是也。我自小弓馬熟嫻、臂力過人。流落錢塘,剪徑為活,被官兵獲住。幸得秦丞相見我一身勇力,免我一死,收為家將,十分擡舉,我相爺近為岳飛不遵和議差我前來行刺。被我混入營中,只是難以下手;奈他昨日兒子又到,猶如虎添雙翼。問得金人已北去,如今宋兵已復東京,若再遲延,事不濟矣。我如今不免備下弓弩,先入東京城內,相機行事便了。正是:欲報主人命,不辭涉險勞。(下)

第二十五齣

(外、小生上白)走嚇!(唱)

【出隊子】蒼生赤子,淪沒腥羶醜虜中,衣冠無奈變夷風,捫地號天無處控。恩出重生,天賜岳公。

（白）我每多是東京百姓，久没京邦，幸得岳爺奮力大戰，殺得金酋連夜北去，我每纔得重見天日。為此備下壺漿、酒食、香花、燈燭，迎接岳爺兵馬入城。

（內吹打介）呀，你聽鼓樂喧天，想是岳爺兵馬到了，不免打掃則個。噌，眾朋友，快點掛紅結彩，迎接岳爺進城嚇！

（下。生內白）傳令各營，把人馬扎住城下，不許一人進城騷擾。違令即時梟首！

（內）得令。

（老、正扮軍士，占、末、丑引生上）

【引】兕虎連宵逃遁，狐狸尚隱瑤宮。

（外、小生白）東京百姓敬獻酒食，以表寸心。

（生）生受你每。就煩引導到諸帝宗廟去。

（外、小生）是。

（眾唱）

【出隊子】離宮別館，瓦礫成堆荊棘叢，頹窗猶掛碧紗籠，夜月烏啼泣曉風。昔日繁華，依稀夢中。

（外、小生白）此是諸帝廟了。

（生）排香案！（眾應）

（生）宋家諸帝仙靈在上，孤臣岳飛朝拜。

（眾同唱）

【刷子芙蓉】稽首禮長空，原來廟靈塵土蒙。叢啟太祖諸靈，今日見我孤忠。悲忡，誰弄得江山若是？教人見傷心哀痛！（白）我想太祖手持一條杆棒，打下百二軍州，不料傳至今日，如此頹氣也！（唱）一似敗陵破隴！（白）啊呀二聖嚇！（唱）棄江山遠征沙漠杳無蹤。

（生白）嚇，這是什麼樓？

（外、小生）這是翠華樓——金人牧馬在內，故未拆毀。

（生）我連日鞍馬勞頓，各人暫在樓下安營，我在樓上少息片時。

（眾）嚇。聽得一聲令，偷將半日閑。（下）

（生）上得樓來，呀！你看：宮也無、殿也無，破壁危闌花柳疏，狐狸禁苑呼。（副暗上）（生）君也孤、臣也孤，行旅嗟吁故舊疏，英雄按劍呼。（唱）

【傾杯芙蓉】臨風付歎吁，淚灑紅，感昔傷今痛。（白）我記得向年蒙聖恩賜宴遊宮，傳道二聖在翠華樓觀看，念此洪恩，敢不粉身圖報。我今看此敗樹、危樓，怎不痛切傷心也！（唱）説什麼翠繞、紅圍、玉砌、香鋪，秋月、春花，暮鼓、晨鐘！（白）啊呀且住。我又想起國恥君仇，不覺令人切齒。（副攀弓搭箭介。生唱）我捐生為念君恩重，邊將擴忠將夙志公，那時朝金闕、賜黃官短節，羨五湖煙水一帆風。

（副白）看箭。（生下）

（副）咦，妙嚇！那岳飛被我一箭，倒地無聲，必然死了。我今不免報與四太子知道。雙手劈開生死路，一身跳出是非門。（下）

（生上看介）衆將，拿奸細！

（末、占、丑上）來了！（唱）

【雁過芙蓉】將軍數當窮，專諸暗中逢，明槍易躲暗箭凶，英雄到此渾如夢。（同白）奸細在那裏？奸細在那裏？（生）我在樓上觀望，忽射來冷箭一支。（衆）可有名字？（生）上有咸方名字。（衆）可曾受傷？（生）幸有襯甲，不曾傷損。（丑）待我去拿來。（生）且慢。我如今將計就計，只説已被射死。軍中都要服麻戴孝、哭聲四起。那兀術聞之，必定復來，擒之必矣。再一面搜取奸細，以報一箭之仇便了。（衆）得令。（生）過來！（衆）有。（生唱）多要分頭去，急追蹤捕風。（衆唱）那怕他昇天入地會騰空。（同下）

第二十六齣

（老旦、正旦引淨上）

【山桃芙蓉】岳元帥，天神勇，又兼個銀冠猛。（副上白）四太子請住馬。（二旦）有個蠻子請太子住馬。（淨）抓過來！（二旦）嚇。（副）特將驚喜事，前來説與知。小的叩頭。（淨）你是何人？

（副）小將奉秦丞相鈞旨，特來行刺。（淨）住了。行刺那個？（副）行刺那岳飛。（淨）嚇嚇，起來講！行刺岳飛，事可成否？（副）太子聽稟：那岳飛呵！（唱）難防暗箭英雄送，翻身跳入刀槍閧。（淨白）嚇？那岳飛叫你射死了？（付）被小將一箭，倒地無聲，立刻死了。（淨）你叫什麼名字？（付）小將叫戚方。（淨）好戚方，我的兒！你的功勞也不小。後營飲酒去！（副）謝爺。（下。淨）啊喲喲，好灑銀嚇！（衆）好灑銀嚇！（淨）把都兒，那岳飛已死，你每各整精神；一面差人打聽的實，就來回報。（二旦應下。淨）嚇，哈哈哈！正是：不施萬丈深淵計，怎得驪龍頷下珠。咳，岳飛嚇，岳飛。俺一天好事已在手掌之中，被你殺得俺奔走無門，豈知你今日死於一卒之手！（唱）到如今誰把英雄逋？（合唱）滿營歡呼，酹酒謝天公。

（二旦上白）報！啟太子：那岳飛果然死了，銀冠亦自刎身亡，營中哭聲震天；三軍慌亂，多投往西北去了。

（淨）嚇，那銀冠兒也死了？

（二旦）正是。

（淨）啊呀灑銀嚇！

（內）灑銀嚇！

（淨）不想他父子俱死，那王貴、牛皋何足慮哉！吩咐軍中宰牛殺馬、祭賽天地，一面著戚方引路，連夜殺奔東京便了。

（二旦）得令。

（淨）俺兀朮今番可以橫行天下也。（唱）

【醉花陰】銳氣英雄再重好。（內白）好灑銀嚇！（淨）呀！滿營中歡聲也那不小。我旗幡重整馬重驃，慶賀酒吃一個醉酕醄。（白）岳飛！可憐你對西風妄把英雄弔，枉從前空自逞英豪，只落得一箭身亡，把功勞似風掃！

（外、小生、副上）啊呀不好！

（二旦）啟太子，四下有人奔走。

（淨）與俺抓過來。

（二旦）嚇。

（捉外、小生、副介。二旦）走！走！

（外、小生、副）福無雙至，禍不單行。啊呀饒命嚇！
（二旦）蠻子當面。
（淨）你每是什麼人？
（外、小生、副）小的每是岳爺手下兵丁。
（淨）既是兵丁，為何如此打扮？
（外、小生、副）小的每隨侍岳爺，所向無敵。不幸他父子俱死，那牛皋、王貴幹得甚事！
（淨）嚇，嚇！
（外、小生、副）況他二人呵！（唱）

【畫眉序】一味逞英豪，酷法無恩恣殘暴。更留戀酒色，有甚軍條！（淨白）難道你每就捨之而去麼？（外、小生、副）岳爺在日，軍令森嚴；今日肆無忌憚，營中多不願為軍了！（唱）做一個樹倒猢猻，好一似失林的烏鳥。（淨）既然如此，放你每去罷。（外、小生、付）多謝元帥！（二旦）去罷。（外、小生、副唱）此恩他日銜環報，再不去荷戟持刀。（下）

（淨白）嚇哈嚇哈，妙嚇！你看宋軍多已逃散，俺可以長驅直入也！（唱）

【喜遷鶯】做一個迅雷風掃，沒頭蛇奮什麼雲霄！得這虛囂，撞軍營似平堤坦道，怎如得向日英雄泰山價牢！（二旦）啟太子：進得宋營，人影不見，莫非中了計麼？（淨）閃開。（二旦）嚇。（淨）你每不見方纔逃去的兵丁，說多已散了？那王貴、牛皋濟得甚事！（二旦）是嚇。（淨唱）自今朝平白地踹平山島，有誰人再敢逞這謀略？

（二旦下。末上。淨笑，接戰。丑引占上。占）呀，兀術那裏走？
（淨）嚇，啊呀呀！
（生上）兀術，本帥在此。
（淨）啊呀罷了！（敗下）
（衆追上）走了。
（生）王貴、牛皋，帶領五千鐵騎，追趕兀術，不得放縱！

（丑、末）得令。

（下。生）岳雲聽令！

（占）有。

（生）與我即刻草成奏章，星夜到臨安報捷；一面打聽你婆婆、母親消息。

（占）得令。

（下。老、正、副上）走！走！啟元帥：營中搜出刺客戚方當面。

（副）爺爺饒命嚇！

（生）你這賊子！我與你何仇，放此冷箭？快說，何人所使？

（副）是秦丞相所差。

（生）又是這奸賊。與我上了囚車，解京對證。

（副）咳，罷了罷了！（下）

（生）與我傳令，好生把守東京。我親往五國城迎請二聖還朝便了！

（二旦、外、小生）得令。（生唱）

【滴溜子】從今後金兀術魂飄膽消，誓滅盡此賊國仇得報。自今把忠義心略表。奸人枉用心，誰知天報！兀的奸謀，同同電掃。（同下）

（淨上白）啊喲，殺壞了，殺敗了！（唱）

【出隊子】只教俺無門可告，對天口苦叫號。到如今昇天入地怎生逃？（內白）趕嚇！（淨）啊呀岳爺，俺兀術今後呵！（唱）也再不肯逞虎威把你中原來攪。我走嚇，走的俺悶昏昏盔歪得這槍倒。（下）

（正、老、副、小生引丑末上）

（丑、末白）衆將官，與我緊緊追上者！（唱）

【鮑老催】不留一毛，兒童老叟只一刀，日夜追趕難恕饒。（白）我元帥前日在翠華樓被戚方放枝冷箭，幸有襯甲，不曾受傷？反將計就計，揚言中箭。（末）那兀術不知是計，認以為真，就領傾國之兵而來，不想我伏兵四起，唬得兀術魄散魂飛。（丑）元帥命我二人追趕，必要掃盡胡虜，方許退兵。(末)衆將官，大家並力殺去。(丑)必要拿住金人，各個有賞！(唱)除是天上飛、底下攢，多追到。天昏地黑煙雲擾，兒啼女哭屍橫倒；敗樹葉，狂風掃。(下)

(淨上唱)

【刮地風】俺則見殺氣騰騰滿四郊，分不出前、後、低、高。想當日破宋英名好，到如今時衰一旦拋！(內白)拿兀術！(淨顛介。內)休放走了兀術嚇！(淨嚇！)(唱)只聽得"休走了兀術"的聲聲叫，也罷，俺只得棄兜鍪、裂下了征袍！這壁廂、那壁廂望空周遭，虛影過似旗幟飄，樹林邊疑是弓刀。(內喊介。淨)啊喲！(唱)風聲鶴唳魂驚落。(白)啊呀兀術嚇！(唱)你把那霸業心付水漂。

(內喊介。淨)啊呀！啊呀！(下)

(小軍、丑、末上唱)

【神杖兒】穿林渡島，雷轟電掃，聽哀聲滿道。(白)我每奉令追趕，不分晝夜追來，不知什麼地方了。(末)趁這殘月朦朧，再追上去！(唱)料難輕輕饒了，多應今夜裏渠魁追剿。能削草，肯留苗？能削草、肯留苗！(下)

(淨，上下馬跌地介)俺兀術單人獨騎行了七日夜，力盡筋疲，水米不曾沾牙，況又追兵漸近，今番性命休矣！

(內)拿兀術！拿兀術！

(淨，上馬跌下，復上馬介)也呔，岳飛嚇岳飛，俺和你什麼死冤家？苦苦追趕俺怎的？(唱)

【四門子】急煎煎盼不着藏身窖也，戰、戰駒兒可也災星照。人不及餐，馬不及草，騁沙場不論昏和早；爬的是山，渡的是濠，呀！此去何方是了？(下)

(外上)得福何須喜？受禍也休悲。人間興廢事，不在幾多時。貧道鮑方是也，身列仙班，掌人間之大劫。今有大宋徽、欽二帝荒於酒色，聽信奸邪，將玉帝表札誤書奏上。玉帝大怒，差下赤鬚龍攪亂他的江山，將他囚禁。今當數滿，令其返國，又差白虎將岳飛等提兵掃盡金人，伏屍千里。上帝命我遣角端神獸擋住金兵，海中再現金橋一座，渡兀術過北海以全其種。此乃上帝好生之德，原非

庇佑夷狄也！（唱）

【滴滴金】你看天門殺氣昏迷了，原來世上龍爭虎鬥攪，穹蒼生肝腦塗荒草。走休慌，追慢到，翻箱倒櫃，好生心暫將身命保。怕犬羊敢犯，把中原自招！

（淨內）啊喲喲！

（外）呀，那邊兀術來了，我且按下雲頭，看他如何措手？（下）

（淨上唱）

【水仙子】走走走，走得俺沒處逃；怎怎怎，怎說得窮寇休追最上着？（內吶喊介）聽聽聽，聽一派軍聲滿四郊；望望望，望一派刀槍擾。（白）呀，行到這裏，白茫茫一片大海。你看前無去路，後有追兵，俺兀術今番死也！（唱）悲悲悲，悲煞我垓下、烏江到。（白）皇天嚇！（唱）做做做，做一個英雄死赴馮夷弔。（白）罷了，事已危急，不如跳在北海內死了吧！（鬼上現橋介）呀，你看海中霎時現出一座金橋，多應是天救俺也！（唱）我謝謝謝，謝天意未肯滅金朝。

（白）也呔，誰敢來？誰敢來？哈哈哈！

（下。眾軍、末、丑上）走嚇！行人趕行人，一程又一程。

（末、丑）呀，方纔明明見一人一騎，趕到此間，為何不見？與我四下搜捕一番。

（眾）嚇，啟將軍：前面有一異獸擋路，非虎非彪，一角三足、口吐煙火，人不敢近。

（末、丑）不信有此事，待我每看來。

（獸上介）呀，果然有異獸擋路，我每下馬來禱告一番：蒼天在上，我二人奉元帥將令，追趕到金酋，到此忽有異獸擋路；若天意不該滅金，你可高叫三聲而去。（獸叫三聲跳下介）呀，果然大叫三聲而去，兀術數不該絕。這裏可有土人？抓他一個來問。

（眾）有個道人來了。

（丑）抓來。

（外上）萬事分已定，浮生空自忙。

（眾）將軍喚你。

（外）將軍稽首！

（末、丑）罷了。你還是雲遊到此,久居於此的?
（外）貧道是久居於此的。
（末、丑）此處是什麼地方?
（外）是北海邊。
（末、丑）我每出塞來有多少路了?
（外）八千餘里。
（末、丑）前面可還去得麼?
（外）將軍!（唱）

【雙聲子】他不道,他不道今日裏遭君剿;伊過暴,伊過暴怕一報還一報。（末）你敢是兀術奸細?（丑）來說我每回軍麼?（外）非也!（唱）有數定着,不可逃。華夷天塹,各自高標。
（末、丑）我每不信。
（外）將軍不信?擡頭觀看,北斗歸南了。
（下。末、丑）我每看來。呀,果然北斗歸南了。嚇,道人呢?
（衆）化陣清風而去了。
（末）這也奇怪。人馬不必前進,差人報與元帥知道便了。
（丑）有理。正是:用箭當用長,
（衆）挽弓當挽強。
（末）射人先射馬,
（衆）擒賊先擒王。（下）
（淨上）嚇,啊呀,哈哈哈,好灑銀嚇!俺兀術如入雲霧,已過北海來了。你看追兵已不見了。俺且下馬拜謝天地!
（跪拜介。唱）

【尾】俺這裏舉手遙空重拜禱,向鬼門關救回俺這胡騷。從今後小番每牢記着,再休想不守分、犯天條。（下）

第二十七齣

（生上）
【引】功成名就男兒願,孝養還疏遠。

（白）我岳飛。被秦檜暗差戚方行刺,我幸無妨,反將計就計,大敗兀術。我已差鐵騎追趕,誓必掃盡金酋;只是二聖尚在五國城,未知存亡下落。已曾吩咐軍中備下鑾輿法駕,扎住村口;我已野服齋戒,往五國城迎請二聖。你看此地白草連天,黃沙蔽日,好荒涼所在也!(唱)

【香柳娘】望孤城樹杪,鳥棲鹿放,痛君王怎受這淒涼況!(白)來此已是城下了。城門大開,不免進去。呀,你看敗垣破壁、兔走狐奔,人影也無,却是個空城。我岳飛此來,指望迎駕還朝,誰知杳無蹤跡。啊呀二聖嚇!(唱)**敢為腥羶難捱?為腥羶難捱?厭世返瑤房,鼎做冠履葬?生死存亡,毫無影響。**

（白）行過山來,不覺數里。你看日已西沉,回營不及了,如何是好?(內木魚聲)呀,那裏有木魚聲響,不免上前問一聲。

（外內白）阿彌陀佛!

（生）那邊有個老道士來了,上前訪問則個。

（外上）此身不向今生度,更問何生度此身!你是那個?

（生）老道,我是問路的。

（外）這裏深山窮谷,已近黃昏,莫非是鬼麼?

（生）老道不須驚訝。我是南方人,尋訪一個親戚,不想天色昏黑,你既是男子,不妨就住一宵。請進去。

（生）老道,我是南方人嚇。老道聲音不像北方生長,請教高姓?

（外）嚇,你問我姓名麼?我姓宋,不姓趙。

（生）姓趙? 嚇姓宋……請問老道,可知二聖何在?

（外）我兒子在裏邊念經。

（生）不是,問的是南朝的皇帝嚇。

（外）你要招個女婿麼?

（生）南朝皇帝。

（外）咳,我不耐煩與你兜兜搭搭,你就此處睡吧,我也進去睡了。欲知放醒無如夢,方見生時不若亡。阿彌陀佛!(下)

（生）咳,天嚇! 我尋覓了幾日,人影也無;今見道人,又是耳

背——我問他東,他倒答了西去。好難明白!我左右睡不着,不免對天禱告一番!(唱)

【鎖南枝】我忙稽首,拜月光:天,天鑒我一片腸!我萬死復封疆,不知二聖今何往?我思量起珠淚汪,望虛空如飛報應響。

(小生上唱)

【前腔】夢裏家鄉遠,提起鄉情事復長。(生白)裏邊又有一個道長來了。(小生唱)忽聽有鄉人鄉語,不覺觸起鄉情,和淚把家鄉望。(生白)呀,上人!(小生唱)客官,你因何到此方?試問姓和名,和你敘鄉黨。(白)坐了講。

(生)咳,可見山野之人,坐也不分一個賓主。

(小生)客官,看你模樣好像是南方人。何事至此請道其詳。

(生)上人聽啟。(唱)

【前腔】我是湯陰縣,家世良,學成文武作名狀。(小生白)原來是一位殿元。為何到此?(生唱)豈知遭着這流離,君父多飄蕩。(小生)唔!(生唱)因此冒萬死,到窮荒。願得早團圓,頃刻見親黨。

(小生)咳!(唱)

【前腔】莫與愁人講,愁人愁正長。我有那宗人、宗令,到得患難之間,有那一個能相傍?(生白)咳,可憐!(小生)嚇,客官嚇!(唱)你要訪何名姓,作何勾當?他是你何親,這般痛悲傷?

(生)說起非同小可。(唱)

【前腔】他年方壯在都汴梁,(小生白)有些意思。(生唱)金枝玉葉龍鳳龐。(小生白)為甚漂流?(生唱)只為着國破家亡,被虜驅前往。(小生白)可知下落?(生唱)聞說在五國城,又誰知空殿荒!(小生白)是何名號?(生唱)他曾掌宋江山,號靖康。(小生唱)

【前腔】你實道名和望。(生白)在下是岳飛。(小生唱)你因何到此方?(生白)那兀術已敗,特來迎駕還朝。(小生)嚇?你特來迎他還朝?(生)正是。(小生)啊呀且住!(唱)只恐怕還是那奸人設計。(白)過來!(唱)他與你有何義、何恩,你獨自一個來相訪？（生白）奉旨前來迎請。（小生）住了，你就要迎請二聖回金鑾——（唱）只是那兀術，勢不可擋。（生）金酋已掃盡，特地前來迎請。若知消息，望乞指引。（小生）嚇？那金人多已掃盡，故特此前來迎請二聖還朝的？（生）正是。（小生）嚇，啊呀哈哈哈！如此説來——（唱）我就是宋官家，何用再相訪。

（生白）嚇？就是聖駕？（跪介）臣該萬死！

（小生）平身！

（生）太上皇今在何處？

（小生）方纔那老道就是。

（生）如此謝天地。嚇，竟被我訪着了。這也可喜，這也可喜！

（小生）父皇快來！

（外上）自不整衣毛，何須夜夜號！如此大驚小怪？

（小生）方纔講話的是岳飛，他已掃盡金酋，特來迎我每還朝的。

（外）如今岳愛卿在那裏？

（小生）這不是麽？

（生跪介）岳飛朝見！

（外）起來！好嚇，你來迎我每還朝！哈哈！怪道昨夜夢見乘龍上天，果應此兆！

（正、淨、老、末扮小軍上。外、小生）岳愛卿，多虧你了！

（生）萬歲！

（眾小軍）走嚇！踏破鐵鞋無覓處，得來全不費工夫。元帥不見回營，莫非在這草庵內？

（生）門外喧鬧，待臣去看來。

（眾）嚇，元帥在此。

（生）不許囉嗦！聖駕在此，取冕服過來！

（眾）嚇。

（取衣，外、小生換介。生）臣岳飛朝拜，願吾皇萬歲！

（外、小生）平身！

（生起介）就此起駕！

（眾）領旨！（唱）

【甘州歌】山呼頓首。看馬蹄車轍,震谷驚丘。山花野鳥,三載伴人清幽。今朝已離邊戍苦,還怕長安非舊遊。（副上白）山頭月,塞上秋,般般多是動人愁。（眾）來的什麼人？（副）我是野老,聞得二聖還朝,特來進獻酒食並玉龍神珮。（小生）寡人昔日若無你青飯野菜,幾乎一命難逃。（外）吾父子再領你的美情。（生）聖上,山野粗食,不堪御用。（小生）愛卿你有所不知,嚮日朕與太上皇在風雪古廟之中,得此而食,其味甚美。（生）是。（小生）傳旨把野老帶回朝去,拜為思羹侯,賜他黃金千鎰,以為一飯之報。（副）萬歲！走開點,思羹侯來哉！（下。小生）傳旨前行！（眾）是。（唱）胡笳奏,牧馬收,回頭幾度淚凝眸。

（小生白）這是什麼地方了？

（生）是滹沱河。

（外、小生）咳！（掩淚介。）

（生）啊呀陛下！（唱）

【前腔】你是潛龍風雨困,豈無端觸目,反動離愁！（小生白）朕嚮年北行之時,我母后、梓童在此殉節而亡。今日誰想重到此處？怎不痛心傷感！（唱）楚音何處？望招魂再返湘流。（哭介）啊呀母后嚇！（唱）心愁脈脈浮雉尾,（哭介）梓童嚇！（唱）血淚盈盈縊馬頭。（生白）聖上請免愁煩！（眾唱）休挹快,免涕流,前途歌舞正悠悠。千年恨,萬載仇,浮雲風掃一時休。

【尾聲】六龍車,紅雲復,長安還在望中浮。再休向萬壽離宮續舊遊。（同下）

第二十八齣

（占上）

【引】誰知追悔已無及,設機謀,到今何益！

（白）早知今日,悔不當初。我只嚮年身擴金邦,丈夫將我獻與四太子,十分情好,託我南朝做個細作。誰想天不從人,一事無成,反被岳家成了大功。如今兀術已敗、東京已復、二聖已還，我想我岳家不念舊惡還好；倘若發覺，我夫婦就無容身之地了。

（副上）咳，暗地裏損人輪到我，逆風點火自燒身。怎麼了嚇！

（占）相公為何如此慌張？

（副）噫，你害得我不淺嚇！

（占）害了你什麼？

（副）我好端端做平章之位，一生富貴也够了。多是你今日殺岳飛，明日殺岳飛；岳飛不曾殺得，看看輪到自己身上來了！

（占）呀啐！多是你在四太子跟前設誓，與我什麼相干？

（副）呀呀，這是個脫身之計嚇。離了他的地方，一椿事撇開了嚇。那岳飛與你有甚冤仇，苦苦要去殺他？倘此事發覺起來，多是你嚇！

（占）倒說得乾淨！自古罪坐於家長，是你的主意，我是強得你的？

（副）我當初原是有主意的，被你終日耳根前說四太子長、四太子短，如今四太子呢？掃興！

（占）啐！四太子那裏我要如此的？還虧你說！羞也不羞！

（副）唔，羞也不羞我曉得嚇！（唱）

【劉潑帽】你與他私情結，好將咱惑。好事兒以曲作直。（占唱）又非桑間、陌上情兒覓，把老婆換個平章，還虧你羞不識！

（老、丑引淨上）走嚇！（唱）

【賺】駕貼機密，擒拿奸黨是叛逆。（白）這裏是了，打進去。（副）列位何來？（老、丑、淨唱）且莫驚嚇，官家拿你辨虛實。（付白）辨什麼虛實？（淨）聖上有旨：“賊臣秦檜同妻王氏暗通金國、謀害忠良，着錦衣衛拿下。”上了刑具！（老、丑應介。占唱）悔無及。從前做事難自適，事到頭來推不得。（內衆喊介）好奸賊！（副、占唱）你聽萬民唾罵聲不絕，還有何言來辯白！（淨）封鎖了。帶了走。（唱）誰不要寢伊骨皮，寢伊骨皮！（同下）

第二十九齣

　　（末、旦引外上。外白）士為知己情甘死，女為悅己倍添容。孤臣不惜頭顱贈，英雄自古識英雄。下官，李綱是也。向為秦檜弄權，沉冤狴犴。且喜今日二聖回鑾，國仇已雪，復見太平，人民得所，皆賴鵬舉之功也！昨蒙官裏欽召入覲，大開御宴——聖上父子團圓，賜宴犒賞功臣。只等鵬舉到來，一齊入朝謝恩。左右，岳爺到時，急忙通報。

　　（丑、淨扮劊子引生上。生）十載劬勞變鬢毛，歸來解甲血腥臊。君王若念孤臣力，乞賜五湖煙水澆。

　　（丑）岳爺到！

　　（外）少保請了。

　　（生）大人請上，下官拜謝。

　　（外）老夫也有一拜。憶昔當年禍患業，

　　（生）君王遷徙亂離宮。

　　（外）老天未絕中原主，

　　（生）一鼓歡呼靖虜鋒。

　　（外）恭喜令堂、老嫂俱各無恙。

　　（生）多蒙大人周恤老母、山妻，幸得無恙，還要踵門叩謝。

　　（外）不敢！

　　（小生）聖旨下！

　　（衆）接旨！

　　（小生上）

　　【引】麒麟圖閣盡英雄，聖旨褒封慶有功。

　　（照舊云云）詔曰："朕惟邦家不造，遭此憫凶；父兄北轅，朕躬南渡。國家大仇，臥薪嚐膽以圖報復。賴爾中興武臣岳飛，奮不顧身；文臣李綱，協力輔政，同建大功。今得父兄團聚，邊疆盡伏，皆爾等之功也。特封岳飛為武穆王，食邑五千戶；李綱封靖國公，領左右平章事。岳母魯氏，封為相州郡主；妻張氏封為鄂國夫人；子岳雲封孝義侯。奸臣秦檜、妻王氏欺君誤國,朕當寢皮食肉,即令李、岳二卿勘問回奏。其餘李若水、宗澤等,忠義凜然,另行祀封襃祭。爾其欽哉!"

(外、生)萬歲,萬萬歲! 恭喜! 賀喜!

(外)我等奉旨勘問,從公問斷,不負聖主便了。

(生)有理。請。

(外)奸臣多喪膽,

(生)忠士笑顏開。左右,帶秦檜夫婦聽審!

(丑、淨)領鈞旨。喲,秦檜、王氏走動!

(副、占上)從前做過事,沒興一齊來!

(丑、淨)秦檜、王氏當面。

(副)二位大人請了。

(外、生)怎麼不跪?

(丑)跪嚇!

(副)昔為朝內相,今作陛下囚。求二位大人哀憐,少存體面。

(外、生)你這奸賊還存什麼體面? 打膝蓋!

(占)老爺叫跪就跪了,還要多說。

(副)就跪。

(外)嚇,秦檜,你任平章,當以忠孝自持,

(生)為何與金國通謀,排險忠良,以此亂法? 你有何辯?

(副)二位大人!

(外、生)還稱大人! 掌嘴。

(衆應,占)啐,稱老爺!

(副)嚇,老、老爺!

(生)你假詔班師,使戚方行刺,並有王氏私書,

(外)暗通金虜,排陷忠良,還有何講?

(副)大……啐、啐,老、老爺在上,這幾節實非秦檜本懷。哪,都是惡妻王氏長舌婦的奸計嚧!

(占)啊呀二位老爺嚇! 不要聽他。噲,你是男子漢嚇,又是朝中大臣,自己做了事,反推在婦人身上,好不識羞!

（副）喲喲！

（外、生）不須爭辯！秦檜講來，怎麽多是長舌的奸計？

（副）二位老爺，那日呵！（唱）

【憶多嬌】君被辱，無所贖。（白）秦檜一身被虜，死生難保。不想那賊婦呵！（唱）他就暗地淫奔兩下睦。（占白）沒有此事，二位老爺不要聽他。（生）下去！（衆）不許多説！下去！（副）以後秦檜回南，蒙聖寵顧，立意要恢復的呀！（外、生）怎不恢復，反施誤國？（副）那裏當得這賤人——（唱）只管在耳畔叨叨將和、守逐。（生白）你不該聽你那賢妻之言纔是。（外）今日罪坐於家長了。（副）我秦檜死是該死了，只求二位大人開恩！（唱）今日呵，死有餘辜！死有餘辜！全是他雲翻雨覆。

（外白）帶下去！

（生）帶王氏上來！

（丑、淨）嚇，王氏當面。

（生）嚇，王氏！

（占）老爺！

（生）你丈夫説你與金主有私情，故爾設計害賢。

（外）還有何辨？

（占）爺爺嚇！自古天字出頭夫做主。他嚮年被虜之時呵！（唱）

【前腔】身被拘，志氣毒。（白）我丈夫没廉耻，教我去勾引兀術。（生）你從也不從？（占）嚇，爺爺，小婦人是貞烈之婦，立意不從。（外、生）哈哈，好個貞烈之婦！（副）啊喲，好老臉嚇！（占）他在兀術面前呵！立誓回南將和議復。（白）就是要殺岳老爺這件事，小婦人再三阻擋的嘘。（生）排陷忠良、假詔班師、使戚方行刺一節——（唱）我也曾勸解多番，勸解多番，以致今朝反目。

（生白）下去！

（副）啊喲，好騷淫婦嚇，真個説他不過！

（生）嚇，秦檜，你曾讀詩書，怎行此狗彘之事？

（副）二位老爺不要聽他，他是有名的長舌婦，憑你利口，説他不過。二位老爺不信,他懷中尚有金念珠一串,是兀術的表記。
　　(生)左右搜來!
　　(占)没有嚇。
　　(搜介。淨)果有金念珠。
　　(呈介。副)如何如何?
　　(外)深為可笑!
　　(生)下官向朱仙鎮上,獲得王氏私書,恰合其事。你還有何辯?
　　(占)小婦人還有辯。
　　(外)還有何辯?
　　(占)他既知小婦人與金主私通,怎麼直到今日纔説出來?明明排陷小婦人了。
　　(外)真是敗俗傷風、寡廉鮮恥的奸賊。劊子手,都綁起來!
　　(副)你如今叫四太子來替替呢。
　　(生)劊子手!
　　(淨、丑)有。
　　(生、外唱)
　　【鬥黑麻】將他劍劍抽筋、刀刀割肉、斷脊剜心,剖腸破腹。莫須有再誰聽?天道昭昭,報復恁速。綱常反覆,廉恥事事没。禽獸何分,禽獸何分,與犬羊性睦!
　　(白)與我斬訖報來!(丑、淨押副、占下)
　　(生)大人,今日之舉,可謂快事也!
　　(外)奸臣之報,正該如此。
　　(內白)殺得好嚇!
　　(淨、丑上)禀爺!小的奉令斬了秦檜、王氏,那些衆百姓呵!(唱)
　　【前腔】滿道上歡呼,典衣慶祝。又有怒擲其頭,爭咬其肉。(合)能排陷,善殺戮。誤國欺君,奸謀恁毒!(生白)把首級號令通衢。(外)嚇,大人!如今大惡已除,萬民歡樂。同至午門謝恩回奏。(生)有理。打道!(唱)今日梟頭斷足,書書事事錄,曉諭通

衢，將他面南背北。（同下）

第三十齣

（老、正上唱）

【泣顏回】龍虎慶風雲，喜君臣得意殷勤。相攜便殿，天恩世掌絲綸。重沐寵倖，感皇恩，德厚多封贈。也不負報國精忠，方顯得教子成名。

（生上唱）

【引】感謝聖明君。（占上唱）今喜滿門封贈。

（生白）母親請上，孩兒拜見。

（老）不消了。

（生）母親諄諄庭訓，遂得朝廷恩寵。

（老）我兒奮身護國，方能婆媳褒封。

（生）夫人代調菽水，又承教子有方。

（旦）相公誓復國仇，端賴一力回天。

（占）婆婆！爹媽！孩兒深蒙祖蔭，得沐世襲一侯。

（老）我兒，秦檜夫婦怎生處置了？

（生）母親，且喜聖上着孩兒勘問明白，押赴市曹淩遲了。

（老）且喜二聖回鑾，又除大惡，天下從此太平了。

（生）母親，一家多有封贈，大家望闕遙拜！（同唱）

【山花子】岳侯至此何曾殞？幸今朝已戮奸臣。願邊疆從此太平，復國仇盡掃胡塵。論傳奇可拘假真？借此聊將冤憤伸。本色填詞不用文，嬉笑成歌、削舊為新。（同下）

臨春閣

（雜劇）

清·吳偉業

【作者簡介】作者生平見《秣陵春》。

【劇情概要】該劇為一本四折,屬北曲。取材於《陳書·張貴妃傳》和《隋書·譙國夫人傳》。劇寫南朝陳國譙國夫人洗氏有武功,任嶺南節度使,總領嶺南六州兵馬巡視邊事,人皆服之。陳後主貴妃張麗華,文才出眾,輔佐後主,盡心國事。洗夫人因功績卓著,被陳後主召見,在臨春閣賜宴慰勞,並予以褒獎。貴妃張麗華奉命相陪並吟詩助興,張麗華與洗夫人相互敬重。之後,洗夫人護送張麗華駕赴青溪寺進香並聽智勝禪師講經。智勝禪師向張麗華、洗夫人暗示日後陳朝的滅亡命運,張、洗二位不解。洗夫人南歸後不久,隋兵南下攻陳,洗夫人聞知消息,即提兵勤王。勤王途中,洗夫人深夜巡營後,於帳中打盹之時夢見張麗華前來相會,言語中語辭哀婉悲怨,令人傷懷。軍中鼓聲驟響,張麗華受驚而去,洗夫人也從夢中驚醒。醒來後,聞知隋兵已攻破金陵,陳後主出降,張麗華被殺,洗夫人這纔悟出智勝禪師講經時預言之意。正在不勝歎息之時,部下送來了智勝禪師的詩偈,偈中暗示她應當遣散軍隊,出家修道,以避禍亂。洗夫人在心灰意冷之際,決意將隨征銀兩數十萬盡數散給軍士,遣散諸軍後入山修道。部下見她去意已決,便推舉她的兒子為將領。《臨春閣》在人物和事件的敘述上,與史料記載有較多出入。為表達對明朝滅亡的哀痛之情,作者不僅摻入神仙道化的內容,還對諸多歷史史實進行藝術化的處理。

【版本流傳】一、清順治間原刻本。標名云"臨春閣"。署題著者為"灌隱主人"。正目云:"洗夫人錦傘通侯,張貴妃彩筆詞頭。青溪廟老僧說法,越王臺女將邊愁。"二、雜劇新編第二卷。標名云"臨春閣"。著者署名云"梅村吳偉業"。正目同原刻本。三、清振古齋重刻本。標名、署題、正目與原刻本相同。四、清姚燮編《今樂府選》所收本,第二十九冊。標名云"臨春閣"。著者署題"灌隱主人"。五、貴池劉氏輯刻《暖紅室匯刻傳奇》本。標名云"臨春閣"。分署云"灌隱主人原本。夢鳳樓、暖紅室刊校"。正目同原刻本。六、清宣統二年(1900)刻、長洲吳氏編《奢摩他室曲叢》第一集所收本。《梅村樂府二種》之第一種,有宣統二年沈修序。標名云"臨春閣",下注"奢摩他室叢刻之"。著者署題云"灌隱主人"。正目同原刻本。七、《清人雜劇初集》本。據徐乃昌舊藏原本影印。本書以《奢摩他室曲叢》第一集所收本為底本,校之以《清人雜劇初集》所收本。字詞不一致之處,擇善而從。

【演出情況】未見有關該劇演出的記載。

(黃　燕)

正目：冼夫人錦傘通侯，張貴妃彩筆詞頭。
青溪廟老僧説法，越王臺女將邊愁。

第一齣

（旦戎服錦傘，雜從上）中原逐鹿辨雌雄，誰辨雌雄俗眼同。天使李陵兵敗北，不教女子在軍中。自家高涼冼氏譙國夫人是也。俺笑男兒慣裝門面，明是箇鬚眉短氣，倒推開説此輩都是婦人。女娘怕下排場，怎見得眼額輸人？偏羞澀道：恨我不為男子。難道咱家三綹梳頭、兩截穿衣的，就是一些没用麽？譬如我冼氏，家在梁州，世為南越，長歸馮氏，裔出北燕，好立軍功，耻從夫爵，謝聖恩可憐，册為譙國夫人。仍開幕府，置長史以下官屬，給印章，聽發六州兵馬，便宜行事。那幾箇不伏氣的秀才酸餕，看告示上大刺刺填着記室參軍，急忙裏鑽官討缺；便算是慣打硬的強弁悍帥，見令旗邊明晃晃懸着銅鉚勢劍，一納地叉手低頭，止坐君等無人，會須咸出吾下。昨日新下詔書，齋繡幰油絡、駟馬安車一乘，鼓吹一部，命我巡視諸邊。那各路諸侯，外邦君長，齊集轅門，聽吾將令。正是：玉帶錦裘行塞外，旁人錯認語兒侯。在吾一婦人，也算是威權不小。但須廣佈朝廷德意，宣慰十路軍州。無謂女子乘邊，致使越人輕漢。叫左右的，起鼓開門。（衆錦傘旗幟刀劍儀從上）

【點絳唇】紫蓋文軒，刺桐庭院，流鶯囀，薜帳高搴，一朵紅雲宴。

【混江龍】則看那雌霓旌展，蓮花寶鍔護嬋娟。赤緊的閼氏捧彎，徵貳擎鞭。夫人城金湯十二，娘子軍鐵騎三千。得雄王，得雌霸，軍為呂氏；驢非驢，馬非馬，妹似孫權。不用求雷尚書、陸侍中，斜封墨敕，比得過潘將軍、婁御史，寶馬銀韉。篩幾聲諸葛鼓，不怕他人貽巾幗；畫一幅伏波像，誰説道女累淩煙？俺這裏房帷譙國非容易，眼看他粉黛彭城實可憐。不信是幾人冠蓋，剛剩這一道山川。

（末）嶺南道、嶺北道各州刺史進見。

（旦）請進來！

（衆進介）

（旦）諸公皆上將鴻勳，名流貴胄，今日受吾節制，恐未必甘效鞭箠。只是既悉旌麾，必須申明約束，若有不到的去處，諸公勿吝賜教。

（衆）不敢！

（旦）越人之俗，好相攻伐，方今主上嚴明，新奉詔書，如有不由調遣，擅相侵略者，先斬後奏。公等宜訓齊所部，尊事朝廷，無得犯吾軍令。

【油葫蘆】你看俺刻玉於闐小帶圓，扣獅蠻，一撚軟，花枝壓住五溪天。廝琅琅斜插了泥金箭，翠巍巍側映着銀鷥扇，少不得弓鞋踹鳳鐙，皓腕按龍泉，休道將軍冠玉饒情面，只把俺金字令牌懸。

（末）緬甸國、扶南國、真臘國使臣稟謁。

（旦）那一國率領前來？

（末）是緬甸國要討慶賀的宴賞。

（旦）這個俺不少他的，只是要年年進貢、歲歲來朝哩。列國使臣都來聽者！

【天下樂】你金葉文書字樣鮮，舞也波旋語駢連，赤支沙嘴臉波斯眼。疏花布，將頭纏，五色珠，把環穿，穩吃那一碗兒桃榔麵。

（末）羅羅等處宣慰司、木瓜犵狫等處軍民長官進見。

（旦）叫左右的，傳諭他為甚的叛服不常、數違漢法，發到軍政司定罪去！

（末）稟老爺，他說是廣州都護府頻下牌來，調遣他畬丁田子，搜索鐘乳空青，頻頻激變，實非其罪。

（旦）叫參軍們，我謝恩本上，就把這秀才官兒帶幾筆，也叫聖上知道。一面簽發告示，各處張掛，盡免雜項差徭，只是分付他要安心守法，不可妄動。

【那吒令】你那邊輸些銀絹，俺這邊賞些紬緞，咱兩邊沒些嫌怨，進用單依前件。雜差徭，權放免，止供着賧布賨錢。吾奉命巡邊，文武將吏，中外軍民，大小畢集，可見國家威靈煇赫，薄海服從。

叫左右的,將吾幾道詔書,欽賜的物件,陳設中庭,待諸公一看。諸公,你曉得俺意兒麼?不是侈張恩寵,誇耀殊方,只是表國家待人不薄,就是我一婦人,止靠忠貞兩字,寵賚至此,何況公等!各宜努力,異日公侯將相,帶礪河山,寧出女子下乎?

（雜）萬歲爺詔書五道,張娘娘手詔二道,錦袍一襲,繡鍛千端。

（衆）夫人功高賞重,下宜何敢仰窺萬一?只是張娘娘兩通手詔,難道也會做文字來?

（夫人笑道）你道做女人的就吃不得紅綾餅宴,中不得選士麼?他才學盡看得過哩!

【鵲踏枝】他本是玉天仙飛下的錦文箋,字帶着璧月瓊花,筆掃着瘴雨蠻煙。就把俺兩人對看起來,我讓他紅樓銀管,他讓我白馬金丸。你看這個錦袍,也是張娘娘手製的。

【寄生草】瑟瑟裙,黄金釧,猩猩袍,紫玉蟬,這是他春機自選春蠶繭,春朝自送春風剪,春江自捏春花染。（衆）張娘娘這等用心,夫人該尋貓兒眼、祖母綠、大大的珠子貢獻上去,不要說夫人官上加官,就是刺史們也好遷轉幾級了。（旦）吾替他掙住錦片江山,那在些些進奉?比似你做官人慣想海南裝,偏是俺婦人家倒把珍珠賤。這些都收過去了。那外國使臣到來,賓館賜宴,軍民長官歸自己汛地去罷!各州刺史領本部人馬隨我到關門巡視一回。

（中軍官稟介）待小官輩領兵前去,夫人不必自行。

（旦）難道我去不得麼?

【錦中天】你道俺花枝顫,怎射得柳枝穿?却不道大樹家風黄石傳,小膽兒能征戰?則把俺繡旗兒半捲,也不學粉蘭陵裝假面,休錯認老留侯女貌嫣然。衆將官,就此起馬。

【後庭花】（衆唱）若不是硬弰弓輕帶轉,早則把嫩腰肢一會兒喘。且看那繡甲松裁便,幾曾旱蓮腮將微汗渲。起初慢俄延,纔上馬,香塵兒成片,風吹得步步遠,全不見半星兒覥腆。春動了百蠻天,檳榔花紅欲然,忽聞得鸚鵡言,又立在楊柳邊。

（旦）發令箭一隻,着守邊鎮將,速發兵馬出關哨探一回。

（衆）嗄!

（同唱）

【賺煞】軍聲下瀨船，甲士明秋練。暢好是女節度蕭箾沸天，現放着紫香囊，做諸公夾袋選，幕僚中也算是綠水紅蓮。咳！我想馬伏波，不肯在兒女手中，萬里征蠻，纔不負英雄男子。伏波原銅柱雲連，躧屣妻兒望跕鳶。到今日呵，這樣的男兒一個也不見了。倒靠着木蘭征戰，苦了粉將軍喬鎮綠珠川。暫收兵馬歸營，明日點名給賞。（下）

第二齣

（丑扮太監上）自家張娘娘名下穿宮內使蔡臨兒是也。娘娘恩寵無二，萬歲爺言聽計從，只是老皇親不能入宮。就是官人袁大舍代筆做幾篇文字，那打聽衙門事件，批駁各部表章，畢竟還待俺家商量。今日萬歲爺呼喚，要娘娘做嶺南節度使的敕書。好笑，這官兒也是個女人！我想娘娘有俺家扶持，做節度使的手下幾萬人馬，難道都是內官家兒？那個官一定被下人撮弄去了。說話之間，早到宮門。袁學士有麼？

（老旦扮袁大舍上）漫號披香博士，居然文籍先生。蔡家，今日有何章奏？

（丑）萬歲爺要娘娘做嶺南敕書一道。

（老旦）待娘娘早膳過，方好稟知。

（小旦扮張貴妃上）無雙漢殿鬢，第一楚宮腰。自家張麗華，梳洗纔畢，且把昨日應制的詩推敲一番。

【粉蝶兒】花動吟眸，思遲遲、曉鶯催就，粉搓成沈謝曹劉。玉纖寒，香篆永，瑣窗清晝。只為管領春愁，折倒個詠花人，替花消瘦。

（老旦）女學士袁大舍叩頭，願娘娘千歲千千歲。萬歲爺差蔡臨兒要娘娘做敕書一道，在宮門取旨。

（小旦）這是翰林院職掌，誰耐煩做它？大舍！

【醉春風】不爭俺貴人院燕鶯儔，倒替他太史公牛馬走。君王好自沒來由,且教他候候,多大心腸,早來公事,夜分詩酒。

(丑)蔡臨兒叩頭。

(小旦)萬歲爺要做那一道敕書?

(丑)是嶺南道女節度冼氏,今日就在臨春閣賜宴。

(小旦)知道了,你在外廂伺候。

(老旦)嶺南有個士府君,今日又有女節度,娘娘,好個捉對兒。

(小旦)我想婦人家做到節度使,官也不算小了。就是我兩人,生長深宮,頗長文翰,若同外朝取應,何懼不得一官?

(老旦)如今江上緊急文書,萬歲爺終日沉醉,那個不由娘娘調遣?節度使多大官兒,就是大舍也做得過,娘娘何必問他?

(小旦)學士,你不曉得我的意兒。

【石榴花】當日個憑高西望白蘋洲,金彈打斑鳩,驀地裡聽烏飛黃鵠斷磯頭,銅雀鎖諮謀,情思悠悠。深宮閒却磨崖手,鎮無聊花月吟謳,埋沒咱能文會武君王後,明教讓女伴覓封侯。

【鬥鵪鶉】他雖有十路軍州,俺須是三公師友,不爭他都護將軍,則便你參謀祭酒。兒女家人材,怎見一筆勾?只為他軟款優遊,做盡了窈窕溫柔,但是他出得手呵,一般樣玲瓏剔透。

(老旦)聞得他昨日在西園射柳,好生英雄了得!

(小旦)這個我就不如他。

【上小樓】東閣看花,西園射柳。早則是,軟玉籠腰,鸞靴踹蹬,寶馬輕裘。比似我擁羅綢,護衣篝,幾聲咳嗽,看這張軟稍弓,添些僝僽。

(老旦)娘娘吟詩作賦,所事聰明,這個羨他則甚?

(小旦)學士,我不但文字上去得,就是諸般技藝,那一件輸人?偏在弓馬上折了氣分,好生着惱!

【么篇】折莫是擘箋筩,打宮球,雙陸圍棋,卷白回波,射覆探閫,信口謅,信手投,將無作有。偏扶上那彎頭兒,教咱落後。

(老旦)娘娘,我們且到東閣裡將敕書寫完,萬歲爺多早就到了。(下)

(生上)東國佳人推善賦,南朝天子號無愁。孤家陳後主,以國事付貴妃張麗華,果然帷幄重臣,夙夜匪懈。宮中稱為二聖,一國不知三公,可謂委任得人,吾無憂矣。今日有嶺南節度使冼氏,在他官中賜宴,就召江孔二學士同賦新詩。

(小旦)臣妾張麗華見駕。

(生)貴人少禮!那嶺南道的敕書可曾做完?

(老旦)女學士袁大舍叩頭,娘娘做完多時了。

(生)宣讀敕書,原是學士的職掌,你將娘娘手筆,讀與我聽。

(老旦)領旨。(取敕讀介)詔曰:朕惟銅柱風微,珠崖日遠,凡諸袴褶,咸負旌麾。桓元子之聲恨雌,曲逆侯之容雖美。徒勞繞涿,漫衣繡駞諸於;何似吹篪,反勝健兒快馬。彼丈夫也,有婦人焉。諮爾譙國夫人冼氏,家出當熊之裔,人居馴象之邦。才過蕭娘,名高呂母。曹娥江輕舟遠溯,杜姥宅油壁來朝。朕用嘉爾忠貞,酬其庸績,特加嶺南都護府大將軍。一切所屬文武將吏,先斬後奏,便宜行事。八百媳婦,烽煙消銅鼓之山;萬歲鄉君,湯沐食明珠之郡。曹大家修兵書一卷,唐夫人補鏡吹三章。用表武功,永綏南服。欽哉!

(生撫掌大笑道)如此手筆,貴妃真才調女相如也。孤家想起來,偌大一個陳國,兩班臣子,無一個出色的。今日得貴妃做詞學近臣,冼氏任邊關大將,你兩人一為我看詳奏章,一為我巡視山河,朕日與二三狎客,飲酒賦詩,好不快活也。

(小旦)只是做皇帝的忒便宜了。

(生)大舍,就把那嶺南獻的珠璣犀象與娘娘潤筆。

(小旦)這個倒不消用他。

【滿庭芳】俺便是明珠莫受,珊瑚易購,翡翠誰求?只要荔枝香,一騎紅塵驟,潑新鮮園顫釵頭。那時節呵,摘得個合歡枝,君王笑口,說是俺賣文章、應潤詩喉。風過處,春先逗,投至得嶺南章奏,女相如消渴定無憂。

(末)稟皇爺,譙國夫人、江孔二學士在宮門候見。

(生)宣他進來!

(旦)臣妾嶺南節度使冼氏見駕。

（小生、副末）臣江總、孔範叩頭。

（生）人都道節度使是粗官，把女人做了，一般樣好看的。

（小旦）

【脫布衫】早學得官樣梳頭，不像個生在邊州。裊春風一枝兒豆蔻，消得俺筍條般指尖承授。

（生）聞你在嶺南大著聲名，良深勞苦。

（旦）此皆奉萬歲威靈，娘娘籌算，臣妾何功之有？

（小旦）你看他說話兒煞是好聽也。

【小梁州】恰是他簾外鸚哥是舊遊，一般兒萬歲千秋。（老旦）嶺南人原是鸚哥兒鄉里哩。（小旦）男兒結束女兒羞，紅袍笏，羅襪一鉤鉤。

【么篇】垂螺拂黛連城守，沒包彈花密香稠，似這做官人誰能夠？（指江孔道）他外頭全然不濟，盡文章弓馬我輩占風流。

（生）譙國在貴妃左近，特賜繡墩。學士於御座東偏，同分天饌。光祿寺可曾完備麼？

（雜）完備多時了。

（生）學士同遊，略去苛禮，冼氏遠來，貴妃須親賜一盞，以代朕推輪。

（小旦）領旨。

（生）袁大舍雖係宮人，已班學士，今日可充陪宴官。

（老旦叩頭，雜叫教坊司）起樂！

（小旦賜酒，旦謝恩訖）（江孔二學士奉酒獻生，旦奉酒獻小旦）

（小生）海宇清寧，遐方入貢，臣等敬為陛下娘娘進萬年之觴。

（生）朕與貴妃舉卿之觴，卿等同之。

（眾謝恩坐訖，小旦喚老旦）你看君王呵，

【快活三】夫人行怎勸酬，須女伴結綢繆。就是冼氏也不好獻酒呵，他怕是君臣雜坐錯觥籌，低低道，君王壽。

（生舉盞道）天子請客，女將來朝，可謂盛事，諸臣各賦詩一章，送貴妃批閱。次第入選者，賜錦袍一襲，不成者，罰清酒三升。

（小生末）領旨。

（小旦）是好題目也，我索先做者。
（宮人捧文房四寶上）
（小旦）

【四邊靜】江山如舊，漫憑高，清尊思幽，早則碧玉紅樓，授簡同枚叟，銀箋自修，酒揾咱湘紋袖。詩已成了。

（宮人送生覽，生念）征衫窄窄越羅香，細骨輕軀好急裝。軍駐小姑吹夜角，江山不復數周郎。

（生）是好詩也，宮人取詩到下席傳玩，只怕連孤家也屬和不來。

（小旦）陛下休得取笑。

【耍孩兒】俺不過湘娥含笑相拋鬥，怎及你陳王八斗？正遇著兔園高會柏梁遊，待詩成，笑傲糟丘。那學士的詩也該就了。但得個翰林風月三千首，抵得他都護關河二十州。（旦）臣妾有何德能，娘娘如此過獎！（小旦）卿知否？只為你山明水秀，惹得我酒病詩愁。

【三煞】（旦）春纖分越柚，花鬘插石榴，屏山六扇橫波溜，只道伊瓊窗抱瑟拋紅豆，那曉得玉帳分弓映碧油。端詳久，笑殺他明經學究，認不出織女牽牛。

（小生末）臣江總、孔範應制二詩進覽。

（生）送貴妃看。

（小旦）那江令畢竟去得，大舍傳諭他，說二詩工力俱臻妙境，只是孔詩落句詞氣已竭，江令結處尚有神采，畢竟江第一，孔次之。

（老旦）娘娘傳諭，江學士第一，孔學士第二。

（生）着取錦袍一襲，賜與江卿。

（小生謝恩訖）

（小旦）

【二煞】背蘭缸好句搜，踞銀床吟未休，落紅滿地如鋪繡。（生旦合唱）那一篇葡萄小賦邊愁入，這一首芍藥新詞宮體收。名非謬，難為他獸環鴛甃，又尋思金騎長楸。

（旦）臣妾飽飫天廚，仰承宸藻，就此面謝聖恩，辭朝前去了。

（小旦同旦合唱）

【一煞】向花前把手揉，恨分攜，獨自留，寒山暝色添眉皺。今日裡，杜鵑聲急催宮漏；明日裡，楊柳風和拂御溝。何時又，重會面湘川楚岫，再登程桂楫蘭舟。

（小生）明日智上人在青溪寺講維摩釋論，請娘娘拈香，何不就命冼氏護駕。

（生）說得有理。冼氏，明日領敕辭朝，就帶御林三千人，保駕到青溪寺聽講，你便從此登程，不必覆命了。

（小旦）說什麼護駕，只當餞行罷了。

（旦）臣妾豈敢！

（小旦）

【尾】春郊送阿侯，青溪重載酒，道不得是俺主人情厚，則說為講經臺折江頭數行柳。（下）

第三齣

（小丑扮老道人上）黃土低墻破屋，夜夜拜單守宿，通誠錯誤耳聾，跌筶便宜腰曲。做衣裳，洗淨的長幡；換銅錢，點殘的蠟燭。自家青溪山下張女郎廟祖公公傳下嫡支嫡派一個香火道人。三十年前，俺廟中好不興旺，只因菩薩是個女人，轟動了滿城堂客。轎馬整齊，擺幾樣素菜點心，請開緣簿；人煙挨擠，敲幾下木魚鐘板，攔討香錢。丘嫂們喬打扮，苦眼鋪眉；胖姑兒苦願心，灰頭草鬢。妓女燒香，看人多，錯疑良婦；牙婆作供，陪堂久，便作佛頭。那曉得倒起運來，左鄰趙文韶秀才撞見狐狸精怪，成其夫婦，說是我廟裡的張女郎。我慌張了，歸來叩頭禮拜，叫道："這個使不得！如今男人不信心，全靠幾個女菩薩。"這話倡揚出去，就不肯來燒香。老祝衣飯斷了，却是神道不會說話的，那裡分清皂白？漸漸裡冷冷清清，弄得我不存不濟。算將來整整三十年頭，我也活過七十八歲，不想有興頭日子了。今歲大年初一起得早，山門上打個盹兒，聽得人馬喧闐，笙歌嘹亮，見一婦人坐在馬上叫道："老祝，我回來了！"

急忙叩下頭去,倒磕在石獅子上。啊呀,撲通!生老大一個扢搭。把眼揩一揩,呆呆地想,打抬老精神,或者待得出來。恰好二月半邊,廬山智勝禪師到石頭講經,那瓦官寺、同泰寺好大去處,就算過百二三十,也輪不到青溪寺來。禪師古怪道:"青溪寺有絕大因緣,定於此處開講。"我聽得了,把零零落落幾扇朱紅槅子,另補裝修;醃醃臢臢一領黃布直身,重新漿洗。一會兒興起期場來,今日貴妃張娘娘也到寺拈香。阿彌陀佛,我老道人有這個日子,只恐鋪應不周,擔着干係。待和尚上堂,與知客商量。說話之間雲板響,師傅放參了。

(外扮禪師上)非色非空調御,無形無相毗盧。兩個泥牛入海,一羣香象浮河。勘破臺山婆子,話頭一句都無。貧僧廬山智勝是也。俺觀江南王氣將終,眾生劫因已至,欲指點國王大臣,救拔刀兵水火,爭奈他沉酣曲蘗,不能得解脫機鋒。倒是貴妃張娘娘深曉詩書,精通禪悅,初因凡心誤動,遂墮色塵。究竟本性還存,兼修福慧,今日到寺拈香,重遊舊境,就是女官護駕,也證前身。老僧拈出大事因緣,教他言下大悟。咦,三生石上,半偈蓮花;二女廟中,一聲清磬。若曉得改頭換面,三十年之知見依然,便能夠濟國安民,數千里之生靈如故。這一重公案,好不關係也。叫弟子們鋪單。

(眾僧隨智勝回繞念佛)

【新水令】菩提妙樹布清涼,轉金輪蓮花寶藏。諸天來供養,十地待宣揚,大放毫光,照一切微塵相。

(丑上)老道人叩頭。今日貴妃娘娘降臨,和尚作何體面相見?

(外)國主瞻仰菩提,沙門禮敬王者,老僧自有家數,大眾不消費心。

【駐馬聽】你道寶騎千行,勝鬘夫人降下方。俺是法華三唱,釋迦老子坐匡床。(僧)東殿下也是娘娘誕下的。毗羅城早誕淨名王,華林園來聽如來講,不管那個參詳,先吃俺三十威音棒。

(雜)娘娘駕出西華門,護駕的兩個女官先到。(見科)

(外)久聞兩位高名,目下現居何職?

(旦)弟子冼氏,新除嶺南節度使。

（旦）弟子袁氏，現授翰林學士。

（外）大衆省得麼？如今朝中臣宰，左班擠軋右班，後手挨幫前手，像兩位官員，從何處得來？

【雁兒落】那一個天將軍身現了女人王，這一個月天子依報裡頭廳相，非關是女娘家知見不尋常，只看那宰官身人我誰真妄。

（雜）娘娘御駕到了。

（外僧衆迎接小旦上，衆僧參見訖）

（老旦）請法師相見。

（外上）娘娘，老僧稽首。

（小旦）法師少禮。法師護國庇民，齋壇嚴淨，今來禮足，幸睹威儀。

（外）老僧道場齋供，皆係國主弘施，娘娘御駕降臨，天人歡喜，請殿上拈香。

（老旦捧香，外稽首上香訖，轉身向西立，小旦拜）

【得勝令】往常時稽首祝無疆，今日裡寶刹鸞輿降，君臣珠珞西來像，車馬香嚴自在妝。吾皇無憂樹高千丈，娘娘多羅花蔭萬邦。

（僧）後面神祠清淨，請娘娘隨喜。

（小旦）大舍，我初入此寺，怎那佛殿回廊，香臺石磴，件件是親熱的？

（老旦）大舍也是如此，莫不曾做夢來？

（旦）娘娘同學士生長京城，或者曾經臨幸，臣妾嶺南萬里，恍若舊遊，真正有些古怪。法師古佛出世，學士何不問來？

（老旦）師傅，此寺何人殿宇？

（外）學士，上面有金字牌匾哩。

（小旦看介）張女郎神祠。

【水仙子】他須與瑤臺帝子一般龐，却曉得識貴攀高也姓張。（老旦）這邊侍女是捧書的。（旦）這邊捧劍的。魔合羅捏就那聰明况，恰便是做君臣立兩傍。寺內有個老道人曉得來歷，娘娘可喚來問他。（雜叫丑上，作言語糊塗張頭側腦介）為甚的應對倉黃，不住的顛倒側望。（小旦）這道人有點面善，拿響鈔三十錠賞他。多應是三十年別來無恙，因此上賞與齋糧。

（老旦）求大師說法。

（外）娘娘請登寶座，貧僧細講者。

（小旦）大師代佛宣教，理當皈依，就此聽法罷了。

（外上座）古德云，一切草木，皆有佛性。只看瓶裡楊枝，人世上是非得喪、興廢存亡，那一件不在裡邊？（座上插楊枝介）

【甜水令】這楊枝兒歷盡興亡，縮盡悲傷。止道是蟠根天上，一任他飛絮滿長江。有日呵，運盡枯楊移植雷塘，看看的斧斤凋喪，為他與做詩人一樣癲狂。

（旦）娘娘聽講，三軍為何喧嚷？

（報上）青溪山下有一猛虎，羽林韓將軍生擒，在此獻功。

（外）這虎把貧僧做弟子罷。

（旦）這和尚說元話，就叫他獻進來。

（副淨扮將軍擒虎上）小將放馬前山，遇着猛虎攀鞍，颼地一拳打到，將來獻在禪關。

（外把拄杖抑虎首，虎貼伏不動介）這畜生。

【折桂令】它圖個菜饅頭素齋和尚，倒驚了水磨鞭泥塑金剛。（老旦）娘娘懿旨，捨這虎與老師父。（外）虎呵，你看守齋房，他人伴當，自己皮囊，莫再惹莽拳頭揪翻廝放，早遇着軟心腸，好做商量。（小旦）那虎怕人，虧法師怎麼樣降伏了它？（外笑介）娘娘，擒虎的將軍可怕，虎何足怕來？雖是個牙爪難降，怎比得手段誰強？只見那飛將軍拖刀弄杖，幾曾見潑毛團入室升堂？

（拿拄杖一拂）畜生去罷！

（虎下）

（小旦）法師如此神通廣大，必知過去未來，敢問如何破除煩惱、安身立命？

（外取拄杖橫兩畫豎兩畫）學士，你可會得麼？

【殿前歡】你只看這行藏，倒橫直豎費思量，轆轤劫不住將人葬，認定是不死仙鄉。隨你這一椿，那一廂，非常穴地通天想，跳不出此中方丈。醉夢裡黑風白浪，倉忙時寶筏慈航。

（小旦）我聽禪師說話，一會兒淒淒慘慘，心下不快起來。冼氏，你可就此登程，孤家擺駕回宮了。

（旦）妾遠別天顏，不勝瞻戀。

（小旦攜旦手歎介）你看青溪山色，無限淒其，正不知人世存亡，市朝遷改，孤家與卿還有見面之日否？

（旦）臣妾三年一覲，何至仰動聖懷？

（小旦）若論愛根難拔，當為佛主所呵，像俺眷戀臣寮，法師有何指示？

（外）這是夙因前果，非關別緒離情，貧僧已曾道破幾分，娘娘未能當機立悟。只是夫人受此深恩，須早整本路軍兵，頻參京師，動定他日越王臺下，莫怪老僧今日不言也。

（旦）就此拜別娘娘，叩辭長老，起程前去了。（旦拜訖先下）

（小旦）起駕。（下）

（外稽首，眾僧送訖）

（丑上）師父，俺的夢兒好不準也。法師初先呼喚，老道擡頭一看，貴妃娘娘的面貌與張女郎一些不差的，捧劍的就是冼夫人，執書的竟是袁學士，把老道登時嚇死，口裡圇圇說不出一句話兒。

（外）咄！你道我青溪開講大事因緣，為着甚來，大眾如今省得麼？

（僧眾）弟子們早省得了也。

（外）咳！空費我一片婆心，濟不得他無邊苦惱。也是眾生業果，非關一姓興衰。眼看得錦繡江山，剗地裡刀兵世界。倒是嶺南一道，尚能保境息民，冼氏夫人還有收場結果。貧道圓滿場期，仍往廬山入定，直待臨時點化他罷了。正是：慧眼看明當世事，慈腸須待有緣人。

（眾僧又隨外念佛）

【鴛鴦尾煞】俺則為眾生方便消災障，阿難化力無邊相。大道津梁，本地風光，禁不住話頭兒橫衝直撞。倡起個選佛名場，度脫那有德女跏趺西向，惱殺人醉漢風狂，便算做老婆禪到今朝也沒處講。

（眾僧念佛作法器下）

第四齣

（淨上）黎弓果馬射花羊,卷伴娘兒絡索妝。新教藤牌升隊長,驟縻州裡去支糧。自家巡夜把總釁阿四的便是。俺們平日詐的是瑤戶,吃的是番船,受用慣了,勤什麼王起來？半夜三更提鈴喝號,好不辛苦！遠遠望見一個人來,好像老儂,且躲在一邊,聽他說話。

（副淨）做什麼官,做什麼官！我老儂央分上出頂手掙不出一個錢兒,今要差去相殺,怎麼了？

（淨）啐！天下揀不出這個呆子。你看女娘家出門,還要提領頭,繫裙子,好一會兒。我本官軟設設的身材,一道梅嶺極少也那延兩個月,那裡撞着隋軍？落得咱們討糧吃、騙官做,唱幾聲平安喏罷了。

（旦上）一盞安榴酒,三千藤子軍,珊瑚裝賜劍,流涕主恩深。探子報來,隋軍犯闕,聲勢浩大,我冼氏建牙開府,實叨閫外重權,況娘娘餞別賦詩,尤屬官中異數。今日朝廷有難,妃主掠憂,若不顛沛勤王,怎笑他男兒誤國？昨日衙門起馬,今夜宿越王臺下,待來朝過嶺,星夜兼程。叫巡夜的,有幾更天氣了？

（淨、副淨上）稟夫人,二更三點了。

（旦）你們營外巡警去,待我到臺上登眺一回。

（淨應下）

（旦）

【越調鬥鵪鶉】落木天空,悲笳夜永,廢壘傳烽,寒雲復隴,鼍鼓逢逢,邊聲洶洶。俺這裡信不通,他那裡圍幾重,唬醒了瞌睡官家,驚壞你風流愛寵。我想萬歲爺終日沉醉,這些光景,張娘娘一雙俊眼兒有什麼瞧不出來？

【紫花兒序】他雖在人兒裡打哄,圖個被兒裡情濃,索是意兒裡玲瓏。昨日個臨春排宴,怎生飯酒釀花穠？匆匆,為甚的執手臨歧怨落紅。我曉得他意兒了，說不出君王懵懂，猛見了點點青山，蹙損了淡淡眉峰。我心中煩惱，一會兒困倦起來，且到帳中歇息一回，明日打點人馬過嶺去。（睡介）

（小旦上）我一路尋來，過這重梅嶺，見一簇人兒，想不是隋家軍馬。大着膽向前一看，呀，旗兒上寫"勤王"二字，多應是冼夫人，枉是埋冤了他，原來見報急文書，星夜起馬。咳！那蕭摩訶、任蠻奴一輩人可是支持得住，待得你來救的？夫人夫人，你縱有救主忠心，一些不濟事了。已到轅門首，你看，旌旗整肅，鉦鼓嚴明，我陳家還有這些人馬。可惜是一天忠憤，那曉我萬種淒涼。向前去把胸中冤苦告訴一番，也顯得君臣知遇，生死交情。只是無限衷懷，怕到臨時哽咽耳。呀，星河黯淡，燈火青螢，刁斗三更，侍衛俱寢。原來為軍事勞苦，假寐帳中。夫人，張麗華在此。

（旦）朦朧睡去，冷窣窣一陣旋風，瞥然驚覺，燈燭之下，忽見紅袖招搖，悄悄冥冥，淒淒默默，待我凝睛一看，知道是誰。呀，好像張娘娘。

（小旦）夫人，你可認得我麼？

（旦跪介）臣妾不知娘娘降臨，有失迎接。

（小旦扶旦起）如今時勢，不消行這個禮數了。

（旦）這裡山川僻陋，路途遙遠，怎生天上掉得個娘娘下來。

【小桃紅】你身輕飛燕倚窗櫳，被巧風吹送，十二樓頭笛三弄。恰相逢，涼宵玉冷紅絲重，喚起咱清眸炯炯，認不出半床幽夢，一天香語落空濛。

（小旦作長歎介）我有萬千煩惱，無人告訴，萬歲爺醉後，悄悄出來，步月到此，與卿一談。

（旦）娘娘有甚心事不樂？

（小旦淚介）夫人，你可曉得我的苦麼？

（旦背介）娘娘意色淒其，形容憔悴，不知什麼原故，教我急切裡猜不出來。

【天淨沙】還記得攜手處遊遍芳叢，新詩句響徹絲桐。早難道才子多般命窮，也做到文章沒用，病班姬泣寫飛蓬。

（旦）呀，臣妾猜着了。

【調笑令】似這等朦朧不語中，多應為醉後羊車過別宮。（小旦）你還要説這樣話兒？（旦）或者東宮殿下有甚災悔麼？如意長成閑拋送。（小旦）這個我也顧他不得。（旦）袁學士怎不跟來？舊宮娃沒個相從。（小旦）低聲自語搓玉蔥，早則説處邊人大有圖儂。

（旦驚介）外面人那個不是娘娘臣子，誰敢道甚來？

（小旦）你不曉得左班官兒勢頭不好，便説女寵亂朝，都推在俺一人身上罷了。

（旦惱介）

【鬼三台】娘娘，你雖是風流種，世不曾將官家弄。要則要閑談冷諷，老君王做啞裝聾，好夫妻耽驚受恐。知他從也未必從，便從了，那外邊官兒，同也未必同，甜話兒把官裡趨承，轉關兒將女娘作誦。

（小旦）你曉得舊時遊宴之地，玉砌雕闌，一旦都空了。

（旦）怎生道來？

【禿廝兒】臨春閣歎暮雨淒涼畫棟，後庭花做楚江蕭瑟芙蓉，歌殘玉樹聽曉鴻，少不得倚窗外，又東風融融。

（內作鼓聲，小旦怕介）這鼓聲，想隋軍追來，俺家去了，青溪山下，後日相見。

（旦）這是營中更漏，娘娘為何心驚膽怯，一至於此？（把小旦衣袂留介，小旦拂衣竟下）

（旦仍到寢處作驚起介）呀，張娘娘那裡去了？

（老旦扮女侍上）這是營中，夫人纔打個盹兒，貴妃娘娘怎得到此？

（旦）原來是夢。

（老旦）夫人夢怎的？

（旦）夢見貴妃娘娘長吁短歎，眉頭不展，告訴許多説話，我正要問個明白，被鼓聲驚散了。

【聖藥王】山幾重，雲幾重，玉簫吹斷落飛瓊。花影紅，燭影紅，杜鵑啼血蘸殘虹，清露滴梧桐。這個夢兆不佳，莫是京師有甚消息？叫左右傳問，轅門上為何擊鼓？如有緊急文書，急遞進來。

（軍校上）聞得隋軍過江，陳兵不戰自潰，後主已降，張娘娘壞了。

（旦）那裡有這樣事，召諸將進來。

（小生、末扮二將上）

（旦）告急文書得三日，軍校所說必是浪傳，差夜不收星夜打探去。

（小生）衡州府有報警文書在此。

（旦取看介）呀，這是真的了！（作悶倒狀，老旦扶起，旦仰面大哭介）

【紫花兒序】娘娘呵，誰似你千嬌百縱？誰似你粉艷香融？誰似你斷燕驚鴻？我見了芳心猶動，虧下的一點霜鋒。娘娘，你死得其所，也索罷了。從容，腸斷琵琶曲未終，寄語那黑頭江總，還虧我薄命昭陽，點綴了詩酒江東。

（小生）聞得眾文武說兩個貴妃許多不是。

（旦）都是這班人，把江山壞了，借題目說這樣話兒。

【麻郎兒】他鎖着雕房玉籠，五言詩怎賣盧龍？我醒眼看人弄醉翁，推說道裡頭張孔。

（末）孔貴妃聽得也自縊了。

（旦）這個還好，他兩人相處甚厚，此去呵，

【么篇】須與他女兄相逢唧噥，生折倒瓊樹青蔥，柱捽碎玉佩丁冬，活支煞翠娟雛鳳。就殺也罷了，把這樣人胡拿亂擁，豈不可惜？

【絡絲娘】密扎扎刀槍沒縫，冷清清茶飯誰供？一個人兒廝葬送，君王呵，做官家何用？

【東原樂】娘娘，你恨血千年痛，悲歌五夜窮。便算是有文無祿做個詩人塚，消不得一碗涼漿五粒松，誰似你魂飄凍，止留得女包胥向東風一慟。

（末）稟夫人，轅門外有個老僧，投書一封，竟自去了。

（旦取書看）是一首詩："青溪山下講筵開，指點無生有夢來。

萬里還歸張女廟，三軍休哭越王臺。廬山智勝題。"呀，智勝是青溪女郎廟講經的禪師。他棒下玄機，詩中大意，前身夙命，明明拈出，就是娘娘夢中，也説是青溪山下見。咳，若非三生因果，怎能够千里追尋？這段機緣不消説起了。

【綿搭絮】洞庭波湧，五嶺雲封。嘹嚦嚦幾行征雁，昏慘慘幾樹青楓。他血污遊魂怕曉鐘，除非是神女蘭香有夢通。我也認不出雨跡雲蹤，待折那後庭花問遠公。各營將官軍士都來，你們隨我多年，指望替朝廷出力，博個大小功名，不意事勢至此，空費了一番辛苦。隨征錢糧數十萬，盡數散與諸軍。有思想家鄉的，另圖官職的，各廳自便！我入山修道去了。

（雜）衆人死生從夫人，若欲分散，寧可死於夫人馬下。（又稟）軍士得令，滿營大哭。

（旦）我費十載辛勤，收拾這枝人馬，豈忍一朝散去？只是張娘娘待我厚，今見他國亡身死，不能相救，我有何面目復立三軍之上乎？吾計決矣。

【拙魯速】娘娘呵，往日裡淚溶溶，説着了氣衝衝。恨文武無人效忠，怕敵軍將來緊攻，保奏我掛印元戎，趕不上保駕頭功，要咱們女娘何用？依先是男兒伯仲。（小生）既然夫人主意已定，我們求小將軍做主如何？（雜）説得有理。（旦笑介）你好意兒把俺世征南小將從。這是衆人好意，不能相忘，任憑你們罷了。

（旦解甲歎介）咳！我六州節度使還家去做個老嫗，豈不可歎！

【尾】俺二十年嶺外都知統，依舊把兒子征袍手自縫，畢竟婦人家難決雌雄，則願你決雌雄的放出個男兒勇。（下）

讀離騷

（雜劇）

清·尤侗

【作者簡介】尤侗(1618—1704),清初著名的戲曲家和文學家,字同人,後改字展成,號悔庵、艮齋,又號西堂。青年時期自稱三中子,晚年自稱西堂老人、鶴棲老人、艮翁,江南長洲(今江蘇省蘇州市)人,一生經歷六個朝代:明萬曆、泰昌、天啟、崇禎,清順治、康熙。尤侗自幼有"神童"之美譽,而且自少年時即心繫科舉功名,然而他的科舉之途甚為坎坷,五次應試而不第,時人皆稱其為老名士。順治五年(1648)朝廷下詔"拔貢",尤侗"拔貢"合格,隨後參加廷試,考取第七名,授永平府推官。康熙十八年(1679),年逾花甲的尤侗舉博學鴻詞科,授翰林院檢討,入史館修《明史》。在京師居住五年之後,告老還鄉。尤侗博學多才,詩文宿有重名,又擅長製曲,著有詩文集《西堂全集》、《鶴棲堂稿子》等,傳奇《鈞天樂》一種,雜劇《讀離騷》、《調琵琶》、《桃花源》、《黑白衛》、《清平調》五種,合稱《西堂樂府》。

【劇情概要】該劇共四折。劇寫屈原本為楚懷王所倚重,但遭上官大夫妒嫉,向懷王進讒,於是懷王疏遠屈原。後襄王繼位,屈原又對襄王直言進諫,襄王聽信令尹子蘭的誣陷,將他放逐江南。屈原抑鬱悲憤,於是披髮行吟澤畔,作《離騷》以冀楚王醒悟。又問卜於鄭詹尹,但所問不是自己的吉凶,而是邦國大事,結果鄭詹尹無法占卜。適逢巫覡與楚國民眾在江邊祭祀,聞屈原文才蓋世,便邀請他撰寫新詞。於是,屈原寫下迎神辭《九歌》,引來各路神仙齊聽《九歌》,屈原一一拜見諸神。洞庭君察知屈原孤忠被放,有投水自盡之意,遂派白龍化作漁翁對屈原婉言開導,請其另侍他君,屈原不肯,毅然自沉於汨羅江中,洞庭君迎屈原入水府為水仙。屈原弟子宋玉,感老師懷忠見放,讀其《離騷》而流涕。襄王悔悟,令宋玉侍從身邊。後宋玉從楚王遊雲夢,作《高唐賦》。賦成,困倦入睡,夢見神女告知屈原已為水仙,五月五日為其忌辰,應招其魂魄歸葬。宋玉稟告楚王,奉旨作《招魂》詞,並安排彩旗畫鼓和龍舟競渡以祭奠屈原。宋玉招魂,屈原顯靈,騎龍拱手致謝。

【版本介紹】一、清康熙間《聚秀堂》原刻《西堂樂府》本。封面標云"西堂樂府";題云:"悔庵尤太史手筆。"有吳偉業序文,自序,康熙乙巳年(1665)曹爾堪序文,李漁、王士禎題詩。二、《雜劇新編》第三卷本。標名云"讀離騷";署名云"悔庵尤侗著"。正目云:"苦湘纍問天呵壁,老漁父說客垂綸。小巫女朝雲感夢,美宋玉午日招魂。"三、清姚燮編《今樂府選》稿本所收本,第三十二册。四、《清人雜劇初集》本,據康熙間《西堂樂府》本影印。本書以《清人雜劇選》為底本,校之以《清人雜劇初集》所收本,另外以《雜劇三集》本參校,各本字詞不一致之處,擇善而從。

【演出情況】郭沫若於1942年編寫的話劇《屈原》、馮允莊於1954年改編的越劇《屈原·讀離騷》無不受該劇的影響。越劇《屈原讀離騷》由戚雅仙飾嬋娟、尹桂芳飾屈原、茅勝奎飾楚懷王。

(黃　燕)

正目：苦湘纍問天呵壁，老漁父說客垂綸。
小巫女朝雲感夢，美宋玉午日招魂。

第一折

（正末扮屈原上）【菩薩蠻】洞庭木落秋風裊，平蕪極望愁香草。歲晏孰華予，君門虎豹居。　　美人來又去，解佩空延佇。搔首問青天，青天正醉眠。下官屈平，字原，楚之同姓也。仕先懷王時為三閭大夫，入則與王圖議國事，以出號令；出則接遇賓客，應對諸侯。叵耐上官大夫與我同列，爭寵害能。前王使我造為憲令，屬草未成，他見而欲奪，因我不與，遂進讒言道，王使屈平為令，眾莫不知，每一令出，自伐其功，以為非我莫能為也。王遂怒而疏我。後來，懷王為張儀所欺，誘入武關。我曾再三苦諫不從，竟客死於秦。今王即位，又聽令尹子蘭之譖，將我放逐江南。（歎科）咳，想我正道直行，竭智盡忠，反被小人離間，為着何來？我又眷懷宗國，不忍他往，憂愁幽思，作為《離騷》，以冀君之一悟。然終無可奈何。我想，人窮反本，勞苦倦極則呼天，疾痛慘怛則呼父母。似我屈平，無父無母，連老天也不見憐了。如今被髮行吟，彷徨山澤，每見帝王廟宇，公卿祠堂，圖畫天地山川、神靈鬼怪及古聖賢奇異的事，可驚可愕，可信可疑。不免將筆題在壁上，呼天而問之，看他如何答我。正是：奪他人之酒杯，澆自己之魂磊，有何不可！

【仙呂·點絳唇】俺只見古屋龍蛇，空祠牛馬，丹青畫，一筆塗鴉。（作題壁科）

【混江龍】小兒造化，七顛八倒總由他。我問他，九重誰壘？八柱誰加？我問他，女媧手怎補粘五色石？我問他，康回頭怎撞漏百川窪？我問他，五百八十九分，老羲和打過幾盤算？我問他，二億三萬餘里，莽章亥踹破幾雙靴？那日月呵，為甚急忙忙跳雙丸烏飛兔走？那星辰呵，為甚密叢叢編五珠虎攫龍拿？那雲霧呵，為甚糾縵縵白馬黃牛陳海市？那風雨呵，為甚豁條條嬰兒少女鬧窗紗？那雷電呵，疾轟轟可是玉女投壺捶石鼓？那霜雪呵，颼霏霏可是瑤姬剪綵繡琪花？那虹霓呵，光閃閃跨橋梁何人題柱？那河漢呵，響軋軋弄機杼若個乘槎？那山呵，顫巍巍半青天誰堆起千岩萬嶂？那水呵，古都都平白地怎塌下九曲三巴？説不盡中天外大人國、女子國、毛民國，誰認得程途兜搭？記不起上古前《循蜚記》、《因提記》、《禪通記》，那曉得譜牒根芽？沒調停揖讓征誅酒三杯棋一局，硬分張中國蠻貊盤四角路三叉。可怪的，馬出圖，龜出書，更死麒麟哭斷二百年魯史；可疑的，燕生商，熊生夏，並活鳥翼扶起三十世周家。可詫的，四目頡，鬼泣神號，只一畫亂演典墳丘索；可憎的，一足夔，鳥儀獸舞，費百拜強分凶吉賓嘉。最奇的，畫九鼎，魑魅魍魎，四乘推開碣石；最巧的，排八陣，龍虎鳥蛇，一竿釣出琅琊。可恨的，酒池肉林，無愁天子盡消受玉杯象箸；可惜的，夏臺羑里，有道聖人也不免鐵鎖銅枷。天哪，若是勸忠呵，不見那萇弘血、比干心、鏤劍鴟皮吳國恨；若是教孝呵，不見那伯奇蜂、急子節、偏衣金玦晉軍嘩。若是愛才呵，不見那孔先生、孟夫子抵掌高談，整日價羸馬棧車休館舍；若是惡佞呵，不見那衛大夫、宋公子脅肩諂笑，一般兒峨冠博帶做官衙。若是福善呵，不見那西山上絕粟採薇千載飢寒烏啄肉；若是禍淫呵，不見那東陵下膾肝吮血終朝醉飽虎搖牙。説富呵，有那陶朱公散千金，怎教苦黔婁曳杖操瓢襤褸模樣；説貴呵，有那蘇季子相六國，怎教老侯嬴抱關擊柝冷淡生涯。論年呵，可笑那頹彭祖八百歲一世龍鍾，偏則是泣顏回少年白髮。論貌呵，可厭那蠢無鹽三千人一身寵愛，偏則是葬西施薄命黃沙。這一樁樁皮裡陽秋寫不完董狐筆，一件件眼前公案載不了惠施車。便百千年難打破悶乾坤，只兩三行怎弔盡愁天下。休怪俺書生絮聒，且聽波上帝嗟呀。

（作停筆科）呀，問了一會，怎麼一句也不答我？真個視天夢夢了。

【油葫蘆】仰視蒼蒼正色耶，呆打孩，没話答，似葫蘆無口豈匏瓜？天有耳乎？九皋聞怎把雙輪掛？天有目乎？四方觀怎把重瞳瞎？天有足乎？繞北極步正艱，天有口乎？龠南箕舌不下。今日裡盡隨人號叫，只是裝聾作啞，早難道飛夢落誰家？（作投筆科）

【天下樂】呸！我如今西抹東涂空手叉，差也不差，倒不如問自家，客嘲賓戲都勾罷。墨花兒，將刀尖刮；筆管兒，當鼓槌撾。只這一章書，把天公險難煞。呀，倒是我差了。天何言哉，豈可問耶？古人吉凶悔吝，莫不決於蓍龜。聞得太卜鄭詹尹素精《易》理，不免前去問他，以解狐疑。迤邐行來，此間已是。鄭先生有麼？

（詹尹上）春官曾立占人職，太史誰傳日者書。自家太卜鄭詹尹是也。（見科）原來屈大夫到此，有何見教？

（末）先生聽我道來。

【那吒令】我只為要仕呵，買胭脂賤沙；要隱呵，畔菰葫悶些；要去呵，抱琵琶辱殺。彈着指暗咄嗟，睜着眼空叱吒，因此上細叩君家。

（尹）既然如此，待我端策拂龜，大夫自行祝告便了。

（末拜科）念屈平呵！

【鵲踏枝】慕賢達，好修姱。本待懷瑾握玉，誰料路阻媒絕，不能勾相羊日下，倒博得放逐江涯。

【寄生草】卿言好，我法佳。但廉貞怕受龍逢罰，要儒兒肯代共驪罵，且脂韋那扮優髡假。一篙怎弄兩頭船，雙鞭難走連環馬。

【么】黃鐘啞，瓦釜嘩。鳳凰可學雞鳧呷？驊騮可逐駑駘駕？蛟龍可混魚蝦亞？似藏鈎難破女兒拳，請開囊試斷雌雄卦。

（尹大笑云）大夫差矣。夫尺有所短，寸有所長，物有所不足，知有所不明，數有所不逮，神有所不通。我的卜筮只好辨吉凶，明禍福。如君所言，用君之心，行君之意，就是周文王六十四變不能定其是非，宋元君七十二鑽也難判其休咎，豈我所得知乎？大夫請回，不必再占，我且休矣。（下）

（末）呀，鄭先生徑直進去了。聽他所言，深似有理。卜以決疑，不疑何卜？我竟直行我志便了。

【賺煞】再不去索瓊茅、敲石瓦，我心上自有六爻八卦。任猛犬猘猘羣吠咋，怎能做井底鳴蛙。辨蓬麻，薰臭難雜。謝女嬰婵媛申詈罵。歎瓊枝未華，怨靈修數化，則向青江白露去採木蘭花。

第二折

（男巫打鼓舞上）楓岸紛紛落葉多呀一個低都呀一個低都，洞庭秋水打低都低打都，晚來波呀一個低都呀一個低都。乘興輕舟無近遠呀一個低都呀一個低都，白雲明月打低都低打都，吊湘娥呀一個低都呀一個低都。（女覡打鼓舞上）巫嶺迢遥天際重呀一個丁冬呀一個丁冬，佳期夙昔打丁冬丁打冬，願相從呀一個丁冬呀一個丁冬。朝雲暮雨連天暗呀一個丁冬呀一個丁冬，神女知來丁打冬打丁冬，第幾峰呀一個丁冬呀一個丁冬。我們乃楚國兩個巫覡是也。因這南郢之地，沅湘之間，其俗信鬼好祀，每祀必使我兩人歌舞作樂，倒也忙個不了。只是一件，這幾首曲兒，鄙俚淫褻，唱來唱去，可也舊了。我聞得有屈原大夫，文才絕世，他常行吟澤畔，閒暇無聊，不免請他別撰新詞，重翻雅調，管教神歡人喜。說話之間，遠遠望見他來也。

（正末上）煙渺渺，碧波遠，白露稀，翠沙晚。浦風吹帽寒髮短。美人立，江中流，暮雨帆檣江上舟。芙蓉花，落秋水。我屈平，自放江濱，心煩意亂，呼天不應，問卜無靈。咄咄空書，茫茫交集。今日聞得江邊男女歌舞祀神，雖則習俗移人，却也逢場作戲。再往觀乎，以消愁悶則個。（行科）

【正宮·端正好】白雲飛，黄葉颺，秋風起，菊秀蘭芳。邸車步馬將何往，還到湘潭上。

（巫見科）

（末）你們何來？

（巫）小的們是楚國巫覡，在此江邊祀神。只因荊蠻陋俗，淫曲相沿，不揣敢求大夫更造新聲，以傳樂府。意下如何？

【滚繡球】（末）你教我排雲叫九閽，又教我招魂禮四方。練時日重翻新唱，却不道剪靈衣奪了巫陽。迎神歌幾章，送神歌幾行。猛可的對左右洋洋在上，聽空中吟詠青黄。只是我紉蘭佩茝，不能够移人主，則這藴火揚煙，怎得够感上皇，漫自彷徨。

（巫）我等專心叩懇大夫，幸勿推辭。

（末）既然如此，不好拂你們雅意。可一面焚香奏樂，待我編作《九歌》迎神便了。

（內奏樂科）

【叨叨令】見排着香兒燭兒，氤氤氳氳的颺；準備着肴兒酒兒，重重疊疊的上；漫把那哥兒曲兒，悠悠揚揚的唱；一齊的鐘兒鼓兒，鏗鏗鏘鏘的撞。你仔細聽也麼哥，仔細聽也麼哥，那壁廂，車兒馬兒早剌剌轟轟的響。

（巫打鼓科）（東皇東君引隊上，坐科）

（巫）大夫，這是東皇太乙與東君來也。

（末拜科）

【耍孩兒】那東皇呵，太微獨朗中宮上，東君呵，暾將出照檻扶桑，璆鏘劍珥正琳琅。更操弧，仰射天狼。一個揚枹偃蹇蒼龍駕，一個撰轡高駝白霓裳。宜將享，聽蕭鐘瑤簴，酌桂酒椒漿。

（神舞下）（巫打鼓科）（雲中君引隊上，坐科）

（巫）大夫，這是雲中君來也。

（末拜科）

【五煞】那雲中君呵，靈既留，爛未央，浴蘭衣彩連蜷狀。金枝玉葉成華蓋，草莽魚鱗列錦章。夫君降，且從容，雲中猋舉；聊翱遊，日月齊光。

（神舞下）（巫打鼓科）（湘君、湘夫人引隊上，坐科）

（巫）大夫，這是湘君、湘夫人來也。

（末拜科）

【四煞】那湘君呵，蘭旌橫大江，湘夫人呵，辛楣茸曲房，中洲北渚愁予望。瑤琴寶瑟參差曲，碧杜紅蘅飄渺香。還惆悵，空盼着九疑如黛，幾時對二女明妝。

（神舞下）（巫打鼓科）（大司命、少司命引隊上，坐科）

（巫）大夫，這是大司命、少司命來也。

（末拜科）

【三煞】那大司命呵，開天門，歷九坑，少司命呵，載雲旗，滿一堂，文昌並列三台上。一個靈衣玉佩來飄灑，一個蕙帶荷衣去徜徉。臨風怳，且須君雲際，欲從女空桑。

（神舞下）（巫打鼓科）（河伯引隊上，坐科）

（巫）大夫，這是河伯來也。

（末拜科）

【二煞】那河伯呵，沖風九曲橫，流澌萬里長，榮光綠字搖文浪。水車荷蓋螭為駕，紫闕朱宮龍作堂。試上崑侖望，只見煙波浩蕩，旌旆飛揚。

（神舞下）（巫打鼓科）（山鬼、國殤上，立科）

（巫）大夫，這是山鬼國殤來也。

（末揖科）

【一煞】那山鬼呵，被石蘭，善窈窕，那國殤呵，援玉枹，怒慨慷。飄風靈雨依精爽。女蘿薜荔真宜笑，犀甲吳戈亦可傷。非夔罔，最威靈將軍鐵馬；還怨悵，公子幽篁。

（鬼嘯下）

（巫）祭祀已畢，請大夫歌以送神。

【收尾】（末）焚椒美子降，傳芭婗女倡，春蘭秋菊長無恙。只可憐我屈平呵，問何人弔湘纍，哭向野廟傍。（並下）

第三折

（洞庭君引隊上）春色醉巴陵，闌干落洞庭。水吞三楚白，山接九疑青。空闊魚龍舞，嬋娟帝子靈。何人夜吹笛？風急雨冥冥。寡人洞庭君是也。上帝敕封，永鎮此湖。左襟三江，右帶七澤，氣吞雲夢，波撼岳陽。真所謂一脚踢翻鸚鵡洲，一拳打倒黃鶴樓。大丈夫不可無此氣概。今有楚國大夫屈原，孤忠被放，侘傺不平，欲懷沙而死。寡人憐其才，哀其命，又惜其志意鬱結不能自解，欲遣白龍扮作漁父去勸諭他一番。若是立志不回，仍令波臣迎入水府，待為上客，有何不可。左右，宣白龍上殿。

（龍舞上）

（君）白龍，今有屈大夫自沉汨羅，汝可扮作漁翁，刺船而去，將微言諷勸。他若不從，即來回話，我另有區處。

（龍點頭，舞下）（眾並下）

（漁父撐船上）漁翁夜傍西岸宿，曉汲清湘燃楚竹。煙消日出不見人，欸乃一聲山水綠。我本白龍，權為漁服，奉洞庭君之命，來勸屈生，止其沉溺。只怕他心不轉，我舌空勞，為之奈何？不免將船放入蘆中，待他來時，再作道理。看來世上爭利奪名，倒不如漁翁之樂也。

【仙呂·賞花時】可正是，朝採江魚船有鱸，暮採江蔬筐有蒲，沽酒且提壺，醉眼南浦，隔水話樵夫。（下）

（正末上）沅江流不盡，屈子怨何深，日暮秋風起，蕭蕭楓樹林。我屈平被放以來，澤畔三年，君門萬里，讒人有口，賢士無名。指九天以為正，無奈高高；就重華而陳詞，徒然默默。我想，接輿髡首，桑扈裸行，伍子逢殃，比干菹醢，前世皆然，吾又何怨於今人乎？只是故鄉就遠，江夏流亡，之死靡他，雖生何益？不如感激沉身，與申狄、彭咸同遊地下，或者君心悔悟，竊比古人屍諫之遺，死亦瞑目矣。想起來好不傷感人也。

【雙調·新水令】俺只為，先王原廟倚江東，拱周京，包茅曾貢。桃弧開篳路，翠被出巫宮，三楚雄風，八九吞雲夢。

【駐馬聽】顓頊神宗，陬孟庚寅承帝寵。伯庸近統，靈均正則錫微躬。高冠長佩字雍容，江蘺薜芷嘗吟弄。誰知今日呵，囚簽籠，楚歌一曲悲哀風。

【沉醉東風】怨君王奸諛蔽聰，恨羣小邪曲傷公。那靳尚呵，萋菲蠅口讒，那鄭袖呵，謠諑蛾眉寵，歎孤臣抽思惜誦。自古道，邪臣閉賢如浮雲之障日，總為浮雲將白日壅，望不到君門九重。迤邐行來，早到江邊了。

【雁兒落】俺只見，漂翻翻黑風擊水東，混汩汩白浪粘天湧，邈漫漫波搖星斗寒，翼遙遙日抱黿鼉動。

【得勝令】半江瑟瑟半江紅，湛湛江水上江楓。那裡是漢廣江之永，分明葬三閭一畝塚。回風，波滔滔，魚朕來迎送；飄蓬，草莽莽,蘆漪哭路窮。

（漁父歌上）西塞山前白鷺飛,桃花流水鱖魚肥。青箬笠,綠蓑衣,斜風細雨不須歸。

（末）呀,漁父何來?

（漁）子非三閭大夫乎,何故顏色憔悴,形容枯槁,一至於此?

（末）然也。眾人皆濁我獨清,眾人皆醉我獨醒,是以見放。

【喬牌兒】你問我甚來由？道莫容。早難道醉和濁,我從眾？芰荷香怎向污邪種,飲醇醪請公入甕。

（漁）吾聞聖人不凝滯於物,而能與世推移。舉世皆濁,何不淈其泥而揚其波？眾人皆醉,何不餔其糟而歠其醨？何故深思遠舉,自令放為？

（末）漁父但知其一,不知其二。夫新沐者必彈冠,新浴者必振衣。安能以身之察察,受物之汶汶者乎？安能以皓皓之白,而蒙世俗之塵埃乎？

【甜水令】你教我兩樣模棱,大家遊戲,片時蒙憧。怎學囁嚅翁？除非是土木形骸,盤鈴傀儡,隨人播弄,可不折倒我百尺崆峒。

（漁）子不聞仲尼周流魯、衛,孟子歷說齊、梁,東西南北之人,歷九州而相其君,何必懷此都乎？

（末）柳下有言：直道而事人,焉往而不三黜；枉道而事人,何必去父母之邦？況我同姓之卿,豈可與孔孟同年而語乎？

【折桂令】我寧可葬魚腹身赴江中,耐不得蒙茸狐裘一國三公。說甚麼魯、衛、齊、梁,周流孔孟,南北西東,便做道之一邦楚材晉用,怎比得說七國儀橫秦縱？我屈平呵,貴戚袞宗,休戚相同,皇考先公,地下相從。

（漁背科）看此人志意堅決,不可挽回。多言無益,吾去也。（歌云）滄浪之水清兮,可以濯吾纓；滄浪之水濁兮,可以濯吾足。（下）

（末）呀,這漁父竟不顧而去了,他怎知我屈平的心事來？

【錦上花】我則索抱鴟夷江頭一慟,多謝你寫箜篌河渡呼公。君暗臣聾,何去何從？海闊天空,可游可泳。

【么】半生瑣尾悲，一死鴻毛重。入夜悠悠，去國匆匆，不惜身亡，摩頂放踵；但惜人亡，崩榱折棟。說話之間，忽然風水洶湧起來。正是：大江流日夜，客心悲未央。此我屈平畢命之期也！

【清江引】霎時間橫波捲大風。河伯來歸贈，馬鬣逐流沙，狐首還丘壟。慘回頭，故國山河落照紅。（作投水下）

（金童玉女持節上）玉樓已召唐公子，貝闕還迎楚大夫。唱盡九歌人不見，滿天風雨洞庭湖。我等奉洞庭君之命，來請屈大夫為水仙。白龍速來迎接者！

（龍舞上，向內。末上，騎馬科）

【離亭宴帶歇拍煞】俺則見紫壇荷屋連天聳，又則見蓀橈桂棹隨波擁，水仙操，誰堪伯仲！有一個騎鯨的捉月眠，有一個斬蛟的排浪入，有一個乘鯉的淩風動。且登高海屋樓，免納悶醢雞甕。看九州紛總總。拜受了一封魚腹書，敕賜了百尺龍梭錦，支銷了十串鮫珠俸。看馮夷舞一回，聽帝子彈三弄，兀自喚不醒登天舊夢。則看俺採杜若水晶宮，煞強如訪桃花天臺洞。（並下）

第四折

（生扮宋玉上）【憶王孫】登山臨水送將歸，悲莫悲兮生別離，不用登臨怨落暉。昔人非，惟有年年秋雁飛。下官蘭臺大夫宋玉是也。向與景差、唐勒俱為屈原弟子，不意吾師懷忠見放，感憤沉湘。每讀《離騷》，使人流涕。楚王因此悔悟，召我侍從章華。只是舉世混濁，直道難容，我則索微詞譎諫，與時俯仰便了。今日王遊雲夢之臺，遠望朝雲，使我賦高唐之事，不免拂紙揮毫則個。

【中呂・粉蝶兒】俺登這百尺高臺，擁宸旒霓旌翠蓋，望朝雲靉靉。紛來，送飄風，迎凍雨，徘徊光怪。五色初裁，想瑤姬，仿佛倚後庭花外。賦草已成，不覺日暮，神思困倦，且自假寐片時。（作睡科）

（旦扮神女引侍上）非花非霧春風深，美人踏夢相追尋，來從帝子彈湘琴。彈湘琴，高唐曲，行雨歸，迎郎宿。妾本赤帝之女姚姬，未嫁而卒,葬巫山之陽,為高唐之客。前與楚懷王夢中相遇,因為立廟,號曰朝雲。今有大夫宋玉,隨襄王遊此,復作《高唐》之賦,妾愛其風流嫵媚,文采翩翩,願結伉儷之好。不免乘此良宵,攝其魂魄,以成幽會,可了夙緣。侍兒,將宋大夫引至者。

（侍引生見科）

（旦）宋大夫請了。

（生）呀,娘娘是何神也?

（旦）妾在巫山之陽,高丘之岨,朝為行雲,暮為行雨,朝朝暮暮,陽臺之下。

（生）何謂朝雲?

（旦）請與大夫登臺觀之。（作攜手登臺科）

（雲童舞上,旋下）

（旦）此朝雲也。

【醉春風】（生）則見那霞起繡紅衣,山低橫翠黛,楚雲如日信奇哉! 一片的彩彩,比什麼秦市行人,魯庭匹馬,宋家車蓋。何謂暮雨?

（雨師、風伯、雷公、電母舞上,旋下）

（旦）此暮雨也。

【脫布衫】（生）又聽得響颼颼點滴蒼苔,看披衣玉女徐來。可是你哭相思珠淚兒滿腮,早把海棠花胭脂濕壞。（下臺科）

（旦）妾素聞大夫高才麗藻,請賦《巫山高》一篇用觀雅意。

（生）自愧無文,恐污聖目。（吟云）巫山高,高以奇;湘水深,深以澌。我欲東歸,白雲間之。明月在天,美人來遲。日暮風吹松花枝,青鬟十二綰參差。步搖珊珊響江祠,蘭衣淺搣紅胭脂。山有堂兮水有梁,春風夜半迎君王。曉夢飛來杜若香,碧絲斜弄高臺涼。

（旦）絕妙好辭,足垂不朽矣。妾與君神人雖隔,原有宿緣,今夕何夕,如此邂逅,不揣鄙陋,願薦枕席。

（生）下官濁界凡夫,敢求靈偶? 幸蒙一諾,實慰三生。雖粉身碎骨,何以報德?（背云）呀,宋玉今日好僥倖也!（作偷覷科）

【小梁州】則見他,金雀鴉鬢彈玉釵,窄窄的羅襪弓鞋,芙蓉臉際嫩紅開,似飛瓊態,月下步瑤臺。

(侍)請娘娘與大夫飲合卺之杯,奏同心之樂。

(內作樂,飲拜科)

【么】(生)謝媒合向巫峰拜,領受了雲雨符牌。(低語科)我把扣兒鬆,衣兒解,燈前無賴,敢唐突了可憎才。(攜手並下)

(孤扮楚王上)巫嶺迢迢舊楚宮,至今雲雨暗丹楓。

(景差、唐勒隨上)微生盡戀人間樂,惟有君王憶夢中。

(孤)寡人楚王,與這唐勒、景差同那宋玉來遊雲夢,使玉作高唐之賦,不意他一睡三日纔始醒來,不知何故。左右,可速請來見我。

(生上)秦庭醉飨鈞天樂,趙國歡聞姚女歌。呀,昨宵一夢,好奇怪也。楚王相召,不免見駕。(見科)臣宋玉願吾王千歲。《高唐賦》已成,謹進御覽。

(孤看科)此賦飄飄然有淩雲之氣,左徒之後一人而已。只是卿一睡三日,必有佳夢,可道其詳。

(生)臣不佞,不敢飾詞欺君。晡夕之後,精神恍惚,見一婦人,狀甚奇異。

(孤)其狀如何?

(生)茂矣,美矣,諸好備矣;盛矣,麗矣,難測究矣。上古既無,世所未見,瓌姿瑋態,不可勝贊。

(孤)試為寡人述之。

【上小樓】(生)那女神呵,沐的蘭芳若澤,衣的羅紈妙彩。可又梳了蟬翼,抹了鵝黃,畫了螺黛。笑也愛,顰也愛,迷了陽城下蔡,真個細腰兒比楚宮還賽。

(孤)那女神與卿相遇若何?

【么】(生)臣衣呵,拂繡帶,臣冠呵,掛玉釵。還記得,目兒相挑,手兒相攜,體兒相挨。似這般,朝也在,暮也在,佳人難再,又何妨夢兒中住千秋百載。

(孤)卿有奇才,自有奇遇,可更作《神女賦》留為美談。

(生)容臣構思上奏。臣又訪之神女云,先師屈平,見為洞庭水仙。今年五月五日,乃其忌辰。臣欲招其魂魄,歸葬高丘,望吾王特遣巫陽,陳設祭奠,並令士人駕舟江中,彩旗畫鼓,齊呼競渡,以為救援。臣不敢自專,伏候上裁。

（孤）依卿所奏,代寡人告祭便了。

（生謝科）（孤衆下）

（巫陽上）吹鐵笛,擊鳴鼉,燒篤耨,薦巨羅。大巫舞,小巫舞。歌哩羅,舞婆娑,哩羅羅,連婆娑訶。自家巫陽,奉楚王之命,招屈子之魂。來到江頭,宋大夫早先在此。（見科）祭品已備,請大夫行禮。

（生拜科）我那屈先生呵！

【滿庭芳】你本是文章華岱,青雲意氣,白雪襟懷。恨讒夫暗把忠良害,痛煞煞玉葬香埋。好教我呼精衛填平滄海,叫驪龍踏破泉臺。今日裡向江天血淚灑,這子規魂魄,倩風雨送歸來。

（巫取衣向上招科）魂兮歸來,無上天些！（向下招科）魂兮歸來,無入地些！

【魔合羅】（生）這天上呵,九關虎豹將人殺,更縱目豺狼往來。這地下呵,牛身土伯唊人骸,下幽都恐自遺災。青山白水雖無恙,碧落黃泉盡可哀。歸來些,好辭了斷鰲缺柱,來就這累榭層臺。

（巫向東招科）魂兮歸來,東方不可以託些！

【一轉】（生）這東方呵,長人千仞索,高天十日災,流金鑠石何其懣,悠悠弱水螭龍走,皓皓膠冰霧雨霾。歸來些,休耽着寂寥湯谷,管住取網戶瑤階。

（巫向南招科）魂兮歸來,南方不可以止些！

【二轉】（生）這南方呵,吞人的九首蛇,射人的三足能,雕題鑿齒將人醢,四山虎豹蜿蜒臥,千里封狐倏忽來。歸來些,好避却朱方炎火,高臥在翠帳罘罳。

（巫向西招科）魂兮歸來,西方不可以留些！

【三轉】（生）這西方呵,流沙波浪逐,雷淵風雨來,彷徉廣大無邊界。玄蜂赤蟻皆奇狀,豕爪神牙亦怪哉。歸來些,莫戀叢菅是食,還有炙鴰羹豺。

（巫向北招科）魂兮歸來，北方不可以託些！

【四轉】（生）這北方呵，峨峨冰雪飛，凝凝天地白，幽陵窈墨連冥海。寒山枯木無枝葉，代水洪濤絕岸崖。歸來些，飽看了吳歈鄭舞，穩着取齊縷秦緔。

（巫）招魂已畢，只見波濤澎湃，風雨驚飛，想是屈大夫來也。

【尾】（生）餛餴席上排，菰粱波內灑，酹瓊漿與醒眼增顏色。你看波，萬丈潮頭早朝着白馬拜。（正末騎龍上）珊瑚簾箔碧欄杆，巫髻湘鬟鏡裡看，我欲乘風破浪去，瓊樓玉宇不勝寒。俺屈平修文水府，忽聞楚王設祭，宋子招魂，不免暫跨鼇頭，來登鷁首。只見旌旗蔽日，金鼓喧天，一派龍舟早飛到也。（生遙拜，末拱手科）（衆划龍船上）浩浩沅湘弔屈也原，划龍船，划彩船。新蒲細柳也綠年年，採蓮船，行哩溜連行溜連。寧遊碧落為才鬼也，划龍船，划彩船。莫入青溪作水也仙，採蓮船，划龍船，行哩溜連行溜連。划！划！划！（有一龍船上）鼉鼓鸞簫一樣也喧，划龍船，划彩船。牙檣錦纜也兩邊牽，採蓮船，行哩溜連行溜連。青蛾皓齒人間樂也，划龍船，划彩船。休落眼花水底也眠，採蓮船，划龍船，行哩溜連行溜連。划！划！划！

（衆繞場走下）

> 沅蘭澧芷久蕭條，弔古何人賦《大招》。
> 雜佩江姝春拾翠，孤舟漁父夜乘潮。
> 長沙賈誼空投簡，高閣揚雄漫解嘲。
> 千載逐臣同一恨，相逢痛飲讀《離騷》。

龍 舟 會

(雜劇)

清·王夫之

【作者簡介】王夫之(1619—1691),字而農,號薑齋,又號夕堂,或署一瓢道人、雙髻外史,晚年隱居於石船山,自署船山病叟、南岳遺民,學者遂稱"船山先生"。為樸素唯物主義思想的集大成者,與黃宗羲、顧炎武並稱為明末清初的三大思想家。青年時代,他一方面致力科舉,一方面熱切關心動盪的時局,與好友組織"行社"、"匡社",有匡時救國之志。明崇禎年間,王夫之求學岳麓書院,師從吳道行,崇禎十一年(1638)肄業。1642年,二十三歲的王夫之在武昌考中舉人。明亡後,王夫之在衡陽舉兵抗清,阻擊清軍南下,戰敗後退入肇慶,任南明桂王府行人司行人,因反對王化澄,幾陷大獄。至桂林依瞿式耜,桂林陷沒,式耜殉難,乃決心隱遁,"棲伏林谷,隨地託蹟",甚至變姓名為徭人以避世。他輾轉於湘西以及郴、永、漣、邵間,後回到家鄉衡陽潛心治學,在石船山下築草堂而居,人稱"湘西草堂",在此撰寫了許多重要的學術著作。王夫之學問淵博,對天文、曆法、數學、地理學等均有研究,尤精於經學、史學與文學,一生著述甚豐,存世之作約有七十三種,四百餘卷,散佚約二十種。主要哲學著作有《周易外傳》、《周易內傳》、《尚書引義》、《張子正蒙注》、《讀四書大全說》、《詩廣傳》、《思問錄》、《老子衍》、《莊子通》、《相宗絡索》、《黃書》、《噩夢》、《續春秋左傳博議》、《春秋世論》、《讀通鑑論》、《宋論》等。為《四庫全書》收錄的有《周易稗疏》、《考異》、《尚書稗疏》、《詩稗疏》、《春秋稗疏》等。

【劇情概要】該劇為四折一楔子。取材於唐代李公佐的傳奇小說《謝小娥傳》,演烈女謝小娥為父夫報仇的故事。李作收入《太平廣記》卷四九一"雜傳記"。北宋慶曆四年(1044)至嘉祐五年(1060)間,由歐陽修、宋祁修撰的《新唐書》卷二〇五"烈女傳"之"段貞居妻"將謝小娥事正式收入正史。此後,南宋寶慶三年(1227)王象之編輯的《輿地紀勝》卷二六之《唐烈女謝小娥》,以及明天啟七年(1627)凌濛初輯撰的話本小說集《初刻拍案驚奇》卷一九之《李公佐巧解夢中言,謝小娥智擒船上盜》,也都演繹謝小娥事。劇寫青年女子謝小娥的父親、丈夫外出經商,在船上遇盜被害。小娥在家思親深切,經小孤神女指點冤魂託夢,方知這場慘變。父、夫暗示仇人的姓名,一是"車中猴、門東草",一是"禾中走、一日夫"。爲破解仇家姓名之謎,謝小娥設法在經常有文人過往的晴川閣上,貼簽求人測字。經李公佐指點明白後,便女扮男妝,訪至賊窟,在其家傭工三年,埋藏着刻骨的仇恨,壓抑着無比的悲憤,強顏歡笑,博得賊徒的信任,以便等待復仇的時機。終於在端陽節龍舟會後,在宴席上親手割下仇人的首級,報了父親和丈夫的血海深仇。謝小娥復仇之後,出家爲尼。

【版本介紹】該劇現存刻本爲:一、清同治四年(1865)湘鄉曾氏金陵刻本。標名云"龍舟會",署名云"衡陽王夫之撰",正目云:"鸚鵡洲遊人拆字,龍舟會烈女報冤。"二、清同治間湘鄉曾氏刻《王船山遺書》所收本。標名、署名,俱同前本。三、《清人雜劇二集》本。據同治間刻本影印。四、民國二十二年(1933)上海太平洋書店《船山著作》鉛字本。本書以《王船山遺書》本爲底本,校之以《清人雜劇二集》本,各本字詞不一致之處,擇善而從。

【演出情況】民國年間,尚小雲據凌濛初小說與王夫之的《龍舟會》編成京劇《謝小娥》,又名《貞女殲仇》,後成爲尚氏代表性劇目之一。《戲劇之家》於2010年第10期上發表周作君的新編古裝戲《龍舟會》,劇本明確說是根據王船山同名雜劇改編。然未見演出。

(黃　燕)

正目：鸚鵡洲遊人拆字，龍舟會烈女報怨。

楔　　子

（旦扮謝小娥上）【如夢令】點點蘆花飛去，還似春風柳絮，再也不回頭，遠趁沙汀雁渚。無據，無據，目斷雲中煙樹。妾身謝小娥，幼而失母，更無兄弟，可憐俺爹爹謝皇恩鞠養成人，招贅平江段不降，經今三載。今年春初，收拾些資本，往蘇杭貿易，單留下個老嬤嬤子伴妾身在家。前四月末，這巴陵城中有相識的客商從下面捎一書信來，說生意頗好，兌些細軟之貨，已將到江州。只為江州城中，有些客賬，催完方回。日日江頭凝望，不覺已是暮秋，更無消息。（悲介）咳！我那爹爹和段郎，多管是凶多吉少，教我怎生是好？今日倚樓而望，又早晚也。紅日西沉，金風漸緊，只得掩上門，向閤子裡去也。咳，我的天哪！

【賞花時】（旦）過盡千帆總是閑，恰好似流水東奔去不還。紅日已銜山，凝眸漸懶，風緊暮天寒。

【么】段郎呵，便做道白酒青魚醉客顏，更偎着紅燭高燒擁翠鬟。我那爹爹衰鬢染霜斑，秋江向晚，可也回望鄉關。呀，忽然一陣冷風，透窗而入，好倦也，且靠着這小榻兒瞌睡片時者。（睡介）

第一折

（搽旦扮小孤神女，花冠瓔珞，侍女捧印劍、鬼使持幡隨上）萬派東流赴海門，中流一柱砥乾坤。大唐國裡忘忠孝，指點裙釵與報冤。吾神奉上帝之命，鎮住這小孤山，受下民香火。萬頃滄波，一峰獨峙。攔住了海門潮，不教它橫吞楚塞；疏通着兩湖水，恰好使曲繞吳山。既清水國之波，還察人間之事。忠直的，求子息，保風波，不用他掛紙燒錢；奸邪的，宰豬羊，還袍幡，只好哄木雕泥塑。不學那巫山雲雨，弄得個楚襄王，東竄西犇；生憐那河上笭箵，但教他霍里妻，悲歌慟哭。這幾夜，祠門外有兩個孤魂嚎哭呼冤，俺天眼观來，知他是巴陵客商謝皇恩、段不降，被賊人劫殺。這賊徒姓名，怎瞞得我過？有謝皇恩女兒小娥，雖巾幗之流，有丈夫之氣，不似大唐國一夥騙紗帽的小乞兒，拼着他貞元皇帝投奔無路，則他可以替他父親、丈夫報冤。則索隱用天機叫這孤魂託夢與小娥知道。巡江的，你帶這孤魂來見我。(鬼使應諾，入内帶正末、宇兒魂上)

（末）娘娘，好冤也！

（搽旦）你二人的冤，我盡知道了。你那謝小娥乃貞烈之女，必能為你報仇。今叫巡河的引你到家，夢中說與他去。

（末）禀娘娘，那賊叫甚名字？

（搽旦）謝皇恩，殺你的是車中猴、門東草。段不降，殺你的是田中走、一日夫。

（末）這是啞謎兒，望娘娘直說。

（搽旦）這是天機之妙，我若直說與你，你陰魂便去尋他，死於暗昧。一則未能明正天誅，一刀還他一刀；一則顯不得你女兒謝小娥孝烈，替大唐國留一點生人之氣。你只記着這話去。難道普天下沒一個識字的秀才為你女兒分解？

（末、宇叩頭介）謝娘娘天恩！

（搽旦）做賊稱雄也枉然，不見安祿山建國號稱天，到頭只是刀頭死，只羞殺王維與鄭虔。(下)(鬼使引末、宇行介，合唱)

【仙吕・點絳唇】鼍吼洪濤，酸風射腦刀瘢燥，杳杳滔滔，何處是巴陵道？

【混江龍】則憶得離家春正早，穩乘着春波水暖泛輕舠。長千里聽徹了碧簫象板，西子湖看遍了綠柳紅桃。舊牙行，喜相迎，問湖湘米價何時減？同幫客，相向說，這淞墅抽分不易逃。買就了頭水綿，一絲絲雲堆鶴毳；還攬得飛花布，一段段雪緝鴻毛。交兌了雪花銀，可包回換；打迭下碧油單，護着麋糟。正乘潮，幾聲畫鼓；穩隨風，一棹輕橈。早離了分叉客路青楓浦，巴不到三徑吾廬翠竹梢。一團頭燒燈談客夢，三口兒剥蟹飲春醪。誰知道船頭買水，不提防暗裡藏刀。一霎時好似烏雲罩，莽吆喝轟雷震耳，猛回頭濺血沾袍。使者，引咱哪裡去？

（鬼使）西南上隨風去。（作盤旋飛走介）（合唱）

【油葫蘆】霧湧雲騰，把不住酸疼腳，還只怕一點悄魂兒被風吹散了。聽不徹蘆汀漁歌鬧清宵，瞧不真荒郊燐火明衰草，望不見雲中古樹蒼煙繞。這敢是馬當口？散花洲？這敢是黃鵠磯？華容道？猛凝眸，早則是高樓百尺臨城峭，（哭介）天哪！這是我舊家門，那些個歸來好。

（旦從內潛出睡介）

（末）一直闖入門來，殘燈閃閃，孤榻蕭蕭，兀的不是我女兒也！（孛）兀的不是我娘子也！

【天下樂】（末哭唱）小娥兒呀，怎不與我設三尺靈帷，剪紙招香燒，把漿水澆？想只是漫無消息直到今朝，尚兀自依江樓眺望，遙對斜陽，淚雨雙拋，還只望秋水雁雲歸棹。則索向前喚起他者。兒，我和段郎回來了。

（旦驚起介）爹爹段郎好，你回來了。謝天謝地！（做近前沖倒，鬼使扶起作法，蘇醒介）爹爹，段郎，你是人？是鬼？這個好怕人的臉兒，是什麼人？

【那吒令】（末孛合唱）道俺是鬼呵，一靈兒全未消；是人呵，血肉飽饞蛟。我含冤你如何得分曉？小孤娘差這使者呵，特引我訴根苗。（旦）這等說，你受害了？難道兩個都沒了？（末）幾曾見破巢中完卵全？兩口兒只一霎同銷繳。（旦哭問）是幾時也？（末）正春殘，暮靄蕭蕭。

（旦）你受害在哪地方？（末唱）

【六么序】江州城，便是我離魂道。（旦）還是壞了船？還是遇賊人？（末）無雨風飄，穩泛棠橈，日落江皋，還要趁星光買酒平橋。那賊呵，哨風尖，舞棹如飛鷂，一撓鉤搭住船梢。短支腮，雙眼銅鈴耀，霜刀在手，板斧橫腰。俺兩個膽消魂搖，盡着他把細布輕綃，風卷歸巢。還來解下絲條，反縛連腰。則喝道：快將來，金蒜銀條，蟻命方饒。天哪，我"沒"字兒方纔哀號，板斧呵，飛光耀腦。（悲介）我兒呀，我二人好苦也！但只見頸脖子血噴寒潮，心坎裡猛火油澆，昏慘慘更無分曉。一靈兒向江天飄渺，長夜悲號，感動了小孤娘娘，引魂幡，引此來尋告。教伊知我呵，魂沉黑海，骨冷江皋。娘娘吩咐道："你那謝小娥，雖為女子，却有丈夫之氣，你說與他，叫他尋着賊人，殺了報仇。"

【寄生草】他道你懷貞徹骨貞，盡孝鑽心孝。針線箱包藏着黃公略，青鸞尾勝戴着兜牟帽，女孤星待把欞檜掃。填完了一雙魂血灑水紅花，不教你天高月黑伴着孤鴻叫。

（旦哭問）那賊知是甚人？教我尋誰報仇？

（末）殺我的是車中猴、門東草。

（孛）殺我的是田中走、一日夫。（合唱）

【么篇】這天機不漏洩，付與伊牢記着。則要你耐奔波，遍訪高人教。那賊呵，惡名兒已註定天曹稿，定盤星不爽絲毫報，這機關不怕沒人參，有心人瞥見能分曉。

（末）小娥兒，你緊記着，恐怕你疑夢非真，我灑幾點血在你小榻前，為個證據。（悲介）兒，我今去也！

（孛）娘子，我今去也！（末）

【賺煞尾】早鐘鳴，荒雞叫，更一點明星報曉。兒呀，我難向人間廝戀着，早隨着風散雲飄。只教伊哭聲漸高，更怒氣血潮犇腦。我呵，再不能够向岳陽樓畔看秋濤，今宵一別，到天荒地老。只這幾點血蹤兒，殺盡冤仇使得消。

（鬼使催督打哨，盤旋舞下）（旦醒哭介）好嚇殺人也！好痛殺人也！爹爹，段郎，你在哪裡去也？呀，分明夢中來訴道，為賊人殺害，吩咐四句話，說是賊人姓名，教我遍走江湖，尋高人說破，尋着那賊殺了，與他報仇。恐我疑夢非真，說灑了幾點血在小榻前為據，待我點個亮來看。（虛下，點燈上）呀，真個鮮紅淋淋的血點在此。（哭介）我那爹爹，段郎，好苦也！（拍手跳介）謝小娥死也不教這賊活着哩。呀，天已明瞭，不免將家緣家計，付與老嬤嬤子，叫他帶着乾兒子在此過活。我自帶幾兩盤纏，有爹爹海船上買一把倭刺隨身，向江湖尋取高人，拆此字謎去。待俺記來，車中猴，門東草；田中走，一日夫，可也一字不錯。生死離別已經春，枉殺高樓望遠人。若訪得那賊呵，任你銅頭鐵領也教他成齏粉，只難得個會讀

書的識字真。(下)

第二折

（卜兒扮老漢上）年老無兒兩口單，卻無婚嫁放心閒。南來北往經過客，盡道風波險似山。自家漢陽城中一個有名的張懒古老兒便是。近日上司新修晴川閣，訪知我為人仔細穩重，委我看守屋宇，迎候遊人，每月官支米一石。更官長遊客，為他開門掃地，也送個包封兒，兩口兒盡好過得。則舊年冬月，一個婦人從巴陵來，送個人事，認俺婆婆做乾娘，在此寄寓，一片紙寫着十二個字，粘在閣柱上要人猜。經今數月，這漢陽許多大搖大擺誇說飽學的相公，雙眼睜睜着，且自隨他。我看這婦人，倒也好生決烈，只夜半三更，吞聲啼哭，不知為甚，且看他後來如何。昨日碼頭上灣下一座船，阻風在此，必是一位官長，恐他今日上來遊玩，且掃淨了地伺候着者。（掃地介）

（末泥孤扮李公佐冠戴，從人隨上）【昭君怨】漢水中分楚塞，回首秦關天外。北斗帝城邊，幾點煙？　　為問大江東去，六代繁華何處？謝傅舊風流，定神州。下官李公佐，乃淮南王神通九世裔孫。緒出天家，名登蕊榜。先世家住長安，因天寶之亂，僑居西蜀。近者貞元皇帝為逆賊所逼，駕幸梁州，四海無一隅之安，但倚江南為根。本有俺三從叔諱錡字的，為江南觀察使，因此行在授俺觀察判官，督發江南兵馬錢糧，接濟關中。受命而行，非同小可，社稷安危，勞心蒿目。順漢水而下，已出大江，奈這兩日浪急風緊，只得淹留在此，好生悶損。晴川閣在望，且往登眺，以舒愁緒。來此已是閣前，叫看守的開門！

（卜兒開門叩見介）

（末）是好景也！鵲磯東峙，漢水西來，瀰瀰清波，迢迢煙樹，不枉了禰正平揮毫作賦，庾元規見月登樓也！正是：春長荻芽色色齊，一團綠玉浸玻璃。芳洲作賦人何在？惟有新鶯隔岸啼。

【越調鬥鵪鶉】渺渺芳洲，桃波微皺，碧草如油，紅芽初透。問

春色如斯,為何人攔就?弔古含愁,古人知否?由來楚國先賢,名留青史,則今日呵,

【紫花兒序】弄筆尖的把丹青畫餅,吃牙籌的將斛斗量沙,擁旌旄的似畫錦冠猴。空目斷長堤垂柳、古渡扁舟。波流,一任乾坤日夜浮。問誰是弔北渚靈均哀郢,祝東風周郎顧曲,望長安王粲登樓?憑高北望,極目中原,好傷感人也!

【金蕉葉】顫巍巍盧龍塞,買却田疇;去滔滔清汴水,割斷鴻溝。更哪堪響嗚嗚古涼州,笛悲折柳,只留得個石頭城,二分水洲。這壁間有許多留題在上,待下官看來。

【小桃紅】凌雲庾信已千秋,問伊誰,披夕秀。(笑介)原來都是這等樣詩!止不過崔顥殘膏來潤口,漫悠悠,望鄉關幾句閑僝愁。為你含羞,虧伊出手,倒不如漁唱樵謳。呀,這柱上粘着片紙,寫上幾個字,待俺看者。車中猴,門東草;田中走,一日夫。這個還是燈謎兒,還是白頭帖暗中人的?若論此四句,有何難解處?

【天淨沙】分明是芳皋九畹香幽,分明是東風柳暖花柔,分明是斜日未曾加西。沒轉語,外孫齏臼,何勞細問楊修?叫看守的,這字兒是誰粘上在此?

(卜兒)稟老爺,巴陵來個婦人,寄居在厢房裡,寫粘在此,請過往官人猜着。

(末)你與我喚那婦人來!

(卜兒)乾女兒,這位老爺看見柱上的字,喚你問哩!

(旦上)天網恢恢,想是這位官人參透了,待我向前相見哩。(拜見介)

(末)那婦人,你寫此幾句話,是甚意思?敢是兩個人的姓名,你要知道?

(旦)是兩個人名,望老爺分示。

【調笑令】(末)藏鈎有甚費推求?申屬猴,車字去了上下兩橫,中間是個申字。門下東字,上加草頭,是個蘭字。田字中間一豎,走上走下,也是申字。一字加夫,又加日字,是春字。明明是申蘭、申春兩個人姓名。若論六書正法呵,屯下日却道是鳳鸞儔,門

下柬誤擬作蒼龍宿。問普天誰識得三蒼古籀？糊塗且把糊塗究。（笑介）這取名字的，想也是不識字的先生，畺朱兒混束脩。我且問你，要知道這申蘭、申春怎麼？

【禿廝兒】莫不是有宿分，覓為婚媾？（旦）不是。（末）莫不是失金珠，向彼追求？（旦）不是。（末唱）既不呵，稠人似海，魚鱉混江湖，又何勞辨鯉尾認鱅頭，獨下金鉤？

（旦）請屏左右，待奴家訴來。

（從人退介）

（旦）奴家謝小娥，父親謝皇恩，丈夫段不降，經商在潯陽江上，被強賊殺害了。小孤娘娘有靈，引兩位孤魂來江樓託夢，說此四句，道是賊人姓名，灑上血痕為信，教奴家拜訪高賢，參透報冤。今幸蒙恩指示，果然不錯，便好找尋這兩個賊徒，與他拼命去。

（末唱）

【聖藥王】聽說罷替伊愁，這願兒好難酬。那賊呵，漫天瞥地翻筋斗，要追求，向何州？你飄零四海一沙鷗，況裙釵，非敵手。你若訪出這賊的當，不如赴所在衙門告理。

（旦）老爺，這使不得。如今做官長的，誰得似老爺清正？只尋那有想頭無干係事去推敲。這沒頭盜案，況奴家是個單身婦人，誰待准你？風聲張了，那賊人反斷送奴家性命。死不要緊，更誰與父親丈夫報冤？（正末唱）

【麻郎兒】你道做官的糊盆攪面稠，慚愧也！我也銀魚叼綠綬。也難怪你說沒金錢，先輸朝右，怎能夠剖銅符做列土諸侯？咳，真個醜！誰鎖住鬧天宮、六耳獼猴？待何時春回北斗？只落得柳凋霜後。既然你立志已堅，我與你想個計來。

【綿搭絮】你繫長裯，行緩緩，梳鬆鬢，髮颼颼。雖則是鐵心腸，不怕污，畢竟呵，青閨面，半含羞。你須把妝樓遠望一筆兒勾，做一個吳市吹簫佩蒯緱。待訪得賊人呵，就裡翻身，方好做鷹隼擊高秋。

（旦）謝老爺教訓。如今便尋兩件衣服，裹一頂頭巾，雨傘衣包，做傭工的，沿江找去。（末唱）

【拙速魯】則願你青虹吐，劍光浮，噴寒輝，射斗牛，闖山撞水，向楚尾吳頭。惡草呵，當門鋤盡；狂夫呵，一日干休。焚香酹酒，祭告江流，雙按髑髏。則問道，你父親、丈夫呵，與他前生有甚仇？還有一件，你若殺了那賊，恐無憑據。左右取紙筆來！（雜捧筆硯上）

（末）下官批一字與你，那時把地方官看，（寫念介）殺謝皇恩者申蘭，殺段不降者申春，神告分明，謝小娥持此報冤為照。貞元十二年二月判。江南軍事李公佐批。

（旦拜謝介）

（末）此生有緣，他日與你重會，結證這一段公案，你好珍重去也！

【看花回】江流驟，斷雲橫岫。（雜）轉了南風，請老爺登舟。（末）從今去，要相逢，重相問，親相助，幾時能夠？辜負了我做大丈夫的，挽蒼虯，帶吳鈎，無力相援，只待聽雌龍夜吼。

【尾聲】今朝話待他年後，早把天機參透，遍人間自有有心人，（歎介）只我李十二，一點丹心沒處剖。

第三折

（旦男妝上）【一剪梅】屈原江水子胥潮，自古難消，今日須消。如霜一把報仇刀，生在今朝，死在今朝。皇天縱得賊徒驕，一向妝喬，莫再妝喬。骷髏粉碎首懸標，你不輕饒，誰肯輕饒？俺謝小娥，自從得李判官大人指示，換了男妝，起個名兒叫李小乙，謝蒼天見憐，頭面手脚都潑皮了。一路訪來，到這江州西門外，挨河僻巷裡，果有申蘭這賊。那申春，却包着個老婆在對江。恰好這賊當敗，粘個貼兒在門上，顧人傭工。我便投入他家，經今三載，盡心兒裡外照管。街坊上不容易與人說句話，家中一絲兒也不疏失。更兼整治酒食，曲稱他意，這賊十分歡喜，做歹事的套數，一毫也不瞞我。俺在包裹裡尋出俺爹爹、段郎兩件汗衫兒，只為有血點兒，丟在沒用處，和包貨的粗布上有爹爹名字印記，俺都藏下。幾次忍不住要下手，奈他聚散無常，恐怕走了申春。今日端陽佳節，昨日把二兩銀子,叫俺買辦酒食,合夥兒過節。喜撞着北客帶來有堆花乾燒酒,俺聞着便醉的,買了三十多斤。蒸爛兩個大豬頭,四隻肥鵝,炸了十斤大魚,搗了一盆大蒜。等這賊看龍船回,弄他噇個大醉,好一齊斬草除根。如今尚早,俺且關上門,尋出血衣印記在手邊,以為證據,並備辦一方搭頭手帕,兩件女衣應用。(恨介)賊呵,不怕你今日不死在俺手裡也!(關門入內持衣上)

【南呂一枝花】則提起血痕斑兩件汗衫兒,(悲介)回想着臨別時燈前那一霎。拈針密密縫,淚滴交襟下,丁寧道,遇冷須加,還要緊繫着秋羅帕。怎知道寒江風冷伴魚蝦,染刀腥,白骨如霜。向狂波,一絲不掛。我想爹爹段郎英魂不遠,且望空祝告他者。

【梁州第七】你則解夢魂中殷勤哭訴,諒孤魂原不在海角天涯。我為你含羞更忍恨向三焦下,寬鬆了羅襪,解散了堆鴉,陪歡侍酒,強笑傳茶。只為你浸寒濤肉冷汀洲,不顧得軟苗條試猛虎撩牙。則願你借江上千頃雄風,吹散他魂墜泥沙,做一個烏江夜啼烏騅馬。俺如今生和死鋼刀一把,拼得個凛冽寒霜淬劍華,斬盡秋瓜。俺且禱告小孤娘娘者。(跪介)娘娘,你既引孤魂叫我報冤,只爭今日助我一靈兒!

【牧羊關】娘娘呵,你澄波清海霧,浴日洗東華,怎忍見小裙釵怨氣結青霞?也不煩雷部雙輪,也不消天丁六甲,則教我青鋒隨手下,一線沒爭差。酬賞了哭春江徹骨冤,不枉了絮春宵埋頭話。這嗏那賊徒敢回來也。

(內打龍船鼓、隨意喊唱扒船歌介)

(旦)江頭鑼鼓正喧,料且未回。我雖帶有隨身倭刺,不中砍斫,賊家盡有好刀,揀一口來用。(向內取刀出作砍勢介)

【哭皇天】刀呵,你隨賊徒害良善無休暇,也須要趁今朝洗垢除瑕。闖着時,粗胳膊似湯澆雪;擋着時,黑脖腮似風飄瓦。好與我支分節剮,纔顯得賽龍淵寶氣掩丹霞。但這一夥賊徒呵,不分真假,自有嗟呀。此時賊徒將回了,待我再向廚下收拾整齊者。(持盤壺收拾介)

【烏夜啼】一般般次第安排下,待他回拭嘴磨牙。這香噴噴迷魂湯,肥咄咄人油鮓,甘美無加。更不消曲按琵琶,陪幾曲歪侉調,哩落蓮花。管教他圓睜眼笑得沒絲罅,橫吞呷,無休煞,游魚兒上我鉤,醉猩猩隨他罵。

【隔尾】填萬丈的深冤只在須臾下,誰待學蠢張良錯打了博浪沙。長休飯且放你些時假,正好撐達,何須掙扎。且看你殺害我爹爹段郎的賊膽呵,和膏帶血,真個有若干大?

（字扮申蘭、雜扮申春同四賊笑諢上）龍舟隊隊逞英豪,擂鼓搖旗莽叫號,咱若有這些閑氣力,則教李官家穿不穩袞龍袍。咱家申蘭,與侄兒申春,和這錢孫趙李一班好兄弟,在潯陽江上做那把刀兒,也得彩,今日一同看龍船回。昨日吩咐李小乙買辦酒肴,這嗜想齊備了,且回去儘量歡飲。來到門首,這門撽了,李小乙可也仔細,免教人張破我的行徑,不免叫他開門。（叫介）

（旦應開門介）（字）小乙,酒肴齊備了麼?

（旦）齊備了。

（字）快搬來!肚將次飢了。（擺酒肴諢飲介）

（旦）爹,恐怕烹調不中口哩。

（字）好!好!兄弟們盡着吃。

（旦）這酒可也吃得?

（字）好呈頭!好呈頭!只可惜不曾叫個小侑唱曲送酒。

（旦）這早晚,想大戶人家都叫去了,爹們若不嫌,小乙也曾學得侉調,胡亂編個曲兒,伏侍爹們,只休取笑。

（雜）好好!小乙哥,你只多了那把刀兒,倒也像個婦人。

（旦背云）教你認得有這把刀兒的好男子!（旦唱,雜取三叉板諢上介）

【寄生草】榴花兒,紅似火,菖蒲兒,抽新翠。蜈蚣蛇黽相吞制,龍舟鼉鼓掙輕利。天師靈篆誅妖魅,盡鯨吞一吸猛燒刀,如今不飲何時醉?（字）唱得好!滿斟酒來一齊乾!你還把咱兄弟們聚義意思唱來!

（旦唱）

【么】親生的,未是親,結義呵,真忠義。有酒呵,堆花醱醸齊醺醉;有肉呵,堆盤大碗皆肥膩;有衣呵,堆紗繡錦挨身繫。更有那開元通寶百來堆,松紋大綻鵝毛細。(孛)唱得好!大家吃發財酒,一碗乾!小乙,你是心上人,這巷裡又沒鄰舍,可將咱們替天行道本事唱來!

(旦唱)

【么】論財爻,總是天,便天也、隨人意。恰風高月黑天連水,牲牢神福艄公醉,思鄉客倦艄舠睡。輕輕抽了纜桅幫,到江心插翅也難迴避。(孛)好!好!吃個流水杯,一個催一個,乾!

(旦唱)

【么】舸兒,破浪來,小划子,分波去,一撓鉤住篷繼繫,一翻身好賽呆鷹翅,一聲呼驚醒天蓬睡,快將來留得你六陽魁,再俄延,好吃我板刀餛飩鹹酸味。(孛)唱得好!連斟三碗,齊乾!再唱來!

(旦唱)

【么】做官的,逞威風,做客的,誇伶俐,欄頭大板催常例,長夫書帕趨權貴,低銀假貨欺童稚。我是個抽豐破散好親朋,不用你紙封袂裏紅箋饋。(孛)唱得更妙!咱們得些兒也不枉了。換大碗兒齊乾!

(旦唱)

【么】弓兵們是我小嘍囉,捕盜官是我親翁婿,大花押簽幾個擒拿字,紙甘當填一個全無弊,黃白米已送入在靴州裡,有時露着一些些,只教那地鄰保長臀皮替。(衆醉諢介)(孛)燙好酒來!再唱再飲。(旦背云)你看這賊自要取死!找上了一碗堆花的燒刀,不怕他不倒。(取酒諢勸,雜吐介)

(旦唱)

【么】禿廝兒,説因果,倘秀才,誇仁義,則兀那孔夫子受盡了東陵氣,釋迦佛吃够了天魔累,西王母守不穩蟠桃會,只李博士一句説分明,而今世上皆吾類。(衆跌倒壓睡)(旦)爹們,再請一碗!(孛合眼叫吃吃介)(旦背云)醉便醉了,恐怕還挣扎得,待我唱個曲兒譏誚他,看知道不知道者。

【么】黃水獺,吃够了魚;穿山甲,舔盡了蟻。粉蛾兒終撞入燈油裡,蚊蟲兒早掛着蛛絲繫,猛毛蟲恰遇着翻身蝟。冤家狹路遇冤家,焰摩天上難迴避!(孛爬起來喊好好復跌介)(旦)醉便十分了,恐怕還動彈得,我再唱一曲,說出本事,看他懂不懂?(衆鼾呼介)

(旦唱)

【么】俺是個母丁香,藥性烈,你則道公檳榔,能消氣。雌木蘭暫卸下盤龍髻,秦女休不怕你盤蛇刺,高辛女權混入盤瓠隊,看咱脫却皁頭巾,恰是個活拿小鬼鍾馗妹!全然不醒,果然醉泥了!(做搯耳捏鼻喊叫"醒來吃酒",衆不知介)這一夥都不省人事,及今不下手,更待何時?(入內取刀先殺孛,衆驚起爬跌,追趕,盡砑殺介)賊子冤仇已報,俺且除下這頭巾,換了女衣,割下申蘭、申春兩顆頭,望空澆灑,祭告爹爹、段郎者。(換衣哭拜云)爹爹,段郎,小娥為你殺賊報冤,你知道不知道?

【罵玉郎】雖則是根苗鏟盡没牽掛,劣腦袋與分花,不辜負孤魂千里傷心話。(哭介)只我那爹爹、段郎呵,骨已冷,寒潭下,怎能够蝶飛春塚,掛一陌紙錢花。祭告已畢,不免提這兩顆賊頭與血衣印記真贓到前街叫動地方,同向江州首告去。(行介)街坊保甲,我巴陵謝小娥,千里尋賊報仇,驚動衆位,今往官府首告去。

(雜扮保長同衆人上)好驚死人也!一個婦人,殺了兩個猛漢。這婦人好像申家李小乙?

(旦)奴家正是,這殺的便是申蘭、申春,俺改換男妝,在此三年,纔殺盡一夥強賊。

(衆)申大郎笑面兒和氣,用錢也鬆泛,難道是賊?

(雜)你怎知道手鬆臉笑的正是大王哩?

(衆擁旦行介)(卜兒扮刺史上)十載寒齋罷苦吟,辛勤博得帶腰金。讀書也識清廉好,待不爬來癢不禁。吾乃江州刺史錢為寶是也。今日天中佳節,正好在内衙飲酒,外面擊鼓喧鬧,説甚婦人殺賊報仇。這事有甚想頭滋味?但是典守者不能辭其責,且出去問他。(開門介,衆擁旦上)

(卜兒)那婦人,清平世界,為甚殺人?可一一供來!(旦唱)

【戀皇恩】楚塞吾家,來到此潯陽江下。婦人謝小娥。父親謝皇恩、丈夫叚不降經商過此，這賊申蘭、申春一夥，劫財害命，抛骨江水中。婦人有不共戴天之恨，誓以一死求報冤仇，因此上卸釵環，囊短劍，來覓冤家。將身投入申蘭家爲傭，得見了眞賊無假，更有這血染衣紗，趁今日龍舟耍，賺醉了眼生花，纔能够探月窟，斬妖蟆。

（卜兒）你父親丈夫既被殺了，没蹤影，你怎知是這夥人，没一毫差錯？（旦唱）

【紅芍藥】夢裡分明説不差。説下幾句字謎兒，叫俺訪高賢，遍走天涯。當夜灑着幾點血在榻前爲據，因此寫着四句，到晴川閣粘壁以問，幸遇江南觀察判官李大人參透了。門東春草是根芽，指點兒家，向江州細訪查，暗藏身不敢喧嘩。（卜）你如何不來告理？（旦唱）則怕呵，財爻暗動，變了空亡卦。（卜將扇掩口，從人喝介）（旦）因此上，投入蓼兒窪。

（卜）這婦人好一刁哩！我且問你，人命關天，你有甚憑據，殺許多人，却來説鬼説夢？

（旦）有李判官大人批照在此！

（卜取看念介）原來他有牆壁，難爲他不得。也罷，我如今表奏當今，説你孝烈，討旌表可好？

（旦）謝老爺費心，俺却不屑弄這虚脾，把性命換浮華。

【玉交枝】虚名是假，反惹高人笑駡。俺呵，薑椒入口鑽心辣，生和死看作浮槎。原是他女孩兒三從做渾家，待干休怎忍干休罷？到如今折戟沉沙，誰更問銅臺片瓦？一聲聲晨鐘發，一通通暮鼓撾，回首夕陽西下。撲滅了斷頭香，看透了破鏡花。向空門雲封石徑苔，月冷松棚架，任灰心草綫灰，待參話風幡話。只一件寸心未死，爲李判官大人呵，他指點迷津的恩波未報答。

（卜背云）一來這婦人硬幫，不好惹；二來李判官是上司參佐；三來不行申報，那賊家中贓物便入官。（轉身介）叫保長，他既有憑據，着地方將賊人屍首擡入江中去，一面差人收查賊贓入官。這婦人不消羈管，任他去罷。正是：開門收得窗前月，一任梅花到處飛。（下）

【煞尾】（旦）這賊呵，仗凶威自占了潯陽一霸，殺將來全不消八陣六花，輕輕的掃盡妖氛剛半霎。定不爭差，何須驚詫？列位看官們，你休道俺假男兒洗不淨妝閣舊鉛華，則你那戴鬚眉的男兒原來是假。

第四折

（旦僧帽禪衣、雜扮知客隨上）看官還認得我麽？那潯陽江殺賊報仇的謝小娥，與這江陵瓦官寺大比丘尼湛定大師會下西堂妙寂，還是一個？還是兩個？咳！縱然識破，鷂子依舊過新羅去也。俺自從手殺賊徒，披緇行脚，不覺又已三年。今春參訪到此，蒙本師一言相契，領了西堂一席。既得他惡水潑人，不難向懸崖撒手。只為李十二恩官，大恩未報，為他誦一大藏《金剛般若經》，祝他福壽雙增，留下一卷未完，等他萍水重逢，完這願力，便好向船子清波，飄然一葉。如今本師應供宜城去了，命俺暫領叢林。值此江天雪景，怕有遊人隨喜，知客師，你便回覆他，此是比丘尼院，本師暫出，不便請入，只外面澄江樓可以遊覽，引他那邊玩賞去。

（雜）曉得。（旦下）

（末浩然巾便服絲縧，雜扮奚童執鞭隨上）

【集唐】萬户傷心生野煙，何人倚劍白雲天。愁窺白髮羞微祿，則做個釣罷歸來不繫船。俺李十二，參判江南，淹留六載。只承望俺那族叔，同心戮力，共匡王室。目今駕已回京，俺那族叔，却聽奸人之言，生不軌之志。俺幾番直言諫正，無奈讒口之高張；不得已密疏上聞，又被中涓之阻隔。既然無救於當時，怎肯獻身於逆黨？告病歸休，幸蒙許允，纔離虎口，將返蠶叢。到此換船西上，又值風雪橫天，旅舍淒然，難於消遣。這江陵地面，琵琶多於飯甑，非所忍聞；措大多於鯽魚，無堪共語。聞得城外江干，有個瓦官寺，雪景頗佳，不免騎上驢兒，帶這奚童，往彼遊玩者。（跨驢行介）你看萬瓦含晶，長天倒影，麗譙懸百尺之琅玕，野徑有未雕之璞玉。迤邐行來，已到寺門也。門上站的可是知客，待俺向前為禮者。（下驢拱手介)阿師請了！

（雜）老居士莫是隨喜麼？本師遠出應供，這是比丘尼院，不便請登堂。前面澄江樓，可以臨江玩雪，就引到那裡隨喜者。

（末）好哩。（登樓介）

【雙調新水令】倚危欄，脈脈望江天；倒清光，看透了鏡中人面。冰絲縈水曲，飛雪覆漁船，不如他罷釣高眠。看足了散天花，把瓊瑤碎剪。

【駐馬聽】碧海雲連，空凝望孤飛白雁傳書怨。寒梅香淺，只高吟槎枒枯樹寄愁篇。江山滿目，都是愁人處也。乾坤何處不烽煙？哀哀寡婦誅求遍。只一個陸九學士，也不免嶺海之行。縱好誰憐，夕鳥歸飛倦。

（內鳴磬聲）

【萬花方三疊】金磬清喧，把閑愁喚轉，任回風飛雪舞迴旋。柳外樓邊，知落誰家院？雖是如此說來，却也怎生忘得？看金猊一縷殘煙，尚兀自曲縈香篆，怎忘却、三生幽願？

（旦上）正在枯木堂邐堂，忽然心動，要往澄江樓一看，不知有甚機緣。（闖見末介）原來有遊人在此。呀，這位官人好生面熟也，待我記來。呀，敢是李十二恩官？則早白了幾莖鬚也。知客師，可問那居士，可是姓李諱公佐、任江南觀判的麼？（雜問、奧對是介）

（雜）西堂師，正是也。

（旦）既然是了，待我向前頂禮者。恩官，妙寂稽首！（拜介）
【長相思】山重重，水重重，雲水悠悠阻斷鴻，相期一夢中。　　祝相逢，喜相逢，海嶽恩深頂戴濃，心空願不空。

（末）俺與阿師，平生素昧，何勞如此？

（旦）恩官便不認得我了？我是晴川閣上猜字謎的謝小娥。

（末）是也，你幾時披緇在此？

（旦）自別恩官，換了男妝，捏個名字叫李小乙，抓尋到江州，果有申蘭、申春二人，名姓不錯。

（末）果不錯麼？你却怎生？

（旦）俺便投入他家傭工，盡心承奉他三年，却尋着父親、丈夫血衣和印記包單，一心殺他，未得其便。

（末）是難是難。

（旦）恰遇端陽佳節，兩個賊徒引四個嘍羅，一堆兒飲酒，俺小意兒勸他醉倒了，只消一把刀，送了這孽障，報了這冤仇。（末喜大叫云）好慶快也！

（旦）地方官見恩官手筆，要與表奏求旌表，妙寂苦辭免了，放俺寧家。俺不忍歸鄉，削了髮行脚，幸遇本師，留在這裡做西堂。妙寂難忘大恩，誦一大藏《金剛般若經》，為恩官祝贊，留下一卷，待有緣相見日面向。不意今日幸遇，結正了晴川閣一段機緣。顧此特申叩謝。

（末）好慶快也！好英雄也！李公佐敬拜下風矣，合當一拜！（拜介）【長相思】去東吳，返東吳，長憶晴川女丈夫，冤仇報得無？

恨賊徒，斬賊徒，愧我丹心一點孤，飄零在五湖。

【雁兒落】虧殺你走天涯，不怕虎豹喧；虧殺你洗殘妝，忍耐嬌羞面；虧殺你入虎穴，閣淚假殷勤；虧殺你按龍泉抵死爭鏖戰。莫說你妝閣女流，便俺士大夫誇文章節義的，

【得勝令】王右丞稱觴在凝碧池，源少卿拜舞在白華殿，破船兒沒舵隨風轉，棘鉤藤逢人便待牽。羞天花顏面愁人見，叩頭蟲腰肢軟似綿。堪憐，翻飛巷陌烏衣燕，依然富貴揚州跨鶴仙。

【收江南】呀！笑得人眼絲沒縫呵，太古來黿項怕蚊鉆，粉髑髏且唱個《想夫憐》。便饒他情堅，便饒他意堅，也只好一笑送黃泉。

【醉也摩娑】總無聊奈何也麼天，總無聊奈何也麼天，若辦得藕斷絲連，水滴石穿，更不怕折磨殺人也麼天。你不要地方官上表旌獎，更高更高！

【風流體】鬧烘烘、鬧烘烘金字匾，絮叨叨、絮叨叨《列女傳》，看將來、看將來值甚錢？水牯、水牯牛誰受鼻繩串？

【亂柳葉】却歎咱半生半生問天，空熬得鬢邊鬢邊霜練，眼對着江山江山如顫，似落葉依苔依苔蘚。庭院歸燕，銜不起殘紅片。

（旦）請問恩官此行何往？

（末）我抒忠無路，且自歸休。

【太平令】俺如今上三峽看黃牛暮見，聽古木清夜啼猿，百花潭黃鸝低囀，待訴與長安日遠。（旦）恩官去後，妙寂恩冤兩成夢幻，亦不久戀人間了。（末唱）問龍天有緣，向西乾種蓮，把恩冤蕩然，駕一扁鐵船，重與你晴川閣拈謎兒把殘燈剪。

【清江引】莽乾坤只有個閒釵釧，劍氣飛霜霰，蟒玉錦征袍，花柳瓊林宴。（歎介）大唐家九葉聖神孫，只養得一夥煙花賤！

續離騷

（雜劇）

清·嵇永仁

【作者簡介】嵇永仁(1637—1676),字留山,一字匡侯,號抱犢山農,江蘇江寧人,後遷徙至無錫。清初具有獨特創作風格的文學家,與吳偉業、尤侗一起被譽為"清初雜劇三大家"。嵇永仁幼時受家庭影響,不但遍讀經史,同時也鑽研醫學,在少年時就顯露出過人的才華,曾拜張鞠存為師。康熙十二年(1673)入福建總督范承謨幕。是年冬,靖南王耿精忠反叛,執范承謨並脅永仁,范、嵇皆不屈,下獄三年,承謨被害,永仁亦自縊死。《續離騷》即為獄中之作。嵇永仁一生短暫,四十歲即英年殞命,但其生前蹭蹬科場、生活窘迫的境遇卻令他創作出一批堪稱精品的詩文和戲曲作品。有詩文集《抱犢山房集》六卷和《遊戲三昧》、《續離騷》雜劇及兩部傳奇作品《揚州夢》、《雙報應》。這些作品大都情感真實,文辭典雅,結構勻稱,合於音律。

【劇情概要】《續離騷》一本四折,分別書寫了歌、哭、笑、罵四件事,以悲壯激越的曲詞表達了作者內心壓抑的激憤之情。《劉國師教習扯淡歌》,寫劉基與張三豐對飲,命弟子演唱所作《扯淡歌》以侑酒,致古今興衰之事而以人生無常、不如修仙學道作結,表達了他對人生的深刻體悟;《杜秀才痛哭泥神廟》,寫落魄書生杜默醉至項王廟,痛哭憑弔,指出項羽的種種失策,連泥塑霸王像亦動情下淚,以此來抒發自己懷才不遇的境況;《癡和尚街頭笑布袋》,寫布袋和尚街頭發笑,眾人問之,他借此痛罵世間的卑俗,表現出作者對現實人生的深入思考;《憤司馬夢裡罵閻羅》,寫司馬貌夢入陰曹,罵閻王不公、陰間污濁,表達了他本人對范承謨知遇之恩的感慰之情,以及對自身命運的某種希望。劇中有嘲諷,有怨憤,有無奈,更有希冀,正是因為有了嵇永仁的諸多複雜情感,纔使《續離騷》內容充實,境界非常。

【版本流傳】一、清康熙間抱犢山房原刻《嵇留山殉難遺稿》卷四,總名《續離騷》,分別為第一、二、三、四種本,分名"劉國師教習扯淡歌"、"杜秀才痛哭泥神廟"、"癡和尚街頭笑布袋"、"憤司馬夢裡罵閻羅",署題云:"梁溪嵇永仁留山著,男曾筠校正。"卷首有《續離騷引》。二、清雍正間刻本。有封面,標名云:"抱犢山房填詞"。

首有竹崖樵叟序，題總名，署題云："抱犢山房填詞"，下注"難中遺稿"。有小引。總名、分名同上。三、清同治元年(1862)長沙刻《抱犢山房集》所收本。序文、小引、總名、分名、署題，盡同前本。四、清光緒三十二年(1906)蘇州雁來紅叢報週刊所載本。總名、分名、署題同上。五、舊鈔本。總題、署名、分名、小引，並同康熙間刻本。六、《清人雜劇初集》本。據雍正間刻本影印。本書以《清人雜劇初集》所收本為底本，以《雜劇三集》本參校，字詞不一致之處，擇善而從。

【演出情況】未見有關演出的記載。

（黃　燕）

引

　　填詞者,文之餘也。歌哭笑罵者,情所鍾也。文生於情,始為真文;情生於文,始為真情。《離騷》迺千古繪情之書,故其文一唱三歎,往復流連,纏綿而不可解。所以"飲酒讀《離騷》,便成名士",緣情之所鍾,正在我輩,忠孝節義,非情深者莫能解耳。屈大夫行吟澤畔,憂愁幽思而《騷》作。語曰:"歌哭笑罵,皆是文章。"僕輩遘此陸沉,天昏日慘,性命既輕,真情於是乎發,真文於是乎生。雖填詞不可抗《騷》,而續其牢騷之遺意,未始非楚些別調云。

　　第一種　　劉國師教習扯淡歌
　　第二種　　杜秀才痛哭泥神廟
　　第三種　　癡和尚街頭笑布袋
　　第四種　　憤司馬夢裡罵閻羅

詞目開宗

　　【滿庭芳】沅芷重新,湘蘭再茂,三閭舊調堪倫。如聞澤畔,騷語咽風塵。況值干戈滿地,怎當得涕淚沾巾?填憂憤,英雄百折,報義叫天閽。　　知己千秋,僅以身圖報,鐵骨嶙峋。笑涉灘逾嶺,夢也艱辛。撇下文章粉飾,惟留取血性天真。漫揮筆,今今古古,都是斷腸人。

　　　　扯淡歌青田拍手,泥神哭烏江回首。
　　　　布袋笑緇衲開心,閻浮罵白面破口。

劉青田教習扯淡歌

　　【點絳唇】(生扮劉伯溫,道服上)拂袖山家,濯纓林下,機緣罷,春社秋瓜,娛老乾坤大。悶向窗前觀《通鑑》,古今世事皆參遍。興亡成敗多少人,治國功勳經百戰。安邦名士計千條,北邙山下無打算。爭名奪利一場空,原來都是精扯淡。老夫青田劉基是也。自從請致歸來,黃冠野服到處逍遙,竹杖芒鞋隨時灑落,好不省了多少是非，避了若干榮辱。誰似咱這等清閒呵！

（末扮張顛仙上，云）問余何事棲碧山，猿猱欲度愁援攀。乘興杳然迷出處，世上浮名好是閒。自家張三豐的便是。久別了國師，乘他致仕在家，不免探訪一遭。（相見介）國師請了。

（生云）原來顛仙到此，有失迎迓了。

（末云）敢問國師家居作何生活？

（生云）老夫的行藏顛仙自然盡知，眼前境界不過是兩袖清風，一輪明月。

（末云）國師忒煞看破了。

（生云）顛仙你道老夫看破麼？還有一篇《扯淡歌》，却把古古今今都看破在內。且取酒來與顛仙，一面閒酌，待老夫說其大槩，一面教子弟唱與顛仙聽者。

（末）當得洗耳。

（雜取酒上，對飲介）

（生云）子弟們何在？

（衆扮童子六名上）昇沉應已定，日月不相饒。濫竊商歌聽，人生何太勞。（見介）

（生）我與顛仙在此飲酒，你等將閒時學習的《扯淡歌》逐段唱來。

（衆童應介）

（末）國師，那第一段怎生起頭？

（生）你聽我道，

【混江龍】從混沌傳留天下，三皇五帝大排衙。他只為敦崇揖讓迴避征伐，到得那夏鼎遷殷多反覆，文謨啟武復騰拏，空勞攘營京，姬旦釣渭姜牙。

（衆童一面照數落腔唱，一面拍手作打板介）老漢閒時無事幹，胡謅幾句將人勸。作了一篇《扯淡歌》，遺下留與後人看。自從三皇五帝，武王周公旦渭水河邊請太公，垂釣只用七尺線。扶立周朝八百年，算來也是精扯淡。（唱此一句作一旋磨介）

（末拍手大笑云）其實好扯淡也！那第二段哩？

（生唱）

【倘秀才】有聖母禱尼山素書麟掛,杏壇上講六藝丘也東家,要行道遍經過七十二主,厄陳蔡絕資糧,絃誦裏嗟呀！只要得祀千秋文章俎豆,不枉了苦棲皇轍跡天涯。憶吹簫潛吳市英雄呵乞食,洩父恨,鋼鞭起,神鬼沒遮攔,賜髑髏金閶,敵至沉鴟夷,胥水濤發,長恨付兼葭。

（衆童照前唱介）聖人三千徒弟子,陳國絕糧遭飢險。臨潼會上說子胥,舉鼎千斤救主難。鞭伏展雄來皮豹,一十八國都走遍。厥後鞭屍楚平王,吳門曾把頭來獻。看了春秋這夥人,算來都是精扯淡。（照前旋磨介）（後段照此）

（末笑云）其實扯淡也！那第三段哩？

（生唱）

【滾繡毬】十三篇隱機妙畧,漏洩了鬼神一點英華。齊醜女却安邦多智,老將軍善飯無加,鎮匈奴匡扶趙國,求拜將忍殺渾家,為天書摧殘朋友,償刖足萬弩交加。刺錐時圖謀縱約,留舌在要想生發,領秦師雄吞氣槩,做客卿也受辱遭踏。誰為王？誰為帝？誰為霸祖？龍把諸侯來席捲,奸臣們又把那二世攪如麻。

（衆照前介）吳國孫子作兵書,十二國出鍾無鹽。李牧、廉頗共白起,每日南征與北戰。孫臏、龐涓拜弟兄,刖足為仇結成怨。蘇秦、張儀並王翦,三人撥得天開轉。范睢遠交近攻謀天下,六國都侵遍,至此一統屬始皇,天下人民纔不亂。李斯、趙高起奸心,又把秦朝綱紀亂,南修五嶺北長城,東填大海人人怨。嬴政死在沙丘城,鮑魚混屍精扯淡。（照前旋磨介）

（末大笑云）其實好扯淡也！那第四段哩？

（生唱）

【么】早又見子弟江東將河北打,拔山力執矛丈八,紐天機有亞父幫他。為楚的要鴻門宴上行奸詐,為漢的要為烏江撒手纔干休罷。美男子定六出計謀,老相國造就律法,還有那遭葅醢吃刀劍都智出留侯下,更好笑椒房戚原是舊屠家。

（衆照前介）霸王會上起雄兵,范增早把計來獻,先到咸陽為皇帝,鴻門會上排筵宴。子房席間共陳平,二人定計扶劉漢,項莊、項伯舞劍鋒,樊噲軍中救主難。漢王貶上褒州城,張良燒了連雲棧。蕭何苦將韓信保,築壇拜將定民亂。明修棧道度陳倉,席捲三秦真好漢。九里山前只一陣,霸王自刎烏江岸。英雄彭越也遭誅,蕭何又將韓信賺。十大功勞化為塵,未央宮裏吃一劍。看了西漢這夥人,算來也是精扯淡。(照前旋磨介)

(末云)其實好扯淡也!那第五段哩?

(生唱)

【天下樂】說甚麼安漢公他弄寡婦孤兒,也只當是耍毒天子寃也麼家。漢兵起白水窪,齊臻臻上雲臺、戰勳汗馬。關隴破、邯鄲下,擊巴蜀江淮,怕那鎮年價,盼封侯怎抵得桐江釣竿一把。

(眾照前介)王莽酒鴆平帝死,二十八宿昆陽亂。光武七歲走南陽,後趕賊臣是蘇現。暗走河北王郎子,赤眉銅馬都殺遍。子陵垂鈎釣錦鱗,李廣開弓能射雁。看了東漢這夥人,算來也是精扯淡。(照前旋磨介)

(末云)其實好扯淡也!那第六段哩?

(生唱)

【那吒令】不爭的召外兵引奸雄駐劄,結識箇義兒關上守把。各路裏敗下一隊伍,掩殺顯桃園奮發,生撥出後漢的兒郎上馬,接應着會喊的響雷聒。

【前腔】拜服了《出師表》這南陽足下,就道是鳳雛也僥倖並駕。笑曹瞞狡滑被周郎智壓,一把火險些兒掙扎,白衣的搖櫓去暗襲了荊州那答,恨則恨天水客計不就枉疼熱。

(眾照前介)再說三國許多般,董卓專權天下亂。虎牢關上呂布能,又有三人能慣戰。先主孫權共曹操,諸葛、周瑜有神算。趙雲軍中抱太子,翼德一聲喊橋斷。赤壁鏖兵用火攻,破了曹兵一百萬。呂蒙定計取荊州,龐統川中曾射箭。六出祁山帛伐勤,七擒孟獲真罕見。姜維九次伐中原,算來也是精扯淡。(照前旋磨介)

(末云)其實好扯淡也!第七段哩?

(生唱)

【鵲踏枝】一箇箇掃電堪誇,一箇箇緣木偷下,掙就了蜀川建業,晉朝天下,前五代齊、梁、宋一答,並陳、隋空費了爭殺。

【么】這壁廂隋苑繁華,那壁廂太原起馬,收拾了洛陽渤海武牢江夏,後五代梁、唐、晉鬧煞,漢和周乾折了兵甲。

（眾照前介）鍾會鄧艾取西川,司馬又將天下占。東晉、西晉與齊、梁,立破苻堅兵百萬。隋朝楊素、韓擒虎,一陣又把江南陷。再說神堯唐太宗,世民立政龍虎殿。李密絕糧金墉城,世充洛陽城池獻。茂公敬請秦叔寶,美良川上曾跳澗。仁貴征東他道能,黃巢殺人八百萬。存孝力大能打虎,朱溫三弒椒蘭殿,敬塘彥威劉智遠,五代殘唐又反亂。看了晉、唐前後代,算來也是精扯淡。（照前旋磨介）

（末云）其實好扯淡也！第八段哩？

（生唱）

【寄生草】夾馬營產得香孩詫,華嶽山磕睡翁算的不差。兀誰聽杜鵑聲感歎天津下,半部書《論語》安邦大。更難得焚香誓眾把江南跨,澶淵西夏靖邊笳。可惜元豐小人用事,以致賊盜橫行,釀就了靖康之禍,撼不動岳家軍,卻葬送在東窗話。

（眾照前介）世宗坐在汴梁城,希夷、康節能會算。一汴二杭三閩廣,宋朝太祖真命現。先有趙普共曹彬,扶持太祖平江漢。真宗神主作帝王,寇準、韓琦定主難。外有宋江與方臘,內有蔡京與童貫,徽宗遭貶五國城,大金又把東京獻。岳飛父子統雄兵,只為黎民遭塗炭。秦檜朝中定計謀,三邊害了忠良漢。看了南北兩宋人,算來也是精扯淡！（照前旋磨介）

（末云）其實好扯淡也！第九段哩？

（生唱）

【么】唾金朝辱没了中原駕,駐斡離受用了些玉帛女娃。直殺到吐人言角獸纔班師罷,生迫得棄乘輿夜走雙溝汊。最堪憐崖山波浪青城壩,暢好是浩歌正氣忠魂化。一般的居庸匹馬咽秋笳,這時節際風雲虎踞龍蟠下。

（眾照前介）大元太祖領雄兵,世宗興兵也不善。一趕大金至北塞,世祖崖州君臣散。止有忠臣文天祥,生不屈膝死不怨。後來大明取大元,天下豐登兵不亂。我見世間《扯淡歌》,我也跟着去扯淡,早辰扯淡直到晚,天明起來又扯淡。扯的錢財過北斗,臨死拿的那一件?冷了問我要衣穿,飢了問我要吃飯。有人識破《扯淡歌》,每日拍手笑呵呵,遇着作樂且作樂,得高歌處且高歌。古今興發及奔波,一總編成《扯淡歌》。

(末拍手大笑云)好一個扯淡的世界也!且待俺浮一大白快活則今。(醉介)貧道醉也!貧道去也!

(生)顛仙,老夫不知與汝後會又在何時?

(末大笑介)國師却不道又來扯淡了。人生聚散不常,光陰有限,你東我西如萍逐浪,那能學麋鹿之羣居野處哉?

(生亦大笑介)倒是老夫饒舌了。

(末)脫却衣冠換布袍,儒風爭似道風高;石鼎漫煎茶味飲,泥爐爛熟煮根肴。

(生)寧隨海上尋丹藥,不向名園種碧桃;勘破浮生真大夢,一枕黃粱睡始覺。(平聲)

杜秀才痛哭泥神廟

【北天下樂】(淨扮楚霸王、旦扮虞姬、雜扮鬼判上)滔滔巨浪兼天湧,洗汰盡多少英雄。分明泡影戲魚龍,爭王定霸成何用。力拔山兮氣蓋世,時不利兮騅不逝,騅不逝兮可奈何,虞兮虞兮奈若何?自家楚霸王項羽之神是也。生前百戰功勳,死後一抔黃土,風雲叱咤再休提,往日英豪,煙水蒼茫,長受用烏江祭賽。喜則喜虞姬侍側,破咱的千古牢騷;笑只笑劉季爭鋒,到今呵一場春夢。這也不在話下。鬼使們廟外打哨一回,看有祭賽的走動麼?

(雜應出,探望回介)稟大王,祭賽的通望不見,倒盼着一箇吃酒醉的酸子脚,趙趄的踉踉蹌蹌到廟門口哩。

(生儒衣冠帶醉態上)野客無心隨白鷗,煙波江上使人愁。重瞳孤塚今何處,人自傷心水自流。小生和州杜默是也,落魄文場,低頭篷戶。那些紛紛肉眼,怎知鶴立雞羣?恁般碌碌風塵,何日龍騰魚隊?假惺惺詩塲酒社東倒西歪,實丕丕悶海愁山朝堆暮積,這也付之奈何而已。適來沽酒江村,偶然薄醉,來到烏江岸邊,你看前面是項王廟宇,不免進去弔古一回。(入廟半揖介)大王少禮了。

【新水令】醉書生瞻眺項王宮,恕窮途瓣香虛供。寶鼎內不斷絕千載煙,江面上常借助一帆風。論霸業回首成空,遺靈爽古殿寒鐘,還想像萬人敵威名重。大王你便在烏江亭受血食,却不盼殺了江東父老也。

【駐馬聽】父老江東,眼盼旌旗在目中;壺漿擔奉,淒淒的魂斷戰塲空。實指望車如流水馬如龍,誰承想羊欺猛虎鴉欺鳳。下塲頭誰送終,血染丹楓淚滴波濤湧。當日始皇東巡以厭王氣,大王且避仇會稽,要拔劍而前乘其不備,虧得項梁阻攔,道是大丈夫當立名萬世,不可效小勇之輩。大王,你少年的膽氣却也這般粗豪。

【沉醉東風】學詩書頭烘腦烘,學劍術心懶意慵。避會稽藏了銳氣,練子弟熟了操縱,那怕赤帝梟雄。趁着那輦蹕東巡想截龍,小可的攪不碎秦王一統。小生身邊沒帶得錢,不能沽一壺酒,與大王澆一澆千秋萬古的愁悶。

【雁兒落】大王呵,你便有金樽沒處捧,俺杜默無酒把神靈奉。不記得鷓鴣聲夜醉時,虞娘娘,虧煞你擅歌舞也難把愁腸送。俺想大王一生好處儘多,此時也難數說得盡。你獲太公而不烹,仁也!宴漢王而不殺,義也!以亞父事范增,禮也!破釜沉舟而解趙國,智也!屢戰屢勝而未嘗敗北,勇也!

【得勝令】似這般本色大英雄,煞強似謾罵假牢籠,寧可將三分業輕拋送,怎學那一杯羹造孽的種,破百二秦封。秉烈炬咸陽慟,噪金鼓關中,嚇得那衆諸侯敗下風。大王你說失着處在那裡?自古道:得人而興,失人而亡。又道是:用人則哲,自用則愚。當日謀臣戰將都歸於楚,可惜這般人才,大王不能用漢王能用,楚無將所以不成王業了。

【掛玉鈎】把一箇宰肉陳平走脫蹤,散黃金反間得你君臣閧,因此上亞父彭城一命終。還有那跨下夫多謀勇,埋沒做執戟郎送與他登壇用。親眼見埋伏九里威風，都是你忽畧了帳下英雄。大王你還有一件大錯處，那項伯不是好人，偏心向漢你却又輕信也！

【川撥棹】那項伯呵，賣消息透新豐，湊合了漢張良來播弄，攪得你耳畔冬烘、心下朦朧，筵上癡聾，劍團團護庇沛公，則落得自家人相欺哄。自古道得好：當斷不斷，反受其亂。龍爭虎鬪的時節，用不着狐疑，當不得姑息。大王放沛公還漢中，千載而下，惟有杜默最服你是一箇好男兒，若是那般做事業有辣手的人，便道你有些獃氣哩！

【七兄弟】酒席上殺風，算甚麼勇猛？放一線走蛟龍，教千秋豪傑知輕重。便宜了泗上亭長割鴻溝，無恙漢家翁，慶團圞呂雉諧鴛夢。大王你自楚漢到今偌多朝代，今日撞着杜默也算你一箇知己。獨有小生落落人間，棲棲牗下，前程無路，歸隱無山，這箇知己今生料尋不出，兀的不苦殺俺也，兀的不痛殺俺也！（大哭唱）

【杏花酒】呀，飡藜藿，鬢蓬鬆，又伴四壁寒蛩。訴半夜哀鴻，泣孤客雕蟲，盲世界精金變作銅，鬼窟穴熱氣冷呵風。呀，赴滕王扯逆篷！赴滕王扯逆篷！（踞神座攀頸抱哭介）大王！大王！宇宙之間，虧負你我兩人了！英雄如大王而不能成霸業，文章如杜默而進取不得一官，豈不可哀？豈不可傷？小生呵，乞兒般没蛇弄。大王呵，土神樣殺雞供。小生呵，靠筆硯代耕農。大王呵，興波浪管艄工。小生呵，盼青雲黑漆朦。大王呵，傍烏江晚煙封。小生呵，萬千苦，半生窮。大王呵，七十戰，一場空。小生呵，饑驅得脚西東。大王呵，粧飾得廟崇隆。呀，却不道兩無功。（端詳泥神介）原來大王也流下淚來了。這的是三條銀蠟夜燒紅，抵多少單槍匹馬戰爭中，盡做了千秋棋局五更鐘，不由你心不慟，俺待睜開醉眼問天公。

（廟祝上）自不整衣毛何須夜夜嚎，那箇在此啼哭？（見生慌介）哎喲，原來是一位官人扳着神道的頸子抱頭而哭，忤慢神靈獲罪不小。（扯生下，生不肯，越哭介）官人，這位楚霸王，不是當耍的神道。你便有眼淚快到別處去利市。（生愈高聲哭叫大王介）（廟祝下，背云）看這酸子要哭一世哩！則見他滿面酒氣，想是箇酒鬼秀才,不免仍將此道哄他下來。(入取酒壺上,云)官人,熱酒一壺在此,請下來飲三杯,潤一潤喉嚨再哭何如?

(生稍停哭聲介)

【尾】俺幾年間倒盡了黃虀甕,有誰箇將咱撥醒窮酸夢?生遭了牛鬼蛇神,活埋了風虎雲龍,暢道是利器盤根聲價迥,覷他們食鼎鳴鐘,反笑我文無用。(廟祝指神介)你看大王的眼淚,撲簌簌流個不住。(生唱)感項王眼淚相同。(廟祝)官人,這神道是泥塑的,惹他哭壞了如何是好?(生)你便道哭壞了泥神,就是鐵石心腸也淚珠湧。

(扶生下介)

(鬼判)請問大王,今日之哭出於何典?

(淨)你等有所不知,這是愁人莫與愁人說,說起愁來愁殺人!

(鬼判)這分明是流淚眼觀流淚眼,斷腸人哭斷腸神。(齊下)

癡和尚街頭笑布袋

(淨扮和尚掮布袋笑上,云)你莫笑呵呵沒來由,且問你袋中是何物?莫不是那些山河大地,三千大千的臭骨董?莫不是那些四十九年,胡說的幾千卷陳氣息?扯破那障眼的爛牛皮看一看,也無牟尼珠,也無乾屎橛,却原來是沿門教化的白拈賊。賊便賊,破袋兒收將來。過去佛、現在佛、未來佛,鑽不出提起這話兒,世間的李老君、孔夫子講不得,便是釋迦也行不得,迦葉尊者也傳不得,達摩祖師也悟不得。有,有,有,倒是那操刀屠、醉酒漢、淫人娼有些兒真消息,真消息大都是地獄天堂窟。你如今笑着誰?猜得着,猜不着,不猜而自着,笑煞人。這冤屈猛可的咬鋼牙、伸硬手,打得你欣欣的臉兒哀哀泣。癡和尚這是好相逢、惡相逢,咄!俺布袋和尚整日在十字街頭扯開了沒管的口兒,呵呵的笑箇不住,你道俺笑着誰來?

(衆老少上指介)你看癡和尚又在街頭笑哩!(環遮淨介)和尚你當真笑着誰?

（淨雲）聽俺道來：

【新水令】吸西江一口，難說爛蒲鞋踏着紅塵半截，纔過了花旛元旦節，又早是爆竹歲寒夜，送兩丸忙日月，趕的人年少變做白頭客。

（衆云）天有春夏秋冬，人有少壯衰老，這是免不得的，和尚你笑錯了。

（淨唱）

【駐馬聽】你道俺多口饒舌，可知那滄海桑田容易也，一似這花開花謝，怎奈催花風雨倚欄斜，倒不如及早的花下酒樽熱，縷金歌管閒遊歇，省教那眉皺折。幾曾見百歲千秋掌得住的家園業。

（衆）和尚你教我等及時行樂，那有錢的便作樂來，沒錢的忙柴忙米愁箇不了，却從何處樂起？

（淨唱）

【胡十八】想貧富兩般設，到得那歸土時沒差別。出娘胎哇的哭聲徹，便知道苦也，怎不會樂也？乞兒行醉歡呼，那裡管一文沒也。

（衆云）討乞的也會快活，我等乞兒不如了。敢則和尚笑那一件麼？

（淨）俺也不單笑那一件。

（衆）待我等猜一猜，看和尚笑的可有些下落。頂着他水土罵無道，親生的兒女把忤逆告，妻存就另續小登科，夫在又要把琵琶抱。和尚你笑這一等人麼？

（淨）恁般違背忠孝、敗壞節義，俺也没口兒笑他。

【沽美酒】恨漫漫，正氣絶，歪剌剌，獸心邪。明白白，排着綱常，把彝倫直在腦後撇。忙碌碌，空留下業，隨身俺覷得慣也！任憑他臣悖君與那子逆親爺，寇仇般頓忘名德，一口價停妻再娶。縱歡悅，夢酣酣枕頭兒尚熱，悄寂寂西廂去等也。密匝匝恩愛似潑雪，孤零零同床各夢也。這期間，人世上有甚的干涉！

（衆）前街有箇酕醄漢，十日醺醺九日半；後街有箇浪蕩兒，結識如花手撒漫；左鄰有箇大富翁，銅斗家私鹽吃飯；右鄰有箇潑喇虎,揮拳好似焦光贊。和尚你莫非笑這般人麽?

(淨)這等戀酒貪花守財使氣之徒,俺也没口兒笑他。

【慶東原】鎮日價醉生夢死將香醪設,一靈兒追歡買笑被野花招接,看財奴枉守着銅山窟穴,拔一毛渾身痛嗟。潑皮的趕盡殺絶,有一日狹路相逢,原被惡人磨折。

(衆)君不見狡兔三窟百般計,衣冠也作穿窬輩。依聲竊響巧弄錢,引類呼朋作狼狽。又不見吮癰舐痔怪兒曹,結納内外皆奸豪,犬聲吠堯不知止,壞人家國如弁髦。和尚你笑這等人麽?

(淨)如此奸盜詐僞讒謠妒害之徒,俺那裡有口兒去笑他?

【沉醉東風】有多少弄神通,黄金暮夜踢筋斗,白日雲遮紙老虎,將面目朦,毒虺蛇把賢良厄,這都是壞乾坤小人妖孽。可憐李代桃僵,悶葫蘆有甚麽分説,只一刻到業鏡的臺前,管教膽照徹。

(衆)不察輿薪察秋毫,你道空勞不空勞?不樹芝蘭樹荆棘,你道歎息不歎息?不納忠言納細言,你道煎熬不煎熬?不塞山河塞溝洫,你道倒置不倒置?和尚你敢是笑這等人麽?

(淨)這樣陰錯陽差顛三倒四的,俺也没口兒笑他。

【雁兒落】倒把那奸佞座上列,一任他屎口吐膿血。因此上忠言不中聽,禍患來相迫,弄得箇殃及滿池魚,好一似霜打經秋葉,到底是勁草疾風烈,肯學那爛繩兒來絆跌,把心頭摸者,施恩日無分别,報恩的何處也。

(衆)和尚你左不笑、右不笑,端的這破布袋裏藏着些甚麽蹊蹺的古怪笑話麽?

(淨大笑介)俺這布袋呵,

【攬箏琶】你道他破碎碎肩頭上曳,便有那錦團繡簇的東西,怎與他爭賽者。自小隨咱到老不撇他,也不裝錢米造罪孽,俺露宿之時濕了呵,直矖到夕陽斜,到晚來替俺做遮身被,絮絮的星斗環列。

(衆)和尚你在此打謎,俺們一竅不懂,還請你自家説明白了罷。

(淨)你要俺明説麽?(呵呵大笑念本文云)我也不笑那過去的

骷髏，我也不笑那眼前的螻蟻。第一笑，我笑的牛頭的伏羲你畫什麼卦，惹是招非把一箇囫圇太極弄得粉花碎；我笑吃草的神農你嘗甚麼藥，無事尋有事，把那萬般兒病根都提起；我笑的堯與舜，你讓天下，湯與武，你奪天下，他道是沒有箇旁人覷破了這意兒也，不過十字街頭小經紀。還有什麼龍逢、比干、伊和呂，也有什麼巢父、許由、夷與齊。只這般唧唧噥噥的，我也那裡工夫來笑着你。我笑那老李聃五千言道德，我笑那釋迦佛五千卷的文字，乾惹得道士們打雲鑼，和尚們敲木魚，弄些兒窮活計。那曾有青牛的道理白牛的滋味，怪的又惹出達摩來，把些屎撅的渣嚼了又嚼、洗了又洗。又笑那宣尼氏，絮叨叨說什麼道學文章，也平白地把那些活人兒都弄死。又笑那張道陵、許旌陽，你便是一箇白日昇天成何濟？只這未了的精靈兒到底來也只是一箇冤苦鬼。住！住！住！還有一笑，我笑那天上的玉皇地下的閻王，與那古往今來的萬萬歲，你戴着平天冠，穿着袞龍袍，這俗套兒生出什麼好意思？你自去想也麼想，癡也麼癡，着什麼來由乾碌碌，大家喧喧嚷嚷的無休息。去！去！去！這一笑，笑得那天也愁、地也愁、三世佛也愁。那管他燈籠兒缺了半邊兒紙。呵！呵！呵！這一笑你道畢竟的笑着誰？罷！罷！罷！說明了。我也不笑那張三李四，我也不笑那七東八西。呀，笑殺了他的，咱却原來就是我的你！（數落畢，又呵呵大笑介）

（衆）癡和尚也！笑完了，我等各自散罷。試聽笑裡笑，知我癡不癡。（閗下）

（淨）你看這一羣男女都散也。

【尾】俺呵笑一陣無休歇，直笑到月明人靜者，到處裡結不上布袋緣，百忙裡補不起地崩天缺。

袋內乾坤不記年，笑他笑我總徒然。
始知誤踏紅塵路，賣甚機關值甚錢。

憤司馬夢裏罵閻羅

（末扮烏老上）薄薄酒勝茶湯，粗粗布勝無裳，醜妻惡妾勝空房。五更待漏靴滿霜,不如三伏日高臥足北窗。涼珠襦玉柙,萬人祖送歸北邙,不如懸鶉百結獨坐負朝陽。生前富貴,死後文章,百年瞬息萬世忙,夷齊盜蹠俱亡羊,不如眼前一醉,是非憂樂兩相忘。自家烏老便是。你道小老為甚麼道這一篇安分歌?只因日前暴亡,一靈歸陰不能復轉,誰料地府查俺尚有還魂指望,但鬼判需索些使用,虧俺平昔燒化金銀紙錢堆積滿庫,以此佈散打點,又得回陽。纔悟得萬事虛花一場大夢,從今愈加守分,不敢妄想纖毫。日來多謝司馬相公,曉得小老重生,蒙其枉顧,不免前去回看。便中齎帶酒肴與他消閒則箇。(生扮儒家上,唱)

【點絳唇】造物云何偏虧於我,投胎錯,苦惱奔波,那處覓君平課。

(詩餘)來時春暮去時秋暮,急回頭却交冬暮,恁光陰有幾把前程早誤。佛書無數,道書無數,經史又還無數,問何時讀完,不虛生一度。小生司馬貌,西川人氏,本道箇飽學秀才,倒做了窮途落魄,磨成修月之斧,桂殿無緣;打就釣鼇之鉤,龍門空返。荊釵裙布,羨他們舞女歌兒;陋巷虀鹽,怪到處重茵列几。雖則窮通有命,其如苦樂不均,雪上加霜,受無窮之蹭蹬;盆中覆日,遭異樣之摧殘。戀此餘生,敢嗟遲暮。正是人生四十不得意,明朝散髮歸扁舟。

(末偕童子持酒榼上,云)剝啄不厭貧,壺觴共傾倒。回首空茫茫,寧得幾時好。(相見介)司馬相公,小老答看來遲,休得見罪。

(生)烏老,聞你魂遊地府,虧得金銀紙錢買託回陽,此事真否?

(末)千真萬真的,若不虧金銀紙錢之力,今日也不能勾與相公對飲。

(生怒介)怪事!怪事!俺只道陽間人愛錢鈔,原來陰司地府也是恁般渾濁,可知世上窮通壽夭、生死貧富,都沒有一定的天理。小生一向還信天命,默默無言,今日便不能忍耐,要怪閻羅天子的大不是了!正是:一陌紙錢便還魂,公私隨處可通神。富家有力能超劫,貧者無緣出獄門。(指鬼門介)閻羅天子,你若無靈則已,你若有靈,也該知道陽間司馬貌在此罵你欠公道哩!

【混江龍】閻浮一座,却不道糊塗斷事打磨陀,說甚麼明如寶鏡,笑比黃河。漏網奸回滿世界,無辜豪俊陷風波。空垂玉律,柱設金科,莫須有,也不顧其他,今來古往公平少,萬死千生混帳多,太阿倒置,下界遭魔。

（末）閻王乃地府至尊,相公無故罵他,豈不造下罪過？小老纔得了命,不要又替你作箇干證,就此先告別罷,不如意事常八九,

（生笑介）可與言人無二三。（末下）

（生）烏老已去,不免假寐片刻。（入帳作睡介）

（雜扮衆鬼鬧上,云）我等奉閻羅天子之命,道是日遊神傳報,陽間狂生司馬貌訕罵陰曹,特地前來勾攝。（鎖生出帳）（生作拭目驚介）我司馬貌清清白白書生,誰敢來拿我？（認介）呀,原來是這般小鬼作怪！（趕打）（衆鬼東藏西躲）（生唱）

【折桂令】俺待要撼天關星辰聊座,搖地軸江海增波,侍香案玉皇仙吏,犯斗牛織女銀河。你等見我是一箇書生,便鬼也來欺負了。俺未能勾獻文詞,金聲擲地取青紫、拾芥登科,就是那洲邊鸚鵡不經俺脚蹬翻,那怕他樓頭黃鶴也被俺拳捶破,任你人頭鬼面空自佈子地天羅。

（衆鬼譚介）我等拿千鎖萬鎖,憑你有八面威風,到俺手內魂也嚇弔了,却不曾見這狠秀才。（背云）你想連閻羅王都要罵的,何況我等小鬼,還是與他講道理,自肯跟我們去。（向生介）司馬秀才,我等不是山神野鬼,你莫錯認了,乃是奉閻羅天子之命,道你訕罵陰曹,故來拘拿前去。

（生）既閻羅天子要見俺,俺也正要見他,一吐胷中之不平。正是:仰天大笑出門去,我輩豈是蓬蒿人！

（虛下）（淨扮閻王,鬼判隨上）善哉！善哉！人間私語,天聞若雷；暗室虧心,神目如電。鬼使們,司馬貌曾帶到否？（衆鬼帶生上）帶到了。

（淨拍案怒介）狂生！狂生！你睜開眼看俺殿上榜聯,却不道:是是非非地,明明白白天。俺陰曹有甚虧負於你,却在烏老前題詩訕罵,不怕俺拔舌地獄麼？（生唱）

【雁兒落】則見恁聲息雷霆劈面呵,便有那鐵汁銅丸罪難坐

我。你道是榜聯上是非明白不差訛,怎生的世界上亂翻翻都擔着錯。

(淨)俺地府陰曹一樁樁一件件判,斷定了然後輪回,有甚差錯來?

(生)你道俺書生記不得麼!

【掛玉鈎】夷齊讓國却反遭饑餓,盜蹠食肝有結果,顏命夭,彭壽多,范丹窮苦石崇樂,岳少保忠良喪,秦太師依舊没災禍。這都是你輪迴錯、欠停妥,只恐怕辜負了地府君王座。

(淨色和介)元來秀才胷中有這幾樁不平,怪不得牢騷激烈,是鬼使們唐突了。(下座相見介)快取座來與秀才扳話者。

(生)告坐了。

(淨)秀才,那烏老回陽一案,他壽命本不當終,紙錢授受,事屬渺茫,不要太認真了。俺這裡是夤緣賄賂,一毫也通用不着。

(生唱)

【滚繡毯】俺書生罪過狂放吟哦,直恁謙恭下禮上客也不差多,纔知道鐵面巍峩、冥律條科,紙鏹些麼?後世傳訛黃泉路金銀無用,黑地獄勢焰消磨,到這裡案無塵牘、無擾葛藤扯破,甚相干擊磬搖鈴伐鼓吹螺,想超生證果,算將來還是我窮措大,没罪業不怕閻羅。

(淨)秀才須知,陰陽一理,報應分明,那元凶巨惡能漏網於人間,不能漏網於地獄;善人君子便吃虧於世上,終不吃虧於天堂。總要平心而觀,不可執一而論。

(生)小生敬聞命矣。但地獄之設以待陽間漏網之惡人,此種立法極善。至若天堂之設以待世上吃虧之善人,尚非確典。想一念之善兆,和風而集祥雲;一事之善格,鬼神而回造化。眼前有響有應,人心也知慕知趨,如聽其遭險蒙難,不保軀命,恁般吃虧,僅以虛無身後之天堂,了其善果,不獨難服善人之心,兼且愚人眼目,只道為善無益,反懈其相觀好修之念。此一條還求天子轉奏玉皇,更改一更改,令善人現世受報,化凶為吉,轉難成祥。俾向上者知所效法,改過者亦能自新,乃萬世無弊之道也!

（淨）善哉！善哉！即當具奏天庭，以不負秀才之教。

（生）多謝天子費心。

【梅花酒】謝得你通言路，挽天和，救善類，沛恩波，表奏靈霄破網羅，不枉了名賢俊傑遭摧挫，孝子忠臣受折磨。便有那天堂身後過，爭似這生受用白雲窩。

（淨）秀才，難得你到此，俺陰曹內尚有幾件大案未完，玉帝屢行催結，奈事關重大，難以剖斷，伏望秀才暫停文駕，片言折獄，以結未完。一併將此段功勞奏聞上帝，那時再送歸人間享受榮華，遂其福報。

（生）小生當效半臂之勞，只恐有辱尊命，惶恐人也！

（淨）不必太謙。（喚介）左右快取冠帶過來與秀才換過，以便臨軒審錄。

（生冠帶介）

【尾】今日裡紫綬金章響玉珂，煞強似在人間掙不脫這臥雲蓑。鬼使們你須要洗肝腸、肅班夥，候我去攝寶位、覽文書。殿上森羅、任他有積案如山，怎轉那不消得頃刻延俄，管教把沉冤洗、疑團破，這便是有一日官來，就儘着一日做，休道是京兆威風走馬過，俺那直窮到底的性兒，待要秉燭燃犀照鬼魔。

　　　　儼然地府號仙官，翻歎人間知遇難。
　　　　不是一番閒破口，英雄終作等閒看。

書《續離騷》後

慷慨激烈，氣暢理該，真是元曲。而其毀譽含蓄，又與《四聲猿》爭雄矣。捧讀之際，具感友誼忠懷，不禁涕泗滂沱。一見不忍再見，想伯約信國覷此必有餘哀也。意謂猩猩、鸚鵡、梟獍、獅蟲等類，雖屬怪種，亦當痛快一擊，使後世知有底止畏懼，少存人性。所廣功德，不可稱，不可量，非特為麟鳳、龜龍吐氣生色已也。東天先生以為然否？瀋陽范承謨炭筆識。

又口拈一絕

業鏡塵蒙業海遙，勞人空染泣鮫綃。却聽三棒漁陽鼓，勝似焚香讀楚騷。

讀《續離騷》

會稽　王龍光

緣情舒憤道心生，舌底青蓮金石鳴。鬼佛仙儒渾做戲，哭歌笑罵漫成聲。騷壇即席逢中散，驚世當場快屈平。此去吳門紙價重，周郎不數舊聞名。

次　　韻

榕城　林可棟

往事關情豪氣生，懸崖激水自為鳴。歌來喧寂皆空相，哭到淒涼總失聲。古佛拈花惟有笑，書生憤世意難平。流傳詞語描摹筆，杯酒消磨千載名。

次　　韻

　　雲間　沈上章

　　未盡顛危已達生,午鐘晨角夜猿鳴。牢騷不灑黃金淚,慷慨猶歌白雲聲。賦比《三都》才獨重,詞雄《七發》病堪平。憐君夙有如椽筆,浪擲旗亭酒社名。

蝶 歸 樓

（傳奇）

清·黄治

【作者簡介】黃治,浙江太平縣(今溫嶺)人,生活於乾隆末年至道光末年。字台人,號琴曹,別署今樵居士。性格豪爽,工詩畫,善戲曲,兼通醫理。兄長黃濬對其影響很大,少時同兄遠遊,遍交當世士大夫,兄弟伯仲所作詩文廣為流傳,並被人比作蘇軾、蘇轍。嘉慶、道光年間,黃治著有傳奇《雁書記》、《玉簪決》、《蝶歸樓》、《熱依木傳奇》等。另有詩文集《亦遊詩草》、《荊舫隨筆》等。此外還著有《伊洄錄》一卷,《孔懷錄》一卷,《圖南錄》一卷,《荊舫隨筆》一卷,《竊餘剩草》一卷,《卍雲齋詩抄》若干卷。關於黃治的生卒年,志書與其他資料都沒有明確的記載,他的外甥蔣尚清在《蝶歸樓傳奇》題詞中說:"庚戌夏日,少琴表兄出此示觀,時舅氏已謝世矣。讀竟不勝感慨。""庚戌"為道光三十年(1850),這一年黃濬七十五歲,黃治的生年大概稍後於黃濬二三年,由此推算,黃治去世時,不滿七十歲。

【劇情概要】該劇共三十三齣,其中包括開篇的總一齣及末篇的綴一齣和補一齣,描寫謝招郎、王五姐堅貞不渝和歷經坎坷、有情人終成眷屬的愛情故事。黃治在該傳奇自序中言道:"歲庚寅六月,余以事寓雩陽。時久旱炎酷,室湫溢。瓦不蔽椽,日光逼射,几榻焦灼。余日皇皇於中,譬魚之在炙也。為消遣計,取少日所聞王女化蝶事,譜而傳之。""庚寅"為1830年,可見黃治作該劇時,他哥哥黃濬正在江西雩都為官,他隨兄遊宦,亦居住在此地。他是利用一個夏天的時間來完成該劇的創作的。劇寫王五姐本是羅浮山冷香司的仙子,但情根未斷,投生人間,化為一個名叫鳳車的村姑。當到了二八年華,春情勃發,在觀看了戲班演出的《牡丹亭》之後,深受感動,當與上門借寓的青年謝招郎相見後,二人互生情愫,墜入愛河,共訂盟誓。謝招郎回家之後,不敢將與五姐相戀事告知母親,使婚事拖延了下來。王五姐因不得消息而日夜思念成疾,託人傳書,却被謝母獲知,謝母責子並將其鎖禁樓中。謝招郎夜間墜樓,奔往東村王家。然王五姐已病不能起,見了謝招郎,兩人將病房變成洞房,之後五姐離世。五姐陰魂不散,對招郎的情愛有增無減。冷香司憐之,遂允許五姐重返人間,完其宿緣。五姐化蝶飛到招郎處,結成人鬼之姻緣。在謝家,婆母的凶狠、道士的打醮,都動搖不了她與招郎廝守的決心。當招郎患眼疾,雙目不睜時,五姐不顧山高路遙,到神農廟禱求妙藥,表現出了她的濃情厚義。當她再次回到仙界以後,仍然放不下那甜蜜的情愛生活。後來在王母的幫助下,重返人間,再尋舊侶,一意用情,與招郎永為夫婦。

　　作者服膺湯顯祖的思想與劇作,以《牡丹亭》為榜樣,在借用《牡丹亭》作法的基礎上,着意創新。所表現的青年男女對愛情的追求精神,更為執著;所構建的現實與浪漫的兩條情節線,銜接得更加緊密,也更具有藝術的真實性。

　　【版本流傳】該劇現存版本為民國五年(1916)中華書局刻本,本書以此刻本點校。

　　【演出情況】由於該劇思想先進,結構奇妙,情節曲折,人物形象鮮明,語言既雅致又本色當行,被羅癭公、程硯秋改編為京劇劇目《鴛鴦塚》。《鴛鴦塚》首演於1923年,甫問世,即受到觀眾的熱烈歡迎,不斷地復演,成為程派的代表作之一。該劇每當演至王五姐與謝招郎死別與雙雙離世的高潮處,臺下便泣聲一片。程硯秋在劇中扮演王五姐,其唱腔悽楚纏綿,哀婉動人,顯示出程硯秋在悲劇表演上的出色才華,較早地展示了他的藝術個性與風格。

(汪　博)

自　　序

　　歲庚寅六月，余以事寓雩陽。時久旱炎酷，室湫溢，瓦不蔽橼，日光逼射，几榻皆焦灼。余日皇皇於中，譬魚之在炙也。為消遣計，取少日所聞王女化蝶事，譜而傳之。初躁甚，久乃安焉。不以為苦，且不知有暑，比卒業，已及秋矣。嘻，惜哉！以有用之精神，付之無用之筆墨，大雅奚取？王荊公選唐詩，猶謂費日於此謂可惜，況此之為哉！山鬼、雲中君，騷之詭也；周與蝶與、蓬蓬栩栩，莊之誕也。古人於不得意之時，每借此荒忽無稽之談以攄寫，今人業已亮之矣。然則余之實有此事，而非詭且誕者，以寄其無聊之思於無可奈何之日。古人顧不我亮，與今且四寒暑矣，每覽舊編，勝情如昨，客邸無事，爰錄存之，其費日力又何暇恤！至復有以言情見規者，則將應之曰：玉茗，我導師，君其問焉可也。癸巳重陽日，今樵居士自識於豫章之天光禪院。

題　　詞

　　午莊蔣鳳翽倚聲　香夢沉羅綺,種相思,幾番聚散,幾番悲喜。千古青陵魂化後,閱却繁華過矣,算只有芳心不死,到底春蠶絲未斷,續鴛盟依舊朱樓倚。情至者,類如此。　　東風那管閑桃李,幻羅浮,是花是蝶,仙蹤奇詭。聽到旗亭歌豔曲,我欲狂招鳳子,怎喚得青娥重起,璧玉團圞金鈿合,比肩人更有雲英姊。圓好事,占雙美。調寄《金縷曲》

　　內弟虞卿蔣森榮題　塵劫難消,俗緣難斷,再世市恩承寵。鏡約釵盟,無限纏綿吹夢。惡風堪恐,影幻羅浮,魂化青陵,惹得玉郎淚湧。續情絲待結來生,依舊枕衾相擁。　　算薄命總是紅顏,歡娛有幾,葬送一抔香塚。同阿姊許訂鶯交,一樣比肩情重。我本多愁,聽到冰絲檀板,怎禁心動。歎茫茫今古,《牡丹亭》後,又添情種。右調《蘇武慢》

　　庚戌夏日,少琴表兄,出此示觀,時舅氏已謝世矣,讀竟不勝感慨。甥婿蔣尚清敬題。
　　樓上相逢緣最巧,妒煞天公,好事難長保。羽化登仙香夢杳,斜陽荒塚生秋草。　　再世姻緣何足道,姊續新婚轉被多情惱,此恨綿綿何日了。挑燈忍讀傷心稿。右調《蝶戀花》

總一齣　鼓　引

（副末上）說空說有說神仙，到底誰逃色相天？拚我當場敲拍板，為他唱出《想夫憐》。俺太平班司鼓的便是。因俺師父楊四，年老告歸，今俺承其手業。今日午錯時分，後房子弟，將次登場，須索向前一步。

（內）今日演的是那家故事？

（副）就是今道人編的《蝶歸樓》，是俺師父新譜的。

（內）倒要請教。

（副）列位，要曉得今道人既已勘破情關，何必為情說法？這種筆墨，無非遊戲三昧。俺師父替他點譜，傳播黎園，也算是多事哩！其中大意，有【沁園春】為證，聽我道來。

【中呂慢詞·沁園春】謝氏招郎、王家五妹，天生有情。歎一回相見，知他泥我。一燈同誓，只我憐卿。樓上重逢，夢中沖喜，偷得殘宵心願成。難回命，便雲收雨散，月杳花冥。〔換頭〕堪驚，松下新塋，任哭倒泉臺，不再醒。看灰中蝴蝶，圓成錦帳，空中鸞鶴，喚上瑤京。海島梅花，天涯芳草，要是無緣始不生。前因定，剩兩姨姊妹，續會雙星。

　　謝招郎觀場逢美眷，王五姊歸魂成宿願。
　　多情姊無意續鴛盟，老鼓吏留詞完蝶案。

列位請看，蝴蝶兒來也。（下）

第一齣　蝶　因

【北雙調·新水令】（雜扮四蝶旋轉演出套數，引小旦官裝、老旦花旦、侍女羽扇擁上。四雜先下）（小旦）情天敷座說多情，還倩俺有情仙，將情細證。愁城難打破，恨海未填平，色界含靈，總說是情是本來性。舊從香國悟心禪，管領江南有漏天。月落參橫幽夢好，可知仙佛重因緣。小仙羅浮山冷香仙子是也，始以種根無相，證果瑤天。復以結習多情，墮身塵劫。許仍領名山職掌，幸不入人道輪回，只這座羅浮山，青鬱鬱占住南天。憑着俺逍遥來往，就幾株老梅樹，白松鬆開從北陸，也費俺收管勾除。則俺冷香仙子的頭銜，也抵得華鬘宮的執事。不料風流孽重，遂致染着情深。前者趙師雄臥此荒山，俺着翠羽使招之同夢。天緣有在，仙眷斯成。近令他巡察南枝，尚未返駕。

（貼綠裝雉尾上）大仙稽首。

（小旦）翠羽使者少禮。

（貼）本山蝶衆，俱已齊到，專候大仙查點。

（小旦）且待趙秀才回來，一同施放。

【南步步嬌】（小生巾服上）誰信生來神仙命，早下劉綱聘。天作合，兩多情，承受了軟玉溫香，三生僥倖。仙姑拜揖。（小旦）趙郎回來了，請坐。（小生旁坐介）今日施行是那宗公案？（小旦）羅浮本境，向有仙蝶一種，盈千累萬，都隸漆園部下。上帝因這老頭兒，似夢非夢，疏略糊塗，降了玉旨，改隸本司部下，以便稽查。（小生）昆蟲小物，上帝何以垂憐至此？知覺一星星，也值得老天公發個慈悲令。

（小旦）非也，萬物含生，具有佛性。彼蒼愛人固重，愛物也就不輕。況這蝴蝶，俱係散仙，皆以香色因緣，墮此苦趣，切莫等閒相覷也。

（小生）小生愚昧，敢請仙姑宣示一番。

【北折桂令】（小旦）這是他醉春酣，一轉下青冥，纔打個磨陀，不記前程。早則是點上花班，伴着花魂，算做花星。剛掙上老滕王衣裳裝靚，計不起小英臺魂魄離輕。熱團圓粉褪紅英，乾結果香老青陵。只可歎呵。一例價醉金迷雨斷雲零。

（小生）得蒙仙姑指明，已知大概，但不知點勘之法，又是如何？

（小旦）翠羽使者過來，向日點勘，可有章程？

（貼）上帝以此輩俱係散仙，孽緣滿日，均應得度。任其遊戲人間，至時羽化，接應歸班，收入正冊，名曰樂度。更有幾種，收入副冊之中，名為苦度，或兒女授揉，或燕鶯捎剪，或狂風飄颭，或巨綱沾黏,受盡人間惡趣。此外別有重轉人身,完其宿債,因之得度,比那四種,更為苦惱也。

【南江兒水】可要他重領胞胎苦,重嘗血肉腥,一椿椿對勘身家命,一年年積趲窮愁病,一回回消滅心情性。(小生)有此苦惱,何必又轉人身?(貼)這如何由他作主,到那時呵!軟歪刺星眸一瞪,現活潑全身,慚愧煞,一絲不剩。

(小旦)既然如此,可將冊籍呈上,即宣羣蝶進來,俺有一言指示。

(貼呈冊介)(向內介)蝶兒們走動。(四蝶上對舞介)

(貼)蝶兒們就班。(蝶分列介)

【北雁兒落帶得勝令】(小旦)則你做春工,一點活精靈。盜濃香,三月間權柄。沒收稍,趕上石榴裙。弄空頭,蘸上芙蓉鏡。小春駒誰喚可人名,大華胥未許爾曹醒。赦不了積世虛花行,叫不出傷春夢魘聲。輕也麼,盈來香國完雙聘;憐也麼,偺上風輪了一生。

(貼)衆蝶名數相符,便請發放。

(小旦)就在山中,照例安插去罷。(四蝶旋舞同貼下)

(小生)原來有此因果,則這牽纏也就不少哩!

【南饒饒令】看他兩兩三三好,花花葉葉輕。是魂迷猜不透天公性,渾不想妙香華,在玉京。

(內作風起介)

(貼上)啟上大仙,方纔罡風大起,衆蝶翻飛,風定之時,內中鳳車一名,不知去向,請大仙察奪。

(小生)想是因風得度的了。

(貼)非也,因風得度,遺蛻應存,此必別有緣故。

(小旦)可取冊籍來,待俺查勘。(貼送冊介)(小旦檢介)呀!原來又是一重公案。

【北收江南】則你,助情花,開得太娉婷;則他,種情根,劃得太零星;則俺,轉情關,注得太分明。今生半生,來生半生,一重緣,派作兩重成。可收冊籍過者。

(貼收冊下)

（小生）那鳳車因何緣孽，受此輪回？

（小旦）情之一字，人所最難，天所最妒。大凡性根中一點萌芽，連自己不知不覺，就是天眼中一根盲刺，弄得你難合難分。那鳳車因情入癡，因癡入世，中間離而復合，合而復離，老天公播弄他不少也。

（小生）咳！可憐。

【南園林好】一時間憐卿愛卿，百年價新盟舊盟，甚支持千刁萬蹬。仙姑，你也要暗中圓成則個。忍看他沒把柄，儘支撑沒結煞，不留停。

（小旦）趙郎，你只知因情說法，都不解據案斷情，偏他孽在數中，便是理難情奪。其中無限苦趣，雖則可憐，但你我又是情譴之人，如何救得？

【北沽美酒帶太平令】咒燈花，意未明。咒燈花，意未明。脆琉璃，命已傾。況沒個剪紙題名掛孝旌，也沒個據靈床描影。魂搖曳，苦無憑。到了那時，俺少不得另有一番指引。紙錢灰旋風送冷，杜鵑花血淚尋盟，醫鬼病丹殘寶鼎，弄仙香春注銀瓶。他呵！挨盡了三更五更，拗不過無緣無命。呀！都似俺羅浮夢醒。

（小生）請問此重公案，何時可以完結？

（小旦）早哩！待他情盡纔是劫完，直到生天，方為圓滿，且與你領略南枝春色去。（老旦花旦執羽扇暗上）

【南尾】（合）倚梅根發個梅花令，向雪窖冰天共說情，說與那世上熱腸人閑自省。（眾擁下）

第二齣　緣　夢

【中呂·金菊對芙蓉】（生巾服上）過眼風花，催春煙雨，銷魂人在春江聽啼鵑。小度，猛省韶光，疏簾不放楊花入，憑闌罷，又是斜陽。人兒一個，低徊顧影，着甚思量。【鷓鴣天】鶯老春殘有所思，櫓聲搖過賣花時。人間舊夢通青鎖，江上癡雲蕩碧漪。　無限意，為春悲，孤吟獨笑却為誰。不知樓外傷心柳，和雨和煙得幾枝。小生姓謝，小字招郎，天臺山下人也。西江舊業，數傳忠節之遺；勝國名家，一代冠裳之盛。滄桑既改，門閥中衰。先君俠氣干雲，論兵邁古，不幸早世，尚遺老母在堂。小生雖蜚弱冠之聲，未遂請纓之願。早歲失學，不免五角六張；夙慧能文，敢比三蘇二陸。想我既無昆玉，復鮮朋簪，射策無期，執柯未得，雖親幃健在，五倫僅得其一，眼前好不蕭索也。喜得姊夫遠出，大姊歸寧，藉他奉慰高堂，寬我偷閒子舍。你看風清日美，几淨窗明，待俺拈本書兒，遣愁則個。

【駐馬聽】數卷丹黃，賺老人間白面郎。俺可也在心為志，做意周旋，着眼排當。有一日宮花沾惹帽檐香，看蕊珠仙子從天降。（搖擺笑介）酸丁恁郎當，敢有三分風月與平章。數日來行眠起坐，忽忽不寧。若説是病呵，身軀無恙；若説是愁呵，所事無關，到底為着甚來？（作欠身坐介）

【前腔】冰雪心腸，攔不住打片成團百事傷。知怎生無情無緒，到底牽纏，欲説難詳。不為是落花飛絮太顛狂，可是咱啼紅怨綠多惆悵。絲絲氣兒揚，散夢魂飛入郁金堂。想小生年齒漸增，婚姻一事，却也蹉跎不得。（照鏡介）論俺品貌，也消得一個佳人。只不知謝招郎的緣法如何？這是更難猜度了。

【前腔】何粉荀香，待點勘金閨八寶妝，若不是心兒相印，肉樣相疼。也算不了俺的。可意娘行，有多少銷金彩幔繡鴛鴦，怕參辰錯管了紅鸞帳，教人細思量，準備着濃雲黦雨到高唐。身子忽然困倦，不免隱几片時。（睡介）

（旦上）無心縈謝草，有意惹巫雲。為有情因在，平空一見君。謝郎午睡在此，不免喚他醒來。（拍介）郎君清醒些。

（生醒揩眼介）呀！小娘子是誰家宅眷，為何到此？

（旦）謝郎，你好癡也！

【舞霓裳】俺早則紅袖偎寒珮枕旁，春夜長，招人飛絮恁風狂。怎的今日，忽裝起呆臉來。問檀郎，可記得魂靈一線相偎傍，病嬋娟，春色點羅裳。（生）小娘子説的話，小生都不懂哩！笑分明活現這紅妝，硬派定桃花供養。小生與娘子，實實沒有會過。（旦）請郎君再認一認。瞧科罷,耐着心兒細思想。

（小生作認介）哑哑!小生省得了,曾與小娘子相會過來。

（旦笑介）可知醒了也!

【前腔】（生）一刻春宵無價償,嬌面龐,曾偸檀點結丁香。（旦）謝郎這可認得了?（生）認得了也!好年光,秋波宛孌簾波漾,個人兒,出落得佩丁當。（旦攜生手介）謝郎,如此春光,不可虛度,咱兩個去來。個人兒偎倚的玉芬芳。（小旦內）何來女子?占俺閨房。（旦作慌介）没地裏冤人無狀。郎君出去,奴且躲閃則個。憑他去,撒潑喉嚨恁般響。（下）

【前腔】（小旦上）人依屛山理繡裳,聞那廂,招花惹草話低昂。郎君站開,待奴看個明白。問誰行,星前月下私勾當,莫不是買黃金歌笑是平康。（生）這是小生書樓,娘子是俺何人?有勞搜檢。（小旦）謝郎,你真的做夢未醒哩!俺夫妻赤緊百年長,怎托出冰心冷況,休丢掉,結髮恩情世無兩。

（生）這是怎麼說起?奇哉怪哉!

【前腔】俺年來孤枕蕭疏獨自將,心事忙,何曾見金釵翠鈿兩三行。小生莫非在此做夢。太無良,是天公幻出虛花樣。（小旦怒介）青天白日,怎說做夢?恨人前牽惹這嬌娘,恨生來薄幸這兒郎。（生揖介）娘子息怒,小生知罪了。（小旦）莫恁地粘沾相向,奴便避了你罷!無多話,也得你緩款溫存半宵想。（下）

（生睡故處介）

（丑丫鬟上）傳將繡閣殷勤語,去請書樓蘊藉人。呀!大相公午睡未醒,不免喚他。（喚介）

（生醒介）娘子。

（丑）大相公,姑娘奉請有話。

（生）你是誰?

（丑）我是陪文,大相公怎不認得了?

（生）你可驚散我一場好事。

（丑笑下）

（生）咳!小生真的在此做夢,正是薺騰一枕到南柯,倚翠偎紅

奈我何。多少芳魂招不得，落花無奈送微波。（下）

第三齣　閨　譃

【商調・梧葉兒】（旦上）奴生小，可人憐，輕盈顧影嫣然。三分嫵媚，十分怨恨，百樣迴旋，添上個肝腸萬轉。碧玉瓜期喚奈何，斷紅暈靨送秋波。神針未許旁人說，恐被聰明掇賺多。奴家王氏鳳車，排行第五，小家枝葉，難誇傾城之姿；弱歲因循，未遂射屏之選。自從爹媽見背，哥哥出外營生，在家日少，多虧嫂嫂憐念，事事扶持。更喜倜儻風流，與奴心投意合，閒來彈棋品繡、鬥草評花頗不寂寞。這幾日十分不快，好難排遣也！明日河邊演戲，對俺小樓。俺有個表姊，也姓王氏，名喚栩仙，住居不遠。俺央着嫂嫂請他過來看戲，以遣悶懷，怎的好些時還不見到？

（小旦上）瑣窗鸚鵡共調舌，曲院荼蘼對弄姿。（見旦介）妹妹。
（旦）姊姊來了，姨娘好麼？
（小旦）好的，多謝紀念。妹妹，你這幾日在此作甚？
（旦）姊姊請坐，你試猜奴作甚來？（小旦）

【金絡索】奴猜你鐫花簇軟鈿，奴猜你借柳拉長線，鬥個翩翩，蝶翅團成串。小閨房活意全，潑新鮮，猜定你出跳嬉頑似去年。（旦）奴今年已二八，這些小時節的頑興，都沒有了。兀惺忪，春光到眼無端扇。軟迷奚，俺態欹人也則待眠。思量遍，這斷腸關，應不許再俄延，聽一聲聲啼鳥花前，乾瘛了眉痕茜。

（小旦笑介）這小鬼頭春心動也！
（旦）啐，姊姊大似我，兀自沒有姊夫，敢要心動哩。奴倒有個門當戶對人兒，替姊姊說媒。

【前腔】輕輕宋玉年，豔豔潘郎面。合上你臉泛桃花，眼角情絲罥，端的是神仙下洞天，好姻緣。則費俺鴉鬟冰人一線牽，那時節紅衫搭護雙心戀，又何須翠被熏香獨自去憐？真如願，只俺小梅椿，賺不的喜紅錢。那時姊姊看着姊夫，姊夫戀着姊姊，好不有趣也！一帆風順水推船，（挽小旦豎兩指笑介）人兩個，珠雙串。

（小旦笑介）一個小丫頭，只是姊夫姊夫的，你知道要姊夫作甚來？

【前腔】你調人缺舌鮮，趁齒鶯簧便，怕你枕畔衾邊，閃碎了藏春片。（旦）啐！（小旦）既不這樣時，却怎的想得這般老到？問你個眼下心前想得圓，敢眠思夢想由來慣。（旦）可知姊姊眼下心前，揣摩的不少也。（小旦笑指旦介）打你個信口輕狂不許言，何曾見，這般女孩兒嬌慣的臉兒涎，不羞人醉語連綿，平白地將奴纏。

（旦）你説要姊夫作甚，奴早則知道哩！

（小旦）你便説波。（貼暗上）

【前腔】（旦）春慵款倚肩，妝懶憑簪釧，你愛他憐，兩下裏揉成片，這其中淹煎待怎言！蜜兒般，嘗着那甜頭兒不肯言，鬼精靈，總賺上了溫存騙，敢故意支持到十幾年。（小旦）妹子你越發瘋了，竟滿口混説起來。（旦扯小旦手笑介）姊姊，你也説一句罷！（小旦搖頭介）誰曾慣，這破題兒兀刺費周旋，等得個過來人細證心禪，編纂上風流傳。

（貼進見介）過來人倒有一個，你可證來？（二旦各羞背笑介）

【前腔】（貼挽二旦手笑介）空花景不妍，饞口涎空咽，舌上談禪，那見如來面。俺師尊許你傳，要心堅，還要你弟子聰明拜禱虔。（二旦）啐！（貼）二位説得好暢快。（二旦）我們没有説話呵！（貼）當面掉慌了，我已聽得明白。纔知道雕籠着上了鴛鴦絆，少不得嫩蕊也尋他那蛺蝶眠。（睨二旦介）端相遍。（二旦）只愛看着奴家怎的？（貼）看怎生發付這兩嬋娟，倚春風一例如仙，趕得上神仙眷。

（旦）嫂嫂請坐。

（貼）奴家今日事忙哩！聞得海上貨價騰湧，你哥哥前去趕趁，須替他打叠行李也！正是辛勤當戶心如綫，旖旎言情口似河。（下）

（旦攜小旦手介）姊姊，奴兩人説得高興，却被嫂嫂絮聒一番，好没意思。且與你下樓去，明日再聽戲罷！

【尾聲】空空瞧不出有情天，則待與緊喑嗚，漫惜憐，終有日錦屏風，一樁樁打迸消前件。（同下）

第四齣 賺 弟

（花旦上）望斷鱗鴻意未休，迢遥夫婿似牽牛。自來不解相思味，酸到心頭淚也流。奴家謝氏，幼適楊四郎。本是高門舊裔，世業崔巍，為他公子豪情，家資罄盡。他幼年時也曾徵歌賣笑，品竹彈絲，到今朝赤手無依，反靠此登場度日。奴家無賴，只得回家奉母。奈身懷六甲，數日以來，漸覺氣力不支，我那狂郎如何知道？昨日聞說在東村演戲，意欲叫兄弟招郎前去相探，一來相其近況如何，二來也使他知道奴的苦况。方纔陪文上樓相請，說他夢話惺忪，懶待下樓，不免自去看來。（虛下）

（生上）這天氣好悶人也！

【南吕·賀新郎】夢斷如煙，蹙靴紋畫簾深細，好風光再休提起，休提起。半晌憎騰醒復迷，敢攝魄鉤魂那裡。可恨這個不做美的丫頭，叫得我心如水，打磨陀片刻沉江底，驚看也，只在小衾裏。

（花旦上）兄弟，你在此自言自語則甚？

（生）原來姊姊。

（花旦）愚姊有一事奉煩，聞你姊夫近在東村，要請兄弟去探望一遭。

（生）姊姊差遣，本不當辭，奈兄弟自幼不曾出門，又難於步履，怎生去得？

（花旦）兄弟。

【纏枝花】休怠慢，聽告啟，要念我是個裙釵輩。有言語，傳夫君，倩旁人，誰曾會。你共咱，親姊弟，好說得其中情意。只去去便歸矣，纔算得眼前有個嫡親姊。

【賀新郎衮】（生）聽說與因由，多謝姊，不是我脱空躲避，恁曉得書生悶失，不爭的消停自己。（花旦）如此說來，兄弟是不去了。（怒介）奴怎的央告你，只緣你能知就裡，盼不到輕狂恁地。（花旦背介）奴有幾句說話，必得他去，方好說得，還要耐性兒騙他為妙。

（生）姊莫須惡言相抵，敢代你書詞道意，便着個人兒致彼。（花旦

轉介)如此也罷!除倩伊,更倩誰,請便揮毫寫寄。(生執筆介)請問姊姊,怎生寫法?(花旦)

【大聖樂】便寫上家常疼熱夫妻,論分離,三月矣。即今奴病身軀累,說與他,試惦記。便是昨日張道士這句話,也要覆他。(生)怎的事?(花旦)東村張道士傳你姊夫口信,說是代兄弟看中了一位弟婦,年紀相當,母親甚是歡喜,須便應允了他,這個也要寫上。(生驚介)這件事兒,怎麼我不知道?(花旦)恐怕兄弟害羞,所以不曾提起。(生背介)這是我百年大事,草草完成,如何使得。(花旦指生笑介)有了,何不去看看姊夫,打聽的實,允與不允,再作商量。(生轉介)姊姊有許多情節,書中寫不明白,還是兄弟與你走一遭罷!(花旦笑介)這更好了。(生)只算千金家信須親遞,只用着開口分明說與伊。但是走不得路,這便怎處?(花旦笑介)倒要你自家斟酌。莫弄到來回致疾,莫怨着傳書遞簡,誤了賢弟。

(生)也說不得了。

(花旦)如此甚好,一同下樓去,告訴你話來。

(生)姊姊先請,兄弟隨後就來。(花旦下)(生緩行沉吟介)

【尾聲】俺等閒打不透鴛鴦迷,恁憑空弔下這一枝梅,俺猛拚跋涉奔波這一回。(下)

第五齣　味　曲

【仙呂入雙調‧嬌鶯兒】(小旦上)午妝纔罷,緊貼上盤渦一面花,方顯出俺波峭好人家。登樓同坐,則是兩朵花枝亞。(旦上)誰知風韻雅,自知風韻雅,好幾日軟哈哈懶展秋波,沒揣地隔窗歌吹,招得俺髻兒騺。

(小旦)妹妹,昨日那半本《還魂記》,看的可好?

(旦)好是好,只害奴斷送些兒淚點也。

(小旦)這是看戲,妹子何必認真?

(旦)姊姊不知道,天下如杜麗娘的不少,只怕奴與姊姊就是場上之人,也定不得。

（小旦）何至於此？（旦）

【錦法經】兀的不玉有芽，花有葩，敢有個天公註定他，到那時碎玉飛花，也則難禁架。俺不是裝喬作假，猛拚着淚珠滴灑，這都為弄春情，小玉癡魂化。（掩淚介）（小旦）妹妹着甚來由？奴與你上樓再看去罷。（攜手行介）勸你把閒愁一層層打疊，莫負那朱闌一抹好窗紗。（下）

（生上）仙翁市上驢兒叫，神女祠前杏兒肥。小生信步行來，不知東村遠近。且問一聲，列位請了。

（內）請了。

（生）借問太平班演戲，可在前面？

（內）過這小橋不遠了。

（生）承教了。（作行到介）果然在此。（問內介）請問掌班師父，有一位楊四兄可在？

（老生上）賢弟，你為何到此？

（生）姊姊差我來問候姊夫，近況好麼？

（老生）俺倒沒甚的，令堂大人安否？

（生）起居倒也安善，姊姊還有幾句話，要細細一談。

（老生）賢弟且住，今日這本《還魂記》，尚未演完。俺須去點撥些個，你且聽戲，待撤臺時，同到下處如何？

（生）也好。

（老生拱手介）暫別暫別。（下）

（生坐介）

（臺角設樓二旦暗上）

（生）鄉村裡到曉得演這種好戲。呀！唱的是那齣冥誓，小生也曾見來，却沒有這般情致。

【忒忒令】早是鬼胡由，昏迷了眼花，冷閃閃只少個紙錢燒化。三分形見，告個泉臺假，偏賺上戀新歡，懶重生愁長夜，這般作意耍。

（內唱）東君在意者，精神打貼，暫時間奴兒回避，趕些兒待說，你敢撲懞忪害趺。

（小旦）妹妹，這更唱得入神也！

【嘉慶子】這一宵兩口兒占鬼卦，更月黑風淒送了他，聽一聲唱罷，敢則是敲碎了鐵板與那銅琶，不由人心坎裡淚如麻。

（旦）姊姊，你也知道傷感哩！你再聽波。

（內唱）靠邊些，聽俺消詳說，話在前，教伊休害怯，雖則小鬼頭，人半截。

【尹令】霎時將他驚嚇，登時又愁他怕，緊偎着欲言又罷。心肝兒寸花，却摺疊作萬萬千千也怎捉拏。是好傷心也！

（小旦）妹子，且消停則個。

（生）這唱的好不哀怨，好不淒涼，真是自古之傷心人，同此懷抱。

【品令】是天公好奇事，生這斷腸花，爭的個有情人在也，不許俺逢他。你既打扮得嬌嬌雅雅，怎說是精靈化。你敢則來生近也，又因着今生難話。茫茫千古，何以為情？柳夢梅，你可偎倖也！（淚介）可不是一樣書生，那討個積世冤魂，纏着了咱。

（旦）姊姊，你説我癡。（指生介）你看那個小後生低頭垂淚，兀的不是癡子。

（小旦笑介）這生衣冠齊楚，意致不凡，倒好與妹子做一對癡偶。

（旦）啐！

【玉交枝】喬才招罵，不應該編排自家，要算你孩兒口没遮攔罷，敢憐着那人瀟灑。（小旦）你倒取笑起我來。（旦笑介）果然紅繩一絲月老加，少不得黛眉一線張郎畫，這纔是好風光。花開兩椏，錦前程，春留一窪。

（生）那邊樓上喃喃笑語，敢是笑着小生。（起看介）呀！

【三月海棠】非浪誇，這包彈春色真無假，是人間碧玉，天上紅霞。非差，敢織女嫦娥閑戲耍，趁天風同把青鸞跨。（做意看介）呀！敢是小生前日夢中所見，奇哉！心兒詫，意兒拏，只待辦虔誠，對付這兩冤家。

（小旦）那人癡癡迷迷，向着這裏，好不雅相，且同你掩了窗紗罷!(掩窗介)(生望介)怎的就下去了?

【川撥棹】難丟罷,乾搭地焦雷打。不分明幻裏空花,難覓取銀河渡槎。這相思,喬坐衙;這因緣,難到家。

(老生上)賢弟,我在臺上見你,好端端掉淚,却是為何?

(生歎介)咳!却悔多此一來也!

(老生)這也太奇。(生)

【前腔】我的傷心沒處查,恨來時差也差,小魂兒飛上窗紗,但夢裏相逢自佳。(老生笑介)你這啞謎兒叫人怎猜?(生)你休猜,花木瓜,俺原來,閑磕牙。

(老生)臺已撤了,且同俺到下處去罷!

(生)請教尊寓,可還安靜?

(老生)我們夥伴多人,安靜二字,却也難説。

(生)小生不慣與這些人同寓,倒是回去罷!

(老生)天色已晚,如何去得?明日替你另尋寓所,還要請兄弟寬住幾天,待我張羅些須,也好安慰令姊。

(生)如此遵命了。

【尾聲】猛回頭認定這路三叉,莫迷却桃花低亞,俺便是前度劉郎也則索去訪他。(同下)

第六齣　借　寓

【正宮·玉芙蓉】(旦上)愁心透綠蕉,好夢驚紅雨。鎮悽悽感感,渺渺愁予。恰同心人去春江暮,只明月隨身花事疏。平空恨,恨兒家恁拘。且徘徊,綠蕉深處閉門居。無意如相惹,多情只自傷。添得離別意,清減為紅妝。昨日戲散之後,姨娘打發人來,接姊姊回去。奴這一夜吊影凄涼,好生難睡。今日起來,尚兀自惺忪不快,怎生消遣也呵?(倚介)

【前腔】(貼上)分明嫂傍姑,比似娘憐女。那弓彎替束,寶髻親梳。看他多愁多病多嬌處,便是將嫂為娘憐煞渠。芳情逗,逗芳情有無。敢前生,個人生小莫愁湖。

（貼）姑娘。

（旦）嫂嫂請坐。

（貼）你哥既不在家，王家姑姑又復回去，俺兩人形影相對，寂寞無聊，到要尋件事來，消此午倦。

（旦）奴正不快哩！前日繡的繃子，尚未完工，何不將來解悶？

（貼）如此甚好。（去取繃介）待我打線，你便繡起來。

（旦）（繡介）

【前腔】斜簽蛺蝶圖，浪簇鴛鴦譜，便香絨比並，彩線橫鋪。嫂嫂，這樣顏色，可還配得上？（貼）這就分外出色了。你神針妙手從天付，敢活色生香信有諸。（旦）閒相覷，覰煙霄卷舒。好裁成，繡湘六幅雨雲圖。

（老生上）欲求靜室安佳士，

（生上）自抱孤琴覓好音。

（老生）賢弟，昨晚委屈了你，今日替你另尋靜室，暫住如何？

（生）前面樓房一所，甚是清雅，姊夫試問一聲。

（老生）也罷！就同你走遭。（行介）原來門關在此，待我敲門。（敲門介）

（貼）是誰？

（生喜介）正是女子聲響。（老生）

【中呂·駐雲飛】來扣幽居，我是高陽一酒徒，特向高門訴，有個商量處。（貼開門介）尊客何來？（老生）吾，託業養妻孥，紅牙自譜。（貼）敢是班中師父？（老生）然也。（貼）素昧生平，何勞光降？（老生）為着書生，乞賃梁鴻廡，願分取，一弄明窗靜讀書。

（老生指生介）這謝招郎，是小子的妻弟，欲借尊居，暫住數日，另當厚謝，不知肯見容否？

（旦作見生背介）呀！這就是昨日臺前揮淚的那生。（貼）

【前腔】尊意難拿，論草榻留賓也有餘。只是一件，原則無平素，也麼無親故。況奴家呵！夫，覓利上征途，家遺少婦，李下瓜田。敢任書生住，倘有個愛客，高門可另圖。

（老生）即是這樣，且到別家問去罷！

（生見旦驚背介）原來在此，就下個禮兒求他，也説不得了。（揖介）尊嫂奉揖。

（貼）官人萬福。

【前腔】（生）聽啟狂愚，念文弱鯫生無伴侶，只要得一几沈檀炷，十笏匡牀據。（指老生介）渠，客地費躊躇，來回無主。（又揖介）伏望娘行，憐咱窮途處，算託在高親識面初。（貼旦搖手介）

【前腔】敢託葭莩，人海萍蹤纔一聚，不是鶯花寓，莫儘牽纏訴。（老生）既然如此，强聒無益，依我另處罷！（生延挨介）小生實在走不得了。（老生冷笑介）難道立在此間不成？（旦）嫂嫂，請進來，有點奉告。（貼）（回身介）姑娘説甚的？（旦）奴，為念泣窮途，何須見阻，小小喬才，那算男兒數，不過是，苔粉初呈小鳳雛。

（生聽介）難得這位大姐，到肯憐念小生。

（貼笑對旦介）依你便怎麽樣呢？（旦）

【前腔】一角蝸廬，須讓出幽寮學士居，聽取鸚哥訴，容得鵷鶵住。（貼）你竟肯做情起來，我又何妨通融些？姑，你方便可憐渠，吾何堅拒？安穩香巢，不隘紅襟路。（回問生介）只這間樓兒。可儘你，吟榻茶爐仔細鋪。

（生）多謝大娘。

（老生）至感至感，我着人送鋪蓋來，賢弟就在此吧！還有一説。

【前腔】難置庖廚，敢借闌干餐苜蓿，只好留寒具，更送消愁糯。（貼）這倒不消慮得。無，草具不嫌粗，何勞遠取，一樣家常，則要高明恕。（老生）這更承情，待俺一併酬謝。你敢是，好客蛾眉北海徒。

（老生拱手介）我去了，再會再會。（下）

（貼）官人請坐。

（生）這位姐姐，待小生奉揖。（揖介）

（旦笑還禮避下）

（貼）這是我姑娘，少不得見面的。且請上樓去吧！蘿薜門深降果車，

（生）紅窗聊傍美人居。
（貼）憑闌莫動傷春意，
（生）雨點花飛有意無？（同下）

第七齣　樓　誓

【商調・山坡羊】（旦上）蹙秋波，擦生生的眉黛；剪春羅，軟迷迷的身態；屑雲香，自禁窄的鳳頭鞋；嫋情絲，沒打結的鴛鴦帶。奴家鳳車，自謝生借寓以來，扳談聚話，情意纏綿，仔細思量，左右俱無所可，也曾幾次排遣，終是牽纏。好末來由，莫非斷腸簿上，欠他一分冤債也！命裏該，今生牽惹纏。便是這位郎君，却也癡極，每每顧盼奴家，不即不離，背地裏十分愁怨，短歎長吁。咳！奴到看出了。既天般渴想君耽待，那錦片姻緣教誰主裁。奴也可笑，沒地見個兒郎，便怎不了，却是怎的來？奇哉！這周旋忒費猜。癡哉！這淹煎着甚來。奴自爹媽見背，哥哥分外疼奴，說婚姻一事，要奴自己作主，若得此人，諧其配偶，就算遂心滿願的了，只怎生得他央媒說合？

【前腔】甚冤牽，將奴愁壞；甚風聲，將他差派；弄星辰，無限虛嚚；咽牙關，有口難交代。奴想事要圓全，除非暗通消息，只是一個女孩兒家，怎好開口，只索甘休。（遲疑介）呆打孩，心兒冤恨塞。（低語介）莫不今生今世，就撇了這可意郎君。咳！好不為難喲！便待硬心腸，索把連環解。（想介）且住，想奴生長寒門，以後婚配，斷不能如此遂心，不可錯了機會，只索上去，便與他面訂來。可笑乾風月，忙將羞臉揩。（引鏡整衣攜燈行介）（復立作想點頭笑介）（又行介）堪哈！浪風情，逗滿懷。真駭！小冤家搦上臺。（上樓介）來此已是門首，且聽他在內說些甚來？（聽介）

（生上）咳！好無謂也！

【前腔】惡姻緣，沒交粘的親愛；熱心腸，沒因由的拖帶；是前生，沒奈何的冤孽；是今生，沒決斷的相思債。（歎介）咳！大姐大姐，你好薄情也！（旦背介）敢是怨着奴家。（生）為你來，將人坑陷才。(旦點頭笑介)(生)這是三生得見雲英在,是何時雙璧親從月窟栽,難諧,這枝花何處開？休挨,這杯茶俺可該？

(旦敲門介)開門。

(生)是誰來？

(旦不應介)

(生)這聲音怎熟,待我看來。(開門介)

(旦進介)

(生)不意大姐有意光臨,小生好僥倖也！(揖介)

(旦)長夜無聊,特來奉扳清話。

(生)小生何幸,得蒙大姐如此見憐。(旦)

【越調·小桃紅】我本是斷腸人,和淚守妝臺。只賺這年時害也,似春花般,飄零難訴病情懷。(生)小生冒昧,請教大姐芳齡幾許？(旦)生小命多乖,誰似俺沒頭鵝。惡風催,無根草,凶星帶也,早過將二八年來。(生)妙妙,恰與小生同庚,真個有緣。(旦)休恁地,口輕開,須不是今生共母同胎。(生)

【下山虎】望卿卿休怪,俺不比輕薄奴儕,訴與愁無奈,芳心共哀。老年親,白髮如皚。中饋婦,紅妝有待。我和你十六年伶仃孤苦,大約相同,如今呵！俺卻收拾了溫家玉鏡臺。(旦)這是為何？(生)愁被無情給,愁俺有情人着了乖。(旦)堂上老年,沒人侍奉,卻待如何？(生)小生非不知此,但姻緣二字,卻也難說。尋常母子,非情所鍾,便有意中人,近在咫尺,只是羞口難開,因此蹉跎的可惜也！(旦驚介)(生)則為羞澀相耽誤,當時不諧,一似帆泊仙山風引開。

(旦背介)分明句句打着奴家,罷罷,奴家也顧不得,索性說了吧！(問生介)不知那等人兒,纔算得情之所鍾？

(生近看旦笑介)這個麼,小生不不好說得。(旦)

【五般宜】因甚的笑迷奚,意兒乖。因甚的情活現,臉兒揌。不爭你言吞吐,俺能猜,敢有個玉天仙,逡巡玉階,早踹下情天色界。前緣自該,逗着一般心兒,作個安排,這團圓,堪喝采。

(生)好姐姐,真個是小生知己也！

【五韻美】這知心人難再，少不得繡平原，趕着紅粧拜。則俺意中玉天仙，現放着眼前賽。（揖介）（旦）郎君休得如此。（生）事已至此，小生只得要……（忽住介）（旦）要怎麼？（生）要斗膽奉告了。似俺書生無賴，不分芳心錯愛。（生欲言又止介）（旦）郎君你且説波。（生）問可否莊鴻案，築鳳臺？百年價，許小可周旋，一會裏，你美人耽待。

（旦沈吟不語介）（生）大姐便説波。（旦）

【鬥寶蟾】奴待，奴待將言詞改，敢便空口支持，拗不過心頭作怪。（生）望大姐分明指示。（旦）罷嚛。俺則便説與多才，許你護花先築避風臺。休猜，休猜俺，浪花枝招展花牆外，承望你討個庚帖，請個良媒，下個定采。

（生）既承金諾，小生決不相負。

（旦）古來違背姻盟，不知多少。郎君若是一時高興，隨口應承，過了這時，付之流水，不特辜負了奴之深心，並且耽擱了奴的性命，奴言盡此，切勿等閒相覷也！（淚介）

（生）小生怎敢如此，若不見諒，便與你設誓如何？（生攜旦手，旦羞避，生拉同拜介）

【梅花酒】（合）因緣打合，人天稱快，便相攜並立向燈前拜。從今俺兩人呵！夢中魂，並難開；意中緣，纏不解，好完成錦團圓雀屏鳳釵。若忘情，神鑒在！若忘情，神鑒在！

（旦）郎君在意，奴家怕嫂嫂知道，要回去了。

（生）大姐且住。

【望歌兒】這分明醫了十分不快，更望你，完全我一分難耐。燭豔豔好煞良宵，且消停半晌春如海。（生攜旦介）大姐，好事多磨，且成就了小生則個。（旦推介）郎君尊重些。（生）你休笑小生偏急色，可憐咱倚玉情，真無奈。

（旦）郎君今日之盟，事出從權，已為可恥。若從尊意，便是桑間濮上之行。異日相見，更有何顏？請郎君細思。

【前腔】非獸，你願意點破這春風界，則問你，有甚的錦屏風，接着來遮蓋？奴只好消停，留一顆封鎖的關防在。（貼內）姑娘可

在樓上？（旦）嫂嫂知道了，奴去罷！休恨相逢剛一刻，好相逢，則要拘惜風情待。（下）

（生）嚇！大姐竟去了，這個事倒有了九分，只是今夜教小生，如何消遣也？

【餘音】盈盈人去衣香在，但記取雙蛾蹙黛，還只好打疊孤衾為你捱。（掩門下）

第八齣　促　別

【仙呂·鵲橋仙】（老生上）殘杯冷炙，半生生受，苦雨淒風禁透。幾根窮骨不回頭，整一片剛腸依舊。俺楊四，赤手空空，難學古人歸隱；出門惘惘，還尋舊日知心。雖不是四海無家，已弄得滿身是債。這幾日好容易借得數餅番銀，便待賣發招郎回去。來此已是王家門首，不免逕進，王大娘在麼？（貼上）

【前腔】行人天外，別來伊久，人在春風倦繡。前宵鶯語出紅樓，這意思更番難究。奴家數日以來，細看姑娘，與那謝生目挑心與，甚是有情。昨夜樓上，聽得喃喃小語，敢怕有些兜搭，這便怎處？（笑介）他們一雙兩好，天生一對，如果有心，那謝媒紅少不得是奴家的。且自由他，堂前有人說話，不免看來。（見介）原來是楊師父。

（老生）多謝大娘，舍親叨擾之至。

（貼）豈敢？

【月雲高】小門鴛甃，別啟談文牖，則待照應些兒個。可喜是書生即溜，慚愧居停，論凡事都將就。（老生）大娘說那裡話來，恕得他，年少狂，承謝你，閨中秀，這非故非親連日留。纔信道，滄海萍蹤夙分投。如今舍親可在樓上？

（貼）只怕早睡未起哩！

（老生高叫介）招郎賢弟，愚兄來了。（生上）

【大齋郎】意兒留，夢兒悠，冥蒙氣力怎擡頭？似這般，害人平白多拖逗，思量真個不如休。小生昨夜設誓之後，細細打算，甚是為難。若稟明母親，母親向來嚴厲，萬一不允，怎好挽回？若與姊夫計較，又未便一時開口。

（老生）賢弟快來。

（是）呀！姊夫來了，不免想見。姊夫！

（老生）賢弟，今日天氣甚好，便好回去，番銀一封，望乞帶回。（旦暗上）（老生）

【桂枝香】為我祝高堂眉壽，為我問妻房消瘦，道他要病體支持，莫怨兒夫儳傱。（指銀介）這兼金一鉤，兼金一鉤，慳囊相湊，多分添薪難够。你須收，但教他玉燕閒能護，容得俺銀筝冷自搊。

（生）姊夫所命，小弟一一理會。（旦向生招手介）（生點首介）只是今日身上有些不快，不如明日去罷！

（老生）陰晴不定，在此打擾不當，還是今日去的是。

（貼）休怎地說，一聽尊便。

（生）既然大娘這樣說，就明日回去也罷！

（老生）賢弟，你從不出門，一來數日，家中好不盼望哩！（旦向生搖手介）

（生躊躇介）這便怎處？

【解三酲】閃得我心窩冰透，逼得我眼稍波皺。比如你今日相催怎驟，前日個便應休。（老生）非是愚兄逼你，你苦苦戀着這裡，却是為何？（生怒介）說過身子不快，敢戀着誰來？（老生作見旦介）哈哈！我知道了，那孩子着迷也。（生）不犯着口頭逼窄的沒因由，總不許從容一夕留。（老生向生介）你還是去罷！言非謬，怕高堂念子，早則是望斷雙眸。

（生）也罷！小生回去便了，姊夫略停待些個。（向貼揖介）（看旦介）

【前腔】俺則算，飛花一片緣相湊，憑仗東風吹上樓。脈生生，千重疼熱誰能彀？異日嚇，倘相負，定啁啾。（旦點頭介）（貼）多多簡褻，何必掛懷？（生向旦擺手介）但願俺，雲根自種將瓊報投，少不得，重覓桃源世外舟。（老生）行須驟，怕深閨憶弟，早則要盼斷雙眸。

（生）小生只得去了。（旦掩淚下）（生）

【前腔】無端的碎却連環扣，看雲散香消何處秋。俺傷心那有天公救？漫臨去，撥箜篌。（老生）賢弟請行，還絮絮叨叨則甚？（貼）郎君便道，可來枉顧。（生）你從今紅窗一例封畫樓，俺怎生白板雙肩尋舊遊。（老生）大娘就此奉別了，鋪蓋再來收拾。（生）請了。（貼）恕不送了。（關門下）（老生笑介）歸休逗，怕主人愛客，早則要淚落雙眸。賢弟就此去罷！愚兄別過了。（下）

（生）姊夫轉來。

（老生）賢弟有何話説？

（生）姊夫前日説替小弟為媒，若不是小弟眼見的，就不必費心了。

（老生笑介）知道了，請罷！（下）

（生）這一回將人累殺也！

【長拍】無奈他何，無奈他何，那更將人馳驟。殘雲零雨，兀的不是夢，懞鬆醒來便休。（回望介）這一答何處也？花外小紅樓，記昨宵燈豔，美人紅袖，俺這裡芳草春山愁欲絶，卿可也斷腸不？（內作鳥鳴介）這的是林外杜鵑啼晝，只算你一聲聲，教我那血淚分流。

【短拍】血淚分流，血淚分流，無情有意。自俺煎着甚來由，生小不知愁，狠相思剛纔到手，便是將他丢也，還只怕秋風吹恨上眉頭。（下）

第九齣　心　　病

【南呂·掛眞兒】（貼上）繡闥煙橫魂欲墮，小癡兒煞費揣摩。偏你多愁，將愁作病，教俺年光怎過？我姑娘數日以來，坐臥無聊，精神恍惚，飲食不進，骨瘦神枯。幾次延醫調治，毫無起色，想奴丈夫，兄妹之間，甚是友愛，倘有差池，則他回來，教我如何答覆？便是奴與他形影相依，這傷心怎得了也？（淚介）唔！是了。記得春間，叫甚謝招郎，在此借寓，姑娘就在這月內得此症候，只怕為着那人起的。（想介）古語説得好，心病還將心藥醫，不免為他圓成此事,這病就有指望了。今日天氣甚好,且扶他出來,細細盤問一番,再作道理。

（貼下扶旦病裝上）（旦）

【梁州序】韶華太快,風光相左,俺斷腸其奈天何。心頭空闊,則傷心往事偏多。（貼）姑娘今日好些麼？（旦）（搖頭介）閒愁拋也,只這個魂兒,百樣難安妥。（貼）姑娘掙扎些,奴已叫人請醫去了。（旦）原不是年災月晦緊廝磨,還要這煉石飛丹做甚麼,由着俺隨緣過。

（貼）姑娘,你須要自己寬心,這病就容易好了。（旦）

【前腔】由着俺做意騰挪,左則是都無一可,這形容真假,費你背地瞧科。（貼）奴真的有些不解哩！（旦）非奴相誑,只覺得心兒,印着星兒個。眼看他,天空雁杳奈愁何,因此上,春去香消失意多。還有甚？謊囉嗦。（貼）

【梁州新郎】你粉光銷褪,星眸斜溜,鎮日價昏昏欲臥。秋風吹也,你香肌早怯衫羅。姑娘,病到這樣,到底是怎的起喲？（旦）這話好笑,奴若曉得病的起處,也就不病了。（淚介）（貼睨旦介）怎麼了也？你偏是喉嚨填咽,欲說難言,故意消停我。我拚着三鑽入手鎖雙娥,你可也黃柏填胸苦一窩。（合）心一片,零星破,向年光好處難掙挫,前世事,真無那。

（旦）嫂嫂,今日是幾時了？

（貼）是七夕了。

（旦歎介）咳！那牛郎織女,又在今宵相會哩！

【前腔】靈橋橫駕,雲軿飛渡,天上風流雙個。迢迢良夜,仙香飄落銀河。一般的多情兒女,攜手諸天,不怕罡風墮。則咱,有情人去也渺春波。問你個,在世為人值得麼？（合）心一片,零星破,向年光好處難掙挫。前世事,真無那。

（貼）姑娘好久不到樓上,奴家攙你上去,憑欄一望,消遣如何？（旦）如此甚好,只是勞動嫂嫂了。（貼扶旦行介）（旦）

【紅衲襖】嫩生生,蓮步挪；嫩支支,蓮臉軃。（作上樓介）咱緊支撐,一步一回可。猛思量,三春三月多。（旦作欲跌介）（貼）姑娘看仔細。（旦）到如今抱僵蠶絲一窠，冒殘枝花一朵，敢那後果前因，有這淒涼也，添上那傷心没撒科。嫂嫂，你看凝塵滿案，蛛網零星，直恁的蕭瑟也！

（貼）你且倚闌坐着。

【前腔】你久不向茜紗窗，描黛螺。久不向粉紅闌，安翠朵。自然的土鬆鬆燕壘梁間垛，便也有網懸懸蛛絲屋角羅。（旦）那些几榻，都還没有挪動。（貼）不錯。猶記那妙書生，倚幾几。小聰明，真也頗。早是人去樓空，逗着些兒也，可恨這現曇花，一刹那。

（旦）嫂嫂，你還提那人則甚？

（貼）倒不要提他，敢則有人想着他哩！

（旦）嫂嫂，你看一派秋色，好可憐也。（淚介）

【前腔】瘦秋容，如病疴。頓煙光，真婀娜。避金風一例重門鎖，怎怪那雕闌内雙頭嫩蕊搓。（背淚介）咳，我好恨也！那那那隔花人，來也波。閃的俺抱橋人，心也左。俺待打疊柔情，付與東流也，誰知道嫩盤腸，一線拖。

（貼）姑娘，你也不必假惺惺，有甚心事，只管説與我知道，也好替你商量。

（旦掩淚介）要你知道怎的？

（貼）你還癡着甚來？

【前腔】俺與你百般言，都説過。俺與你一般心，剛則可。你還甚説不得呵！你須信莽醫生下藥還輸我，假使要倩媒人傳紅不用哥。你的心事，奴家早猜着了。（旦瞪視介）嫂嫂。（貼）你且放心，莫要愁壞了身子，這件事，都是為嫂的就待也！包管你妙蓮花，開並柯。接枝花，生並果。好便撤却淹煎，珍重人兒也。喏喏，只這謝招郎，可是麽？

【前腔】（旦）嫂嫂，俺呵！一分魂，差不多。十分愁，怎的躱。嫂嫂，（作氣坌介）奴的症候，多分不起了，便與你説了罷！（淚介）（低唱介）這其間陽神活現他纏我，也怕是宿孽牽連我欠了他。

（貼）奴家便央媒説合如何？（旦搖頭介）怕等不得也！待倩個挽歌郎，隨意歌，用不着鬼親夫，看下火。則你那禮書兒，算不得救急良方也,試看病嬋娟,可肯瘥。

（貼背介）聽他説來,好生可憐,難道姑嫂之分,就看他活活的葬送了不成？奴也有意成全,只是急切之間,怎能成就？（想介）是了。（向旦介）姑娘,我想請得謝招郎親來,與你面訂婚姻,這更妥當了。明日便央張家伯伯寫書送去,你道好麼？

（旦低頭不語介）

【前腔】不是臉粘涎,真着魔。只爲死臨侵,無結果。便是挽絲韁没個黄衫撥,敢好送書函煩他紅線過。（貼）那招郎果然來了,你待怎樣説？（旦羞介）你早許隔紅牆,擲一梭。你早許駕藍橋,浮一舸。俺便打迸癡魂,付與那人也。從此後守黄泉,不恨他。

（旦作伏桌噷介）（貼撫旦背介）姑娘倦了,扶你下樓去罷！

（旦）奴家行動不得,此間甚好,嫂嫂可許我移來住此麼？

（貼）這裡也好,你且下去,一面打掃定當,一面供了花果,好和你乞巧。

（旦）供他則甚？

【尾聲】往常向碧虛深處聽鳴珂,乞天孫憐人則個。今年是不能了。（貼）待奴家多拜幾拜,保佑俺小姑姑呵！聰明宜巧壽宜多。（扶下）

第十齣 欺 誤

【越調·小桃紅】（生上）怎麼了也？恨只恨,百忙中訂下這苦姻緣,只落得兩下裡閑凝盼也。比似桃源,輕遮上一抹莽雲煙,怪煞是牽連。牽連着拜燈花,問芳年,攔紅袖,則待偷春茜也。到如今都到眼下心前,少不得拚葬送。弱書生,可也誰憐念,小嬋娟。

【下山虎】攔不住一天心願,兀難支忽地胡旋,幾度個魂靈現,燈邊枕邊。那得他緩款來前,多是俺眼花自展。俺這裡相思忒殺虔,則愁你愁不淺也。那耐煩人,怎奈天？俺和你着了胡盧纏,俺娘肯憐,可許勾抹了相思都不要錢。

【小桃紅】則俺意兒中百分難遣,又早口兒中一句難言。閒覷着娘親便，將前不前。俺娘最是嚴厲，倘一時惱怒起來，便決撒了。因此上心如繭，因此上意如綿，因此上口如瓶，則又愁如霰也。着甚麼紅絲能絆轉，多分紅絲斷，斷也難連，比不得雪藕冰絲任處牽。

（丑執燈捧茶上）竈前新裹鯰魚腳，爐上初烹鳳餅茶。大相公，茶在此。

（生）放着，你自下去。

（丑）大相公，你每日長吁短歎，却是為何？

（生）你問他怎的？

（丑）陪文倒曉得了，只怕你的心事，與陪文的心事差不多哩！

（生）這也奇極，你且說來。

（丑）要陪文說麼？有千家詩為證，你的心思，是一團茅草亂蓬蓬，想將來蓊地燒天蓊地空。爭似我滿爐煨榾柮，一般的慢騰騰地暖烘烘。

（生）咦！賤人胡鬧得緊。

（丑）不肯賞識，這就罷了，何必着急。

（生）還不去？（丑笑下）（內打三更介）（生）

【五韻美】記得你瘦削肩，記得你嬌羞面，記得你倩影三更多少言。本與俺，捉對兒做個如花眷，不料的將他賺騙。你只總猜着俺欺人懦善，因此平白地拆散了並頭蓮。大姐。（丑內應介）（生）你向癸靈廟呵！便訴出沉冤，也容得俺剖心相見。

【五般宜】那知道蕩情波，冤禽自塡。那知道碎情根，風花自揖。越相思，越悔却從前，不應的隨口作演，說怎生滿心如願，待青絲作幰，紅鸞趁輦，道不的個前世姻緣，是今生則又圓。

【憶多嬌】是今生則又圓，却便是三生積世緣。只要俺老娘親赦過愆，眞個成全，眞個成全，不枉了相逢那天。

【鏵鍬兒】相逢那天，再不許相逢一面，累得你望低翠鈿，緺破紅嫣。你小樓兒自着煙花縴，招人夢眩。休悒怨，咱可憐，認一分咱龐兒忒輕，這一分，望咱娘親赦免。

（丑暗上聽介）（生）大姐，須不是我負心，你要見諒纔好。咳！我在此叫他，也是枉然，不免耽着險，稟告母親，便是觸怒，也說不得。若得母親心肯,這是萬分之幸。夜已深了,不免睡罷!俺的大姐那。

(丑進介)大相公,是我在此。

(生)你又來怎麼?

(丑)你在此叫大姐,陪文所以來的。

(生)没有叫你。

(丑)你不叫我,却叫誰來?倒要請教。

(生笑介)是叫你來。

(丑)叫我來,就好説話了。

(生)那邊樓梯響,是老奶奶來了。

(丑出看介)

(生關門介)這賤人好無禮也!

(丑)呸!這真是閉門不管窗前月,吩咐梅花自主張。(下)

【尾聲】(生)這真是浪鶯花硬對東風顫,怎知俺心上人兒在那邊。(看介)好一彎月兒呵!便是半線蛾眉,也終須有個圓。(下)

第十一齣　倩　　書

(副淨道裝上)【字字雙】捉怪拿妖真大膽,扯淡!饅頭暈素我包攬,飽賺。三清門上好躲懶,希罕。人人説我會騙飯,不敢不敢。下官非別,道紀司正堂,龍虎山正一真人七八十代嫡派子孫張骨碌的便是。想起當年考童生的時候,做了文章,頭頭是道,説起詩賦,句句真言,好不有興。不想一考,竟考了四十餘年。可比瘆病吃藥一般,費盡芪術參苓,毫無應效。又似黄河塞口一樣,用盡柴椿土石,全不相干。因此改换門楣,連升三級,掙到一個道紀司正堂,紅衣大帽,角帶朝靴,好不冠冕。回想當日微時,芒鞋破襪,何啻天淵。當日吃的是脱粟飯,爛鹽菜,今日雞頭鴨腦,糕塊粉皮,受用不盡,也算是人生極品的了。只是我的令政夫人,脾氣不同,有些難惹。鎮日價"骨碌""骨碌"叫個不住。我説"骨碌"是你叫的,他説自己老婆不叫,誰敢來叫。話却不錯,殊不知下官命名的時節,别有下情。只因當年初當道士,有個大户請去捉怪,走到樓上,起了一陣怪風,把我如氣球一般,骨碌碌直滾到地,以後人遂叫我"骨碌"。夫人這樣稱呼,未免打趣下官了些。閒話少説,今日聞得王五姐病勢凶險,纔請夫人去打聽,或是打醮,或是謝將,替他念了幾句,騙些酒來喝喝,也是好的。阿呀!我又想起來了,竈上有半壺酸酒,趁夫人不在,就拿來享用起來,回家知道,不過罵兩句便了。自家老婆,有甚打緊!(取飲介)

(淨上)張骨碌,天殺的,老娘的醋罎子,也偷乾了。

(副揖介)請夫人息怒,下官在此受用些。

(淨)可笑可笑,你怎麼稱起下官夫人來了?

(副)夫人你不懂得,下官升了道紀司正堂,你就是誥命夫人了。

(淨笑捏鼻介)如此説,妾身多謝老爺。

(副笑介)着!

(淨)啐!不害羞的。

(副淨)不要説,王家事體如何?

(淨)不中用,請你過去。

(副淨)可是要畫符,還是要鎮土?

(淨)呸!他又不是鬼捏病,要畫符鎮土則甚?請你替他寫書哩!

(副)這是白效勞的了,不去不去。

(淨)老娘已經許定了,我看你不去。(下)

(副歎介)這叫做上司差遣,事不由己。(向內介)夫人不必生氣,下官即刻打道便了。(踱下)(場上設帳,旦暗上坐介)

【雙調·孝順歌】(貼上)他害得相思病太認真,悶得俺千回百回愁殺人。姑娘病勢十分不好,奴家顧不得,請了張伯伯來寫書,託人捎去,若得那冤家來時,安他的心,倘有一分可救,也不可知。今日看他光景,似睡非睡,聲息俱無,待奴揭開帳子,看是怎的?(揭帳介)呀!輕篸蹙迴文,怎地瘦腰支難廝襯。(旦歎介)(貼)姑娘,可知瑤臺路近。敢有個人兒,疼熱温存,不許你芳心傷盡。姑娘可要呷一口湯水麼？（旦搖頭指帳介）（貼）是你倦眼羞明，俺便放青紗，添上檀熏。（放帳介）張伯伯怎的還不見來，不免到門前去看來。

（副淨上）家有賢妻夫吃苦，人無好運鬼掉包。我張骨碌，好好坐在家裡，倒被老婆趕了出來，幹這白效勞的生活，真真晦氣。這邊是了，大娘娘可在？

（貼）伯伯請進來。（副進介）

（貼）請坐。

（副）有坐。請問大娘娘，五姐的病勢，可還好些？

（貼）為他病重，所以來請伯伯。

（副）不怕，我替你作法，就到閻王殿上，也要奪了回來。

（貼）他是心上的病，無從可治。只是請你寫一封書，寄與親戚。

（副）這也不難。

（貼）請到樓上寫罷！（上樓介）

（副）大娘娘你的樓上有些鬼尺尺，只怕欠妥當哩。這是誰的床鋪？

（貼）是奴家姑姑的。

（副）阿呀！凶了！有個催命鬼在此。（捏訣介）太上老君急急如律令敕。

（貼）休要大驚小怪，嚇了姑娘。

（副袖出筆硯介）就此寫書，請問那個出名？

（貼）女人不便，出名不用名字也罷！

（副）無名無姓，不好寫得，就是張骨碌出名吧！

（貼笑介）這使不得，你依我的口氣寫罷。

【二犯孝順歌】你寫上從分手，又幾句？（副寫介）（貼）且慢，待我問明姑娘，要怎樣寫法。（揭帳介）姑娘，你想一想，是怎生寫的好？（旦）奴知道是怎生寫的來？（貼）你且說個意思，奴家與你斟酌。（旦）咳！你只問他個燈前誓詞怎地云？（貼）呀！還有這一節來。（旦）為甚的雁杳魚沉，直下得作踐洞房春。從此呵！盼黃泉路遠,再見無因。(旦哽咽介)也沒有別的可說了。問他個,甚拋將心上人,問他個,肯招將天上魂。

(旦暗下)(副作睡介)

(貼)張伯伯,(副呵欠介)伯伯,你寫吧！

【孝南枝】(貼)從分手,又幾句？(副)這兩句早寫上了。(貼)再寫波。怎不許來鴻去鱗消息聞。(副寫介)(貼)可記得樓上篆同焚,燈邊笑生春,恰恰地良宵可人。到如今,無限相思,將咱來盡,早則是病上風輪,挨着罡風迅。你若肯,來一巡,病骷髏,付與君。倘忘了,情一分,小冤魂,纏的緊。

(副哼介)(貼)伯伯,可寫好了麼？

(副)寫是寫好了,我只是不明白。

(貼)只要那人明白就是了,封完之後,還要寫東村樓上人封寄,謝招郎開拆。

(副寫介)這是甚麼意思？唔！我想起來了,敢是你有了情人,寄與他的。

(貼)胡說,這人住在天臺山下,是奴丈夫至好,說過將姑娘配他,却沒有下聘,所以不好稱呼。明日還要求伯伯雇人送去。

(副)你請我吃一壺,我就替你送去罷！

(貼)若得伯伯去,這更妥當了,請到樓下吃酒罷！(同副下)

第十二齣　杖　　子

【仙呂·望仙行】(老旦上)桑榆暮矣,那更衰門多累。小子能文,孟母三遷庶幾。(花旦孕婦上)笑俺剖腹藏珠,誰見橫眉壓翠,還賺個心頭作膩。

(花旦)母親萬福。

(老旦)女兒,你且坐下。(向場下介)老身巫氏,有子招郎。先夫亡世,於今十餘年矣,所恨家門冷落。(指旦介)只與他姊弟二人,相依為命。孽子質地聰明,過目即能成誦。但數月以來,看他眉頭不展,不但功課全疏,亦且病容可掬,不知是何緣故？

（花旦）兄弟自東村回來，只是悶悶不樂，莫非在外有甚瓜葛？母親則要細查。

（老旦）你言有理。陪文，

（丑上）夢裡有人剛好好，堂前那個叫喳喳，奶奶呼喚則甚？

（老旦）快去樓上，請大相公下來。

（丑）我不去。

（老旦）你怎的不去？

（丑）大相公說鬼話哩！我不敢去。

（老旦）好打。

（丑高叫介）大相公有請。（生上）

【前腔】最休提起，但提起肝腸碎矣，怨不的狠毒親娘，怨俺舌頭恁的，今日價打點口似懸河，又早心如髮繫，驀地裡將前復退。母親拜揖，喚孩兒出來，有何吩咐？

（老旦）你且坐下，看你數月以來，功課不勤，心中納悶，却是為何？可說與為娘知道。

（生）孩兒專心書史，家中諸事，自有母親與姊姊照管，不消慮得，並沒有別的心事。

（老）敢則瞞着老娘。

【八聲甘州】你行年有幾，太不宜，不宜口上遊移，心兒抹媚。我老年人只有這孩兒，可知俺娘兒一家全靠伊，則這姊姊跟前更瞞着誰。你有甚心疑，休要癡上心，敢成病難醫。

【前腔】（生）非欺，原無甚的，不過瘦書生，病骨支離，覺閑中無味，沒些兒潮熱來回。（老旦）好端端的，怎麼就懶散起來？（生）連孩兒也不知道。（丑）陪文倒知道了，昨夜到了樓上，只見大相公一人在那裡哼哼唧唧，只管叫大姐大姐，我說大相公你叫誰來，他說是叫陪文。奶奶試想他叫陪文幹甚事？敢害的是個病。（老作怒容介）畜生你說。（生）母親。莫聽這造言吃敲冤孽婢，料沒有弄雨招風作孽兒，無稽，難道莽風波，口角橫飛。

（副上）暫為直符使，遠作寄書郵。這裡是了，有人麼？

（丑出介）是那個？

（副）是我老人家，你宅上可是姓謝？
（丑）問他則甚？
（副）東村有封書信，寄與謝招郎。
（丑）這是我家大相公。
（副）妙極妙極，你就拿了進去，我老人家要回去吃酒了。（付丑書介下）
（丑）大相公，你看這件好東西哩！
（生接介）是封書子，東村樓上人寄，謝招郎開拆，呀！來人呢？
（丑）回去了。（生背拆看介）（丑下）（生）

【三仙橋】這是倩粗才把筆提，只寫着三分密意，邊行潦草，則又無頭尾。你不言，俺能憶，敢則為省事些，免生口舌。磣可哥飄血點，漬上封皮，這些時行不能，眠又膩，只盼俺，負心的遥遥没期。咳！俺夢生梨，可又隔花墮淚，若真個有參差，兀的不斷送了如花你。

（老）此書是那裡來的？你只管自言自語則甚？
（生跪介）孩兒該死。
（老旦）你且起來説。（生起介）

【前腔】到東村，無半日，五百年冤家相會。紅妝忒俏，又紅鸞做美。（老旦）你可是與甚麽女子來往麽？（生）對着燈，盟也誓，誓今生我不負伊誤伊。尋黛筆，他待畫眉。褪紅紗，同齧臂。到今價没毫釐音兒信兒，説已經瘦了香肌，多半死臨侵地。娘呵！若不及早價做意圓成，敢死一個，又死一個矣。

（老旦）哎！畜生，不料小小年紀，就這樣輕狂，老身下半世，是再没有依靠的了。（淚介）

（生跪介）（老旦）

【前腔】爛嚼薑鹽半世，嘗透了酸鹹滋味，俺孤寒自守。還説有一日，舊家門奮起，知這般，休望你。曾幾見跳龍門，那骨相恁低迷，恨只恨吾死遲矣。（生）母親如此説，孩兒真無地自容了。（老）看得見窮餓塊，（打介）打不死劣頑皮，俺狠心腸這回，你便則一口氣兒微，也省却你先靈短氣。（生）呵唷唷！孩兒不敢了，望母親饒恕則個。(老又打介)便教你血肉分飛,便同你向地窟裡做冤鬼。

(花旦跪介)母親息怒,聽女兒一言。(老旦氣做介)(花旦起介)

【前腔】恕得他小嬌生孩氣,是那小妖精作祟,風情有些,非甚淫邪可比。母親請進去歇息,待女兒開導他。(老)有甚開導?將他送到樓上,把門鎖上,永不許出來便了。(花)女兒遵命。(老)氣死我也!氣死我也!(下)(花)兄弟,你且起來。(生起介)(花)則問你,心可悔?這遭受了苦也,情可灰?(生)姊姊休這樣說,此事已經立誓,斷難中止。如其不就,倒也不難。少不得披上緇衣,跳出了人間世,眼看看葬香泥,聲聲哭伊。還有個夢相隨,好待魂兒相識。這一片火熱衷腸,瞞不過苦憐念俺的親姊姊。

(老內)陪文,可把大相公的樓門鎖了。

(丑上)曉得了,大相公可聽見?

(花)兄弟,我送你去來,你肯靜靜用功,自然放你出來。

【尾聲】你學着個不窺園的學士憑棐几,速休了飛絮禪心浪着泥。(生)俺從今呵!憑欄望遠悲歌起。

(丑)大相公,你若從前有眼,看着陪文,也替你說句好話,不叫你到這地位了。你且樓上去,我好下鎖,正是一朝權在手,且把令來行。(推生下)

(花)這裡那裡說起,兄弟你好癡心也!(下)

第十三齣 越 樓

(丑捧盤秉燭上)六月凍死綿羊,冬瓜纏倒豆棚。都說吊桶落在井裡,不想好漢遇着強梁。我陪文鎖了大相公的樓門,前日的氣,也可消了。大姑娘命我送飯到樓上去,且叫一聲,大相公。

(生)你為甚大呼小叫?

(丑)大姑娘叫送燈送飯來,你且從窗口接進去。

(生接燈介)燈放在此,我不吃飯,你且拿回去,休得在此囉唣。

(丑)這便少陪了。(下)

（生）咳！今夜的心事，比往時更難消受也。

【正宮·雁魚錦】從頭細詳情況難，對西風淚血楓林蘸。不做美這回真消散，吃桃條敢不心煩。准消除你這怨病多般，那承望樓門廝緊擔。挨不過夜色昏秋岸，緊盼着柳梢又早明月爛。今宵是月半了。憑闌，何處蓬山，礙劉郎偏這蓬山幻。傷心已晚，可知俺落得傷心慣。問誰遣青閨黛殘，問誰遣紅妝淚彈，問誰遣唱刀環，愁轉眼，匆匆斷送雲鬟。銜冤，而今第一番，俺做了個没收煞登樓的漢王粲，他做了個没出豁閉門的關盼盼。他說病在垂危，專候一見，俺拘禁在此，怎生去得？（想介）有了，樓窗逼近前街，縋將下來，連夜一走，拚回來受責便了。（作結帶介）堪攀，挨着闌干，便一似雕鷹脫臂無羈絆。（跳下介）好了。片葉身輕，半絲絲命脆，掙着頭皮，跳過重闤。（內打一更介）更鑼破膽，一聲聲打，打得俺心花迸綻。雖則是金吾不叫金雞旦，已閃得玉露偏生玉臂寒。（內作犬吠介）那牢牢小犬，則把孤身憚。雲遮月，似燈紗重罩，鏡影偷粲。（疾行介）且朦朧轉彎，還記得垂楊蕩波春一灣。（內作鬼叫介）俺就是春前驢背銷魂客，又來聽秋墳悲歡。早見那北斗闌干，是俺臨行不唱《聲聲慢》，真個的人在虛無縹緲間。（內打二更介）又早二更了，且喜迤邐行來，已離王家不遠，只是俺的兩腿疼痛，再扶不上，這便怎好？咳！那人病在須臾，俺還顧這些。恁磨難，不分明心酸淚潸，廝趕着步闌珊，俺也似脆玻璃小命，盡的掀翻。俺何曾經過這苦來？度秋林煙鋪翠攤，可憐人心慌身懶。（掩淚介）早清淚潺潺，喜得那蓬萊此去無多路，用不着青鳥殷勤為探看。來此已是他家門首，不免階沿一坐，略息喘氣，再去敲門。（坐介）

【黃鐘·滴溜子】（貼執香上）迷魂陣，迷魂陣，黑風自趲。離魂女，離魂女，廣寒待返。奴姑娘病勢，已在呼吸之間，多分不濟了，因此奴家對天禱告。（插香拜介）告天，天應寬限，怎教他冰樣消，煙樣散。難道俺姑娘萬千緣，分離轉眼。

（生起介）門內有人，不免敲門則個。（敲門介）

（貼）昏夜之間，何人到此？

（生）是俺謝招郎來也！

（貼）那冤家你也來了。（開門介）

（生進介）（貼關門介）

（生）大娘，小生奉揖。

（貼）謝郎，你害人不淺也！

【前腔】為着你，為着你，寸腸迸斷。相思你，相思你，夢魂陡散。（生）小生一聞此信，所以乘夜而來，此時病體若何？（貼）料應黃泉難返，但看君前世緣，敢怕有三分挽。咳！這多少的冤牽，多是你風流積趲。奴與你且到樓上看他去。（同下）

第十四齣　病　圓

（場上設床帳，旦暗上）

（生貼同上樓介）（貼）謝郎在此小站，待奴上前說明。（掛帳介）姑娘。

（旦不應）

（貼）姑娘，謝招郎來了。

（旦）他真的來了？（作欲起復臥介）咳！俺竟不能起坐也。

（貼）姑娘看仔細。

（旦）嫂嫂，你且扶我一坐。（貼扶旦坐介）（旦）

【北商調·集賢賓】說來來那人何處也？俺覺得今夜病較輕些，猛擡頭秋波光射，打精神直恁遮奢，虧得他，展程期捱到中秋，纔對上，服清涼刀圭一貼。俺心頭話兒消得耶，用不着十分打疊。嫂嫂，你且叫他近前一步者。你便是勾魂的弔客，還你個鬼隨邪。

（貼）謝郎，你便過來。

（生）姐姐，病體可好麼？（旦）

【逍遙樂】俺說與郎君多謝，敢結上七世冤家，則抵得一聲關切。生擦擦和合，閃得俺，溫存態動彈不迭，似恁赤緊相關無可說，攔不住嫩臉些些。嫂嫂，俺倒好挣扎些兒。你與我衾兒假着，各樣消停，待好半刻寧貼。

（作向內睡介）（貼背介）奴看姑娘精神好些，只怕這服藥，有些效驗了。(內打三更介)夜已三更,奴做個知趣人兒也罷。(向生介)夜已深了,煩你照看姑娘,奴略走動再來。

(生)如此請便。(貼下)(生捱床望介)

(旦向生介)嫂嫂去了麼?

(生)是。

(旦)謝郎,你好有口無心,害人直到恁地。

【掛金索】可記得拜倒燈花,串上珊瑚結,因甚的掐斷情根,揉碎鴛鴦牒。你更待做出王魁,故意將人撇,俺可也指定閻羅,仔細將冤列。

(生)這是姐姐冤枉小生,小生怎敢如此。

(旦)你一去數月,音信毫無,難道還不算負心麼?

(生)家母最嚴,一時難以啟齒,不想蹉跎直到如今。

(旦)好出脫的乾淨也!

【醋葫蘆】淡相逢,閒噴牙,滑村沙,輕弄舌,比如你口關轉捩,當作錦屏遮。敢要說俺病前生該短折,悔則悔趕頭兒親熱,一分話不作兩分說。

(旦揮淚分)(生)姐姐休得如此愁怨,小生所言,實出苦衷,就是昨日書作,自知勢難再緩,便將此事跪稟高堂,不想痛遭鞭撻,兼且鎖禁樓中。(袒衣示旦介)大姐不信,但看這個便了。(旦執生手細看淚介)

【梧葉兒】只道你抹煞牙疼誓,不分你狠尊堂遭痛決。把怨恨打開者,是你罪名兒先除赦,是俺肝腸兒著疼熱,不枉俺恁心邪,緊覷上親夫切。

【浪裡來】是俺覷急切,這回了心也。你既說禁在樓上,怎生又得到此?(生)事已急矣,只好縋樓而走,貪夜的前來。(旦)咳!俺斷魂兒緊看九泉賒,敢可可抹將你的真意者。俺有句話兒,將言又咽,且盼那紗窗名月幾分斜。

(內打四鼓介)(生)已是四更了。

(旦)嫂嫂不來了,且把門兒關上。(生關門介)

(旦)請問郎君,此緣作何了結?

（生）待俺苦稟母親，如再不成，總拚一死而已。

（旦）這可不必了，奴只怕旦夕之間，有些不妙，還值得作此遠想。（盼生介）

（生淚介）這怎麼了？

（旦）郎君休要如此，奴家身上酸疼，可肯靠着兒些？（旦倚生坐介）

（生）姐姐這樣可好？

（旦笑介）郎君可好。

【上京馬】則俺那偎寒送暖浪塡接，你聰察為人可透徹。（引生手笑介）可怎生發付志誠親姐姐，不恁也淚個郎爺，敢泉臺中，再對上洞房月。

（生）姐姐不言，小生怎好唐突？旣承雅愛，固所願也。

（旦）郎君且住，奴還有一言奉告。

【玉抱肚】須不是十分招惹，論百歲相逢今夜，這只絲兒命。今生不上香車，問相思到底為誰擔者，待沾着些兒休也波，敢倒塡上你的婚帖。你那裡暗揣呐，俺這裡自欺嗟。果又龎兒熱，驀忽地女兒花折。看片刻春光漏泄，看轉眼秋燈黤嘩。你打諒支離病骨，只待要緩款加些。郎君，你便放下帳來。（生放帳除衣巾入介）

【後庭花】莫仿那莽西風透薄紗，且將我繡芙蓉衫子卸。憐煞你病身軀嫩似花，禁不起脆魂靈和春化。把燈影，一邊遮，不由俺替他羞怯。軟心腸，難割捨。費溫存，無回答。逗紅雲泛臉霞，躱香雲雙鬢鴉。這良緣敢自誇，這良夜眞無價。

【青歌兒】（旦接唱）呀！多分是前生，前生冤孼，因此上遇了，遇了冤家。俺便有十分主意，可也沒捉拿，眼見得嬌枝嫩葉，早做了病蕊殘花。是耶非耶，夢耶醒耶。分明是象床邊，銀燭下，羞得我，無回話。郎君，燈昏了也。（生出帳彈燭介）

【浪裡來煞】不做美銀荷雙燭花，爭知俺恰恰無閒暇。小魂靈銷剩一些些，只無奈惹伊羞答答。（旦起歎介）咳！郎君，則纔把舊冤愆今朝交卸，慚愧煞守身如玉玷微瑕。（同下）

第十五齣 情　　訣

　　【黄鐘・耍鮑老】（貼上）垂垂錦帳幽香悄，憑眈待，此良宵，只這還丹透骨如冰腦，真抵過瀛洲草。我姑娘一病，百藥無靈，不想招郎到來，頃刻好了一半。你看日上三竿，尚爾不聞聲息，輕輕年紀，直恁虛花。若不是為嫂的加意周旋，你這命兒那裡去覓。春風生小，拖逗的春情真也早。可比那扣定鸚哥爪，都不顧紅飛翠掃。便是那謝招郎，真也可笑。癡抹媚，浪風標，緊着些兒靠，就着些兒腦。天生的冤魂，對難解交。奴家不免去看來，似恁的不羞雙雙悄，俺便也盡情瞧。（下）

　　【前腔】（生上）匆匆泥得人多少，偷春色，壓春嬌。俺是個破題夫婿纔知道，知道兒女事，於中好。這一回好僥倖也！你生生作嬲，須不是扶醉玉山推易倒，何嘗不輕可如心抱，左則要伴噴淺惱，添幾擺小蠻腰。則問你捏着眉峰笑，可知俺逗得心花巧。小生想來，遊仙之夢，不過如此。只道嬋娟病，神韻消，似這般輸心要，猜不透你前日甚裝喬。姐姐吩咐小生，把門開了，坐在外邊。（開門介）不免就坐在此間。（坐介）

　　（貼上）謝郎，你好起早也。

　　（生）小生未睡，怎說起早二字？

　　（貼看生笑介）嘖嘖嘖！好個撇清的人兒，只問俺姑娘今朝怎樣了？

　　（生）兀自睡着未醒，請大娘自去看來。

　　（貼問内介）姑娘可醒了麼？

　　（旦内）奴身上略好些，嫂嫂，好些。嫂嫂，你便扶我下床一坐。（貼扶旦上）

　　【雙調・金瓏璁】般般心事了，不須提前度今朝。行一步，恁苗條。（貼笑介）可是比昨硬朗了。（旦）也不見得。俺這裡支撐難自好，敢你心頭占着推敲，非妙藥，枉煎熬。

　　（貼）姑娘，你且坐好了。

（旦）昨日謝郎來時，已受他母親責打，偷空到此，這一回更發狠了。嫂嫂，你便送他動身去罷！
（生）小生既已到此，還要寬住一天，這都不消慮得。
（貼）你怎的要他回去？
（旦）嫂嫂，你如何知得？送他去了，奴纔死的乾淨也。（淚介）
（貼）你今日略好些，休這般說。
（旦）嫂嫂。
【仙吕入雙調·金風曲】你敢道緣牢命牢，賺上了纏綿道。俺只是花飄絮飄，乾抹了相思稿。待飛上煙宵，熱騰騰人兒丟了。（哽咽介）嫂嫂，驀攢心一陣酸風峭，淋心冷汗肩兒俏。（悶絶介）（貼）姑娘醒來。（生掩淚介）（旦低唱介）迷茫路幾條？迷茫路幾條？多半是元神不可招，認耳畔聲聲叫。
（貼）姑娘你覺得怎樣呢？
（旦）嫂嫂，謝郎在那裡？
（生）小生在此。
（旦）快回去罷！
（生）小生不去。
（旦作色介）奴已經十分好了，後會有期，不消留戀，你不依奴言，奴便死與你看。
（生）大姐不必生氣，小生就去便了。
【月上海棠】你怎生將俺拋，敢靈心試着俺情虛耗。（旦）豈有此理。（生）不然呵？怎一時團聚，片刻勾消。（旦）郎君，你却如此不達。便人天撒手要開交，況姻緣展限爭耽擱。（生）小生實是放心不下。情難了，怎下得頃刻分攜，碧海青霄。
（旦）不必如此，你趁早去了，省了多少傷心哩。（生遲疑介）
（旦）你到底怎樣？難道看奴死了，纔肯去麼？嫂嫂，你便送他出去。
（生掩淚介）姐姐將息，小生只得去了。
（貼）謝郎請。
（淨與生撞介）

（生）這是怎麼說？

（貼）原來張媽媽，相煩陪伴姑娘，奴送謝郎幾步。（同生下）

（淨）好冒失的小夥子，是他甚人？不要管他，且看五姐病得怎樣了？喂！五姐姐，老身特來看你。

【海棠醉東風】（旦）腸斷了，俺臨危偏覺生離妙，那前因註定，怎的虛囂。（淨）五姐姐，老身在此看你。（旦看介）你是甚麼人？（淨）我是張媽媽，你不認得。細瞧科，病太蹊蹺，敢則神打滅，秋波先眇。（旦）奴家是不中用了。舊緣頓消，病魂自飄，爭知俺此去仙山路不遙。

（旦悶絕介）（淨慌介）五姐姐你怎的了？呵喲不好了，大娘快來。

（貼上）姑娘，姑娘！

（旦）咳！俺好灑落也。

（貼淨）好了，好了。（旦）

【三月海棠】甚處招，是瑤天笙鶴殷勤召。不想劣形骸，添上兩翅飄蕭。俺方纔夢為蝴蝶，遊戲空中，不想被你們喚醒了。（貼）姑娘，你倒要蘇醒些個。（旦）你敢是我的嫂嫂？（貼）是。（旦）（執貼手介）奴要別過你了。（貼淚介）（旦）承勞，可憐俺自少無娘全是嫂。你的恩情，今生是不能報答了。（貼哭介）（旦）不須悲慘。你只顫聲兒留向靈床叫。（淨貼合）傷心到，十分饒，恨惡風吹夢一齊銷。

（旦）俺哥哥却在那裡？

（貼）他萍蹤浪跡，是沒定的。

（旦）咳！是不能再見一面了。

【前腔】客路遙，我則好幽魂飛向三更報。嫂嫂，煩你向他說，說今生兄妹，半面難消。（貼）你休說眼前兄嫂，你丟不下，難道那人兒就生生割斷了？（旦）這又提他則甚？虛囂，似恁般小命消除應夠了，還要甚商量，添個離魂照。（淚介）（合）傷心到，十分饒，恨惡風吹夢一齊銷。

（旦）你與我致意表姊。

【前腔】他比我嬌,教他細端詳,尋個真同調。莫似俺人兒薄命,趙上風刀。奴話說完,心中也別無掛念了。(淨)可是好了些麼?(旦)怎能得好?超超,儘海闊天空人縹緲,猛回頭還見俺平生貌。(合)傷心到,十分饒,恨惡風吹夢一齊銷。

(淨背對貼介)看來不好,你也要把他後事,檢點一番。

【前腔】(貼)緊絮叨,百忙中也找不出生衣料,要煩你老年人同去,作意排調。(旦)嫂嫂,奴還有一言。心焦,惦着俺三尺桐棺埋要好,休似那麗娘逢的開墳盜。(合)傷心到,十分饒,恨惡風吹夢一齊銷。

(旦)呵唷唷,好冷呵!
(向後倒介)大姑娘不好了,快同你扶他上床去罷!(扶旦下)
(雜扮衆蝶繞場下)
(淨上)奇怪奇怪,方纔五姐斷氣的時候,滿房都是蝴蝶,這是甚的緣故?

【尾聲】可憐他嬌紅轉眼早煙消,敢是老莊周聞香相召。我老娘家活了幾十年,却從沒有聽過,這纔見羽化登仙第一遭。

第十六齣　化　蝶

(貼金冠雉尾綠裝執令旗上)碧霄舊路久迷津,飛向紅塵受苦辛。莫把頑軀疼血肉,分明來去是何人。俺翠羽使者是也。前者鳳車仙蝶,飄落人間,一十六年之久,奉冷香司令旨,道他世限已滿,緣業未消,着俺接引回來,另有一番指點。(內風起介)香風過處,那鳳車冉冉來也。(旦上)

【北黃鐘·醉花陰】回首江山淚盈把,捲靈衣天風飄灑。認舊路,不爭差,百忙裡有些波查。這身兒打胡旋,也無法。(貼)鳳車,你來了麼?(旦)來了。(貼)你本在羅浮山冷香司部下,今日限滿歸山,命俺前來接引。(旦想介)奴曉得了。便信道人間世,盡虛花,可憐俺惡姻緣,禁一下。

(貼)前面就是冷香司了,一同進見。(同下)

（四雜女裝執梅花前導，老旦花旦執羽扇，擁小旦上）

【南畫眉序】既勾管有情花，便索與豔色幽香做聲價。況翩翩小隊，聽俺支差。（貼上）大仙聽啟，那鳳車已回，專候發落。（小旦）鳳車回來了，彈指之間，又十六年矣。他俗緣未滿，待俺指點分明，完成此劫。須則催玉版，春夢全消，還要裁金縷，你秋娘重嫁。記得當時下界之日，趙郎囑俺暗裏扶持。且為他做個人情罷，盼人天風月雙佳。翠羽使者，引他進來。

（貼）鳳車進來。

（旦上）大仙稽首。

（小旦）鳳車，你十六年前之事，可還記得麼？

（旦）奴如今好不糊塗也！

【北喜遷鶯】猛可的罡風一霎，縮身材半尺娃娃，冤也波家，自消停。自身撐達，比如那接木移花別放芽，都忘了真與假，不分明前生那搭，沒對會舊例難查。

（小旦）呀！都不記了，真個可憐。

【南畫眉序】俺真個可憐他，那五彩仙裾自消化。你那舊日姊妹，自然更不記得了。（旦）奴有甚姊妹來？（小旦）是花間相伴，你也曾共用香華。（旦）請大仙許奴家一見。（小旦）翠羽使者，可喚他姊妹到來，向前相見。（貼向內介）眾蝶們速進。（雜扮四蝶上旋舞繞旦介）（貼）眾蝶們且退。（蝶飛舞下）（小旦）你今世香骨分埋，你舊日春駒同跨。（旦）求大仙指示。（小旦）你本係散仙，謫為蝴蝶，又以孽重，再降人身。當時與此輩原為姊妹。（旦）咳！奴可為薄命矣。（小旦）往事不須嗟歎，則問你自家有甚傷心話，把三生細數根芽。

（旦）奴也沒甚的傷心。

【北出隊子】萬千愁一齊丟下，忘不了東風春一榻。忘不了親嫂嫂，柴米裡做人家；忘不了乾姊妹，針線裡共生涯；（羞介）忘不了小哥哥，眉眼裏同兜搭。

（小旦）你還想着謝招郎麼？

（旦）奴雖已辭世，前程之事，耿耿在心。

（小旦）這就是你的姻緣未了也。

【南神仗兒】紛紛雜雜，都到心頭。憑卿拍打，跳不出鍾情流亞。還要你重到人間，完其宿分，那時方許昇天。（旦）喜也。（小旦）可歎可歎。你向苦海中翻身不怕，多應嘗慣了黃連當耍。青瑣闥，早忘咱，紅錦帳，去摟他。

（旦）請問大仙，此段因緣，何故待之死後？

（小旦）這如何對你說得。

（旦）咦，我也曉得了。

【北刮地風】從沒見紅粉佳人老歲華，況俺呵生長仙家，算模糊作個人身乍。恰方纔放的花花，便劣地捏斷芽芽，直到小金罌攢將墓下，纔許眞玉杵對的天涯。似恁無奈人，開除了冤愆也罷，還要訪支磯何處搓，閃得俺鬼奴臺來喬坐衙。

（小旦）此有定數，不消耽擱了，你便化個蝶兒前去。

【南耍鮑老】猜那嫩書生不禁嚇，倒不如着花衣，添秀雅。你跟緊了兒郎漫鬆他。可惜此緣太促耳。（旦）滿劫何時，續緣何處，並求大仙指示。（小旦）此去不過一載，可以重證仙班，至那相會之處呵，你守定棠梨一樹兒花，自有個哭秋墳清淚灑。

（旦）再求大仙，既放奴重續塵緣，不知可多住幾年，以了心願否？

（小旦）劫數有期，豈容增減。翠羽使者，可送他出去。（貼旦同出介）（衆擁小旦下）

（旦）奴好沒來由也。

【北四門子】自生成星宿臨孤寡，趲黃泉這一家。葫蘆提，告個還魂假。似這般生有涯，恨沒涯，怎只管催着俺，找着他，敢見着俏肝腸那一挖。好端端折半枝，忒愣愣分兩叉，又用着緊搓團，猷也瓜。

（旦貼各登高處介）（貼）來此浮羅頂上，你看塵寰擾攘，好不可憐，你也是個過來人了。

【南鬥雙雞】看那去的重來，忙時不暇，命宮中交驛馬。便是俺也忙個不了哩！俺鸞靴憑自踏，早做出雲驚雨詫，則就你兩回來,也拖累殺。鳳車,你就此下界去吧,俺要回去覆命了。

(旦)這白茫茫地,教奴怎生下去?

【北仙水子】俺俺俺,心亂麻。待待待,兩翅生風飄豁刺。這這這,這去時節沒甚磨牙。怕怕怕,怕來時添分招架。(貼)若到那緣盡之時,自然空色同歸,不消慮得。(旦)是是是,是老天公惡識咱。把把把,把一番緣兩番作耍。(貼)到底比世間兒女,逍遥自在些。(旦)這也未必。可可可,可笑俺不傳紅,不受茶。驀驀驀,驀然間跳下真真畫。算算算,算天香招展這曇華。仙使請了,奴去也。(下)

(雜扮蝶繞場下)

(貼)他竟飄然而去,轉眼已無影響了,不免倚着這一樹梅花,遠望一回。

【南餘音】論色容只有閻浮大,有情人恒河沙化。便這鳳車蝶兒呵!也則握雪搏沙一地裏拏。(下)

第十七齣　閨　慟

(小旦上)秋風作愁聲,飄搖一吹汝。手擷相思豆,傷心奈何許。半幅淡生綃,和血寫離緒。因之寄重泉,可歎鱗鴻阻。奴家王栩仙,與五妹一別,半載有餘,聞他病重,便擬親去相探,不想玉葬香埋,只在頃刻,使奴心灰腸斷,無可奈何!想奴與他一般女孩兒,他的身世之事,都已了結。則奴這薄命紅顏,也是靠不住的了。

【商調·字字錦】無年命苦他,多病天留我。今生待怎生,捱着秋風過。且俄延,不分明壽比伊多。黃泉路,隔着些兒奈何。休波,情兒怎薄,可知無夢到麼,真教夢呵,夢呵題不破。阿呀妹妹!(哭介)傷心是一分魔,傷心是一分病魔,便花飛絮墮。知他在那裏,幽魂掙挫,悲悲楚楚,飄飄泊泊。咱這裡朝朝暮暮,行行坐坐,獨自斷腸怎可?奴聽說妹妹此病,因與謝姓的人兒有約,佳期耽誤,遂致不起。妹妹,你也忒煞情癡了也。

【滿園春】娘沾惹,盼情哥。郎薄倖,誤嬌娥。則你女兒家,怎自惹風情禍,輕輕地,輕輕地,一命兒該他。人天恨,沒收科,是冤家也波,害人家也波。薄命娘行,命薄娘行,緣差意左。冤孽事,赤緊的煎磨。聞他臨危之際,與那郎君成其好事,不想第二日竟不濟了。妹子妹子,你若果有此事,你却瘲得好沒便宜也!

【前腔】閨人性,雖然懦,護花幡,未許騰挪。他儘意把人耽誤,可怎將那無瑕玉,無瑕玉,叫他點上星星兒個。只恁熱溫存,半晌悔如何?見你從小兒靈動,勝奴十倍,便怕你壽命不長,不想竟自誤如此。忒聰明也哥,太牽纏也哥,斷送紅顏,送斷紅顏,生生剩,我也則是流血淚,暈靨成渦。三月間同看《冥誓》一齣,到那傷心之處,你便說道,只怕你我,就是場上之人,也定不得,不料竟成讖語了。

【喜梧桐】你比那麗娘兒,貌停妥,只少老梅根。切骨的墓門低鎖,算天下傷心,讓你兩人麼?你若問破棺星,怕不是人兒那。竟不知姓謝的是何等樣人,便值得一死對付他,可憐可憐!桃花命,趁着,趁着他東風過。這天氣好冷也,妹子,你守着三尺孤墳,怎生過得呵!(淚介)

【前腔】戰荒原,秋風大,你便說長眠,敢冷落的秋魂墮。(剔燈介)影顫燈搖,隱約你來波。你若是肯來時,我則索和你坐。咳!今生是不能够的了。分離恨,害得,害得奴真無那。奴在此想他哭他,他如何知道。不免稟明母親,到他墳前一拜,也表奴一片苦心,且進去睡罷!

【尾聲】泉臺尋夢,偏是眠難妥。罷,罷,過一日呵,辦半陌黃錢去拜他,算抵了臨發三聲《薤露歌》。

第十八齣 兄 夢

(小生醉態上)七七七,八八八,吃吃吃,谽谽谽,有趣有趣,妙極妙極。自家王一郎,自從春間別了妻房,來此沿海一帶,做些小本經紀。不想這幾天心驚眼跳,十分欠妥,昨夜一夢,更是稀奇,夢見好端端的手,斷了一隻,想不出是甚的意思。今日到街上去,原想尋個圓夢先生，恰好遇見了好朋友，當街一揖。（揖介）（作欲跌介）請了請了，此間有一酒樓，請老兄小坐一談，這一進去，就擾了他。（作舉杯介）左一杯，右一杯，把這夢都丟在東洋大海裏去了。（笑介）哈哈！只怕就是有酒吃的意思，今夜裡再做一夢也好。（笑介）哈哈哈！月亮地上，正好踱了回去。（看介）喂，到了到了。（作進門碰頭倒地起吐介）那一個打我一下，若拿住了，是不饒你的。（摸頭介）呀！不好了，連腦子都流出來了。

（末上）半夜三更，何人敲門？（開門介）

（小生扯末介）原來是你這狗頭。

（末）王客人，看仔細，是老漢嚇。

（小生看介）喂，你可是老掌櫃？

（末）王客人，你酒多了，待我扶你床上睡吧！

（小生）有酒，妙妙，快拿來。（作欲跌介）

（末扶坐介）待我取茶來，與你醒酒。（向內取茶介）客人請茶。

（小生飲介）好酒好酒，乾！乾！乾！（伏桌睡介）

（末）喂，王客人，竟睡着了，且自由他，正是醒眼看醉漢，你醉漢不堪扶。（關門下）

（雜扮蝶飛舞繞場下）（旦上）

【越調·小桃紅】只苦俺苗條飛絮下長空，叫不醒春前夢也，賺得個身輕。向人間春老覓殘紅，由着俺從容。遙指那望鄉臺冷雲封，梅花嶺香肌凍也，恨來回直恁匆匆。呀！說話之間，恰早飛過了大海。匆匆的翅翩翩，先飛過海西東。看那茫茫無際，好不淒涼人也。（淚介）

【下山虎】愁渺渺，濤翻月弄；響蕭蕭，琴韻天風，閃得俺孤身痛。莽乾坤怎容，須不是涇水傳書，洞庭洶湧，誰可憐霧鬢煙鬟俺命窮。算行來半空，則見影花兒煙樣蒙。按着滄溟路，斜飛暗衝，好一似倦鶴橫捎明鏡中。來此想離家鄉不遠了。

【山虎嵌牙牌】俺只是蓬壺低度，眼巴巴浙水之東。這半壁黃流膩，家山路窮。記得哥哥出門買賣，說在沿海地方，或者就在此間，也定不得。怎生曉得他下處，揭起夢神，與他一會，呀有了。渺春江萬樹雲封,相煩社公,先指與行人將信通。社神何在?(雜扮社神上)何處遊魂,來此作祟!(旦)哦!俺奉羅浮山冷香司令旨,來此公幹,諒爾小神,怎敢怠慢?(雜)原來尊神到此,不識有何使令?(旦)俺只問你所管地界中,可有王一郎到此?(雜)王一郎到此已久,寓在東小市第二家。(旦)如此迴避。(雜下)(旦)呵呀。前生親妹子,見親兄,鬼胡由傷心退悚,你敢夢兒中,紅淚惺忪。來此已是,不免進去。便把陽神控,家常話同,認不出黃紙灰飛原上風。

(小生作醉語介)好酒好酒。

(旦)原來醉睡在此,哥哥。(小生微醒開目視介)

(旦)哥哥,你難道認不得妹子了麼?

【五般宜】你這裡旅程稽,燈紅酒紅;咱那裡孤墳冷,煙濃霧濃。休認俺春色舊時容,一會價將近復遠,似愁如恐。窗風自迥,靈衣自動。呵呀!奴的哥哥嚇,則是俺兄妹姻緣,判今宵歸個總。

(小生)妹子,你尋嫂嫂去來,阿哥要睡覺哩。

(旦)哥哥,你道此是何處?

(小生)是自己家中。

(旦)你且省一省波。

(小生作想介)我還沒有回家哩。

(旦)可又來?

(小生起立看旦又坐介)妹子在此,不是家中,却是那裡?

(旦)哥哥,你怎的糊塗,直到恁地。

【五韻美】俺命如花,春難永,早是向江南剗斷紅豆種。剩青山半形埋香塚。(小生)妹妹慣說笑話。(旦)誰與你笑話來。(小生睡介)(旦)哥哥,奴此來呵!仙雲自擁,待覓取哥哥通夢。(小生不應介)(旦淚介)難道俺兄妹緣盡,就是夢中,也不許說一個明白,少不得還要叫他一聲哥哥。說不盡情千疊,意萬重。哥哥再醒波。從此後要一見為難,怎生懜懂。

(小生)妹子,你只是絮聒阿哥怎的?

(旦)哥哥,如今算是永別了。

（小生）妹子出閣早哩，休説這話。
（旦）奴家是已死的人，還要説到這些。
（小生）越發什麼話了。
（旦）哥哥，你記着，

【江頭送別】東床婿，替新婦護棺擋凶。西山墓，等歸魂透天開孔。奴的事兒，尚未了呢，哥哥將來，自然曉得。只可憐俺四海無家痛，霎時間分開雁影西東。

（小生）妹妹説的是甚麼話？
（旦）哥哥，你與我致意嫂嫂。

【黑麻令】前日的紅鬆翠鬆，怎支持花空絮空，勞動你偎儂葬儂，不爭的恁地相思，長攪在愁中夢中。奴雖在人間，未歸天上，却與他再見無期，不比哥哥，尚得此番一面。從今後緣終命終，緊趨上天宮殯宮。（淚介）哥哥，妹子從此別你了。（小生）阿呀呀！（作舉手扯旦旦避介）（作伏桌睡介）可怎知手足情深，都做了山重水重。奴且守着墓門去也。

【隔尾】曉風殘月荒更動，則向地窟裏捱他一縫。（旦回望介）哥哥呀！可歎你酒醒今宵何處鐘。（下）

（内發擂作天明介）
（末上）鳥啼天已曉，酒渴客猶眠。喂，王客人。
（小生扯末介）妹子。
（末）妹子妹子，只多着一嘴白鬍子哩。
（小生）阿呀奇事！方纔夢見妹子到此，説了些生前死後的話，好不傷心。（想介）若不是他死了，怎的如此活現？（哭介）
（末）客人不必煩惱，夢死反生，常有的事。
（小生）我放心不下，要回去了，所有零星貨物，老王你替我照管，回來再謝罷！（進内取包裹雨傘上）
（末）這是那裡説起。

【黄鐘·雙聲子】（小生）魂兮獨，魂兮獨，平日地，將言促。歸歟速，歸歟速，酪子裡，吞聲哭。老掌櫃請了。（末）老漢奉送。（小生）不消。（舉包示末介）被半束，被半束。（跌足介）馬兩足，馬兩足。(疾行介)似離弦羽箭,去也難逐。

(回向末拱手介)請了。(下)

(末)呀!竟自去了,好個獃子,敢是他酒還未醒哩。正是:夢短夢長俱是夢,人生都是夢中人。你將假夢為真夢,只怕真夢來時認不真。可笑可笑。(下)

第十九齣　哭　　墓

【商調·金絡索】(貼上)人歸碧草枯,夢斷天涯暮。斜日啼烏,一片傷心處。奴家自姑娘死後,埋骨西山,熱辣辣的,甚是割捨不下。昨日他哥哥回來,痛哭一場,並傳他夢中之語。阿呀姑娘!你可比為人在世無,冷黃壚,怎言語分明寄與奴。既遊魂沒個強神阻。你何不香骨從他小雨蘇。今日是他一七之期,恰好表姑姑到來,約奴同去墳頭一哭,不免便去走遭。無多路,青山躧着土花疏。這一去呵,一椿椿並着心頭,抓住你精神訴。(下)(小旦上)

【前腔】靈床剪紙鋪,鈿閣雙鐶錮。休念春初,則被秋風誤,回身影太孤。(淚介)漫悲呼,試看那遺掛窗間有也無。奴家來約嫂嫂,到表姊墳上一哭,看他妝閣長關,玉容何處,好不冷落也。看那承塵忽地陰風度,敢是你魂去魂來不着途。(小生上)表妹休要傷心,嫂嫂等你。(小旦)如此就去。(小生)愚兄引導便了。(小旦)人兒故,活人兒逼窄得肺肝枯。(小生)表妹,可知俺哥哥哭得模糊,全沒個抓尋處。(同下)(場上設墳介)

【黃鶯兒】(生上)難寄九泉書,斷腸人,算到吾,免不得冷風吹淚揮香土。昨日東村人來說,五姐已埋玉西山,小生一聞此信,寸心如割。因背着母親,買了一陌紙錢,來哭其墓。沿途問來,説去此不遠。料沒有豐碑一所,只蔭着長松數株,更半彎圈住斜陽路。呀,果然在此了。有誰來招魂剪紙,澆奠的生芻。你看三尺荒墳,一抔新土,就生生的把俺這人兒斷送了。呵呀,大姐!大姐!

【鶯花皁】何處問幽都,繞孤墳,周遍呼,叫得你有心靈冷夢嫌煩絮,剩咱個難死人如故。呀呀!可悲夫,自躊躇,若許咱個共眠時,便骨也酥,若許咱個破棺時,便鐵也鋤。(大哭介)則問你前生今世,將人賺無,如形如現,今宵有諸。(哭聲唱介)阿呀！恨不立穿開這搭,噯噯那佳人的墓。

(作悶倒介)(小生引小旦貼上)(小生)這裡是了。

(旦貼)好可憐也。(同哭介)

【前腔】(合)秋影亂菰蒲,土堆高,苔暈疏,則咱飄零淚血向泉臺注。則你夢中女可找着煙中墓。(小旦)阿呀妹妹嚇,會難圖。(貼)阿呀姑娘嚇,恨難除。(小旦)妹妹嚇,若是提那看臺時,死也奴。(貼)姑娘嚇,若是提那蓋棺時,苦也姑。(合)俺便待將他丟罷,冤魂則孤。俺便將他牽着,啼痕已枯。阿呀,恨不得端詳一線,那那那還陽的路。

(小生看介)青天白日,這人睡的好穩。

(貼看扶介)快些醒來。

(小生)呸呸,什麼男人,你就去抱他？

(貼)是奴忘情了,這就是謝招郎,想是哭暈在此,你快去叫醒他來。

(小生扶生介)謝招郎,謝招郎。

(生作漸漸醒介)咳！

【黃鶯帶一封】沉痛結胸脯,去冥蒙,返半途。我那大姐呀。(見貼介)這是王家大娘,小生奉揖。(指小旦介)這一位呢？(貼)這是俺表姑姑,是俺姑娘閨中的知己。(生揖介)(小旦羞回禮介)這位是誰？(貼)是奴丈夫。(生)原來是王大哥。(揖介)(小生)招郎招郎,你害我兄妹分離。(生)大哥休怨。便花飛也怨不得春工誤,俺心兒未粗,那篝兒不圖,到如今情絲斷後,還則牽纏住。(貼)這都不消提起了。(生)小生還要拜他一拜。(貼)我們何不同拜？(同拜介)(合)撲疎疎,淚如珠,原上悲風剪綠蕪。

(生袖出紙錢介)煩大哥替我一燒。(向墓揖介)姐姐,小生來時倉促,只這一陌紙錢,你可享用。小生的苦情,你自然知道的。(小生燒錢介)

(內放煙火雜扮蝶繞場下)

（貼）紙灰飄起，化作蝴蝶，飛入半空去了。

（生淚介）紙灰飛作白蝴蝶，信有之也。（揖介）大姐有靈，你可隨小生回去。

【前腔】則見你飛出花圖，化韓憑，你與吾，敢便好分明影現珊珊步。（貼）真也奇事，住青溪小姑，嫁彭郎小姑。可是俺小姑姑，也春心化作金鐙度。（合）撲疎疎淚如珠，原上悲風翦綠蕪。

（生）天色已晚，小生就此告別。

（小生）你既與我妹子有緣，就是我的妹夫了，何妨到我家走走。

【前腔】通好見妻孥，到吾家，為你沽，看留賓草榻成親故。（生）小生家母最嚴，不敢耽擱了。（貼）聽他去吧。看斜陽載途，聽歸舟傍湖。（生）猛回頭，忘不了這銷魂樹。（合）撲疎疎淚如珠，原上悲風翦綠蕪。

（生向墓揖介）姐姐，小生去也。（向眾揖介）請了。（生下）

（小生）我們也去吧。

（小旦背向貼介）嫂嫂，奴看那郎君，也值得妹妹一死。

【尾聲】則為好風情便把芳年悮，盡着你口血成川也叫不蘇。（貼）更可憐是掃墓人歸鳥自呼。（同下）

第二十齣　鬼　譚

【仙呂入雙調·三棒鼓】（小生三牙鬚金甲執戟，淨黑臉長鬚黑甲執大刀同舞上）（合）明盔亮甲俺英雄，休認做尉遲與那秦瓊也，亡是公，流星硬弓，撩天鼻孔，咱樣凶。（對舞介）休云撑煞攔凶也，門前撒風，門前喝風。我們門神是也。

（小生）舊居度索山中，

（淨）新到謝家門下。

（小生）如今勢敗竟做了小户幫閒。

（淨）若是運來也，好到宮門度日，我的哥，閒話不消說得。方纔廁神請我們赴宴，還是去也不去？

（小生）怎好不去。

（淨）如此便請同行。（對舞下）

（副淨短方翅紗帽黑袍、雜二卒引上）

【前腔】東廚司命對聯紅，祭祀等到年終也，不落空。伊家務農，香花報總，咱運窮。我乃謝家竈神是也，小的兒，廟神請我赴宴幾次了。（雜）兩次了。（副淨）引導前去。（雜應介）（副淨）都應食運亨通也，沖他一風，消他一鐘。（下）

（丑圓翅紗帽花蟒，雜執旗傘大燈籠書"東圍司正堂"引上）

【前腔】裝潢東圍似天宮，有些蘊着蟲蟲也，香氣蒙，龍涎透風，蛻丸斷種，咱自供。如今得個抽豐也，賓來與同，人來與通。下官青圍司便是，我在這個衙門，整整熬了幾百年，並無好處罷了。漢朝堂堂皇皇的天子，也到敝衙門來鑽鑽，何況下官，這也不在話下。今日設宴請門社各神，怎的還不見到。

（小生淨上）門下皆高士，

（副上）鰲頭屬老成。

（衆）請了。

（副）小的兒快去通報。

（雜）那位在門上老爺，竈上老爺到了。

（雜）請少待。（稟介）啟爺客到。

（丑）快開廟門。

（衆進見介）輕造高衙，愧叨盛設。

（丑）不瞞尊客說，東廟司請客，是極便的了。

（衆）休得取笑。

（丑）看酒來。（內吹打丑送席，衆還送丑席，各坐，丑舉杯介）請。

（衆）請。

（雜）啟爺，酒過三巡。

（丑）扯開正席，大家圍坐一談。（丑衆起，同坐一席介）

（丑向生淨介）請教尊神，門上景況好麼？

（小生）不消說起，我們呵，把門當戶，啟閉却也辛勤。

（淨）夏熱冬涼，香花不見供養。

（小生）有時金碧裝潢，面上添三分福相。
（淨）有時丹青剝落，膝頭去一片青皮。
（小生）那些富貴子半夜敲門便試試他的窩心脚，說不得閉門不納。
（淨）更有些惡薄奴長天候客便挨挨他的蛤蜊背，弄得俺抱木而僵。
（小生）只就這行不得，坐不能，立得來兩足酸疼難作主。
（淨）還則是展不開，收不攏，跑得來一身向背不由人，你道還有甚的好處。
（副）却也為難，還不如俺的苦惱哩，待俺細細說來。
（衆）正要請教。
（副）算來俺也是煙熏火燎的衙門，炙烤煎燻的事業，節節香煙不斷，時時漿飯相供。
（衆）這也罷了。
（副）咳，我却另有苦處。竈頭塵飛來滿面，洗刷不清；鍋上氣蒸得通身，黏沾不了。磚爿龕裡排衙，譬如呂蒙正在破窰中度日，鐵火叉頭悟道。又如孫行者火雲洞外翻身，黃紙像請來一個相貌不全，老米糖供在半邊，齒牙欲掉。你道苦也不苦？
（丑哭介）你這樣都算苦了，叫我的苦，向那裡訴去。
（衆）不必煩惱，宦途中景況大約相同，且說與大家聽聽。
（丑）我自從承受了這個衙門，便耽了若干的苦趣。人來人去，並沒有半點關防；爬高上低，用不着一分巴結。兩間門面子，有的是青蠅作巢；一頂舊紗巾，偏教那蛆蟲鑽洞。這樣東西南北的香風，叫我如何禁得，便是苦辣酸甜的滋味，阿誰肯去嘗來，真的坑殺我了。（內鑼鼓煙火雜扮胎神翻筋斗繞場下）
（雜上稟介）啟爺，胎裡老爺辭行。
（丑）曉得了。
（衆）什麼胎裡老爺？
（丑）就是胎神，今朝來此辭行，只怕是謝家阿姐，有些發動了。
（衆）胎神怎的在此？

（丑）也隨了本家大姐，住在此間，既來辭行，須要發送，連貴衙門也是一樣的。

（小生淨）官場中應酬，大都如此，不足為怪。

（副）這就夠我們的支應了。

（雜辦差官持令箭上）喏，謝宅諸神聽者。俺奉羅浮山冷香司令旨：今有鳳車蝶魂，合與本宅謝招郎姻緣之分，不日赴宅，此魂謫限滿日，仍返仙班。諸神可妥保護，毋許阻攔輕慢，致干重咎者。

（衆立應介）知道了。（雜下）

（土地上）諸公在此高樂，謝大姐已將分娩，恐有血光沖穢，大家各散罷。

（衆）曉得了。（土地下）（衆）咱們那裡去避一避？

（丑）就在我廁後躲躲罷。

（衆）不好，生產之際，穢水必多，你這裡乃藏垢納污之所，如何躲得？

（副）還是我竈司裡高爽些。同去如何？

（衆）你那裡煎湯煮粥，正在匆忙的時候，也不便。

（小生淨）不如到我門外去站站，也還清涼自在些。

（衆）也不好，我們吃了東園司的酒席，再去呷些西風，恐成肚腹不安之症。（內放煙火介）這是甚時候了，大家散開罷。（雜扮蝶飛舞上）

（衆）這是仙蝶降臨了。（揖介）本宅諸神迎接，就請進去。（蝶欲入內放煙火沖蝶下）

（衆）奇哉，血光一沖，仙魂遠避，我和你還在此擋風麼？

（小生淨副各請介）別過了，有擾謝謝。

（丑）恕不遠送了。

（小生淨下）（副引二雜下）

（丑）小的兒把廁門關上，旗仗燈籠，好好收起，下官在廁板上打個盹兒，果然香味勝龍涎，抱甕真同畢卓眠。惟有莊周能領略，原來道在此間。

第二十一齣　魂　歸

【仙吕·夜行船】（場上設帳，旦上）俺的影兒誰現在，一絲兒抹過臺階，故意延俄，十分撇脫，趁到斜陽之外。奴家王氏鳳車，前從墓上，得見招郎，隨他飛到門前，忽被一陣血風，將奴沖散，因此不敢進去。依枝附木，一月有餘，如今血光已退，宅神放我進來，且到他書樓中，等他則個。

【中吕·瓦盆兒】俺如天上飛瓊，初次下瑶臺，没遮隔。自尋來，做一分幽期密約，算不得鬼頭歪，則偏是冷森森，嬌怯怯，難挨。將到初更，招郎怎的還不上樓？且教我細端詳，他家翰墨齊，剛可做將來藏春花界。比如俺好花枝，不分明虛擔待，只算前日尋夢的那人來。招郎未來，奴且從容等候者。（作理髮整衣介）

【榴花泣】則你那瑶弦斜掛，抓住美人釵。那幽窗小畫，可逗着美人腮。是黄泉槮的俺意兒乖，驀生生見你，要驚呆。萬一招郎害怕，聲張起來，如何是好？陰靈不該，倘聲張怎把風聲蓋？有了，奴睡在他的床上，待他來時，慢慢地相見罷。小鴛鴦入夢剛纔，你拈花眼添分擔待。（放帳坐介）（生持燈上）

【駐馬泣】何事關懷？是人間天上事難猜。人誰無死，敢地老天荒恨也難裁。小生不想遭此無端之孽，弄得失魂落魄。便是前日哭墓回來，這番斷腸呵，好一似杜鵑啼血點春苔。當時那蝶兒却也奇怪，一路上隨着小生，到了門前又不見了。莫不是仙裙羽化飄金彩。説話之間已到樓上。（開門介）讀書巢小架燈開，（内起更介）展更籌倦枕身挨。小生半日不到樓上，怎的書本亂了好些，壁上詩畫，還只管摇顫。

【喜漁燈】是酸風索把邊欄壞。呵，窗關在此，真不解，怎的帳子也放下了。想不到金鈎蕩，魆的安排。呀，怎的帳縫之間露出一彎小脚兒來？是一雙鳳鞋。不免大着膽兒，揭開一看。（掛帳看介）看他是海棠一朵微醺帶，颭東風做意彈瑶階。（遲疑介）疑猜，誰家粉黛？小娘子，小娘子，請起，敢則是走臨邛，誤將此來。

（旦欠身做意介）咳，好睡也，郎君，你可認得奴家？
（生）素昧平生，何由認識。
（旦）你仔細一認波。
（生執燈看介）呀呀，你好像王家五姐。
（旦）則奴便是王五妹也。
（生驚介）住，住了。
（旦）郎君休害怕。

【漁家燈】俺原是上苑根荄，訪請人再下蓬萊，既招你一臉虛驚，不如的兩下分開。奴家去了。（生）五姐怎麼就去？（旦）怕郎君心中不安。（生）事出非常，不免一時驚訝，姐姐還不曉得，小生恨不得一死，到九泉相聚哩。（旦）郎君好有情也。喬才，值得俺呈身再，準有個春風好在。奴家是不去了。（生）五姐不去，小生便供養着你。（旦）重來，做新人美哉，填漫了情天恨海。（生）五姐，你過去以後呵，

【前腔】言難盡，百分無奈。如今也不必提起了，只就到五姐墳上之時，這番腸斷，乾端着小墓能開。（旦）彼時奴家在旁，看郎君悶倒，好不着急。（攜生手，淚介）真累殺郎君也。（生）却怎的紙灰飛起，蝴蝶飄空，緊着俺衣衩回來。（旦）這就是奴家，怕認不得路途，所以隨郎到此。（生）既已同來，怎生今日方得相會？（旦）你家有女客臨盆，奴被血光所沖，難以就進，因此遲了一月。（生）應該，欠一月，分離債，多謝他圓滿方纔。（捧旦臉細看介）（旦）只管看奴怎的？（生）難賽，是當時眉黛，添上個三分灑脫。

（旦）奴與你死別重逢，中間的事，如何數說得盡，不要提起這些傷心罷了。
（生）便是，只問五姐今夜，怎生發付小生？（旦羞介）
（生）五姐，前日何等直截，今日怎反怕羞起來。
（旦）郎君，你如何曉得？

【石榴掛漁燈】俺只道簫臺鳳去不能諧，趁着那如常夜，對金釵。奴家癡想，得與郎君一會，便死也有個名目。因此不羞人做出些些，被兒郎指的孩孩。（生）五姐這方羅帕，還在小生處哩。（旦）

羞答答地,説他則甚。女貞花陡的開輕快,鬥春色桃花則賽,咍也麼咍,你書生恁乖,消詳俺含苞料材。(生攜旦介)五姐,

【前腔】多承你貪夜降幽齋,俺拼個無明夜,緊廝擡,滑沙沙熟路輕車,嫩鬆鬆香蕊重臺。(旦笑引袖障面介)(生笑介)姐姐,准今宵盡你三分耐,俺添上百分無賴。(旦)啐,郎君,奴家是鬼呵。(生)你便是鬼,待怎地?便是鬼奴臺,除非不來,既來此,這籌兒要挨。

(旦)郎君放手,奴好不自在哩。

(生)五姐,你倒成了初會也。

(旦)你從前好不穩重,便是今夜,只管奚落奴家。

(生)不過取笑,五姐休得介意,你心裡覺得怎樣?

(旦)咳,也沒甚的。

【千秋歲】小魂靈帶着乜邪色,偏則如活的將俺看待。心也波驚,心也波虛,只怕恁恣情魂兒驚壞。空花顫,郎君採,陽光蘸,奴兒待,是甚的輕狂也,怎生把虛空打貼飛上陽臺。(生)

【前腔】便飛飛占住陽臺客,(旦)郎君你可怕着奴家麼?(生)燈蔫蔫添些驚駭。(旦)可知你怕着奴家哩。(生)小生怎敢不怕五姐!(旦笑介)奴是死的人兒。(生)小生何嘗是活的來。參透前生,參透今生,只要將伊天般就戴。(旦)奴家消瘦了好些。(生笑介)倒一發豐潤了。相思病,原曾給,春風量,依然在。(拍旦肩低唱介)算今夜風情好,敢花開嫩蓓,香滿珠胎。

(旦)你怎比前輕狂了好些。

(生)那日小生只有傷心,鄒無情緒,雖承美意,如醉如癡,怎比得今夜分明款洽也。夜已深了,和五姐安置罷。

【紅繡鞋】(合)叫他兜上紅鞋,紅鞋。叫儂扶着瓊釵,瓊釵。香夢近,你來來,春意透,咱挨挨,好姻緣,到底和諧,和諧。

(生)不想今夜恁般如願。

(旦歎介)真乃生死之交也。

【意不盡】俺棺材出跳把風情賣,只有你不怯膽的相逢活該。(生)只算俺畢罷了人天淚債,可這沒阻滯的因緣春似海。(生攜旦入帳下)

第二十二齣　究　情

　　（老旦上）中人門戶費支持，投老年，華鬢有絲，不問熊丸尋蔗境，只將心眼付嬌兒。老身有子招郎，少年跳脱，管束頗嚴。不料竟有東村之事，痛責數四，仍然不改，教老身也没辦法了。數日以來，聞得樓上細語，似有女子聲音。老身親去看來，毫無影響，因此委決不下。昨晚令女兒細看，不知可有甚的，且叫他出來問個明白。女兒那裡？
　　（花旦上）午窗自引嬌兒笑，倦枕驚聞阿母呼。母親萬福。
　　（老）坐下了，你昨晚可到兄弟樓上？
　　（花旦）女兒、陪文到樓上，夜已二更，聽的房中有二人對語。打窗縫裡看時，却只兄弟一人。隨後陪文來看，説有一女子與他同坐，不知是何緣故。
　　（老）呵呦，一定是邪祟無疑了，陪文年輕些，所以看見，倒要細細的問他。陪文，
　　（丑上）稀奇又稀奇，古怪又古怪，若還畫出來，好當新聞賣。昨夜同了大姑娘到樓上一看，不想看出一個大姐來了。倒也好頑哩。
　　（老旦）陪文出來。
　　（丑）一早來這裡了。
　　（老旦）大姑娘説，你看見大相公房内有個女人，可是真的麽？
　　（丑）大姑娘看見的？
　　（老旦）大姑娘没有看見。
　　（丑）陪文也没有看見。
　　（老）哇，原説看見，怎的又推委起來？
　　（丑）不是呀，大姑娘没有看見，陪文説來，又道是白嚼蛆了噱。
　　（老）你且説來。
　　（丑）陪文説了，是一個女娘兒。
　　（花旦）你先説他怎麽一個樣兒？

【商調·貓兒墜玉枝】（丑）人兒忒可。（花旦）倒是美貌女子。（丑）我家大相公這般俊臉，不想一比竟教他比下去了。他秀色壓肩窩。（花）身材如何？（丑）他身子苗條盪素波。（花）裙下的如何？（丑）則見那紅綾小樣一鉤多。（花旦）你倒看得仔細，有多少年紀了？（丑）論芳年三五盈盈過。（花旦）他梳的什麼髻子？（丑）好新鮮時樣的，髻兒高牡丹一朵。（花）穿的什麼衣服？（丑）這倒有些看不明白，衩兒斜松紋半裹。

（花旦）母親，陪文這蠢丫頭，也撰不得這樣齊全，看來非妖則鬼了。

（老旦）這便怎了，你可聽他說着甚來？

（丑）話多着哩，讓我慢慢的講喏。（指點介）大相公坐在這裡，這位大姐坐在那裡，大相公把椅子移攏來，臉兒貼着臉兒，這位大姐就說出話來。（捏鼻介）噯，郎君，這是怎的來，我家大相公這句話，好不中聽，大姐，我是在愛你不過了。

（老旦）這些不要緊的話，說他作甚。

（丑）奶奶，要緊的就來了。

【前腔】他春山雙鎖。（花旦）難道有甚的愁悶了麼？（丑）大相公也是這樣說，大姐你為甚愁悶，那大姐更說得好。（做意介）脈脈的慘心窩。大相公說，大姐，只怕你身上有病了。奶奶，你聽了這句話，可是呆麼？幾曾見妖魔鬼怪身上會生病的，那大姐說道，不是嗻，我記掛的我的哥嫂。（老旦驚介）呀！他倒有起哥嫂來了。（丑）多着哩。我還記掛我的姊姊。大相公說何妨再見一面呢。這位大姐，歎了一聲氣，說緣盡了今世裏罷了。停了一會，說道你是見過我的姊姊的喲！說了這句話，瞭着眼睛，向大相公微微的一聲冷笑，阿唷唷！他眼色撩人不奈他。（花旦）後來又怎麼說？（丑）大相公說，沒有見過。他說郎君，那日墳上，立在嫂嫂背後的就是他。大相公說，果然好個人才，與姐姐可稱雙璧，怎生得我們在一處談談，也就不枉也。這話纔完，不想那位姑娘，竟動了醋意，便星眸倒豎蹙雙蛾。（花旦）他為甚生氣？（丑）覺道我們大相公，心頭活動的緊，見一個愛一個哩！半日無言，我裡大相公看不見了。

（花旦）怎生看不見？（丑）大相公忒矮點兒。（花）為何？（丑向花旦跪介）就這樣矮了半截，說道，望姐姐饒恕些兒則個。（花）啐！正經的起來說。（丑起介）你要曉得他的起來，不比陪文容易嘘，順着手是一抱。（摟花旦介）（花旦）賤丫頭，瘋了！（丑）那那那可着他梅犀半吐，撚着他玉山自躋。罷了罷了，說不下去了。

（老旦）我聞得東村女子，一病而亡，想是前情未斷，來此纏擾，這便怎生是了？

（花旦）何不叫兄弟來，問個明白。

（老旦）便叫了他來，怎肯實說，不如請個高明道士，設法醮遣，或者有效，亦未可知。老身半世，只有此子，難道聽他纏死不成？

（花旦）只好這樣。

（老旦）你且同我進去商量。

（花）母親先請。（老旦下）

（花旦）後來怎麼樣？你且說說。

（丑）後來麼？

【前腔】明燈亮火，照着玉婆娑。是好一對玉人兒，並頭睡着。只見似醉如癡暗也哥。那大姐還說。（花旦）說甚麼？（丑）說可憐人饒過這回波。（花旦）大相公怎樣呢？（丑）正夠他好處如心做，一會兒回身欲躲，一會兒輸身則可。

（花旦）死丫頭，虧你說呢，還不隨我進去。（花旦先下）（丑笑介）

【尾聲】偏是我丫頭年紀輕輕個，便尋那伴鬼的親夫也不見那，少不得費盡心機，找着我那可意的哥。（下）

第二十三齣　嚇　　婿

【仙呂・鵲橋仙】（生攜旦手上）（旦）香迷紅漬，消他個死，沒意將人取次。（生）燈闌酒醲夜深時，不妒色姮娥來此。

（旦）【長相思】秋又深，夜又深，一瞥邪風鬢角侵，芳魂冷不禁。

（生）你有心，我有心，天上人間何處尋？生前直到今。

（旦）奴不想死後，得與郎君成此嘉會，真是天上人間第一遂心的了。

（生）便是小生，也不料有此奇緣。

（旦歎介）咳，但愁緣短情長，為可恨耳。

（生）五姐休要煩惱，小生斷不別締姻盟，有辜錯愛，若得百年相聚，也就不為短促了。

（旦）但願如此便好。（内起風介）

（生起遮燈介）這時候就直恁冷也。

【羽調・勝如花】流光去，心暗知，虧得你偎咱在此，不然呵，拚着相思，恁淒涼敢秋風送死。（旦）這種況味，郎君如何曉得？則奴死過的人兒，更是難受哩。看寒色荒郊獨自，泊桐棺殘魂餒，而鬲生衣陰風一絲。（生）我想人到死後，上天入地，無所不可。比如姐姐伴着小生，豈不比守着孤墳好些。（旦）這話參差。（生）有甚參差？（旦）既為離殼之人，便為守墓之鬼，也是勢所必然。況虛空所至，則也提防着遊魂多事。（生）既是這樣，五姐怎的却與小生相聚？（旦）夙願當了，所以反得自由。（生）原來如此，請問五姐，這好些時，可曾見過熟人麼？你可見前亡後化的親友，你可見昇天即世的嚴慈？

（旦）奴家死後，不到陰司，不歸天上，只在海上仙山，所以森羅之事，一概未知。

【前腔】飄搖也，如亂絲，忽地的憑空插翅，猛迴旋墓下尋思，緊跟尋郎君到此。（生）五姐敢是仙人了？（旦）這也未必。（生）既不是仙，怎由你隨風飛至，看卿卿幽香豔姿，的真真雲英可兒。（旦笑介）郎君癡了，神仙豈與凡人這般胡鬧？（生摟旦笑介）難道神仙就沒有此事？（旦笑推介）你教我怎下說詞，這其中折繆，除非問氤氳仙使。郎君，俺則是撞天閽結的紅絲，俺則是颭天風墮的游絲。

（生）請問五姐，人死了是甚麼？

（旦）癡郎，人死為鬼，也值得問來？

（生）既然是鬼，五姐呢？

（旦）郎君，你難道不曉得奴家？

（生）這也罷了，人人怕鬼，說鬼是最醜的。所以怕他，若都似五姐這樣，只怕人不怕鬼，鬼倒要怕人了。

（旦俯首笑介）癡郎。

（生）怎的小生便癡？

【前腔】（旦）奴憐你，真個癡，不分明搜根至此。（生）這可沒得說了。則招伊笑的嗤嗤，這該咱言之是是。（旦）你若要看鬼樣兒，也還容易，只怕你害怕哩！（生）小生斷乎不怕。便做出桃花臉飛飛金紙，轉秋波青睛裂眥，聳香肩枯柴折枝，這也平常的緊。五姐呵，相處多時，且今番一試，總不教心窩內落將驚字。（旦搖頭介）使不得。（生）但請五姐放心。（旦）若把莽兒郎掉卻魂兒，則俺鬼乜邪甚的娘兒。

（生）小生不管怎的，只要五姐裝來一看。

（旦）郎君，你真的要看？

（生）要看。

（旦）不怕？

（生）不怕。

（旦）郎君你看奴的容貌如何？

【前腔】（生）如花貌，輕俏姿。（旦）身上如何？（生）打扮的內家樣子。（旦）奴臉上沒甚麼？（生）又何須抹粉塗脂，自生成明眸皓齒。（旦）郎君看仔細了。（生）五姐的容貌，小生譬如畫稿的一般，天天總要揣摩一遍，豈有不仔細之理。（旦）這是奴的真面目，可記着了，少停看見，不要驚慌。可憐俺來回三四，逼得俺難辭怎辭，盡要你明思暗思。（生）小生曉得了，難道這點膽星都沒有。我自為之，看娘行標緻。（旦）回頭的全然不是，睜睛波大膽支持。

（生）聽憑伊嫫母西施。

（旦）既然如此，郎君請到門外，再進來一看便了。

（生）小生就出去。（生出介）（旦虛下。貼散髮黑衣扮鬼上立高處介）

（生）小生進來了。

（旦）進來。（生進介）（內作風起貼作鬼叫介）

（生看介）呀呀！（作仰跌死介）（鬼下）
（旦急上）果然嚇壞郎君了。（扶生坐介）郎君醒來。（哭介）
【仙吕·掉角兒序】冷粘煎魂兒半絲，緊消停人中頻刺。（生歎介）（旦）好了。（生微看介）咦！（復伏介）（旦）這分明閨房戲耍，甚意兒陰陽分視。（生）可怕得很，我不要看了。（旦）郎君，你須教神兒定，意兒知，方纔事，原沒些兒。你且看一看波。（生看介）五姐。（旦）郎君。（生）這是五姐嘛。（旦）只奴便是。（生）沒有別的麼？（旦）惟奴在斯。（生）咳！嚇死我也，五姐快靠着些。（旦摟介）這纔是夫妻赤緊，恕奴初次。
（丑持燈引老旦上）小樓人墮地，殘夜鬼吹風。樓上有何聲響，老身親自看來。（進介）孩兒。
（生）呀母親來了。（旦扶生立介）
（老旦）兒啊！你一人在此，怎的這般聲響？
（生）是孩兒失脚，跌了一下。
（老）好端端的，怎生吃跌？是了，為娘曉得你冤孽相纏，精神顛倒，所以如此，你倒好好的說來。（老旦坐介）
（生）孩兒並無可說。（老旦怒介）
（旦）郎君，我與你原係天緣，可向母親說個明白。
（生）母親息怒，東村之事，母親已知，此女前緣未盡，所以尋來，並不害着孩兒，望母包容則個。
（老）此女可在樓上？
（生）在此已久。
（老）為娘有句話向他說說，使得麼？
（生）請母親吩咐。（老）
【河傳序】你原有心思，把芳年消滅，却有如春蠶吐絲。這畜生多方招惹，一死固不足惜，但老身呵！歲暮也，無甚家資，只相依這個孩兒，不肯的許你同生同死。（生）母親，這是斷斷沒有的事。（丑）奶奶，只怕不在這裡，勿必搗鬼了噱。（老旦）哎！誰要你管。小娘子，你也是好端端的閨門，怎便傷春，又做出傷風事。生前罷了，你死後也該省悟。（拍案介）（旦掩淚介）（老旦）似這般罪過難道全不怕黃泉路,黑獄司。不日請幾個高真,前來超度,如不中用,老身也無多話。是他年命值,是伊冤鬼使,不臻的有個參差也,吾先死閻王行,斷不饒過爾。(旦伏生懷哭介)(生淚介)(老旦)畜生,怎的掉淚?(生)他在那裡哭哩!(老旦)哭了就好,他還有個良心,或者肯去,亦未可知,為娘下去了。(生)孩兒送母親。(老)不消。這番言,敢也抵一通黃紙青詞。

(老同丑下)(旦)奴來為了前緣,不想受這番折辱,只得要別你了。

(生)五姐休得生氣。(旦)

【尾聲】算分離,從今始。(生)五姐真的要去麼?(旦)要去了。(生)這也不難,小生就在五姐跟前,尋個自盡,五姐好歹帶我的魂同去吧!(淚介)(旦)郎君情深如此,教奴何以為情?為伊行留住且遲遲。(生)多謝五姐,從此後,則抹殺風聲可也沒個知。(攜手下)

第二十四齣　醮　遣

(副淨上)得人錢財,為人消災,是他運倒,是我時來。我張骨碌,為何說這幾句?只因頂了道紀司正堂,轉了老運,權杖響處,豁剌剌鬼伏神驚;寶劍開時,冷蕭蕭山搖獄動。座上幾頁殘經,只說是靈符秘笈;瓶中半杯法水,便道是玉液金丹。我的話是假是真,弄得人起敬起孝。從此白乳老相依為命,孔方兄不召而來,也算有興極了。謝家請了我來,說他兒子招郎,有鬼纏繞,細細打聽,竟是我的鄰舍王五姐,在此作祟。不想小鬼頭,竟如此利害。不要管他,且設起壇來,徒弟那裡?

(小生、淨上)師父。

(副)是甚時候了?快些開壇。

(小生、淨)請師父吩咐。

(副)徒弟。

【北朝天子】把香花供天,把齋蔬供仙,辦天廚,預備諸天宴。

（小生）齋供都有了。（副）黃旛早懸，九蓮燈早懸。（淨）也有了。（副）還有一事，八方旗，隨方展。（小生）都也停當，只有神像還未懸掛。（副）你們就掛起來。鄧天君在那邊，畢天君在那邊。（淨）當中呢？（副）那邊那邊那那邊，是三清向來當面，是三清向來當面。（副）這排場，堪敷演，這排場，堪敷演。

（小生）壇已設好，請師父更衣登壇。

（副）取法衣來。（小生取衣上）（副紫衣金冠介）

【前腔】戴天冠一拳，畫靈符一圈，俺虔誠得見三天面。（小生）請師父開天門，上天表。（副淨捏訣介）三清門下，玉帝都卿，封中表章一道，仰本日值符使者，速行傳遞。封章一件，請值符向前，上凌霄，親投獻。（伏介）（小生燒表介。內吹打介）（小生淨合）老元壇，贈一鞭。老靈官，贈一鞭。一鞭一鞭一一鞭，甚妖魔敢來胡纏，甚妖魔敢來胡纏，閃金光，憑驅遣，閃金光，憑驅遣。

（淨）師父半日不動，只怕留在天上不會來哩。

（小生）那有這話。

（淨）我叫他一聲，師父。

（副淨起踢淨介）可惡，可惡。剛剛回到半天，被你一叫，閃了一腳，骨碌碌從雲端裡跌下來了。

（小生勸介）罷了，請宅主拈香。

（淨向內介）請宅主拈香。

（老上）捉鬼尋高道，憂兒累老娘。今日請張道士遣鬼，老身須索拈香。（拈香拜介）

（副喊介）徒弟們，快快張開天羅地網，就此擒拿者。

（小生、淨）吆！

（副向老旦介）老親娘請進去，碰在網裡，不關我事的。

（老）休得取笑，還要請師父上樓掃淨。（下）

（副）阿唷唷！罷了罷了，又是碰到樓上了。（想介）不怕不怕，他是熟鬼，想起代寫書的前情，也不好意思動粗。徒弟，

【前腔】把龍泉自拴。（小生）劍在此。（副淨）把金鐃共喧。（小生）我們就打起來。（副淨）向樓頭覓個冤魂見。（淨）師父，你

真要捉鬼麼？（小生）除了我，我是不禁嚇的。（副淨）不怕，有師父在此。三回五轉，念真經幾篇。（小生）師父，只怕靠不住哩！（副淨）這鬼，我與他有些親情。說前情，看薄面。（合）敘親情兩言，問冤情一言，且權且權且且權。權分開，好圖長便，權分開，好圖長便。老鄰居，恩非淺，老鄰居，恩非淺。

（副淨）同你們到樓上去。（小生、淨打鼓鈸。副淨執劍舞下）

【南南呂・香柳娘】（生合眼旦扶上）（旦）害郎君病牽，害郎君病牽。這分驚戰，如今偎也偎難轉。郎君，你身上可好些？（生）身上如常，只兩眼不開，好生難受。（旦笑介）是奴害殺郎君也。（生）是狂生自煎，是狂生自煎，省可的緊支撐，休招你愁怨。（旦）這兩日醫過幾次，全無應效，多分是不好了。（生）該是害眼的，只好聽之。（旦）這是那裡的話。倘雙眸不全，倘雙眸不全，則那妝臺鏡邊，還成嬌面。

（生）我想那日吃驚，與眼何干？

【前腔】恨雙眸不便，恨雙眸不便，無端廝纏，敢閑神撞客相調遣。（旦）奴家曉得了，想為陰風所中，以致淹煎。人間藥草，如何中用？奴家聞得百里之外，有座神農廟，甚是靈顯。待奴親去相求仙藥，為郎療病。（生）路途太遠，怎生去得？（旦）也說不得了。向醫王禱虔，向醫王禱虔，拚俺女裙釵，拜到光明殿。（內鑼鼓叫介）捉鬼捉鬼。（旦）母親教誨也够了，怎的又要如此？老親娘也天，老親娘也天，生生這般，將人作踐。

（生）父母愛子之心，無所不至，且自由他，那張道士上樓來了，五姐站在小生身傍，不須害怕。

（旦）郎君放心，奴非法力所能驅遣，何況此輩？

（副淨引小生、淨鼓鈸上）太上老君急急如律令敕，徒弟們釘了桃符者。

（小生、淨）咳！

（旦向生介）這道士無禮，若不是奴的鄰居，倒也要他一要。

（生）不要理他便了。

（副淨）謝官人，那鬼可在這裡？

（生）在這裡。

（副淨）不要走，吃我一個掌心雷。（捏訣介）（小生、淨打鼓鈸介）

（旦）聒噪得狠，扶你進去吧。

（副淨）徒弟，你見一用掌心雷，不要說打鬼，連人也打進去了。

（小生、淨）師父掌心雷，是有名的。

（內）鬼來了。

（眾）阿唷唷！（渾下）

第二十五齣　醫　判

【北點絳唇】（二雜持簿捧筆硯引淨判官裝上）古怪臺階，微官繞拜，承拖帶，草木差排，醫不了人心壞。今來古往幾癡兒，急病臨身總不知。自有婆心勝仙佛，不為良相便為醫。俺乃藥王廟前掌案判官是也，值日施行，例得便宜行事。但生死既久，人道全乖，受病不同，傳方盡誤，且待歷代名醫，前來相證。

（末上）俺淳于意。

（外上）俺扁鵲。

（小生上）俺張機。

（丑上）俺華佗。

（合向淨介）老判大人在上，我輩奉揖。

（淨）請了，諸君兩傍請坐，聽俺一言。

（眾）告坐了。（坐介）

（淨）諸君雖通萬症，兼熟諸方，殊不知近來受病，不在肺臟之間，則那用藥，又豈在溫涼之味，待俺細細數說一回。

（眾）願聞。（淨）

【混江龍】打不透陰陽疆界，莽虛空豎起肉樓臺。衝任督，硬結下盤根血脈。精氣神，共攢就枯木形骸。就其中支架子，不過是眉目分明泥傀儡。好教你打包兒，也則算衣冠出眾細酸倈。有一片，沒一片，說什麼心肝五臟。得一時，過一時，參不得天地三才。

黑漆漆橫了心，瀉不下三升墨汁。白茫茫瞎了眼，撥不開半點塵埃。軟歪刺掙着腰身，裝將銀窟籠。活精靈拚將性命，跳出紙棺材。説甚的乾吾父，坤吾母，只把那五行身，做出了風癆蟲喧。莫問那手太陽，足太陰，早請了一個鬼，把住他經絡胞胎。瞪着眼好些時，痰迷七竅太粘涎。擺着頭一會價，身歸四大難交代。發個狠三刀兩刃，割下了貼皮瘤。算將來一味三稜，破不的衝心塊。（末）請問富貴功名中人，受病何如？（淨）則看那金銀堆，將他的，算我的，擅動了無明相火。便趕着龍虎榜，巴高兒，上低兒，親寫着有數勾牌。窮呂蒙一舉成名，便犯了健忘，記不起老僧供着寒天飯。醜盧杞十年宰相，便冒出急火，全不顧太陰攔入讀書齋。得便喜，失便憂，炎涼作耍。無則愁，有則撒，潮熱來回。没得照五鬼祟，手兒滑，順把赤輪遮。有的是孔方兄，腦子疼，換個烏紗戴。（外）勳臣名將，可也受病？（淨）假便是老蕭何，搜破書，瞞不過虧心刀筆。少什麼雄馬援，標銅柱，禁不起醉骨煙霾。抬頭顧文大夫，壬占四煞。嘔心血病諸葛，星墮三台。（小生）理學傳人，訓詁名家，想是個没病的了。（淨）怎的没有？他那裡看不出的天行症，聽憑伊望聞問切，分理氣，判性情，捉影團風如捕賊。俺這裡傳不盡的草頭方，正要他收管勾稽，注蟲魚，辨草木，挨門逐户細分腮。弄得他眼昏花，點上些夜明砂，森沙抹眯。落得精扯淡，呷一口無根水，歪刺偎催。（丑）那一班文士詩人，可還病得輕淺些？（淨）也不輕淺。則他一坑心，三花兒罩着水玻璃，一枝筆，五色的頂住那天靈蓋。却怎的錦肺腑，竟做出爛時文，欺瞞措大。更向那朽骷髏，代書將空碑記，賣弄喬才。投一本五言詩，七言詩，消得他混沌呼名，便説士為知己死。看幾輩，一品官，三品官，猜不出葫蘆賣藥，嫌他風似故人來。倒不如失心風，小禰衡，漁陽操聲喧羯鼓。還則有害相思，狂杜牧，紫雲請笑殺金釵。（末）此輩無他，但好名耳。（淨）好名的病，就無藥可醫了。文千古，字千古，心坎上轉車輪，恰便是奔豚上下。身百年，夢百年，眼梢頭藏芥子，自認做班馬應該。有誰來封土壟，先作了生祭文，偏招那邪鬼紿，博得個害賢名，便上了儒林傳，可惜的頂梁開。（外）那些泉石膏肓，受病似乎輕些。（淨）説什麼陶貞白、陳希夷，想睡到石爛海枯。那半枕黃粱，賺得個懵懂呆頭三日暈。數不盡溫太真、謝安石，但弄得猿驚鶴擾。只一封丹詔，攔不住迷奚笑口十分歪。（小生）這些孳孳為利的，便不消說。（淨）甚娘兒，行的商，坐的賈，硬銅風熏焦肝肺。這班的，伴着遊，淘着渴，假面孔堆滿錢財。憑你用盡了七十二症傷寒方，醫不好他心腸作歹。是俺乾敵着十萬餘言談天口，解不出的金鐵為災。（丑）只有神仙，纔沒病了。（淨）這也難道。他則是燒白雪，煉黃芽，當不得三昧火燒將鬚鬢。還則要朝蒼梧，暮碧落，踹不破三屍神送的靴鞋。（衆）請問老判，天下也有無病的人麼？（淨）少哩。豁剌剌天傾西北，費得女媧功。黑沉沉地陷東南，瞅着精衛塞。穩着腳，實丕丕，順風使柁也翻船。猛擡身，明晃晃，指燈為火難燒菜。這個圈跳不出，原來是附骨疽。那本簿勾不完，又填上回頭債。緊拿着悶罐子，嘗了些苦辣酸甜。請找個古方兒，驅不了妖魔鬼怪。則俺也老判官，病得也真無奈，偷試些神農百藥，巧賺來仙府三階。

　　（末）雖然新病多端，畢竟有個治法。

　　（淨）尊意若何？

　　（末）那班臣宰，及一切富貴中人，先用利藥以通其積，後用補劑以固其本，或者便有起色。

　　（淨）只怕未必奏效哩。

　　【油葫蘆】這一班掬出忠心赤膽來，病風光，無藥解。那一班軟紅塵上鬧垓垓，只圖個人前灑落將身賣，怎知道邪風吹得靈臺壞。則你那，丹九還，打下他，癥一塊。怕只怕醒時趕着眠時快，誰要你老居士，藥爐開。

　　（外）這些腐儒文士，皆是心氣不和之病。若和中解表，內外兼施，敢就好了。

　　（淨）也未必。

　　【天下樂】這是天判的酸風付此儕，癡也麼呆，有甚才？只不過鑽穿紙孔把聲名買，你叫他和了心，藏飛箭，平了氣，碎招牌。則可比推倒了元祐碑，忒暗色。

　　（小生）隱逸一流，但用辛熱之品，令其回陽，可望痊癒。（淨）

錯也錯也,他並不清涼,何須温熱。

【那吒令】為命乖利乖,老深山也該。要人猜鬼猜,説蒼生可哀。欹身衰命衰,望長安自哈。你的藥,只算是火添油。他的病,剛可着針投芥,敢則要提出多少死人來。

(丑)若醫逐臭之夫,可用香竄之藥。

(淨)此輩病根難拔,如常用藥,濟着甚來。

(丑)竟用倒倉法何如?

(淨大笑介)虧你想哩。

【鵲踏枝】你拈個好方來,湊着他病兒乖,恁不會敲骨排骸,怨不得素女岐伯。便有倒倉法,倒天河將天湔灑。可奈守屍鬼,守家兄不肯消災。

(外)據這等説,神仙之病,只怕更凶哩。

(淨)不但神仙之病,不可救藥,一切鬼趣中,他病的也就不少。

(小生)敢問鬼病如何?

(淨)且不用説,有個問病求方的鬼來了。(衆同看介)

(旦上)既有神司藥,何妨鬼請醫。奴家為招郎乞藥,已到神農廟前,須索進去。(見介)老判大人稽首。

(淨)小鬼頭如此託大。

(旦)奴家在冷香司部下,與老判大人,並無統轄,休以失禮見嫌。

(淨)看不出你,倒是仙家流派,來此何幹?

(旦)奴家履世了緣,丈夫謝招郎,忽得眼目不開之症,來求妙藥。

(淨)俺這裡的藥,進出有司,登記有籍,並不是隨意可以施效。

【寄生草】不管你仙不仙,只問俺該不該。蜜砒霜把在街頭賣,苦黃連硬向人前派,火蓮花肯與仙家賽。你道這草根木葉不須錢,則俺醫王老判也不受天封拜。

(旦)但求老判大人,念奴誠心,給與刀圭一服,拜德無既。

(淨)也罷,待俺照册施行。左右,

(雜)有。

（淨）取總冊過來。（雜呈冊介）

（淨看介）原來如此。華先生，

（丑）在。

（淨）你便付與一七者。（丑付藥介）

（旦）多謝老判大人，奴家告別，正好順着風兒回去也。（下）

（淨）諸君，那招郎病眼，不足為奇。則這女子，也是個仙家，他的病也就不淺哩。（立唱介）

【煞尾】來從有漏天，墮入多情界。活神仙皮囊作怪，經什麼劫火罡風纔不解，細思量你是誰來。鏡兒中好個裙釵，還則要畫靨描眉做美懷。那陽神可在，這陰神遭害。諸君，但遇這惡傳屍，便趁着活時埋。

（眾）謹領鈞旨，愚等告退。

（淨）請了。（分下）

第二十六齣　嫂　訊

【黃鐘·下小樓】（小生擁車擁貼上）聽知芳魂重嫁，小車兒即便發。尋着你風流愛婿好人家，消你杯茶一話，信半生兄嫂無差。

（小生）娘子且下車來，謝招郎家就在這裡。

（貼）官人便去問聲。

（小生）謝招郎有麼？

（生上）是那一位？呀！好像王大哥。（揖介）大哥何事光降？

（小生）便是，小子與拙荊前來相探。

（生）大娘來了麼？（出見揖介）大娘奉揖。

（貼）謝郎萬福。

（生）請進寒舍，家母奉陪。（同進介）

（生）母親有請。

（老旦上）宛轉隨嬌子，辛勤作老娘。孩兒怎麼？

（生）東村王家大娘，來此相探，特請母親一見。（見介）

（貼）老安人萬福。

（老旦）不敢。

（小生）老安人，小子奉揖了。

（老旦）這位是誰？

（貼）是奴丈夫。

（老旦）小兒前在宅上，多有取擾，老身理當拜謝。

（小生、貼）老安人言重。

（老旦）招郎陪這位王大爺，外廂請坐。

（生）王大哥請這裡來。（同下）

（老旦）大娘請坐。

（貼）有坐。

（老旦）忽地光臨，必有見教。

（貼）本不當輕造，前日張道士說從宅上回去，得知一事，使奴十分驚駭。

（老旦）敢是曉得令姑娘的事麼？

（貼）便是。

（老旦）咳，大娘，

【滴滴金】衰門不幸該消化，你死姑姑敢作耍。（貼）老安人可知他的來意？（老旦）說是姻緣註定，所以到此。閃屍屍怎把生人嫁，便前緣，真可假。（貼）可也看得見麼？（老旦）小婢倒曾見過。說他的人兒自好，嫩風風樣兒幽韻殺。（貼）是奴姑娘無疑了。（老旦）則他便佳，兀的不成個話靶。

（貼）張道士的功課，可有靈驗？

（老旦）一些不靈，前日小兒害眼，諸醫束手，是他請了甚的仙丹，一服而愈。老身因此甚感，再也不驅遣他了。

（貼）老安人放心，奴家姑娘是多情的，斷不至貽害郎君。

（老旦）但願如此便好。

（貼）奴家此來，不知可能一見？

（老旦）這要問俺癡兒，纔得主意。陪文，請大相公到來。

（丑）大相公有請。（下）（生上）（貼起介）

（生）母親有何吩咐？

（老旦）這位大娘，要見他的姑娘，你可引他一見。
（生）他説兄嫂之緣已盡，只怕不能相見了。
（貼）便是不得見面，待奴説幾句話兒，想他聽得見的。
（生）既如此，請上樓去。
（老旦）老身行動不便，少陪了。（下）
（生）大娘這裡來。（作上樓介）此間就是敝齋，大娘請坐。（貼）

【鮑老催】小窗絳紗，闌干一桁朱粉搽，做出了藏嬌世界。偏了咱，似恁般畫裙遮，春風榻，敢衾兒枕兒該撑達。則俺小姑姑，便也風情煞。謝郎，他在那裡？在甚處，閑拋撒。

（生）姐姐怎的不見？（向內介）五姐，你嫂嫂來了，可好出來一見？
（旦內）郎君致意嫂嫂，奴與他緣盡。不但他不見奴，奴也不能見他了。如若勉強，兩俱不利。（哭介）嫂嫂呵！
（生）五姐休要傷感，待小生轉致便了。（向貼介）大娘，他説緣盡，你不能見他，他也不好見你，在那裡哭哩。
（貼哭介）呀呀，姑娘喲！

【滴溜子】只圖個重相會，一時半霎，不思量下得撇奴這搭，可猜你心腸真辣。奴也不想見面，只想當面説句話兒，竟不能夠，可憐可憐。説相逢，罷也休。是今生，料無法。你你便陡的來前，更愁甚折罰。

（悶絕介）（生）大娘。
（貼蘇介）姑娘，姑娘，奴好恨呵。

【鬧樊樓】是悲聲咽得怨風颯，不分俺兩人相去，只爭絲髮。是你恁難兜搭，是俺恁難消納，忒楞楞丟下，熱騰騰兩下分花，急煎煎把心兒那處插。

【前腔】你生前死後能禁札。你過去之後，奴家何等傷心，若毫無影響，倒也罷了。奈冤家相遇，路兒偏窄。你敢則把前頭的親熱，都一概不記了。（生）大娘，他常常説你哩。想你呵周匝，念你呵消乏，説千般忘也，只哥哥嫂嫂憐他，這孤墳把淚花兒點得滑。

（貼起介）奴倒要進去，看是怎的？
（生）你看不見他，進去也是無益。
（貼）謝郎，你可代奴說來，他可有甚未完心事麼？
（旦內）郎君，奴也沒甚心事，只為兄嫂，念不去心。教他休得傷心，千萬保重，奴寸腸已斷，倒要躲開他了。（生向貼介）

【前腔】他說娘行珍重尋歡洽，活人兒休為死人疼殺。說要大娘凡事看破，不要傷心了。他已經腸斷，早已閃開，則他別的尋安插，則他哭的休歪剌。（貼）教奴怎生是好？脈脈生通話，不分明誰個擎拿，有緣時再相逢在那搭。

（丑）大娘子，奶奶請你說話。
（生）大娘不必過悲了，請下樓去吧。

【滴溜神仗兒】（貼）無緣的，無緣的教奴難恝。（生）多情的，多情的忘他也罷。（貼）他哥哥來時，滿望見他一面，若知道這樣時，敢就悶殺他哩。怎時又成虛話，犯他查察，問奴難答。咳，好無謂也！謝郎，你與我致聲姑娘。（生）小生如命。（貼）奴去也，也無法，奴去也，也無法。（同丑下）

（生）看他這等傷心，教我好生難受，只怕那個人兒，更是慟倒了，不免進去安慰一番。

【尾聲】看危樓血淚啼鵑化。人生在世，誰沒生離死別，真個難堪也。別離人肝腸一把，左則要煎磨殺。（下）

第二十七齣　勸　　姻

（老生上）冷炙殘杯老歲華，十年消受苦生涯。芒鞋踏破紅塵路，羨煞江頭賣酒家。俺楊四，只因執業低微，飄零半世，至今無以為家。可喜招郎書來，道俺數月之前，已舉一子。因此破着功夫，回來看覷。岳母妻房，俱已見過了，只有招郎，尚未會面，說他長在樓上，伴着鬼妻，真也奇事。俺卻為招郎相了一頭親事，是東村王二姑，人材甚好，岳母面前，未曾提起，且待招郎出來，與他說了，看是如何？（生上）

【南南吕・鑼鼓令】聞吾家嬌倩,乍到來咱邊,疾忙便迎。(見揖介)(生)姊夫。(老生)賢弟,久違了。(生)請坐。(各坐介)(老生)賢弟近來可好?(生)書生個如常行逕。請問姊夫近況如何?(老生)俺忙忙碌碌的,有何好處。不由俺自家為政,老頭顱,霜弄影,禁的是飄零,可一椿教人廝幸。俺年將半百,竟得一子,深慰所懷。(生)便是小弟,也要與姊夫道喜。(老生)豈敢,賢弟你近來所遇,我已盡知,但你獨子承家,嗣續是要緊的,還是早結姻盟為是。(生)這都不消提起。既知道金釵客,擱在門庭,難道夜臺織女,算不得渡河星?(老生)這個如何使得?似你將人配鬼,無情有情。似他逃生捨死,憐卿愛卿。這姻緣到底不分明。(生)便說得天花亂墜,俺則是守前盟。

(老生)賢弟癡了,你曉得愚兄此來,為着甚事?

(生)回來看視姊姊。

(老生)非也,東村王氏,有女二姑,生得十分美貌,特來為賢弟作伐。

【前腔】那人兒端正,俺也細端相。風姿豔明,比瓊英貌兒加靚,等着你玉臺妝鏡。(生)小生年紀尚輕,此事何妨從緩!(老生)賢弟,好年時,須自省,沒的憑支撐,敢小鬼頭纏人一生。(生)這姻事小生竟不願就,姊夫不必絮聒了。(老生)呀!怎的搶白起俺來?要俺強頭月老,甚的費調停,終不然美人無婿冷雲情。(生)可又來。他家雀畫,溫存錦屏;吾家鳳吹,孤寒玉笙,你雙絲牽並不牢承。(老生)你也不必面斥。自有你高堂人在,少不得有公評。

(生)小生身上不快,少陪了,正是酒逢知己千杯少,話不投機半句多。(下)

(老生笑介)哈哈!看他頭也不回,竟自去了,不免與岳母商議則個,辜負冰人無限意,眼前無賴奈渠何?(下)

【中呂・粉孩兒】(旦上)依依的住危樓魂魄冷,歎前因有限,撫心如病。奴家得遇謝郎,不覺半載有餘矣,記得冷香仙使,許以一載為朝,緣短情長,怎生是好?看雲中鶴駕難暫停,向人間喚取飛卿。那時奴家謫滿歸真,倒也罷了。只是撇下謝郎,教他何以為情？須索勸他早定姻親,則奴去得好心穩也。慰兒郎全仗娉婷,洞房春奴替安整。

（生上）可笑,可笑！

（旦）郎君請坐,怎的這等着惱？

（生）可恨我那姊夫,強與人事。

【紅芍藥】乾月老跳下青冥,遞絲鞭強趕期程。（旦）却是怎的來？（生）你道他來作甚,説甚替我為媒,豈不可笑。（旦）這也是一片好心,郎君,你年紀也不輕了,一生大事,正該了結,怎反怪起他來？（生）五姐,你也這樣説？小意的將人更淩迸,可俺熱肝腸,人天同證。（旦）奴是真話,郎君何故動疑？（生）今生兩意不甚爭,咱和伊相依為命,女貞花掌上奇擎,女兒墳人間廝並。

（旦）奴家久有此心,既是姊夫作主,諒必無差,勸郎君成就了吧。

（生）五姐何苦冥落小生。

（旦）咳！郎君,你的多情,奴家豈不見諒,你也該知道奴的真心。

【耍孩兒】誰見還魂把婚嫁訂,敢學雲華婿,展香泥破出幽扃。奴不能為郎生育,接續宗支,一也。天緣有盡,不得久留,二也。郎君通人,難道不悟。（生）五姐捨得小生,竟自去了？（旦背介）堪驚,話到口招得咽喉梗。（向生介）郎君,好姻緣打合都由命,休怎的閑刁蹬。

（生氣坐介）五姐所言,小生不敢領教。

（旦）願與不願,總在郎君,何必生氣。倒要請教,説的是那家女子？

（生）問他則甚？

（旦）閑着在此,何妨説説？

（生）説是東村王二姑,小生却没有心情,細細的問他。

（旦背介）原來就是奴的姊姊。

【會河陽】（生）窄地相親,牽紅惹情,怎耐得冰人冰語冷如冰。（旦）你道二姑却是何人？（生）小生如何曉得？（旦）敢怕你也有些曉得哩。(生)你又掇賺小生了。生平除却卿卿,數不出美人姓名,休猜俺桃花命。(旦)不是這等說,就是奴的表姊,你曾見來,怎就忘了?(生想介)原來就是這一位。(旦笑介)可知好哩。(生笑介)又來取笑了。那人招着俺黃金聘,個人疑着俺虛花性。

(旦)若是別一家,奴家也不便苦勸,這位姊姊,與奴生小相憐,性情相洽,多年擇婿,奴也替他擔心,若得郎君這樣人地,也就罷了,你聽奴言,好歹應許了吧。

(生)不論別的,比如成了此事,將你作何位置?

(旦)自家姊妹,難道有甚醋意不成?

(生)便是五姐肯這樣時,小生斷不敢薄倖。

(旦)郎君,你聽奴說。

【縷縷金】幽閨事,好調停,天然雙姊妹,做雙星。可容俺共掌花權柄,一地裡青妃紅併。郎君意下如何?(生)這是有辜盛意了。(旦)俺那緊兜粘,口角太將迎,只一言為君定,只一言為君定。

(生)你怎樣一言為定起來?

(旦)兩世姊妹,一姓同歸,真是人生快事。苦苦不依,只好捨了郎君,尋俺姊姊去來。

(生)小生之情,不比你那姊姊略親密些。

(旦)並不為難之事,尚且不依,還有甚的親密來喲。

(生)姐姐如此,未免辜負小生。

【越恁好】這番埋怨,這番埋怨,冤枉怎生明。小生為着姐姐,已是半死回來,若再妄生枝節,只怕牽纏不了。有他共你,緊着活分爭,甚橫枝攬得花運零,一百個商量未肯。(旦)郎君還是不允,可莫怪奴家薄情了。(拂衣行介)(生)姐姐且住,還有說話。咳!也罷。琅玡氏自送得攔門聘,氤氳使便下個陪茶定。

(旦)郎君允了?

(生)只好勉從五姐之意。

(旦)難得郎君如此,事不宜遲,快去與姊夫說明,及早完娶為妙。

(生)方纔決撒回來,教我如何開口?

（旦）這又何難，郎君見面，必定當着母親，他另有一番相勸，就勢應允便了。

（生歎介）咳，五姐。

（旦）不消多説，快快去來。（旦推生下）（向內淚介）癡郎，癡郎，怎生感得你了也？

【尾聲】紅顏恨，紅淚傾。這時節呵！似花到三春月五更。奴家去便要去，此時還不好説明，且到那時，再有斟酌。可喜此姻一成，算填完了離恨天中不了情。（下）

第二十八齣　緣　盡

【南吕·蒸餬餅】（老旦、丑捧祭盒上）鬼和人則甚喬和合，人和鬼呵，怕爭夫怕的嘍囉。（丑）奶奶，這邊是了。（老旦）你就將供盒擺開，看大郎可在這裡？（丑向內介）大相公，奶奶在此。（生上）母親來了，桌上的供設，却是為何？（老旦）兒呵！為娘不為别的，則那王五姐，與你相愛多時，雖不分明，也算得我的媳婦，明日是你完姻之期，此事虧他成全，正該答謝。錦團圓，差不多，小通靈，知道麽，那多情媳，聽俺老婆婆。（拈香介）這枝香受波。

（生）母親既以媳婦待他，如此舉動，他怎生當得。

（老旦）兒呀！為娘還有一言。

【前腔】葫蘆纏劣地難分割，巫雲且停閣，廝趕着讓出春窩。（老旦向空介）媳婦，虧你與他定了姻親，明日迎娶，少不得坐床撒帳，也休要阻他了。你聰明，省絮聒，兩周全，圖一可。媳婦，半席話，則你緊瞧科。兒呵，他可在此？（生）不在。（老旦）可要把為娘的話，向他説個明白，説為娘惦他。

（生）孩兒遵命。

（老旦）陪文，與你下樓去吧。

（丑）大相公，你勸勸五姑娘，不要吃醋了。

（老旦）正是錦帳春風到我家，安排兒女免吱喳。（生送介）

（丑）大相公，你明朝細領風流趣，到底人佳是鬼佳。（同下）

（生）這丫頭好惹厭也，不免照母親話，請五姐出來，代述一番。呀，五姐出來了。（旦上）

【越調·小桃紅】俺則是亂年光如夢到今些，猛回頭傷心絕也。俺怕到人間，怕的是，這番別。陡地的迴旋者，承受個兩番緣，一番決，瀾翻口，堵住了癡呆舌也。郎君，（生）五姐。（旦）便消詳細與伊説。（生）五姐有何話説？（旦）將言價，又填咽。（指介）問誰向那邊廂寸香爇。

（生）此是母親為五姐而設。

（旦）這是為何？

（生）説小生親事，多虧五姐。望你全成到底的意思。

（旦）恭喜，吉期就在明日了。

（生）倒害得小生左右為難哩。

（旦）不必為難，母親此舉，就是這個意思，怎知他的來時，就是我的去日也。

（生）五姐你怎説這話？

（旦）郎君，

【下山虎】則你佳期近也，委實遮奢。（生）五姐如此説來，小生明日斷不成親了。（旦）郎君休急，待奴説波。只賸得千秋夜，與伊家寬打周折。（生）難道小生此後，就丟開五姐了不成？（旦）不是這等説。這是俺魂賒夢賒，掙過了花斜月斜，緊盼着碧海青天歸去者。（生驚介）住了，你要去了麼？（旦掩淚介）等閒間，則便捨，似恁惡姻緣，參不徹。（生）你真個要去了？（旦）奴要去了。（生授手介）這是那裡説起？（旦）奴家勸你成此姻事，原是為了今日。好把恩情卸，郎君俺爺，看取那姊姊加奴疼着些。

（生）你説這話，小生不放五姐去的。

（旦）緣已盡矣！怎生留得？

（生淚介）怎好，怎好？

【山桃紅】真個的乘鸞回舊舍，鳳舉瑤車。你不把相思赦，端詳淚血。（旦）郎君不要悲傷，這是不得自由的了。俺便是受風葉，俺便是向陽雪。（哭介）去也我的郎，我的夫。（咽介）（生接唱介）

我的親姐也，難道是今世夫妻前世孽。（合）不記得何年月，醒也醉也，敢又向情海餘波捱一劫。

（旦）此席設得正好，是你我的別筵了。（斟酒送生介）郎君且向奴手中，領這一杯者。

【前腔】從此呵千秋長謝。（生覆杯悶絕介。旦扶介）郎君郎君，敢陡的影落杯蛇。（生）五姐，這話好難聽也。似冷水心頭瀉，似剛刀過節。古人說，世上萬般愁苦事，無過死別與生離。我今番到底是生離，還是死別？道死吧，俺心裂；道活吧，俺情結。（旦）郎君，害了伊，送了咱，打散鴛鴦社也。休記掛紅顏的薄命妾，君不記得何年月，醒也醉也，又向情海餘波捱一劫。

（生）五姐，你就眼睜睜的撇下小生？
（旦）這也教奴沒法。
（生）咳，我好恨呵！
（旦）恨着誰來？
（生）恨只恨不該定下這頭親事。
（旦）難道你不定親，奴家就不去了？郎君，你可記去年今日與今時，暖入秋衾兩意知。奴家呵，今日重尋歸去路，仙山何處冷香司？
（生）什麼冷香司？
（旦）奴家本係散仙，謫在冷香司部下，與你有緣，所以入世。今當限滿，所以不敢再留。
（生）原來如此，咳，五姐，你今年今日與今時，不肯留停問路歧。為雨為雲飛去了，好教我碧天何處寄相思。（攜手哭介）

【五般宜】（合）風妒那有情花，半開便折。雲蓋了中秋月，待圓便缺。遙望處一抹暮煙遮，則願你行也慢些，則願你住波寬些。來回不迭，分張不決，莫不是普天下傷心，咱和伊都占也。

【五韻美】（旦）咱和伊，重申說，是吾家兄嫂情意貼，說與他今世都承謝。便是你母親，待俺竟如親媳。謝他把冤愆盡赦，沒影價知疼着熱，恨俺怎的無緣，不把你箕帚接。則那姊姊呵，這一擔相思，望他擔者。

（旦）郎君。（生癡立介）

（旦）郎君，奴與你相處，只此片刻，你只管呆着甚來？

（生掩淚介）教我從何説起？

【包子令】話咽在舌頭難得説，難得説。緣到了去路恁般賒，恁般賒。五姐！（旦）郎君！（生）你我今生，不知可有相見之期？（旦）這就難預定了。（生）與卿可得相逢者，望卿安着再留些。（旦）便是略遲片刻，也是無益於事。（生）罷了。真個是轟雷陡起阿香車。

（旦攜生手介）奴家下樓去罷。（作下樓介）奴家膽怯，望郎君相送一程。

【金焦葉】還不是仙風接引，敢則有仙程差迭。招惹你千吁百嗟，一霎時回腸寸結。且住，奴家此去，重登仙班。如此迷戀又不免再墮塵劫矣，便硬着心兒丟下他罷。（向生介）

【前腔】夢兒中前番這撇，意兒中今番這別。鬼前程没地遮奢，鬼相思從頭打疊。送君千里，終有別時。郎君且住在此，前面一帶雲山縹緲，就是奴的去路了。（生癡立介）（旦）

【尾聲】偏恁閃黄昏小月斜，照着奴影兒當寫。（掩淚介）則分付與謝招郎，莫為着薄命人兒害煞也。

（掩淚徑下，生）呀，竟是去了，去了。（生大哭介）

【南呂·哭相思後】生死別，奈人何，歎人間從此斷腸多。是他嫦娥奔月身孤零，則苦俺碧海青天浩劫過。（掩淚下）

第二十九齣　後　　圓

（老生吉服上）香羅帶繡菊花新，坐傍妝臺點絳唇。喜稱人心好事近，鵲橋仙降畫堂春。小子楊四，只因妻弟招郎，今日成親，原係小子為媒，岳母因區區久在班中，諸事熟悉，央我兼為儐相。這攔門三請的規儀，是久慣的，不須演習。遠遠聞得鼓樂之聲，花轎將次到門，不免到堂中等候則個。正是天橋鵲駕方差迭，仙子鸞臺早降臨。（下）（衆鼓樂花燈彩轎擁小旦上）

【仙呂入雙調・錦衣香】（合）仙御芳，銀燈朗。玉種雙，珠成兩。纔知天上人間，這般歡暢。新郎原是好新郎，雙行並坐，逗着新娘，暖融融洞房，軟迷迷偎透銀簧，把同心帶綰，雙雙送入，回鸞錦帳。

（眾作到介）（老生內）請轎，請入華堂。（眾同下內贊拜如儀介。老生內）掌燈送入洞房。（雜提燈，丑陪文執燭引生、小旦上）

【漿水令】（合）喜今宵年時正良，喜今朝花燭正芳，請看取珠圍翠繞那娘行。么鳳低扇，小玉傳香，年相仿，貌正當，可憐冷落了泉臺況。百年事，百年事真成孟梁。三生夢，三生夢不是蒙莊。

（生、小旦各坐介）（丑代掩門同雜下）（生背介）小生自五姐去後，心灰意斷，一夜無眠。今日成此親事，教我何以為情。古人説得好，笑啼俱不敢，方信作人難。真是我謝招郎的心事了。

【忒忒令】那一個趙蓬瀛銖衣路長，這一個逗繡闥鈿花春漾。教我心想，一椿冤賬，沒地裡向誰行，把他忘。離和合，可是一當兩。

（內起更介。生歎介）昨日五姐臨別之時，再三以新人為託，今夜不略溫存，便辜他的盛意了，不免上前相見。（向小旦介）娘子，卑人奉揖。（小旦回禮遮扇介）

（生）娘子，你我並非初會，何必害羞。

（小旦）官人差矣，奴依老母，深處幽閨，曾見誰來，却是這等奚落。

（生）娘子，不是小生奚落，記那去年東村看戲之日，曾覿芳容。後來拜墓之時，又同斂揖，難道就不認了？

【沈醉東風】渺朱樓可人一雙，拜青墳妙人無兩。我只道近芳香，此生休望，不臻的侍妝臺，一時圓暢。不但此也，小生猶記得昔年一夢，夢見兩位美人，前見王家五姐之時，如逢舊識，今見娘子又是俺夢中人了。（背哭介）則是我那、那五姐何處也？為伊卸妝，為他斷腸，前生所事，今生個並當。

（小旦）前日王家兄嫂回去，説奴妹妹在此，可是有的？

（生）原有此事。

（小旦）不知今日可許奴家一見？
（生歎介）不能够也。
（小旦）却為何來？
（生）他昨日説是緣盡，不肯再留，飄然而去，小生至今還只悲愴不了。
（小旦淚介）奴的妹妹之緣，竟如此慳也！
【江兒水】奴與你嫡嫡親親個姊妹行。難道後來人要你蘭房讓？難道在生人描你泉臺樣？難道個人兒消不得人兒兩？則怎生生拋漾，欠咱思量，夢斷東風一晌。
（哭介）妹妹，你何處去也？
（生歎介）正是流淚眼觀流淚眼，斷腸人對斷腸人。洞房之中，直恁蕭索也。
（小旦）官人休怪，奴欲手炷清香，望空一拜，以盡姊妹之情，官人可許？
（生）小生也有同心。（拈香各拜介）
【玉交枝】（小旦）魂兮無恙，鑒奴奴同郎炷香，是你三生剩下相思帳，怎教奴替伊收掌？（生）俺良宵可人春意芳，只苦你重泉尋路黃沙莽。（合）便魚書何妨寄將，便靈衣何時寄將。
（各掩淚介）娘子不必悲傷，夜已深了，就請安置。
（小旦）官人休要囉唕，妹妹有知，何以為情？
（生）五姐臨別之時，也曾説來。
【玉抱肚】説將伊供養，軟温存如他在旁。説卿卿玉容廝像，可憎才恁個喬裝。今夜呵！尤雲殢雨赴高唐，莫待俺冷夢淋侵到北邙。
（生攜小旦手，小旦羞避介）官人，且消停則個。
【前腔】煙銷金帳，冷蕭蕭風生瑣窗，終不然那人回向。（生）這是不能的了。（小旦）却如何影落瀟湘。咳！人間豔羨好鴛鴦，誰知你我呵，淚滴珠蟲暗玉缸。
（生）不消提起，一同進去吧！（攜手行介）
【尾聲】（合）秋原纔疊陽關唱，又早則扶殘醉桃源春槳，敢待好仙風吹夢玉京涼。（同下）

第三十齣　蝶　仙

【南正宮·梁州令】(扮董雙成、許飛瓊持節上)(合)花點雲中鳳字牌,正春老蓬萊,向人間覓取美人回。董雙成、許飛瓊,奉王母娘娘之命,以鳳車仙使,謫滿歸真,令俺姊妹二人,到冷香司領取,須索走遭。御罡風,持絳節,下瑤臺。(下)

【北塞鴻秋】(旦上)俺這裡鬼前程,掙脫紅塵界,像生花,吹折在青雲外,很邪風吹的遊魂壞,辦虔誠再向這靈山拜。迤邐行來,前面羅浮山不遠了。咳,轉瞬之間,又經一番離別也。人生得幾回,才子多情債,還只怕趕瑤京,帶上些情魔礙。(下)

【南刷子序】(雜扮四蝶旋舞下)(四女持梅引小旦上)花開嶺南北,咱因情結情,空界衙排,看錦水回瀾,多分人返天涯。俺冷香仙使是也,頃聞遊神傳報,說天使來取鳳車,歸還仙籍,將次降臨。已令翠羽使,山前迎候,敢待來也。當災,春夢老,斑衣還債,春愁醒,錦屏遮蓋。有什麼巫雲深處逗弓鞋,敢待俺生香彩判勾牌。

【北脫布衫】(旦上)好些時急煎煎淚點桃腮,好些時冷飄飄風鬈瑤釵。呀!已到冷香司了,且進見波。(指介)看你坐堂皇,單等着俺來,敢則要奈何人,有別的差派。大仙稽首。

(小旦)你回來了,你可醒了麼?(旦)奴家醒了也。(小旦)醒着甚來?(旦)不見人,不見我,不見色,不見空,你道如何?(小旦)這也不算悟境。

【南虞美人犯】半世裏,去來今,三字兒,貪嗔愛。問你個空中着脚,色身何在?(旦)如今都丟下了。(小旦)可知丟了哩。乾讓着八寶樓臺,新人弄色,盡情無賴教就待。(旦)奴也都不計較了。(小旦)這錯了也,你經過一番生死,兩次別離,所以心中大悟,要把前因一刀兩截。那知三教聖人,都從情中歷煉過來,因情入悟,因悟證果。便到功成行滿之時,這個情根,終是剷除不得。比如羅什生子,王老娶妻,他也不誤修為。那一班心如死灰,形如槁木,自以為覺,却仍是死了一半,你怎的走了這道兒?你解道他是誰來,你枉把空將色猜,說空空色色都牽帶,有我我人人便割不開。羣仙界,你梁清好在,怕思量翻身鑽入美人胎。

（旦）請問大仙,以何修持,方得無礙?

（小旦）你試省以前如何迷戀?今日如何解脫?

【北小梁州】（旦）都只為玉軟香温春似海,個兒郎逗上情懷。如今呵,僵蠶絲盡醒方纔,為他害,倒不如撒手盡丟開。

（小旦）你却假哩,俺以世眼觀人,情緣入道,則這修為,在不離不着之間,却也逍遥自在。（旦）願聞大略。

【南普天樂犯】（小旦）愛中絲,須教解,漏中天,須教塞。踹諸天趲着雙鞋,假仙郎掛上雙釵,郎點額,郎描黛,俺美滿風光將陰陽賽。老天公着甚輪回,休問該也不該,護春心,人間原有避風臺。

（旦）依大仙指示,則奴一段孽緣,倒是神仙的根器,敢待有些氣候也。

（小旦）恭喜重證仙班,只在頃刻,仙使將次到了。

（旦）奴好喜也。（展袖舞介）

【北伴讀書】聽説天上招夫,是咱也該,少不得雲眼裡,望喬才。俺只在瑤宮深處待他來,待圓滿,圖輕快,纔知道相思畢竟是仙才。

（貼翠羽上）仙使到了,就請迎接。（使上。小旦、旦迎介）

（使）金母有旨,鳳車謫限已滿,着冷香司賫發,回宮受職,毋得遲誤。

（小旦）有勞二位遠來。

（使）我二人不到此間,數百年矣,這梅花越發茂盛了。

【南朱奴兒】（董）論清淺蓬瀛片刻,又見你老梅瀟灑,你占住南枝恁風采,敢帶着秀才郎酸風作怪。（小旦）休得取笑。（許）你那趙郎,何處去了?（小旦）尚在嶺南。（許攜旦手介）你可認得我們?（旦）素未寬接,且待從容。（董）你的謝郎呢?（旦）尚在人間。（董向許介）姊姊,他只認得謝郎,連我們都忘記了。（小旦）有此癡骨,自合成仙。（許笑介）冷香司説得不錯。真無奈,看癡兒弄乖,且同向碧桃花下訴春懷。

（董）妹妹，就此同去。

（旦）奴在此盤桓數載，承冷香司主，格外提攜，一旦離別，何以堪此？（向小旦淚介）

（二使顧笑介）可知你與謝郎更不了也。

（小旦）鳳車好去。

【北笑和尚】（旦）俺俺，俺今日下臺；您您，您截斷情關色界；（背介）俺俺，俺偷眼覷青天隘；他他，他那不來；俺俺，俺自禁厌，意兒呆。（回介）請了。（衆）請了。（旦）趲天街，纔踹出閻羅外。

（同下）（小旦）鳳車已去，蝶案已完，俺且尋趙郎去來。（衆引行介）

【南尾】梅花下，彩筆排，一任言情說愛，敢信道劃斷情芽不再開。（下）

綴一齣鼓詞

【北黃鐘·醉花陰】（老生上）醉眼掀翻碧天小，看得風塵厭了。身在水雲巢，浩浩滔滔，猛可裡回頭笑，笑殺莽兒曹。一地裡胡拿，左則是找不到。檀板金樽失意時，十年事業付彈詞。可憐抹盡旗亭畫，還向人間問竹枝。俺就是太平班司鼓的楊四，頻年落拓，投老飄零，閱盡了桑海變遷，參透那風雲奇幻，因此棄業而歸，做一個山中老圃。可喜子能驅犢，妻肯饁耕，俺的所事兒，比前較為自在。（掀髯介）俺可可也就老了，今日賽社回來，遇見今道人，袖出《蝶歸樓》新曲，託為譜定。俺久謝歌場，怎肯再為馮婦？奈他再三相囑，說是謝招郎的故事，連俺老夫妻也要登場，且帶了回來，看是如何結構？（出詞本介）只這一本，够俺幾天消遣也。（看介）倒好個音調兒。

【喜遷鶯】清音縹緲，泊虛空氣韻沉寥。俺想高王流輩，不消論得，自湯臨川、阮光祿以外，作者多人，為其結調不高，遂致選聲多嗄，這本曲子，到還看得。超超，言情絕妙，俺覺得風骨稜稜不可招。且住，有此新詞，宜浮大白。（向內介）兒子快取酒來。（丑上）

酒在此。（老生）將俺的鼓板來。（丑應下）（老生）清樽倒,借取你新翻楚調,剛可俺舊甕松醪。

（丑上）鼓板有了。

（老生）放着。（丑下）

（老生）俺且淺斟低唱者。（自斟自飲介）（拍板介）

【出隊子】傷心不少,遭勞愁杯自澆,俺曾見誓燈花得趣的謝郎鬢,何處也化蝴蝶多情的五姐嬌,便宜了大肚子依娘的楊四嫂。

（笑介）哈哈。（看介）這一節到好看,待俺唱個套數兒。（鼓板介）

【刮地風】看他扶病思郎將杏臉銷,喜郎君跳下雲霄,喜得你展銀燈,杖痕頻與照,枕邊價絮絮叨叨。乍相逢没甚裝喬,心切切情癡堪笑,路漫漫魂遠難叫。咳!天下竟有不凑巧的事,俺從前不知詳細來。賺多情春風量吹上鮫綃,恰便是水般流,雪樣消。緊判了昨夜與今朝,似這般小陰靈,泉路兒看看到。還則細纏綿,没解交。看到此間,便堪痛飲。（連飲介）待俺作漁陽操撾,以破沉悶者。（擊鼓一通介）咳,越發傷心不了也。

【四門子】你的得意郎,來踏這秋墳草;你的着意姊,悶也焦。看他悲啼的哥,流淚的嫂,只少個孟姜女,也來做一淘。郎回的疾,姊去的早,閃的你紙灰飛了。

（笑介）呵呵。（指點介）這蝴蝶兒飛上天也。（作醉態看介）怎的俺老婆生兒子,也寫在上面。（大笑介）真真胡鬧。（連飲介）寵王門神,這回吃虧也。

【古水仙子】他他他,賦解嘲;他他他,驅使的神明則甚喬。文人口舌,輕薄如此。十分價做鬼裝妖,敢幽靈着惱,問怎生戲我曹。原來是旁面烘托,弄這狡獪,喏喏,那五妹上樓來了。那那,那占春風一角樓高,活精靈偷過奈何橋,小兒郎重赴那銀河棹,敢前宵不比今宵。老天老天,這般生死因緣,教他多住幾時,也就罷了。怎的一年半載,就要分離,俺的媒做錯也。（飲介）該罰該罰。（拍板唱介）

【者剌古】閉窗紗,擁翠翹,無夜無朝。爇名香,盼碧霄,難捨

難招。新人價正好,舊人價頓遙,一樣價難丟掉,傷心怎消。冷香司你也好沒來由。(起指點唱介)

【神仗兒】冷香司閒作鬧,怎見神仙好,逼着他廝趕上蟠桃,你自己把夫招。

(作欲跌介)(花旦上)俺的老相公醉了,且扶他去。

【節節高】酒腸寬漫,撫膺長嘯,鼓搥兒灑落,都為這花飛淚掉。俺這回拍板歌,掀髯唱,把酒澆,悶葫蘆今番破了。

(跌介)(花旦扶介)相公少飲一杯兒。

【尾聲】說與你個村姑耐心兒瞧,俺只是借殘杯細數無聊。(袖本介)把這本兒收起,要留與普天下有情人慢慢的表。(扶下)

補一齣　　大　　圓

(花旦上)彈指光陰浩劫過,春花秋月易消磨。媧皇補得天無縫,不許人間恨事多。奴家謝氏大姑,先前丈夫飄蕩,寄居母家,生有一子。俺兄弟招郎,與東村王五姐,生死姻緣,綢繆一載。只因俺丈夫楊四,硬做媒人,替他娶了王二姐為妻,致五姐絕情而去。俺丈夫自悔差池,悟到那情緣易盡,醉了班,回到家中,與俺夫妻相守。柴米薑鹽,隨緣度日,不覺換了幾個年頭。昨日今道人到來,交與他一個甚麼本頭兒,要他點譜,他却蕩了一壺酒,敲起鼓板來,自斟自唱,或笑或悲,喧得酩酊大醉,睡到今朝,日出三竿,獨自呼呼未醒。俺記得今日是俺母親壽旦,兒子親戚家去了,不免叫醒丈夫,一同前去拜賀,以盡我女兒子婿之情。(向內叫介)相公快些起來,今天你丈母生日,俺和你吃酒去。

(老生內)有酒吃麼,我便起來了。

【遠地遊】(老生上)天旋地轉,一夜頭花眩,不覺曉窗鶯囀。(花旦)西母添年,東床開宴,够憑君酕醄一醉眠。

(老生)如此就去。(同花旦關門下)

【步步嬌】(生、小旦吉服攜手上)(生)枕鴛鴦夢破香衾爛,起視高堂膳,攜素手,祝華巔。(小旦)蘭炬新燒,彩衣剛換,同拜向畫堂前,願愁容莫上春風面。

（生）娘子,俺和你自五姐去後,燭底歡情,樽前樂事,儘香閨青年作伴。奈高堂白髮催人,不覺又是母親六旬的壽誕了,酒筵已備,賀客將臨,不免請出他老人家來,先行叩祝則個。

（小旦）正是。（同請介）母親,婆婆,有請。

【醉扶歸】（老旦上）爛時光百歲如銀箭,鎮消磨三冬有紡磚,幸虧我一家兒骨肉小團圓,這光陰不覺得貧和賤。（生小旦）今日乃母親婆婆六旬大壽,兒媳們同叩千秋。（老旦）只行常禮罷。（生、小旦拜介）任憑他桑田屢變海頻乾,只願得蟠桃結實花常蒨。

（丑陪文上）奶奶,大相公,親戚們來叩賀,俱到門了。

（老旦）有請。（丑請介）（小旦避下）

【皂羅袍】（淨、副淨、末、雜吉服同上）今朝彩溢華堂深院,俺舊親們都則,禮數周旋。（衆）請了,王家壽旦,我們須索拜賀者。（同進介）尊親在上,末戚等同申叩祝。（老旦）不敢。盈門珠履客三千,葭莩戚誼殷勤見。（衆同拜介）（淨）花明月滿,（副淨）期頤壽全,（末）蘭芳桂燦,（雜）兒孫慶延,（合）盡珠籌添不盡金仙算。

（老旦）孩兒,請各位高親,後廳飲宴。

（衆）不瞞尊親說,今日乃真仙下降之期,東村演戲,末戚們俱有社會,不得停留,只好虛領盛情罷。

（老旦）如此改日再邀,孩兒送出,恕老身不得遠送了。

（衆）豈敢。（生送介）（衆下）（小旦暗上）

（老生上）不見泰山瞻泰水,

（花旦上）還將香女比香兒。

（老生）來此已是岳母家了,一同進去。（進介）

（生）姊夫姊姊來了。

（老生）岳母千秋,和令姊一同慶祝。（同拜介）（老生）

【好姐姐】謝金萱,提攜在膝前。勤劬意,親生難辨。（花旦）誰家嬌女,在娘門盡過的年。（合）承垂眷,惟祈子捨螽斯衍,更願高堂鶴髮翩。

（拜完同生、小旦揖介）（貼旦上）親鄰有舊誼,生死見高情。謝家老奶奶今日壽旦,俺姑姑做了他的死媳婦,俺表姑姑又做了他的生媳婦,兩重親誼,同丈夫前去拜賀,大哥上前一步。

(小生上同進介)尊親華誕,特來叩祝。

(老旦)呀!高親遠來,常禮則個。(小生、貼旦同拜介)(小生)

【前腔】仰高軒,遙連着窐煙。東村望,桑榆景蒨。(貼旦)近窺金面,是蓬萊不老的仙。(合)深深見,蒹葭倚玉千年遠,萱草長春百歲綿。

(同老旦、生、小旦、老生、花旦揖各坐介)(老旦)大郎、大娘可好?

(小生、貼旦)託福。

(老旦)聞得東村演戲,是何神明,在於何處?

(貼旦)就在奴的對門,是道士張骨碌為首,説是天臺山二位仙女下降,廟中添了神像,今日開光演戲,寒舍小樓,可以望見的。

(生)呀,又是那樓邊演戲也。(背淚介)

【前腔】(生)記前年,聽歌時柳邊,雕闌內,雙雙婉孌。玉人何處,剩姨行獨憑着肩。尤堪繾,高樓寸燭窗前翦,密誓雙星海樣堅。

【前腔】(小旦背介)恨從前,香燒了斷緣。同心侶,分離轉眼,玉郎情重,整鴛衾懶靠着眠。仙風遠,難憑青鳥傳斑管,空憶紅襟假暮天。

(丑上)報報報,奇事到,故人來,喜鵲叫。

(老旦)甚麼奇事?

(丑)啟稟奶奶,陪文因取酒走到樓上,只見當初的那位五姑娘,打扮的神仙一般,在那裡改換新衣,像要下來,替奶奶拜壽的意思。

(老旦)那有此事?

(丑)陪文從不説謊,的的真真的,若説了謊,罰陪文嫁個啞巴子的老公。

(老旦)這又奇了,孩兒且去看來。

(生喜介)是是,孩兒就去。(奔下)

(老旦)姑爺,女兒,兩位表親,同我到後面吃杯水酒去。

【隔尾】人間奇事今驚見,那裡有海上神膠續斷弦,且和你細酌春醪把親誼展。(小旦扶老旦同老生、花旦、小生、貼旦俱下)

(旦吉服上)仙山冥冥不可住,乃返桃源舊時路。桃花開過又重開,借問漁郎在何處?我鳳車,前緣盡後,承王母召返瑤池,數載真功,方成上品。纔知道同是一緣,有人天之別。在人的,謂之人緣,恩愛綢繆,說不盡粘纏的苦趣。在天的,謂之仙緣,風流自在,有無窮灑落的真情。俺做女子,雖證仙班,必有配偶,如劉綱樊姥、裴航雲英,那一個不是成雙作對的?因此王母命我重尋舊侶,再住人間,指引他一意歸真,永為夫婦。今日來到樓中,適值婆婆六旬壽旦,理應前去見禮,又恐驚動親朋,方纔丫頭看見了,必去通知,且等俺癡郎到時,再作計較。

【山坡羊】昨日個飛瓊為伴,今日價瑤京頓遠。剛眨眼蓬島闌廛,敢人間亦有宮亭幔,小香蓮自向花樓展。俺的蝶魂重現,怎低迷棲戀,敢仙夢重圓,逗春風為花譴,翩翻。小仙身自在便,牽纏,舊情關怎的堅?

(生上急登樓介)重見吹簫侶,來尋弄玉樓。星橋如可接,銀漢渡牽牛。呀!五姐再來,喜殺小生也。(相抱淚介)

【前腔】(生)幾載個恩情拋閃,一旦個星期再展。可憐我想夢思眠,叫春容不見真真面,甚迴瀾把仙舟飄的轉。(旦笑介)癡郎,你知我去有何因,來有何意?(生)唔。俺的心堅如煉,你的情長似線,想仙佛垂憐,軟紅塵教重踐。(旦)郎君倒有性靈,只是你已娶了俺姊姊,新夢濃雲,舊情流水,還說甚心堅來。(生)五姐休要錯怪了,新歡雖好,舊恨方長,小生之心,惟天可表。冤愆,望飛鴻淚似鉛;歡妍,慘離驚恨已填。

(貼綠裝雉尾上)仙家豈有風流恨,天上從無離恨人。鳳車仙子聽者,俺家冷香司主,聞得你已登上品,重至人間,與謝郎締合仙緣,永為佳偶。特攜了趙秀才前來作賀,仙駕隨後就到哩。

(旦)知道了,翠羽使者,望降小樓,以申款曲。

(貼)俺看不得你纏綿的情致,就此去也。

(土地持手本上)本宅土地,帶同竈司門神等,迎接仙駕。

（貼）回避了。（土地下）

（丑圓翅青衣持手本急上）來遲了，接駕接駕。

（貼）甚麼神？

（丑）東圊司。

（貼）甚麼東圊司？

（丑）廁頭神。

（貼）什麼廁頭神？醃醃臢臢的，也來混鬧，快走罷。

（丑）咦，難道神仙是永不出恭的？（丑貼各下）

【山桃紅】（小旦官裝、小生巾服攜手。老旦、花旦羽扇擁上）不分這花衣小倩，豔粉嬋娟一答裡神仙眷，在人間弄妍。趙郎，想那鳳車成了仙品，遊戲人間，與俺的行蹤，不差甚麼，只是這謝郎俗骨凡胎，如何有此豔福？窺曼影，玉鏡臺前，授妙訣，芙蓉枕邊。（小生）那謝郎有了世外之緣，又有了人間之樂，比俺還添了個妙人兒，好不僥幸也。雙攜着紅粉娘，綠萼仙，錦衾兒，擁着瓊酥顫也，盡着伊左右流觴豔月天。（小旦怒介）趙郎如此薄倖，你敢要再着個妙人兒？（小生笑揖介）小生在此取笑，仙姑切勿介懷。（小旦指笑介）信不得兒郎面，閒情恁牽，你合鎖向南枝禁暮煙。

（生、旦）仙郎、仙姑，雲駕降臨，謝招郎、王鳳車在此恭候。

（小旦向生介）謝郎恭喜。

（向旦介）鳳車仙子，俺從前說的證了仙班，情根莫剗，自有個不離不着，自在逍遙的境界，你當時不信，今日方知吾言不謬也。

【鮑老催】（小旦）一例的紙鳶風線，看他那鬖雲兒，怎的把蓬壺戀。走將來，雲沾雨惹的藤蘿纏，這是塵外緣，影裡絲，空中罥。呀，元關別有個遊仙眷。（旦）仙姑與趙郎，一地相逢，便成仙偶，怎的奴必須死去回來，纔有這一番遇合。（小旦）你命慳根淺了怎粘連，待修成錦樣的前程片。

（旦）再問仙姑，俺鬼趣綢繆、仙緣會合，怎生離不了這個樓上？

（小旦）你與謝郎初次訂盟，在於何處？

（旦）在奴東村小樓之上。

（小旦）却又來。

【山桃紅】（小旦）一謎價梯懸星漢，居好神仙。同是樓中見，咱邊那邊，分不出，訂新盟，接舊弦。左則是曲闌兒，春情搧也，抵多少人在瑤臺第一天。（旦）奴這樓有何好處？承仙姑這般過譽。（小旦）雖不是蓬萊院，雲披月眠，不爭差仙嶠羅浮一例妍。

（旦）請問仙姑，此樓當以何名？（小旦笑向小生介）這個要借重趙郎了。（旦）如此望仙郎賜教。（小生）你化蝶而來，成仙而去，仍歸舊境，重續前盟，此樓當以蝶歸為名。（生）好一個蝶歸樓，妙哉名也！（旦）就煩仙郎彩筆，替奴一揮。（小生）使得。（雜二人擡桌，又擡匾放桌上介，下）（旦）謝郎磨墨，待奴家捧硯。（小生）何以克當？（生磨墨、旦捧硯介）（小生題介）蝶歸樓，題贈鳳車仙子，冷香仙主察書，南海趙師雄筆。（生）待俺懸掛起來。（二雜上懸匾，下）（生旦）妙啊！

【鮑老催】早則輝騰雲漢，看他似龍蛇般，揮灑向淩霄殿，寫將來花魂蜨魄依稀見。這是腕有仙，筆絕塵，才驚眼。呀！蕭郎難怪得秦娘眷。多謝仙郎。（同揖介）（小旦）趙郎，俺和你趁此斜陽，同歸仙島去罷。（旦）仙駕少留，待奴與謝郎同申供養。（小旦）後會有期，俺二人去也。（小生）彩壁喜傳鸚鵡筆，（小旦）玉樓看引鳳凰笙。（俱羽扇擁下）（生、旦送畢攜手介）他去時仙夢在梅邊，俺今生蝶夢還重譴。

（老生、花旦持酒登樓介）五姐真個歸來，與招郎相會，一杯謝過，恐有不容，今得相見，真萬幸也。

（旦）奴不比從前，無妨相面，執柯未錯，何必過謙。（各揖介）

（小生、貼登樓介）俺妹妹歸來，俺夫妻上前相見者。（各見介）

（小生）妹妹。

（旦）哥哥。

（貼）姑姑。

（旦）嫂嫂。（各淚介）

【山桃紅】（小生）這一會人天對面，骨肉成圓。（貼）幾度羅巾濺，香閨淚綿。姑姑，你害得俺夫妻，好不聊生也。渾自説，少心香，續斷弦。請問姑娘，今日既容相見，當初俺二人求見，説是緣盡,即是何故?(旦笑介)這一種機緣,非你夫妻所曉。但得個畫堂前,歸來燕也,何必問深巷春殘斷夢年。(合)記得支機倦,家庭笑喧,喜今朝棣萼蘭閨人並肩。

(老生、花旦、小生、貼旦)你二人久別初逢,說些心事,我等且去,改日再來看你罷。

(生旦)恕不遠送了。(各下)

(旦)謝郎,和俺到婆婆跟前拜見去,俺姊姊還未見面也。(小旦扶老旦上,丑隨上)

(老旦)聞得佳兒添好婦,

(小旦)願隨賢妹作嬌妻。

(丑)奶奶,你不去看他罷,我方纔望樓上張了一張,只見男的女的,紅的綠的,擠了一屋,不知是些甚麽人?

(老旦)不要你管,媳婦扶我上去看來。(登樓介)

(旦)婆婆來了,媳婦迎接婆婆。

(老旦)五姐,我的兒,你在此年餘,今日我纔得與你見面,是好媳婦兒也。

(旦)媳婦告罪,從前奴有謫限,不宜相見,今日特來叩婆婆的千秋,永遠服事婆婆。

(老旦)如此好極了。

(旦拜,老旦挽介)

(小旦)妹妹。

(旦)姊姊。

(小旦)今日之聚,殆非偶然。

【前腔】(老旦)喜你個重來庭院,慰我天年。(小旦)虛着鴛衾半,羅幃共懸。妹妹既肯在此,與愚姊作伴,便當並設洞房,以事君子。我和你,意和諧,影連翩。(旦)奴愛此小樓幽雅,且係舊居,只此妝樓,不須另設。曉和昏,傍着粧臺見也,又何必鏡畫香爐繡閣連。(合)記得書聲倦,樓頭笑喧,到如今姊妹花前人並肩。

(老旦見匾介)此樓向無題額,何以有此?

(生)啟母親,這媳婦已成仙果,奉着王母娘娘之命,與孩兒重續鴛盟，授俺一家兒長生妙訣，同證仙班。這匾額是羅浮冷香仙主降臨，央趙仙郎所題。

（老旦）如此說來，俺一家兒都有仙分也，諸位真仙，禮宜拜謝。（同拜介）

【綿搭絮】（老旦）薜蘿廊守，不分遇神仙。（生）多則家門積慶，蔭幬享大年。感神天，垂念三遷。（小旦）博得個花團錦簇，璧合珠聯。（旦）遠迢迢閬苑羅浮，石埽雲寨，和你去眠。（拜起介）

（老旦）孩兒、媳婦，隨我下樓家宴去。（各下樓擺酒送席坐飲介）

【前腔】（合）合門歡燕，不是夢中緣。試看高堂戲彩，爛斑蝶影翩。莽塵緣，揮手全捐。最好是人間雞犬，壺嶠林泉。謝蒼穹賢婦佳兒，白髮青年，一例的仙。

【前腔】（合）志和泛宅，到底怯風煙。怎似元霜覓取，藍橋種玉田。焰薰天，不值分錢，又何用夷吾煮海，祖逖先鞭。好扶攜鳩杖花陰，共酌春泉，醉裡的仙。

（老旦）我要將息片時，你們自去罷。（丑扶老旦下）

（生攜旦、小旦手介）俺和你樓上的灑落去。（登樓介）

【尾聲】（合）蝶歸樓，春一片，今日價玉手同攜彩袖翩。（生左右顧介）小娘子。（旦、小旦）郎君。（生）這情兒待俺補將來漫漫的演。

【集句】

　　雲想衣裳花想容，風光不與四時同。
　　花間蛺蝶深深見，春在先生杖履中。

跋

《蝶歸樓》傳奇，不知誰氏手筆，由老友董皙香君見示，屬為點定。細讀一過，覺其結構蘊藉，逼近藏園。而措辭造句，尤兼四夢之長，似非近人所能。輓近填詞家，類皆強作解人，好為傳奇。或則襯逗不明，任意增損，或則過贈無序，雜湊成章，句法舛誤，等於自度，不復能名之為曲者，蓋比比也。得此一篇，實強人意。其間雖不無瑕疵，然盛名如玉茗，尚有極不可通之句，即世所稱四大傳奇，亦多生硬牽附，不可索解之語。蓋院本非比散曲，所貴一氣呵成，因事屬詞，用等科白，非復能字字推敲，致礙文思，及脫稿後，則易一字且不能矣。是蓋作者苦衷，不得不為曲諒。故圈點時，但於格調不合或出韻失葉處，略為改正，其辭意不明顯者，則仍其舊，蓋不足為全書病也。其間惟《閨謔》、《病圓》二齣，頗涉猥褻，且復辭不達意，語病百出，故將《閨謔》中【金絡索】第二闋八、九兩句，第三闋第三、第六兩句，第四闋第二、第三及第九句，均為換去。《病圓》中【後庭花】【青歌兒】【浪裡來煞】三闋，則竟抹去原文，即就排場。另填三闋，雖非道學語，然視原作，似較溫存得體。作者倘在今世，及見此書，諒不以續貂為嫌也。至《借寓》一齣，則通體流走自然，洵為全書之冠，視香祖樓且有過之，無不及矣。第二十八齣《緣盡》中，【下山虎】後兩闋，原著為【小桃紅】，但其體格不合，當是【山桃紅】之誤。又【包子令】後一闋，原著為【黑麻令】，亦不合，【黑麻令】或【黑麻序】，均無此格，爰就原句，分為兩闋，庶與本宮【金蕉葉】相合，不審作者以為然否。又尾聲後復綴【哭相思】半闋，且換別宮下場，亦無此例，因辭句均妥，故仍之。題樓出中【步步嬌】，原著止七句，至前字韻便止，後即換接【醉扶歸】，亦於體例不合，爰補一句，以成完璧。又第二十齣皆來韻中，有誤犯支微韻者，亦徑改正，蓋灰韻實分兩部，開來等韻，則隸於佳韻，而回杯等韻，則隸于支微,與歸為等葉。周德清《中原音韻》,固與沈約《韻書》不可同日語也。近人輒以詩韻填詞,自謂謹守規律,殊不知識者方且笑之,斥為謬戾不可訓也。痛母音之不作,慨知音之愈稀,徒令村謳俚唱,塞破宇宙,砌韻綴辭,欺人耳目,而盲詞瞎弄,猶以高雅自矜,禍棗災梨,實乃貽誤後學。視此一篇,能不慚汗無地哉,故吾以為此書一出,可為填詞家當針砭,可為傳奇家作圭臬,正不徒作小說觀也。丙辰重九後七日天虛我生識。

打漁殺家

（京劇）

清·譚鑫培等

【作者簡介】譚鑫培（1847—1917），京劇演員，工老生。本名金福，字望重。湖北武昌人。譚鑫培善於體察所扮演的人物身份、性格和精神氣質，因而演來無不形神畢肖。他塑造人物時，不僅注意形象的"真"，而且還追求形象的"美"，在唱念做打各方面都有自己獨特的創造。他的唱腔廣泛吸取了青衣、老旦、花臉等各行當的唱法，集程長庚、余三勝、張二奎、王九齡、盧勝奎、馮瑞祥等人的優長之處，以"雲遮月"的嗓音和聲調悠揚婉轉、感情真摯取勝。他所演出的劇目，都按照自己的理解和自己的藝術特點進行改編，其代表性劇目為《空城計》、《當鐧賣馬》、《李陵碑》、《擊鼓罵曹》、《捉放曹》、《洪羊洞》、《桑園寄子》、《四郎探母》、《武家坡》、《汾河灣》、《定軍山》、《戰太平》、《連營寨》、《南陽關》、《珠簾寨》、《打漁殺家》等。

【劇情概要】該劇又名《慶頂珠》、《討漁稅》。原為秦腔劇目，最早見於留春閣小史輯錄的《聽春新詠》，清代中葉始移植為京劇。故事取材於陳忱《水滸後傳》第九回。劇寫梁山好漢蕭恩自與眾弟兄分手後，和女兒桂英相依為命，在江邊以打漁為生。時因天旱水淺，魚不上網，欠下了鄉宦丁自燮的漁稅銀子。丁府派惡奴丁郎前來催討，恰好被蕭恩的好友、水泊英雄"混江龍"李俊及"卷毛虎"倪榮遇見，二人甚為不平，將其頂撞了回去。丁自燮聞報怒不可遏，隨即派大教師率一幫打手至蕭家強行索取稅銀。蕭恩先跟他周旋，但終因對方仗勢逼人，在忍無可忍的情況下，怒將來人打跑。蕭恩自恃有理，搶先至官府報案，以求公斷。豈知官、紳早就勾結，狼狽為奸。縣令呂子秋貪贓枉法，反誣蕭恩抗稅不交，杖責四十大板後趕出公門，並嚴令他連夜過江向丁自燮賠禮請罪。桂英原已許配給花榮之子花逢春，只是尚未過門。蕭恩決意殺死惡霸丁家以雪耻，安排女兒若在復仇失敗後攜花家聘禮慶頂珠投奔夫家。是夜，蕭恩暗藏戒刀在身，與女兒桂英以獻珠賠禮為名闖入丁府，殺了丁自燮及幫凶數人。

【版本流傳】里仁書局1938年出版的《戲考》第二冊根據國樂唱片錄音整理，管紹華飾蕭恩，楊麗華飾蕭桂英，羅小奎飾大教師等。華東師範大學出版社1995年出版的由黃希堅、俞為民主編的

《近代戲曲選》亦收錄了該劇。

【演出情況】自京劇移植該劇後,譚鑫培、余叔岩、馬連良、周信芳、楊寶森、譚富英、高慶奎等都擅演此劇,然處理上各不相同。現在京劇演出多宗譚派。上海京劇院曾改編為《全本慶頂珠》,説蕭恩殺人後未能脱身,被官府定為死罪,李俊與倪榮從法場上方將他救出。許多地方戲亦演出該劇,川劇名為《打漁招親》,豫劇、晉劇為《蕭恩打漁》,河北梆子、同州梆子為《慶頂珠》。

(徐　冰)

第一場

　　　　（李俊、倪榮同上）
李　俊：（念）拳打南山豹，
倪　榮：（念）足踢北海蛟。
李　俊：俺混江龍李俊。
倪　榮：咱卷毛虎倪榮。
李　俊：賢弟請了。
倪　榮：大哥請了。
李　俊：今日閒暇無事，你我弟兄去到江邊遊玩一番，意下如何？
倪　榮：請哪！
李　俊：（唱西皮搖板）
　　　　憶昔當年威名大，
倪　榮：（接唱）
　　　　弟兄武藝果不差。
李　俊：（接唱）
　　　　蟒袍玉帶不願掛，
倪　榮：（接唱）
　　　　流落江湖訪豪家。
　　　　（李俊、倪榮同下）

第二場

桂　英：（內唱西皮倒板）
　　　　搖動船兒似箭發，
蕭　恩：（內）開船哪！
　　　　（蕭恩、桂英同搖船上）
桂　英：（唱快板）
　　　　江水照得兩眼花。

　　　　青山綠水難描畫，
　　　　父女打魚作生涯。
蕭　恩：兒啊！（唱搖板）
　　　　父女打魚在江下，
　　　　貧窮哪怕人笑咱！
　　　　穩住蓬索父把網撒，
　　　　（撒網，提網，接唱）
　　　　年紀衰邁氣力不佳。
桂　英：爹爹年邁，這河下生意不做也罷。
蕭　恩：兒啊，本當不做這河下的生意，怎奈囊中無鈔，你我父女怎生度日呀！
桂　英：（哭）喂呀！
蕭　恩：兒啊，不要啼哭。今日天氣炎熱，你我父女將船停在柳蔭之下，涼爽涼爽。
桂　英：遵命。
　　　　（蕭恩與桂英搖船，小圓場蕭恩跳下，繫纜，上船）
蕭　恩：兒啊，將鮮魚做熟，為父要飲酒。
桂　英：遵命。
李　俊、倪　榮：（合）（內）走哇！
　　　　　　（李俊、倪榮同上）
李　俊：（唱西皮搖板）
　　　　閑來無事江邊遊，
倪　榮：（接唱）
　　　　波浪滔滔往東流。
李　俊：（接唱）
　　　　手搭涼蓬用目瞅，
倪　榮：（接唱）
　　　　柳蔭之下一小舟。
李　俊：啊賢弟，看那小舟之上，好像是蕭兄模樣，你我冒叫一聲。
倪　榮：冒叫一聲。

李　俊：那旁敢是蕭兄？
桂　英：啊，爹爹，岸上有人喚你。
蕭　恩：哦！岸上有人喚我，是哪一位？（望）哦，原來是李賢弟。
李　俊：正是小弟。
蕭　恩：莫非要到舟中一敘？
李　俊：正是來看望蕭兄。
蕭　恩：待我與你搭了扶手。
　　　　（蕭恩搭跳，李俊、倪榮上船）
蕭　恩：啊，此位是？
李　俊：乃是卷毛虎倪榮。賢弟，見過蕭兄！
倪　榮：蕭兄，這廂有禮了！
蕭　恩：（以手相挽，二人較力）
倪　榮：試試你的膂力如何？
蕭　恩：哎喲！老了，不中用了哇！（笑）哈哈……
倪　榮：老英雄！
蕭　恩：誇獎了。兒啊，出艙來見過二位叔父。
桂　英：是。參見二位叔父。
倪　榮：這是何人？
蕭　恩：小女桂英。
李　俊：多大年紀？
蕭　恩：一十六歲。
李　俊／倪　榮：（合）可曾許配人家？
蕭　恩：有了人家了。
倪　榮：但不知是哪一家？
蕭　恩：花榮賢弟之子，名喚花逢春。
李　俊：倒也門當戶對。
倪　榮：門當戶對。
蕭　恩：啊，二位賢弟，愚兄今日打了幾尾鮮魚，船中有的是酒，你我弟兄暢飲一回。

李　俊
倪　榮：（合）到此就要叨擾。
蕭　恩：自己弟兄何出此言。兒啊，着酒來！
桂　英：是。
　　　　（桂英取酒具放好，三人席地而坐）
蕭　恩：我們就在船頭暢飲吧。啊，二位賢弟，愚兄做這河下的生意，忌的是乾旱二字——
李　俊
倪　榮：（合）有人提起乾旱二字呢？
蕭　恩：不敢說罰，敬酒三杯。
李　俊：你要記下了！
倪　榮：記下了。
蕭　恩：請！
李　俊：飲！
倪　榮：乾！
蕭　恩
李　俊：（合）哈哈，你犯了我們的酒令了，罰你三杯！
　　　　（葛先生上）
葛先生：（唱西皮搖板）
　　　　來在江邊用目霎，
　　　　船上坐着一枝花。
　　　　（白）哎呀，看船上有一絕色女子，待我來偷覷偷覷。
倪　榮：蕭兄，岸上有人。
蕭　恩：待我看來。（下船）哎，做什麼的？
葛先生：啊、啊、啊，乃是問路的。
蕭　恩：問的是哪一家？
葛先生：問的是丁府。
蕭　恩：噢，丁府。你來看：就在前面，鶴脊門樓，八字粉牆，那就是丁府。……啊！聽見無有？
葛先生：哦哦，有勞了，有勞了！（下）

蕭　恩：狗頭狗腦，定不是好人！（上船）
李　俊：做什麼的？
蕭　恩：問路的。
倪　榮：哪裡是問路的，分明是覷……
李　俊：嗯，諒他也不敢。
蕭　恩：諒他也不敢。
倪　榮：是啊，諒他也不敢！
蕭　恩：再飲幾杯。
李　俊：
倪　榮：（合）酒已够了。

　　　　（蕭恩收拾酒具）
　　　　（丁郎上）
丁　郎：（念）離了家下，來到河下。
　　　　哪支是蕭恩的船哪？蕭恩哪，蕭恩！
李　俊：啊，蕭兄，岸上有人喚你。
蕭　恩：哦，有人喚我。（一望，下船）哦，原來是丁郎哥，到此何事？
丁　郎：催討漁稅銀子來啦！
蕭　恩：噯，這幾日天乾水淺，魚不上網，改日有錢，送上府去就是。
丁　郎：話倒是兩句好話。可是有了錢可想着給我們送去。別讓我們一趟一趟地白跑，跑壞了鞋還得自個兒掏錢買。
蕭　恩：難為你了。
　　　　（蕭恩上船）
李　俊：做什麼的？
蕭　恩：催討漁稅的。
李　俊：待我來問他幾句。
蕭　恩：不要與他致氣。
李　俊：曉得了。呔！回來！
丁　郎：喝，出來擋橫兒的啦。回來啦，你有什麼話說的？

李　俊：我來問你，你前來做甚？
丁　郎：奉了我家員外爺之命，前來催討漁稅銀子。
李　俊：我來問你，這漁稅銀子，可有聖上旨意？
丁　郎：沒有。
李　俊：戶部公文？
丁　郎：也沒有。
李　俊：憑着何來？
丁　郎：乃是本縣的太爺當堂所斷。
李　俊：敢是那呂子秋？
丁　郎：要你叫太爺！
李　俊：你回去對他們言講：從今以後，漁稅銀子免了便罷……
丁　郎：要是不免呢？
李　俊：如若不免，在大街之上，撞着於俺，有些個不便哪！
丁　郎：喝，口氣不小哇！你這麼橫，你叫什麼名字？
李　俊：混江龍李俊。
丁　郎：混江龍李俊就是你呀！好，你等着我的。（欲下）
李　俊：不錯，你要怎樣？
蕭　恩：（勸阻）不要與他致氣呀！
李　俊：哼！
倪　榮：呔！滾回來！
蕭　恩：你又做什麼？
倪　榮：待我也來囑咐他幾句。
丁　郎：喝，這個嗓門更大。回來啦，有什麼事？
倪　榮：我來問你：這漁稅銀子可有聖上的旨意？
丁　郎：沒有。
倪　榮：戶部的公文？
丁　郎：也沒有。
倪　榮：憑着何來？
丁　郎：本縣太爺當堂所斷。
倪　榮：敢是那呂子秋？

丁　郎：要你叫太爺！
倪　榮：你回去對他言講：漁稅銀子，免了便罷……
丁　郎：要是不免？
倪　榮：大街之上，撞着於俺，俺要剝他的皮，抽他的筋，挖他的眼睛，泡燒酒喝！
丁　郎：喝，你也不怕風大閃了舌頭，説這樣的大話！你叫什麽名字？
倪　榮：卷毛虎倪榮。
丁　郎：卷毛虎倪榮就是你呀，我找你可不是一天了。
倪　榮：你要怎樣？
蕭　恩：賢弟，不要生事啊！（對丁郎）去吧！
丁　郎：你要打？別忙，等我摘了帽子，脱了衣裳。蕭恩，你拉住了他……
蕭　恩：你要怎麽樣？
倪　榮：蕭兄休得攔阻！
丁　郎：你把他拉住了，我好跑哇。（跑下）
李　俊
倪　榮：（合）蕭兄爲何這等懦弱？
蕭　恩：他們的人多。
李　俊
倪　榮：（合）你我弟兄人也不少。
蕭　恩：他們的勢力大呀！
李　俊
倪　榮：（合）欺壓你我兄弟不成？
蕭　恩：這也就難講話了。
李　俊
倪　榮：（合）這河下生意，不做也罷！
蕭　恩：咳！本當不做河下生意，怎奈囊中……哎，慚愧！
李　俊：小弟送銀十兩。
倪　榮：小弟送白米十石。

蕭　　恩：多謝二位賢弟！
李　俊
倪　榮：（合）告辭了！
李　俊：（唱搖板）
　　　　辭別蕭兄把船下，
　　　　（蕭恩搭跳板，李俊、倪榮下船）
倪　　榮：（接唱）
　　　　紋銀白米送到家。
李　俊
倪　榮：（合）請！
蕭　　恩：請！
　　　　（李俊、倪榮下）
蕭　　恩：（下船）二位賢弟慢走，恕愚兄不能遠送了。這纔是好朋友！（笑）哈哈……
桂　　英：爹爹，二位叔父去遠了，爹爹上船來吧！
蕭　　恩：哦！（上船）
桂　　英：啊，爹爹，方纔這二位叔父，是甚等樣人？
蕭　　恩：兒問的是他？
桂　　英：正是。
蕭　　恩：兒啊！（唱西皮搖板）
　　　　他本是江湖二豪俠，
　　　　李俊倪榮就是他。
　　　　蟒袍玉帶不願掛，
　　　　弟兄雙雙走天涯。
桂　　英：（接唱）
　　　　昔日子期訪伯牙，
　　　　爹爹交友也不差。
　　　　知心人說不盡知心話，
蕭　　恩：（接唱）
　　　　猛擡頭見紅日墜落西下。

兒啊,天時不早,我們回去了吧!
桂　英:遵命。
　　　(蕭恩下船解纜,上船)
蕭　恩:(念)正是:父女打漁在江下,
桂　英:(接念)家貧哪怕人笑咱。
蕭　恩:看看不覺紅日落,
桂　英:一輪明月照蘆花。
　　　(蕭恩、桂英同搖船下)

第三場

　　　(丁員外、葛先生同上)
丁員外:(念)家有千石糧,
葛先生:(念)前倉堆後倉。
丁員外:丁郎兒前去催討漁稅銀子,為何還不見回來?
葛先生:想必來也。
　　　(丁郎上)
丁　郎:離了河下,回到家下,說來說去,還是這兩句話。拜見員外爺。
丁員外:罷了。命你催討漁稅銀子,怎麼樣了?
丁　郎:蕭恩說得好:這幾日天旱水淺,魚不上網,改日有了銀錢,給咱們爺們送上府來。
丁員外:話倒是兩句好話。
丁　郎:是好話不是?我剛要走,出來一個擋橫兒的,他把我又叫回去啦。
丁員外:講些什麼?
丁　郎:他問我是幹什麼的。
丁員外:催討漁稅銀子。
丁　郎:"這漁稅銀子,可有聖上旨意?"
丁員外:無有。

丁　郎："户部公文？"

丁員外：也無有。

丁　郎："憑着何來？"

丁員外：本縣太爺當堂所斷。

丁　郎："敢是那吕子秋？"

丁員外
　　　　：（合）哎，要叫太爺！
葛先生

丁　郎：是他説的。他説了："漁税銀子免了便罷！"

丁員外：如若不免？

丁　郎：如若不免，大街之上，要是撞着您哪，多有點不便！

丁員外：他叫什麽名字？

丁　郎：他叫什麽"混世蟲"啊！

葛先生：敢莫是混江龍？

丁　郎：不錯，就是他。

丁員外：記下了。

葛先生：是。

丁　郎：我要走，又出來一個，腦袋長得跟花雞蛋似的，他説："呔！滾回來！"

丁員外：你可曾滾了回去呀？

丁　郎：您這是怎麽啦？我吃着您的，喝着您的，我要是滾回去，不是弱了咱們爺兒們的鋭氣了嗎？

葛先生：你是怎麽回去的？

丁　郎：我呀，我爬回去的。

丁員外：嘿！他講些什麽？

丁　郎：他也是那一套，他説"這漁税銀子，免了便罷！"

丁員外：如若不免？

丁　郎：大街之上，要是撞着他，他要剥您的皮，抽您的筋，挖您的眼睛，泡藥酒喝！

丁員外：他叫什麽名字？

丁　郎：他叫什麽"烤白薯"啊！

葛先生：敢莫是卷毛虎？
丁　郎：不錯，就是這小子。
丁員外：你下面歇息去吧！
丁　郎：是。（下）
丁員外：來，搭轎！
葛先生：搭橋何往？
丁員外：親自催討。
葛先生：些須小事，待小人代勞。
丁員外：全仗先生。（下）
葛先生：有請教師爺！
　　　　（四徒弟同上）
四徒弟：葛先生，什麼事呀？
葛先生：你家師父呢？
四徒弟：在後頭練功夫哪。
葛先生：請了出來，有話言講。
四徒弟：是啦。有請師父。
　　　　（大教師上）
大教師：（念）好吃好喝又好攏，聽說打架我先跑。徒弟們，什麼事呀？
四徒弟：葛先生有請。
大教師：啊，葛先生。
葛先生：啊啊，教師爺。
大教師：罷啦！你把我們爺兒幾個撥弄出來，有什麼事？
葛先生：哎，請了出來。
大教師：不錯，請了出來。有什麼事？
葛先生：員外命丁郎兒前去催討漁稅銀子，被蕭恩羞辱了一場。我想此事，非教師爺辛苦一趟不可。
大教師：這倒算不了什麼！可有一節——
葛先生：哪一節？
大教師：我們爺兒們來的時候，講的是看家護院，這催討漁稅銀子，我們管不着。

葛先生： 只此一次，下不為例。

大教師： 可就是這一回。徒弟們，走着！

葛先生： 今日天色已晚，明日一早再去不遲。

大教師： 得，就這麼辦啦。

（葛先生下）

大教師： 徒弟們，今天晚上加點夜功，吃得飽飽的，練得棒棒的，明天早晨跟師父討漁稅去。

四徒弟： 是啦！

（大教師率四徒弟下）

第四場

（蕭恩上）

蕭　恩：（唱西皮快三眼）
昨夜晚吃醉酒和衣而臥，
稼場雞驚醒了夢裡南柯。
二賢弟在河下相勸於我，
他叫我把打漁事一旦丟却。
我本當不打漁家中閑坐，
怎奈我家貧窮無計奈何！
清早起開柴扉烏鴉叫過，
飛過來叫過去却是為何？
將身兒來至在草堂內坐，
桂英兒看茶來為父解渴。

（桂英端茶上）

桂　英：（唱西皮搖板）
遭不幸我的母早年亡過，
拋下了父女們苦受奔波。
清晨起老爹爹呼喚於我，

　　　　我這裡捧香茶與父解渴。
　　　　爹爹用茶。
　　　　（蕭恩喝茶,放杯,桂英將茶具放下）
蕭　恩：為父也曾對你講過,不叫兒漁家打扮,怎麼還是漁家打扮哪？
桂　英：孩兒生在漁家,長在漁船。不叫孩兒漁家打扮,要孩兒怎樣的打扮？
蕭　恩：不遵父言,就為不孝！
桂　英：爹爹不必生氣,孩兒改過就是。
蕭　恩：這便纔是。
　　　　（桂英與蕭恩捶背。四徒弟、大教師上）
大教師：走着走着！
四徒弟：別走啦,到啦！
大教師：別倒哇！留着喂狗吧！
四徒弟：到了蕭恩的家啦！
大教師：怎麼,到了蕭恩的家啦？等我瞧瞧去。（看）回去吧,回去吧！
四徒弟：怎麼啦？
大教師：蕭恩沒在家。
四徒弟：您怎麼啦？
大教師：蕭恩沒在家。
四徒弟：您怎麼知道不在家？
大教師：關着門哪。
四徒弟：關着門是在家,鎖着門纔是不在家哪！
大教師：我再看看。回去吧,我說沒在家,他就是沒在家。
四徒弟：又怎麼啦？
大教師：曬着網哪。
四徒弟：曬着網纔是在家哪！
大教師：那麼就叫門去吧！
四徒弟：師父沒教過。

大教師：這還用教？

四徒弟：還是瞧您的吧！

大教師：怎麼還是瞧我的？好，你們瞧着點！

四徒弟：瞧着點。

大教師：（小聲地）蕭恩，蕭恩！

四徒弟：您大點聲呀！

大教師：大點聲，不叫他聽見了嗎？

四徒弟：為的是叫他聽見哪！

大教師：哦，為的是叫他聽見哪？等我脫了衣裳。（脫衣）我要叫啦。

四徒弟：你叫吧！

大教師：你們瞧着點，這是能耐本事，學會了吃遍天下。叫門得有叫門的架式，這叫做"攔門式"，蕭恩不出來便罷，他要是一出來，我這上頭一拳，底下一腳，他就得趴下。有道是：金風未動蟬先覺，暗算無常人不知。呔！蕭恩哪！瞧見沒有，就得這架子。

四徒弟：好架子！（桂英欲開門，被蕭恩攔住，桂英下）

蕭　恩：（開門）是哪個？
　　　　（將大教師打倒）

大教師：咳！誰没事兒在這兒扔西瓜皮？把我滑了一個大跟頭。

四徒弟：蕭恩出來啦！

大教師：怎麼着？蕭恩出來啦？（看）哦！是個糟老頭子。

四徒弟：是我，是我，是徒兒我！

蕭　恩：你們是哪裡來的？

大教師：連我們你都不認識，你真是瞎了眼啦！我就是丁府上來的。

蕭　恩：莫非你就是丁府上的教師爺？

大教師：罷啦，罷啦！

蕭　恩：哼！

大教師：喝，會兩下子！

四徒弟：怎麼樣啦？
大教師：不要緊,不要緊。
蕭　恩：做什麼來了？
大教師：請安來啦,問好來啦,外帶着有點兒事,催討漁稅銀子來啦！
蕭　恩：這幾日天旱水淺,魚不上網,改日有錢,送上府去,何必你來！
大教師：喝,會點穴。徒弟們,可留點神哪！
四徒弟：是啦。
大教師：我説蕭恩哪,你説什麼天旱水淺,魚不上網,改日有了銀錢,送上府去。這兩句話,別人來啦,三言兩語,叫你打發回去啦,今天教師爺我來啦,任憑你怎麼説,不管你怎麼説,説了半天,那算你白説,還得給我拿漁稅銀子來！
蕭　恩：旁人來了無有,教師爺你來了麼——
大教師：你乖乖兒的給銀子。
蕭　恩：(冷笑)嘿嘿,越發地無有了！
　　　　(蕭恩欲點穴,大教師閃去)
大教師：真幹哪！跟他説好的是不成,我説徒弟們！
四徒弟：師父。
大教師：帶着哪沒有？
四徒弟：帶着哪。
大教師：拿來！
四徒弟：給您。
　　　　(遞鎖鏈)
大教師：這個老頭兒够扎手的,你們可瞧着點兒,我一鎖上他,你們拉着就走。
四徒弟：是啦。
大教師：我説蕭恩哪,跟你要錢你没有,你瞧這是什麼？
蕭　恩：(看教師手中的鎖鏈)朝廷王法,要它何用？
大教師：這是你姥姥怕你長不大,給你打的百家鎖。

蕭　恩：哼！（打落鎖鏈，踏在脚下）
大教師：哎喲，哎喲！
四徒弟：怎麼樣，砸了脚啦？
大教師：沒砸着，過去撿過來！
四徒弟：師父沒教過。
大教師：這還用教？真是飯桶！過去撿過來，不就得了嗎？
四徒弟：瞧師父的吧！
大教師：還得瞧我的！
四徒弟：瞧你的。
大教師：得，瞧我的就瞧我的。我說蕭恩哪，你可瞧見過稀稀罕兒沒有？一個家雀兒兩腦袋，在哪兒哪！（推蕭恩，拾鎖鏈）在這兒哪！
蕭　恩：（有意地讓開）哼！
大教師：這叫做有力使力，無力使智。徒弟們，鎖上可拉着就走！
四徒弟：沒錯兒！
大教師：蕭恩哪，有了漁稅銀子便罷，如其不然，今兒個教師爺我要鎖你！
蕭　恩：朝廷王法，你們不能鎖。
大教師：我一定要鎖！
蕭　恩：你們不能鎖！
大教師：我一定要鎖！
蕭　恩：你就鎖、鎖、鎖！
　　　　（大教師以鎖鏈套蕭恩，反被蕭恩套住脖子）
四徒弟：拉着走！走！
大教師：得啦！鎖上蕭恩你們拉着走；鎖上我，你們也拉着走？
四徒弟：喲，我們拉錯啦！
大教師：你們瞧瞧，禿了一塊皮。這是怎麼說的？
四徒弟：這回我們看清楚了再拉。
大教師：我看這個老頭子有點扎手，動硬的不行，咱們跟他動軟的吧！

四徒弟：對，咱們跟他動軟的。
大教師：（強笑）哈哈……我說蕭老頭兒，沒您不聖明的。我們爺們兒幾個奉命前來催討漁稅銀子，這就叫"上命差遣，概不由己"。這麼辦，甭管有銀子沒銀子，您隨我們過趟江，見見我們員外爺，給不給在您，要不要在他，就沒有我們爺兒幾個的事啦，你瞧怎麼樣？
蕭　恩：話麼，倒是兩句好話，可惜呀，可惜！
大教師：可惜什麼？
蕭　恩：你二大爺沒有工夫。
大教師：喝，他跟我們爺兒們倒論上啦！
四徒弟：這就叫軟硬不吃，乾脆咱們還是跟他講打。
大教師：講打？你們預備好了沒有？
四徒弟：預備好啦！
大教師：好，咱們講打。
四徒弟：打。
大教師：我說蕭恩哪，跟你要錢你沒有；叫你過江你不去。瞧見沒有？教師爺帶的人多，我們要講打。
蕭　恩：要講打？
大教師：要講打。
蕭　恩：（笑）哈哈……老漢幼年間，聽說打架如同小孩子穿新鞋，過新年的一般！如今哪，老了，打不動了！
大教師：你還是甭賣派，教師爺我不聽這一套，我一定要打。
蕭　恩：娃娃，當真要打？
大教師：當真要打。
蕭　恩：果然要打？
大教師：果然要打。
蕭　恩：好哇！待老漢將衣帽放在家中，找個寬闊之地，打個樣兒你們看看。來，來，來呀！
大教師：徒弟們，打呀！
四徒弟：打！

蕭　　恩：（唱西皮導板）
　　　　　聽一言氣得我七竅冒火！
　　　　　（蕭恩打四徒弟，大教師接拳架住）
大教師：（接唱）
　　　　　聽一言氣得你七竅冒火？
　　　　　教師爺我要打你個八處生煙。
蕭　　恩：（打大教師，接唱搖板）
　　　　　不由我年邁人咬碎牙窩，
　　　　　江湖上叫蕭恩不才是我，
　　　　　（蕭恩打四徒弟，大教師接拳架住）
大教師：（接唱）
　　　　　江湖上叫蕭恩不才就是你，
　　　　　教師爺我也不是沒名少姓的，
　　　　　我叫左銅錘。
蕭　　恩：（打大教師，接唱）
　　　　　大戰場小戰場爺見過許多，
　　　　　我好比出山虎獨自一個。
　　　　　（蕭恩打四徒弟，大教師接拳架住）
大教師：（接唱）
　　　　　你好比出山虎獨自一個，
　　　　　教師爺我好比那打獵的，
　　　　　專打你這個出山虎！
蕭　　恩：（打大教師，接唱）
　　　　　何懼你看家犬一羣一窩！
　　　　　你本是奴下奴敢來欺我！
　　　　　（打大教師嘴巴）
大教師：打呀，打呀！
四徒弟：別打啦！
大教師：怎麼着？有朋友出來"了"了嗎？
四徒弟：人家罵下來啦。

大教師：罵什麼？
四徒弟：罵您是奴下奴，沒有我們的事。
大教師：罵我一個人，沒你們的事？咱們可是一塊兒來的！
四徒弟：沒我們什麼事。
大教師：等我問問他去。蕭恩，你罵我們是奴下奴，不錯，我們是丁府之奴，可不是你蕭家之奴。這麼辦，你要是禁得住教師爺三"羊頭"，漁稅銀子不要啦，帶着徒弟們揚長一走，你瞧怎麼樣？
蕭　恩：慢說三"羊頭"，就是兒三狗頭，你二大爺何懼！
大教師：人頭怎麼變了狗頭啦？蕭恩，你哪兒有功夫？
蕭　恩：（拍腹）……
大教師：你站住了吧！
（大教師向蕭恩三撞。蕭恩領起，打四徒弟下，截住大教師。）
大教師：（跪下）得啦，二大爺，徒弟們您都打發走啦，就剩我一個人啦，你也把我放過去吧。
蕭　恩：慢來，慢來，你是丁府上的教師爺呀！
大教師：得啦，二大爺，您別罵人啦。
蕭　恩：大大的有名哪！
大教師：咳！有什麼名啊！不過是馬杓上的蒼蠅——混飯吃。
蕭　恩：老漢要領教領教。
大教師：我就是這個能耐，您放我過去得啦！
蕭　恩：一定要領教。
大教師：聽我告訴你，沒有個三脚貓、四門斗的，也不敢出來當教師爺。練兩手你瞧瞧。您瞧這個。
蕭　恩：這叫什麼？
大教師：這叫扁擔。
蕭　恩：不好！
大教師：不好，您再瞧這個！
蕭　恩：這叫什麼？

大教師：擔匾。
蕭　恩：不好。
大教師：不好？練點掏心窩子的，你上眼吧！（練，欲暗算蕭恩，被蕭恩打倒）
蕭　恩：放你過去却也不難，你撞了老漢三"羊頭"，若禁得住我三拳頭，就放你過去。
大教師：好，你等等，等我運運氣。
蕭　恩：怎麽，你還會運氣？
大教師：甚麽話哪！打人得會打，挨打也得會挨呀。
蕭　恩：好，運來，運來。（大教師運氣）
蕭　恩：哪裡有功夫？（用手戳教師）
大教師：您別戳呀，戳泄了氣啦，還得重來。（運氣）
蕭　恩：運好了？站穩了哇！
　　　　（蕭恩打大教師三拳，二人架住。桂英持竹板上，打大教師）
大教師：好，你們倆打一個兒呀！接着我的吧！（逃下）
桂　英：啊爹爹，孩兒打得可好？
蕭　恩：打得好，只是我們打出禍來了。
桂　英：這便如何是好？
蕭　恩：取為父衣帽過來，待為父趕至縣衙，搶他一個原告。
桂　英：（取衣帽）爹爹年邁，不去也罷。
蕭　恩：小孩子家懂得什麽，為父去了。（出門）看守門户！
桂　英：是。
　　　　（蕭恩、桂英兩邊分下）

第五場

　　　　（四徒弟、大教師同上）
大教師：打呀！
四徒弟：都打壞啦，還打哪？

大教師：來，來，來，快攙着我點兒。
四徒弟：幹嘛還用攙着？
大教師：攙着點兒，回頭有便宜。
四徒弟：有便宜？好，攙着攙着。
大教師：找葛先生去。
　　　　（葛先生暗上）
葛先生：啊，教師爺回來了。辛苦了，有累了。銀子可要來了？
大教師：我讓人給揍了，銀子倒沒有要來。我們爺兒幾個都讓蕭恩給打回來啦。
葛先生：教師爺不必動怒，明日將他送在有司衙門，打他幾十板子，與教師爺出出氣，也就是了。
大教師：你早幹什麽來着？
葛先生：教師爺後面將養去吧！
大教師：走，徒弟們，跟師父養傷去。
　　　　（四徒弟扶大教師下。葛先生下）

第六場

（桂英上）
桂　英：（唱西皮快三眼）
　　　　老爹爹到縣衙前去出首，（內打板子聲，喊"一十"）
　　　　倒叫我桂英兒掛在心頭。（內打聲，喊"二十"）
　　　　將身兒坐至在草堂等候，（內打聲，喊"三十"）
　　　　等候了爹爹回細問情由。（幕後打聲，喊"四十"，"連夜過江賠禮，轟下堂去！"）
　　　　（蕭恩上）
蕭　恩：好賊子！（唱西皮散板）
　　　　可恨那呂子秋為官不正，
　　　　仗勢力欺壓我貧窮的良民！
　　　　上公堂他那裡一言不問，

　　　　責打我四十板就趕出了衙門。
　　　　無奈何咬牙關忙往家奔。
　　　　桂英兒與為父快來開門！
桂　英：（開門，攙扶蕭恩）爹爹為何這等模樣？
蕭　恩：哎呀兒啊！為父上得公堂，那贓官一言不問，就將為父重責了四十。
桂　英：好賊子！（唱散板）
　　　　罵一聲賊子真可恨，
　　　　欺壓爹爹為何情！
　　　　爹爹你受屈了！（哭）
蕭　恩：這還不算受屈呀！
桂　英：啊，怎樣纔算受屈呢？
蕭　恩：那賊官言道，叫為父連夜過江與那賊前去賠禮，那纔算受屈呢。
桂　英：爹爹，你是去也不去？
蕭　恩：哎——呀！說什麼去與不去，為父恨不得肋生雙翅，飛過江去，我要殺……
桂　英：禁聲！
　　　　（蕭恩、桂英雙望門，蕭恩桂英關門）
桂　英：爹爹，殺什麼？
蕭　恩：殺他的滿門！
桂　英：爹爹呀，他家勢力浩大，爹爹你，你……還是忍耐了吧！
蕭　恩：休得多口，取為父衣服戒刀過來！
桂　英：爹爹！不去也罷！
蕭　恩：兒就不要管了哇！
桂　英：（捧衣服戒刀）還是不去的好！
蕭　恩：噯，拿了過來。兒在家好好看守門戶，為父去了。
桂　英：爹爹請轉！
蕭　恩：做什麼？
桂　英：孩兒也要跟隨前去。

蕭　恩：為父前去殺人，你去做甚哪？
桂　英：爹爹殺人，孩兒站在一旁，與爹爹壯壯膽量，也是好的。
蕭　恩：我兒有此膽量？
桂　英：有此膽量。
蕭　恩：好，將你婆家的聘禮慶頂珠、衣服、戒刀一齊收拾好了！
桂　英：是。（取衣、刀）
蕭　恩：（自言自語）嗯，一同前去麼，也好。
桂　英：收拾好了。
蕭　恩：我們走哇！
桂　英：（回顧）爹爹請轉！
蕭　恩：做什麼？
桂　英：這門還未曾關呢。
蕭　恩：這門麼？——關也罷，不關也罷。
桂　英：（又回顧）爹爹請轉！
蕭　恩：又做什麼？
桂　英：家中還有許多動用的傢俱呢。
蕭　恩：噯，門都不關，還要什麼動用的傢俱呀！咳！不省事的冤家呀！（哭）
桂　英：（哭）喂呀！
　　　　（蕭恩、桂英緩行）
蕭　恩：不要哭，我們走哇！兒啊，到了那裡，要看為父的眼色行事。
桂　英：是。
蕭　恩：千萬不要莽撞啊！
桂　英：是。
　　　　（到江岸，蕭恩扶桂英上船，扔衣物，解纜，跳上船）
蕭　恩：兒嚇，慶頂珠帶好了沒有？
桂　英：帶好了。
蕭　恩：兒啊，黑夜行船，比不得白天，兒要掌穩了舵！
桂　英：遵命！

蕭　恩：（唱快板）
　　　　這件事不由我心中冒火，
　　　　今夜晚過江去將他殺却。
　　　　恨不得插雙翅越江而過。
　　　　（桂英鬆索落篷）
蕭　恩：啊？（接唱）我的兒為什麼撒了篷索？
桂　英：爹爹，此去殺人是真是假？
蕭　恩：噯——這殺人哪有什麼假的呀！
桂　英：如此，孩兒心中有些害怕，我不去了。
蕭　恩：怎麼？你，你不去了？呀呀呸！在家的時節，不叫兒跟隨前來，兒是一定地要跟隨前來；如今船行半江之中，兒又不去了。也罷！待為父撥轉船頭，送兒回去。
　　　　（蕭恩撥船，桂英反撥）
桂　英：孩兒捨不得爹爹！
蕭　恩：（唱哭頭）
　　　　啊……！
　　　　桂英哪，我的兒啊！
　　　　（搖船圓場。蕭恩跪下，繫船，桂英將衣物扔下船，跳下）
蕭　恩：兒啊，在此處下船，少時還要在此處上船。兒要記下了。
桂　英：是。
蕭　恩：慶頂珠可帶在身旁？
桂　英：現在身旁，要它何用？
蕭　恩：到了那裡，倘有不測，兒打水路逃往花家去吧！
桂　英：爹爹你呢？
蕭　恩：為父的麼？兒就不用管了啊！
桂　英：（哭）喂呀！
蕭　恩：兒啊，不要啼哭，到了那裡，看為父的眼色行事，叫兒罵，兒就罵。這便纔是。走！
桂　英：是。
蕭　恩：叫兒殺，兒就殺。

桂　　英：是。
蕭　　恩：來此已是。（蕭恩、桂英披衣服）
蕭　　恩：門上有人麼？
　　　　　（大教師上，口裡哼着小調）
大教師：誰呀？（開門）喲，二大爺，您太難啦！怎麼打到門上來啦？
蕭　　恩：過府賠罪來了。
大教師：賠罪來啦？你敢不來嗎！
蕭　　恩：啊？
大教師：你往後點兒站，我好給你回一聲。（見蕭不動，指桂英）那是誰呀？（蕭恩遮桂英）
大教師：（進門）有請員外爺！
　　　　　（丁員外、葛先生同上）
丁員外：何事？
大教師：蕭恩過府賠罪來啦。
丁員外：傳家丁們走上！
大教師：家丁們走上！
　　　　　（四徒弟上）
丁員外：叫他進來！
大教師：咋！蕭恩，員外傳你哪！
蕭　　恩：兒啊，放大了膽，隨為父的來呀！請了！
丁員外：嘟！膽大蕭恩，抗稅不交，將我府中家人打壞，如今還這等大模大樣，其情可惱！左右，與我拿下了！
衆　　：啊！
蕭　　恩：且慢！我父女有好心獻上。
丁員外：有什麼好心？
蕭　　恩：日前打魚得來一宗寶貝，特來獻上。
丁員外：什麼寶貝？
蕭　　恩：這——耳目甚衆。
丁員外：你們退下了！

（大教師與四徒弟下）

丁員外：什麼寶貝？

蕭　恩：慶頂珠。

丁員外：哦！慶頂珠，好寶貝！

葛先生：好寶貝呀！

丁員外：呈上來，待我一觀！

蕭　恩：（示意）兒啊，獻寶啊！

丁員外：快些取來！

蕭　恩：看刀！

（蕭恩、桂英拔刀，殺死了丁員外、葛先生）

蕭　恩：兒啊！放大了膽，隨為父的殺！

桂　英：遵命。

（蕭恩下。四徒弟同上，與桂英起打，四徒弟敗下。大教師上，起打，桂英敗下。蕭恩上，接打，大教師敗下。二徒弟上，起打，敗下。大教師上，接打。桂英上，蕭恩、桂英殺死大教師。同下）

黑籍冤魂

（京劇幕表戲）

民國·夏月珊等

【作者簡介】夏月珊(1868—1924)，京劇老生。原名昌樹，藝名小庚弟。安徽懷寧人。幼承家學，習文武老生及文丑。清光緒年間，夏月珊開始輔佐長兄夏月恒主持附設於丹桂茶園之科班。光緒三十年(1904)左右，接辦丹桂瑞記茶園，其後，與潘月樵等合辦丹桂勝記茶園。這一時期，他受當時民主思潮的影響，致力於京劇改良運動，與汪笑儂、潘月樵、夏月潤、馮子和等進步藝人一起，編演了《新茶花》、《潘烈士蹈海》、《玫瑰花》、《血淚碑》等一批時裝新戲，為傳統的戲曲藝術表現現代生活題材開了先河。光緒三十四年(1908)，夏月珊、夏月潤昆仲和潘月樵創辦了中國第一座近代劇場"上海新舞臺"。夏月珊親任後臺經理。在這座舞臺上，他開始採用燈光、繪景片等舞臺景物造型，對京劇表演藝術形式亦作了全面的革新。他注重從生活出發、從人物出發，着力於揭示人物的內心世界；主張京劇唱腔只要不離西皮二簧聲腔規範，曲調旋律可由演員自行創新。除了上演優秀傳統戲外，他又繼續編演如《黑籍冤魂》、《明末遺恨》、《宦海潮》、《鄂州血》、《秋瑾》等大量的時裝、洋裝新戲。辛亥革命時期，夏月珊和新舞臺一班人，積極投身光復上海的鬥爭，他同潘月樵、夏月潤一起帶領伶界商團攻打上海製造局；還保護過孫中山、陳英士等領導人。辛亥革命後，為籌辦伶界聯合會作出巨大努力。20世紀20年代初，夏以參與編演《新西遊記》、《槍斃閻瑞生》等劇而繼續享名劇壇，尤其是他主演的《濟公活佛》一劇，創造了正戲丑演的戲路和諧趣、幽默與嚴肅議論相結合的藝術處理方式。

【劇情概要】吝嗇成性的商人甄守舊，懼怕熱心地方公益的兒子甄弗戒慷慨過度，毀掉家業，為了養成弗戒昏惰之性格，以"閉門緊守，長保家業"，逼勸其吸食鴉片。弗戒堅拒之，曰："我活了二十多年，與社會周旋，與朋友接觸，每當看見那些英雄豪傑一旦沉溺於黑籍之中，則必將喪失其畢生的壯志，若勸我吸煙則是萬萬不能的，我是什麼人？為何要我入此牢籠？"父親以死相脅迫，母親和妻子亦頻頻相勸。弗戒無奈，終於屈服，之後終日沉溺煙榻，對家業經營、社會公益、朋輩交遊等均無興趣，甄守舊見此後果，心痛家業無人繼承,孫兒尚屬幼稚,胸中鬱結,憂思成疾,不多日便懊惱而死。弗戒的妻子,屢勸丈夫擺脫黑籍,重理家業,反遭丈夫蠻橫對待。不久她的兒子因誤將鴉片當糖果吞食,中毒致死。弗戒的母親也因丈夫去世,孫兒夭亡,家業漸敗,終日恍惚,若有所失,不久也辭別人世。甄家的店夥計又乘甄家辦喪事之機侵吞其家財,暗中揮霍,而弗戒每日仍沉溺於鴉片煙霧之中,妻子一再苦勸,却屢遭打罵,也飲恨自殺了。妻子死後,家中的夥計、奴婢用各種手段騙取財產,并害得甄弗戒惹上一場官司。官司打完後,弗戒傾家蕩產,一無所有。為了抽煙,他又將女兒售入娼門。最後,成為乞丐的他,倒斃在城墙根邊。

【版本流傳】此劇由夏月珊根據吳趼人同名小說改編(一說許復民編劇,夏月珊修訂)。宣統元年(1909)新劇家鄭正秋將夏月珊演出的京戲等整理成詳細提綱,發表於《圖畫日報》。宣統三年九月又出單行本,題"夏月珊編,鄭正秋錄"。上海書店於1990年出版的由張庚主編的《中國近代文學大系·戲劇集》收錄了該劇的提綱。

【演出情況】該劇在光緒三十四年(1908)六月二十三日首演於上海丹桂茶園,夏月珊飾劇中主角甄弗戒,七盞燈(毛韻珂)飾曾妻張氏,小子和(馮子和)飾女兒,小連生(潘月樵)飾甄父。並有孫菊仙、夏月潤等配演。同年冬,新舞臺建成,此劇亦成為常演之劇目。每次演出,演藝人員當場出售戒煙丸,因而引起鴉片煙販的嫉恨,為此夏月珊等曾收到恐嚇信。但他不為所動,仍堅持演出,得到社會進步輿論的好評。後該劇流傳到北方,北京戲曲改良團體奎德社在民國初年也演出過此戲。1916年由上海幻仙影片公司拍攝成電影,是我國最早故事影片之一。該片由張石川導演並主演,洪警鈴、黃小雅、查天影、徐寒梅、黃幼雅等配演。

(劉永超)

序

　　夫遼廓靈日於上者，天也；經緯盛張於下者，地也；生生息息，昭回盤際於天地之間者，人也。吾人既生生息息，與萬物昭回盤際於天地之間，將與萬物同腐耶，亦將與天地同其不朽耳。神農氏播五穀，嘗百草，以壽此芸芸之衆，而逝者如斯，百年一瞬，縱有奇俠非常之才，必無悠久不息之身。老子曰：芻狗萬物。莊子曰：以有涯隨無涯殆矣。雖然，緣督為經，以盡其年，以遁天之刑可也。若夫伐性戕命，以自促其算，則亦傎矣。道咸來，交通日廣，競爭日烈。洋舶絡繹，耗我度支巨萬萬流宂散亡，更僕難數。而鴉片一種，其害於家而凶于國，尤非尋常百貨所得同年而語矣。所謂大土，若新公也，陳公也，新喇也，陳喇也，三冬公，三冬喇也，繽紛璀錯，吸髓鑠精。小土若本新，若充陳，若夾新，若枯老，夥夥繽駢，削肉亡血。歲輸入者五百餘萬箱，歲流出者七千九百餘萬金。而有用之精神消耗於冥冥不覺者，又胡翅恒河之沙，上而公卿士夫，下而農工商賈，懵懵焉，諈諉而不能去者十之二，暗晦而不知返者十之三，憚悚炎欼，甘鴆如飴者十之四，而慍愉以憎，歆歊以惡，傑俢以避之者殆十一耳。嗚呼，構搗不明而自入於翹翹業業之途，艶鶬其色，憔悴其形，欸欨其氣，嬰孩其聲，卷婁其手足，縛紲其精神，聽瞽欲臥，踈跂莫行，倭傀仳佁，復見於今，而略覷列蛸，樂與為鄰。宋馬時中之言曰："吾志在行道，以富貴為心，則為富貴所累；以妻子為念，則為妻子所奪。"夫以富貴妻子三所累所奪猶不可，而況馳驟束縛，困厄於慘毒之鴉片？何其傎哉！何其傎哉！夏氏月珊，恂焉憂之，聊慮固護，欲拯之於水火之中。天假之緣，乃有許君伏民，目睹怔儴垂斃者一人，殗殢而臥於北門之外手出一紙，則受鴉片之毒而亡家亡身者，歷敘其生平無隱。許君讀之，謂足以資勸懲戒也，遂刪潤其辭，而刊諸《月月小說報》。夏氏聞其事，欨欨然喜曰：

"有事哉,是可以盡我戀戀之忱矣!"繇是播諸歌詠,緣聲達意,因意造形,現身說法,顯然呈其象於丹桂劇場。言者無罪,聞者足戒,有同嗜者,且矍然心動,譁然顏赧,怨懟懊憹以求自拔者比比焉。夏氏猶以為未足。適與潘氏月樵構新舞臺於南京,慘澹經營,復改良盡善而出之,於是沉溺懊恨之輩佗傺殢殘之徒,咸嘔喻仿佯於天地之間,夏氏之功亦偉矣哉。昨歲,美國設萬國禁煙會於滬上,各國領事暨會中中西大員,謂是劇之足以警近世而挽末俗也。罔不嘯噴鼓舞,交口頌之曰:"此有功世道人心之悲劇也!"嗚呼,夏氏一伶耳,而有此愛人以德之心,余多其合於君子之道,余又惜其不能化作億萬身,一一超度於阿鼻地獄中,爰命不律隃糜,隮誦言之,以告世之聾瞶矇瞍焉,倘不以余言為河漢,則緣督為經,盡其年以遁天之刑可也。不然,惘惘襁褓,直山狎耳,直虛魍魎耳,翦翦者又何足與語哉!當使甲作騰簡伯、奇祖明,悉攫而啖之。時宣統辛亥閏六月,嶺南鄭正秋敍於歇浦麗麗所。

凡　　例

　　一、鴉片之害，盡人知之，夏氏月珊尤視為己饑己溺，其志趣懷抱豈非尋常伶人所能望其項背哉？記者與有同志，爰請其將所編《黑籍冤魂》一劇擇其能發人深省者印成照片，並附白話說明書，如禹鼎鑄奸，醜象畢露，俾閱者驚心觸目，及早回頭，庶茫茫苦海中不致沉溺無數冤鬼。

　　二、語云，言之無文，行而不遠。記者此編純用白話，不亦陋乎。惟中人以下，通文者鮮，與其失之艱深，毋寧失之簡淺，故樸質不華，欲使如白香山詩，老嫗都解。

　　三、吾國語言不統一，實為進化之阻，是編悉用官話，以冀通行。但記者生長南方，於北音多有未愜，閱者諒之。

　　四、劇中之主人翁甄弗戒，故此編於弗戒事言之最詳，其餘諸人，無甚關係者一概從略，以免費詞。並取便閱者記憶，廣勸賓朋毋負夏氏之苦心，強種強國，於此為基，記者之幸，抑亦國家之幸也。

　　五、是編共二十三章，每章長短起訖悉以場數為斷，不增不減。倘各省各府縣欲仿演者，可以按圖索驥，推廣不窮。記者翹首望之。

　　六、夏氏排演是劇煞費苦心，記者不欲任其湮沒，故於是編首列夏氏肖像，俾脫離苦海者人人崇拜此大功臣。

　　七、每場用照片一張，事蹟較多者加用一張。有前後情形略同，毋庸贅入者則刪去之，以避重復。

　　八、統計照片二十二張，佈景一切悉用五色銅板精印，藝員神情罔不逼肖，手此一編，無異躬歷劇場，目睹全貌。願有志之士，父詔其子，兄誡其弟，協心同力，共登仁壽之域焉！

第一場　奉爹娘命，抽煙弄假成真

　　富翁甄守舊，愛錢如命。鴉片煙之外，從不妄費錢財。在東街上開了一家當鋪，全家靠此吃用。因為兒子甄弗戒，喜歡做公益善舉，又喜歡交朋友，甄守舊十分擔憂，恐怕家當要給兒子用完。所以叫傭人欺主去請太太金氏出來商量。老夫妻商量之後，說道要保守家當，還是叫兒子抽上鴉片煙為是。就叫欺主請少爺弗戒、少奶奶梅氏出來。弗戒的兒子阿貝、女兒阿寶也隨後跟出來。守舊看他們出來，就單向弗戒說道（兒呀，你曉得為父有病嗎？）弗戒道（曉得。）守舊道（你曉得我病為誰？）弗戒答道（不知。）守舊大聲道（為你。）弗戒詫異道（為兒何事？）守舊道（你東也捐公益，西也助善舉，家基要給你捐完了。叫我不要氣出病來嗎？）弗戒道（我做公益善舉事，無非是望爹娘手腳輕健。人家總說某人年紀輕輕，很有熱心。於你老人家面上，也有風光。自問既不嫖，又不賭，大錯不錯。）守舊道（今天有一事，你要答應便罷，不答應就是不孝。）弗戒道（阿爸儘管教訓，兒子無有不依。）守舊道（從今後你要學我老子纔是。）弗戒道（要學哪一件？）守舊道（要學我抽鴉片煙。）弗戒道（咦，好奇怪，平白無故把我叫出來，叫我抽鴉片煙，豈不是笑話嗎？）就回復守舊道（阿爸，你請放心，家產呢兒子分文不要，要我抽煙可萬萬不能。）守舊道（咳，你不知鴉片煙有許多好處嗎。年輕人肝火心旺，有天同人家打架，送掉性命，豈不冤枉。如我抽煙的人，從來不動火氣，所以決不致闖禍。）弗戒道（如果阿爸在街上走路，忽然被人欺負，就罵死不開口，打死不還手嗎？）守舊道（好處還有，譬如到某胡同第六家去看朋友，剛巧第一家有人生瘟病，不抽煙的人走過去，必定染着瘟氣，無端的送命，豈不冤枉。吾們抽煙的人，過了癮，走過他家，就有煙氣可以蓋罩瘟氣，決不致傳染了。）弗戒道（如此説來，外國人個個不抽煙，何以也不染瘟病呢？）守舊道（你平時有教必遵，今天何以大變起來了？）弗戒道（一過宣統三年，吸煙人就要身穿廢民嵌肩，前後畫着烏龜，自己拿着煙照，出去挑膏，你老人家勸我抽煙,豈不是叫兒子做候補烏龜嗎?)守舊一聽此言,鬍子氣得根根豎起,回頭埋怨老婆,金氏就向前來勸兒子道(好兒子,你就聽了他罷。)弗戒道(呵呵,你媽媽也老勸我抽煙麼,真是奇事,兒子可不能遵命。)金氏沒有法子,就叫媳婦來勸。弗戒正在自言自語道(今天無論哪一個來勸,總是無用的。)一回頭忽見妻子如花似玉的站在一旁,剛要問妻子,不料梅氏先說道(此刻婆婆叫我來勸你了。)弗戒道(這個運動力倒不小,運動到你這兒來了,咳,你平時很有志氣,怎麼今天也跟他們一般見識呢?)梅氏道(婆婆叫我來,我不得不來。然而我的意思正與你不相謀而相同。鴉片煙是最害人的,本來是不抽為妙。)弗戒道(一隻床上不出兩樣人,這句俗話更不錯了。)梅氏道(依我說,一不可氣壞公公,二不可真抽鴉片,只有上前去假意答應一句,最為妥當。)弗戒聽他說得有理,就上前去哄騙老子,說自己肯抽鴉片煙。守舊聽說,很為高興,跳起身來,叫他馬上就抽。叫丫頭楊花做扦子手。弗戒無可奈何,只好勉強躺下。梅氏在旁,悔也悔不來了。弗戒第一口抽下去就大吐,梅氏就勸翁姑不要硬逼他。守舊夫妻哪裡肯聽,反叫欺主趕快去買水果。弗戒一口煙,一口水果,忽然跳起來道(阿爸,不錯,鴉片煙是真好,我今天纔知道有這樣的美味兒,兩口一抽,精神就提起來,真好,真好,我一定要抽上它了。)守舊同金氏都謝天謝地,說但願你一天抽多一天。梅氏連聲叫苦,已經來不及了,走出來恨恨道(這種爹娘真是世間少有的了。)

第二場　為兩口煙來不及送終

甄弗戒煙癮,一天大一天;甄守舊的病,也一天重一天。自己知道死在眼前,就叫欺主去喚當鋪裡掌櫃賈熱心、惠運動二人進來交帳。一面叫媳婦叫弗戒出來聽遺囑。不料弗戒自從上癮之後,百事不問,老婆叫他,他反說還要等八口煙抽完,纔肯出來,梅氏氣得跺腳。守舊看見兒子不出來也並不動怒,就吩咐他老婆、媳婦道(我死以後開銷要省,省下的錢給兒子多抽幾口煙。)吩咐以後就胡言亂語起來,説什麼鴉片煙鬼叫他去,説了好一會,就此斷氣。梅氏急得肝腸寸斷,就叫阿貝、阿寶到裡頭把弗戒硬拖出來,一家老小大哭一場。哭完以後,梅氏埋怨弗戒不出來送終。弗戒倒説(還有兩口煙沒有抽完,誰知他死得這麼快。)梅氏沒有法子,叫他去買棺材,他説(煙癮沒有過足,兩隻腿酸軟不能動,還是叫別人去買吧。)梅氏恨恨道(本地鄉風,棺材是要孝子親自去買的。)弗戒無法,只好答應。走到門口,剛剛碰着鋪裡掌櫃來交帳,弗戒一見,就跪下,他倆就問他(為什麼行此大禮?)弗戒説(老子死了,拜託二位去買一買棺材,價錢不可太大,至多大洋五十元,不可再多。因為我老子臨死的時候吩咐下説,把錢省下來給我抽煙的。)賈、惠兩個都答應了,就把帳簿交給弗戒,弗戒説(這種事情我向來不管,諸事都託你二位辦理就是了。)賈、惠十分喜歡,出來買棺材,還從中賺了好些扣頭。

第三場　一面做孝子,一面抽煙

到了開吊日子,甄弗戒叫楊花拿煙傢夥,擺在孝堂裡,一口一口裝給他抽。有客來他雖然做孝子回拜,然而一面回拜,一面銜住煙槍,抽個不休。梅氏氣得無可奈何,等客去以後就把楊花趕了進去。賈、惠二人問弗戒道(小東家,今天辛苦了。我看到出殯的日子恐怕更要辛苦吧。)弗戒道(出殯就不必排場了,把靈柩從後門偷擡出去就完了。)賈、惠勸他總要熱鬧熱鬧纔好,不然未免對不起老東家。弗戒也不聽。

第四場　叫煞煙迷不出來

梅氏因為丈夫一天到晚單知道抽鴉片煙,不知道到鋪裡去照管照管,所以自想自歎,料定甄家要敗就在眼前了。想想實在不得了,就叫阿貝、阿寶出來,不料姊弟倆從外邊進來,一路打、一路罵,梅氏就問他們為什麼鬧,阿寶説(兄弟在門口跟頑皮小孩兒滾錢。)

阿貝賴說沒有，梅氏就拿阿貝的手來一看，說道(你不要錢手上怎麼會這麼黑呢?)就拿阿貝痛打幾下。阿寶在邊上拜天拜地道(也罷了，也罷了)梅氏看見，也罵了阿寶幾句，就叫他們到裡頭去請老子出來。哥兒倆進去不多時。阿貝忽然大聲哭了出來，阿寶在後取笑他說(該打，該打，該打。)梅氏問哭什麼，阿貝說(我進去叫爹爹，叫了好幾聲，他不答應，我把他腿上推了一下，他就拿煙槍打我。)梅氏道(好兒子，別哭，你老子煙迷昏了，我喜歡你。你再去，說鋪子裡送土來了，你媽不懂，叫他自己來挑選，他就肯來了。)兩人去了一回，又鬧出來了，阿貝忙躲在梅氏身旁道(媽呀媽，我爹聽說鋪子裡送土來了，他很快活，給我一塊錢。姊姊不講理，他硬要我分一半給他。)梅氏就叫阿寶不許跟他要。正在這個時候，弗戒果然彎腰曲背的走出來了，開口便問(土在哪兒，土在哪兒?)梅氏說(哪兒來的土? 因為要請你出來實在不容易，是我叫他們來哄你的。)弗戒聽說沒有土，回頭忙問阿貝要回一塊錢，阿貝不肯。梅氏等他坐定，便勸他道(我說你總要到鋪子裡去查查帳，看看生意怎麼樣，纔是做東家的道理。萬不能白天當夜裡，夜裡當白天，躺在炕上，懵懵懂懂，糊裡糊塗的一天渾過一天，除了鴉片煙之外，就不知道別的事情了。照你這個樣子混下去，恐怕鋪裡叫人家搬空了你還不知道哩。咳，你從前是一個很有志氣的人，怎麼此刻就變成這個樣子呢?)弗戒聽了，發憤道(你別說了，鴉片煙是爹娘叫我抽的，你既然不滿意，我就戒給你看，省得你天天跟我嚕哩嚕嗦的，鬧一個不了了。)梅氏道(哼哼，只怕你有口無心。你要是說得到做得到，我就佩服你了。)弗戒忽然站起身來，叫阿寶拿馬褂，穿了就走。但是臉上的煙氣很重，梅氏叫他洗了臉再去，他一定不肯。梅氏歎道(不想抽上了煙，一個巴結人就馬上懶到這步田地，可惜，可惜。)臨走，阿貝叫他帶兩瓶外國糖回來，弗戒只管向外走，假裝沒有聽見。

第五場　買參片來抵三個二十四口煙

弗戒出門，並不在鋪裡查帳。在大煙館裡開了燈出來。自以為只要天天出來開燈，在外面過足煙癮之後再回家，那就可以瞞過老婆，説是當真的戒煙了。不過，早上總得在被窩裡先抽二十四口，纔能睜開眼睛。再抽二十四口，纔能起身下床。再抽二十四口，纔能吃得下東西。就是這三個二十四口倒不容易説誆，哄過老婆。想了一想，説倒不如去買兩瓶戒煙藥，回去抵抵煙癮，吃過午飯，馬上出來開燈。照這麼辦，恐怕老婆不至於會看破吧。一邊想，一邊走，忽然擡頭一看，看見對面有一個小攤兒，在那裡賣戒煙參片。弗戒想，來的剛好，就上前去買了兩瓶。一回頭，碰上三個抽煙的，手裡也拿着參片，彼此就談起話兒來，大家認做同志。臨了，弗戒倒勸他們不要戒煙，説這種福壽膏要抽上癮，很不容易，把它戒了，豈不可惜。那三人給他一説，就此決意不戒了。

第六場　毒死兒子，氣死老娘

　　弗戒回到家裡，在門口先遇着阿貝，阿貝問他要外國糖，弗戒趕忙拿參片藏在口袋裡頭，不知阿貝却已在暗地裡看見了。弗戒走進房，他母親金氏先問他哪裡去的，又問他鋪裡生意好不好，又問他煙抽過了沒有，弗戒一一回答，單是問到他抽煙一句，他就不明白回話，向着他母親打一個呵欠。金氏叫他快快去抽吧，總要多抽纔是，別忘了你老子臨終的遺囑。弗戒答應説（你老人家請放心，兒子儘管多抽就是了。）等到大家進去吃飯，梅氏問弗戒道（剛纔婆婆問你抽煙的事，你為何打呵欠，下次千萬要留意，切不可説破是我叫你戒煙的。）弗戒答應了幾個不説，就脫衣上床午睡。房間裡頭只剩下阿貝一人，在馬褂袋兒裡掏外國糖，偷到外邊兒來，自言自語道（咳，爹啊爹，你買了外國糖，不給我吃，你也會偷來吃的。吃第一顆囫圇吞下，没有辨出滋味。第二顆開先有點兒甜味，到後來有點兒苦了。這是什麼緣故，哦，我知道了，大凡外國人的東西，起初總給人家甜的，到後來自然而然給人家苦的了。）吃了幾顆，想起聽唱書的唱打鼓書很好聽，就提起嗓子唱了幾句，不知道阿寶就在邊上大聲叫好，把阿貝嚇了一跳，就把手藏在背後。阿寶叫他去吃飯，他回說不餓，吃不下。兩人爭了一回，阿寶纔進去。阿貝見姊姊不在，重新又拿外國糖來吃，吃了一瓶又吃一瓶。忽然一陣肚痛，倒在地上，欺主走來看見這個光景，叫他不答應，着了慌，就嚷說不好，金氏、梅氏、阿寶、楊花趕快出來，弗戒亦忙忙起床，叫欺主去請大夫。一會大夫來看，問可有吃過什麼東西，弗戒想着，急忙去摸馬褂兒，掏出參片一看，吃驚不小，讓中國醫生出門，馬上去請外國醫生來。洋醫生來了，一診道，毒已攻心，不能救了。衆人跪下求他救命，洋醫不肯，大踏步去了。不多一會，阿貝就此送命。金氏、梅氏問弗戒道（你兒子到底吃了什麼毒的東西，臨死怎麼他要指住你罵呐？）弗戒道（媽呀，今天兒子瞞不得你了，怪來怪去，單怪你媳婦不賢慧，他一天到晚跟我胡鬧，怨我抽煙。我叫他鬧不過，只好戒煙，所以出去買了兩瓶參片回來，預備抵抵癮。參片裡頭，本是嗎啡鴉片，不提防阿貝當它是外國糖，偷來吃得乾乾淨淨，把一條小命活活的送掉，你想傷心不傷心。）金氏一聽這話，怒氣衝天，大罵媳婦，一時氣湧上來，就此氣死。頃刻之間斷送老少兩命。梅氏到此地步，滾倒在地，號啕大哭，也要尋死。就是念書人所謂搶地呼天，痛不欲生了。被衆人苦勸纔肯進去。弗戒走出門口，又遇着賈、惠兩夥計，又對他們磕頭。兩人問他緣故，弗戒就把細情跟他兩人說了，又託他們去買棺材。賈、惠兩人得了這個吩咐真是樂極了，說道咱們的財運又現了。

第七場　東家不問事，管事起黑心

　　賈熱心、惠運動二人，因為小東家日夜依然專心抽鴉片煙，不問正事，所以在當鋪裡私下宕欠銀洋不少。有一天，有債主甲乙二人來要帳，賈、惠隨口答應，明天來取。等到債主一走兩人就計算對付的法子。賈熱心腸最毒，他叫惠運動去買兩箱火油，一到晚上就放起火來，把甄守舊辛辛苦苦掙下的一個當鋪燒得乾乾淨淨。救火會來救，已經趕不上了。鋪裡的那些徒弟，從窗洞裡頭跳出來，叫巡士拿住，單單賈、惠兩個倒叫他們跑了，沒有拿着。

第八場　哭公婆又哭兒子

　　甄梅氏帶了女兒阿寶、丫頭楊花到公婆、兒子墳前大哭一場，哭得很是淒慘。阿寶、楊花竭力勸解纔罷。梅氏哭完了還不肯回家，說寧願死在墳上。楊花勸道（大奶奶不回去豈不要苦死寶姑娘嗎？）阿寶也兩淚汪汪的說道（媽要不回家，可叫我怎麼過日子呢？）梅氏想了一想，到底捨不得女兒，只好回去。臨走對着阿貝墳墓說道（孩子，好兒子，你媽去了。）一路走一路揩眼淚，很是傷心。

第九場　煙鬼不聽勸，逼死老婆命

　　甄弗戒起來不見楊花，煙癮來了自己又不會裝，對欺主大發牢騷，叫他去找。欺主走到門口兒，剛剛碰到梅氏他們回來。弗戒一見楊花就罵，阿寶上前去叫他一聲爹，他也狠頭狠腦、惡聲惡氣地問他（大清老早你到底上哪兒去的？）梅氏看他這種樣子就氣上加氣，趕上前來跟他分辨道（怎麼，他一點兒大的孩子隨着他媽出去也就犯疑嗎，我帶他打野雞去了，你打算怎麼樣？）弗戒看老婆動了真氣就改口道（我不過問問他上什麼地方去的，這也不要緊的一句話，你何苦要氣得那個樣兒呢。）梅氏道（你自己生身父母的周年你不去上墳，我們是要去的。）弗戒道（你不知道上一回墳要花掉多少錢，這注錢省下來給我抽煙纔是。自己拿錢花了倒還是你的是，你不記得你公公的遺囑嗎？）梅氏聽了，愈加氣得厲害，上前跟他對罵，罵動了火，要跟弗戒拼命。弗戒到此田地更是火上添油，打梅氏一下耳刮子，又把她撑在地下，一拳一脚打個不了。幸虧楊花拉開了纔得罷手。阿寶勸媽進去吃飯，梅氏說（你們去吃吧，我是吃不下的了。）等人走完了，梅氏自己想想，他丈夫平常的時候，我有事勸他，雖然不肯全聽，還有幾句聽我，總不至於翻臉的。誰知道到了今天把我打成這個樣兒，咳，想那以後的日子還過得下去麼。照這種光景，活着還有什麼巴望，還有什麼趣味？與其眼看他將來敗家的收成結果,不如趁早尋個自盡,倒還乾淨。說完了就拿半盒子鴉片煙拿茶來吞下去。暗地對着門內哭道(阿寶,女兒啊,你自己放乖些吧,你媽可顧不得你了。)哭了一回,臉上顏色大變,咬牙切齒痛倒在地。楊花出來,問她可餓了,一看見,大驚之下大聲嚷道(大爺、大姑娘,大大大大的不,不好了,快快快出來。)阿寶飛奔出來了,看見了,跪在地下痛哭。弗戒也十分懊悔,出去買棺材又碰見賈、惠兩個,弗戒又跟他們磕頭,説(怎麼你們來一次我家裡就要死一次人的呢。)賈、惠兩個人問明緣故,知道是自己尋死的,並不説一句可惜的話,慌忙跪下向弗戒磕頭,弗戒忙問(天下怎麼有這等的巧事,你們倆家裡也死了誰啊?)賈、惠忙辨道(不,不,我們特地來跟您呐報喜信的。)弗戒道(家裡連喪四命,還有什麼喜事呐?)賈、惠道(昨兒晚上當鋪的鄰居走火,把咱們的鋪子都燒完了。)弗戒道(阿呀,這個鋪子是我們全家靠此活命的,這麼一來可不得了了。)賈、惠(不要緊,老東家在世的時候保過二萬銀子的險,你把保險單拿出來,好去領錢。)弗戒不知老人家保過險,幸虧楊花找出保險單,交給他們倆。他們就跟弗戒説(你總要有人伺候纔好,不如把楊花收了吧。)弗戒、楊花都願意,就此成親。又叫他們去買棺材。不料二人一出門口就三十六着走為上着,拿脚底給弗戒看了。

第十場　債主只揀有辮子的抓

甄家的當鋪既經燒完,所有的債主聽見這個消息無法可想,就找到了地保,同到甄家。欺主不知道高低,跟他們鬥起口來。弗戒聽見門外喧嚷,出來一看,知道是衙門人,就不敢怠慢,上前來陪笑臉説道(我的女人是生病死的,可以不必查嗎?)債主説(誰來查你死不死,活不活。快快還我錢來便罷,敢道一個不字,叫你知道我的手段。)弗戒慌道(我,我幾時借你的錢來,錢是管事的借的,你們就該問管事的要,與我什麼相干。)話還没説完,就叫債主抓住,交給地保,帶了就走。欺主和楊花兩人,只得眼睜睜的望着他們去,又不敢跟他們爭回，只好叫姑娘出來，大家商量。阿寶聽說老子叫衙門裡拿去了，嚇的話都說不出來，一時沒了主意。還是欺主說（我且先領了寶姑娘去探望探望了再說吧。）阿寶說好。就匆匆的換了一件衣服，跟欺主出門。

第十一場　一臉黑氣是抽煙人的招牌

　　甄弗戒給地保拉到堂上，跪在地下，不敢開口。老爺叫他擡起頭來，弗戒擡頭，老爺對他仔細打量一回道（甄弗戒，你怎麼臉上烏漆墨黑的，都是一臉的黑氣呀？）甄弗戒（回老爺的話，這不是黑氣。因為抽鴉片煙，所以臉上有那麼多的黑氣。實在是煙氣，不是黑氣。）老爺聽他這話，就把鼻子上架的眼鏡除下，叫左右看到（來，看老爺臉上有煙氣沒有。）左右回說沒有。老爺再問弗戒道（你短人家的錢為什麼不還？）弗戒供說（不是我該的，是我的管事該的，我一點兒都沒有知道。）老爺把案桌一拍道（渾帳，鋪子是你開的，管事是你用的，你就不該還麼？你們這些糊塗東西，有了幾個大，往往依靠管事，自己就不問長短，一個月之中可有去調查幾次？所以我們中國的商界就不能發達，你這個人既沒有財力，又沒有智力，眼力、心力、腦力、閱歷一件都沒有，怎麼可以做東家呐？）弗戒道（老爺，我雖然眼力、心力、腦力、閱歷一件沒有，然而我有極大的煙力。）老爺大怒說（限你三天交錢，不交要重辦。）弗戒說（實在是沒有錢。）老爺就吩咐拿他押起來。底下的胥差答應，就上前把他帶下。老爺下的堂來，對債主說道（不怕他凶，只怕他窮，只要甄家有錢，我總有法子叫他拿出來。不過這會兒我很幫忙，等到銀子追出來之後，你們應該……總該……明，明白吧。）債主看見老爺該呀該的說不出來，知道都是伸手大將軍的好功夫，就連連答應道（明白，明白，這個咱們都是心照不宣的。）債主都走了，老爺自念道（咳，並非老爺要錢，呵，都只為上頭跟我要錢，我怎麼能不問下面要錢呢？）

第十二場　鴉片一口，番餅四十

欺主帶着阿寶到監，弗戒一見哭道（孩子，你總要想法子救我，無論如何，鴉片煙傢夥先要拿來。）看監的聽見大喝道（呀，這是什麼地方，也能抽煙麼？）弗戒忙作揖道（阿呀老哥，我們商量商量，總得通融通融纔是。）看監的説（要抽也容易，四十塊錢一口。）阿寶再三的跟他説情，叫他再通融些兒，看監不答應。弗戒説道（孩子，既已到此，還有什麼法子。咳，欺主你趕緊回家，問楊花拿四十塊錢，連煙傢夥、鴉片膏一起都帶來，還有一張房契，拿來抵債，快去快來，要緊要緊。）欺主去不久，煙、洋、契據都如數拿來，説道（大奶奶的屍身是我到堂裡領了一具棺木把他收殮了。）弗戒説了幾聲對不起老婆的話，就躺在地上抽煙。欺主跟差人去交契，沒有一刻兒工夫忽然回來説道（這張契是假的，不能抵錢。）阿寶很詫異，弗戒仔細一想，説道（哦，這是我幾年來沒有工夫去完糧，所以變成了一張廢契了。怪來怪去總怪我自己不好。阿寶呀，你只好馬上回去，拿值錢的東西拼拼湊湊，去押去當，救我出來要緊。不然你爹發起癮來，就活不成了。）阿寶一陣心酸，隨哭隨答應，就同欺主出來。

第十三場　一場官司打完人家

阿寶回到家裡，四處尋值錢的東西，包了一包拿出來剛要去當，碰着債主走來，阿寶就跟他們説（家裡實在沒有法子好想，請你們不必追究吧。）債主看他怪可憐，就對阿寶説道（你把東西快當去，咱們到堂上去了結就是了。）阿寶就跟他們一塊兒去當，當了再一塊兒上堂，老爺問道（這一包是錢嗎？）阿寶跪在地下回道（正是。老爺，這裡是三百五十塊，求老爺放我爸爸出去吧。）老爺吩咐當差的道（甄家既是真窮，就不准你要他的錢。）又問債主道（你們原告都願意了麼？）債主答應（願意了。）就把弗戒放出來。債主領了錢就走，誰知道給當差的拉住問他要錢。原告被差人弄得沒有法子，只好帶他們上茶館去分錢。欺主、楊花兩個早有轇轕，到此地步看到東家一天不如一天，他二人就起黑心，商量捲逃，趁阿寶出來當東西的時候，就叫了許多小工，拿上家裡外許多傢夥大大小小，沒有一樣不搬去，搬完了，兩人就雙雙的跑了。

第十四場　爹兒雙雙拋撇家門

弗戒跟阿寶回家，剛到門口，看見大門開着已經有點兒疑惑，弗戒先叫欺主，阿寶叫楊花，叫了半天一個都不答應。進門一看，傢夥都不見了。弗戒叫阿寶上樓去查查看缺少什麼東西沒有。阿寶上去了下來，哭道（阿爸，不得了，家裡的東西都給這兩個惡人偷去了。）弗戒仔細一查，上下變成了空屋子，收拾得絲毫無餘。父女兩個大哭一場，叫苦也不中用了。阿寶道（爹，我們房子已經押給人了，有三個月沒有給人房錢了。倘若人家來要，我們拿什麼來還人，這便怎麼好？）弗戒說（阿呀孩子，這個地方是不能住了，咱們只好到老北門城脚下躱過幾天再說吧。）阿寶沒法，只好隨着老子逃走。

第十五場　人窮臉兒好，就有人來謀

有一家窰子要買一個姑娘，鴇兒秀姐叫烏龜三和同去尋媒人鳳姐，鳳姐說（眼下好貨實在少，你們來得可不湊巧。）鴇兒說（鳳姐，你跟我們想想看，哪兒有就趕緊替我們弄來纔好。）鳳姐一想說道（有吶倒有一個，不過做得到做不到我可不能說了。這家人家姓甄，是我從前的老鄰居，他老子也是有錢的人，跟人家打了一場官司，家當就此送完，現在住在老北門城根草頭棚裡，小娘兒叫阿寶，臉蛋兒長得很不錯，秀姐、三和，你們要是趕緊要買，不妨同去試試看。）龜、鴇都說（只要臉兒好，多出幾個錢也不要緊，咱們就此走吧。）

第十六場　捨得親生女，捨不得鴉片煙

　　弗戒到了草棚裡，一天到晚原是只管抽鴉片煙，一切零碎事情都是阿寶一人做的。現在阿寶身上穿得襤褸不堪，赤了腳活像鳳陽叫花女子，正在草棚外邊兒煨鍋，鳳姐忽然走來問道（甄弗戒可在家？）阿寶答應在裡頭。鳳姐說（快叫他出來，有人在這兒找他。）阿寶還沒有叫，弗戒已經聽見，出來一看認得是老鄰居。鳳姐向弗戒上下一瞅，只見父女兩個却是一對，大家蓬頭垢面，衣服上前後左右黑的一塊，白的一塊，補丁足有幾十處，骯髒的了不得，就開口道（阿呀甄弗戒，你怎麼會弄到這步田地呀？）弗戒便把刑傷、火燒、打官司的話細細說了一遍。鳳姐說（何不拿女兒給人家吶？）弗戒道（咳，到此地步還有誰願意來與我對親吶。）鳳姐說（我倒有一家，不過是要養媳婦，不知道你願意不願意給？）弗戒說（我只要有五十塊錢拿來，除了做生意不答應，餘下一概都可以給。什麼養媳婦不養媳婦，我可亦管不了那麼多了。）鳳姐一聽非常喜歡，就出來帶秀姐跟三和兩人進去，見了弗戒，哄他說（是在南市開果子鋪的。）拿出錢來交給弗戒。弗戒拿了五十塊錢進去對阿寶說道（孩子呀，我做爹的對你不起了，人家拿錢來了，說就要你隨之他們去的，孩子好好的去過好日子吧。）阿寶一聽哭道（爹呀爹，我想咱們一家好好兒的人家，一年來死存吾們父女兩個，今天弄到這步地位，我做女兒的是一心只想永遠伺候你老人家過日子，不料您拿人家五十塊錢，就肯把我賣給他了。我是捨不得丟您一個人在這兒的，爹爹，你怎麼倒捨得賣掉我呀。阿唷、阿唷，爹爹我是無論怎麼樣總不去的。）弗戒道（你跟我一道過日子是一定要要飯的呢。）阿寶說（我情願叫化，情願要飯。）弗戒說（要不到飯是要餓死的呢。）阿寶說（情願餓死。）弗戒忽然高聲說道（好，好，好，不料我甄弗戒還有這麼個有志氣的女兒。不錯，不錯，錢拿去還他，做人別做得沒有志氣。）就出來還錢。鳳姐說（要有志氣也容易，不賣也不妨事，我看你到了煙癮來的時候，如果沒有煙抽呀，哼哼少不得要癮死的呀。）弗戒

一聽這話忽然打起呵欠來了,站定了一轉念,從新進去,望着女兒就跪,哭道(好孩子呀,我做爹的跪下來了,想想沒有煙抽是過不去的,好孩子你救救我吧。)阿寶沒有法子,只好一面跪一面哭,一面就説道(爹爹不要如此,女兒去就是了。)弗戒方纔站起來。阿寶又説道(爹爹,女兒去是只管去,不過有幾句話請爹爹千萬不要忘了。你老人家此番拿了這五十塊錢,千萬千萬要省吃儉用,不要到別處去開燈,也不要有了錢,就多抽鴉片煙,揀小本錢的買賣出去做做。爹呀爹,此番落難,可以拿我女兒賣給人家,要是再不勤儉,再不做生意,五十塊錢再吃完,那是再沒有第二個女兒好賣了。)阿寶一面説一面哭,弗戒句句答應。鳳姐等得厭煩,不問好歹把阿寶拉了就走。弗戒追趕不及,望空叫道(兒呀,兒呀,你若是有良心,等到我做爹的死了,你買幾掛紙錢,來燒化燒化就罷了。)轉身踏進草棚,看看手裡洋錢,看看鴉片傢夥,忽然又轉念道(阿呀,我好久沒有抽暢快的煙了,不如今天到綺園去開心開心再説吧。)話説完拿了錢就走。

第十七場 一朝錢在手,痛苦都忘却

綺園買賣很好,堂倌、正身自己經手,大大整頓。甄弗戒走上來,正身十分巴結,認識他是個老主顧,不知道弗戒身上的衣服還是化了三塊錢新買的,其餘四十七塊錢弗戒如數交給正身,説明抽煙、吃飯、住宿都在煙館裡頭。正身堂倌連聲諾諾的答應。又問弗戒吃過飯了沒有,弗戒説(不錯,不是你説我倒忘了,你跟我到番菜館裡,去叫一個雞絲鮑魚湯,再來一個西米布丁,再來一個蝦仁蛋炒飯,另外帶買一包鐵例卡司的香煙,快去快來。)堂倌聽了,就飛也似的去叫菜了。弗戒就進去抽煙,把女兒臨走所説的話兒都忘得乾乾淨淨了。

第十八場　賣良為娼是抽煙的報應

阿寶跟着鳳姐他們一夥兒走到了窰子裡一看，説道（阿呀，這是什麼地方呀？）鳳姐説（這就是你的家裡。）阿寶説（怎麼人有那麼多呐，又有這樣熱鬧呐？）眾人説（到夜裡擺酒碰和，五呀、對啊、小東人、先帝爺的説説笑笑彈彈唱唱，還要熱鬧得多得多哩。）阿寶説（這不是窰子麼？）鳳姐説（哼，外人叫窰子，内家人叫生意場。）阿寶一聽不對，罵道（我爹賣我出來是説明白做養媳婦的，你們怎麼騙我到這兒來了，那是我要回去的。）鳳姐不等他説完，不管三七二十一，走上就給她一介耳刮子，説道（你生意做不做，不做我要燒紅了煙扞子戳的。）阿寶被逼不過，只得勉强答應，望空哭道（爹呀，我也顧不得你了，想你不聽我媽的好話，只管抽鴉片煙，到今天害的做女兒的來幹這種没臉的營生，咳，這都是你自己不好的報應呀。）烏龜、鴇兒忙喝道（你嘮嘮叨叨打算怎麼，不准你多開口，快進去換衣服。）阿寶没有法子，只好忍着一包眼淚隨他們進去。

第十九場　賣女錢都撥到煙斗眼兒裡去了

甄弗戒在綺園開燈，鴉片煙每天抽四兩，外加零用，不到三個禮拜，四十七塊錢抵過還不夠，反而短堂倌二十六塊。堂倌跟他算帳，弗戒一想不好，只好騙堂倌道（我今天要回去了，短你的錢待會到公館馬上叫趕車的送來。）堂倌很信他，放他走了，又送到門口，請他常來照應照應。弗戒出來一打算，説道（阿呀，不好，糊裡糊塗怎麼過了十多天了，現在是草棚都住不起了，哪兒有洋錢還他呢，這可怎麼好？呃呵還好，身上還有六個銅子兒，待我買點兒土皮吞吞，到大馬路去溜達溜達吧。）

第二十場　要拉野雞，自己倒給堂倌拉

　　大馬路上有兩個野雞，一路走一路說話。一個說（男人總是沒有良心的，我跟欺主一塊捲逃出來，他在半路上倒反拿我押在野雞堂子裡頭做野雞，你想可惡不可惡呢。）一個說（我們只好到那邊去拉拉人再說吧。）兩人就手拉手兒的走向前去。一會兒，一個圈子繞過來忽然覺得背後有人跟着，無意中回頭一看，認得是甄弗戒，說聲阿呀，趕緊就跑。弗戒走到大馬路，看見楊花的身段早有幾分疑心，不過在她背後，沒有認得準，不敢胡亂就叫。這回兒他剛好回頭，定睛一看却是楊花，伸手去拉，已經叫他逃走了。飛步的趕上去，一路趕一路叫楊花，剛要抓着，不料自己的辮子反而給人在背後抓住了，死命不放，回頭一看，就是綺園的堂倌。弗戒哀哀告說（等我去追到了那個人再還你洋錢吧。）堂倌那裡肯聽，伸手就打，立時把弗戒身上的衣服脫去，帽子、鞋子亦都要了去，一件不留。弗戒說（咳，到了如今，纔知道女兒臨走說的都是好話。然而現在明白已經來不及了，現在身上半個大子都沒有了。這種日子怎麼好過，我只好尋個死路了。）走路人聽見都勸他道（慢慢，慢慢，你為何不去拉拉車子，賺幾個錢來過日子呢。）弗戒說（租車子是要保人的，叫我此刻到哪兒去找保人呢？）眾人說（吾們跟你合保就是了。）弗戒道謝了眾人，就隨他們去借車子。

第二十一場　兩眼巴巴望着女兒當婊子

　　賈熱心、惠運動取到保險銀，出了一次碼頭，又回到上海，兩人天天花天酒地，鬧得不亦樂乎。有一天到番菜館吃晚飯，叫堂倌挑有名的窰姐叫一個來。堂倌答應，就跟他叫了一個花媛媛。沒有一會兒，別座的條子先來，花媛媛也隨後就到了。誰知叫來的不是別人就是阿寶。阿寶上去叫他伯伯。跟局老媽子趕上去拉住他說道（你怎麼可以叫他伯伯呐，一點兒規矩都不懂得嗎？）阿寶說（這

兩個本來是吾們家掌櫃,我向來叫他伯伯的。)跟局恨恨的道(向來是向來,此刻是此刻,只准你叫他老爺,不准你叫他別的。)阿寶拗他不過,只得上去叫了一聲老爺,在一邊坐下,一句話都不說。賈、惠亦覺得沒有趣味,就催他們走。這時候弗戒剛剛拉了車子在番菜館門口找買賣,瞅見有個窰姐兒出來,就上前去攔生意,窰姐看了他一眼說道(不不,你是鴉片煙鬼,拉不動我的,我不要。)弗戒咕嚕道(鴉片又不是抽的。)沒有說完,忽然又有一個人出來,也上去攔生意,跟局的眼快,拉了阿寶就走,弗戒沒有看得清楚,趕緊拉了車子去追,一路追一路在背後嚷叫阿寶,又自己念道(沒人說做養媳婦,怎麼當起婊子來了?)追了好一節路,原是拉不著,暫且不提。先說番菜館裡賈、惠兩人、隔壁座上叫條子的甲乙兩個客,就是跟弗戒打官司的債主,在番菜館裡出來彼此碰到,甲就動手抓住賈熱心,乙還沒有認得清楚以為他喝醉了,怕他鬧事,所以來調停勸開,賈、惠兩人趁這個當兒提起腳來就跑,等到甲乙說明白,他們已經脫身,要抓也來不及了。兩人只好趕上去找。

第二十二場　女兒不得見,倒乞龜兒打

甄弗戒拉着車子追趕女兒阿寶,趕了半天總趕在他背後,不能跟他說話。趕到麥家圈地方,望見他往一條小胡同裡頭進去,擡頭一看是東尚仁里。然而不問明白總不甘心,只得放了車子,一直追進胡同裡去。不料來了個外國巡捕,看見空車違章,就把車子敲了兩下,車夫還是不來,他就把車子交給中國巡捕,拉到巡捕房裡去了。可憐弗戒在尚仁里,還沒有踏進窰子,已經給鳳姐一聲嚷,叫出一羣十幾個龜奴,把弗戒打出胡同外,撳在地下,你也一拳,吾也一腳,打得弗戒沒口子叫救命,也沒有人答應。等打完了,烏龜走的一個都沒有了。弗戒一個人,慢慢地爬起來,說道(我倒也不怕打,定要天天候在這兒,阿寶總是要出來的,等他出來我就一把拉住他問個明白來。咳,我的阿寶呀,我的好孩子呀,這真是你爹坑了你了,咳,實在對你不起。)隨說隨來找車子,誰知道已經叫巡捕

拉去了,想想走投無路,又對不起衆位拉保人,只好逃到老北門城門口兒去找個窩兒睡覺,養養傷再説吧。

第二十三場　臨死發善心,留字勸後人

甲、乙兩債主,趕到老北門,看見有個測字的,就上前拿一個字問道(找一個人找了好久找不着,到底找得着嗎?)測字的説道(今兒晚上要不找也找不到的,要找也找得着的。)債主一想這句話跟没有問一樣,非但不給錢反而罵他幾句。測字的看看没有生意也就瞌睡了。這個時候甄弗戒已經做了叫花子了,身上背了蒲包當衣服,手裡拿了要飯的籃、要飯的棒,一步一步的走來,嘴裡還在那裡叫什麽娘娘、太太,做做好事,救救窮人,給碗飯吧。叫來叫去,總要不着,肚子裡餓得不得了。況且那一晚起挨烏龜打了以後,一直疼到如今,自己知道不能長久,想着從前種種的事情,自己不覺動起心來,説道(中國抽煙的人不止幾千萬,雖然不至於個個像我一樣,家當敗完,毒死兒子,氣死老娘,逼死老婆,把個女兒賣給人家當婊子,臨了連東洋車夫都當不起,出來要飯,做叫花子,叫人家笑罵。咳,這個話又要説回來了,要是笑罵我抽煙不成人,只倒罵得有理,我可也佩服。要是抽煙人罵我丢了他們的臉,那是他們罵錯了,我可不願意接受的。然而他們看見我為抽鴉片煙弄到這步田地,回去自己戒煙,那就不要説是罵我,就是拿我打死我也是甘心的。若是只知道罵,不知道戒,那是他們的收成結果恐怕還要不如我哩。咳,我還不如趁我還有點兒力氣,拿我的一生事蹟寫下來,叫抽煙的人看了快快的戒,不抽煙的看了,也好勸勸别人。若是有熱心人看見了,能夠做一部小説,或是打一本新戲,勸了人,叫人家都知道甄弗戒為了抽鴉片煙敗家産、丢祖宗的臉面,受害不淺,叫抽煙的不敢再抽,那麽我死在地下,眼兒也閉了。阿呀,有了這點兒心,没有紙墨筆硯也是枉然。)四面一望,看見有一個煙氣滿臉的測字先生在那兒打盹。弗戒趁此挨上去,偷了他的筆墨傢俱,靠在城根下,寫了一大篇。將要寫完,就此斷氣。幸虧甲、乙兩個

債主正在找那賈、惠兩人,看見弗戒死得好苦,念着自己跟他是相識,就去找巡士來,把他擡到醫院去醫。剛碰到賈熱心、惠運動兩個也來看熱鬧,就叫債主拉住,也交給巡士帶到局裡去,也算是跟甄弗戒出一口氣。

霸王別姬

（京劇）

民國·齊如山、梅蘭芳等改編

【作者簡介】齊如山(1875—1962)，戲曲理論家。早年留學歐洲，曾涉獵外國戲劇。歸國後致力於戲曲的改進工作。他與梅蘭芳曾有過長期的合作，為梅蘭芳編寫過《天女散花》、《廉錦楓》、《洛神》、《霸王別姬》、《西施》、《太真外傳》、《鳳還巢》等劇本，並指導排演。在舞蹈動作、服飾化妝、劇本文學等各方面都有所創造，為梅蘭芳創建獨樹一幟的梅派藝術打下了牢固的基礎。在他的倡議奔走下，上個世紀二三十年代，梅蘭芳出訪日本、美國及歐洲，使中國京劇得以弘揚海外，躋於世界三大古老戲劇文化之列。1931年，又與梅蘭芳、余叔岩等人組成北平國劇學會，並建立國劇傳習所，從事戲曲教育。編輯出版了《戲劇叢刊》、《國劇畫報》，搜集了許多珍貴的戲曲史料。他的戲劇理論著作主要有《說戲》、《觀劇建言》、《中國劇之組織》、《京劇之變遷》、《臉譜圖解》、《梅蘭芳藝術之一斑》、《梅蘭芳遊美記》等三十餘種。他晚年的著作《國劇藝術匯考》內容豐富，考據周詳，將有關京劇藝術的種種問題，擘肌分理，予以客觀精審的考證，為京劇研究提供了一部充實完備的參考書。他提出的"無聲不歌，無動不舞"論點，是對中國傳統戲劇最精煉、最準確的概括。

梅蘭芳(1894—1961)，出生於京劇世家。他綜合了青衣、花旦、刀馬旦的表演方式，創造了醇厚流麗的唱腔，在京劇唱腔、念白、舞蹈、音樂、服裝上均進行了藝術創新，對京劇和其他劇種產生了積極的影響，形成了獨具一格的梅派。其代表作有《嫦娥奔月》、《天女散花》、《麻姑獻壽》、《上元夫人》、《洛神》、《紅線盜盒》、《木蘭從軍》、《霸王別姬》、《廉錦楓》、《西施》、《太真外傳》、《黛玉葬花》、《千金一笑》、《俊襲人》等。在所演劇目中，他都積極參與劇本的改編或創作。

【劇情概要】該劇故事源自司馬遷《史記·項羽本紀》："有美人名虞，常幸從；駿馬名騅，常騎之。於是項王乃悲歌慷慨，自為詩曰：'力拔山兮氣蓋世，時不利兮騅不逝。騅不逝兮可奈何，虞兮虞兮奈若何！'歌數闋，美人和之。項王泣數行下，左右皆泣，莫能仰視。"此劇一名《九里山》，又名《楚漢爭》、《亡烏江》、《十面埋伏》。

為清逸居士根據崑曲《千金記》和《史記·項羽本紀》編寫而成。總共四本。1922年，齊如山、梅蘭芳等人對《楚漢爭》進行修改，更名為《霸王別姬》。劇寫秦代末年，楚漢相爭，韓信命李左車詐降項羽，誑項羽進兵。在九里山十面埋伏，將項羽困於垓下。項羽突圍不出，又聽得四面楚歌，疑楚軍盡已降漢，在營中與虞姬飲酒作別。虞姬自刎，項羽殺出重圍，迷路，至烏江，感到無面目再見江東父老，自刎於江邊。

【版本流傳】本書所用劇本為姜風山記錄整理的梅蘭芳演出本，刊於《京劇流派劇目薈萃》第七輯，文化藝術出版社1994年出版。

【演出情況】舊本《楚漢爭》由楊小樓、尚小雲於1918年在北京首演。齊如山、梅蘭芳根據舊本改編成《霸王別姬》後，梅蘭芳與楊小樓合作演出於1922年2月15日，受到了觀眾的熱烈歡迎。從此之後，該劇成為梅蘭芳與梅派的代表性劇目。

（王婉如）

人物行當

虞　姬：旦
項　羽：淨
虞子期：小生
項　伯：副淨
周　藍：副淨
鍾離昧：副淨
韓　信：老生
李左車：老生
劉　邦：老生
陳　平：老生
樊　噲：老生
曹　參：武行
孔　熙：武行
英　布：武行

彭　越：武行
陳　賀：武行
呂馬童：武行
周　勃：武行
馬　童：武行
更　夫：四人
御林軍：四人
小太監：四人
大太監：二人
宮女（或女兵）：八人
女車夫：一人
楚　兵：四人
漢　兵：四人
漁　夫：老生

第一場

（四漢兵、曹參、英布、孔熙、陳賀、彭越、呂馬童、周勃、樊噲、陳平、李左車同上）

（韓信上）

韓　信：（引）運籌帷幄掌兵符，
　　　　一片丹心將漢扶。
　　　　（念）九里山前十埋伏，
　　　　決勝策神出鬼沒。
　　　　（詩）登臺拜帥掌兵符，
　　　　胸中智謀勝孫吳；

準備一戰滅西楚，
萬里山河壯宏圖。
（白）本帥韓信，奉主之命，統領雄兵，共滅西楚。想我軍出自褒中以來，五年之間，與項王親臨七十餘戰，勞師動衆，千辛萬苦。今項王勢孤力弱，勝敗就在此一舉。李左車聽令！

李左車：在！

韓　信：命你前去詐降，將項王人馬引入腹地，不得有誤！

李左車：得令！（下）

韓　信：陳平聽令！

陳　平：在！

韓　信：命你帶領人馬，斷項王歸路，不得有誤！

陳　平：得令！（下）

韓　信：樊噲聽令！

樊　噲：在！

韓　信：命你執掌軍中大纛旗，不得有誤！

樊　噲：得令！

韓　信：衆將官！

衆　　：啊！

韓　信：兵發九里山！

（韓信離座上馬，衆將兩邊上馬與衆兵下）

第二場

（四御林軍、四小太監、二大太監、虞子期、周藍上，分立大小邊"站門"）

（項羽上場，亮相。）

項　羽：（唱）大英雄蓋世無敵，
　　　　　　　滅嬴秦，復楚地，征戰華夷。
　　　　（念）嬴秦無道動戎機，

　　　　吞併六國又分離。
　　　　項劉鴻溝曾割地，
　　　　漢占東來楚霸西。
　　　（白）孤，霸王項羽。孤與劉邦鴻溝割地，講和罷兵。送回太公、呂氏；不想他反覆無常，會合諸侯，又來討戰。孤也曾命人前去打探，未見回報。

項　　羽：上殿有何本奏？
項　　伯：啟大王，今有趙國謀臣李左車背漢來降，求臣引見，現在殿外候者。
項　　羽：孤此時正少謀士，李左車來降，孤之幸也。只恐他是詐降，且宣他上殿，待孤用言語探其真假。
項　　伯：領旨。（向外立中臺口）大王有旨，李左車上殿。
　　　　（李左車上）
李左車：（念）大膽闖虎穴，引龍入沙灘。
　　　　（跪。白）難臣李左車見駕，大王千歲！
項　　羽：平身。
李左車：千千歲！（起立）
項　　羽：李左車。
李左車：大王。
項　　羽：聞你在齊為韓信作幕客，如今忽然背彼來降，莫非行詐？
李左車：啊，大王。臣前輔趙之時，趙王不用臣言，反命陳餘與韓信交戰，被韓信斬陳餘於泜水。臣無棲身之處，遂投韓信帳下；那韓信受封齊王之後，致生驕傲之心，凡有策劃，皆自決斷。在帳下者，言不聽，計不從，逃去者十之八九。今聞大王將與劉邦交戰，願投麾下，效犬馬之勞。焉敢行詐？
項　　羽：兩國交兵之際，詐降甚多。你今此來，定是行詐。
李左車：大王此言差矣。想臣乃一謀士，不能披堅執銳，衝鋒破敵，不過隨在左右，與大王策劃耳。聽與不聽，盡在大王。楚營虛實，韓信時有探報，不待臣詐降而後知之。大王若

　　　　　是見疑,是臣誤投其主,為不明也;飄蕩無依,為不智也。
　　　　　莫若死在大王之前,以明心跡!
項　　羽:且慢!哈哈哈……孤乃相戲耳。久聞廣武先生英名,今
　　　　　日來歸,乃楚國之幸,孤乃朝夕與先生商討破漢之策。
李左車:臣願為大王效勞,萬死不辭!
項　　羽:真乃社稷之臣也。
鍾離昧:(內白)走哇!(鍾離昧上,進門,面向項羽立)
　　　　　(白)臣鍾離昧見駕,大王千歲!
項　　羽:平身。
鍾離昧:千千歲!
項　　羽:上殿有何本奏?
鍾離昧:啟奏大王,韓信貼下榜文,辱罵大王;細作抄來,大王
　　　　　請看。
項　　羽:呈上來待孤觀看。
　　　　　(念)倡議會諸侯,先將無道收。
　　　　　　　人心咸背楚,天意屬炎劉。
　　　　　　　指日亡垓下,立時喪沛樓。
　　　　　　　劍光生烈焰,鹹取項王頭。
　　　　　哇呀呀……
項　　羽:(唱)咬牙切齒罵韓信,
　　　　　　　拿住賊子碎屍分。
　　　　　(白)眾卿替孤傳旨,即日興兵破漢。
虞子期:臣啟大王:漢兵勢眾,又兼韓信多謀,依臣之見,只可高溝
　　　　　深壘,暫不出兵,候彼軍疲乏,陛下以逸待勞,一戰可勝。
　　　　　使韓信無以用其謀,張良無以決其策,滎陽、成皋唾手可
　　　　　得也。
項　　羽:這個……
李左車:啊,大王。如不親征,漢兵聞之,必攻彭城;彭城尚不能
　　　　　守,則大王無家可歸矣。莫若領兵出戰,勝則漢兵可破,
　　　　　不勝則可退歸彭城。此乃進可以戰,退可以守之策。大

王捨此良謀,而欲株守,不亦誤乎!

項　羽:嗯!先生之言,甚合孤意。衆卿傳旨:即日興兵破漢!

虞子期
周　藍　:(同白)還請大王三思。
項　伯
鍾離昧

項　羽:孤心已定,不必多奏。正是:今得先生必制勝,

衆　將:即日興兵破漢軍。

虞子期:且住!我看李左車此來,定有詐意;但是大王發兵之心已定,不能阻止,如何是好?(思索狀)不免去到後宮與娘娘商議商議,或能阻止大王出兵,也未可知。

(念)金殿不能回上意,再請娘娘勸一番。(下)

第三場

(六宮女持宮燈、符節上)

(虞姬上,二宮女持掌扇隨上;虞姬向臺中走幾步雙抖袖)

虞　姬:(引)明滅蟬光,金風裡,鼓角淒涼。

(念)憶自從征入戰場,

　　　不知歷盡幾星霜。

　　　何年得遂還鄉願,

　　　兵氣全銷日月光。

(白)妾乃西楚霸王帳下虞姬。生長深閨,幼嫻書劍;自從隨定大王,東征西戰,艱難辛苦;不知何日,方得太平也。

(虞子期上)

虞子期:(念)忙將軍情事,報與娘娘知。(白)來此已是後宮,待我扣環。(作扣環狀)

宮　女:何人叩環?

虞子期:虞子期求見。

宮　女:候着。

虞子期：是。
宮　女：啟稟娘娘，虞子期求見。
虞　姬：宣他進宮。
宮　女：虞子期進宮。
虞子期：領旨。（進門面向虞姬）臣虞子期見駕，娘娘千歲！
虞　姬：平身。
虞子期：千千歲！
虞　姬：進宮何事？
虞子期：這……耳目甚衆。
虞　姬：（向衆宮女）爾等回避。
八宮女：是。
虞　姬：（起立，輕聲問）有何機密大事？
虞子期：臣啟娘娘：今有劉邦、韓信等，統領大兵，前來討戰；我軍寡不敵衆，正宜深溝高壘，以逸待勞，奈大王聽信降臣李左車之言，傳旨明日發兵，大王此去，只恐中了他人之計。
虞　姬：（回坐原位）羣臣何不諫阻？
虞子期：羣臣屢諫不聽。
虞　姬：這便怎麼處？
虞子期：欲請娘娘再勸大王，千萬不可出兵。
虞　姬：如此卿家暫退，大王回宮時節，待我相勸一番便是。
虞子期：謝娘娘。（出門，下）
虞　姬：且住！適聽子期之言，出兵甚是不利，怎奈大王性情剛猛，不納忠言，恐日久必敗於漢兵之手，思想起來，（雙攤手）唉！好不憂慮人也！（唱）
　　　　大王爺他本是剛強成性，
　　　　時常裡忠言語就不肯納聽。
　　　　怕是西楚地被人吞併，
　　　　辜負了十數載英勇威名。
　　　　（四御林軍、二大太監上。項羽上，唱）
項　羽：今得了李左車楚國之幸，

到後宮與妃子議論出兵。
（二大太監進門，高喊：大王到！）
（虞姬出門立。四御林站立兩旁）

虞　姬：啊，大王。（跪）妾妃接駕，大王千歲！
項　羽：妃子平身。
虞　姬：千千歲！（起立）
項　羽：賜座。
虞　姬：謝座。
項　羽：可惱哇！可惱！
（虞姬右袖摺起高舉看項羽，面向外攤手作驚異狀）
虞　姬：大王今日回宮，為何這等着惱？
項　羽：妃子哪裡知道，今有劉邦，會合諸侯，興兵前來，與孤討戰，又散出許多揭帖，辱罵孤家，你道惱是不惱？
虞　姬：大王就該深溝高壘等候救兵，不然寡不敵眾，反中他人之計。
項　羽：想那劉邦反覆無常，韓信奸詐；孤此番出兵，定要生擒韓信，滅却劉邦，方消心頭之恨哪！
虞　姬：用兵之道，貴在知己知彼。若因一時氣憤，不能自制，恐漢兵勢眾，韓信多謀，終非大王之福。依臣妾之見，只宜堅守，不可輕動，大王三思！
項　羽：妃子之言，雖是有理，但是孤已傳將令，怎好收回？豈不被諸侯恥笑孤家！
虞　姬：能屈能伸，方為俊傑，又怕何人恥笑哇！
項　羽：哎哧！孤此番出兵，若不滅漢，誓不回程。妃子你……不必多奏了。
虞　姬：（無奈地起來）王心已定，妾妃不敢多言，如此何日發兵？
項　羽：明日發兵，妃子與孤同行。
虞　姬：領旨。願大王此去，旗開得勝，馬到成功，後宮備酒，與大王同飲。
項　羽：有勞妃子。（唱）

但願得此一去旗開得勝,
虞　姬：(唱)滅劉邦擒韓信共享太平。
　　　　(虞姬向項羽拱手,項羽轉身下。虞姬向外攤手,搖頭、歎息表示悲觀,背手下。八宮女隨下)

第四場

(項伯、周藍、虞子期、鍾離昧先後上。同唱)
將士英豪,兒郎虎豹,軍威耀地動山搖,
(念)要把,狼煙掃。
四　將：(同白)俺!
項　伯：項伯。
周　藍：周藍。
虞子期：虞子期。
鍾離昧：鍾離昧。
項　伯：衆位將軍請了。
三　將：(同白)請了。
項　伯：大王發兵,你我兩廂伺候。
三　將：(同白)請了。
項　伯：大王發兵,你我兩廂伺候。
三　將：(同白)請。
　　　　(四楚兵、四御林軍、李左車、八女兵、虞姬、女車夫、馬童上)
　　　　(項羽上)
項　羽：(念)天下無敵將,英名敢難當。
　　　　(項伯、周藍、虞子期、鍾離昧到中間向項羽一字立)
四　將：參見大王。
　　　　(分立兩邊)
項　羽：人馬可齊?
四　將：具已齊備。

項　羽：(傳令)起兵前往。

衆：啊！

（項羽上馬，面向內勒馬，同時大纛旗被風吹折）

項　羽：(唱)霎時一陣狂風擾，
　　　　　折斷纛旗為哪條？
　　　　　烏騅聲嘶連咆哮，
　　　　　遍體顫抖聲嘶號。
　　　　(白)人馬撤回！

衆：大王為何將人馬撤回？

項　羽：孤方出兵，狂風折斷纛旗，戰馬聲嘶，却是為何？

周　藍：臣啟大王：旗折馬嘶，於軍不利，大王千萬不要出兵。

項　羽：哎哧！武王以甲子而興，紂以甲子亡，何驗於彼而不驗於此？想這旗折馬吼，軍中偶然之事，何必多慮！

虞　姬：妾啟大王：周卿乃是大王效忠之臣，所言不可不信，望大王從諫納忠，實為萬幸。

項　羽：這個……（考慮狀）

李左車：啊，大王，千萬不可退兵。臣聞漢軍正在缺糧，大王大軍一到，彼將不戰自亂，大王不可失此機會。

（虞姬始覺李的陰謀，欲拔劍殺李）

項　羽：嗯！先生之言，甚合孤意。替孤傳旨：大隊人馬往沛郡進發！

（虞姬知項羽剛性，勸亦無用，只得收劍，雙手向外一攤表示失望。）

李左車：兵發沛郡！

衆：啊！

李左車：幸得項羽中我之計，如今大功已成，不免報與韓元帥便了。（下）

第五場

（四漢兵、曹參、英布、孔熙、陳賀、彭越、呂馬童、周勃、樊噲同上）
（劉邦上）

劉　邦：（唱）霸王不遵懷王命，
　　　　　　我占咸陽自為尊。
　　　　　　登臺拜帥是韓信，
　　　　　　暗度陳倉取過三秦，
　　　　　　左車詐降無音信。
　　　　（李左車上）

李左車：啟奏主公：為臣詐降成功，項羽出兵，特來交令。
劉　邦：再命你站立山口，等候項羽到此，引他入山，不得有誤！
李左車：得令！
劉　邦：眾將官！
眾　　：啊！
劉　邦：迎敵者！
　　　　（四楚兵、四御林軍、項伯、周藍、虞子期、鍾離昧同上。）
　　　　（項羽上）
劉　邦：項羽請了。
項　羽：劉邦！前者固陵之戰，免你一死；五年之間，未嘗與你親自交鋒，今日倒要見個高下。
劉　邦：孤與你鬥智不鬥勇，今日一戰，管教你全軍覆沒！
項　羽：一派胡言！看槍！（刺劉邦）
　　　　（樊噲、周勃沖上架住項羽。）
　　　　（項與樊、周起打；曹、英沖上，四將與項起打；孔、彭、陳、呂沖上，八將與項起打，眾將佯敗下）
項　羽：追！（四楚兵、四御林軍追。眾將上，過場追下）

第六場

　　（四漢兵、眾將、李左車、劉邦上，過場下）
　　（四楚兵、四御林軍、眾將上，項羽上）

項　羽：且住！看前面一帶山口，劉邦入山而逃，眾將官！
眾　　：啊！
項　羽：隨孤追趕！
項　伯：且慢！不要中了那賊誘兵之計。
項　羽：（醒悟過來）呀！（唱）
　　　　被他一言來提醒，
　　　　怕中奸計誘我行，
　　　　傳令退兵休前進。（眾反圓場由"上場門"下。項羽欲下，李左車上）
李左車：大王請轉！（項羽勒馬）大王！（唱）
　　　　我有一言對王云：
　　　　（白）漢室當興，楚國當滅，今大王已入牢籠，若肯歸降我主，為臣願做引薦之人，請大王三思。
項　羽：答話者何人？
李左車：李左車在此。
項　羽：匹夫！引誘孤家興兵至此，恨不得將你碎屍萬段，方消得孤心頭之恨！
李左車：你敢上山？
項　羽：眾將官！
眾　　：啊！
項　羽：追！
　　　　（李左車下，項羽追下。四楚兵、四御林軍、眾將、八女兵、虞姬、女車夫、虞子期同上。過場同下）

第七場

（韓信內唱）九里山下旌旗飄，
（四漢兵、樊噲執大纛上，站門。韓信上）

韓　信：（接唱）十面埋伏立功勞。
　　　　　下得馬來登山道。（與樊噲同下馬）
　　　　　站立山頭把旌旗搖。
（李左車引項羽上，李左車下，項羽追下，八漢兵隨下）
　　　　（接唱）李左車引項王已入陣道，
　　　　　衆諸侯齊奮勇爭立功勞。
　　　　　直殺得血成河屍如山倒，
　　　　　滅西楚擒項王就在今朝。
（項羽內唱）越殺越勇心暴躁，
（項羽左手執槍、右手執鐧上。八漢將追上，包圍項羽，項羽用槍挑開八將兵器）

項　羽：（接唱）漢軍人馬似水潮。
　　　　　不見周藍接應到，（用槍架住八將兵器）
（周藍上）

周　藍：（接唱）搭救大王出籠牢。（用槍推開八漢將，項羽下，周藍被刺死。八漢將追下）
（韓信、樊噲上）

韓　信：（唱）三軍帶馬回營道，
　　　　　再定楚歌計一條。（韓信、樊噲下）

第八場

（八女兵上。虞姬上）

虞　姬：（唱）自從我隨大王東征西戰，
　　　　　受風霜與勞碌年復年年。

　　　　　　恨只恨無道秦把生靈塗炭,
　　　　　　只害得衆百姓困苦顛連。
　　　　　(四御林軍、二大太監上。項羽上)
項　羽:(唱)槍挑了漢營中數員上將,
　　　　　　縱英雄怎提防十面的埋藏。
　　　　　(二大太監進門報:大王到!)
　　　　　(接唱)傳將令休出兵各歸營帳,
　　　　　(虞姬迎接,雙手扶項羽同進門。上下打量項羽,見他未受傷,表示出欣慰狀)
　　　　　(接唱)此一番連累你多受驚慌。
　　　　　(項羽坐外場椅,虞姬坐。項羽搖頭歎息)
虞　姬:啊,大王,今日出戰,勝負如何?
項　羽:槍挑漢營數員上將,怎奈敵衆我寡,難以取勝,此乃天亡我楚。唉!非戰之罪也!
虞　姬:兵家勝負,乃是常情,何足掛意。
項　羽:唉!
虞　姬:備的有酒,與大王對飲幾杯以消煩悶。
項　羽:有勞妃子。
虞　姬:(起立向宮女)看酒。
　　　　　(項羽歸裡坐,虞姬向外攤手表示愁悶無奈狀。女兵取酒具放桌上,斟酒。)
項　羽:(唱)日裡敗陣歸心神不定,
　　　　　(虞姬向項羽拱手敬酒)
虞　姬:(接唱)勸大王休愁悶且放寬心。
項　羽:(唱)怎奈他十面敵如何接應?
虞　姬:(唱)且忍耐守陣地等候救兵。(起立斟酒)
項　羽:(唱)沒奈何飲瓊漿消愁解悶,(項羽飲酒)
虞　姬:大王!(接唱)
　　　　　　自古道兵勝負乃是常情。
項　羽:嗯!(伸欠狀)

虞　　姬：大王身體乏了,到後帳歇息片刻如何?
項　　羽：姬子,有事要叫醒我。
虞　　姬：遵命。(向女兵)爾等退下。
八女兵：是。(分下)
　　　　(虞姬持燈,按劍出門到"大邊",再到"小邊",向內望。進門燈放桌上,臉朝外搓手歎息,然後坐"小邊"椅,俯首思索。四更夫分上,過場下。虞姬向外望)
虞　　姬：大王醉臥帳中,我不免去到帳外,閒步一回。(唱)
　　　　看大王在帳中和衣睡穩,
　　　　我這裡出帳外且散愁情。
　　　　輕移步走向前荒郊站定,
　　　　猛擡頭見碧落月色清明。
　　　　(白)看雲斂清空,冰輪乍湧,好一派清秋光景。
　　　　(幕內多人連聲：苦啊!)
虞　　姬：月色雖好,只是四野具是悲愁之聲,令人可慘!(轉身掩面拭淚,轉身向外)只因秦王無道,兵戈四起,羣雄逐鹿,塗炭生靈,使那些無罪黎民,遠別爹娘,拋妻棄子,怎的叫人不恨! 正是：千古英雄爭何事,贏得沙場戰鼓寒。
　　　　(漢兵內唱："家中撇得雙親在,"此是楚地歌聲,虞姬似未聽見。"朝朝暮暮盼兒歸。"四更夫上。虞姬急轉身到"大邊"裡首,以斗篷遮面,然後慢慢放下,在更夫身後偷聽談話。)
更夫甲：夥計們,你們聽見啦没有?
更夫乙：聽見什麼?
更夫甲：怎麼四面敵軍唱的歌聲,跟咱們家鄉的腔調一個味兒,這是怎麼回子事啊?
更夫乙：是啊,不明白是怎麼回子事啊。
更夫甲：我明白啦,這必是劉邦已得楚地,招來的兵,都是咱們鄉親,所以他們唱的都是咱們家鄉的腔調。
更夫乙：這是怎麼好哇!

更夫丙：不礙，咱們大王爺有主意。

更夫丁：得啦罷，大王爺有什麼主意？天天除了飲酒之外，一點兒主意也沒有。

更夫甲：你說得不錯，咱們大王爺忠言逆耳，目不識人，誤用李左車，引狼入室，中了人家誘兵之計。這會兒被困在垓下，天天盼望楚兵來救。可是劉邦又得了楚地，後援斷絕，這可怎麼好哪！（虞姬偷聽）

更夫乙：要依我看，咱們大家一散，各奔他鄉得啦。
（虞姬聽之，急按劍欲上前制止）

更夫甲：別胡說！咱們大王爺的軍令最嚴厲，萬一有個差錯，那可了不得，還是巡更要緊！
（虞姬收回劍）

眾更夫：走着，走着。（下。虞姬目送更夫下場後走到中臺口）

虞　姬：哎呀且住！適聽眾兵丁談論，只因救兵不到，大家均有離散之心，啊呀，大王啊大王，只恐大事去矣！（唱）
適聽得眾兵丁閒談議論，
口聲聲露出那離散之情。
（漢兵內唱："田園將蕪胡不歸，千里從軍為了誰？"虞姬退至中臺口，左轉身面向外，露驚恐之色。接唱）
我一人在此間自思自忖，
猛聽得敵營內有楚國歌聲。
（白）哎呀且住！怎麼敵人寨內竟有楚國歌聲，這是什麼緣故啊！（思索）我想此事定有蹊蹺，不免進帳報與大王知道。（進門，走圓場）
大王醒來！大王醒來！

項　羽：（急由下場門上，按劍，以為有敵情）啊！

虞　姬：妾妃在此。

項　羽：（放劍）妃子，何事驚慌？

虞　姬：適纔正在營外散步，忽聽敵人寨內，竟有楚國歌聲，不知是何緣故哇？

項　羽：啊？有這等事！
虞　姬：正是。
項　羽：待孤聽來。
虞　姬：請。
　　　　（項羽、虞姬同出門，傾聽。）
　　　　（漢兵內唱："沙場壯士輕生死，十年征戰幾人回？"）
項　羽：哇呀呀……！
　　　　（項、虞同回身向內雙攤手。項、虞同進門）
項　羽：妃子！四面具是楚國歌聲，莫非劉邦已得楚地不成？
虞　姬：不必驚慌，差人四面打探明白，再做計較。
項　羽：言得極是。近侍哪裡？
　　　　（二太監上，進門，面向項羽）
二太監：參見大王，有何吩咐？
項　羽：四面具是楚國歌聲，吩咐下去，速探回報。
虞　姬：快去！
二太監：領旨。
項　羽：妃子！敵軍多是楚人，定是劉邦已得楚地，孤大勢去矣！
虞　姬：此時逐鹿中原，羣雄並起，偶遭不利，也屬常情。稍挨時日，等候江東救兵到來，那時再與敵人交戰，正不知鹿死誰手！
項　羽：妃子啊！你哪裡知道。前者，各路英雄，各自為戰，孤家可以撲滅一處，再戰一處。如今各路人馬，並力來攻，這垓下兵少糧盡，萬不能守。此番出兵與那賊交戰，勝敗難定，哎呀，妃子呀！看此情形，就是你我……（唱）
　　　　十數載恩情愛相親相倚，
　　　　眼見得孤與你就要分離。
　　　　（虞姬聽項羽之言，無法抑制情感，伏在項羽臂上悲泣。遠處傳來馬嘶聲，二人同吃一驚）
項　羽：啊？此乃孤家的烏騅聲嘶。馬童！將烏騅牽了上來。
　　　　（項羽、虞姬同出門。馬童牽馬上，嗩吶奏馬嘶聲。馬童用力將馬牽到項羽面前。）

項　羽：（作撫摸馬首狀）烏騅呀烏騅！想你跟隨孤家，東征西戰，百戰百勝。近日被困垓下，就是你也無用武之地了！（唱）
　　　　烏騅馬它竟知大勢去矣，
　　　　因此上在帳中咆哮聲嘶。
　　　　（虞姬到項背後示意馬童牽馬下去。馬童會意，牽馬下。馬嘶。項、虞舉右臂望馬童牽馬下，露留戀之意，然後回身同進門。）

項　羽：唉！

虞　姬：（安慰）啊，大王，好在垓下之地，高崗絕岩，不易攻入，候得機會，再圖破圍求救，也還不遲呀！

項　羽：（明知無望，只有長歎）唉！

虞　姬：（勉強提興請項羽飲酒）哦，備得有酒，再與大王多飲幾杯！

項　羽：如此——酒來！
　　　　（項羽向虞姬前進三步，右手一指。虞姬後退三步，斗篷平舉胸前，半蹲身凝視項羽，亮相）

虞　姬：大王請！（悲痛地，強作歡笑，聲調顫抖）
　　　　（項羽轉身歸裡座。虞姬背臉拭淚。然後斟酒）

虞　姬：（拱手）大王請。（虞姬舉杯未飲，項羽飲完，虞又起立斟上一杯）

項　羽：（長歎）唉！（將酒杯後擲，虞姬一驚）想俺項羽呵！（唱）
　　　　力拔山兮氣蓋世，
　　　　時不利兮騅不逝。
　　　　騅不逝兮可奈何！
　　　　虞兮虞兮奈若何！
　　　　（項唱帶哭聲，虞伏在項右臂上悲泣。虞姬慢慢地擡起頭來，後退幾步，面對項羽。）

虞　姬：大王慷慨悲歌催人淚下。待妾歌舞一回，聊以解憂如何？

項　羽：唉！有勞妃子。
虞　姬：如此妾妃出醜了！
（【慢長錘】調，陰沉，隨表情身段要不時加【絲邊】。項把虞扶起，虞勉強帶笑，示意項入座。她脫掉斗篷，邊歌邊舞）
虞　姬：（唱）勸君王飲酒聽虞歌，
　　　　解君憂悶舞婆娑。
　　　　嬴秦無道把江山破，
　　　　英雄四路起干戈。
　　　　自古常言不欺我，
　　　　成敗興亡一剎那，
　　　　寬心飲酒寶帳坐。
項　羽：（苦笑）哈哈哈哈……
（虞姬雙劍拄地，按劍，精神上已支持不住。左轉身走圓場到桌前，捧劍跪禮、起立，坐小邊椅。）
項　羽：有勞妃子。
太監甲：啟奏大王，敵軍人馬分四路來攻。
項　羽：吩咐眾將分頭迎敵，不得有誤！
太監甲：領旨。
太監乙：八千子弟兵具已散盡。
項　羽：再探！
（太監乙出門下）
（項羽、虞姬同起立，出門兩邊一望，轉身進門。）
項　羽：妃子啊！你快快隨孤殺出重圍。
虞　姬：大王啊！此番與敵人交戰，若能闖出重圍，且往江東，再圖復興楚國，拯救黎民，妾妃若是同行，豈不牽累大王？也罷！願以大王腰間寶劍，自刎君前，免得掛念也……
（哭泣）
項　羽：這個……妃子，你……不可尋此短見。
虞　姬：唉！大王啊！（唱）

　　　　漢兵已略地,
　　　　四面楚歌聲。
　　　　君王意氣盡,
　　　　妾妃何聊生!
項　羽:(悲痛地)啊呀!
　　　　(擂鼓聲,表示漢兵逼近。虞姬向項羽索劍,項羽擺手不予。項羽夾白:"使不得!使不得!"虞姬意欲撞死,項羽用手急攔,虞姬用手向外一指)
虞　姬:(機智地)大王,漢兵他……殺進來了!
項　羽:(信以為真)待孤看來。(背向虞姬,虞姬乘機拔出項羽的寶劍。)
虞　姬:罷!(右手背一拍左手心,劍橫頸間,一抹死去。)
項　羽:啊呀! 帶——馬!

第九場

(八漢將過場。)
(項羽內唱)苦戰數日饑難忍,
(項羽上,至臺中,一漢將追上被項回身一槍刺死。)
項　羽:(接唱)烏騅水草未沾唇。
　　　　(白)且住! 後有追兵,前是大江。(向"下場門")啊,船家!
　　　　(場面奏水聲,漁夫搖船上)
漁　夫:參見大王!
項　羽:你是何人?
漁　夫:我是江上亭長,特來迎接大王過江。
項　羽:亭長啊! 我被胯夫殺得大敗,有何臉面去見江東父老,你將孤的槍與馬送過江去。
漁　夫:遵命。
　　　　(項羽將槍擲漁夫,又作放馬狀。場面上奏馬嘶聲、水聲。

　　　　　表示馬跳江中回岸,漁夫暗下)
項　羽：哎呀!(唱)
　　　　　馬知戀主好烈性,
　　　　　愧煞忘恩負義人。
　　　　　(呂馬童上)
呂馬童：參見大王。
項　羽：呂將軍來得正好,劉邦有賞格在先,得孤首級者,賞賜千
　　　　　金。孤將首級割下,將軍請功受賞去吧!
呂馬童：末將不敢!
項　羽：哎呀,將軍哪!(唱)
　　　　　八千子弟俱散盡,
　　　　　烏江有渡孤不行。
　　　　　怎見江東父老等,
　　　　　不如一死了殘生!
　　　　　(項羽拔劍自刎)
　　　　　(衆漢將上。劉邦上)
呂馬童：項羽已死。
劉　邦：項王已死,待孤與他發喪,葬以諸侯之禮,衆位將軍!
衆　　：啊!
劉　邦：速速掃平楚地,各自立功去者。
　　　　　(劉邦、衆漢將同下)

庸醫鑒

（川劇高腔）

民國·劉懷敘

【作者簡介】劉懷敘（1879—1947），名善照，字懷敘，以字行。四川南充縣東觀場人，出身於貧寒的知識分子家庭。幼年隨父讀書，打下了厚實的詩文功底。迫於生計，十四歲便輟學習藝，學唱川劇，攻生行。藝成後，以擅演諸葛亮這一人物而譽滿川北，有"活孔明"之稱。民國二十一年（1932），到川北戲劇改良社從事川劇創作工作，後又受聘於重慶又新大舞臺任編劇，先後創作川劇劇本《黑化大觀》、《庸醫鑒》、《洪憲官場》、《炮打萬縣》、《是誰害了她》、《滕城殉國記》、《盧溝橋頭姐妹花》、《獨脚將軍》等一百四十多部劇本。他的劇本緊貼社會生活，反映時代風貌，摹寫各色人生，有很強的舞臺性。郭沫若曾題詞稱其為"川劇著作家"。

【劇情概要】全劇上下兩卷，共三十場。劇寫儒醫貝仲英，醫術高超，然時運不佳，家道貧寒。庸醫龔起龍不學無術，醫道拙劣，卻求醫者盈門。趙公子染病，趙家同時請龔起龍、貝仲英為公子醫治，誰知貝仲英在路上遇雨晚到，此時，龔起龍已經開了一副藥方，並讓趙公子服下。貝仲英認為藥方有誤，另開一副，誰知趙公子服藥而死，貝仲英被冤責醫死了趙公子，為生計只得去下江一帶行醫。貝仲英在下江行醫不順，去廟裡祭拜觀音菩薩，不想撞翻了封翁家院的祭品，沒錢賠償，被帶去見封翁，恰巧治癒了封翁孫子的頑疾，深得封翁賞識。龔起龍因醫死了人，將兒女賠了別人，還砸了招牌，只得外出行醫。路上巧遇占山為王的曹冠雄染病，為其醫病，差點醫死，被曹關押。貝仲英此時已是聲名在外，被人哄騙到山上為曹冠雄醫治，曹冠雄病癒大悅，要與貝仲英結為兒女親家，貝仲英認為曹是賊寇，不願結親。後為搭救被曹冠雄關押的妻弟代仁元，貝仲英只得同意結親，曹冠雄則聽從代仁元的建議，接受招安，下山改編為正規軍。

【版本流傳】該劇手鈔本藏於四川省川劇研究院。2009年，四川人民出版社出版的由李致主編的《川劇傳統劇目集成》"時事時裝戲劇目"卷二收錄了該劇，為嚴樹培、何燕校勘。

【演出情況】民國年間曾由許多川劇戲班演出，50年代初開始停演。1965年成都市新光川劇團曾再度演出。

（楊　敏）

上卷

人物表

貝仲英　代　氏　趙興萬　龔起龍　家　院　李得伸
趙夫人　趙公子　俊　郎　代仁元　丁夫人　愛　儂
丁員外　家　院　封翁家院　偵　探　曹冠雄　封翁孫
盛扁鵲　王先生　李德輝　陳久久　封　翁

第一場

貝仲英：（引）三部脈預知生死，
　　　　　一服藥能定吉凶。
　　　（詩）醫道原來出儒門，
　　　　　虛實陰陽要辨明。
　　　　　望聞問切為綱領，
　　　　　休道藥醫有緣人。
　　　咱貝仲英，常州人氏，幼讀詩書，身入黌門，家道素貧，設帳授徒，兀兀窮年，不過得數千文而已。眼見世上庸醫紛紛，送了多少性命，哄了多人錢財，是我將念頭回轉，去儒為醫，專心致志，古今醫書，加緊研究。雖然功夫高超，但時運不至，少人來請，或來請者，所診之疾，多半是死症。近年來，竟無人問津，叵耐家計愈困，衣食漸有不給之虞，妻子代氏，雖井臼躬操，不免口出怨言。正是：縱有醫國之手，難作補天之石。

代　氏：（引）貧無達士將金贈，
　　　　　實有高人送藥方。
　　　先生，妻有禮了。

貝仲英：家無常禮，坐下吧。

代　　氏：有座。(歎氣)
貝仲英：娘子為何近日悶悶不樂？
代　　氏：食未得飽，居未得安，如何得樂？
貝仲英：娘子不必煩惱，昔日顏回一簞食一瓢飲，在陋巷，人不堪其憂，回也不改其樂。夫妻何憂之有，還需要用個解危方纔是。
代　　氏：你乃堂堂男子，尚不能養其妻子，我一女流，有何能力呢？
貝仲英：你常常自稱有能，為何今日卻無能了呢？
代　　氏：卻不然，婦雖賢，不能為無米之炊；將雖良，不能作無兵之戰。你無米無柴，我焉能作膳作炊？
貝仲英：豈不聞，男以女為室，女以男為家。凡事須商量行事，你看你開口便是抵觸之語，我雖是堂堂男子，時運不至，也是出於無奈，將來我運至時來，自然會醫家醫國啥。況近來我的醫學已有閱歷，比別家醫生高明些，萬一老天爺照顧，你莫效朱買臣之妻，馬前潑水之故事哦。
代　　氏：開口言你醫家有經驗，閉口言你醫道有研究。妻雖少讀儒書，在娘家做女之時，常聞家父言說，醫生謂之大國手，能治國病，能治家病，今日家病且不能醫，安能治人病呢？由此觀之，就知道你的醫理不能，不能又不能。
貝仲英：我就老了麼？昔日梁灝八十二，才對廷，魁多士。有道天不時，不成萬物；人不時，不能定一事，而時有不能，勉強而行之，則反遭其禍。待其時至，我自然會醫家醫國嘛，你何得量我輕我之甚者也喲。
代　　氏：想你三十不豪，四十不富，五十相將，尋死路了，你還望什麼發達喲！
貝仲英：據你這麼說來，我豈不是要餓死於路邊？
代　　氏：想你樂歲終身苦，終年不免於死亡。
貝仲英：我志士不忘在溝壑。
代　　氏：任你在溝壑不在溝渠，肚皮餓了說不脫，拿飯吃，拿米來煮。

貝仲英：這就難了。
　　　　（唱【紅衲襖】）
　　　　　　娘子妻不必怒生嗔，
　　　　　　細聽為夫表古人。
　　　　　　晉重耳曾餓荒嶺，
　　　　　　孔子絕糧在蔡陳；
　　　　　　顏回簞食一瓢飲，
　　　　　　爛柯山受苦朱買臣。
　　　　　　古人也曾斷過頓，
　　　　　　君子憂道不憂貧。
　　　　　　有朝鄙人上了運，
　　　　　　枯樹梅花又逢春。
代　氏：（唱）聽一言，心惱恨，
　　　　　　問你便是比古人。
　　　　　　要穿要吃是正分，
　　　　　　也沒有餓起肚皮不作聲。
　　　　　　有錢夫妻多和順，
　　　　　　無錢父子不相親。
　　　　　　何況兒女哭得狠，
　　　　　　叫苦之聲不忍聞。
　　　　　　餓起肚皮等上運，
　　　　　　怕的是會餓死人。
　　（趙興萬上。）
趙興萬：（對）無病休嫌瘦，
　　　　　　身安莫怨貧。
　　　在下趙興萬是也。曾在趙員外家中雇工，因我家公子身染重病，醫生紛紛不能治療，昨天代仁元舉薦一位什麼貝先生，說是醫道很好的，要公子病好，非他不行，所以奉了老太太之命，特來請他。來此已是門前，待我看來，還有個招牌"大國手貝先生藝精岐黃"。果然是此地，待我叫門,貝先生。

貝仲英： 外面有人喊,莫非我運氣至了,送財神的來了?待我出門看看。

趙興萬： 你是貝先生?

貝仲英： 叫我何事?

趙興萬： (照前說)我是趙興萬,趙員外家下來的,請先生醫病。

貝仲英： 如此前行,隨後就至。

趙興萬： 快些來,我家老太太心切,聽說哪個好,就去請哪個。你來遲了,恐怕又另請別人去了。

貝仲英： 是是,是是。(轉向代氏)你莫吵,我說我的運轉了吧,你看就有人來請我看病。你把火燒起,今天靠得住買米回來,把那馬掛拿來我穿起,你好生守屋,我去了。正是：任你全身毛病,看我妙手回春。

代　氏： (念)運來漂金無色,
　　　　　　時來腐草逢春。(下)

第二場

龔起龍： (唱【紅衲襖】)
　　　　我本是醫界第一好手,
　　　　自從得反了正名震全球。
　　　　論醫書我讀過五車八斗,
　　　　《傷寒論》《時病編》倒背如流。
　　　　記多少秘密方世人無有,
　　　　還記得一百零八個湯頭。
　　　　遇着了下疳症是我拿手,
　　　　用一點面面藥就成好逑。
　　　　就是那孫真人非我敵手,
　　　　有扁鵲和華佗都未對頭。
　　　　陳修園王叔和閱歷不够,

李東垣葉天時經驗不周。
張仲景不過是權且將就，
著那部《傷寒論》置諸改修。
那一般庸醫生好似走狗，
見了我拜下風個個磕頭。
非鄙人沖殼子賣舌誇口，
城隍廟我許過多少刀頭。
雞脚神、吳二爺都是朋友，
魯胖官常與我來講交遊。
若不信拿一個與我試手，
醫不死算不得醫中魁首。

中華太醫院考取最優等，中西醫博士，龔起龍，綽號包活人。論我這醫生與衆不同，何也？他們那些醫生總宗的仲景《傷寒》，叫什麼扁鵲《難經》囉，什麼《黄帝内經》囉，陳修園《四十八種》囉，分辨不已，莫衷一是。殊不知這些古書用典，俱是無用了，何以故呢？因爲古人的臟腑與今人的臟腑大不相同，怎麽不同呢？大有考究，你看古時那些人的心是紅的，如今的人心是黑的，紅色屬火，黑色屬水，連水火都未分辨清楚，怎麽醫得倒病呢？何以見得？古時的人講的仁義道德，今時的人講的奸詐邪淫；古人講的禮義廉耻，今人講的臉厚心黑；古人講的温良恭儉，今人講的欺哄嚇詐。以生克制化論之，剛能克柔，如今柔能克剛了，這是不是大反其正了？就是天地陰陽，生克制化，都轉變了的。又何以見得呢？你看現在社會有以下犯上者，有以子弑父者。試看一般婦女論之，每每把男人壓制，而男子多被女人戰敗，是陽不能勝陰了！陰陽相反，五行相背，一舊方治病何能見效呢？所以這醫生與別人看病，既順潮流，不悖天時，是那一切腐敗醫書，我一概不用，別開生面，我自造幾個新奇單方，無論他如何危險的毛病，見我新方一去，那病就嚇跑了。即使失手的話，我家裡供得有藥王菩薩，陰間我結交有吳二爺、雞脚二哥，該死的人，是吃了我的藥，他們這案子都要從緩辦，胖官都要把公事壓倒一下，簿子都不忙勾。所以這幾年香火通行，可惜我目不識丁，人家請看病開單，我要帶個文案一路，若是我能寫字麼，我想要大造革命，把藥王菩薩推倒，後世人立我為醫中聖人。但是想得到做不到，現在社會上的人總是講究穿得好，繃得闊，吹得高，謳得起，無論有功夫，無功夫，只要繃得漂亮，說得好聽，就要拿錢來用。但我雖不會寫字，曾受師父的口傳過來的，過經過脈的口訣——學到家了，有幾句口訣：遇着空子，殼子要衝；遇着內行，招牌要送；有了縫隙，極力去鑽；遇着受家，包袱要重；記得此訣，天天不空。這就是我的秘訣，閒話少說，老張，

家　　院：有。
龔起龍：今天先走那一家。（過場）東門外高洋樓趙員外請先到他家，預備大洋八元，午前十點鐘，早至為盼。這個特別人戶，定要去的，吩咐轎來伺候。
家　　院：是喲
龔起龍：請李先生。
家　　院：有請李先生。
李得伸：（引）藥能醫假病，
　　　　　醫不好病人。
在下李得伸便是。曾在龔先生麾下當一名代筆先生，凡人家請他看病，是我在開單，生死二字都在我筆尖之下，故衆人與我起了個綽號，叫做掌簿判官。不知今天走哪家，待我問來。（口傳）
龔起龍：今天趙員外請我看病，你要注意莫像那天，喊你開泡參乾薑，你就芒硝大黃，把那人下個光架架，幾乎送了人的性命。
李得伸：你送的命也不止個把兩個，我都記不清楚了。依我看來，

你這個生意,盡可以早收手。多積點德,少造些孽,枉死城中也少些冤鬼,日後冤鬼找你索命,與我都有連帶關係。

龔起龍:你在胡說!我這幾年正在走大紅運氣,豈有收手之理?不要阻我的道路,未必我功夫那麼霉到住了嗎?

李得伸:到住未到住,我也不懂,我只知道你只有那幾味藥,那幾個湯頭,過去過來都是一樣,我真開傷了的。

龔起龍:你說不好,哪有這麼多人來請我呢?

李得伸:今天要走早點,回來免得走黑路。

龔起龍:走黑路怎麼?

李得伸:冤鬼找你索命,猶恐累及於我。

龔起龍:這幾年倒不怕的,正是走紅運的時候,即或將來運氣去了,或者要防備一下,都沒有什麼關係。我多帶幾個人一路,縱有冤鬼,他又其奈我何!

李得伸:你運氣雖好,我有些問心不過,總要記得年年防天干,夜夜防冤鬼為妙。

龔起龍:上轎來!

(唱【前腔】)

　　　這幾年正是我走運的時候,
　　　誰有病來請我偏偏對頭,
　　　多蒙頭藥王神暗中保佑,
　　　送招牌送掛匾堆積門樓。
　　　老毛病一服藥包他脫手,
　　　是風寒和擺子一藥便瘳;
　　　醫啞巴一服藥包他開口,
　　　醫禿子一服藥黑髮滿頭。
　　　若不信拿幾個給我試手,
　　　人死了都能夠起死回頭。

(同下。)

第三場

貝仲英：（唱【紅衲襖】）
　　　　　正行走忽然間大雨如注，
　　　　　無雨傘打濕我一身衣服。
　　　　　害得人這一陣又走溜路，
　　　　　老先生打赤脚奔走道途。
　　　　　看將來我仲英背時到住，
　　　　　老天爺都把我這樣欺辱。
　　　　　耳邊廂又聽喊站開讓路，
　　　　　（攙轎子上，撞到貝仲英）
　　　　　滾一跤我渾身俱是泥糊。

這是我時耶，運耶，命耶，盡耶？非天意呀！（過場）觀看那轎內的人好像官長，提皮包的，好似個候差，我也惹他不起，忍了吧。唉，是可忍也，孰不可忍也！喲，天啊天，衣服淋濕不說，還滾一身的泥巴，待我轉去換了又來。（想）怎奈我只有這一件拜客衫子，轉去也無益，本得不去，這脈理錢又拿不到手，況今天沒晌午米，不亦難乎，豈不傷哉？也罷，醫生只要功夫好，不在衣服，況且被我打濕了，不要緊，待我將手足洗了，再往前行。正是：滄浪之水清兮，可以濯我纓；滄浪之水濁兮，可以濯我足。與其潔也，不如其往也；與其退也，不如其進也。忍之可也，讓之可也喲。

（唱【前腔】）
　　　　　生不辰運不至盡走溜路，
　　　　　少年時悔不該去讀醫書，
　　　　　早知道行醫人這樣辛苦，
　　　　　何不如開商店賣酒賣肉。（下）

第四場

趙夫人：（唱【紅衲襖】）
　　　　　我的兒得一病牙床睡臥，
　　　　　頭不擡眼不開話也不説。
　　　　　每一天好先生要請幾個，
　　　　　吃下去吐出來毫不應藥。
　　　　　這幾天愈沉重愈見惱火，
　　　　　睡之在牙床上打胡亂説。
　　　　　五十歲我只有獨子一個，
　　　　　醫不好我情願同見閻羅。

家　　院：（唱【前腔】）
　　　　　在長街請來了仙醫一個，
　　　　　人死了他都能把他醫活，
　　　　　進府來見婆婆忙把喜賀，
　　　　　請來了好先生賽得華佗。

家　　院：稟婆婆，張先生舉薦的"包活人"到了。
趙夫人：不知好不好？
家　　院：好得很！不信只看他穿那一身衣服，非常特別，人要是不對，還把他請不來。
趙夫人：如此有請。
家　　院：有請。
龔起龍：轎夫打轎下去。
　　　　（轎夫打轎下。）
趙夫人：先生高姓？
龔起龍：姓龔。
趙夫人：尊號？
龔起龍：起龍。
趙夫人：昨天內侄曾説先生醫道高超，小兒身染重病，已經數日未龔起龍：那是自然的，因為昨天王先生在說，令郎公子病重，我不來不說，我來了，就算好了。老太太不知，這幾天我實在不閒，本得不來，我同王先生人情太重了，令郎公子的病，包你斷根，攙扶出來看看。

趙夫人：起不得床。

龔起龍：轉到病房。（過場，診脈）心脈沉而病在表。咦，咳不咳？

趙夫人：不咳。

龔起龍：兩尺脈洪，而且大病在少陰，口渴不渴？

趙夫人：不渴。

龔起龍：兩關脈浮有力是痢疾。

趙夫人：先生，肚皮膨脹。

龔起龍：是鬼胎。

趙夫人：先生，是男子，是什麼胎呢？

龔起龍：哦，舌苔是……太陰經陳寒凝久了，不是發寒便是發熱，不是頭昏便是眼黑。這幾天都未吃飲食，是不是？

趙夫人：是有幾日，顆米未沾。

龔起龍：你不消說，我曉得。清了脈自然猜得到啥，拿紙筆墨來開單。（開單，問李得伸）你學點見識，用藥與往日不同，今日這張單子要你親手開過，下次纔記得，也免誤人。

李得伸：是。

龔起龍：麻黃六錢，桂枝三錢，附片六錢，均薑八錢，北辛四錢，無根水引，照一份稱足抓來熬起吃一道，就要脫手。（過場）半點鐘就要起來。

趙公子：（對）有緣遇着，
　　　　　無緣錯過。

家　　院：稟婆婆，代仁元舉薦的醫生到了。

趙夫人：有請。

家　　院：有請。

趙夫人：先生請坐。

貝仲英：有坐了。
趙夫人：貝先生，這位是龔先生，這就是貝先生。
貝仲英：認得……龔先生財福好嗎？
龔起龍：還是那些樣子。莫說閒話，你既然來了，還是要診診脈喲。
貝仲英：那是自然的，請病人起來。
趙夫人：就是起不來。
貝仲英：待我過去看來，（作診脈狀）依脈看來，兩脈浮洪，乃春溫重病也，其病之原因，冬時受了寒邪，伏於少陰背經，到了這春天的時候，又感外邪，出於少陽膽經，所以纔現此症。不知龔先生用的什麼方子，請進來，你我互相研究。
龔起龍：病情大略是這個樣子，你要看方子？我用的新方法，你莫非要盜我的新方子嗎？
貝仲英：不是，不是，無非大家商量下藥，不要誤事了。
龔起龍：明明要作個標準就是，拿給他看。
貝仲英：（看，作驚）咦，先生此症為何還要用熱藥呢？
龔起龍：就依你的邪伏於少陽，不用熱藥發出汗水來，那邪又如何出來呢？
貝仲英：但是此時也不宜發表了。
龔起龍：怎麼又不宜發表呢？
貝仲英：他身體已經虛弱極了，如此熱藥一去，則元氣必敗，外邪乘虛而入，是逼其死也，此藥決不可服。
龔起龍：你在胡說！這種毛病今年醫好了好幾百個，都是這張單子，你說吃不得，你師傅是哪一個，都未傳授你嗎？師不談師，將不談將，你今天當倒駁我，我也不愛同你說，明天請到藥王廟，我來領你的教，吩咐提轎。
（家院作解釋狀，問龔起龍。）
家　　院：先生不必生氣，我們老太太自有主張，這有禮銀十元，以作茶資。
龔起龍：錢是小事，這老腐敗，太有些可惡，我明天定要找他到藥王廟,要找他吃茶。
(怒下。)

貝仲英：庸醫殺人,此之謂也。
趙夫人：依老先生之意如何？
貝仲英：員外婆婆,你看這張單子,麻黃六錢,附片桂枝四錢,均薑八錢,慢道病人,就是好人都受不了。我看這方子,實在危險。有道醫有活人之心,故而不得不商量,你看他酸氣逼人,竟把我凌辱一場,我是要找他說理啥。
趙夫人：老先生不與他較量。
貝仲英：就是,就是,我善養浩然之氣。
趙夫人：請先生另開一方罷了。
貝仲英：看紙筆墨來。(開單)銀花三錢,滑石三錢,連翹八錢,防風三錢,杭菊四錢,荊芥三錢,薄荷三錢,甘草二錢,淡豆豉、竹葉、蘆根作引,快抓來服。
(家院端藥罐,趙公子服藥而死。)

趙夫人：你這庸醫將我兒子毒死,老身與你把命拼！
貝仲英：先吃他的藥,我的藥將纔下肚,你言我害死了的？
趙夫人：與我趕下去。
(貝仲英下。)
(唱【紅衲襖】)
　　罵一聲背時鬼做事害我,
　　一服藥把我兒命見閻羅。
　　丈夫死我只有獨子一個,
　　你不該起歹心來下毒藥。
　　叫家丁執棍棒將他結果,
　　打得他害人鬼要死不活。

貝仲英：(唱【前腔】)
　　這樣的背時事回回找我,
　　被別人醫死了我來碰着。
　　跑一天未找到毛錢一個,

今早晨起早了鬼摸腦殼。（下）

趙夫人：（唱【前腔】）
但不知是哪個把藥用錯，
氣得我這一陣捶胸頓足。
叫家院把衣服安排停妥，
做幾天大道場送上山坡。（哭）

第五場

代　氏：（唱【紅衲襖】）
這幾年如在過饑荒年歲，
子叫餓女叫寒好不傷悲。
奴的夫須行醫時運不對，
縱有那和緩手也難發揮。
手攜着二嬌兒寧願忍淚，
等一等兒的父買米回歸。

貝仲英：（唱）連路走連路想連困瞌睡，
為什麼背了時還要倒楣？
莫非是這幾年犯了冷退，
有幾個背時鬼把我跟隨？
別人家醫死人我去墊背，
挨了打又受氣又挨棒槌。
跑一天未找錢一沾拼對，
你叫我空起手怎好歸回？
一家人全靠我找錢糊嘴，
怕的是一家人餓死一堆。
蔫躂躂行來在自己門內，
見娘子氣得我鬍子幾吹。

代　氏：夫君歸來為何怒氣不息，是什麼事呢？
貝仲英：娘子不知，因趙員外家請我去看病，誰知先有一位醫生，開了一服麻黃桂枝湯。殊不知這麻黃桂枝湯是催命鬼，勾魂票，我見心不忍，纔用一服連翹散加減，未及下肚，他的麻黃藥性一發，就嗚呼哀哉。她又是個婦人家，毫不懂理，她就説我醫死的，竟將我一頓棒槌，把我趕出來，錢也未得到一個，你看怎不愁人喲！

代　　氏：你看你是個什麼運氣！早不去，遲不去，別人醫死了，你就去了，有這樣遇緣的事嗎？

貝仲英：撞到了呢。我這醫生從今後，再也不行醫了，另找門路。

俊　　朗：爹爹，我們餓得很。

貝仲英：(打)老子還是餓得很，你喊老子，老子去喊哪個呢？你莫喊老子，老子今天氣得很！

代　　氏：你不管，哪個管？(貝仲英打代氏)看哪個舅子來管！
　　　　　(貝仲英打代氏倒地。)

代仁元：(念)自己無別事，
　　　　　　　反替別人忙。
　　　　　姐夫，姐夫！姐夫在家嗎？

貝仲英：是哪個？

代仁元：小弟來了。

貝仲英：快起來。

代　　氏：我不起來。

貝仲英：夫妻家嘛，不要見怪，我今天氣頭上，往常何曾打過你呢？你的兄弟來了，快去接客。(扶代氏起)
　　　　　(代仁元進。)

代仁元：前番趙公子染病，我曾舉薦姐夫去醫，不知他來請了沒有？

貝仲英：莫提起此事，我可惱可恨。

代仁元：恨從何來？(代氏照前説)是小弟之錯，把哥你委屈了。

貝仲英：從今後我再不行醫了。

代仁元：姐夫話説哪裡去了！有道學醫三年等時來，你哥子的醫理，小弟是知道的，很有閱歷，又有研究，真是實學，豈有不行之理？豈不聞叫花子都有三年瓜瓢運，哪有不行之理！

貝仲英：姻弟之言有理，但是這回把招牌打污了，以後恐怕更無人請了喲。

代仁元：小弟有個法子。

貝仲英：有何高見？

代仁元：有道說，衣食有方向，依小弟愚見，不如走遠方去行醫。俗語遠香近臭。小弟聽說下江一帶地方，重醫的人很多，不如去到下江一帶行醫，萬一順手，豈不是勝過本地？姐夫以為如何？

貝仲英：姻弟言者有理，但是要用許多盤費，不但無有路途盤費，且衣冠都不整。如今的人，只重衣冠不重賢，又兼你姐姐在家，無人照看，我又如何放心走遠呢？

代仁元：這是無妨之事，既然姐夫有意前去，家中之事，自然有小弟照理，不必掛念。

代　氏：先生既是要去，兄弟願意負擔，家中之事，我自會料理，一雙兒女，妻當教訓，再同別人做點女工，亦能大幫小補，縱然受些苦楚，妻在家也不埋怨的。但願先生此去，名成利就，也不負你數載行醫之苦。

貝仲英：好倒確好，這一路的盤費要用許多呢？

代仁元：那不要緊的，小弟身上有大洋百元，以作姐夫之盤費，把衣服脫下與姐夫穿。

貝仲英：解衣推食，我何以圖報喲？

代仁元：你我至親，何須圖報！小弟有名片一張，若姐夫到了下江，事如順手，這就不說；如事不好的話，我有一朋友名叫張華，在四馬路開相館，見我名片，他自然要關照姐夫的。

貝仲英：如此仰仗賢弟，此番若得發達，不忘大德。娘子在家勤理家務，善養兒女。兒女哪，務須要聽媽媽的教訓，免得為父掛念。就此一別了。

（唱【前腔】）

　　　　　　夫別妻子離父寸寸腸斷，
　　　　　　害得我一家人兩地分飛。
　　　　　　賢姻弟大恩德銘刻心內，
　　　　　　家與甥還望你另眼相窺。
　　　　　　我的妻把兒女諄諄教誨，
　　　　　　效孟母擇鄰處纔算能為。
　　　　　　縱然是我家中蔬食飲水，
　　　　　　切不可去效那無志行非。
　　　　　　倘若是此一番把路走對，
　　　　　　找了錢再來講衣錦榮歸。
　　　　　　辭別了宗祖神含悲忍淚，
　　　　　　藥王爺還須要大發慈悲。
代　　氏：（唱）見夫君上了路雙目垂淚，
　　　　　　就好似同林鳥各自分飛。
代仁元：（唱）勸姐姐切不可過於悲淚，
　　　　　　一切事有小弟救困扶危。

第六場

丁夫人：（唱【紅衲襖】）
　　　　　我女兒得一病甚是沉重，
　　　　　好叫我為父母朝夕掛胸。
　　　　　藥不效神不靈無法所用，
　　　　　這一回怕的是少吉多凶。
　　　　　叫丫頭扶小姐活動活動，
　　　　　問一聲愛儂女病體可鬆？
愛　　儂：（唱）愛儂女病臥床汗如泉湧，
　　　　　這場病害得奴眼花耳聾。
　　　　　茶不思飯不想身不想動，
　　　　　身又軟力又弱畏寒怕風。

　　　　一陣冷一陣熱一時汗湧，
　　　　時而驚時而悸時而怔忡。
　　　　白日裡閑着眼便在做夢，
　　　　到晚來不成眠冥冥朦朦。
　　　　二爹媽為奴家朝夕悲痛，
　　　　藥不效神不靈束手無謀。
　　　　倘若是有不測陽壽送短，
　　　　百年後何人與二老送終？
　　　　說到此不由人心血上湧，
　　　　忍不住珠淚兒濕透懷胸。

丁夫人：我兒病如何？
愛　儂：愈見沉重，怕的陽世不久了。
丁夫人：我兒不必憂慮，吉人自有天相，一早命人聘請良醫，定見功效。張羅之聲響也，是哪個到了？
龔起龍：(對)助我十年運，
　　　　　　有病早來醫。（口傳）
丁夫人：病體沉重，請先生內室診脈。（口傳）
龔起龍：（唱【前腔】）
　　　　三部脈查出她病之輕重，
　　　　或在表或在裡或在當中。
　　　　沉為裡在肌肉指要按重，
　　　　浮為表如腰鼓或如着蔥。
　　　　唯速脈它不住只見在動，
　　　　兩尺脈見危厄其症多凶。
　　　　肺脾命三部脈寒邪太重，
　　　　兩尺脈見結代小便不通。
　　　　莫不是這幾日冷熱過重？
　　　　莫不是這幾日出外傷邪風？
丁夫人：月經三月不調。
龔起龍：明白了。

(唱)敢這説我忽然就把竅通,
　　一服藥管教她立刻就鬆。
你不必説,我把脈看,就曉得了喲,要你講,又不叫怕像那些庸醫嗎？要望聞問切,真是胡亂已極,殊不知他把那幾個字義講反了,望是望別人來請,望別人多送脈禮；聞是聞風而至,聞聽富貴之病家,極力鑽營；問是探問病家的口氣；切是拿錢拿得切當。就是這樣講的。我今天只聽你説一句話,就曉得她的病情,不信我只開一服藥,她立刻就好。李得伸哪裡去了,還未來嗎？
(李得伸後應："還在後面。")

龔起龍：哎呀,不好了,未帶紙筆來,
家　　院：我家有。(擺筆墨)
龔起龍：今天找處方,李得伸你跑到哪裡去找魂了？你怕太害人了,湯頭我倒記得,字記不清楚了。也罷,縱寫得不好,他們婦道人家也不懂,待我來開個固胎煎藥,黃芩二錢,白芍二錢,當歸三錢,白術三錢,阿膠三錢,陳皮二錢,砂仁三錢,生薑引,懷孕三月忌破血食品,從速服下,對了明天再來請我。
家　　院：這有些微禮,望先生笑納。
龔起龍：不必,不必。(下)
丁員外：(唱)總商會邀請我推舉商董,
　　要把這會中事加大擴充。
　　因前生我夫妻未把德種,
　　無子嗣生一女名叫愛儂。
　　不料得染一病非常沉重,
　　好叫我無兒人憂心忡忡。
　　進府來見太太雙眉交皺,
　　問一聲愛儂女病體可鬆？
丁夫人：愈見沉重,方纔那位龔先生診脈來去,他説能醫好。
丁員外：怎麼説,那位龔先生請來了嗎？

丁夫人：是喲。
丁員外：將藥單拿來我看看。（念）黃芩、白芍、當歸、白朮、阿膠、陳皮、砂仁。（笑）黃芩寫成黃岑，陳皮寫成邪皮，把字寫錯了，懷孕三月忌破血，可惱！

（唱【課課子】）
　　見藥單不由人肝腸氣痛，
　　急得人這一陣頓足捶胸。
　　我二老只說你得病沉重，
　　又誰知你暗地裡敗我門風。
　　怒衝衝執家法把你命送，
　　打死你下賤才頃刻之中。

丁夫人：我夫這樣發氣，因為何故？
丁員外：呸，老賤婆管的好女，你娘母都與我死！有刀一把，繩一根，逢刀刀上死，逢繩繩上亡，刻不容緩。
丁夫人：你縱然叫我兩娘母去死，也還須說明白啥。
丁員外：你佯裝不知道嗎？你那女兒都成了下賤物了。
丁夫人：呸，你這老貨，為什麼不問青紅皂白，冤枉自己的女兒做歹事，有何憑證喲？
丁員外：你看這單子上，寫的懷胎三月了。
丁夫人：有何為憑？
丁員外：懷胎三月，這不是憑證嗎？
丁夫人：我這女兒行未離伴，坐未離凳，連閨房都未出，有什麼胎喲？
丁員外：你看明明是安胎煎藥，又有什麼話說？
丁夫人：方纔你說這張單子盡是別字，他那位先生連字都寫不來，他還看得出來什麼病嗎？他說是胎就是胎，你說是朵就是朵？
丁員外：是這話。
丁夫人：不是話是放屁。
丁員外：這如何是好？

丁夫人：把那龔先生叫來問好，不然我不依他的，還不依你呢。
丁員外：家院請那龔先生來。他若不來，你說我家病人吃了你的藥，病好了一大半，請你前來領謝禮。
家　院：是。
丁員外：家院你們棍棒安排齊備，少時龔先生到來，照我臉色行事。
家　院：是。
丁員外：家人好生候着。
家　院：龔先生快點走，我家小姐的病，一服藥就好了，老太爺請你領謝禮。
龔起龍：（念）人走時運馬走驃，
　　　　　　財神不請他自到。
　　　　我說病不算得重嘛，非我自誇，本事真是不錯呢。
家　院：龔先生請坐。
龔起龍：有座。
丁員外：先生所看我家之病人，開的什麼方子？
龔起龍：安胎煎藥嘛，犯不到胎。
丁員外：先生的脈理精通，想是不錯的。這病人是我的女兒，今年方十五歲就有胎嗎？我本得結果她的性命，故請你來問明，確實如果有胎，我便要下手了，免得玷污我府家規。家院拿刀來。
龔起龍：（跪）哎呀，我吃醉了，只是怪我開錯了，方子是我的不是，我自甘認罪。
丁員外：錯了嗎？你們行醫人操死生權，豈能這樣胡鬧？
龔起龍：我願受罪。
丁員外：我不拿你罪受，又去害別人！家院，
家　院：有！
丁員外：弔起來！
　　　　（唱【課課子】）
　　　　　　罵聲龔起龍害人的孽種，

氣得我這一陣怒氣衝衝。
行醫人這關係最大最重，
把性命當兒戲情理難容。
有虛實和緩急一概不懂，
有五官和七竅一竅不通。
你只知糊口食把人來哄，
全不顧害病人禍福吉凶。
你是那社會上濫痞雜種，
瞎眼子敢來把醫生冒綳。
你這等假醫生留來何用？
我要與社會上除暴除凶。
叫家院執棍棒與我打痛，
活活的打死他害人的毒蟲。

龔起龍：（唱【前腔】）
這一陣打得我皮泡眼腫，
把我的皮袍子扯個窟窿。
我只說哄倒他空子不懂，
又誰知滿在這內行之中。
這陣要上天無路下地又無縫，
打得我皮肉破口中吐紅。
沒奈何跪上前好言稟奉，
尊一聲老太爺員外公公。
須念我後生輩球事不懂，
下一次再不敢懵裡懵懂。
懇求開天恩放了我再不敢衝，
退還你一錠銀快把足鬆。

丁員外：（唱）不要錢要你寫條件三種，
龔起龍：（唱）說一件依一件件件依從。
丁員外：（唱）頭一件要依我病不加重，
龔起龍：（唱）縱然是醫不好也要醫鬆。

丁員外：（唱）第二件不准你繃醫生不懂裝懂，
龔起龍：（唱）我情願收生意去挑菜賣蔥。
丁夫人：（唱）我兒死要你來披麻把喪送，
龔起龍：（唱）我情願祭拜你喊保爺又喊祖公。
丁員外：（唱）叫家院剃鬍子趕出狗洞，
龔起龍：（唱）這一回玷辱了仲景祖宗。
丁夫人：（唱）叫丫環把小姐好生侍奉，
愛　儂：（唱）急得奴這一陣口中吐紅。
丁夫人：（唱）倘若是我的兒把命斷送，
　　　　　　　我情願撞死在你丁氏門中。
丁員外：（唱）非是我一時錯把女兒命送，
　　　　　　　庸醫輩暗殺人不用刀鋒。

第七場

家　院：（唱【紅衲襖】）
　　　　　　　我先生從早間看病出外，
　　　　　　　為什麼五點後未見回來？
　　　　　　　尋過了名煙館音信不在，
　　　　　　　我不免打馬燈走過東街。
龔起龍：（唱）我這回算遭了天然淘汰，
　　　　　　　碰着那老頭子手段好歪。
　　　　　　　這都是我平生太不自愛，
　　　　　　　仁丹鬍剃半邊怎好出街？
　　　　　　　行一步來至在東街之外，
　　　　　　　見家人站一旁好不羞哉。
家　院：見過先生。
龔起龍：你來做什麼？
家　院：特來接你的。
龔起龍：你們早在哪裡去了？

家　　院：先生進丁家去領銀子，久不出來，因此我們回家去了。方纔我們到了丁家去問，他們說先生回去了。
龔起龍：那李得伸哪裡去了？
家　　院：他到煙館裡去了。
龔起龍：我回去定要取消他。
家　　院：先生的鬍子為何只有半邊了？
龔起龍：我在理髮店去剃髮，那短命的待詔把我鬍子剃了半邊，我不喊倒，幾刀把這半邊都推了。我當時給了他幾個耳巴子，他們街坊勸解，我纔把他饒了，我想找他賠，他又賠不起。
家　　院：為何衣服又扯爛了。
龔起龍：莫問，打起馬燈走。
　　　　（唱【前腔】）
　　　　　　這一回羞死我十七八代，
　　　　　　這面子我怎麼撿得起來？
　　　　　　好聲名怕的是從此整拐，
　　　　　　從今後一定要打污招牌。

第八場

貝仲英：（唱【紅衲襖】）
　　　　　　離家鄉到上海一月景象，
　　　　　　並無哪一個請我開張。
　　　　　　又沒有朋友介紹來往，
　　　　　　所帶的百塊錢用得溜光。
　　　　　　店主人這幾天在催我算賬，
　　　　　　倒叫我羈旅人好不心慌。
　　　　　　地又生人不熟沒有法想，
　　　　　　怕的是這一回要餓茫茫。
　　　　想我貝仲英是什麼命，在原郡不能發達，只說在這下江之地，謀衣謀食，誰知來在這個地方，人地兩生，又無人請我。曾經寫下廣告各街各巷巴起,只有幾個小人戶封個禮,多者六十文,少者四十文,還有些拿不起錢的,説幾句好話也就算了。這幾天囊底錢都用盡,店主人又催我繳旅費,我約他稍緩幾天,他説買東西要現金,不然就叫我算賬。説明天起,定要錢的,不然格外找客店子,我又如何得了喲?今日天又下了點雨,把我的衣服也打濕了,這裡有廟子待我進去看看,上是觀音菩薩,下跪弟子貝仲英,因為行醫至此,還望菩薩大施寶鑒,搭救弟子,後來若有發達,重修廟宇,改換金身。
(封翁家院捧祭禮上,貝仲英起身將祭禮撞地。)

封翁家院:(扭貝仲英)嚇,你這個東西,瞎了眼睛,把我的祭禮物品損壞,並且刀頭也撞在地上,要你陪,不然走不倒路。

貝仲英:我誤將你的祭禮品撞倒,我與你撿起來就是。

封翁家院:好便宜!我家主人害了病害得要死不活的,我們老太爺喊我來許願的,你把祭禮撞倒事小,把我的飯碗打爛了,豈有算了的道理嗎?

貝仲英:我是遠方的人,身旁無錢,我如何賠得起?

封翁家院:賠不起,把你拉去見我家老太爺。

貝仲英:你家老太爺是誰?

封翁家院:提起我家老太爺把你嚇死。

貝仲英:是誰?

封翁家院:他的名字誰都不敢説,他的兒子現在任山西的道尹,這害病的就是道尹的二公子,在習武時染了病,特來許願的。看你惹不惹得起,少時我家老太爺知道了,要把你搓成湯圓,擀成麵。

貝仲英:不好了,不好了,天喪予啊!

第九場

(封翁、陳久久、李德輝、王先生、盛扁鵲同上,封翁之孫臥病床狀。
封　翁：眾位先生看這病究竟要用何方子能救？
陳久久：觀令孫之病，實屬危險，須用清涼之劑，方能痊癒。
李德輝：依鄙人看來，發表通裡。
王先生：依愚兄之見，藥不入腹，實難醫治，況脈已現了，魚翔蝦游之象，不過三時必死。
盛扁鵲：三兄說來都無一定的道理，依我看來，薑桂不宜，參附也不宜，生也不得生，死也不得死。
眾　　：又怎麼呢？
盛扁鵲：要死不活的。
　　　　（眾笑。）
封　翁：各位先生各開一方，容老夫擇選適用之。
眾　　：可以。
　　　　（封翁家院扭貝仲英上，口傳。）
封　翁：在鬧什麼？（家院照前說）他是何等人物？
家　院：他是個醫生。
封　翁：叫他進來。（口傳）家住哪裡，貴姓尊名，出身貴幹？
貝仲英：常州人氏，姓貝名仲英，壬子年入學，癸丑年補廩，庚戌年學醫。
封　翁：斯文一脈，請起來，擺座。
貝仲英：謝座。
封　翁：先生行醫，所閱歷哪幾部書？
貝仲英：我家自前清康熙年間以來所藏之書，遺下二百餘種，此一切古代名醫的秘傳本，以及海外各種名書，及解部舌書法理無一不通，無一不曉，所臨之症，無一不中。非學生誇口，敢言百無一失。
封　翁：聞先生之言，可謂儒醫者也，必能治小孫之病。胸前凸起痛不可忍，不得飲食，已經半月多了，晝夜發燒，不得安臥，此間名醫，治無一效，未知先生可能挽回否？
貝仲英：診脈便知。（作診脈狀）公子之脈弦硬異常，必有物阻於

　　　　　　上脘，故所以胸前凸起。不知各位先生，用何良方，請出一觀。（念）附子二錢，半夏四錢，炙草二錢，粳米五錢，大棗二枚。（又取二張，念）麻絨三錢，白芍二錢，甘草三錢。（又取三張，念）當歸三錢，熟地二錢，芍藥三錢。（又看四張，念）黃連三錢，麻絨二錢，黃芩三錢，這是什麼湯頭，觀看各方皆知。

封　　翁：這還有張先生開的幾個方子，還未能服，請先生研究。
貝仲英：不敢。
封　　翁：不妨礙的，這就是陳久久陳先生，前任西安知府。
貝仲英：久仰。
封　　翁：這是李德輝先生，前清進士，候補黃陂知縣；這位是王先生，前清翰林；這位是盛扁鵲，前清任守冒州右堂，現任醬油公司總辦。
貝仲英：失敬了！方纔老太爺說的，各位先生擬的仙方，請出領教，領教。
衆　　：服得否？
王先生：我這單子你看吃不吃得？
貝仲英：先生之仙方，出在哪部書？
王先生：出在《難經》。
貝仲英：《難經》上也沒有湯頭。
王先生：那外國的《難經》。
貝仲英：小弟未閱歷得到。
王先生：這些書你也買不起。
貝仲英：衆位先生的仙方很好的，但是胸前凸起，脈弦硬，必有物阻於膈，湯藥不能上攻，只有吐出，其病必鬆。
衆　　：依你又用何方呢？
貝仲英：（背）我想此病不甚要緊，看他們所出之方子，寒的、發表的、通裡的紛紛不一，我本得說他們不是，怎奈盡是一般老宦場。論功夫我倒勉強，論資格我就夠不上，我縱然開個方子，未必他們就不駁我嗎？要用個立見功效的法子，

　　　　　吐出即好,我用個什麼法子呢?(想)我想百臭之物,下肚
　　　　　即吐,幸喜未能拋却。(向封翁)觀令孫之病,有物阻於膈
　　　　　間,湯藥不能達上,此有丸藥一包,用沸水送下,一切宿物
　　　　　吐出,然後用平和之劑,和其腸胃,再以補劑壯其精神,不
　　　　　日即愈。
王先生:那丸藥叫什麼名字?莫不把別人毒死了,於我們有連帶
　　　　　關係。
貝仲英:此為蘆花豆豉丸。
王先生:是什麼造的?
貝仲英:是草蘆、淡豆豉、生山梔、阿魏等藥造成。
王先生:藥性倒不說,看你身上穿這些衣服,就不是醫這病的先
　　　　　生,故而我來干涉你。
貝仲英:嗟乎,天下之人,重衣冠多者也。
封　翁:先生不必如此,方纔聞貝先生之言,不為無理,試服一次,
　　　　　再作道理。
王先生:萬一有失?
封　翁:與各位先生無干。
王先生:你既然要用他,我們有啥子說的。
貝仲英:看沸水來。
　　　　　(封翁之孫下床作吐狀,作笑狀。)
封翁孫:(唱【紅衲襖】)
　　　　　　　這藥丸下肚又嘔又吐,
　　　　　　　不由我這一陣全身舒服。
　　　　　　　又不疼又不痛搒腸刮肚,
　　　　　　　心兒內還想吃一碗稀粥。
　　　　　　　叫童子快攙扶我去見老母,
　　　　　　　却怎麼我成了一身枯骨?
　　　　　　　是何人施下了靈丹一服?
封　翁:是貝先生醫好了的。
封翁孫:(唱)叫家院近身來聽我吩咐,

到上房取幾件上等衣服。
從今後我把你拜為師傅,
莫行醫在我家教我讀書。
叫家院攙扶我前去見母,
萬不想至今日藥到病除。

封　翁:（唱）老先生果真算西天活佛,
用一方救孺子死中得度。

貝仲英:些微之病,何勞多費功夫。還有更大功夫,未能用出。

封　翁:就在舍下居住,不要回去。

貝仲英:多蒙太爺仁德,鄙人銘感於心,但是舍下妻子無人照看。

封　翁:慢道說你妻子無人照顧,就是要做官也很容易。改日命人到貴府,迎接夫人及公子前來,與先生修造府第,請在後院小飲談心。

貝仲英:過於打擾。

第十場

代　氏:（詩）草色青青柳色黄,
桃花零亂李花香。
東風不為吹愁至,
春日偏能惹恨長。

奴想夫君去後,半載有餘,杳無音信歸來。聞得下江一帶,匪徒甚多,不知夫君怎樣下場,叫人眠食俱廢,正是:夫為羈旅客,妻作守家人。

代仁元:（對）富人親歷得,
貴從書中尋。

昨日陳華好友來函,云他先做了旅長之職務,叫我前去任事,我想現在家中煩擾,實無心做事,信內並未提起姐夫的消息,近日去到他家問問。姐姐在家否？

代　氏:（出看）兄弟到了,請進。

代仁元：請問姐姐，姐夫可有音信歸來否？

代　氏：自從去後，一信不通。

代仁元：昨日陳華仁兄來函，也未提及姐夫之事，未必到別處去了嗎？

代　氏：（哭）兄弟為姐所有家務，你是盡心了，如是你姐夫不歸，我一家大小如何得了？為姐有心請兄弟下江一往，打聽你姐夫的下落如何。

代仁元：姐姐不必悲啼，朋友來函也叫小弟到下江去任事。先前小弟無心前去，如今音信不回，小弟不免也要走上一走，一來去尋姐夫，二來去會朋友，豈不兩全其美嗎？

代　氏：若得如此，為姐感激不盡了。

代仁元：小弟歸家囑託家中之事，一面再找人與姐姐送點錢來，維持姐姐家中用度。明日一早起程，姐弟就此一別了。

（代氏哭。）

第十一場

（軍官引眾軍上，服掛指揮刀。）

軍　官：眾位弟兄，陳錢山土匪猖獗，奉師長命令前去征繳，眾位須要注意努力，與國家盡一份義務，不愧為軍人一分子。（眾軍士應："是！"）持槍，齊步走。

第十二場

曹冠雄：（引眾）眾位兄弟，我們雖占了兩縣，恐政府來剿，不敢輕進，倘敗官兵，皆眾位之力量而抵抗。現聞偵探報告，江浙兩省大軍前來圍打，你我還需要作一準備。

卒　　：報告大哥，大兵到了。

曹冠雄：與我抵抗就是。

（打仗，官兵敗。）

代仁元：(背包袱上,念)
　　　　　　高山一片雲,
　　　　　　千古旅人心。
　　　來此已是江浙交界地方,耳聞槍炮之聲,想是匪徒搶劫,待我急行幾步。
偵　探：往哪走？站倒！你是匪人偵探？
代仁元：我是商人,不是匪人。

下　卷

人　物　表

貝仲英　曹妻　排長　代仁元　曹女　龔妻　代氏
俊朗　嬌香　何裁縫　曹冠雄　王心雄　吳仁吉　軍官
衆兵　丫頭　家院

第一場

貝仲英：（引）時衰馬角無生日，
　　　　　　運至鴻毛遇順風。
　　　　（詩）蘇秦不是再來生，
　　　　　　富貴從來但逼人。
　　　　　　今朝喜氣金銀積，
　　　　　　杏林又放一枝春。
　　　鄙人貝仲英。因在原郡行醫，久困不發，幸蒙姻弟代仁元相勸往下江懸壺，來在浙江地方，受了無限的波折，幸得治好了封翁的長孫，留在他府教訓公子讀書。想這一個人的時運一到，財喜不求自來，又得封翁介紹到各道衙門診病，所診之病，無一不中，無一不效，此地大大小小，治好的不下數百，頌揚之聲，洋洋盈耳。故至今我的名譽，愈來愈大，我的身價，愈來愈高。我在此地倒還瀟灑，不知我妻兒怎麼度日？前日封翁曾言，將我妻兒一併接來同住，此言正合吾意，待我修書。

（唱【紅衲襖】）
　　　提羊毫修書信致意百拜，
　　　多拜上代氏妻細看開懷。
　　　別家鄉到上海年近半載，

　　　　　　時未至受盡了無限塵埃。
　　　　　　醫好了封公子病體安泰，
　　　　　　一劑藥竟把我名譽撐開。
　　　　　　老太爺將為夫上賓看待，
　　　　　　又叫我把家眷接到此來。
　　　　　　見書信忙動身不可懈怠，
　　　　　　到江下雇船舟有人候差。
　　　　　　常言道大丈夫家在四海，
　　　　　　娘子妻切不可心犯疑猜。
　　（排長上。）
排　　長：貝先生，我們老太爺派了一排人，去接貴家眷，未知書信可曾修好？
貝仲英：已經修好，煩勞費心，異日酬勞。
排　　長：是。
貝仲英：正是：終朝懸望眼，千里盼家人。團圓方為樂，惟有骨肉親。

第二場

龔起龍：（唱【課課子】）
　　　　　　我龔起龍這幾年在把時運背，
　　　　　　為什麼用的藥不像往日回？
　　　　　　想從前治的病個個都對，
　　　　　　到如今為什麼這樣倒楣？
　　　　　　莫不是有冤鬼找我作對？
　　　　　　二莫非藥王爺不把我跟隨？
　　　　　　東門外張公子年十三歲，
　　　　　　出天花不脹漿其病甚危。
　　　　　　我用劑小陳氣吃了不對，
　　　　　　再用一服大陳氣就把命追。

他三房只有這一點骨髓，
又是個背爺子定心錘錘。
他的娘見兒死痛徹五内，
脚幾蹬眼幾鼓胸膛幾捶。
喊一聲痛心兒倒地閉嘴，
可憐他母子們死在一堆。
眾街坊見單子吐我口水，
都罵我瞎眼睛胡求亂為。
都斷我當孝子來捧靈位，
又叫我拿個兒去作償賠。
我醫死豈止他母子兩位，
不知道亂葬墳好多堆堆。
説到此不由我自己打嘴，
不讀書怎了解醫中精微？
羞答答悶懨懨轉回家內，
對娘子求良策再行施為。

第三場

龔　妻：（唱【紅衲襖】）
　　　　奴的夫出外面音信俱杳，
　　　　兩三月不歸家所為哪招？
　　　　從早間有喜鵲簷前高叫，
　　　　好叫我坐家中愁鎖眉梢。
龔起龍：（唱）當孝子把我的先人羞了，
　　　　　怕的是二輩子都伸不起腰。
　　　　　此一回我就把招牌打倒，
　　　　　從今後再休想擡頭翻梢。
龔　妻：你今天回來了這般煩躁，是何道理？
龔起龍：我没有什麽事。

龔　　妻：哦，必是醫死了人，別人叫你賠償人命，是還不是喲？

龔起龍：放你媽的屁，我都醫得死人嗎？

龔　　妻：你還未醫死人嗎？為何去年把別個女兒醫死了，把我女兒拿去賠別人；二次把別人的兒子醫死了，又把我的兒子拿去賠。我只有一男一女都賠完了，依我看來，你這生意，盡可收手了，下次怕我都救不倒。

龔起龍：咄！你今天在抄我的老底子，我的兒女是我造的，未必還有人幫忙嗎？

龔　　妻：只怕還有人幫忙呢！

龔起龍：你與老子說出來是哪個幫忙？

龔　　妻：就是我。

龔起龍：幫忙啥子嗎？

龔　　妻：未必你一架機器，把人造出來了嗎？

龔起龍：那倒差不多，娘子不必惱，我醫死別人的兒女當然是要賠的啥。

龔　　妻：你把別人的妻子醫死了，豈不是要我去賠嗎？

龔起龍：你去不去要由你自己啥。

龔　　妻：那倒不得行囉！

龔起龍：不行，就該想個法子。

龔　　妻：我會想啥法子喲？

龔起龍：我有法子。

龔　　妻：有什麼法子？

龔起龍：此地不可久留，況我名譽是玷污了的，我縱然在此地也無人來請了，我要出門好些。

龔　　妻：向哪裡去？

龔起龍：我走"寸冬"門，搭"連翹"船由洋河順江而下，"通大海"過人煙國去會我師傅，再修再煉。

龔　　妻：你師傅何人喲？

龔起龍："馬前子"。

龔　　妻：哎呀，怪道來你師傅都是瘮人的喲！

龔起龍：莫説閒話，你與我收拾，黃荊三兩，水銀四兩，車前一弔，我即刻起程。

龔　妻：包袱在此，我送你出門。

龔起龍：我去了之後，你一人在家務必要謹守"女貞"，不可私通"桃仁"、"杏仁"，倘若與他們"枸杞"，我"當歸"之時，先打你一百"桂枝"，而後再剝你的"陳皮"。

龔　妻：你莫癡等白等，我是"細辛"人，不像你這"麥冬"。

龔起龍：你不要上氣嘛，我恐怕你在家賣"蓖麻子"。

龔　妻：你莫擔心，我恐你出外發淡"豆豉"。

龔起龍：（向外）哎呀，這味藥比我下得切當些呢。

（唱【前腔】）

　　娘子妻必須要謹守婦道，
　　切不可將身價故為輕拋。
　　我去後你若是胡求亂搞，
　　怕的是兩口子聲名整糟。

龔　妻：（唱）你出門把我的心纔放了，
　　　　也免得醫死人我去填槽。
　　　　且各自回娘家謹守婦道，
　　　　也免得旁觀者弄出蹊蹺。

第四場

代　氏：（唱【紅衲襖】）

　　昨夜晚得一夢我難解悟，
　　我夢見一塊石水面游浮。
　　霎時間那頑石飄飄飛舞，
　　河水中又看見火光現出。
　　船舟上出強人將奴搶擄，
　　嚇得我戰兢兢號啕大哭。
　　醒來時渾身上汗流不住，

但不知此夢兆是凶是福。

（詩）遊子不歸書斷雁，
　　　尋人難見客成龍。
　　　暫將十指誇針巧，
　　　且持詩書教兒童。

奴代氏，自夫君去在下江杳無音信，昨晚夜得夢兆凶惡，不知主凶主吉。奴想夫君去後，信息俱無，屈指已過半年，是奴放心不下，請兄弟代仁元出外探訪，一去數月，亦無音信歸來，叫人朝暮縈懷。近來無人顧盼，全憑奴針線度日。俊郎漸漸長成，詩書無人教授，若等奴夫回來教育，豈不混過光陰，誤了孩子本性？我想昔日孟母擇鄰教子，流芳百世，父未在家，我為母者亦有教授之責，奴雖不深通書理，亦稍識些文字，不免將《三字經》取出教授一番，以免浪費時光。言者是理，俊郎、嬌香走來。

（俊郎、嬌香同上。）

俊　郎：（對）昔聞首陽餓，

嬌　香：無米怎作炊？
　　　見過母親。

代　氏：坐下。

俊　郎：叫兒何事？

代　氏：我兒不知，想你爹爹自去下江，杳無音信，不知是何光景，想你今年十二三歲了，尚未發蒙讀書，恐誤了你青春，為娘親身課讀，爾可喜否？

俊　郎：兒遵母命。

代　氏：如此待娘取書來，你父去後，書架上的灰塵有許多厚了，聽為娘教你。正是：貧苦隨時過，光陰不再來。富從勤裡得，貴從書中來。

（唱【紅衲襖】）
　　　乖乖兒上前來聽娘教誦，
　　　讀書人必須要性敏心聰。

身要端心要正舉止穩重，
視思明貌思敬言語謙恭。
人之初性本善天性作用，
性相近習相遠教化相從。
苟不教性乃遷任其放縱，
教之道貴以專一以貫通。
昔孟母擇鄰處擇賢而共，
子不學斷機杼費盡苦衷。
幼不學老何為追悔無窮，
玉不琢不成器頑石同種，
人不學不知義禮義不通。
為人子方少時須當自重，
親師友習禮義必敬必恭。
學讀書兒必須明聲朗誦，
切不可坐一旁唧唧噥噥。
我兒可曾記得？

俊　郎：兒記得多半了。

代　氏：記得多半，兒在那旁讀書，娘在這旁與人縫衣，得些銀錢，母子也好度日。女兒，看看為娘用針。

俊　郎：正是：一寸光陰一寸金，見書如同見古人。不是母親施教誨，哪得知道古和今。

（唱）開書本不由人淚如泉湧，
　　　古聖人作此書教我兒童。
　　　母親娘她教我心唯口誦，
　　　初讀書必須要注意用功。
　　　我的父去下江未知行動，
　　　可憐我一家人好不貧窮。
　　　這幾日三餐飯何曾飽用，
　　　每一天只能吃稀飯兩盅。
　　　這一陣餓得我眼冒金星，

　　　　我只得臥書桌珠淚滾湧。
代　　氏：我兒為何不讀？
俊　　郎：我餓了，讀不得了。
代　　氏：我兒不必啼哭，待為娘把別人衣服送去，領得錢回，也好買米造膳。天哪天，這樣苦景叫人怎麼過喲！（燒衣，過場）哎呀，衣服與別人燒了，別人來取，怎麼對付呢？正是：屋漏更遭連夜雨，行船又遇打頭風。好不氣煞人也！
何裁縫：（上，對）
　　　　秋寒處處催刀尺，
　　　　佳人留意動線針。
　　　　在下姓何也，在東街開了一座成衣鋪，昨日送了兩件衣服與貝先生娘子縫，今日前去拿回，別人來取，也好交給人家，來此已是她家，待我進去。（看衣）為何把衣服燒爛了，別人來取我又如何交付？你要負賠償責任，不然萬難干休。
代　　氏：裁縫師父方纔我大意了，女兒將衣服燒壞，我家貧如洗，哪裡還賠得起？請你拿回去，以後與你多做些手工，賠償你如何？
何裁縫：胡說！我與別人做的，即刻就要來取，哪個還等你許久？趕快就賠，纔脫得倒手。
代　　氏：我家實在無錢，叫我如何賠償呢？
何裁縫：賣兒賣女，都要賠的，不然我們去叫警察，走走走。（拉走代氏狀）
排　　長：（上）你們在做什麼？
何裁縫：先生不知，她領我的衣服來縫，與我燒壞，又不賠償，我拉她去見警察。
代　　氏：先生不知，我無意損壞他衣服，應該賠償，怎奈我家貧窮，賠不起，況奴承認與他做些手工賠償，不為無理。他立刻就要我賠，我家先生貝仲英，出外未歸，我女流之輩，無可奈何，還望先生方圓。

排　　長：怎麼你就是貝太太嗎？我就是來接太太的。只因貝先生在浙江醫好了我家大人的公子，我家老太爺非常敬重，以上賓看待，現在與他辦功名，查缺位，不久就要上任做官了，故特命我來迎接先生娘子，去在衙門同享榮華。還派的有一排人，在江下等候，太太快快收拾扛擔上船。這是貝先生的書信請看。

代　　氏：先生請坐，待我拆書一觀。

何裁縫：哎呀，太太呀，這件衣服很不要緊，我也不要你賠了！你這身上衣服舊了，我與你拿幾件新衣來，拿幾件上色新式的來穿起，好當太太，不要一個錢。上任的時候，我求當個官裁縫，我回鋪去拿衣服來。（代氏看信，何裁縫又上）衣服來了，太太看合不合身？（口傳）大少爺，大小姐還要幾件，又去拿。

代　　氏：我的房屋家居託付何裁縫看守，異日歸家還我。

何裁縫：是。

排　　長：打轎來。

代　　氏：（唱【前腔】）
　　　　怪道來昨夜晚得此奇夢，
　　　　急難中忽然間喜氣重重。
　　　　見書信解去我愁腸萬種，
　　　　就算得絕路上又把生逢。（口傳）

第五場

貝仲英：（唱【紅衲襖】）
　　　　父子親夫婦從誰能割斷，
　　　　這其間有許多離合悲歡。
　　　　昨夜晚得一夢甚是稀罕，
　　　　我夢見花正開破鏡重圓。
　　　　前命人到原郡去接家眷，

這幾日把我的雙眼望穿。
但不知何日裡纔得見面,
妻見夫子見父撥雲見天。

家　　院：(上)報告老爺,太太、公子和小姐到了。
貝仲英：有請。(口傳)
　　　　(代氏見貝仲英。)
貝仲英：娘子別來無恙?
代　　氏：幸蒙福庇,倒也無恙,就是受了許多困苦。先生好嗎?
貝仲英：我還是受了無限奔波,一時難以盡敘,二嬌兒好嗎?
俊　　郎
嬌　　香：爹爹去後,你兒餓了好幾頓飯呢?
貝仲英：莫說,恐怕別人取笑。(過場)自到下江之後且喜天假奇緣,治好了封翁長孫的病症,老太爺提拔,新修洋房,與你我居住,又與我極力介紹,現在聲名大振,不是當年的貝仲英看。故修書接你母子同享幸福。這是本老太爺的院子,這是老太太的丫頭。
丫　　頭
家　　院：見過太太。
代　　氏：有賞。
貝仲英：每人賞大洋二元。
代　　氏：如何如此拋灑銀錢呢?
貝仲英：官場中都是這樣規矩,我診一脈都是三十元或者幾百元,是幾元錢我還不愛與他醫的。你怕是我們那一方四十文錢要走幾十里?我今日之貝仲英,不是當日之窮酸了呢!
代　　氏：先生你要記得,常言講得好來,常將有日思無日,莫到無時當有時。
貝仲英：哦!那是自然的,我豈是樂以忘憂之人。
丫　　頭：老太太請貝太太全家赴接風酒宴。
代　　氏：謝了。
貝仲英：娘子,你看老太太聽說你來了,就設宴接風,你不要推辭,是定要去的。見了老太太，言語須要文明，舉止務須要端正，先要將那些俗氣去了，免使人取笑。

代　　氏：先生免慮，她是官場，未必妻娘家又不是官場嗎？雖然人窮格式在，若論交談嘛，妻幼年在娘家做女的時候，就是學會了的。無論她什麼新名詞、舊名詞還不得撈起亂說，句句都是鬧清白了的，鬧脫了俗的。不像你這個老腐敗，要鹹不鹹，要酸不酸，你還要來領教。

貝仲英：愚夫願受教。哈哈哈。

丫　　頭：請太太上轎。

（代氏下。）

貝仲英：真不愧是我貝仲英之妻也。
（唱）夫見妻子見父不衣自暖，
　　　今日裡可算得大賀團圓。
　　　從今後就算得身榮貴顯，
　　　懷抱子足蹬妻不再犯難。（笑）

第六場

（曹冠雄臥病床上。）

曹冠雄：（唱【紅衲襖】）
　　　屈指算我得病七日七夜，
　　　臟腑內好似一鋼刀在劈。
　　　肚內疼胸前脹不吐不瀉，
　　　疼得我這一陣渾身汗滴，
　　　看將來我這病無法救也，
　　　怕的是我冠雄生路該絕。

（王心雄引龔起龍上。）

王心雄：（唱）聞人說龔先生醫道不孬，

龔起龍：（唱）非誇口賽的過大師岐伯。

王心雄：（唱）我大哥得一病危之險矣，

龔起龍：（唱）非誇口一服藥起來跑得。
王心雄：（唱）若醫好大哥病千金相謝，
龔起龍：（唱）胎倒了大包袱許你二百。
王心雄：（唱）請先生稍等着我先進去，
龔起龍：（唱）你説我這醫生天下没得。
王心雄：（唱）進帳來見大哥忙把話敍，
曹冠雄：（唱）王賢弟請為兄有何話説？
王心雄：（唱）聘來了好先生中國無也，
曹冠雄：（唱）既如此請先生前來診脈。
王心雄：（唱）我大哥請先生快快進去，
龔起龍：（唱）行一個脱帽禮便把脈切。（作診脈狀）
　　　　　我觀他兩尺脈洪而且細，
　　　　　肺心脈洪而緊早晚必咳，
　　　　　兩尺脈現洪細肚皮在瀉，
　　　　　兩寸脈現乾澀定時貧血，
　　　　　有病傷在少陽邪未盡也，
　　　　　開一服麻黃湯攻出寒邪。（作開單狀）
　　　麻黃二兩，桂子三錢，杏仁三錢，甘下二錢，生薑引吃了就好。
　　　（王心雄作灌藥狀。）
曹冠雄：（唱）這服藥吃下肚頭昏目黑，
　　　　　渾身上大汗出五臟崩裂。
　　　　　罵一聲王心雄滿腔是氣，
　　　　　你莫非在哪裡聘來刺客？
　　　　　叫人來把庸醫拉去槍決，
　　　　　王心雄打八百外加開革。
吳仁吉：（唱）上前來勸大哥休得上氣，
　　　　　這是他醫學低並非刺客。
　　　　　望大哥開天恩將他放赦，
　　　　　暫將這龔起龍關起在縲絏。

曹冠雄：（唱）他兩個做的事猖狂撒野，
　　　　　　須念在吳賢弟來把情說，
　　　　　　庸醫生你與我拉走關起，
　　　　　　王心雄你與我馬上起革。
王心雄：（唱）這一回我為你飯碗丟也，
　　　　　　我就算搭倒你鋪蓋發熱。
龔起龍：（唱）只是我時運衰命也盡矣，
　　　　　　走起來就胎倒一弔八百。
吳仁吉：大哥，小弟有一好友名貝仲英，醫道高超。前在杭州督府醫好了長公子的病，現在名震全省，若得此人上山，大哥的病體可計日而愈。
曹冠雄：就命賢弟前往聘請。
吳仁吉：大哥有命，小弟當不勞累。
曹冠雄：娘子請拿大洋五百元與吳賢弟前去聘請醫士。
曹　妻：知道。
吳仁吉：大哥，小弟去了。
　　　　（唱【前腔】）
　　　　　　勸大哥且把這寬心放也，
　　　　　　此去來不過是三天時刻。
　　　　　　辭大哥和大嫂下山去者，
　　　　　　為請醫哪顧得披星戴月。
曹冠雄：（唱）這服藥恰好似勾魂使者，
　　　　　　命宮上犯的是天狗弔客。
　　　　　　叫娘子把衣服安排齊備，
　　　　　　怕的是效景公不食新麥。

第七場

吳仁吉：（唱【紅衲襖】）
　　　　　　貝先生可算得醫中魁首，

　　　　論功夫蓋得過亞細亞洲。
　　　　能濟世能活人兼能益壽,
　　　　可算得當年的華佗一流。
　　　　我從前得一病靈丹難救,
　　　　一服藥使我的厥疾頓瘳。
　　(念)有恩須當報,無仇不結怨。
鄙人吳仁吉,我當日未遇之時,在原郡地方當骶神。偶遇寒病打倒,無錢請醫生治療,蒙貝先生醫好,不但不收脈禮,反送我大洋二元,以作藥費,使我病體痊癒。後因在家釀下大禍,遊浪在外,東飄西蕩,無處安身,遊在陳錢山曹冠雄部下,當了排長一名。我想曹大帥這個病症,醫生紛紛不能治療,我想貝仲英,醫道高超必能治療,是我在曹大哥面前舉薦,大哥今已允許,令我去在錢塘接他,如醫好大哥之病,必得重謝。我一來報貝先生之德,二來使大哥的病好,豈不是兩全其美?但是貝先生是膽小之人,若說了實話,他必定不來;我就說,我在某軍部辦事,因奉團長之命,特來請先生診病,他必然要來。便是這個主意,往山下走。

【前腔】
　　　　在中途我把這主意打就,
　　　　這方法定能把先生聘求。
　　　　上山去醫好了大哥症候,
　　　　不消說能得那特別報酬。(下)

第八場

(貝仲英上。)

貝仲英:(唱【紅衲襖】)
　　　　萬不想五十三纔上大運,
　　　　看起來這都是八字生成。

　　　　　早知道下江地一帆風順，
　　　　　悔不該在原郡混過光陰。
　　　（吳仁吉上。）
吳仁吉：（唱【前腔】）
　　　　　進城來把先生住所訪問，
　　　　　來龍巷新洋房是他府庭。
　　　　　偶擡頭見匾額高高懸定，
　　　　　上書着四大字"濟世活人"。
　　　來此已是府庭。（進府）煩勞通傳，吳仁吉要見。
家　院：吳先生要見。
貝仲英：請他進來。
家　院：我們先生有請。
　　　（吳仁吉進。）
貝仲英：先生請教。
吳仁吉：咄，貝先生你把我忘懷了嗎？我就是吳仁吉，那年你治好我的病，不要我的錢，還贈我大洋兩元。
貝仲英：哦，是，是。你先生現在作何貴幹？
吳仁吉：先生不知，我自病以後，離了杭州，前往寧波。因有一朋友保薦當了一個上士，後蒙提拔，現任排長職務。因我們團長自七月以來，受了伏暑重病，無人醫治得好，我想貝先生有真本事，當竭力介紹。今奉團長命令，特來請先生診脈。先備有車馬費五百元整，請先生早早惠臨，現有兵船一隻，泊在錢塘江口，務求發駕。
貝仲英：聞先生之言，鄙人應當從命。但是現在醫有幾個死症，未能痊癒，礙難分身，有負雅薦。
吳仁吉：先生不必推却，我們團長之病非同尋常，萬一治好了，不僅能得特別重謝，而且把先生的聲名更揚得出來呢。我兄弟顧及先生感情，故而纔竭力介紹，今先生不去又辜負我一片誠心，我哪有面子去面對團長呢？無論如何，請先生發駕。

貝仲英：我本得不去，又辜負了先生一片美意，那我就去。但是此去多則半月，少則十天，就要回來的。

吳仁吉：那是自然的，如病症鬆緩，即命人送你回來就是。

貝仲英：請在招待室用茶。

（吳仁吉下，代氏同俊郎、嬌香上。）

貝仲英：今有團長命人前來請我診病，家中之事娘子照應，不幾日即便就要回來。

代　氏：一路之上無人做伴，妻子實在不放心。

貝仲英：我久走江湖，何慮之有。

俊　郎：爹爹，兒不免隨同一路前去，一來早晚也好侍候爹爹，二來出門學學見識如何？

貝仲英：我兒言之有理，況現在的人，總講究交際，纔廣得見識，隨我出門，有何不可？你母女在家照顧家務，我帶孩兒出門。娘子進去與我收拾行李，有話今夜商量，我要前去陪客。

（代氏同嬌香下。）

貝仲英：（唱）萬不想我名譽震動蘇省，
　　　　　　　多蒙得吳仁吉與我揚名。
　　　　　　　此一去醫好了團長病症，
　　　　　　　不消說蘇與浙各省傳聞。

第九場

（軍官帶衆兵上。）

軍　官：衆位弟兄，我們奉了大哥命令去到江邊歡迎貝先生，又恐遇着駐軍惹起衝突，人人需要注意。

衆　兵：是！（站下場口）

（吳仁吉同貝仲英上。）

吳仁吉：來到寨門，先生請前行。

（貝仲英作疑狀。）

貝仲英：原說在省城，為何到山寨來了呢？
吳仁吉：事到如今，我兄弟不得不說，我非團長部下，乃是此陳錢山曹大帥的部下，因為大帥得病請先生治療，猶恐你不來，故假冒團長的名義來請你。到此何妨前行？
貝仲英：(作呆狀)聽你的話，是給棒客醫病麼？
吳仁吉：正是。
貝仲英：那我不去。
吳仁吉：先生不必驚疑，我們雖不是正式軍隊，全無野蠻氣息。況且先生是請來的客，眾位弟兄只有極表歡迎的，先生又何必怕呢？並且你我的情感不薄，豈能害你不成？但請放寬心，並無別意，請前行，請前行。
貝仲英：我定要轉去。
眾　兵：(出)往哪裡走！
吳仁吉：眾位弟兄不必如此，這是請來的貝先生，與大哥診病的。不要驚駭於他，人人需要舉槍敬禮。
眾　兵：舉槍敬禮。
　　　　(貝仲英還禮作揖。)
貝仲英：嚇煞我也。(下)

第十場

(曹冠雄上。)

曹冠雄：(唱【課課子】)
　　　　這幾日我的病愈見危急，
　　　　藥不效神不靈束手無策。
　　　　可憐我昨夜晚痛過穿夜，
　　　　望醫生就好似踏梯望月。
　　　　(吳仁吉上。)
吳仁吉：(唱)為聘你我走了幾個穿夜，
貝仲英：(唱)你把我引入在龍潭虎穴。

吴仁吉：（唱）醫好大哥病有千金相謝，
貝仲英：（唱）醫不好怕的是倒找二百。
吴仁吉：先生稍候，待我進去報告大哥。
貝仲英：煩勞方圓。
吴仁吉：報告大哥，貝先生到了。
曹冠雄：請他進來。（口傳，進見）先生呀，我的病症已經數月，愈見沉重，先生如能治好，不吝千金相謝！
貝仲英：一見方知。（作診脈狀）脈細而沉，因夏天受暑，邪陷太陰，傷脾，又因先治不當，以故現些重症，然病危而可治，我只要一劑藥必能痊癒。（作開單狀）大黃一兩，芒硝六錢，青皮三錢，半夏三錢，青竹葉三十片作引。（交付）此藥只服一次，如有效驗再服一次，待我再開一張，枳實三錢，麥芽三錢，山楂三錢，丁頭草三錢，竹葉二十片。（交付）告辭了。
吴仁吉：請先生留步，大哥的病體還未愈，豈有就走之理，至少也要耍三兩月纔回啥。
貝仲英：哼，吴先生呀，豈不聞聖人云，危邦不入，亂邦不居。這是什麼地方，豈有久處之理乎？
吴仁吉：無論如何走不倒路喲。
貝仲英：吴仁吉呀，你怕對不起人呀！
　　（唱【前腔】）
　　　　吴仁吉做的事太不脫白，
　　　　拿一些假人情把我搪塞。
　　　　清了脈開了單就該放赦，
　　　　塵世上哪有個估倒留客。
（曹冠雄服藥狀。）
曹冠雄：（唱）這服藥飲下後肚皮像要瀉，
　　　　連打了幾個屁氣湧胸膈，
　　　　臥下去又起來脹煞我也，
　　　　叫娘子攙扶我快入便廁。（坐便桶狀）

藥投方如開鎖真不妄也，
　　服飲藥後便通脹痛沒得。
　　這先生果算我救命使者，
　　一服藥竟把我存貨消滅。
　　叫娘子拿碗藥腹內飲也，
　　今日纔是我除病的時節。
　　我定要重重禮將他相謝，
　　挽留他在山寨多耍幾月。
　　叫娘子多款待酒宴先謝，
　　陪先生須用上賓的禮節。（下）

第十一場

（龔起龍上。）

龔起龍：（唱【課課子】）

　　龔起龍這兩年在走霉運，
　　偏遇着背時鬼把我纏藤。
　　老鼠子鑽牛角越鑽越緊，
　　中國人拖外債越拖越深。

（龔起龍自歎）想我自從醫死張家孤兒，氣死寡母之後，我是決意不行醫的，我本不行，誰知又遇陳錢山的大匪，聞我是個名望的醫生，命人先看大洋兩百塊來請我；我本得不去，又看在這兩百元錢上，我平生與老大洋的感情不薄，所以我纔去。誰知我是碰碰先生，當年我在行紅運的時候還碰到幾個，如今我的時運已去，一個都碰不到了。一服藥險些把那匪頭子送上望鄉臺去了，就要把我拿去告炮，也有稍和平的、與我留情的，纔把我拿去收起，介紹的人公職也出脫了。我在這裡頭，已經數月，又久無一個人來看我一眼，一天只有一缸稀飯，一杯鹽，把命弔倒。天啊天，這是我瞎眼醫生想冤枉錢的報應哦！

（貝仲英上。）

貝仲英：我貝仲英自歎，賊人把我哄上山來，觀看對付我的情形，倒還不錯，只怕有官兵洗寨，那時皂白難分，豈不同受其累？我還需要想個脫逃之計纔好。（見龔起龍作驚狀）咦，好像是龔先生模樣。

龔起龍：是鄙人。

貝仲英：你為何到此？（龔起龍口傳）聞你言醫拐了就要告炮，未知吃了我的藥如何喲？

龔起龍：你醫拐了還不是要告炮。

貝仲英：我怕不得喲，我是部下排長介紹來的。

龔起龍：我還不是他部下連長介紹的？為我把他公事都出脫了。

貝仲英：危哉乎，我仲英也。龔先生你當日在原郡地方醫死了人，也是我替你遭殃。這回又撞着你，嚇，我走這樣遠，都把你離不脫啊！

（兵上。）

兵：貝先生，我們大哥正在四路差人找尋於你，快轉去！

貝仲英：找我做什麼？

兵：不知道何事，連寨門都閉了，叫你趕快去。

貝仲英：我命休矣，走不脫了！

（唱【紅衲襖】）
聽說是寨門閉三魂不定，
莫不是服我藥毛病深沉？
貝仲英這一回怕要丟命，
定然是請我吃外國點心。（下）

龔起龍：（唱）雖是傳貝仲英我渾身冷汗，
他該死難道說我又該生？
龔起龍這一回拿之不穩，
但不知死在這哪個時辰。（下）

第十二場

（曹冠雄坐上，兵站兩旁。）

曹冠雄：（怒）教你們好生照應，怎麼不見？找不回來，我要槍斃你們。（貝仲英作呆狀）

曹冠雄：多感謝先生治好鄙人之病，只得以禮相謝！

貝仲英：（作揖）駭煞人也！細小之事，何勞一謝！

曹冠雄：先生有好大的歲數了？

貝仲英：五十有三了。

曹冠雄：膝下有幾個公子？

貝仲英：一男一女。

曹冠雄：公子貴庚幾何？

貝仲英：今年十四歲了。

曹冠雄：怎麼不請來見我？

貝仲英：外出遊耍去了。

曹冠雄：快去找回來。

兵：是。（下）

貝仲英：請問先生，貴恙如何？

曹冠雄：倒大鬆，但是夜不成眠。

貝仲英：人之陽氣，陰之使者；人有陰氣，陽之尋也。故陽氣上升，反之下降。陽氣無上炎之憂，陽氣常降，陰擊之而上升，陰氣無下泄之患。心為離火坎水，離在上，而坎在下，離抱坎，而中虛，坎成離，而中滿，太過者病。陰陽配合，不得一毫偏勝其間，薑附過濟，以耗陰氣，陰氣既虧，則在下之水，不克及陰，以至上行，所以不寐。陽勝於陰，由此而定。陽乃火之類，容易化風，經脈行而數變，陰勝不能制伏，其勝致陽氣遊行於背及腹部，熱氣注射，但覺溫溫濕濕似陽鄰於火，而究非火也。或曰：背為陽，腹為陰，陽行其地，當行則背熱，而陽於腹也，因此大王先腹痛，陰忌酸

　　　　　收之劑,唯久之病人,腎水能保不虛,已屬不易,何易言
　　　　　盈,陽似酸收,越者暫飲,難常潛伏。我只用潛陰正陽之
　　　　　劑,使陽氣行下,使升降各得其常,病當旬日而愈。把先
　　　　　服單子請來一觀。
曹冠雄：將先服的單子拿來。（貝仲英作看單狀）
貝仲英：請問大王,麻黃二兩這張單子是何人開的？
曹冠雄：是龔起龍開的。
貝仲英：這位先生膽子好大,還在這裡麼？請出鄙人領教。
曹冠雄：我現將他囚在監裡的,究竟吃得否？如果吃不得,我立刻
　　　　　將他槍斃。
貝仲英：叫他來問,便知。
曹冠雄：帶龔起龍。
龔起龍：（上）耳聽大王在叫,莫非拿我告炮？來在帳外待我一觀,
　　　　　哎呀,我的對頭在此,不得活了。見過大王。
曹冠雄：誰叫你來刺我？好好從實招來！
龔起龍：我何敢行刺大王呢？
曹冠雄：你這方子用麻黃二兩,與刀何異？
龔起龍：這是張仲景說的。
貝仲英：吔,你又在冤枉古人了！張仲景在哪裡說的麻黃可用
　　　　　二兩？
龔起龍：雖未說用二兩,但是麻黃不可輕用,故而纔重用。
貝仲英：呸！難怪你醫死人。仲景說不可輕用,是不可輕用不容
　　　　　許亂用嘛,豈叫你重用喲！如此解字安得不誤事嘛？
曹冠雄：貝先生,請你說他這方子是不是刺客,只要你一言而
　　　　　開銷。
貝仲英：你說他真心行刺,又未見刀。這麻黃二兩與刀有以異乎,
　　　　　無以異乎？
　　　　　（龔起龍叩頭。）
貝仲英：非是他行刺,是少讀古書不知解字,大王不必見責於他,
　　　　　叫他下次不可行醫就是了。

曹冠雄：這是貝先生與你包涵，你要記恩。
貝仲英：你要與大王記恩，叩頭嘛。
曹冠雄：與貝先生叩頭。
貝仲英：與大王叩頭。
曹冠雄：滾出去！
龔起龍：謝恩。
貝仲英：從前你罵我是老腐敗，這一下你看比我如何？
龔起龍：你大人莫見我小人之過，我回去拜你的門。
貝仲英：呸！你够得上與我拜門？字都認不到，我要你幫我拉命債。莫問你師傅是何人？
龔起龍：陳洪發。
貝仲英：莫非城門洞賣草藥的陳洪發麼？
龔起龍：然也。
貝仲英：難怪得，你纔是賣草藥的先生，你來冒充醫士。嗚呼，同胞何罪於天，遭你毒手！滾出去！
龔起龍：應該他鬧資格，受了這回氣，再也不行醫。
　　　　（兵上。）
兵　　：大少爺到了。
俊　郎：見過曹先生。
曹冠雄：很聰明。
貝仲英：愚蠢之至。
曹冠雄：現在讀書未曾？
俊　郎：在讀書。
曹冠雄：新學嗎，還是舊學呢？
俊　郎：新舊兩學。
曹冠雄：何不作篇文給我看。
俊　郎：請出題。
曹冠雄：焚書坑儒。（俊郎作文狀）
俊　郎：日月者，天之戶牖，無日月，則天為之晦矣；山川者，則地之戶牖，無山川，則地為之閉也。詩書者，人之戶牖，無詩書,則人為之愚也。然則詩書正如日月經天,江河行地,不可一日無也。秦始皇之焚書坑儒,欲行其愚民政策,不知實乃自愚,而促其亡國之禍也。

曹冠雄：(看作文)好好好。吳仁吉過來。(背)我有心將南枝許與貝公子為婚,請你作伐,你意如何？

吳仁吉：部下遵命。

曹冠雄：事成之後升你的連長。

吳仁吉：大哥請退。(曹冠雄下)與貝先生道喜。

貝仲英：何喜之有？

吳仁吉：方纔大哥對我説,他有一女名曰南枝,願許大少爺足下為婚,請我來當媒介,諒不推却,豈不是喜？

貝仲英：先生纔説的豈有此理,他乃是造反不息的大匪,叫我與他打親家嗎？將來政府知道,説我通匪,我了得嗎？承蒙你先生的關顧,留我這老骨頭多活幾天,這一回是你把我請來的,要把我送回去。

吳仁吉：先生不是那樣説的,我們大哥,不是生就的匪。他以前就是辦團的人,因事把他逼反了的,故有此舉。你允了親,他自然要保護你的,斷不使你受絲毫危險,請令郎去見岳父。

貝仲英：此事還不曾認得,費你先生的心,把我請來醫好了病,應該送我回去,拿不拿錢是小事,我告辭了。

吳仁吉：還有重謝在後,為何就要告辭呢？

貝仲英：我並不望你的重謝,只望你把我送起走了,就算積了德了。

吳仁吉：你不允,還是走不脱。

貝仲英：豈有勉强而行的道理？

吳仁吉：我們山寨是這個規矩。

貝仲英：你以德報怨把我害了。

(唱【紅衲襖】)

　　吳仁吉做的事害人不淺,

　　　　　　拿一些鴛鴦盤來與我端。
　　　　　　我和你平素間並無惡感,
　　　　　　為什麼害得我下不倒山?
吳仁吉:(唱)我促成你娶媳婦何為惡感?
　　　　　　看起來老先生太得過謙。
　　　　　　這起事你把我多害幾遍,
　　　　　　我把你老先生恭維上天。
俊　郎:(唱)老爹爹把膽量放大一點,
　　　　　　就承認婚姻事我也不嫌。
　　　　　　我與他當女婿豈不體面?
　　　　　　縱然是天大事有兒承擔。
吳仁吉:(唱)大少爺説的話真乃能幹,
　　　　　　真個算讀書人度量寬容。
　　　　　　來來來我引你把翁婿禮見,
　　　　　　當一個幺女婿纔好下山。
貝仲英:(唱)小奴才説的話胡求亂幹,
　　　　　　全不知天好高地有好寬。
　　　　　　與棒客當女婿哪有體面?
　　　　　　我不念先生面甩你幾拳。
吳仁吉:(唱)老先生又何必怒發滿面?
　　　　　　既不允婚姻事也是無嫌。
　　　　　　來來來我陪你客堂飲宴,
　　　　　　再不然我陪你多耍幾天。
貝仲英:小奴才,莫非欲望其身以及其親者乎嗎?

第十三場

　　(代仁元上。)
代仁元:(唱【紅衲襖】)
　　　　　　司令部我奉了一紙命令,

去招安陳錢山巨匪投誠。
　　　但願得那匪徒傾心降順，
　　　立功勞不會把性命犧牲。
　　本代表代仁元，原本武備學堂畢業。只因陳錢山巨寇曹冠雄，聚集股匪在江浙各處騷擾百姓，非常猖獗，率兵攻打數次，皆無成功。賊人所恃者，山峻路險，箐深林密，所以不易攻打。師長命我前去招安。衆弟兄，（內應："有。"）如事不濟，亦不連帶你們；大事如成，權利你我公之。（下）

第十四場

　　（曹冠雄帶兵上。）
曹冠雄：（念）大丈夫不能圖自強，
　　　　被人當做牛馬羊。
吳仁吉：報告。
曹冠雄：講。
吳仁吉：山下有一人口稱五師部代表，要見大帥。
曹冠雄：定是來招安的，提起招安二字令人憤恨，想他來者不善，善者不來。你們人人務須作好準備，照我臉色行事。傳。（代仁元上。）
代仁元：（念）捨身進虎穴，
　　　　仗劍入龍潭。
　　　請了！
衆　兵：跪下！
曹冠雄：報你名字。
代仁元：代仁元。
曹冠雄：上山來意？
代仁元：是與你們開生路的。
曹冠雄：開什麼生路？

代仁元：想想自反正建國以來，你們都是漢族男兒，應該與國家謀幸福，纔是正理。誰知你等不明順逆，反召集羣匪，嘯聚綠林，蹂躪人民，擾亂治安，非英雄本領。作盜賊行為，豈是大丈夫所為嗎？政府久欲派大兵前來，圍山普剿，難藏難留，是我不忍你等做槍頭之鬼，故在師長方面邀恩留情，特來招安汝等。稍識時務，就該以禮迎接，尋自新之路，反做些野蠻舉動，由此看來，你這棒客隊伍，是無人才，真令人可笑！

曹冠雄：汝說的雖是有理，但是招安，每每不招用投誠者，終無了日，誰肯再來。汝想將我引入牢籠，憑你宰割，況早日未來交涉，今被本軍打敗，方纔來辦招安，豈不令人生疑嗎？我本生成自由性質，不受人之壓制，豈能入你牢籠？我不殺你幾個，不知我的厲害！來呀，與我綁了。

（唱【課課子】）

　　罵一聲小匹夫猖狂撒野，
　　你膽敢來探我龍潭虎穴。
　　吾盤踞此山中無人敢惹，
　　槍又多糧又廣子彈不缺。
　　慢誇口北洋軍操練不孬，
　　縱有那天兵到也不懼怯。
　　我本是天生的殺人使者，
　　來一個殺一個統統槍決。

代仁元：（唱【前腔】）

　　我只說著名匪胸有蘊藉，
　　看起來纔是這野蠻棒客。
　　殺了我不久間屍橫遍野，
　　大軍到殺你個路斷人絕。
　　代先生來之時此身已捨，
　　既到此何懼你刀砍斧切！

（兵押代仁元下。）

第十五場

（貝仲英上。）

貝仲英：（唱【紅衲襖】）
　　　　方纔間在床上朦朧而臥，
　　　　心有事雖閉眼却未睡着。
　　　　忽聽得寢室外有人叫我，
　　　　他叫我去救命不要耽擱。
　　　　出門來四下看無人一個，
　　　　或是鬼或是怪難以揣摩。

　　奇怪呀，奇怪，奇怪！有幾晝夜，夢寐之時，有人喊我救命，出得外來，不見一人，這纔奇異！莫非有病人，病在危急，請我去看病呀，莫非青光白日還有鬼呀？這纔令人難解呢！（內發號聲）耳聽發出號聲，不知何事，待我看來。（看，作驚狀）觀看兵隊押着此人，好像我姻弟代仁元一樣。咦，他怎麼會在這裡來了？又犯何罪呢？莫非拉肥豬拉來的？又莫非是同樣人？是耶非耶，我不得而知，待我前去看個明白。

（眾兵押代仁元上。）

代仁元：你是姐夫呀！
貝仲英：你為何到此來的，犯了何罪？
代仁元：姐夫不知，只因姐夫出外杳無音信，姐姐在家朝夕啼哭，小弟見心難忍，故出外找尋姐夫來到江浙。蒙友人介紹充任團長職務，奉了師長命令，前來招安這匪黨，殊不知伊等野蠻，不由分說，竟將小弟推去槍斃。
貝仲英：你老弟放寬心，這寨主身染重病，是我醫好了的，我去求情，必然要准。吳先生哪，這是我的親戚，請你稍緩一個時候，我去求情定要准的。我與你作個揖，千萬不可亂動喲！

吴仁吉：猶恐寨主降罪，誰人承擔？
貝仲英：由我負責。（下）
吴仁吉：眾位弟兄，這是貝先生的親戚，你我與他方圓一二。
眾　　：稍緩。咱們大家贊成。
吴仁吉：稍息。（下）

第十六場

（曹冠雄和曹妻、曹女上。）

曹冠雄：（念）英雄氣短，
曹　妻：（念）兒女情長。
曹冠雄：太太。
曹　妻：先生。
曹冠雄：觀看俊郎聰明過人，有心將女兒終身許他，未知太太意下如何？
曹　妻：妻早有此心。
曹　女：女兒也早有此心。
曹冠雄：哼，少家教。
曹　妻：現在講自由結婚，無甚關係。
曹冠雄：好大點的人，就要講自由結婚？
曹　女：還小嗎？別個今年十二歲上十三歲了。
曹冠雄：了得，滾進去！
　　　　（曹女下，貝仲英引俊郎上。）
貝仲英：兒呀！你舅父命在即刻，你見了寨主須要再三要求，快快隨父來。
　　　　（貝仲英見曹冠雄跪下。）
曹冠雄：先生為何如此呢？
貝仲英：先生不知，槍斃那代表是我內弟，他因尋找我到此，纔遭此禍。望寨主開天高地厚之恩，我父子沾恩無涯矣。
曹冠雄：大權在我，不甚要緊。但是吴仁吉對你說的話，你願怎樣呢?
貝仲英:兒呀,快叫岳父。
曹　女:(背)對了,對了。
曹冠雄:來呀,有令箭一支,將代表放下來。
　　　　(貝仲英得令箭下。)
曹　妻:且問先生,女兒終身既已許諾,還是降不降呢?
曹冠雄:我盤踞此山,兵精糧足,官兵不敢正視,豈有投降之理?
曹　妻:先生不必如此。想為匪寇,豈是長久之計?萬一大軍到來,打破山寨,先生自顧不暇,還能照顧我們母子嗎?依妻愚見,不如趁此機會,繳械投誠,可以保全富貴,保妻子脫離匪名。做正式軍人,豈不為美?
曹冠雄:賢妻之言甚善,但恐他並不真誠對我。
曹　女:爹爹免慮,那代表是我舅父,想必無二心,勸爹爹投誠罷了。
曹冠雄:奴才不要多嘴,為父知道。待他來時,我自有道理,你們各人下去。

第十七場

(眾兵押代仁元上。)
吳仁吉:貝先生,一去不來,莫非大哥未能准情?告炮了吧。
貝仲英:(急上)慢着些,寨主有令,恕却了代先生。
吳仁吉:果真有大哥命令,鬆了綁繩。
貝仲英:隨我進去見寨主。
俊　郎:好險,好險!
　　　　(同下。)

第十八場

(曹冠雄上。)

曹冠雄：（念）山高路險人縱橫，
　　　　　　不怕王法豈怕兵。
　　　　　（貝仲英、代仁元和俊郎上。）
曹冠雄：錯綁一繩，休要見怪。
代仁元：言語衝突，倒要原諒。
曹冠雄：來呀，看宴來。（看宴）親翁請升上座。
貝仲英：不敢當的。
曹冠雄：代先生請升上座。
代仁元：不敢當的。
曹冠雄：這首位你我三人互相推遜，都不好上座，請俊郎上座。
貝仲英：你我在此，焉有他上座之禮？
曹冠雄：今日之宴，別無他客，何妨之有？
貝仲英：如此我兒快去謝座。（俊郎即上座）
曹冠雄：一杯薄酒，親翁先生請。
貝仲英：請！
曹冠雄：吩咐小軍，在江邊撥兩隻木船，將所贈小姐妝奩一併送上船。
貝仲英：告辭了。
曹冠雄：送客。（貝仲英下）發號集合。（眾兵上）眾位弟兄，今為兄見此計可乘，決意投誠，未知弟兄意下如何？如能隨我同去，所有一切交涉概由我去負責；如不願意去，每人發路費大洋一百元整。贊成者舉手。（眾兵齊舉手）眾位弟兄贊成，為兄亦不薄待，我們火速收拾行李，限一星期下山解散。

珍 珠 塔

（錫劇）

錢惠榮、謝鳴改編

【作者簡介】錢惠榮(1928—　)，原籍江蘇無錫，出生於蘇州。蘇州美專肄業，在蘇州、無錫兩地從事新聞工作。1951年由無錫新聞界轉入無錫市文聯從事戲曲改革工作，後調入無錫市文化局整理與創作戲曲劇目。主要作品有《珍珠塔》、《拔蘭花》、《摘石榴》、《紅花曲》、《江姐》、《三夫人》等。與無錫市錫劇團合作編寫的錫劇有《梁鴻與孟光》等。曾任江蘇省無錫市錫劇研究所常務副所長、副研究員，江蘇省錫劇研究會秘書長，《江蘇戲曲志·無錫卷》編輯部主任等職。

謝鳴(1919—2007)，無錫人。早年是灘簧藝人，小學文化程度。由於刻苦好學，從藝不久，就能編排幕表戲。相繼排了《珍珠塔》、《玉蜻蜓》、《玉夔龍》、《雙金花》等劇目。1947年，還排出了長達六十本的幕表戲《滿清三百年》。1950年，參加蘇南行署舉辦的"民間藝人講習班"，編劇水準得到了進一步的提高。1952年，成為專業編劇。先後在江蘇省文化廳戲曲審定組、江蘇省錫劇團、高淳縣錫劇團任編劇。整理改編的劇目有《庵堂相會》、《借黃糠》、《養媳婦》、《繡荷包》、《珍珠塔》等劇目。

【劇情概要】河南方家世代做官，因方卿父被參，家庭敗落。方卿千里投奔襄陽，向御史夫人姑母告借求助。孰料姑母勢利，見方卿落魄，冷言嘲諷：若能得中高官，願頭頂香盤，跪接方卿。方卿憤而離去。表姐翠娥賢淑善良，假託贈送點心，將珍珠塔暗贈於方卿。姑爹深責妻子不賢，為此與妻子反目。黃州道上，風雪交加，方卿回鄉途中，遇到強盜，珍珠塔被劫。三年後，方卿得中狀元，官封七省巡按，喬裝改扮，重來襄陽，唱道情來試探姑母，望其能念親情，有所悔悟。不料姑母本性難移，百般奚落方卿。得知真相後，羞慚地頭頂香盤跪接方卿。方卿扶起姑母，姑侄間冰釋前嫌。該故事源自清代彈詞作品。全稱《孝義真跡珍珠塔全傳》。作者佚名。先後經彈詞藝人周殊士、馬如飛等增飾，流傳漸廣。現存最早刻本為乾隆年間的周殊士作序本。

【版本流傳】1955與1956年，錢惠榮、謝鳴分別將其整理成一個單元的演出本，並先後公開發表。錢惠榮本由上海文化出版社

1956年出版，謝鳴本由江蘇文藝出版社1957年出版。

【演出情況】錫劇在常錫灘簧大同場戲時期就搬演該劇。首次演出約在20世紀20年代的上海"小世界"劇場中，常州灘簧藝人周甫藝飾方卿，周筱卿飾陳翠娥，黃雲泉飾姑母。後來無錫灘簧藝人袁仁儀等人也在上海將《珍珠塔》搬上了舞臺。《珍珠塔》初演時較長，基本上照搬彈詞的故事，有的達到二十本之多，要三至四天方能唱完。錢惠榮本由無錫市錫劇團首次演出，香港華文影片公司於1962年拍攝成彩色戲曲片。王彬彬飾方卿，梅蘭珍飾陳彩娥，汪韻芝演姑母方朵花。然而，許多劇團在演出該劇時，並未以一個本子為底本，而是融合了謝鳴與錢惠榮的兩個本子，各取所長。該劇在20世紀二三十年代就被移植為越劇、淮劇的劇目。

（朱　婕）

第一場　見　姑

（御史府大門口，張燈結綵，鼓樂齊鳴，一派祝壽的喜慶氣氛）
（合唱）
紅燈高掛鼓樂鳴，
陳府慶壽喜氣盈。
達官高朋如潮湧，
獨缺至親方家人。
（方卿夾雨傘包裹上）

方　卿：（唱）
叩別慈母來投親，
跋涉千里受苦辛。
且喜今日襄陽到，
轉眼來至陳府門。
恰逢姑爹壽誕日，
我兩手空空怎見人。

家　丁： 還沒有開席你就來倒冷飯了。
方　卿： 兩位大哥，我不是乞討之人。
家　丁： 那你是什麼東西？
方　卿： 我是陳府親戚，你家老爺陳培德……
家　丁： 大膽！你竟敢提我家老爺的名諱。
方　卿： 我是你家老爺的……
家　丁： 住口！冒認官親，該當何罪？（推打方卿）
管　家： 住手！為什麼打人？
家　丁： 老管家，這個窮酸，竟敢前來冒認官親。
管　家： 待我問來，你是？
方　卿： 河南方卿。
管　家： 原來是方大爺來了，老奴王本見過小主人。

方　　卿：老管家,快快請起。
管　　家：方大爺,你在此稍待,我去禀報老爺知道。
家　　丁：老管家,他是⋯⋯
管　　家：他是老夫人的娘家侄兒,自幼與小姐青梅竹馬。你們喲,小人有眼不識泰山。
家　　丁：請方大爺饒恕。
方　　卿：起來。
管　　家：下次不可小看窮人。
家　　丁：下次再也不敢。
老　　爺：侄兒在哪裡?
方　　卿：姑爹!
老　　爺：侄兒,你來得正好,快隨我上壽廳去。
方　　卿：老爺!
老　　爺：侄兒!
　　　　　人生一世多酸辛,
　　　　　時高時低路不平。
　　　　　驚悉方家遭不幸,
　　　　　我常將你母子掛在心。
　　　　　怎奈是,
　　　　　兵荒馬亂隔斷親,
　　　　　天各一方難找尋。
方　　卿：姑爹,我和母親,也時常想念你和姑母。
老　　爺：侄兒,這樣吧,
　　　　　你且隨王本後園進,
　　　　　先見姑母到蘭雲廳。
　　　　　沐浴更衣跨駿馬,
　　　　　備齊壽禮大門進。
　　　　　我要會同衆貴賓,
　　　　　鳴炮接你上壽廳。
方　　卿：多謝姑爹!

老　爺：王本，引方大爺前往。侄兒，你去去就來，我在壽廳等你。
方　卿：送姑爹。
　　　　姑爹仁義暖人心，
　　　　不枉我，
　　　　千里迢迢來投親。
　　　　若見了，
　　　　嫡嫡親親親姑母，
　　　　定比姑爹還要親三分。
管　家：方大爺，隨我來吧。
方　卿：王本，帶路。
管　家：是。
姑　母：各位太太，請啊，請啊！
女　客：好一座蘭雲堂，真是名不虛傳呀，常言道：天上神仙府，人間宰相家，我看這御史府第不亞於宰相府，請！
丫　環：各位太太，你們到過宰相府嗎？
女　客：我們哪有這福份？
丫　環：我家老太太的娘家，就是宰相府。
女　客：御史夫人，原來你是宰相千金。
姑　母：怎麼，不像麼？
女　客：像！你們大家來看啊，你看她一臉福相，我就猜着她娘家肯定是個大富大貴的人家，御史夫人把你娘家的排場氣派講給我們聽聽。
姑　母：離家幾十年了，有什麼好說的。
女　客：我們想聽，你就講講吧。
姑　母：好吧，我先給你們看樣東西。紅雲，到小姐房中，把那件嫁妝拿來。
女　客：御史夫人，那是件什麼嫁妝？
姑　母：當年我出嫁的時候，我家嫂嫂，只給了我這一件嫁妝。
丫　環：老太太，來了！來了！
紅　雲：老夫人，小姐命我把珍珠塔拿來了。

姑　　母：采萍,打開。
女　　客：御史夫人,這真是稀世之寶呀!
姑　　母：各位太太!(唱)
　　　　　珠塔本是稀有寶,
　　　　　萬顆珠玉巧串成。
　　　　　金絲穿,銀線紉,
　　　　　玲瓏剔透塔七層。
　　　　　避火珠,串成牆,
　　　　　分水珠,盤成心,
　　　　　黟墨珠子做塔底。
　　　　　定風珠一顆結塔頂,
　　　　　舉世無雙難配對,
　　　　　價值一座襄陽城。
女　　客：(唱)
　　　　　一副妝奩價連城,
　　　　　你大富大貴好福份。
姑　　母：采萍,將珠塔送回小姐房中。
女　　客：(唱)
　　　　　今日御史慶壽誕,
　　　　　不知你娘家可來人?
姑　　母：各位太太,(唱)
　　　　　娘家遠在千里外,
　　　　　祝壽小事,
　　　　　怎可驚動娘家人?
　　　　　何況侄兒小方卿,
　　　　　皇上誇他是文曲星。
　　　　　如若來,
　　　　　大小官員齊出迎。
　　　　　連累你們,
　　　　　要跑斷脚後跟。

女　客：（唱）
　　　　若能見着你侄兒，
　　　　脚跟跑斷也開心。
管　家：紅雲，請轉報老太太，河南方大爺來了。
紅　雲：老太太，河南方大爺來了。
女　客：御史夫人，這方大爺莫非就是你侄兒方卿文曲星來了？
方　卿：各位太太，侄兒方卿拜見姑母。
姑　母：（唱）
　　　　適纔誇盡娘家貴，
　　　　瞞却娘家早已敗。
　　　　偏偏來了窮侄兒，
　　　　當衆出醜口難開。
女　客：御史夫人，你們姑侄談談心吧，我們告辭了。
姑　母：不送。起來，坐吧！
方　卿：謝姑母！
姑　母：什麼時候到的？
方　卿：剛到。
姑　母：是給你姑爹拜壽來的？
方　卿：是呀。
姑　母：侄兒啊，你就這樣來拜壽嗎？
方　卿：姑母，侄兒我，（唱）
　　　　不知姑爹慶壽辰。
　　　　壽禮未帶半毫分。
　　　　門前得遇親姑爹，
　　　　他命我後堂來見姑。
　　　　沐浴更衣，備齊壽禮，
　　　　高跨駿馬，
　　　　從大門而進上壽廳。
姑　母：什麼文曲星？原來是個窮鬼。（唱）
　　　　老爺做事拎不清，

招來窮鬼臉丟盡。
若再讓他去拜壽,
如何面對衆貴賓。
(念)侄兒,剛纔的情形,你都看到了,你還想上壽廳去拜壽嗎?

方　卿：姑母,(唱)
侄兒理該去拜壽,
衣衫不整難入廳。
姑母面子要顧及,
無奈愧對姑爹情。

姑　母：你知道就好。紅雲,給方大爺安排個住處。

紅　雲：老太太,府上大小房間,住滿賓客,我看啊,只能委屈方大爺,到外面小客棧⋯⋯

姑　母：侄兒你看呢?

方　卿：(唱)
陳府有房數十間,
竟然難容我一人。

紅　雲：喏,拿些銅錢去吧。

方　卿：(唱)
陳府家財達萬貫,
怎會取來十幾文。
莫非姑母嫌我窮,
有意將我推出門。
常言道,
千朵桃花一樹生。
姑母她,
定是紅雲勢利眼,
(念)姑母,(唱)
我小客棧裡且安身。

姑　母：那好,侄兒,我馬上要到壽廳去,還有什麼事你快説吧。

　　　　紅雲,拿斗篷。
方　卿:姑母,(唱)
　　　　只因家鄉遭洪災,
　　　　方圓百里蕩無存。
姑　母:我已經知道了。
方　卿:(唱)
　　　　我母子
　　　　衣食不周難度日,
　　　　特奉母命來投親。
姑　母:侄兒呀,至親骨肉,哪有見死不救之理。
方　卿:多謝姑母!
姑　母:這樣吧,等忙過這兩天,姑母湊點私房銀子給你。
方　卿:姑母,我娘還等着我回去呢。
姑　母:那你要多少銀子?
方　卿:一百,八十也就可以了。
姑　母:侄兒呀,你不知道小有小難,大有大難。
方　卿:姑母,就算你借給我的。
姑　母:借?那麼,侄兒,老話說:有借有還,再借不難。你借了我的銀子,打算什麼時候來還呢?
方　卿:等侄兒功成名就。
姑　母:功名不就呢?
方　卿:姑母,(唱)
　　　　姑母只管放寬心,
　　　　侄兒守諾不失信。
　　　　借錢回去勤攻讀,
　　　　來年高中,
　　　　本本利利送上門。
姑　母:(唱)
　　　　說無憑,難作證,
　　　　最好是,

　　　　　請個牢牢靠靠中保人。
方　卿：要中保人？（唱）
　　　　　一言如刀刺我心。
　　　　　姑母她，
　　　　　有意刁難富欺貧。
　　　　　不如就此轉回家，
　　　　　怕只怕，
　　　　　徒勞空返娘傷心。
　　　　　屋簷底下強低頭，
　　　　　我忍氣吞聲再求情。
　　　　　姑母呀！
　　　　　侄兒初到襄陽來，
　　　　　人生地疏無熟人。
　　　　　除了你，
　　　　　嫡嫡親親親姑母，
　　　　　哪裡去找中保人？
　　　　　懇求姑母發慈悲，
　　　　　救我母子兩個人。
　　　　　侄兒若有翻身日，
　　　　　重振門庭來報恩。
姑　母：嘿嘿嘿，侄兒呀，你這副樣子，還想重振門庭？
方　卿：姑母！
　　　　　有志者，事竟成，
　　　　　莫把侄兒太看輕。
　　　　　韓信、蘇秦為將相，
　　　　　當初也是苦出身。
姑　母：（唱）
　　　　　休想心高比古人，
　　　　　你天生沒有做官命。
方　卿：（唱）

　　　　　命運全仗人自主，
　　　　　且看我姑爹老大人。
姑　母：你姑爹怎樣？
方　卿：（唱）
　　　　　姑爹他，
　　　　　昔日落難在河南，
　　　　　街前街後賣燒餅。
姑　母：你，你大膽！
　　　　（唱）
　　　　　你這窮鬼窮方卿，
　　　　　窮肝窮肺窮昏了心。
　　　　　此地是，
　　　　　堂堂御史府蘭雲廳，
　　　　　竟敢來，
　　　　　以小犯上胡亂論。
　　　　　虧你有臉來借貸，
　　　　　官迷心竅想功名。
　　　　　方卿你若有高官做，
　　　　　日出西方向東行。
　　　　　方卿你若有高官做，
　　　　　滿天月亮一顆星。
　　　　　方卿你若有高官做，
　　　　　毛竹扁擔出嫩筍，
　　　　　鐵樹開花結銅鈴，
　　　　　滾水鍋裡能結冰。
　　　　　方卿你若有高官做，
　　　　　井底青蛙上青雲，
　　　　　曬乾鯉魚跳龍門，
　　　　　黃狗出角變麒麟，
　　　　　老鼠身上好騎人。

　　　　方卿你若有高官做，
　　　　除非是，
　　　　重投胞胎再做人。
　　　　（念）氣死我了！
方　卿：勢利姑母心腸狠，
　　　　恃富欺貧羞至親。
　　　　君子受刑不受辱，
　　　　方卿不做無志人。
　　　　（念）告辭！
姑　母：紅雲，隨便拿些東西，送他上路。
方　卿：不用，姑母！（唱）
　　　　我餓死不吃陳家食，
　　　　窮死不用你陳家銀，
　　　　凍死不穿你陳家衣，
　　　　討飯跳過你陳家門。
　　　　我有官再到襄陽來，
姑　母：無官怎樣？
方　卿：無官永不進你門！
姑　母：好啊！（唱）
　　　　你若能頭戴烏紗，
　　　　身穿紅袍，腰束玉帶，
　　　　足蹬皂靴，開鑼喝道，
　　　　搖搖擺擺，
　　　　擺擺搖搖上我門。
　　　　為姑母，
　　　　頭頂香盤十八斤，
　　　　三步一拜接方卿。
方　卿：此話當真？
姑　母：言出如山，決無更改！
方　卿：告辭！

姑　母：不送！紅雲，快送他從後花園出去。
紅　雲：是。（幕後合唱）
　　　　富在深山有人親，
　　　　窮在鬧市無人問。
　　　　骨肉之親忍疏離，
　　　　可歎勢利刻薄心。

第二場　贈　　塔

方　卿：（唱）
　　　　方卿離了蘭雲堂，
　　　　恨不得，
　　　　一步跨出這深院高牆。
　　　　姑母姑母太氣人，
　　　　氣得我，
　　　　不識東南西北方。
　　　　（念）你走得太快了，我都跟不上了
紅　雲：你自己出去吧！
方　卿：花徑曲折，叫我往哪裡走？
紅　雲：喏，左轉彎，右轉彎，
　　　　走過花壇穿曲欄。
　　　　兜荷池，繞假山，
　　　　沿着花牆一直走，
　　　　不就出門了嘛。
方　卿：記都記不清楚，快快帶路。
紅　雲：帶路？不瞞你說，我肚子還餓着哩，要到後堂吃壽麵
　　　　去了。
方　卿：什麼樣的主人，就有什麼樣的奴婢。
采　萍：方大爺，慢走。
方　卿：你是何人？

采　　萍：我叫采萍，我家小姐要來見你。
方　　卿：表姐？
采　　萍：是啊。方大爺，小姐可是時常想念你呢。
方　　卿：時過境遷，不見也罷。
采　　萍：方大爺，你……
方　　卿：采萍。
采　　萍：方大爺，小姐來了。
小　　姐：（唱）
　　　　　久別重逢不敢認，
　　　　　兒時夥伴長成人。
　　　　　耳熱心跳情難禁，
　　　　　滿腹話語羞出唇。
　　　　　（念）多年不見了，我都不敢相認了。
方　　卿：我現在這副樣子，讓你見笑了。
小　　姐：見笑什麼？表弟總是表弟呀。
方　　卿：表姐。
小　　姐：表弟，我爹爹正在壽堂等你，快隨愚姐前去拜壽。
方　　卿：小弟要緊趕路，告辭了。
小　　姐：表弟，我娘她，（唱）
　　　　　多飲了幾杯慶壽酒，
　　　　　酒後言語得罪你。
　　　　　望表弟莫生我娘氣，
　　　　　愚姐趕來賠個禮。
方　　卿：小弟不敢。
小　　姐：（唱）
　　　　　你不看僧面看佛面，
　　　　　要看我爹爹情和義。
　　　　　表弟是
　　　　　知書達理真君子，
　　　　　怎能夠

不辭而別失了禮。

方　卿：佛爭清香人爭氣，
　　　　我片刻不想留此地。
　　　　姑爹情義我銘記，
　　　　知恩必報終有期。
　　　　請表姐，
　　　　代祝姑爹千年壽；
　　　　請表姐，
　　　　代向姑爹致歉意。
　　　　（念）告辭了。

小　姐：慢！（唱）
　　　　表弟執意我難強留，
　　　　又是惱來又是喜。
　　　　我惱他不聽人相勸，
　　　　喜的是雖窮有志氣。
　　　　倒不如
　　　　贈他白銀三百兩，
　　　　好讓他
　　　　鐵硯磨穿早及第。
　　　　（念）表弟，你真的要走了？

方　卿：正是。

小　姐：那請表弟在此稍等，愚姐去取些銀兩給你。

方　卿：不用。

小　姐：表弟，這銀子就算我借給你的。

方　卿：我窮死不用陳家之銀。

小　姐：這……（唱）
　　　　我不能
　　　　眼看表弟空手回；
　　　　我不能，
　　　　眼看骨肉斷情義。

　　　　贈他銀兩他不受,
　　　　急得我翠娥沒主意。
　　　　(念)有了。
　　　　倒不如,
　　　　我贈他一座珍珠塔,
　　　　將塔藏在點心裡。
　　　　推說是,
　　　　帶給舅媽嘗一嘗,
　　　　略表翠娥孝敬意。
方　卿:表姐,時辰不早,我要走了。
小　姐:表弟,我有一事拜託。
方　卿:何事?
小　姐:我有薄禮相贈,煩勞攜帶。
方　卿:不不,小弟點滴不受。
小　姐:又不是給你的。
方　卿:那是……
小　姐:我送舅媽一包乾點心,略表孝敬之意。
方　卿:還是請表姐另託旁人帶去吧。
小　姐:只准你孝敬母親,不准我這個外甥女孝敬舅媽?
方　卿:這……好吧。
小　姐:采萍,我去去就來。
采　萍:方大爺,你真的要走?
方　卿:歸心似箭呀!
采　萍:你是乘船還是雇車?
方　卿:步行而回。
采　萍:此去河南,千里迢迢,你身無分文,如何去得?方大爺,我這裡有銀子一錠,你拿去當盤費吧。
方　卿:我窮死不用陳家之銀。
采　萍:這錢不是陳家的,是堂前貴賓們賞賜給我的。
方　卿:我也不能拿你丫頭的錢呀。

采　萍：丫頭的錢難道就不是錢嗎？方大爺，你就收下吧。
方　卿：（唱）
　　　　采萍姐姐真好心，
　　　　親姑母不如這小傭人。
　　　　我有朝再到襄陽來，
　　　　一錠銀還你十錠金。
采　萍：方大爺，不敢當的。
方　卿：采萍！
采　萍：方大爺，小姐來了。
小　姐：（唱）
　　　　我在那
　　　　點心包內藏奇珍，
　　　　看似尋常價連城。
　　　　講明表弟定不收，
　　　　不説怕他不經心。
　　　　左思右想主意定，
　　　　我只得，
　　　　暗暗叮囑兩三聲。
　　　　表弟呀，
　　　　你拿了這包乾點心，
　　　　一路之上要當心。
　　　　點心雖輕情意重，
　　　　內藏愚姐一片心。
　　　　表弟千萬要謹慎，
　　　　將它平安帶到太平村。
方　卿：小弟知道了。
小　姐：（唱）
　　　　表弟呀，
　　　　你拿了這包乾點心，
　　　　一路之上要當心。

　　　　　白天將它拎在手，
　　　　　夜間枕邊放安穩。
　　　　　憩息將它懷中抱，
　　　　　趕路須防身後人。
　　　　　過河涉水待風平。
　　　　　未到黄昏先投宿，
　　　　　天光大白纔能行。
　　　　　表弟呀，
　　　　　失落點心非小事，
　　　　　你要當心這包乾點心。
方　卿：小弟一定當心。
小　姐：（唱）
　　　　　你拿了這包乾點心，
　　　　　一路之上要當心。
　　　　　你若把點心充肌腸，
　　　　　須看四周有無人。
　　　　　若遇不測遭危險，
　　　　　寧失衣包，
　　　　　莫失這包乾點心。
　　　　　表弟呀，
　　　　　並非愚姐多叮嚀，
　　　　　你要當心這包乾點心。
　　　　　千當心來萬當心，
　　　　　點心當中有點心。
方　卿：人窮處處被人輕，
　　　　　一包點心，
　　　　　千叮囑來萬叮嚀。
　　　　　"當心"說了幾十聲，
　　　　　還是手不捨來心不肯。
　　　　　難道它是，

　　　　　靈芝磨粉做成餅？
　　　　　難道它是，
　　　　　龍肝鳳肺做餡心？
　　　　　難道它是，
　　　　　長生不老神仙食？
　　　　　難道它是，
　　　　　吃了起死能回生？
　　　　　難道它是，
　　　　　價值連城無處覓？
　　　　　我人窮不如乾點心。
小　　姐：表弟。
方　　卿：表姐，（唱）
　　　　　表姐只管放寬心，
　　　　　我一定"當心"
　　　　　這包乾點心。
　　　　　人不離包包不離身，
　　　　　雙手捧到太平村。
小　　姐：如此拜託了，表弟。
方　　卿：告辭了。
小　　姐：采萍，送方大爺出園。
采　　萍：方大爺，喏。
小　　姐：表弟。
方　　卿：我會"當心"的。
采　　萍：方大爺，隨我來吧。
方　　卿：拜別表姐轉回程。（下）
小　　姐：（唱）
　　　　　願表弟太平人轉返太平村，
　　　　　一包點心表心跡，
　　　　　依依難捨不了情。（下）
采　　萍：（揮手對方卿）快點走。（姑母和紅雲上，采萍欲下）

姑　母：等着！
采　萍：采萍見過老夫人。
姑　母：給我跪下！
采　萍：要説的我早説了，還有何事？
姑　母：我再來問你，你家小姐送給那窮鬼到底是一包什麽樣的乾點心，裡面可有金銀珠寶？
采　萍：我没有看見，不知道。
姑　母：平日你與小姐形影不離，什麽事能瞞得過你。
采　萍：我真的不知道，不信你去問小姐。
姑　母：你竟敢頂嘴！紅雲，拿家法給我打！（采萍跪下）
紅　雲：老太太要我打你，你不要怪我。（老爺上）
老　爺：住手！為什麽要打采萍？
姑　母：不用你管！
老　爺：我偏要管！采萍起來。（采萍站起）
姑　母：跪下！（采萍跪下）
老　爺：起來！（采萍起來）
姑　母：跪下！（采萍跪下）
老　爺：你與我起來。采萍，你講，為什麽要打你？
采　萍：只為小姐送給方大爺一包乾點心，老夫人再三問我，裡面可有金銀珠寶。
老　爺：……（揮手讓采萍下）
紅　雲：老太太，走啦。
姑　母：紅雲，給我把她追回來！
老　爺：你，你，你這老不賢呀！（唱）
　　　　方卿是你娘家侄，
　　　　千里迢迢來投親。
　　　　你不該，
　　　　不周不濟嫌他貧，
　　　　任意羞辱傷他心。
姑　母：你不知道，（唱）

他當着衆人之面，
出我的醜，坍我的臺，
還說你是個賣燒餅的。

老　爺：我本來就是賣燒餅的。（唱）
方家待我恩義重，
我今生今世報不盡。
想當初，
若非方家收留我，
我不知漂泊到幾春！

姑　母：你這老糊塗呀！（唱）
你有今日全仗我，
我前世修來幫夫運。
我進陳家陳家富，
我離方家方家貧。

老　爺：說什麽？（唱）
我有今日全仗你？
分明是，
方家提攜我成功名。
莫說是女兒
送他一包乾點心，
何惜送他十包金和銀。
如若是他倆有情意，
我情願
方陳兩家再結親。

姑　母：啥？（唱）
你還要把女兒
嫁給這個窮鬼敗家精。

老　爺：（唱）
寒門出貴子，
我看他有才有志，

日後大有出息。

姑　母：（唱）
　　　一個要背我嫁女兒，
　　　一個瞞娘贈點心，
　　　父女串通來氣我，
　　　你們眼中還有人？

老　爺：（唱）
　　　眼前倒有人一個，
　　　你這不賢勢利人！

姑　母：（唱）
　　　你若把女兒
　　　嫁給敗家精，
　　　我不准你父女
　　　進我蘭雲廳！

老　爺：好！（唱）
　　　你若不認方家人，
　　　我不准你走出陳家門！
　　　（念）王本，你與我緊閉大門，上寫：（唱）
　　　若要大門開，
　　　要等方卿來。

姑　母：紅雲，心口痛。
　　　（幕後合唱）
　　　莫道世上人情薄，
　　　天下總有重情重義人。

第三場　跌　　雪

（距前場一月有餘，嚴冬時節）
（黃州道上，北風呼號，大雪紛飛。方卿打傘，頂着風雪，背點心包裹上）

方　　卿：一夜工夫大雪飄，
　　　　　黃州道上行人少。
　　　　　茫茫四野一片白，
　　　　　天寒地凍路難跑。
　　　　　狂風陣陣如虎嘯，
　　　　　風卷雨傘我閃了腰。
　　　　　單衣裹身寒徹骨，
　　　　　饑腸轆轆實難熬。
　　　　　前無村來後無店，
　　　　　不如打開點心包。（強盜上）
強　　盜：呔！留下買路錢！
方　　卿：（驚恐地）英雄，我是個貧寒書生，哪裡來的什麼錢啊？
強　　盜：包內何物？
方　　卿：乃是一包乾點心。
強　　盜：乾點心？
方　　卿：這包點心是表姐贈與我母親的，一路之上我饑餓難熬，也沒捨得吃一口，壯士若不嫌棄，請用吧。
強　　盜：休得囉嗦！打開看來。
方　　卿：好，好，打開看來。
方　　卿：
強　　盜：啊！珍珠塔！

（方卿拼命地與強盜爭奪珍珠塔，終因力氣小而被打暈在地。強盜搶珍珠塔下）

方　　卿：救命啊！強盜，珍珠塔，抓強盜！
　　　　　強盜劫走無價寶，
　　　　　我大夢方醒，
　　　　　追悔莫及哭嚎啕。
　　　　　表姐你，
　　　　　用心良苦贈珠塔，
　　　　　情深意重比天高。

怪我一時氣昏頭，
榆木疙瘩不開竅。
你千叮萬囑要當心，
我却嫌你話嘮叨。
如今是
珠塔落入强人手，
愧對表姐我罪難饒。
表姐呀，
小弟倖存命一條，
勵志苦讀不動搖。
有朝一日得高官，
黄金印一顆作回報。
頂風冒雪朝前走，
不覺到了萬安橋。
坡又陡，橋又高，
冰雪鋪路如油澆。

方　卿：咬緊牙關把橋過，
為了我的母親，
為了我的姑爹，
為了我的表姐，
縱然是，千難萬劫，
萬劫千難志不消！
（迎着狂風暴雪，艱難地爬上橋頭）

第四場　贈　印

（後花園。桃紅柳緑，春意盎然）
（幕後合唱）
方卿回鄉被劫財，
生死不明費疑猜。

　　　　強盜典當珍珠塔,
　　　　御史碰巧贖回來。
　　　　珠塔雖在人不在,
　　　　小姐她憂傷成病痛難捱。
小　　姐：（唱）
　　　　冬去春來又一載,
　　　　桃花依舊人未來。
　　　　表弟別後無音訊,
　　　　生死不明我愁滿懷。
　　　　當初我
　　　　暗中將塔贈表弟,
　　　　實指望,
　　　　資助他母子度荒災。
　　　　若不是
　　　　強人將塔來典當,
　　　　我怎知
　　　　表弟遭劫雪地埋。
　　　　若不是
　　　　爹爹又將塔買回,
　　　　我怎知
　　　　好心反將表弟害。
　　　　珠塔雖在人不在,
　　　　我追悔莫及痛心懷。
采　　萍：小姐,今天你怎麼一個人下樓來了?
小　　姐：氣悶難當,出來散散心。
采　　萍：小姐,昨天夜裡,我做了一個夢。
小　　姐：夢見了什麼?
丫　　環：是呀,什麼夢啊?
采　　萍：你們不要急,聽我說。（唱）
　　　　昨夜我做了一個夢,

　　　　　方大爺得中高官襄陽來。
　　　　　只見他頭戴烏紗脚蹬靴，
　　　　　紅袍加身好氣派。
　　　　　開口把你表姐叫，
　　　　　表弟來還你三年相思債。
小　　姐：死丫頭！
采　　萍：（唱）
　　　　　吹吹打打到紫薇廳，
　　　　　二老面前把堂拜。
　　　　　夫妻攜手進洞房，
　　　　　姐妹們聽窗悄悄來。
小　　姐：死丫頭！看我不撕你的嘴。
家　　丁：我說兄弟，方卿他能高中嗎？
家　　丁：憑他那窮酸樣，難！
家　　丁：是呀，都三年了，要是做了高官，他早就來了。
家　　丁：老爺封了大門，打發我倆天天清掃花園，還不知掃到何年何月呢。
家　　丁：管他呢，好歹還混口飯吃。兄弟呀，掃地去吧。
　　　　　（幕後合唱）
　　　　　方卿二次到襄陽，
　　　　　時過境遷大變樣。
　　　　　雪地遇救苦勵志，
　　　　　今科及第狀元郎。（方卿上）
方　　卿：三年前，
　　　　　受盡姑母淩辱氣，
　　　　　更難忘，
　　　　　姑爹表姐情意長。
　　　　　今日裡，
　　　　　特地登門來探望，
　　　　　拜謝姑爹問安康。

點心裡藏顆黃金印，
　　　回贈表姐報吉祥。
　　　喬裝改扮道情郎，
　　　青衣小帽去見姑母娘。
　　　道情一曲唱世情，
　　　漫與姑母論短長。
家　丁：哪裡來的野道士，膽敢私闖花園，該當何罪！
方　卿：怎麼？三年前的老脾氣，又來了。
家　丁：原來是方大爺。
方　卿：正是。
家　丁：方大爺，你曾說過，有官再到襄陽來，無官不進陳家門，這次你中了什麼高官？
方　卿：你們看呢？
家　丁：我看你，方大爺，小人眼拙，哪能看得出來，我們這就去稟報老爺知道。
方　卿：不用！我自己會去的。
家　丁：方大爺，老爺說過："若要大門開，要等方卿來。"
方　卿：是嗎？
家　丁："若要大門開，要等方卿來。"現在你來了，豈能不報？
方　卿：帶路！（采萍上）
家　丁：采萍，河南方大爺來了。
采　萍：采萍見過方大爺。
方　卿：快快請起。
采　萍：（向後花園喊話）小姐，方大爺來了！
小　姐：誰來了？誰來了？
　　　（唱）
　　　只說好夢終難圓，
　　　誰料情真夢也真。
　　　甜酸苦辣三年整，
　　　悲歡離合夢中人。

方大爺,
只見他打扮似道僮,
手中還抱毛竹筒。
他志高氣盛才學通,
怎會依舊白衣進園中。
(念)表弟,一別三載,怎麼音訊全無呀?

方　　卿：表姐!
(唱)
只因歸途遇強人,
狠心劫走乾點心。
若無好人來相救,
險些雪地葬此生。
人未受損是萬幸,
留住青山何愁薪。
今日到此得安頓,
潛心攻讀求功名。
(念)表姐,
(唱)休看我
白衣素服抱漁鼓,
今非昔比有名聲。
州縣唱遍皇城進,
萬歲召我上龍庭。

采　　萍：方大爺,你見着皇上了?
方　　卿：豈止見着?我還給他唱道情了。
(唱)
漁鼓三聲簡板響,
引吭高歌滿座驚。
一曲終了聖心喜,
賜我一包乾點心。

采　　萍：乾點心?方大爺,快打開看看。

方　卿：萬歲所賜之物，豈能隨便看呢？
采　萍：小姐，你看他？
小　姐：（唱）
　　　　鑼鼓聽音話聽聲，
　　　　他話中有話我聽得真。
　　　　莫非他
　　　　藉口唱曲喻殿試，
　　　　暗中提醒傳佳音。
方　卿：表姐！（唱）
　　　　三年前
　　　　我蒙羞受辱在蘭雲堂，
　　　　難得你
　　　　以誠相待贈點心。
　　　　雖說是
　　　　半途遭劫終身憾，
　　　　表姐你
　　　　情深意重我銘記在心。
　　　　今日裡
　　　　拜見表姐遂心願，
　　　　回贈你一包乾點心。
小　姐：萬歲所賜之物，我哪裡承受得起？
方　卿：那就煩勞表姐，代我送給姑爹。
小　姐：你又何必這麼客氣。
方　卿：難道只准你這個外甥女孝敬舅母，就不准我這個侄兒孝敬姑爹麼？
小　姐：這……（唱）
　　　　他有意仿效贈點心，
　　　　其中定然有隱情。
　　　　我贈他點心價連城，
　　　　他贈我點心也不輕。

　　　　　一包點心一片心，
　　　　　情意無價重萬斤。
　　　　　待我上前去接下，
方　卿：（接唱）
　　　　　千當心來萬當心，
　　　　　你要當心這包乾點心。
小　姐：表弟，你要到哪裡去？
方　卿：去蘭雲堂看望姑母。
小　姐：不，表弟，
　　　　　（唱）為了你，雙親反目，封了大門，如今你……
方　卿：表姐，解鈴還需繫鈴人，我正是為打開這大門而來呀。
　　　　　（往外走）
小　姐：（追上幾步）表弟，表弟。
采　萍：小姐，快打開看看。
小　姐：黃金印！表弟，你喲……

第五場　羞　姑

（蘭雲堂。光線昏暗，孤冷淒清。）

姑　母：（唱）
　　　　　自從窮鬼上我門，
　　　　　一缸清水被攪混。
　　　　　我不過氣頭上，
　　　　　說了他幾句，
　　　　　惹得全家不安寧。
　　　　　老爺他與我鬧翻臉，
　　　　　三年來，
　　　　　大門關得緊騰騰。
　　　　　見面不說話，
　　　　　走路不同行，

各吃各的飯,
　　　各睡各的廳,
　　　氣得我,
　　　胃氣病發作心發痛,
　　　手脚麻木頭發昏。
紅　雲:老太太,你娘家那個寶貝侄兒方大爺來了。
姑　母:他來了？可有官啊？
紅　雲:有管的。
姑　母:什麽官？
紅　雲:毛竹管。
姑　母:紅雲,毛竹官是幾品幾級的官呀？
紅　雲:老太太,我是説方大爺抱着這樣長這樣粗的毛竹管唱道情了。
姑　母:他唱道情來了？
紅　雲:是呀。
姑　母:你看清楚了？
紅　雲:看清楚了。
姑　母:問明白了？
紅　雲:老太太,是真是假,叫他進來當場唱一段不就知道了。
姑　母:喚他進來!
紅　雲:是! 方大爺,進來吧。
方　卿:姑母在上,侄兒方卿拜見姑母。
姑　母:罷了,坐吧。
方　卿:謝姑母。
姑　母:紅雲,快去拿香盤。
方　卿:慢! 姑母,拿香盤做什麽？
姑　母:跪接侄兒你呀。
方　卿:姑母取笑了,三年前的老脾氣,還没有改呀？
姑　母:侄兒,一别三載,今天又是什麽風把你給吹來的？
方　卿:侄兒唱道情,路過此地,特來拜望姑母。

姑　母：侄兒,自你走後,姑母心裡一直不舒服,今天你能否唱一曲道情給我聽聽? 讓姑母也好開心開心。
方　卿：姑母也想聽道情? 好,保你曲終病除,待我唱來。
姑　母：慢! 我要點唱。
方　卿：點唱? 先秦後漢,將古比今,任你點來。
姑　母：我一不要聽先秦後漢,二不要聽將古比今,姑母是吃素修行之人,你給我唱個仙人。
方　卿：仙人?
姑　母：會唱嗎?
方　卿：會唱。唱一曲《韓湘子得道》。
姑　母：好! 唱來!
方　卿：（唱）
　　　　黃花遍地開,
　　　　小道下山來。
　　　　漁鼓一聲響,
　　　　引得眾仙來。
姑　母：像了,像了!
方　卿：（唱）
　　　　韓湘子,玉蕭品。
　　　　家貧窮,苦伶仃。
　　　　叔父把他領進門,
　　　　受了嬸母淩辱氣。
　　　　看破紅塵去修行,
　　　　蓬萊島上修成真。
　　　　下山來九度韓文公,
姑　母：阿彌陀佛!
方　卿：（接唱）惡嬸母枉念了彌陀經。
姑　母：唱得可好呀,唱得好! 唱得真好! 你真有出息,自己不求進取,反而借唱道情來羞辱於我。我問你,你的官呢?
方　卿：這官麼? 姑母,侄兒我今科不中,下科再考;下科不中,來科再考。

姑　母：侄兒啊,你還想做官?
方　卿：是啊,是啊。
姑　母：我從頭看到你脚跟梢,渾身上下有十不好。
方　卿：十不好,請姑母指教。
姑　母：你聽好!
　　　　(唱)一不好,
　　　　稀毛瘌痢髮不好,
　　　　日後難戴烏紗帽。
　　　　二不好,
　　　　雨淋小麥面不好,
　　　　厚顏無恥少管教。
　　　　三不好,
　　　　踏破脚爐眼不好,
　　　　正眼不看你橫眼瞟。
　　　　你窮心未脫掉,
　　　　賊心將要交。
　　　　四不好,
　　　　偷糞老鼠耳不好,
　　　　一聽壞話就要跳。
　　　　五不好,
　　　　茶壺倒不出嘴不好,
　　　　到處吹牛胡亂道。
　　　　六不好,
　　　　猢猻爬樹手不好,
　　　　祖傳家產守不牢。
　　　　七不好,
　　　　賴皮黃牛肩不好,
　　　　不能擔來又不能挑。
　　　　抱了個漁鼓滿街跑,

命裡註定做江湖佬。
八不好，
沙漠駱駝背不好，
今生難穿大紅袍。
九不好，
打死毒蛇腰不好，
永生難束玉骨套。
十不好，
瘸腿騾子脚不好，
走路好像麻雀跳。
相不端正貌不好，
怎能够
位列三台伴當朝？

方　卿：我娘也為我看過相，
姑　母：她一定是虛偽奉承，
方　卿：不！她比你看得準。
　　　　（唱）娘說我有十樣好，
　　　　日後定能伴當朝。
　　　　娘說我
　　　　頭兒圓圓生得好，
　　　　一定要帶烏紗帽。
　　　　戴了紗帽還嫌小，
　　　　摘下烏紗要換相貂。
姑　母：（唱）
　　　　今年戴隻道士帽，
　　　　明年還要戴頂破氈帽。
方　卿：娘說我，
　　　　（唱）
　　　　胸寬肩闊志氣高，
　　　　日後定穿大紅袍。

　　　　　穿了紅袍還嫌小，
　　　　　脫去紅袍換紫袍。
姑　母：（唱）
　　　　　今年巴望明年好，
　　　　　明年還是穿件破棉襖。
方　卿：（唱）
　　　　　娘說我白虎背，青龍腰，
　　　　　日後定束玉骨套。
　　　　　束了骨套還嫌小，
　　　　　要束平安吉慶條。
姑　母：（唱）要麼束根爛稻草。
方　卿：（唱）
　　　　　七世修來羅漢脚，
　　　　　要穿朝靴三寸高。
　　　　　虎包頭，龍盤梢，
　　　　　走在御道像踏高蹺。
　　　　　搖搖擺擺，
　　　　　擺擺搖搖見當朝。
　　　　　姑母，你說光耀不光耀？
姑　母：（唱）
　　　　　癩痢頭兒子自稱好，
　　　　　虧你有臉來炫耀。
　　　　　天生一副討飯命，
　　　　　夢想做官伴當朝。
　　　　　方家出了你這現世寶，
　　　　　陳家受累萬人嘲。
　　　　　你難得到此，
　　　　　理應和你姑爹表姐，
　　　　　見見面，談談心。
　　　　　（念）紅雲，快去把老爺小姐統統給我請來。

老　爺：不用請，我自己來了。

方　卿：拜見姑爹！

老　爺：侄兒快快請起。三年前我早就料定，你大難不死，必有後福。三年了，一家人難得團聚。紅雲，上茶。

姑　母：紅雲，我來問你，你可記得，三年前你家方大爺在這裡説了些什麽？

紅　雲：記得的。方大爺説，有官再到襄陽來，無官不進陳家門。

姑　母：侄兒，紅雲她説得對不對呀？

方　卿：説得對！説得對！紅雲，我來問你，三年前，老太太在此講了些什麽？

紅　雲：老太太説，若是方大爺做了高官，我就頭頂香盤十八斤，三步一拜接方卿。

方　卿：好，你記得就好。

方　卿：紅雲，我再來問你，你家老爺他説了些什麽？

紅　雲：老爺説……

老　爺：我曾説過，若要大門開，要等方卿來。

方　卿：好！老爺，今天侄兒唱道情來了，這大門還要不要開呢？

老　爺：當然要開！

小　姐：母親，表弟給你一包乾點心，你還是打開看看吧。

姑　母：你這不孝的東西，你給我出去！

紅　雲：黃金印?！老太太，方卿高中頭名狀元，官封七省巡按。

姑　母：啊！紅雲，我要頂香盤了。

老　爺：你真是活該！她這是自作自受。王本，打開正門，張燈結綵，迎接官誥。

家　丁：是！開大門啦！

尾　聲

（御史府大門口，鼓樂喧天，禮炮齊鳴，張燈結綵，大門洞開。）

（老爺、姑母官服站立，奴僕、丫鬟站立兩旁）
（開道鑼聲中，衙役、校尉、中軍魚貫而入）
（方卿穿官服上）

內　聲：官誥到！
方　卿：姑爹，姑母，（唱）
歷經坎坷人生路，
感慨萬千難言表。
窮也好來富也好，
志氣二字不可拋。
窮不失志窮變富，
富不癲狂再攀高。
貴也好來賤也好，
自尊自重不可少。
賤不低下不為賤，
貴不驕人人稱道。
親也好來疏也好，
善待他人最重要。
錦上添花固然好，
雪中送炭情更高。
天下定會更美好。
（合唱）
珍珠塔，稀世珍，
價值一座襄陽城。
珠塔有價情無價，
熠熠生輝照後人。

鸚鵡記

（湘劇）

明·佚名　編劇
文憶萱等　改編

【作者簡介】原作者佚名，當為明萬曆年間人。原劇本比較粗糙，情節上漏洞頗多，人物形象單薄，湘劇高腔搬演此劇後，在遞相傳承的過程中，不斷被整理，終成精品之作。其中徐紹清與文憶萱貢獻尤多。

徐紹清（1907—1969），瀏陽石牛寨人，十二歲入老案堂班學湘劇。他把生行的唱工和靠把兩個行當融合起來，形成了自己的特點，唱、做均重，講究刻畫人物。抗日戰爭時期參加湘劇抗敵宣傳隊，被任命為第二隊領隊，演出田漢編的《江漢漁歌》等劇。1949年秋，加入中國人民解放軍湖南軍區洞庭湘劇團。1952年，他以《琵琶上路》的張廣才一角，獲得全國第一屆戲曲觀摩會演演員一等獎。後在戲曲電影《拜月記》、《生死牌》中成功地塑造了王鎮、海瑞等人物形象。曾任中國戲劇家協會湖南分會副主席、湖南省湘劇院副院長。

文憶萱（1928—2010），筆名易宣、一凡。湖南蘆溪人。國立東方語專（今北京大學東方學系）馬來亞語科新聞專業肄業。1951年開始從事戲曲工作。曾任湖南省藝術研究所研究員、湖南省文史研究館館員、《中國戲曲志》編委、中國戲曲學會理事。早年從事戲改工作，兼整理、改編傳統劇目，後任專職編劇，並研究戲曲歷史與理論。

【劇情概要】《鸚鵡記》，又名《一品忠》、《鴛鴦瓦》，源於明傳奇《蘇英皇后鸚鵡記》。劇情略云：周僖王立蘇妃為正宮，梅妃心中不服。外邦進貢溫涼盞、醒酒氈、白鸚哥三件寶物，僖王交與懷孕三個月的蘇妃收藏。梅妃毀壞這三件寶物以誣陷蘇妃。兩位后妃告到朝上，衆文武公舉梅妃長兄梅平審理此案。僖王自作聰明，以為梅平會徇私舞弊以保護妹妹，密對宰相潘葛說：有密旨一道，放在殿角金獅子口中，待梅平定案之後宣詔。然後罷朝三日，文武不許進宮。梅平公正無私，審理完畢後宣佈："娘娘無罪，乃是梅妃毀壞三寶。"潘葛與梅平打開密詔，詔云："梅平審後，誅是放非，有罪者赦，無罪者死。"周僖王的"反詔"讓梅平覺得是自己害得蘇娘娘喪命，為全身免禍，遂削髮為僧。宰相潘葛欲救娘娘而愁眉不展。

其妻李氏相貌與蘇妃酷似，且"近年體弱多病，看將來壽算不長"，自願替死。潘葛與監斬官全忠密商，刑場上以李氏偷換下蘇妃。潘府家院許贊則駕車送有孕在身的蘇妃逃往湘城侄儿蘇敬家藏身。梅妃懷疑其中有詐，命梅倫帶人搜查潘府。正巧潘府死了一個丫頭，潘葛詐稱搜府時嚇死了多病的妻子，將事情遮掩過去。此後，潘葛一直生活在"恩愛夫妻中途別離"的痛苦之中。十三年過後，僖王年老思子。此時，蘇妃自湘城派人告知潘葛，太子已長大成人，囑咐他向僖王申訴冤屈。潘葛借與僖王對弈之機，假棋說人："萬歲身邊無子，難以應急。"最後說明當年自己的妻子為蘇妃替死之事，進而奏明太子現已十三歲，母子安住湘城。僖王聞之大喜，深悔自己當年的過失，於是旌表李氏，迎接蘇妃母子還朝，並封潘葛為養老太師，晉升潘葛之子潘有為擔任丞相。

【版本流傳】明傳奇《蘇英皇后鸚鵡記》，今存萬曆金陵富春堂刻本，《古本戲曲叢刊初集》據之影印，未題撰者，凡二卷三十二折。徐紹清改編本為油印本，藏於湖南省湘劇院。文憶宣改編本，初刊於《藝海》1996 年第 4 期，後收入岳麓書社 2005 年出版的由范正明編注的《湘劇高腔十大記》。

【演出情況】原劇作者在"開場"中云："戲曲相傳已有年，諸家搬演盡堪憐。無非取樂寬懷抱，何必尋求實事填？"據此可知作者亦不是原創，而是根據藝人演出的臺本整理加工而成的。《羣音類選諸腔》卷三選錄了此劇的散齣，《樂府菁華》卷一、《堯天樂》卷二皆收錄了《潘葛思妻》的曲詞。可見該劇在明代為常演之劇目。湘劇高腔《鸚鵡記》亦是經常上演的劇目，其中的《回府登臺》、《潘葛思妻》更是久演不衰、成為生行以唱見長的折子戲精品。潘葛的幾個唱段，如《回府》中那支【沉醉東風】和《祭臺》中的【水紅花】，唱完之後必定贏得滿堂喝彩。川劇《白鸚鵡》亦本於《鸚鵡記》。

（楊　敏）

时代：周朝

地點：京城

人物：潘葛，周朝宰相。

　　　李氏，潘葛之妻。

　　　潘有為，潘葛之子。

　　　許贊，潘府家院。

　　　全忠，將軍。

　　　周僖王

　　　蘇英，僖王之妃，後為正宮皇后。

　　　梅妃，僖王之妃，梅平、梅倫之妹。

　　　梅平，大國舅。

　　　梅倫，二國舅。

　　　陸豹、曾壽、乳母、家院、禮生、太子、中軍、二太監、二宮女、四衙役、御林軍

第一場　錯　　判

（大太監曾壽、二小太監引周僖王上。）

周僖王：（引）金雞報曉。

　　　　　　　理國政，

　　　　　　　忙上早朝。

　　　　（坐念）龍樓鳳閣五雲璈，

　　　　　　　鬱鬱祥光瑞聖堯。

　　　　　　　文臣濟濟立金闕，

　　　　　　　武將森森佐皇朝。

（潘葛、梅平、梅倫、全忠上。）

潘葛等：吾皇萬歲、萬歲、萬萬歲！

周僖王：眾卿平身。今日上朝，可有要事？

潘　葛：今日無有要事。

周僖王：如此正好。且喜朝有閒暇，正好與眾卿講論禮樂。

内　聲：娘娘上殿！
潘　葛：（驚訝）呀！這是為何？
蘇妃梅妃：（内唱【駐雲飛】）

曙色蒼蒼，
（蘇英扭梅妃上。）

蘇妃梅妃：（同唱）只見東方綻曉光。

文武金階上，
拱立見君王。
賤人狠心腸，
扭死鸚哥，打碎溫涼，
罪推奴身上。
同上金殿奏君王，
同上金殿奏君王。

蘇妃梅妃：萬歲與臣妾／妾妃作主呀！

周僖王：（怒）唔！梓童、妃子不在宫中，扭上金殿，成何體統！

蘇妃梅妃：（同聲）臣妾／妾妃有本啟奏。

周僖王：講！

蘇妃梅妃：（同唱）【前腔】啟奏吾皇！

周僖王：唔！禮有尊卑，正宫先奏。

蘇　英：容奏。（接唱）

梅妃朝賀到昭陽，
臣妾列酒漿。
賤人心不良，
扯破醒酒氈，
扭死鸚哥，打碎溫涼。

　　　　她毀三寶,罪推奴身上。
　　　　伏望吾皇准奏章,
　　　　伏望吾皇准奏章。
周僖王：毀壞三寶,這還了得!
梅　妃：冤枉!
周僖王：講!
梅　妃：容奏!
　　　（唱【前腔】）
　　　　啟奏吾皇,
　　　　朝賀皇后到昭陽。
　　　　娘娘列酒漿。
　　　　誰知心不良,
　　　　扯破醒酒氈,
　　　　扭死鸚哥,打碎溫涼。
　　　　她毀三寶,罪推奴身上。
　　　　伏望吾皇准奏章,
　　　　伏望吾皇准奏章。
周僖王：宮內還有何人看見?
蘇　英：梅妃言道,借觀三寶,猶恐人多手雜,損壞寶物,臣妾令內侍、宮女退出。
梅　妃：是娘娘自己不許內侍、宮女侍候。
周僖王：(怒)哼!毀壞三寶,必是你二人中一人所為,如今異口同聲,互相推諉,豈有此理。潘卿,傳旨眾文武公舉一位大臣,審理此案。
潘　葛：遵旨。(向外)眾文武!聖上有旨,公推一位大臣,審理娘娘與梅娘娘毀壞三寶一案。
　　　（潘葛傳旨時,梅倫在潘身後兩邊示意。)
內　聲：我等公舉大國舅梅平審理此案。
潘　葛：知道了。(回身)啟奏萬歲,眾文武公舉大國舅梅平審理此案。

周僖王：怎麼講？
梅　倫：衆文武公舉臣兄梅平審理此案。
周僖王：啊？
（唱【前腔】）
潘卿荒唐，
做事全然不思量。
梅平雖端方，
是梅妃親兄長，
怎能無偏向？
深宮之內，無有見證，
如何判斷，誰直與誰枉？
孤王心中有主張，
孤王心中有主張？
（周僖王提筆寫一密詔。）
潘卿！這有密旨一道，放在殿角金獅子口中。梅平審後，照旨論罪。你與衆卿在此聽候梅平覆旨。
潘　葛：遵旨。
（潘葛接密詔放在金獅子口中。）
周僖王：梅平，你帶皇后、梅妃偏殿審理。
梅　平：遵旨。二位娘娘，隨臣轉過偏殿。
周僖王：哼！早朝正閒暇，禍患生宮闈。可惱！退朝！
（衆太監引周僖王下。）
（全忠暗扯潘葛至臺口一側。）
全　忠：（低聲）相爺，你看二位娘娘，誰是誰非？
潘　葛：全將軍高見？
全　忠：蘇娘娘與梅娘娘原都是偏宮嬪妃，如今一個正位昭陽，一個自然心中不服。
潘　葛：說得有理。蘇娘娘身懷有孕，正位昭陽，一旦分娩，倘若生下太子，後福綿長。她何用陷害梅娘娘？
全　忠：咳，為何宮中就無一人在旁，倒弄得無有對證。

潘　葛：蘇娘娘忠厚老實,只怕中了計了呵!
全　忠：相爺就該審理此案。
潘　葛：聖上傳旨,叫眾文武公舉一人,老夫怎能毛遂自薦?
全　忠：方纔相爺傳旨之時,那梅老兒在你身後擠眉弄眼,分明是要眾文武推舉他兄弟審理。
潘　葛：梅平忠良正直,必能秉公審理。
全　忠：哎呀!相爺呀!此乃殺身之禍,他怎能不念手足之情,保他自己的妹子?
梅　倫：呔!好話不背人,背人無好話。你二人那邊嘰裡咕嚕,講論什麼?
潘　葛：二國舅,這金殿之上,豈是臣子大聲喧嚷之地麼?
梅　倫：嘿嘿嘿,你不講,我也明白了。
潘　葛：明白何來?
梅　倫：想是議論我家兄長,怕他徇私枉法。
全　忠：身正不怕影子斜,二國舅何必多心。
梅　倫：哼!
　　　　(梅平持一紙上,向上跪。)
梅　平：臣審理已明,特來覆旨。
潘　葛：大國舅審理誰是誰非?
梅　平：娘娘無罪,乃是梅妃毀壞三寶。
梅　倫：哇呀!大哥——
　　　　(梅倫急搶梅平手中紙,潘葛搶過。全忠扶起梅平。)
全　忠：果然大國舅公正無私。
潘　葛：大國舅,你我在金獅口內,取出密詔,一同宣讀,按旨論罪。
　　　　(二人取出密旨展開。)
潘　葛：念"此事蹊蹺,文武皆知,梅平審後,誅……"哎呀!
梅　倫：拿過來!(搶過密詔,接念)"梅平審後,誅是放非,有罪者赦,無罪者死。"哈哈哈,吾皇英明,吾皇英明!
梅　平：這這這……待我闖宮奏明萬歲!(欲下)

內　　聲：萬歲有旨，罷朝三日，文武不許進宮！
梅　　平：噯呀？
全　　忠：這又如何是好？
梅　　倫：哈哈哈，聖天子英明，聖天子英明。來人，送梅娘娘進宮，將蘇英小心看守。
　　　　　（內應聲。梅妃娘娘得意過場。）
梅　　平：相爺，相爺！
潘　　葛：這這這……
梅　　倫：難道你們敢違抗聖命不成？來日午時，法場處斬蘇英。
全　　忠：二國舅！蘇英一朝國母，況有三月龍胎，皇家自有制度，豈能血灑雲陽？
潘　　葛：着！請全將軍將蘇英監候，待我轉過朝房修表，請旨定奪。
　　　　　（全忠望潘一眼，先下。潘後下。）
梅　　倫：哼！你身為兄長，不念同胞之情，要害自己的妹子。我來問你：倘若妹子一死，你我弟兄，還算什麼皇親國戚？還有什麼榮華富貴？你這樣的哥哥，有不如無。若不是聖上英明，好好一個妹子，就叫你送在枉死城去了。從今以後，我與妹子的事，不用你管！（怒下）
梅　　平：哎呀！天哪！（抖色）
　　　　　（唱【苦駐雲頭子】）
　　　　　變出非常，
　　　　　無端禍事起蕭牆。
　　　　　想我梅平哪，
　　　　　為人正直端方。
　　　　　明知妹子心不良，
　　　　　悄言細問，
　　　　　她道是不服蘇后掌昭陽。
　　　　　借朝賀索觀三寶，
　　　　　暗箭把人傷。

蘇娘娘忒忠厚、忒善良,
自以為聖上無嗣,
她懷孕在身,
必然是安居無恙,
絲毫未提防。
我梅平秉公心,
何曾顧手足私情,
徇私枉法?
誰料天子多疑,
認定我必存私念,
故爾出此反詔,
倒害得蘇娘娘喪命。
我梅平若存私心,
倒保全了蘇娘娘
豈不是我不害蘇后,
蘇后倒因我而死。
這真是天威難測,
是非顛倒,
我如何再立朝堂?
罷罷罷,取下冠帶,(脫衣、解帶)
脫却朝衣,(脫衣)
掛印歸隱山林去,(將冠、帶、衣、印置御案上)
尋一所廟堂,
削髮當和尚。
一來全身免禍,
二來謝罪蘇娘娘。
每日裡誦幾卷經,
念千聲佛,
願娘娘託生在貧家小户,
耕種漁樵,

做個田舍郎,
子子孫孫再莫伴君王,
再莫伴君王。

(踉蹡而下。)

第二場 回 府

(潘有為扶病妝的李氏上。)

潘有為：(念)爹爹早朝未回,
李　氏：(接念)叫人心中掛慮。
潘有為：母親呃,這有什麼可掛慮的?你年來體弱多病,就是操心太過了。
李　氏：你爹爹早朝,過午不歸,娘怎不躊躇在心?
潘有為：我家爹爹老子,在朝中居官數十載,乃是兩朝老臣。聖上見喜,文武尊敬,早朝不回,必是朝中有事囉!
李　氏：為娘豈不知是朝中有事?但不知是禍是福?
潘有為：娘老子呃!爹爹為官清正,忠心耿耿,有什麼禍事到他頭上囉?你老人家還是多多保重自己的好。
李　氏：兒嚇,豈不知伴君如伴虎,天威難測,仕途險惡,你哪裡知道啊!
潘有為：好好好,不說這個。娘呃,你今天可曾服藥?
李　氏：服過藥了。
乳　母：(上)稟夫人,廚下燒火丫頭病重。
潘有為：請醫生,請醫生!乳母娘,夫人正在心煩,你不要來打擾。
乳　母：唉,公爺,這丫頭服藥無效啊!(搖頭下)
潘有為：嘖嘖嘖,一個燒火丫頭病了,也來煩人,越來越懵懂了!
許　贊：(內聲)下面聽者!相爺傳諭,在府外空坪之上,高塔祭臺,不得有誤!
潘有為：許贊!許贊!

許　贊：(上)公爺。
潘有為：你説搭戲臺，什麽事要搭戲臺。
許　贊：是搭祭臺，不是搭戲臺。
李　氏：呀！好好的，搭什麽祭臺？
許　贊：夫人有所不知，朝中出了大事。
李　氏
潘有為：什麽大事？
許　贊：皇后蘇娘娘與西宮梅娘娘扭上金殿，互相指責毀壞三寶，聖上命滿朝文武，公舉一位大臣審理，衆人舉了大國舅梅平。
潘有為：那怎麽要得？西宮是他妹子，他豈能秉公而斷？
許　贊：想必聖上也是公爺這般想法，因此，寫下一道密旨，放在金獅子口內，叫相爺等大國舅審完，照旨論罪。
李　氏：那梅平怎樣審理？
許　贊：梅平審得是他妹子毀壞三寶，陷害蘇娘娘。
潘有為：謝天謝地，這個大國舅是個好人。
李　氏：密詔怎樣定罪？
許　贊：誅是放非。
李　氏：怎麽講？
許　贊：有罪者赦，無罪者死！
李　氏：天哪！
潘有為：哎呀，這個自作聰明的皇帝老子，怎麽寫出這樣的顛倒聖旨？
李　氏：難道衆文武就不曾保奏？
許　贊：聖上早已回宮，傳出旨意：罷朝三日，文武百官，一概不見。
李　氏：你家相爺呢？
許　贊：相爺朝房修表，傳進宮去。聖上傳旨，蘇娘娘改斬為絞，賜相爺設臺生祭、監刑。相爺命我先回府來搭祭臺。
李　氏：喔呀！娘娘呀！(哭)

（内聲：相爺回府。）

許　贊：（迎出，又回身）稟夫人，相爺與全將軍同來。

潘有為：母親，就在屏後暫避一時。（扶李氏進內，又上）

（全忠扶潘葛上。潘有為、許贊迎上扶潘葛。）

潘有為：爹爹，你怎麼……

全　忠：相爺在午門閃跌一跤，是以小將送回府來。

潘有為：多謝將軍。爹爹，傷着沒有？

潘　葛：我兒退下！

（潘有為疑惑地下。）

潘　葛：許贊！守在門外，休放一人進來。

許　贊：是。（下）

潘　葛：全將軍，你在金殿為何望着老夫眨了一眼？

全　忠：老相爺為何在午門閃了一跤？

潘　葛：難得你我同心，全將軍有何高計可救蘇娘娘？

全　忠：事到如今，有什麼高計，只有下策。

潘　葛：請教何策？

全　忠：相爺府中丫環、僕婦、想必不少，找一個與娘娘相似之人，祭臺上斬馬換將。

潘　葛：這個……唉！果然只算下策！

全　忠：再無別法，末將也只念蘇后腹中胎兒，乃是一身兩命，況且……

潘　葛：怎麼講？

全　忠：日後若有反覆，相爺與末將傷了龍胎，也有不大不小的罪名。

潘　葛：這個……祭臺人多，如何斟換？

全　忠：相爺祭禮之中，備上金錢一盤，賜與衆人，算是為娘娘乞求冥福，末將做個失手，打翻金錢，衆人搶錢之時，趁亂中換了就是，只怕娘娘不知，喊叫起來。

潘　葛：老夫在禮單上開列一筆，呈與娘娘看後，望將軍立即焚化。

全　忠：遵命。
潘　葛：只是明日娘娘穿何色衣裳，如何知曉？
全　忠：娘娘穿何色衣，末將就打何色旗，相爺命人一看便知。告辭。
潘　葛：不送了！
　　　　（全忠下，李氏、潘有為反上。）
李　氏：相爺搭救蘇后，妾身俱已聽明。唉，只是還要屈死一人。
潘有為：娘老子呃！皇上聖旨已下，不死個把人，收不得場的。如今是一個換兩個，還划得來。
潘　葛：原是下策，也是無可奈何！
李　氏：妾身入宮朝賀蘇后，蒙娘娘賜有金容一幅，兒呀，你叫許贊取來，懸掛廳堂，看看有無相似之人。
潘有為：好。許贊、許贊！
許　贊：（上）公爺何事？
潘有為：去到後樓之上，打開頭號卷箱，取出蘇娘娘畫像，懸掛廳堂。
許　贊：是。（下）
李　氏：阿彌陀佛，救兩個要害一個，這些不該死的人，怎麼蒼天也不照應啊！
　　　　（許贊取畫像上，掛。）
李　氏：哎呀！
潘有為：錯了，錯了。許贊，你怎麼把夫人的畫像拿來了？這是我的娘親呀！我叫你開頭號卷箱嘛！
許　贊：我是開的一號卷箱啊！
潘　葛：這倒怪了，夫人畫像，明明在二號卷箱之中，怎麼會到一號卷箱去了？
潘有為：還不再去找來！
許　贊：是。（下）
潘有為：母親，你老人家這張畫像，畫得真好。
李　氏：乃是你父請御前畫工所畫。

　　　　　（許贊又持一幅畫像上。）
許　贊：公爺，一號卷箱中，再無畫像，倒是二號卷箱中有一幅，不
　　　　知是夫人，還是娘娘。
潘　葛：展開！
　　　　　（許贊展開畫像。）
潘　葛：這是蘇娘娘真容，將他掛起。
　　　　　（許贊展畫。）
許　贊：哎呀！這兩幅像，像得很哪！
潘　葛：當真！
李　氏：果然！
潘有為：噯！金雀頭是娘娘，銀雀頭是夫人。快將夫人畫像收起。
　　　　叫府中丫環、僕婦，一個一個，穿堂而過。
許　贊：是。（捲李氏畫像。向外）下面聽者：夫人有命，府中丫
　　　　環、僕婦，一個一個穿堂而過。（下）
　　　　　（丫環、僕婦，陸續緩緩過場。）
　　　　　（潘葛、李氏逐一審視。）
潘　葛：（唱【紅納襖】）
　　　　舉目觀，細端詳，
　　　　竟無有一人相像。
　　　　瘦的瘦，胖的胖，
　　　　矮的矮，長的長，
　　　　身材不同，面貌各別，
　　　　儀容舉止，更欠端莊。
　　　　此事叫人費思量。
李　氏：（唱）
　　　　此事叫人費思量。
　　　　滿府中，丫環、僕婦數十以上，
　　　　竟無有一人相像？
　　　　呀！我與她面龐相似，身材相當，
　　　　那畫像又偏偏裝錯了卷箱。

　　　　　難道說天意如此？
　　　　　這樁事要落在我身上？
　　　　　落在了我身上？
潘　葛：（唱）
　　　　　哎，天哪！
　　　　　夫人她獨自躊躇，
　　　　　眼含珠淚，神色彷徨，
　　　　　難道說……難道說……
潘有為：（唱）
　　　　　這纔怪呀！
　　　　　我娘親眼含珠淚，
　　　　　老爹爹神色慌張，
　　　　　難道說……難道說……
　　　　　哎呀我的娘呀！
　　　　　糊塗的念頭休要想，
　　　　　孩兒我早晚間侍奉高堂，
　　　　　願雙親福壽綿長，
　　　　　福壽綿長。
李　氏：（唱）
　　　　　有為兒權且坐一旁。
　　　　　相爺！夫嚇！
　　　　　妾身與你作商量。
　　　　　你看我與蘇后龐兒廝像，
　　　　　我有心替她一死……
潘　葛：不可！
潘有為：使不得的！
李　氏：（唱）
　　　　　相爺！夫！
　　　　　我的有為兒呀！
　　　　　我也曾思想，

與其屈殺無辜，
　　　何如我來承當？
　　　我近年體弱多病，
　　　看將來壽算不長。
　　　我有子已成長，
　　　她胎兒未見三光。
　　　一來為老爺全忠全信，
　　　二來為救她母子，
　　　三來呵！皇上登基多年，
　　　至今無後，
　　　說不定這周朝江山，
　　　就落在小小胎兒身上。
　　　想如今，天子春秋鼎盛，
　　　行此悖逆之事，
　　　到老來無子繼位，
　　　豈不怪罪老爺，
　　　那時節還不知有何禍殃？
　　　老爺救得蘇娘娘，
　　　好好護持，等她分娩，
　　　倘若生下是女，
　　　我也算一命換二命；
　　　倘若生下是男，
　　　你父子就是朝中金柱玉梁，
　　　後福綿長。
潘有為：母親呀！
　　　（唱）
　　　此事兒休提休講，
　　　娘娘遭屈娘娘當，
　　　為何連累兒的親娘？
　　　叫許贊（許暗上）捲起儀容，

　　　　收回卷箱，
　　　　重重封固，
　　　　再莫開放。（許贊捲畫下）
　　　　兒的娘呀！
　　　　再休把替死的話兒講，
　　　　休把替死的話兒講。
許　氏：許贊！
許　贊：（上）夫人！
李　氏：送公爺書房攻書。
許　贊：是。
李　氏：兒呀，去書房吧！
潘有為：娘呀，那個話，再也不要講了。
李　氏：為娘知道。
潘有為：你總要記得哇！
　　　　（潘有為與許贊下。）
李　氏：相爺，你意下如何？
潘　葛：夫人，你我夫妻，情深義重，怎麼說出此話？
李　氏：方纔若有一個丫環、僕婦與娘娘廝像，你又如何？
潘　葛：這個……
李　氏：那個丫環也有父母、兄弟；那個僕婦也有丈夫、兒女，你就忍心叫她替死？倘若她心中不願，臨時露出馬腳，乃是滅門大禍呀！
潘　葛：我也無法可想呀！
李　氏：既然別無他法，叫別人替死，我心中難安，倒不如我去替她。
潘　葛：這、這、這……
李　氏：你身為朝廷首相，還要再思再想。
潘　葛：哎呀！夫人哪！
　　　　（唱【苦駐雲】）
　　　　恩愛夫妻，

　　　　　誰知今朝兩分離？
　　　　　娘娘遭冤屈，
　　　　　夫人將身替，
　　　　　思量好慘淒！
　　　　　夫人，妻呀！
　　　　　若要相逢，
　　　　　若要相逢在夢裡。
　　　　（二人抱頭痛哭，李氏強忍掩淚揮袖下。）
　　　　（潘有為跑上，許贊追上。潘有為扯住潘葛。）
潘有為：爹爹老子，你好狠的心啊！
潘　葛：兒呀！你捨不得母親，為父又怎麼捨得妻子？如今是箭在弦上，不得不發了，喂呀！
　　　　（掩淚）
潘有為：我的娘呀！（大哭奔向內下）
潘　葛：兒呀！（追有為下）
許　贊：唉！（掩淚反下）

第三場　祭　　臺

　　　　（四御林軍引全忠上。）
全　忠：（念）
　　　　　陸豹本來是奸黨，
　　　　　奉旨來絞蘇娘娘。
　　　　　全忠今日行險事，
　　　　　但願蒼天佑善良。
　　　　　眾軍，陸將軍可到？
眾　　：陸將軍往梅國舅府中去了。
全　忠：不好！（念）
　　　　　梅妃施陰謀，
　　　　　梅倫多奸詐。

想必又有新技巧，
心中暗驚詫。
陸　　豹：（上念）
領了國舅命，
斬草要除根。
潘葛老兒心多詭計，
掌刑要當心。
全將軍，人馬可齊？
全　　忠：齊備多時。
陸　　豹：起道天牢。（圓場）有請蘇娘娘。
（蘇英上。）
蘇　　英：陸將軍手捧何物？
陸　　豹：七尺紅綾。
蘇　　英：拿了過來！（接綾）周王，夫啊！
（唱【山坡羊】）
見紅菱我汪汪淚垂。
不由人心中自悔。
先只想立為正宮，
享不盡榮華富貴。
誰知道反惹這無妄之罪，
我真好悔——
倒不如為偏妃！
周王！夫！
平白的傳出這顛倒聖旨，
把我的性命，
斷送在柱死城裡。
我好悲傷，悲傷淚垂。
思之，
繡球拋入江心內，
浪打沙洲不永歸，

浪打沙洲永不歸。
（接唱【調子】）
前生燒了斷頭香，
故惹得今生今世遭災危。
全忠，那梅妃呢？

全　　忠：今早已由梅倫保舉，立為正宮。
蘇　　英：哎呀！
（唱【水紅花】）
她為正宮把福享，
我為正宮赴刑場。
二位將軍，受我一禮。

全　　忠
陸　　豹：我等官卑職小，不能保全娘娘，怎敢受娘娘之禮？

蘇　　英：（接唱）
啊，將軍！
娘娘豈不知道，
昨日金殿之上，
滿朝文武，
尚不能保救於我，
爾等有多大前程，
能救娘娘不成？
娘娘禮下於人有所求，
少時到了刑場之上，
發下了三通鼓，
展出一面旗，
可憐我魂在東來魄朝西。
念娘娘女流之輩，
腹中還有皇家骨血，
將我的屍首好收拾。
日間免得野雞啄，

夜間也免野犬撕。
苦只苦我腹中一塊肉，
是男是女尚不知。
未見三光，未見父母，
也和我一道兒屈死。
不提起此事，倒還則可，
若提起此情，
真是個痛苦傷心珠淚垂，
傷心珠淚垂。
（眾擁下。潘葛、潘有為、許贊同上。）

潘　葛：（唱【水紅花】）
皇城內，金鼓催。
又之間旌旗閃閃，號炮連天，
旌旗閃閃，號炮連天，
想必是娘娘車駕離了，離了宮闈。
有為兒呀！
兒趕快趕行幾步，
偷覷那全忠打的何色旗，
娘娘必穿何色衣。
兒速速轉回府裡，
報與兒娘親得知，
要兒的娘親，
與娘娘一般樣打扮，
一般樣梳洗。
兒母子有話放速講，
衷腸放速敘。
少時間到了祭臺之上，
發下了三通鼓，
展出了一面旗，
可憐她魂在東來魄朝西。

那時節,兒也不能認其母,
父也不能認其妻。
兒的母子,
父的夫妻,
眼睜睜母子、夫妻頃刻分離。
(有為掩淚急下)
不提起此事,倒還則可,
若提起此情,
真個是痛苦傷心珠淚垂,
傷心珠淚垂。
(潘葛與許贊下。)
(衆擁蘇英上。)

蘇　英:(唱【下山虎】)
先只想陪王伴駕,
同偕到老,
又誰知蕭墻禍起,
我落了圈套。
無情彈打散了鴛鴦鳥,
洪波起淹斷了藍橋。
到如今屈死刑場,
魄散魂消,
一身二命,
這冤仇如何得報?
將軍,那紅漆門樓是誰家?

全　忠:梅國舅家。
蘇　英:這黑漆門樓呢?
陸　豹:潘相爺家。
蘇　英:唉!(唱【前腔】)
欺只欺皇天無限,
忠奸顛倒。

那梅家,紅漆門樓多興旺,
這潘家,黑漆沉沉顯蕭條。
怪不得老潘葛,
他怎能將我保?
天哪天!
你全無分曉。
我蘇英母子二命,
倒做了屈死鬼魂。
這冤仇如何報得,
這冤仇如何報得?
(潘葛上,二人推半圓場,到祭臺前,臺上有香燭。)

潘　葛:
蘇　英: (同唱)

恨只恨深宮藏奸狡,
平地無水起波濤。
歎只歎密旨忒顛倒,
有罪者赦,無罪者死,
真是殺人可恕,情理難饒。
倒教 蘇娘娘／我蘇英
有上梢來無下梢。
這片心,我只圖天曉,
我只圖天曉。

潘　葛: 老臣參見娘娘,望娘娘恕臣無能,救不得娘娘。
蘇　英: (接唱)

潘卿年老,
語言顛倒,
娘娘在偏宮好好,
卿不該將我舉保,
你保我為正宮執掌三寶。

娘娘不肯進昭陽，
卿道是："有福娘娘享，
有禍老臣當。"
到如今潑天大禍，
還不是娘娘自當？
到底是正宮好，還是偏宮好？
卿呀卿，我的殘生被卿斷送了。
害得我有上梢來無下梢，
有上梢來無下梢。

潘　葛：老臣死罪，臣奉旨搭有祭臺，備有祭禮，生祭娘娘，禮單呈上。

蘇　英：（接唱）

哎呀！潘卿呀！
娘娘不願別的，
但願做個庶民，
生下腹中孩兒，
哪怕是布衣蔬食，
母子二人相廝守，
於心足矣。
到如今七尺紅綾，
要我母子性命，
你還祭我怎的，
祭我何來？
祭我何益！
倒叫我血淚染羅衣，
血淚染羅衣。

（許贊、家院二人各捧一金盤上。）

全　忠：娘娘，相爺是奉旨祭奠，娘娘必須遵旨，這祭禮單也是要看的。

蘇　英：罷，拿來我看。

（許贊從潘葛手中接祭禮單呈蘇英。）

蘇　英：（看祭禮單）啊……唉，全將軍，用火焚化。
　　　　（全忠就燭上燒祭禮單，許贊捧盤跪下。全忠接過，承蘇英看。許下。）
全　忠：相爺所獻金錢一盤。
蘇　英：生不帶來，死不帶去，要它何用？
全　忠：散與老弱孤殘人等，為娘娘祈求冥福。
蘇　英：哼！在生屈死，陰司縱有冥福，又有何益？（推盤地下，金錢亂落）
　　　　（眾軍撿金錢，陸豹追眾軍。許贊背蘇英下，換背李氏上祭臺。）
全　忠：娘娘上祭臺，禮生走來！
　　　　（陸豹約束眾軍。禮生暗上。）
陸　豹：娘娘呢？
全　忠：祭臺之上。
　　　　（陸豹察看祭臺。）
全　忠：相爺速速致祭，不要延誤時辰。
　　　　（家院捧盤向前，點香、斟酒、裂帛。）
禮　生：起樂，主祭官就位、叩首！初上香，亞上香，三上香。樂止。主祭官致哀！
潘　葛：娘娘呀！喂呀！
　　　　（唱【沉醉東風】）
　　　　金爐內，焚寶香，
　　　　玉盞中，滿斟瓊漿，
　　　　楮帛列兩廂。
　　　　臣潘葛祭奠蘇娘娘。
　　　　娘娘，千歲呀！
　　　　實指望保娘娘位正昭陽，
　　　　生下太子，國祚綿長。
　　　　又誰知，反把你——

　　　　斷送在天羅地網,
　　　　斷送在天羅地網。
禮　生:起樂。主祭官就位。叩首。初獻爵,亞獻爵,三獻爵。樂
　　　　止。致哀!
潘　葛:(唱)
　　　　二奠瓊漿,
　　　　二奠瓊漿。
　　　　歎娘娘遭此不白之冤。
　　　　臣這裡悲傷,祭臺上斷腸,
　　　　臣這裡斷腸,祭臺上悲傷。
　　　　悲傷斷腸,斷腸悲傷,
　　　　只可歎,她本身是無罪身亡,
　　　　她本是無罪身亡。
禮　樂:起樂。主祭官就位。叩首,初獻帛,亞獻帛,三獻帛。樂
　　　　止。致哀。(下)
潘　葛:哎呀!娘娘呀!(唱)
　　　　我三奠瓊漿,
　　　　三奠瓊漿。
　　　　歎娘娘,再不能……
　　　　與主同羅帳,
　　　　再不能……
　　　　做夫妻地久天長。
　　　　再不見輕移蓮步……金殿來往,
　　　　再不聞鳳冠霞帔響叮噹。
　　　　娘娘要怨只怨潘葛,
　　　　娘娘要恨只恨為臣,
　　　　潘葛無能把你保,
　　　　害你平白一命亡。
　　　　從今後,我也不把金殿上,
　　　　在家念彌陀,

晚燒一炷香，
願只願，法無量，佛無疆。
保娘娘跨鶴乘鸞，
早赴那瑤池會上，
早赴那瑤池會上。

陸　豹：祭奠已畢！
全　忠：鼓棚起鼓！（念）
　　　　譙鼓咚咚響，
陸　豹：（接念）西山日已斜。
　　　　二通鼓起！
全　忠：（念）黃泉無客店，
陸　豹：（接念）今夜宿誰家？
　　　　三通鼓起！
全　忠：展旗！
　　　　（念）君命如天命，
陸　豹：（念）王法勝天罰。
　　　　（潘葛暈倒，家院扶住。）
全　忠：你我覆旨去吧！
陸　豹：且慢，梅娘娘降下懿旨，要取蘇娘娘頭髮覆命。
全　忠：待我取來。（上祭臺，以刀割髮，下臺將髮交陸豹）陸將軍，你我曾受她一拜，叫軍士埋了她的屍體吧！
陸　豹：眾軍！速速掩埋蘇娘娘屍體。
衆　　：是。（擡李氏下）
全　忠：走！
　　　　（全忠、陸豹下。家院扶潘葛。）
家　院：相爺蘇醒！
　　　　（潘葛掙扎醒轉，潘有為哭奔上。）
潘有為：哎呀！我那娘……
潘　葛：呸！（唱）
　　　　有為兒呀！

>　　你如今人長許大，
>　　怎的還口齒不清？
>　　娘娘二字，你都哭不出來呀！

潘有為：喂呀！娘……娘呀！

潘　葛：（唱）
>　　有為兒！
>　　娘娘已死，哭也枉然。
>　　你看這祭臺雖空，
>　　前前後後，左左右右，
>　　怕的是藏有奸賊耳目，
>　　父子們還要送死不成！
>　　你今若念父子情，
>　　強忍一時莫放悲聲，
>　　兒若不念父子情，
>　　大哭一聲，兒的娘……娘……親！

潘有為：爹爹是鐵打心腸。

潘　葛：（唱）
>　　非是為父鐵打的心腸，
>　　我淚流在肚裡，
>　　血滴在心上。
>　　這乃是非之地。
>　　久留無益。
>　　兒呀兒！
>　　攙扶為父歸家去，
>　　到得府中，
>　　哭也由你，悲也由你，
>　　哎，哎呀！我……好悲傷！
>　　從今後，相會期，
>　　從今後，相會期，
>　　除非是月落東方日出西。

（家院、潘有為攙扶潘葛下。）

第四場　搜　府

（梅倫上。）

梅　倫：（念）

為人不憑機謀巧，

怎得榮華富貴長。

我家兄長，掛冠而去。這下好了，去了一個多管閒事之人。從今以後，宮中有我妹子，朝中有我梅倫，這朝內朝外，俱在我兄妹掌握之中。嚇！哈哈哈！

陸　豹：（上）稟國舅！末將將蘇娘娘頭髮，送往昭陽，娘娘言道，她曾與蘇英比過頭髮，蘇英髮長三尺，如今短了五寸，唯恐有詐。

梅　倫：此髮何人所剪？

陸　豹：全忠用刀割下。

梅　倫：可曾問過全忠？

陸　豹：問過全忠。全忠言道：蘇英乃是宮中后妃，不敢損傷屍體，乃是齊頸而斷，自然短些。

梅　倫：這倒也是。絞死之後，你可驗過屍體。

陸　豹：末將驗過。確是蘇英，只是面容失色，比生前憔悴，老了三分。

梅　倫：還有什麼可疑之處？

陸　豹：末將寸步未離。只有上祭臺之時，祭禮中有金錢一盤，乃是要散與老弱孤殘之人，為蘇英乞求冥福。蘇英動怒，將金盤推落塵埃。御林軍爭拾金錢，末將約束軍士，未親送蘇英上祭臺。

梅　倫：娘娘怎樣傳旨？

陸　豹：娘娘言道：潘葛老謀深算，凡是小心為上。已命全忠率領眾軍，守住各個城門，盤查出城之人。要國舅與末將圍住

梅　倫：潘府,一口咬定,祭臺有詐,假傳聖旨,搜他一搜。

陸　豹：啊！陸將軍,搜府之時,你要約束軍士,休動他家財物,怕那老兒反咬一口。

陸　豹：遵命。

梅　倫：你去傳御林軍侍候！即往潘府。

陸　豹：是。(下)

梅　倫：哼！管他有詐無詐,搜上一搜,拿住什麽破綻,參掉這個老兒,也是好的。嘿嘿！

(下)

(潘有為哭上。)

潘有為：喂呀！兒的娘哇！

(唱【苦駐雲】)

君王顛倒,

屈殺我娘命一條。

有罪却赦了,

深宮樂逍遙,

無罪反不饒。

皇天無眼,神佛無靈,

纔有這般黑白顛倒。

害得我無娘兒,

淚如泉湧,不敢號啕,

這腔悲怨怎能消？

這腔悲怨怎能消？

家　院：(上)公爺！

潘有為：你回來了！(低聲)娘娘脱險没有？

家　院：平安出城,許贊夫妻早已備好長行車輛,在城外等候。我看娘娘上了車,許贊駕車,平安上路,我纔回來的。

潘有為：娘娘臨行之時,說什麽没有？

家　院：娘娘說："此去湘城,有她侄兒照看,請相爺放心。日後生下是男,必與相爺報喜；倘若生下是女,相爺就白費了心,夫人也白捨了命！"
潘有為：她倒得了生路，苦只苦了我娘，哎！娘呀！
家　　院：公爺且慢啼哭。還有要事稟報。
潘有為：還有什麼事？
家　　院：我等幸虧五鼓出城，遲一刻就不好了。我進城時，城門已有御林軍把守，盤查出城之人。
潘有為：娘娘已走，憑他去盤查。
家　　院：全忠將軍私下告我：梅娘娘疑心祭臺有詐，叫相爺提防，怕梅后派人搜府。
潘有為：你去打聽打聽，看看動靜如何，相爺憂傷過度，暫不要稟報。
家　　院：是！（下）
潘有為：梅妃呀梅妃，你怕是個狐狸精變的；梅倫呀梅倫，你是個狼心狗肺的東西。有朝一日，落在公爺手裡，我要剝你的皮，抽你的筋！
（乳母上。）
乳　　母：公爺，廚下燒火丫頭，看看待死！
潘有為：哎喲，乳母娘呃！一個燒火丫頭，病了許久，請醫服藥，救不得她，我有什麼辦法，你不要來煩我！
家　　院：（急上）公爺，我已探明，是梅倫帶人前來搜府。
潘有為：府中沒有娘娘，憑他去搜！
家　　院：哎呀，公爺，府中是沒有娘娘。可府中也沒有夫人，倘若問起，何言答對？
潘有為：這這這！
乳　　母：哎呀！這如何是好？
潘有為：有了！乳娘，你把燒火丫頭，擡進上房，穿上我娘衣裳，假稱夫人病重。倘若搜府時丫頭死了，就賴他個驚死誥命夫人之罪。
家　　院：公爺高計！
乳　　母：好，我就去安排。（下）

潘有為：你去稟報相爺，不要出來，梅倫來了，有我對付。傳我的話，夫人病重，緊閉府門。
家　院：是。下面聽着，公爺有命：夫人病重，緊閉府門。（下）
潘有為：梅倫賊！今天！我叫你來得去不得，方消公子爺心頭之恨！
　　　　（梅倫、陸豹率兵上。）
梅　倫：將潘府團團圍住，只許進，不許出。
衆　　：是。
　　　　（衆軍兩邊下。）
陸　豹：潘府大門緊閉。
梅　倫：上前叫門。
陸　豹：（叫）開門！
　　　　（潘有為與家院耳語，家院頻頻點頭。）
陸　豹：（大叫）開門！
家　院：我家夫人病重，相爺不見客。
陸　豹：我們不是客，乃是公務。
家　院：相爺心中不爽，公務來朝辦理。
梅　倫：我等奉旨而來，速速開門！
家　院：奉旨？要是奉旨，早有傳話，還要備香案接旨，沒有這樣叫門的。
梅　倫：乃是口傳密詔。
家　院：口傳密詔？（開門）
　　　　（梅倫、陸豹進。）
梅　倫：你家相爺呢？
家　院：相爺身體不爽，正在休息。我家公爺在堂上。
梅　倫：唔。潘公爺請了！
潘有為：我道是誰，原來是梅國舅，請了！但不知來我府何事？
梅　倫：我乃奉旨而來。
潘有為：有聖旨呀！家院，香案侍候。
梅　倫：慢，乃是口傳。

潘有為：傳與何人？
梅　倫：就是區區。
潘有為：梅國舅，口傳聖旨與你，又與我府何干？
梅　倫：自然有關，聖上言道，相爺昨日監絞，只怕有詐？
潘有為：我家爹爹是監絞官，那掌刑官是誰？
梅　倫：陸豹將軍。
潘有為：却又來，監絞官倘若有詐，必是與掌刑官同謀。
陸　豹：這個……
潘有為：什麼這個那個，人犯在你手裡，若不是同謀，如何行詐？
梅　倫：潘公爺，我來問你，你父奉旨祭奠，為何把祭臺搭在府門之外？
潘有為：梅國舅！東邊是我家，西邊是你府，中間一塊空坪搭祭臺，算是我府之外，還是你府之外？
梅　倫：娘娘驗過蘇英頭髮，短了五寸。
潘有為：宮中娘娘的頭髮，是長是短，外臣怎麼知道？梅國舅，當今娘娘，是你的親妹子，我問你這做哥哥的，可知她頭髮長幾尺幾寸？
梅　倫：這乃是宮內傳旨，事有可疑，要在你家搜上一搜。
潘有為：要搜呀？我又問你，搜出什麼可疑之事？
梅　倫：自然照律論罪。
潘有為：倘若搜不出什麼呢？
梅　倫：如實回覆聖命。
潘有為：哦，搜出什麼，我家有罪；搜不出什麼，與你無干？沒有這麼便宜的事情。
梅　倫：潘公爺，心中無冷病，大膽吃西瓜。你難道怕搜不成？我是奉旨而來，你讓我搜，我要搜；你不讓我搜，我也要搜！
潘有為：搜倒由你一搜，但有一件。
梅　倫：哪一件？
潘有為：我母親臥病許久，體弱氣虛，你要吩咐手下人等，不許驚擾我娘。

梅　　倫：這倒使得。
潘有為：說過了的，倘若驚了我娘，病體加重，梅國舅，我就與你不得清場！
梅　　倫：陸將軍，傳衆將軍，靜靜搜查，不要喧嘩，免得驚了夫人病體。
陸　　豹：是。
潘有為：那好，梅國舅，你們去搜。我要照看母親湯藥，失陪！
　　　　（下，家院隨下）
陸　　豹：這下倒好。憑我去搜。來人。
　　　　（四軍士上。）
陸　　豹：關上府門，四下搜尋，不得喧嘩。
　　　　（率四軍分兩邊下）
梅　　倫：這倒怪了！
　　　　（唱【漢腔】）
　　　　今日之事出人意料，
　　　　只怕內中有蹊蹺。
　　　　他若將蘇英替換了，
　　　　府中怎能藏得牢？
　　　　他父子不怕我搜府，
　　　　難道是空走這一遭？
　　　　（內喧鬧聲。）
梅　　倫：（接唱）
　　　　後堂忽然聲喧鬧，
　　　　莫非是真罪犯法網難逃？
陸　　豹：（上）禀國舅，潘公爺手持先王御賜金馬鞭，守住上房，不許搜查。
梅　　倫：啊！其情可疑。陸將軍，我去與他搭話，將他纏住，你趁機進去搜查。
陸　　豹：好。
　　　　（梅倫、陸豹同下。）

（内鬧聲、叫聲、哭聲，亂成一片。）
（乳母奔上。）

乳　母：（大叫）相爺，相爺，夫人驚死了！
潘　葛：（急上）何事驚慌？
（梅倫冠落髮散，臉上帶血跑上，潘有為持馬鞭追打上。梅倫急躲潘葛身後。）

梅　倫：相爺！打壞了，打壞了！
潘　葛：住手！
潘有為：爹爹啊，這個傢夥，闖進上房，亂搜亂翻，把我娘親驚嚇而死。喂呀，娘呀！（哭，坐地上）
潘　葛：有這等事？
乳　母：夫人實是驚嚇而死！（哭）夫人哪！
潘　葛：天哪！
（潘葛回身，當胸扭住梅倫。潘有為一躍而起，持鞭猛抽梅倫。）

潘有為：打死你，打死你，與我娘償命！
梅　倫：相爺，相爺！打不得了！
潘有為：有為兒住手，你好好守着你娘親，不許移動。梅倫，你驚死大臣命婦，這裡不與你講，我與你見聖上去。（扯梅倫下）
（陸豹率衆軍下，欲溜走，潘有為擋住。）

潘有為：哪裡去！（扭陸豹）你好大的膽子，我再三囑咐，不要驚了我娘，你竟敢驚死誥命夫人，該當何罪？
（鬆手，舉鞭打陸豹，陸豹下意識欲拔刀抵擋。）

潘有為：大膽！睜開你的狗眼！這是先王御賜金馬鞭，專打讒奸之臣，你敢拔刀！
陸　豹：（收刀，跪）潘公爺，末將微末前程，奉命差遣，身不由己，望公爺高擡貴手，恕了末將。冤有頭，債有主，凡事只問梅國舅，與我等下人無干。
潘有為：哼！滾！

（潘有為抽陸豹一鞭，陸豹急起身奔下。衆軍溜下，潘有為每人背上打一鞭。）

潘有為：今天，老子總算出了一口氣，哈哈哈⋯⋯喂呀！娘呀！乳母，傳令下去，府中上下人等，一齊為夫人舉哀。喂呀，兒的娘哇！

乳　母：下面聽者，國舅搜府，驚死夫人，闔府舉哀。（哭）夫人哪！（一陣哭聲起。）

潘有為：大聲哭，大聲哭，你們跟我放大聲些哭！我硬憋死了！（大號）哇呀！娘嚇！兒的娘呀！
（乳母邊哭邊扶潘有為下。）

第五場　思　妻

（十三年後。）
（內鼓樂聲中，夾有高呼"送客"之聲。堂上掛李氏畫像。）
（鼓樂聲漸歇，家院引潘有為上。）

潘有為：（念）
父是當朝宰相，
兒是兵部侍郎。
今朝為父慶壽，
可歎不見老娘。
今乃我父壽誕之期，適纔宴罷諸親百客，再排家宴，與父親上壽。家院，酒宴擺上。

家　院：酒宴擺上！
（二家人上，擺席，下。）

潘有為：孩兒拜請嚴親。

潘　葛：（上唱【紅衲襖】）
侍金門，常待漏，
秉丹心把國政修。
十三年前負重擔，

何曾離却我肩頭。
老夫為着蘇后的事，
今日憂來明日愁。
憂憂愁愁，
不覺白了我的項上頭。
恨只恨梅倫兄妹心狠毒，
苦只苦李氏夫人把命丟。
我已不願待漏隨朝也，
願解冠纓整歸舟，
願解冠纓整歸舟。
兒嚇！燈燭輝煌，酒漿羅列，想是為着為父壽日？

潘有為：適纔宴過諸親百官，特備家宴，與父上壽。家院，展開拜氈。

（家院鋪氈，潘有為拜。）

潘有為：嚴親添福添壽，
潘　葛：我兒官上加官。

（唱【四朝元】）
今當壽日，
今當壽日，
夫人請酒！

潘有為：母親早已亡故。
潘　葛：（接唱）
舉杯緣何不見妻？
老夫壽誕年年有，
不見同床共枕妻。
唉！妻呀妻！
渺茫茫今日在哪裡？
有為兒呀！
曾記兒娘在世時，
為父下朝而歸，

她必問父親身上寒不寒？
腹中饑不饑？
饑則進食，
寒則加衣。
自從兒娘去後，
饑餓有誰問，
冷暖只自知。
只落得老淚縱橫自慘淒。

潘有為：嚴親還要寬懷。

潘　葛：唉！（唱）
這千思萬憶，
千思萬憶，
悲切切妻在哪裡？（看畫像）
哎呀！夫人哪，你我夫妻，只憑這水墨丹青，纔得重逢啊！
兒嚇！看酒來！
（家院斟酒，潘有為持杯送與潘葛。）

潘　葛：（接唱）
手捧金樽，
手捧金樽，
祭奠黃泉李氏妻。
儀容掛起，
儀容掛起，
畫工精奇。
兒嚇！我朝中，奸不過何人？

潘有為：奸不過梅倫。

潘　葛：這世間的巧呢？

潘有為：巧不過畫工。

潘　葛：着呀！（接唱）
說得有理，我的兒！
我朝中，奸不過梅倫；

　　　　　世間上，巧不過畫工。
　　　　　畫工全憑一管筆，
　　　　　畫出萬般容。
　　　　　畫出兒的娘親如生前，
　　　　　咽喉只少一口氣，
　　　　　便是兒娘在生時。
　　　　　夫人妻呀！
　　　　　今乃是老夫壽誕之期，
　　　　　怎不見賢夫人上妝臺梳洗，
　　　　　到堂前呼奴喚婢？
　　　　　為什麼冷清清獨坐在丹青畫裡？
　　　　　只見儀容不見妻。
　　　　　兒嚇，你母親她下來了。
潘有為：乃是風吹畫動。
潘　葛：兒在怎講？
潘有為：風吹畫動。
潘　葛：啊……（接唱）
　　　　　却原來風吹畫動，
　　　　　風吹畫動。
　　　　　昨夜晚父得個團圓之夢，
　　　　　夢見了兒的娘親，
　　　　　頭戴鳳冠珠圍翠，
　　　　　身穿霞帔顏色衣。
　　　　　手捧美酒站在父跟前，
　　　　　叫一聲老相爺，
　　　　　今乃是相爺壽誕期，
　　　　　妾為你洗盞傳杯。
　　　　　夫妻們正待把衷腸敘，
　　　　　忽聽得金雞報曉啼。
　　　　　把父的南柯驚醒，

醒來時，堂前懸燈彩，
兩廊擺筵席。
鼓樂聲喧鬧，
人語笑嘻嘻。
一家人，大的大，小的小，老的老，少的少，歡的歡，喜的喜，
大大小小，老老少少，歡歡喜喜，惟有我枕邊流淚夫哭妻。
（擊鼓聲。中軍上。）

家　　院：何人擊鼓？
中　　軍：下書人求見。
家　　院：想是求見少老爺。
中　　軍：求見老相爺。
家　　院：老相爺一十三載，不理朝政，難道你還不知？
中　　軍：下書人言道：他乃是湘城蘇太守所差，定要面見相爺。
家　　院：哦！候着！稟老相爺，湘城蘇太守差人下書。
潘　　葛：哪、哪、哪個？
家　　院：湘城蘇太守差人求見。
潘　　葛：是湘城？
家　　院：湘城。
潘　　葛：蘇太守？
家　　院：蘇太守。
潘有為：嚴親要傳他一見？
潘　　葛：要見，要見！傳下書人。
中　　軍：下書人進見。
　　　　　（許贊上，拱立。）
許　　贊：見過相爺。
中　　軍：大膽，見了當朝宰相，竟敢立而不跪！
許　　贊：稟相爺，我是許贊。
中　　軍：誰許你站！
潘有為：父親，來人是許贊。
潘　　葛：什麼？是許……許贊！退下！掩門。

潘有為：是。（率眾下）
潘　葛：你是許贊？
許　贊：正是許贊。
潘　葛：許贊，你就跪不得老夫了？
許　贊：身藏娘娘密詔，不敢叩見。
潘　葛：哦！來人，看香案！
許　贊：慢！相爺，此乃機密大事，娘娘吩咐，只要相爺拆書一觀。
潘　葛：如此，恕我不恭，呈書。
　　　　（許贊掏信雙手呈潘，潘雙手接過，許跪。）
許　贊：叩見相爺。
潘　葛：遠來辛苦，快快起來，待我拆書。娘娘，恕臣年邁。
許　贊：許贊代娘娘傳旨，相爺請坐。
潘　葛：（坐，看信）（念）
　　　　蘇英修鸞箋，
　　　　百拜……
　　　　這封信是假的！
許　贊：怎見得。
潘　葛：若是娘娘所寫，怎有"百拜"二字？
許　贊：娘娘言道："夫人替她一死，相爺救她逃生，慢說百拜，千拜萬拜都是當得的。"
潘　葛：不敢嚇不敢！（接念）
　　　　百拜潘卿忠烈臣。
　　　　這"忠烈"二字，實實不敢當啊！
許　贊：相爺看下去，就知道乃是當得起的。
潘　葛：（接念）
　　　　多感夫人替我死，
　　　　許贊護送到湘城。
　　　　許贊，你夫妻二人，立了大功！
許　贊：夫人命都捨了，我夫妻二人，不過路途辛苦，算不得功。
潘　葛：算得的！（接念）

　　　　　　十月臨盆生大子，
許　贊：相爺，是生太子。
潘　葛：太字？怎麼沒有一點？
許　贊：娘娘簪花小楷，這一點，相爺沒有看清。
潘　葛：拿燭來！拿燭來！
　　　　（許贊捧燭，潘持信就燭光近看，遠看，拭眼細看。）
潘　葛：是有一點，唉！當真老了，有一點，是個太字。"十月臨盆生太子"，太子！娘娘生的是個太子？
許　贊：正是！
潘　葛：當真？
許　贊：當真，相爺，請把信看完。
潘　葛：（接念）
　　　　　　十月臨盆生太子，
　　　　　　撫養至今已成人。
　　　　　　聞聽君王尚無後，
　　　　　　望卿宛轉奏朝廷。
　　　　哈哈哈！哈哈哈！許贊，當真是太子！
許　贊：是的。
潘　葛：你可曾見過？
許　贊：常常得見。
潘　葛：好了，你倒見了太子。
許　贊：占了相爺的先。
潘　葛：你好福氣！哈哈哈！太子有多大年紀？
許　贊：一十三歲。
潘　葛：不錯，去了一十三載，豈不有了一十三歲！那，有這樣高了？（手擬高度）
許　贊：還要高些。
潘　葛：哦！還要高些！（手升高）那是這樣高囉？
許　贊：還要中平些。
潘　葛：哦？還要中平些。（手稍放低）可是這樣高？

許　贊：正是這樣高。
潘　葛：這樣高！（細看手的高度）這樣高！許贊，太子有了這樣高，他該回得朝？
許　贊：回得朝。
潘　葛：報得仇？
許　贊：報得仇。
潘　葛：當真？
許　贊：當真。
潘　葛：果然？
許　贊：果然。
潘　葛：好喜啊！哈哈，取牙笏來。
許　贊：相爺，取牙笏做什麼？
潘　葛：上朝奏本。
許　贊：相爺，天已晚了，要明日纔能上朝。
潘　葛：豈不又好了那梅倫兄妹多活一夜？
許　贊：相爺，一十三載都忍了，何靠這一晚呢？
潘　葛：說的也是。許贊，隨老夫進去，老夫還要細細問你！
許　贊：是。
潘　葛：哈哈哈。（咳嗽）
　　　　（許贊為潘葛捶背，扶潘葛下。）

第六場　對　弈

（內唱【點絳唇】）
悶坐宮廷，
（二太監引周僖王上。）
周僖王：（唱）
教人暗地自沉吟。
想起前情，
我悔之不盡。

　　　　　到今日年過半百，
　　　　　絕嗣無後根。
　　　　　思量起，眉尖心上，
　　　　　處處佈愁雲。
　　　　　（念）承平天子享榮華，
　　　　　六宮空有貌如花。
　　　　　江山社稷無人繼，
　　　　　自悔當年做事差。
　　　　　（老太監曾壽上。）
曾　　壽：（念）
　　　　　領了丞相計，
　　　　　宛轉諫君王。
　　　　　啟奏萬歲，請到御園飲宴。
周僖王：哼，飲什麼宴？
曾　　壽：昨日娘娘啟奏：請萬歲飲酒賞花，萬歲是准了本的。
周僖王：哦，替孤傳旨，今日心中不爽，無心觀花。
曾　　壽：啊呀！萬歲！老相潘葛，聞聽萬歲遊園賞花，他要來陪萬歲觀花下棋，已在御花園外候駕。
周僖王：啊，是那潘葛，許久不見，他的病就好了麼？
曾　　壽：潘葛病癒，說多年未見聖上，十分思念，故爾特來御園求見。
周僖王：孤王也思念潘葛。如此，擺駕花園。
曾　　壽：起駕。
　　　　　（同下。）
　　　　　（梅后，二宮女隨上。）
梅　　后：（唱【好姐姐】）
　　　　　見君王心中不爽，
　　　　　打疊起萬種柔腸，
　　　　　花言巧語哄君王。
　　　　　要他斂愁眉，心歡暢，

纔保得恩寵久長。
哎！天哪！
為什麼蒼天無眼，
不賜我子星半點？
幸虧是後宮嬪妃，
俱無宜男相，
若有人生下子女，
她早已奪我昭陽。
我還要憑着三寸舌，
宛轉為君解愁腸，
宛轉為君解愁腸。
（曾壽、二太監引周僖王上。）

梅　　后：臣妾接駕。
周僖王：平身。
梅　　后：請萬歲花亭飲宴。
周僖王：且慢，孤王不想飲酒，且在花亭小坐。
梅　　后：請進。
　　　　　（半圓場，周僖王坐。）
周僖王：你也坐了。
梅　　后：謝坐。
周僖王：唉！
梅　　后：（唱【前腔】）
　　　　　問君王怎不遊賞？
周僖王：（看鬍鬚）你自己看嘛！
梅　　后：（唱）莫不是寂寞宮牆？
周僖王：嗯！宮中是有些冷落。
梅　　后：（唱）那乃是笙歌不嘹亮！
周僖王：孤王煩的笙歌。
梅　　后：（唱）想必是舞袖少飄揚？
周僖王：孤王厭的樂舞。

梅　　后：（唱）
　　　　　　想必是，六宮中，
　　　　　　缺少了年少紅妝？
周僖王：孤王老了，不愛美色了。
梅　　后：（唱）妾昨宵夜夢禎祥，
周僖王：你又做了什麽美夢？
梅　　后：（唱）
　　　　　　夢見神人出天堂，
　　　　　　他道是當今聖明主，
　　　　　　福無量，壽無疆，
　　　　　　天賜紫微入宮牆。
　　　　　　要妾虔誠供養，
　　　　　　三年內必生太子，
　　　　　　萬歲江山萬年長，
　　　　　　萬歲江山萬年長。
周僖王：唉，你的好夢做得多，多了，只怕不靈了！
內　　聲：潘葛求見。
曾　　壽：啟稟萬歲，潘葛求見。
周僖王：梓童回宮去吧！
梅　　后：遵旨。（轉身）這個老兒，一十三載不理朝政，今日怎麽到御園來了？（對宮女甲）侍兒，躲在亭後，聽那潘葛說些什麽。
宮女甲：是。
　　　　（梅后與宮女乙下。）
周僖王：唉！人多心煩。曾壽，叫他們通通退下。
曾　　壽：遵旨。（對二太監）通通退下。咦！（見宮女甲）你還不走，快快退下。（二太監、宮女急下。）
周僖王：傳潘葛花亭進見。
曾　　壽：（向外）聖上有旨，潘葛花亭見駕！
潘　　葛：（內）領旨！（上）（念）

忙將蘇后事,
宛轉奏君知。
老臣潘葛見駕,願主萬歲。

周僖王：曾壽,快快與孤王攙扶老愛卿坐下。
曾　壽：是。(攙潘葛)
潘　葛：臣謝坐。
周僖王：哎呀！老卿家,多年不見,你當真老了啊！
潘　葛：萬歲也老了！
周僖王：唉！君也老來臣也老,
潘　葛：君臣同老世間少。
周僖王：卿乃有子萬事足。
潘　葛：太平天子更加好。
周僖王：聞卿有興與孤王對弈散心,正好有外邦進貢象牙棋子,你我君臣一樂。
潘　葛：不知是圍棋,是象棋？
周僖王：圍棋怎的,象棋何來？
潘　葛：圍棋子多,臣老眼昏花,黑白難分。象棋子少,還有黃河為界,老臣還看得清楚。
周僖王：就是象棋。
潘　葛：臣怎敢與君對下？
周僖王：老卿家,暫寬君臣禮,權消一日憂。
潘　葛：謝萬歲,老臣告罪了。
周僖王：曾壽,將棋擺開。
　　　　(曾壽擺棋,二人對弈。)
周僖王：(唱【馬不行】)
下棋散心,
小小棋盤見輸贏。
棋盤內三十二子,
來來往往,車馬縱橫。
常言道舉手不容情,

若差一着難取勝,
着意分明,
着意分明。
這盤棋是寡人贏,
這盤棋是寡人贏。
哈哈!老卿家,你輸了。

潘　葛:不錯,臣是輸了。
周僖王:來,再下一盤!
潘　葛:(唱【前腔】)
再定主張,
紅黑相爭各逞強。
萬歲,臣想起一輩古人來了。
周僖王:哪輩古人?
潘　葛:(唱)
紅子比文王,
百子繞膝前;
黑子比紂王,
寵倖妲己,錯殺姜后,
兩個孩兒一併亡,
成湯社稷付汪洋,
成湯社稷付汪洋。
周僖王:這一盤棋,孤王怎麼輸了?
潘　葛:萬歲身邊無子,難以應急。
周僖王:唉!下棋難解憂心,不下了。
潘　葛:坐久了,老臣陪萬歲爺閒步一回如何?
周僖王:好,曾壽,賜潘卿拄杖一根。
潘　葛:謝萬歲!
(曾壽遞杖與潘,後攙扶周王,緩步同行。)
潘　葛:老臣一十三載,未見御園,路都不識了。請問萬歲,這是什麼所在?

周僖王：此乃梅園。
潘　葛：啊呀，這梅花被風雨打壞，那來年無有梅子了。咳，可惜了！
周僖王：此乃觀賞之梅，不結子的。
潘　葛：啊！這是只開花不結果的梅樹啊！那邊地上，黃黃一片，又是什麼？
曾　壽：乃是蘇草，經霜黃了。
潘　葛：這草雖然黃了，籽倒結得不少。
周僖王：嗯！
潘　葛：這裡有顆大樹，怎麼不見了？
曾　壽：那是顆老李樹，娘娘吩咐伐了！
潘　葛：那李樹！伐了的原來是李樹啊！
周僖王：老卿家，此處無花可賞，君臣湖邊走走。
潘　葛：遵旨。
（三人半圓場。）
周僖王：（唱【駐馬聽】）
東宮久缺，
久缺東宮。
老潘葛句句刺我心。（鳥叫）
什麼鳥叫？
曾　壽：鴛鴦叫。
潘　葛：老公公，你看錯了，這不是鴛鴦鳥。
曾　壽：怎見得？
潘　葛：鴛鴦都是成雙成對，這裡只有一隻，怎麼是鴛鴦鳥？
曾　壽：原來是一對，這是隻雄鴛鴦。
潘　葛：那雌鳥呢？
曾　壽：在窠中孵雛鳥去了。
潘　葛：但不知鴛鴦一窠幾子？
曾　壽：一窠四子。
潘　葛：哎喲喲！這鴛鴦一窠四子，兩窠八子，子又有孫，孫又有子。算得是多子多孫啊！

周僖王：哼，不看了！（唱）
　　　　老潘葛分明臣欺君，
　　　　說什麽紅子黑子，
　　　　開花不結子。
　　　　說什麽子有孫，孫有子，
　　　　多子多孫。
　　　　分明是十三年前，
　　　　屈殺了有孕的蘇英，
　　　　老潘葛記恨在心。
　　　　看將來，潘葛不是忠良臣，
　　　　十三年前，他若拼死苦諫，
　　　　說不定能保全有孕的蘇英？
　　　　今日來說這風涼話兒，
　　　　這口惡氣怎能容，
　　　　這口惡氣怎能容？（坐）

曾　壽：（暗示）老相爺，是時候了。
　　　　（潘葛跪於周王之前。）

周僖王：你跪在孤王跟前做什麽？

潘　葛：老臣請罪。

周僖王：你也知罪？

潘　葛：老臣知罪，不知罪犯哪條？

周僖王：十三年前，你爲何不闖進宮來，跪在孤王跟前？

潘　葛：老臣奏本，萬歲不准！

周僖王：你奏了幾本？

潘　葛：奏了一本。

周僖王：爲什麽不奏它十本八本？

潘　葛：萬歲不收奏章。

周僖王：又說道：文死諫，武死戰。

潘　葛：求萬歲恕臣欺君之罪。

周僖王：事到如今，說也枉然，你與我起來吧！
潘　葛：萬歲恕臣之罪？
周僖王：孤王不降罪於你就是。
潘　葛：謝萬歲。（立）這有小束一張，望萬歲龍目御覽。
（曾壽接過交周僖王。）
周僖王：又是什麼？（看、念）"蘇英修鸞箋……"唔，又有一個蘇英。（念）"百拜潘卿忠烈臣"。哼！忠烈二字，孤王不封，誰人敢稱？
曾　壽：萬歲？怎麼這張小束，字跡甚熟？
周僖王：着！這字跡，孤王好像在哪裡見過？（念）"多感夫人替我死，許贊護送到湘城。"這是何人？
曾　壽：萬歲往下看。
周僖王：（念）"十月臨盆生太子，撫養至今已成人。聞聽君王尚無後，望卿宛轉奏朝廷。"老卿家，這是何意？
潘　葛：十三年前，臣奉旨監絞蘇后，臣與全忠憐她一身二命，臣妻李氏，願代娘娘一死，換出蘇娘娘，由許贊夫婦護送到湘城娘娘的侄兒蘇敬處藏身。蘇娘娘生下太子，已有一十三歲。這是老臣的欺君之罪。（跪）
周僖王：（唱【前腔】）
聽說原因，
恍惚難辨假和真。（問曾壽）
這是真的？
曾　壽：真的。
周僖王：孤王我不是做夢？
曾　壽：萬歲，紅日當頭，怎麼是夢。
周僖王：哈哈哈！（接笑）
我笑在眉頭喜在心，
雙手扶起老愛卿，
說什麼忠烈臣，
你是孤王大恩人，

大大的恩人。
老愛卿呀！
孤王親口傳密詔，
你與我一件一件記個清。
叫全忠率領御林軍，
立即起程，
不分晝夜奔湘城，
迎接娘娘、太子回帝京。
老愛卿重整朝班，
明日五鼓，孤王早朝，
曉諭文武臣。
廢梅氏，打入冷宮，
午門外斬梅倫。
老愛卿，
你們一班忠良臣，
孤王我一個一個加封贈，

潘　葛：
曾　壽：（同唱）願皇圖鞏固萬年春，萬年春。

（同笑，分下。）

第七場　廟　祭

（忠烈祠，正中塑李氏像。）
（四校尉、二太監、二宮女擁周僖王、蘇英、太子上。）
（潘葛、潘有為反上。）

潘　葛：
潘有為：臣父子接駕！

（周僖王、蘇英上香。潘有為側跪塑像下。）
潘　葛：謝萬歲、娘娘恩典。
蘇　英：皇兒，過來！（手攜太子近香案）

（唱【四朝元】）
聽説因依，
聽説因依：
兒細瞻金容須牢記，
她就是李氏夫人，潘相之妻。
在相府夫榮妻貴，
舉案齊眉，
舉案齊眉。
都只為十三年前，
梅倫兄妹，陷害為娘，
兒尚在為娘腹內。
李氏夫人憐娘屈死，
憐兒未見天日，
她捨身把為娘替，
祭臺之上被絞死，
祭臺之上被絞死。
沒有李氏夫人，
哪有為娘性命？
哪有兒貴為太子？
兒呀兒！
娘是你生身之母，
她是兒再生娘親。
兒呀兒，
説什麼東宮太子，
守闕潛龍，
怎能忘生身之本？
兒要拜她一拜，
叫她一聲娘親！
從今後，把她當親娘祭祀，
纔報得這再生之德，

德與天齊。
潘　葛：不可,萬萬不可,臣妻領當不起。
周僖王：娘娘言得有理,皇兒理當下拜,還要代父王拜她一拜。
　　　　（太子叩拜,潘葛跪下還禮,蘇英命二宮女攙起潘葛。）
太　子：（立,看像）娘呀!（又拜）
蘇　英：（接唱）
　　　　哎!潘卿呀!
　　　　皇兒拜上一拜,
　　　　說什麼受之不起?
　　　　似這等母子二人再造之恩,
　　　　千拜萬拜也應該。
　　　　從今後,
　　　　皇兒要朔望拈香,
　　　　蘇英我春秋二祭。
　　　　萬歲王呀!
　　　　潘卿一門忠烈,
　　　　望萬歲恩上加恩,
　　　　爵上加爵,
　　　　子子孫孫着錦衣,
　　　　子子孫孫着錦衣。
周僖王：這個自然。
潘　葛：不必了!
　　　　（唱【混江龍】）
　　　　說什麼子子孫孫着錦衣?
　　　　聽臣把當年事兒提:
　　　　萬歲王呀!
　　　　曾記得臣妻替死日,
　　　　有為兒他他他還年幼無知,
　　　　祭臺前哭了一聲娘,
　　　　嚇得臣魂散魄也飛。

扯着他急忙回家裡，
有淚背人流，
悲切不敢啼，
兒不能哭母，
夫不能哭妻。
那纔是淒淒慘慘慘慘淒淒。
十三年前，萬歲六宮珠圍翠，
老臣我為父又為母，
照料兒饑添食寒加衣。
到如今萬歲有妻又有子，
老臣有子確無妻。
萬歲封臣的官，
臣官居極品；
賜臣的祿，
臣祿享千鍾。
老臣年邁蒼蒼，
要官何用？
要祿何益？
臣還有何求呀？
夫人！妻！
萬歲為你起造忠烈祠，
塑起你金容體像，
每年間受皇家春秋二祭，
可能平你心中冤抑？
恨只恨梅倫奸賊，
雖則斬首午門，
難消我心頭之氣。
恨不得剝你的皮，抽爾的筋，挖爾的眼，割爾的舌，剝皮、抽筋、挖眼、割舌，拿來祭奠我的李氏妻。
萬歲，娘娘呀！

到如今，萬歲爺夫妻相會，
太子爺父子團圓，
周室江山有人承繼。
虧只虧了我李氏妻，
未過中年遭屈死，
好一似花正開時遭風雨，
月正圓時雲遮蔽。
苦只苦了老臣，
恩愛夫妻，中途別離，
你看我白髮蒼蒼，終生遺恨，
空留雙淚。
願萬歲許我解朝衣，
伴守在夫人祠內，
於心足矣，
於心足矣。

周僖王：潘卿，孤封你養老太師，潘有為升為丞相。老愛卿，這都是孤王之過啊！
（唱【尾聲】）
只怨孤王做事差，
蘇　英：滿門忠藎人人誇。
潘　葛：一片丹心扶社稷，
潘有為：只落得夫哭妻來兒哭媽。
喂呀！娘呀！
（分下。）

梨 花 情

（越劇）

包朝贊

【作者簡介】包朝贊（1938—　），浙江松陽人。一級編劇。中國戲劇家協會會員，杭州市戲劇家協會主席。自1983年起先後在浙江桐廬越劇團、杭州越劇院、杭州市文化局創作中心任職。一直從事專業戲劇創作，以寫民間傳奇劇見長，多部劇作獲省級和國家級的獎勵。主要作品有舞臺劇《春江月》、《桐江雨》、《汾江虹》、《月亮湖》、《胭脂河》、《聖塘橋》、《月光謠》、《臨安夢》、《農家樂》、《愛至上》、《鴛鴦曲》、《梨花情》、《梁祝情夢》、《流花溪》等二十部；戲曲電影《繡花女傳奇》（越劇，中央新影廠攝製）、《桐花淚》（越劇，上海電影製片廠攝製）；戲曲電視連續劇《黃山情》（黃梅戲，安徽電視臺拍攝）、《孔雀東南飛》（越劇，合作改編，杭州電視臺拍攝）、《梨花情》（越劇，中央電視臺拍攝）。《春江月》、《桐江雨》、《胭脂河》、《月亮湖》、《聖塘橋》、《梨花情》等劇目先後被全國各地多個劇種移植上演。其中《春江月》、《胭脂河》、《梨花情》三劇分別被福州閩劇院、安慶黃梅戲劇院、廣東潮州潮劇團、廣東粵劇院一團、廣東佛山市青年粵劇團選為出訪劇目，赴泰國、美國、新加坡等國及中國香港地區演出。

【劇情概要】該劇圍繞着金錢與愛情孰輕孰重這一個主題，講述四個年輕人的婚姻故事，由此而演繹出一曲恩恩怨怨、悲歡離合的人間世態傳奇。花鄉繡女梨花、豪門千金冷豔、春江秀才孟雲天和錢塘商賈錢友良，他們在追求幸福婚姻的人生途中，陷入了情與錢兩難兼得的尷尬窘境，遂各以自己不同的生活態度，對愛情作出不同的抉擇取捨。繡女梨花和書生孟雲天雖然相戀三年，愛財的親兄卻把梨花許給了素未謀面的商人錢友良，而孟雲天的父母也因要攀附高門，強迫兒子到豪門小姐冷豔家入贅。雲天與梨花無奈，只得私奔他鄉。然而三個月後，忍受不了饑寒的孟雲天便屈服於冷府千金的財勢，拋棄梨花而去，而錢友良卻在繡女梨花絕望投江之時，伸出了援手。三年後，因冷豔病故而擁有了財富的孟雲天帶着三萬兩銀子來贖買愛情。而這時候，事業有成、喜結良緣的錢友良和繡女卻因一場火災，傾家蕩產，要靠挖野菜為生，面臨愛情和金錢的選擇，梨花堅定地表示要和錢友良生活在一起。

【版本流傳】該劇最初發表在《劇本》雜誌1998年第3期上。文化藝術出版社2005年出版的《國家舞臺藝術優秀劇目集》第一輯、江蘇美術出版社2007年出版的《中國當代百種曲》等書皆收錄了該劇。

【演出情況】該劇由杭州越劇院小百花團於1997年首演。展敏導演,陳曉紅、陳雪萍、石惠蘭等主演,章志良、胡夢橋、呂輩等作曲。該劇先後榮獲第七屆浙江省戲劇節優秀劇目獎、第五屆中國戲劇節優秀劇目獎、1998年中國曹禺戲劇文學獎、文化部第八屆文華新劇目獎、首屆中國戲劇文學學會劇本金獎。劇本被文化部評為全國十二部優秀劇本之一,向全國各地專業劇團推薦演出。該劇後由中國電視製作中心與浙江電視臺拍攝成越劇電視連續劇,獲浙江省"牡丹獎"、全國"飛天獎"二等獎。電視劇的導演為王志強,攝影為史近都,主演為趙珠珠、顏佳、張志紅、江瑤。

(朱俊源)

人物表

梨　　花——花鄉繡女
孟雲天——春江秀才
錢友良——錢塘商賈
冷　　豔——豪門千金
錢　　姐——客棧店主
田　　嫂——農家少婦
王老闆——酒店老闆
童　　兒——少年小販
冷　　雲——冷府婢女
冷　　月——冷府婢女
村姑、村民、打手、丫環、家丁、夥計、繡花姑娘各若干人

一、雙　飛

（春到江南，小溪流水般的樂曲聲起——一支清婉的山
　歌，隨風飄來：
　　"小溪悠悠水長流，
　　人生匆匆易白頭。
　　青春年華多美夢，
　　夢成真時添憂愁。
　　有情未必人長久，
　　無緣偏成生死友。
　　大千世界千條路，
　　悲歡離合走春秋。"）
（江南山野，梨花似雪，晚霞似火。）
（一位如花麗人，悄坐花叢，揮針刺繡。）

梨　　花：（唱）陽雀高歌入彩雲，

春暖枝頭花似錦。
桃李開花盼結果,
女兒家,誰不盼有個好郎君。
我與那春江秀才孟相公,
今生有緣結同心。
約好了,三月花開來相迎,
我望穿雙眼等佳音。
(遠處傳來歡鬧的迎親喜樂。)

梨　花:(唱)山前傳來喜樂聲,
莫不是,秀才的花轎到山村?
(眾村姑內喊:"梨花姐姐!"喜氣洋洋地跑上。)

村姑甲:姐姐,大喜臨門,你怎麼還躲在這裏?

村姑乙:是呀,你看,花轎都進村了!

梨　花:(羞喜,旁白)孟相公果然迎我來了……
(幾個身披紅綢彩帶的村民跑上。)

村民甲:梨花,良辰已到,你兄長命你速速回家,梳妝打扮上花轎。
(喜樂聲中,眾人擁簇着梨花下。)
(稍頃,孟雲天匆匆奔上。)

孟雲天:(唱)逃脫了,迎親龍船離春江,
一路汗雨到花鄉。
花鄉有我梨花妹,
我與她,百年相約情深誼長。
一路奔來一路想,
想爹娘,財迷心竅太荒唐。
逼兒招贅入豪門,
我寧死不從今生永不回門牆。
一路奔來一路笑,
我笑那,冷府千金不自量。
她以為,金錢能買書生愛,
要我就範休妄想。

>　　一路奔來一路喜,
>　　喜今後,遠離金錢名利場。
>　　籠鳥高飛得自由,
>　　兩袖清風心坦蕩。

　　(田嫂匆匆上。)

田　嫂：(一見,意外地)孟秀才?
孟雲天：(高興地)大嫂!
田　嫂：我正要找你呢。
孟雲天：找我何事?
田　嫂：梨花她——
孟雲天：梨花她怎麼樣了?
田　嫂：她日盼夜盼,盼你早遣紅媒,花轎相迎。可你却遲遲不來,如今她兄長做主,將她許與一位錢塘商人,花轎已到,即刻便要擡走了。
孟雲天：(震驚)啊?梨花……(一口氣背了過去)
田　嫂：(急扶)秀才,秀才!
孟雲天：(一把拉住田嫂,哭求)大嫂,我與梨花妹妹三載相愛,情深如海,你是知道的呀,求求你救救梨花,幫幫我們呀!
田　嫂：你不要難過,我來想想辦法。(想計)有了,你且悄悄前往青藤嶺。
孟雲天：青藤嶺?

　　(田嫂與孟雲天耳語叮囑。)
　　(切光,暗轉。)
　　(燈亮。山野路口,月色狰獰,鵑啼蛙鳴。)
　　(田嫂領着新娘妝扮的梨花潛步逃上。)

梨　花：嫂嫂!
田　嫂：噓!(推梨花藏下)
　　(梨花向田嫂深深一拜,急藏入花叢。)
田　嫂：(見人已藏好,大聲喊叫)哎呀不好了,快來人哪!
　　(迎親的村民們聞聲趕上。)

村民甲：出什麼事了？
田　嫂：新娘子跑了！
村民甲：什麼，新娘子跑了？往哪裡跑的？
田　嫂：（指相反方向）那邊，那邊。
村民甲：快追！
村民們：（邊追邊喊）新娘子，快回來！（追下）
田　嫂：（雙手合十，對天祈禱）蒼天保佑，願他倆平安無事，遠走高飛。（下）
　　　　（稍頃，孟雲天悄步尋上。）
孟雲天：（輕聲尋呼）梨花，梨花！
梨　花：相公！
　　　　（兩人急步相迎，緊緊擁抱。）
梨　花：（唱）驚弓之鳥魂未定，
　　　　　　　難中相逢淚紛紛。
　　　　　　　兄長貪財絕情義，
　　　　　　　棍棒逼我嫁商人。
　　　　　　　幸得嫂嫂暗相助，
　　　　　　　逃出花轎藏我身。
孟雲天：（唱）這世道，物慾橫流喪廉恥，
　　　　　　　為了錢，骨肉相殘滅人性。
梨　花：（唱）相公啊，盼你花轎早來迎，却為何——
孟雲天：（接唱）天生不測起風雲。
　　　　　　　錢塘有位冷千金，
　　　　　　　貪我才貌慕我名。
　　　　　　　一擲千金作誘餌，
　　　　　　　自作多情許婚姻。
　　　　　　　老父逼我招親去，
　　　　　　　我逃下龍舟到山村。
梨　花：（唱）却原來，我與相公雙逃婚，
　　　　　　　從今後，無家無錢怎安身？

孟雲天：（唱）莫道金錢是萬能，
　　　　　　愛情無價勝黃金。
　　　　　　你我攜手天涯走，
　　　　　　桃源有路慢慢尋。
　　　　　　山外青山覓淨土，
　　　　　　君子憂道不憂貧。
梨　花：（唱）相公才高情義深，
　　　　　　願隨你，上天入地永不分。
　　　　　（脫下嫁衣，狠擲在地）
孟雲天：（激動地）蒼天在上，青山作證，海枯石爛，同死共生！（跪誓）
梨　花：（跪扶）孟郎！
　　　　（伴唱："三月桃李花逢春，
　　　　　　　　花鄉妹子戀書生。
　　　　　　　　願作九天星伴月，
　　　　　　　　郎比梧桐妹是藤。"）
　　　　（遠處傳來人聲、腳步聲。）
梨　花：此處不可久留，快走。（拉孟雲天急下）
　　　　（田嫂與村民們返上。）
村民甲：新娘子逃走了，錢老闆面前如何交代？
村民乙：看，錢老闆來了。
　　　　（錢友良新郎打扮，焦急奔上。）
錢友良：新娘子呢，新娘子呢？（對田嫂）你怎麼讓她跑了？
田　嫂：新郎倌，常言道，四隻腳好管，兩隻腳難管。新娘子要下轎方便，怎好阻攔？她一去不回，我有啥辦法？
村民乙：（忽然發現）咦？嫁衣？
村民甲：哈哈！嫁衣在此，人一定就藏在附近，快搜。
田　嫂：慢，這山前山後，河東河西，全都搜遍了，何必再去白花力氣？
村民甲：哎，話不好這麼說的，新娘子不找回來，錢老闆婚事泡湯，

　　　　　大家喜酒吃不成。要想吃喜酒,大家跟我走。(下)
村民們：(邊走邊喊)新娘子,快回來呀！(找下)
田　嫂：(於心不忍,勸慰地)新郎倌,這都是緣分,不要難過,下次再找個有緣分的。
錢友良：(心煩地)去去去！
　　　　(田嫂退下。)
錢友良：(捧着嫁衣,無奈歎息)只怕是找得回她的人,拉不回她的心呀！
　　　　(唱)手捧嫁衣暗歎息,
　　　　　　流年不利多晦氣。
　　　　　　兩年娶了兩回妻,
　　　　　　一樣是,竹籃打水空歡喜。
　　　　　　第一回,新娘未嫁命歸西,
　　　　　　蝕了聘金三百幾。
　　　　　　第二回,新娘未曾照過面,
　　　　　　上了花轎又逃去。
　　　　　　兩度新郎一光棍,
　　　　　　年紀已經二十七。
　　　　　　看起來,有錢難買情和義,
　　　　　　有緣方能成夫妻。
　　　　(伴唱："且把這,大紅嫁衣先藏起,
　　　　　　　　也不知,下一回誰人穿它拜天地。")
(燈漸暗。)

二、苦　　旅

(三月後,客棧內外。)
(伴唱："藤纏樹來樹牽藤,
　　　　離地無土不生根。
　　　　天涯何處有桃源？

　　　　　流落異鄉受窮困。")
　　　（一抹夕陽,斜照草堂。）
　　　（孟雲天獨處一隅,埋頭讀書。）
　　　（童兒內喊:"肉包子要買嗎?"提籃叫賣上。）
童　兒:熱火火的肉包子要買嗎?相公,肉包子要嗎?
孟雲天:(禁不住誘惑,却又放不下架子)我是吃慣了山珍海味的,這包子味道如何?且先來上一隻,品嘗品嘗。
童　兒:好。(取包子,見孟雲天伸手欲接)且慢,一手交錢,一手交貨。
孟雲天:(摸出兩文小錢)拿去。(接過包子,欲吃)
童　兒:還差一文錢。
孟雲天:(摸遍口袋,再也找不出一文小錢)小弟弟,能否欠一欠?
童　兒:小本生意,概不賒欠。(奪回包子)
孟雲天:難道還怕我堂堂秀才賴你一文錢不成?小弟弟,你可是認識我的呀。
童　兒:我只認銅鈿不認人。
孟雲天:那我教你讀書,抵過這一文小錢,好不好?
童　兒:不好。相公你讀了那麼多書,照樣餓肚皮,讀書有啥用?我不讀。你看,如今發大財當老闆的,有幾個是讀書人?(走而復回)哎,相公,我聽你讀起書來,喉嚨光響,收你做個小徒弟,跟着我沿街吆喝賣包子,包你能賺錢。
孟雲天:(氣惱)你——你給我走,快走!
童　兒:走就走,介凶做啥?真是狗咬呂洞賓,不識好人心。(吆喝)喂,熱火火的包子要買嗎?賣包子來!(邊喊邊下)
孟雲天:豈有此理,豈有此理!
　　　（錢姐上。）
錢　姐:秀才,這一大清早,你喉嚨梆梆響在做啥?
孟雲天:店家大姐,有何吩咐?
錢　姐:我問你,欠我的房錢啥時候付?
孟雲天:是,是,我家娘子正在想辦法。

錢　　姐：她在想辦法,那麼你呢,你在做啥?
孟雲天：我麼,我在讀書,我在讀書啊。
錢　　姐：讀書讀書,我看你是越讀越輸!
　　　　　(唱)別人是,讀書越讀越聰明,
　　　　　　　七品八品得功名。
　　　　　　　沒官當,去學手藝去經商,
　　　　　　　也能夠,養家糊口過光陰。
　　　　　　　誰像你,光讀不做假清高,
　　　　　　　坐吃山空混沌沌。
　　　　　　　你若再,厚着臉皮不還錢,
　　　　　　　當心我,將你掃地趕出門。(下)
孟雲天：可恨,可惱!
　　　　　(唱)世道荒唐人心變,
　　　　　　　開口閉口錢錢錢!
　　　　　　　黃口稚童變財迷,
　　　　　　　店主逼債吐惡言。
　　　　　　　想當年,我錦衣玉食心孤傲,
　　　　　　　鄙薄名利不求官。
　　　　　　　到如今,遭人白眼受人欺,
　　　　　　　我悔在心頭口難言。
　　　　　(梨花從河邊洗衣歸來。)
梨　　花：(見孟雲天沮喪的神態)相公,你怎麼啦?
孟雲天：(掩飾地)沒有什麼,娘子,我來。(搶着上前幫忙)
梨　　花：我給你拿早餐來。(進屋捧上一碗菜粥)相公,快吃吧!
孟雲天：(端起碗,一看)啊?又是菜粥!
梨　　花：(歉疚地)相公,米麵早已吃完了,這菜粥,你就將就吃一
　　　　　點吧。
孟雲天：娘子,我……不餓。
梨　　花：相公!
　　　　　(唱)自從結伴到異鄉,

幾多辛酸含淚嘗。
梨花吃苦不覺苦,
委屈了相公理不當。

孟雲天：不,娘子！
（唱）都怪我,心比天高不自量,
連累你,花容憔悴熬風霜。
夢中淨土在何方？
欲尋桃源路渺茫。

梨　花：（唱）勸相公,莫懊喪,
困龍待等大潮漲。
來年大比題金榜,
苦盡甜來總有望。
相公啊,莫嫌這菜粥少滋味,
暫且吃下充饑腸。
明日裡,我外出攬活做幫傭,
賺來銀錢買細糧。
煮上一鍋白米飯,
也讓你,換換口味好調養。

孟雲天：（感動）多謝娘子一片苦心！我吃,我吃。（端起碗,嘗了一口,忽又放下,欲走）

梨　花：相公要到哪裡去？

孟雲天：你不是總勸我安心讀書,金榜題名嗎？我要讀書去了。（自嘲地）聖人曰,書中自有黃金屋,書中自有……千鍾粟。哈哈哈！（下）

梨　花：相公！（焦急地）相公他從小錦衣玉食,這薄粥菜湯叫他如何吃得下？若是餓壞了身體,那可怎麼辦呀？（傷心落淚,劇咳）
（錢姐上。）

錢　姐：小娘子,你怎麼啦？（按梨花額角）哎呀,燒得發燙！我去叫秀才來。

梨　花：大姐，千萬不要去驚動相公，免他為我擔憂。
錢　姐：你呀你呀，什麼都想着他。這樣吧，我這裡有三兩銀子，你拿着，我店裡忙，跑不開，你自己去買些補藥，好好調養。
梨　花：不，我欠大姐的房錢都未付清，怎好再拿你銀子？
錢　姐：房錢歸房錢，我問秀才討。這三兩銀子，就算是你幫我挑水煮茶的工錢。拿着，快拿着。（硬塞給梨花）
　　　　（內喊聲："店家大姐，快來呀！"）
錢　姐：哎，來了來了。你快去吧，啊！（匆匆下）
梨　花：大姐真是個好人。（一想，招呼）相公快來！
　　　　（孟雲天上。）
梨　花：相公，這裡有三兩銀子，你快上街買些自己愛吃的東西吧。
孟雲天：（眼睛一亮）銀子！這銀子哪裡來的？
梨　花：這是……這是我的私房銀子。
孟雲天：什麼？娘子你倒藏有私房銀子？唉，想當初，我家中有的是銀子，我若帶它個百兩千兩出來，何至今日受苦？
梨　花：相公，你快去吧。
孟雲天：（推讓）不，還是娘子去買些吃的吧。
梨　花：快拿着。（塞給孟雲天）早去早回，啊！（下）
孟雲天：（發洩地）你、你這該死的銀子！
　　　　（唱）手拿銀子罵出聲，
　　　　　　　心中幾多怨和恨。
　　　　　　　當年將你作糞土，
　　　　　　　而今受盡你欺淩。
　　　　　　　你萬惡來你萬能，
　　　　　　　你是魔鬼你是神。
　　　　　　　今日落在我的手，
　　　　　　　定將你，用完買絕不留情！
　　　　（吟詩）"人生得意須盡歡，

　　　　　　莫使金樽空對月。
　　　　　　天生我材必有用，
　　　　　　千金散盡還復來。"（下）
　　　（錢友良上。）
錢友良：姐姐！姐姐在家嗎？
　　　（錢姐上。）
錢　姐：（高興地）原來是弟弟來了，快快坐下。（倒茶）弟弟，幾月不見，你可瘦多了。
錢友良：要賺銅鈿，總要辛苦的。
錢　姐：你不要瞞我了，我知道你是為了那件婚事心裡難過。那個逃走的新娘子可有下落？
錢友良：東尋西找三月已過，蹤影全無。
錢　姐：難道就這樣罷了不成？
錢友良：不罷了又怎麼辦？算我晦氣，就當是生了場毛病，蝕掉筆生意吧。
錢　姐：弟弟！
　　　（唱）你二十七歲一單身，
　　　　　　兩回娶妻兩未成。
　　　　　　姐姐為你心焦急，
　　　　　　再去送禮託媒人。
錢友良：（唱）姐姐休要多勞神，
　　　　　　我心中早已主意定。
錢　姐：什麼主意？
錢友良：（唱）只要我，經商切戒奸詐心，
　　　　　　不謀暴利信為本。
　　　　　　行得春風又夏雨，
　　　　　　三年定交桃花運。
錢　姐：再過三年，你都三十歲啦。
錢友良：（唱）三十而立不為晚，
　　　　　　賺錢發家趁年輕。

　　　　　緣分可遇不可求，
　　　　　功德圓滿自然成。
錢　　姐：這該死的新娘子，有朝一日讓我碰到，我一定對她不
　　　　　客氣！
　　　　　（正巧梨花提着銅壺走上。）
梨　　花：大姐，水開了。
錢　　姐：快放下，你身體不好，還來幫忙？喏，這是我弟弟。
梨　　花：大哥萬福。（行禮）
錢友良：還禮還禮。（悄問錢姐）她是——
錢　　姐：是個窮客人，小夫妻已經住了數月，說是家鄉遭災，投親
　　　　　未遇，窮得連房租都付不起，真可憐。
梨　　花：大姐，我想託你件事。
錢　　姐：說吧。
梨　　花：這幾幅繡帕，是我在娘家時繡的，不知能否換幾文小錢？
錢　　姐：這倒巧了，我弟弟就是做繡品生意的，快叫他看看。
梨　　花：（送上）大哥請看。
錢友良：（接看，讚歎）妙，妙啊！
　　　　　（唱）五彩繡帕多絢麗，
　　　　　　　　巧奪天工好技藝。
　　　　　　　　牡丹紅豔豔，
　　　　　　　　蓮荷情依依。
　　　　　　　　孔雀七彩屏，
　　　　　　　　鸞鳳比翼飛。
　　　　　　　　傳世精品人少見，
　　　　　　　　我買進賣出得大利。
孟雲天：（狼狽逃上）救命啊！
　　　　　（王老闆帶領打手，持棍棒追上。）
錢　　姐：王老闆，有話好說。
王老闆：（一把推開錢姐）閃開！哼，這個窮酸，混充闊佬，跑進店
　　　　　堂，一口氣吃了我一桌子山珍海味，竟敢賴賬不付！（凶

相畢露,大吼)拿錢來!
孟雲天:三兩銀子全都給你了,我已身無分文。
王老闆:沒有錢?老子將你抽筋剝皮,給我上!
(打手們一擁而上。)
梨　花:(阻攔)求你們高擡貴手,饒了他吧。(跪求)
王老闆:(一見,色迷迷地)喲,一朵鮮花插在牛糞裡,可惜了。小娘子,既然你來求情,這銀子我就不要了,起來吧。
(梨花拉過孟雲天欲走。)
王老闆:不過,你得跟我走。
梨　花:到哪裡去?
王老闆:到我店裡去當三陪女,接客陪酒做生意。
梨　花:不不,我不去,我不去。
孟雲天:一人做事一人當,不許為難我家娘子。
王老闆:哼,你拿不出銀子,我就要你的娘子,帶走!
(衆打手推開孟雲天,架起梨花。)
錢友良:住手!王老闆,你討債歸討債,怎麼搶起他的娘子來了?
王老闆:錢老闆,你做生意要賺錢,我做生意也要賺錢,請你閒事少管。今天我是有錢要錢,無錢帶人。
梨　花:(向錢友良求援)大哥!
錢友良:你要多少銀子?
王老闆:三十兩,少一錢都不行。
錢友良:把她放了,銀子我來付。(交銀子)
王老闆:她是你的什麼人?
錢友良:什麼人也不是。
王老闆:什麼人也不是?噢,我明白了。(淫笑)哈哈哈哈!好吧,錢老闆,今天我給你面子,把這棵搖錢樹讓給你。不過,我有話在先,日後發了大財,可要分我一半。一言為定,後會有期。走。(領衆打手下)
錢　姐:王老闆,你走好。(送下)
孟雲天:多謝大哥救命之恩!

錢友良：謝倒不用謝，話要説清楚，我這銀子可不是白送你的，有借有還，再借不難。

孟雲天：我兩手空空，拿什麼來還你？

錢友良：你兩手空空，你娘子的一雙手却是聚寶盆呀。我想請她到我店裡去幫工抵債。

孟雲天：（旁白）啊？原來他也是居心不良。不，我決不讓她去。

錢友良：你不讓她去，我也不强人所難，那就給我寫張欠銀字據吧。（端上筆硯）

孟雲天：好，我寫。（一揮即就）

錢友良：（接過）喲，一手好字，龍飛鳳舞。我説秀才，你有這手本領，何不到城裡去擺個地攤，替人代寫書信，賣對聯，寫招牌，生意一定興隆。

孟雲天：什麼，你叫我堂堂秀才，到長街去擺攤賣字？

錢友良：怕丟面子是不是？你想吃飽肚子，就要去賺銀子；要賺銀子，就顧不得面子。其實，靠本事賺錢，是不丟臉的。
（錢姐上。）

錢　　姐：（虎着臉）秀才，你過來。你知不知道，那王老闆是個有名的奸商惡棍，敲詐勒索，殺人放火，樣樣都來，人人恨他又怕他，避之唯恐不遠。你為啥偏偏要到他的黑店去吃啥個斷命老酒？

孟雲天：本想借酒消愁，誰知……唉，錯也，悔也！

錢　　姐：我再問你，吃老酒的銀子哪裡來的？

孟雲天：是娘子給我的……私房銀子。

錢　　姐：私房銀子？

孟雲天：對呀。

錢　　姐：（狠狠地）對你個骨頭腦髓！這是我給她買藥吃的！

孟雲天：（震驚）啊！

錢　　姐：她為你日夜操勞，吃没好吃，穿没好穿，病成這個樣子，你還要讓她擔驚受氣，你安的什麼心？你讀的什麼書？你算什麼男子漢大丈夫？

梨　花：（欲講情）大姐——
錢　姐：（打斷）我也要罵你！自己身體不知愛惜，還要拿我的銀子給他去作孽。（恨鐵不成鋼地）秀才啊秀才，看你年紀輕輕，滿腹文章，堂堂七尺男兒漢，怎麼會這樣沒有出息呀？難道你還想一輩子這樣過下去嗎？
錢友良：好了好了，你就少説幾句吧。（拉錢姐同下）
孟雲天：娘子，我對不起你，你罵我吧，你狠狠地打我吧。
梨　花：（泣）相公……
孟雲天：我明白了，有錢走遍天下，無錢寸步難行。這世道，有錢纔是硬道理。我要去擺地攤，我要去賣字，我要去賺錢。我要發財，我要發大財！我豁出去了！娘子，給我拿行李來。快去呀！
　　　　（梨花無奈下。）
孟雲天：書啊書，我讀你又有何用？我還讀什麼書啊！（擲書）
　　　　（梨花取行李上。）
孟雲天：娘子，你等着，我要去賺錢，賺大筆大筆的錢，我要給娘子買藥，買衣衫，買許多許多好東西回來，娘子……
梨　花：（傷心地）相公！你不要説了……
　　　　（兩人抱頭痛哭。）
　　　　（伴唱："風吹桃李雨又淋，
　　　　　　　　雨中一對流淚人。
　　　　　　　　千辛萬苦妹不怨啊，
　　　　　　　　願郎此去早回程。）
　　　　（燈漸暗。）

三、折　　腰

（冷府後園，繁花翠柳，水榭亭臺。）
（冷豔華裝麗服，在丫環們小心伺候下，放懷縱酒。）
冷　雲：（勸説地）小姐，你喝得太多了。

冷　豔：我乃天生海量，一口氣能喝下半個西湖。（又喝）
冷　雲：奴婢知道小姐心中有氣，借酒澆愁。小姐何必如此折磨自己，一個小小的孟雲天，又算得了什麼？
冷　豔：是啊，家藏萬金，我就不信買不回這個孟雲天！
　　　　（冷月內喊："小姐！"匆匆上。）
冷　月：見過小姐。
冷　豔：命你等四方查訪，那孟相公可有下落？
冷　月：小姐，奴婢已經查到了。（與冷豔耳語）
冷　豔：（精神一振）好啊，速去長街領他回府，我要買他的字畫。
冷　月：遵命。（欲走）
冷　豔：慢，先不許讓他認出你來。
冷　月：是。（下）
冷　豔：（唱）我本是，生長在錢塘富豪家，
　　　　　　　自幼嬌寵享榮華。
　　　　　　　那一日，百里回鄉祭祖墳，
　　　　　　　有緣幸會孟冤家。
　　　　　　　我愛他，貌比潘安是才子，
　　　　　　　千金財禮招郎入贅擡舉他。
　　　　　　　誰知他，不愛牡丹愛野花，
　　　　　　　抗婚私奔走天涯。
　　　　　　　害得我，親朋面前頭難擡，
　　　　　　　一口冤氣咽不下。
　　　　　　　欲得之物我必得——
　　　　　　　今生非他偏不嫁。
　　　　（冷月內聲："先生，走好了。"）
　　　　（冷雲扶冷豔隱坐花叢。）
　　　　（冷月引孟雲天上。）
孟雲天：（唱）石獅門樓金玉堂，
　　　　　　　紅氈鋪地九曲廊。
　　　　　　　滿目錦繡仰頭望，

　　　　　青衫自慚步彷徨。
　　　　　也曾享過貴人福,
　　　　　也曾做過富家郎。
　　　　　三月流浪知炎涼,
　　　　　人生苦酒低頭嘗。
　　　　　今日賣字進豪門,
　　　　　幾多辛酸湧心房。
　　　　見過小姐。(叩禮)
冷　豔：罷了,請先生坐下說話。
冷　月：先生請坐。
孟雲天：不知小姐要寫些什麽?但請吩咐。
冷　豔：(唱)久聞先生才學高,
　　　　　　妙筆生花字字寶。
　　　　　　鴻志高潔厭俗流,
　　　　　　浪跡天涯任逍遙。
　　　　　　今日有幸迎貴客,
　　　　　　附庸風雅湊熱鬧。
　　　　　　千金買你一個字——
孟雲天：千金買我一字?一個什麽字?
冷　豔：一個"悔"字。
孟雲天：一個"悔"字?
冷　豔：(接唱)長掛堂前朝觀暮看陶冶情操。
　　　　(吩咐)與我玉爐焚香,準備筆硯,伺候先生。
雲、月：是。(諸事辦畢)先生,請。
孟雲天：(唱)豪門求字價昂貴,
　　　　　　千金買我一字"悔"。
　　　　　　舉筆猶覺千鈞重,
　　　　　　這悔字,心中已寫千百回。
　　　　　　悔不該,恃才傲物違世俗,
　　　　　　無心功名落第歸。

悔不該,忤逆高堂絕後路,
六親皆斷家難回。
當年不識窮滋味,
今方知,人生無錢百事悲。
手欲寫,心流淚,
淚灑硯田悔悔悔!

(幾筆揮就,擲筆長歎)

冷　豔:(悄悄上前)先生這個"悔"字,果然氣勢非凡。
孟雲天:(轉身一見,愣住了)啊?原來是你!
冷　豔:人生何處不相逢?
孟雲天:告辭。(欲走)
冷　豔:慢,既來之,則安之。坐,請坐。
孟雲天:坐就坐。(坐下)小姐有何見教?小生洗耳恭聽。
冷　豔:孟相公,想當初,龍船相迎你不來,今日却是長街賣字,一呼即來。此時此刻,此情此景,不知相公作何感想?
孟雲天:幸災樂禍,你譏笑吧。
冷　豔:不,我是為你可憐婉惜呀。(唱)
你本是,富家公子人上人,
怎落得,荒村野店受窮困?
繡口難咽糠菜湯,
玉體怎禁風雨淋?
潦倒長街丐為伍,
斯文掃地留笑柄。
說什麽,君子憂道不憂貧,
說什麽,愛情無價值萬金。
常言道,富若蛟龍游四海,
窮如瘟疫斷六親。
大丈夫,一日無權門庭冷,
小丈夫,一日無錢人看輕。
孟雲天:(旁唱)她句句話兒似鋼針,

刺中我痛處痛連心。
心痛且在嘴上忍，
虛與周旋早脫身。
不勞小姐訓教，人各有志，我覺得自己過得很好。誰想看輕，就讓他看輕吧，我不在乎，告辭。（欲走）

冷　豔：站住！孟相公，不要以為我是在求你，我是在救你！

孟雲天：救我？

冷　豔：你身為聖賢之徒，忤逆不孝，違命抗婚，奪人之妻，苟合私奔，禮法難容，世人痛恨！只要我願意，向錢塘縣打個招呼，立即將你革去秀才功名，遊街示眾，看你今生今世還有何臉面在這世上為人？

孟雲天：（駭怕地）這個……

冷　豔：我再問你，你真的愛那個山鄉女子嗎？

孟雲天：這還用問嗎？我當然愛她。

冷　豔：不，你不是愛她，你是在害她。

孟雲天：什麼，我在害她？

冷　豔：自從你帶她私奔，你給她帶來過什麼歡樂、什麼幸福？你給她帶來的是貧窮、屈辱、眼淚和痛苦！一個女子能有幾個十八歲？難道你還想害她一輩子不成嗎？

孟雲天：這個……（跌坐）

冷　豔：（唱）天堂有路偏不走，
　　　　盲人瞎馬一意孤行。
　　　　我問你，無有金屋怎藏嬌？
　　　　我問你，誤人青春心何忍？
　　　　你若真心愛梨花，
　　　　早就該，開籠放鳥歸山林。
　　　　你辜負我一片冰心閨中等，
　　　　難道你，捨不下這一身破衣兩手空空三餐薄粥四方流浪五經掃地六親不認七顛八倒九曲斷腸十分淒涼苦光景？

　　　　　難道你,要等那燈油熬盡青春老,
　　　　　白髮滿頭夢纔醒?
　　　　(逼視,直指)你走,怎麼不走啦?你給我聽着!
　　　　(唱)你給那,不知羞的女子捎個信,
　　　　　等着我,興師問罪到山村。
孟雲天:你想把她怎麼樣?
冷　豔:我要報奪夫之仇,我要叫她一輩子不得安生!
孟雲天:(又氣又怕)你,你何必再去害她?
冷　豔:我說得出便做得到!這都是你逼着我不得不如此。
孟雲天:什麼,我逼你?
冷　豔:你若能懸崖勒馬,浪子回頭,不就什麼事都沒有了嗎?
　　　　(唱)只要你,荒唐之事從此了,
　　　　　我一定,得饒人時且饒人。
　　　　　放她一條做人路,
　　　　　我與你,不計前嫌再聯姻。
　　　　　要官替你捐個官,
　　　　　要名替你買個名;
　　　　　要風要雨得風雨,
　　　　　風流瀟灑度青春。
　　　　(孟雲天彷徨動搖,痛苦抉擇。)
　　　　(伴唱:"留下吧,這裡有錦衣玉食富貴功名,
　　　　　　　歸去吧,那邊有千金難買摯愛真情。")
孟雲天:(旁唱)眼前一條傷心路,
　　　　　進退去留皆斷魂!
　　　　　想當初,坐而論道學聖人,
　　　　　總以為,世人皆醉我獨醒。
　　　　　離家方知處世難,
　　　　　百無一用是書生。
　　　　　曾經三九知寒冷,
　　　　　人望幸福樹望春。

我不能,假作清高苦到死,
　　　我不能,不食煙火只為情。
　　　我不能,愛花反使花凋零,
　　　我不能,誤人誤己誤一生。
　　　人生有得必有失,
　　　又有誰,一世做人不違心?
　　(上前,拜倒在地)小姐!

冷　豔:(終於長長地吐了口氣)欲得之物我終得,揚眉吐氣遂心願。哈哈哈哈!好了好了,快快起來吧。

孟雲天:慢,請先付我潤筆銀子。

冷　豔:府中萬物齊備,你要銀子何用?

孟雲天:可憐她身無分文,如何安身度日?

冷　豔:你心中還是放不下她,好吧,給她五十兩。

孟雲天:你説過,一字千金。

冷　豔:不,你這個悔字,最多也就值一百兩。

孟雲天:五百兩。

冷　豔:二百兩。

孟雲天:三百兩,少一兩我即刻便走。

冷　豔:三百兩就三百兩。冷雲、冷月,伺候相公,後廳赴宴。(下)

　　(孟雲天終於得到了曾經失去的東西,但也失去了曾經得到的東西,心頭湧上一股難言的苦澀與無奈。)

孟雲天:梨花,我對不起你呀!

　　(燈漸暗。)

四、驚　　夢

(夜,客店內外,殘月孤燈。)
(梨花孤影月下,凝神遠望盼郎歸。)
(伴唱:"孤星伴月牙,

　　　　　夜風送落花。
　　　　　伊人千心結，
　　　　　淚眼望天涯。")
　　　(錢姐上。)
錢　姐：小娘子，這些天來，你總是這樣盼啊等啊，我看今晚又回不來了，回房歇息去吧。
梨　花：大姐，我心中焦急，睡不着呀。(咳嗽)
錢　姐：你看你看，涼風一吹，你的病又犯了，進去吧。(扶梨花進屋)
梨　花：(憂心忡忡地)大姐，你說他會不會出什麼事呀?
錢　姐：你呀，真是赤膊雞替鴨子發愁，他又不是三歲孩子，還怕他找不回來?
梨　花：可我總是放心不下……
錢　姐：(一想)好吧，我替你到村口茶館去打聽打聽，那裡人來客往，或許有人在城裡見過他。
梨　花：我與大姐同去。
錢　姐：不必了，好好歇着，啊!(下)
　　　(烏雲遮月，秋風呼嘯。)
　　　(梨花挑燈夜繡。)
　　　(孟雲天步履沉重地上。)
孟雲天：(唱)龍舟猶似囚牢船，
　　　　　秋風落葉到門前。
　　　　　低頭欲進步難邁，
　　　　　這半尺門檻似高山。
　　　　　梨花啊，我盼相見怕相見，
　　　　　見了你，這絕情的話兒怎開言?
　　　　　莫奈何，船到江心纜繩斷，
　　　　　開弓無有回頭箭。
　　　　　比翼一對同命鳥，
　　　　　今宵分飛隔重天。

　　　　强作歡顏且上前,
　　　　勸慰她,好聚好散心放寬。
　　　（進門,上前)梨花!
梨　　花：(擡頭一見,驚喜)相公回來了!快坐下,快坐下。(扶坐,手忙脚亂地)我去打洗臉水來。(欲走)
孟雲天：不必了,我已洗過了。
梨　　花：相公定然餓了,我去端飯菜來。(又欲走)
孟雲天：不必了,我已吃過了。
梨　　花：那……相公,錢大哥買下我的繡帕,我替你做了件新衣衫,也不知合身不合身?(取衣)
孟雲天：不必了,你坐下。
梨　　花：(順從地)是。(坐)
孟雲天：這些天來,你的身體可好些了嗎?
梨　　花：見到相公,我的病就好了。
孟雲天：這盒補藥,是特地為你買的。
梨　　花：相公何必為我破費?
孟雲天：這裡還有三百兩銀子,你留着,以後慢慢用吧。
梨　　花：(高興地)相公賣字,得了這許多銀子?相公真不愧是春江才子呀!
孟雲天：不,我是個無能之輩,當初不該連累你流落異鄉,吃苦受難。
梨　　花：不,這是我自己心甘情願的。
孟雲天：梨花,我想與你商量件事。
梨　　花：相公請講。
孟雲天：為了你我來日幸福,我要與你暫作小別。
梨　　花：相公要到哪裡去?
孟雲天：我想……我想再出去賣字,不不,出去經商,賺一筆大錢。
梨　　花：相公還要出去?好吧,我與相公同往,一路之上,也好有個照應。
孟雲天：不不,你可千萬去不得!

梨　花：這是為何？
孟雲天：（支吾地）你身體有病呀。
梨　花：不知相公此去，何時能回？
孟雲天：我想……至多也不過三年五載吧。
梨　花：（一驚）三年五載？（覺察）相公，我看你瞞着什麼事？
孟雲天：不不，我……
梨　花：相公啊相公，梨花把一顆女兒之心，把一生青春全都交託於你，你可要對我説真話呀！
孟雲天：梨花，我……我對不起你呀。
梨　花：（預感不祥）你怎麼啦？
孟雲天：事到如今，我就與你實説了吧。天下沒有不散的筵席，我已與冷小姐重歸於好，今夜特來向你道別，即刻便要回冷府完婚去了。
梨　花：（如雷擊頂，一下愣住了。半晌，喃喃地）這是……真的嗎？
孟雲天：真的……
梨　花：（突然爆發，一巴掌將孟雲天打倒在地。忽又心痛地跪步上前扶起他，緊抱痛哭）相公！（唱）
　　　　叫一聲相公啊，你太狠心，
　　　　你不能啊，不能抛下我苦命人。
　　　　想當初，兄長逼我另婚配，
　　　　打得我，遍體鱗傷鮮血淋淋。
　　　　打死也要跟你走，
　　　　生作夫妻死同墳。
　　　　我將你，比作九天一輪月，
　　　　我將你，比作大樹纏青藤；
　　　　我將你，比作高山有依靠，
　　　　我將你，比作江河載舟行。
　　　　有你纔有歡樂在，
　　　　有你纔能得庇蔭。

我託付青春志堅貞，
　　你海誓山盟天作證。
　　一片愛心連肺腑，
　　一個情字刻骨深。
　　百年之約方一春，
　　你怎能，半途離棄毀前盟？
　　你叫我，山崩水斷何處去？
　　你叫我，無依無靠舉目無親流落異鄉孤苦伶丁花落春
　　殘不清不白怎做人？
孟雲天：梨花，我孟雲天今生今世，只愛你梨花一人。總有一天，
　　　　花會再紅，月會再圓。你若不信，我願對天——
梨　花：不，你不用再對天發誓，我不聽，我不信。我求求你，不要
　　　　走，不要去……
孟雲天：梨花，你要為我想想，我實在也是沒有辦法呀。
梨　花：可你也要為我想想呀，你叫我一個人怎麼活下去？
孟雲天：你放心，以後我會偷偷接濟你銀子的。
梨　花：不，我不要你的銀子！（擲銀於地）我要找她評理去！
　　　　（欲下）
　　　　（冷豔趾高氣揚地上，冷雲、冷月隨上。）
冷　豔：（渺視地）你就是那個梨花吧？（見其美貌，妒恨地）怪不
　　　　得……
梨　花：你是什麼人？
冷　豔：堂堂孟夫人。
梨　花：不，我與孟相公三載相知，情深如海，他是我的……
冷　豔：住口！他本來就是我的，是你不顧廉恥，勾引了他。
梨　花：（抗爭）不，是你趁人之危，用金錢收買了他。你若要搶走
　　　　他，先殺了我吧，殺了我吧！
孟雲天：（連忙兩邊討饒）都是我不好，不要說了，不要說了……
冷　豔：（故作大度）算了算了，看你是個可憐的山村女子，讓你一
　　　　步，女人何必與女人過不去呢？孟郎，三百兩銀子已經付

　　　　清,你們倆的這筆孽債,就算了了。時候不早,我們回府
　　　　去吧。
　　　(孟雲天低頭欲走。)
梨　花:(哽咽地)相公,難道你真的……就這樣走了嗎?
孟雲天:(轉身上前)梨花……
冷　豔:(嚴厲地)嗯?
　　　(孟雲天無奈,拋下梨花,掩面奔下。)
梨　花:相公!(追趕,被冷府丫環狠狠推開)
　　　(冷雲、冷月扶着冷豔離去。)
梨　花:(呼天搶地,痛不欲生)相公!(昏倒在地)
　　　(伴唱:"風吹梧桐連根拔,
　　　　　　冷雨似刀砍苦藤。
　　　　　　江河乾,冰山倒,
　　　　　　癡情孤女痛斷魂。")
　　　(切光。)

五、明　　志

　　　(月夜,江畔。)
　　　(錢友良内唱:"披星戴月過錢江——"風塵僕僕、興沖沖
　　　趕路上。)
錢友良:(接唱)一路上,鮮花開來心花放。
　　　　　一紙訂單懷中藏,
　　　　　大老爺,要買繡品送娘娘。
　　　　　愁只愁,活多人少忙不轉,
　　　　　去與姐姐作商量。
　　　(江邊傳來哭聲。)
錢友良:(一驚)啊?夜半三更,誰在這江邊啼哭?(循聲上前,見
　　　遠處有一女子悠悠蕩蕩向江邊走去)哎呀不好!莫非她
　　　想投河自盡?(喊)喂,你等一等!(急趕上前,一把拉住

那女子,仔細一看)啊?原來是你!
梨　　花:(泣聲)大哥……
錢友良:不要哭,不要哭,到底出了什麼事?
梨　　花:相公他……
錢友良:相公他怎麼啦?
梨　　花:他背信棄義,到錢塘豪門招親去了。
錢友良:什麼?叫他去賣字,他倒把自己賣掉了?呸!都怪我這個餿主意出得不好。
梨　　花:可憐我一片癡情、一腔希望、一生青春,就換來他三百兩銀子,我好冤啊!活在這世上,還有什麼意思?
錢友良:怎麼沒有意思?做人又不是光為別人活着的。他走他的獨木橋,你走你的陽關道。(苦口婆心地)喏,我來給你打個比方吧。人的性命,好比做生意的本錢,只要本錢在,總有翻梢的日子。留得青山在,不怕沒柴燒。你若是往這河裡"撲通"一跳,本錢泡湯,那就真的完啦。
梨　　花:我心已決,大哥休得阻攔。(欲走)
錢友良:不,我決不讓你去死。
梨　　花:我一定要死。
　　　　(兩人三走三攔。)
錢友良:(火了)你真的要死?
梨　　花:真的要死。
錢友良:一定不想活了?
梨　　花:不想活了。
錢友良:好好好,你真的一定要去死,別人有啥辦法?我不攔你了,你去死吧。不過,請你等我走遠點再跳下去,省得別人說我見死不救。(佯走)
梨　　花:(悲聲)好心的大哥,下世再見了。(奔下)
錢友良:(轉身)哎,你等一等!(追上,又將梨花拉回來)
梨　　花:你放開我,讓我去死……
錢友良:(一把推開梨花,狠狠地)小娘子,你糊塗!

（梨花被他的威嚴鎮住了，低泣。）

錢友良：（緩下口氣，勸說地）小娘子！
（唱）只怨相公無情義，
　　　另攀高枝將你棄。
　　　這樣的事兒古來有，
　　　你看那，廟臺年年演苦戲。
　　　癡心女子一哭二求三上吊，
　　　自暴自棄人看低。
　　　世上做人不容易，
　　　有誰一生無風雨？
　　　我不說別人說自己，
　　　也曾被人來拋棄。
　　　別人棄我我不自棄，
　　　問心無愧照樣活得忙忙碌碌歡歡喜喜有滋味。
　　　倘若是，像你一樣想不開，
　　　我早就，瘋瘋癲癲不死也要脫層皮。
（錢姐內喊："小娘子！"）

錢友良：看，我姐姐找你來了。
（錢姐舉燈籠上。）

梨　花：（似見親人，撲上，大哭）大姐！

錢　姐：你的事我都知道了，不要哭，擡起頭來，聽我說！
（唱）你是個，聰明美麗的繡花女，
　　　切莫要，自卑自賤自暴自棄。
　　　佛爭一爐香，
　　　人爭一口氣。
　　　女人也是人，
　　　何必把人依？
　　　一個酸秀才，
　　　走了不可惜。
　　　偏要活出精神來，

　　　　　　是福是禍靠自己。
　　　　　小娘子,走,跟我們回家。
梨　花:回家?
錢友良:小娘子,你若不嫌棄,從今之後,我們的家,就是你的家!
梨　花:(感激難言,熱淚盈眶)大哥,大姐!(跪拜)
　　　　(音樂激越,朝霞滿天。)
　　　　(切光。)

六、喜　　禍

(三年後,繡坊內外。)
(伴唱:"三月桃李花逢春,
　　　　三載風雨天地新。
　　　　有志果然創大業,
　　　　弱柳成材樹成蔭。")
(繡坊外,花樹下,懸飄着一幅幅五彩綢緞,梨花帶領一羣繡花姑娘,歡快地刺繡。)
(伴唱:"三月桃花花逢春,
　　　　繡坊姐妹繡花巾。
　　　　金絲銀線繡彩霞,
　　　　巧奪天工傳美名。
　　　　名師高徒手藝精,
　　　　好比織女下凡塵。
　　　　雙雙巧手聚寶盆,
　　　　繡出人間豔陽春。")
(錢友良拿着賬本興沖沖上。)

錢友良:小妹!
梨　花:大哥來了。姐妹們,你們先歇息去吧!
　　　　(繡花姑娘們退下。)
梨　花:大哥,找我有事嗎?

（錢友良剛欲開口，王老闆氣勢洶洶地上。）

王老闆：錢老闆，過來！

錢友良：（厭惡地）王老闆，你怎麼又來了？

王老闆：（伸手）拿錢來！

梨　花：（奇怪地）我們欠你什麼錢？

王老闆：小娘子真是貴人多忘事呀，三年前，我把你這棵搖錢樹讓給了他，有言在先，日後發了財，要分我一半。如今我店鋪關門，生意倒竈，急需一筆銀子，可我幾次上門討債，他竟敢賴賬不付！

錢友良：（氣）你這是存心敲詐！

王老闆：你——

梨　花：王老闆，今非昔比，你有難處，好話好說，有借有還，給你個十兩二十兩還可商量。你若還同三年前那樣，黑心敲詐，那你可就翻錯了老皇曆了。

王老闆：好啊，你們一搭一檔，真是財大氣粗啊。今天我是先禮後兵，再問一句，這錢你們到底給不給？

錢友良：（斬釘截鐵地）不給！半個銅錢也休想要！

王老闆：好，這話可是你說的，你可不要後悔！

錢友良：你敢怎麼樣？

王老闆：（險毒地）我敢怎麼樣？哈哈哈哈！狗急會跳牆，老子光棍什麼都敢！要發財大家一起發財，要倒竈大家一起倒竈。你們等着瞧吧！（惡狠狠地下）

錢友良：（氣憤地對着王老闆的背影）難道我還怕你不成？呸！

梨　花：（勸慰地）大哥，這種無賴小人，犯不着與他生氣。

錢友良：對，我不生氣，我不生氣。（情緒好轉）

梨　花：大哥，你找我有什麼事嗎？

錢友良：有，有。（拿出賬本）小妹，上月又賺進一百兩，二一添作五，你我各得五十兩，這是賬目。

梨　花：大哥，我早就說過，一家人不記兩本賬，這銀子我不要。

錢友良：要的要的，親兄弟明算賬，該你得的，一分一厘也不好少你的。

梨　花：大哥,你……
　　　　(旁唱)三年來,恩兄厚待勝同胞,
　　　　　　　一片真誠好照應。
　　　　　　　他是個,未讀聖賢的真君子,
　　　　　　　他是個,仗義守信的好商人。
　　　　　　　我看他,心中有話口難開,
　　　　　　　不說我也能猜幾分。
錢友良：(旁唱)我與她,同鍋吃飯三年長,
　　　　　　　男女之事心中藏。
　　　　　　　有心與她成眷屬,
　　　　　　　只怕我,草雞難配金鳳凰。
　　　　　　　今日裡,投石問路試一試,
　　　　　　　且與她,半說半笑半商量。

　　　　小妹……
梨　花：大哥,有什麼話,你只管講吧。
錢友良：(唱)看繡坊,生意興隆通三江,
　　　　　　全靠你,一花引來百花香。
　　　　　　唯有一事牽愁腸——
梨　花：什麼事呀?
錢友良：(接唱)愁只愁,一朝分手我獨力難撐繡花坊。
梨　花：(唱)大哥且把心寬放,
　　　　　　我與你,不分不離百年長。
錢友良：(唱)女大當嫁難久留,
　　　　　　兄妹怎能百年長?
梨　花：(唱)莫非你,欲想迎娶新嫂嫂,
　　　　　　要趕我出門離店堂?
錢友良：不不不,我是想……
梨　花：你想怎麼樣?說呀,你說!
　　　　(錢姐上。)

錢　　姐：小妹,什麼事這麼高興呀?
梨　　花：大姐,大哥他……
錢　　姐：哼,他呀!
　　　　　(唱)弟弟他,只知悶頭做生意,
　　　　　　　三十歲,老婆還在天上飛。
　　　　　　　看起來,他是有錢有貌難娶妻,
　　　　　　　皇帝不急我太監急。
　　　　　　　前村有個老姑娘,
　　　　　　　五大三粗有力氣。
　　　　　　　今日裡,我想上門送嫁衣,
　　　　　　　問小妹,這門親事——
錢友良：(接唱)這門親事我不願意。
錢　　姐：你不願意? 好啊,那你馬上給我討個現成的新娘子回來吧,要不然,我就要給老姑娘送嫁衣去了。(下)
錢友良：姐姐——(焦急地)小妹,這件事你看怎麼辦?
梨　　花：你說怎麼辦?
錢友良：我……我拿定了主意,小妹,今生今世,我是非你——
　　　　　(錢姐取嫁衣上。)
錢　　姐：非她怎麼樣? 說呀,你快說呀!
錢友良：好,我說,我說。(上前,奪過嫁衣)姐姐,這件嫁衣,我是為小妹留着的,小妹,也不知你合不合身……
錢　　姐：小妹,聽見了嗎? 這件嫁衣是留給你穿的。你要不要? 你不要,我可要走了。(佯走)
梨　　花：(羞嗔)大姐,誰說我不要了……
錢　　姐：哈哈哈哈! 其實呀,你們兩人的心事,我早就知道了。唉,小妹啊,說起這件新嫁衣,真有一本戲文好唱呀。三年前,弟弟也曾討過新娘子。
錢友良：姐姐,這種陳年八古的爛芝麻,不要再說了。
梨　　花：不不,大姐,我想聽聽。
錢　　姐：你想聽? 那我就說給你聽聽。(回憶地)第一次,這新嫁

　　　　　衣沒來得及送出去；第二次,新娘子坐上了花轎,誰知擡到半路上——
梨　　花：擡到半路上又怎麼樣了?
錢　　姐：那新娘子藉口下轎方便,逃跑啦。
梨　　花：逃跑了?
錢　　姐：只丟下了這件新嫁衣。你看看,還是嶄嶄新的呀。
　　　　　(梨花接過嫁衣,細細翻看,震驚。)
梨　　花：(旁唱)逃婚逃到夫家門,
　　　　　　　却原來,恩兄是我好郎君!
　　　　　　　這真是大水沖了龍王廟,
　　　　　　　我愧對大哥千言萬語萬語千言説不清……
錢　　姐：小妹,你怎麼啦?
梨　　花：大姐,這嫁衣——
錢　　姐：這嫁衣怎麼啦?
梨　　花：這嫁衣,就是我當年丟下的呀……
錢友良：(萬想不到)什麼?
錢　　姐：原來你就是那個逃走的新娘子呀?你、你、你……
梨　　花：求大哥大姐恕罪……(還嫁衣,欲走)
錢　　姐：站住!你要到哪裡去?這裡本來就是你的家呀!
錢友良：是呀,這裡本來就是你的家呀。
梨　　花：(感動地)大哥,大姐,梨花對不起你們呀!(哭)
錢　　姐：好了好了,過去的事,就讓它過去了吧,只要你們小兩口子恩恩愛愛,我也就放心了。(大聲招呼)姑娘們,佈置新房,拜堂成親!
　　　　　(喜樂聲大作,繡花姑娘們上,打扮新娘新郎,一派歡樂景象。)
梨　　花：(唱)這嫁衣,當年穿它似囚衣,
　　　　　　　今日裡,失而復得愧又喜。
　　　　　　　嫁衣化作金翅膀,
　　　　　　　與大哥,藍天白雲比翼飛。

　　　　（突然傳來一陣急驟的鑼聲，衆人驚詫。）
　　　　（小夥計邊打鑼邊喊，慌張跑上。）
小夥計：不好啦，不好啦！
錢友良：出什麽事了？
小夥計：（恨恨地）那該死的王老闆，喪盡天良，暗中放火，看，繡坊
　　　　着火了！
　　　　（繡坊騰起滾滾濃煙，熊熊烈火。）
錢友良：（大喊）快救火呀！
　　　　（鑼聲、喊聲亂成一片。）
　　　　（伴唱："大喜佳期大禍臨，
　　　　　　　　錦繡家園化灰燼。
　　　　　　　　淒風苦雨何處去？
　　　　　　　　無衣無食住涼亭。"）
　　　　（切光。）

七、真　　金

　　　　（一片廢墟，一座涼亭。）
　　　　（錢友良身負傷痛，蹣跚走上。）
錢友良：（望着火後廢墟，痛苦地）完了，半生心血，一場大火，全都
　　　　完了……
　　　　（梨花上。）
梨　花：（上前勸慰）大哥，不要灰心，不要難過，你說過，留得青山
　　　　在，不怕没柴燒。十年創業，東山再起，我們還要造樓房，
　　　　我們還要做老闆！
錢友良：（受到鼓舞）好，你不灰心，我也不灰心！我去借米，你去
　　　　挖野菜，吃飽了，我們從頭做起。
　　　　（兩人分頭走下。）
　　　　（孟雲天内唱："一江春水水連天——"）
　　　　（家丁們擁簇着華裝麗服的孟雲天上。）

孟雲天：（接唱）風帆送我到江南。

　　　　　　魂歸青山覓舊夢，

　　　　　　折斷的蓮藕千絲連。

　　　　　　看眼前，山水依舊人已變，

　　　　　　春江秀才成了錢塘財神孟百萬！

　　　　　　歎只歎，金山難買情和愛，

　　　　　　心缺一角錢難填。

　　　　　　那冷千金，酗酒成疾身夭折，

　　　　　　我取而代之掌大權。

　　　　　　衣錦還鄉贖舊情，

　　　　　　但願今宵月重圓。

　　　　（揮手讓家丁退下）看眼前一片廢墟，一座涼亭，梨花，你受苦了。

　　　　（錢友良背米袋上。）

孟雲天：這不是錢大哥嗎？

錢友良：（辨認）原來是你！你來做什麼？

孟雲天：聞說你家遭了回祿之災，特來探望。

錢友良：家破財盡，住了涼亭，有啥望頭？

孟雲天：（感慨地）滄海桑田，人生難料啊。不知我家娘子可好嗎？

錢友良：你家娘子是誰？

孟雲天：（改口）不不，我是說梨花她可好嗎？

錢友良：梨花是梨花，娘子是娘子，名分不好叫錯。（指）喏，她在那邊挖野菜。

孟雲天：想當年，我窮途落魄，受那奸惡商人敲詐，多蒙大哥解囊相助。知恩圖報，乃君子之德，我想助你重建家園，奉送白銀三萬兩。

錢友良：白銀三萬兩？

孟雲天：不過，有個小小條件。

錢友良：什麼條件？

孟雲天：如今那冷千金已命歸黃泉，我孤單一人，請你把梨花還給我。

錢友良：把梨花還給你？當初你拋棄了她，害得她差點走上絕路。如今你又想來買她，你把她當作什麼人？把我又當作什麼人了？

孟雲天：當初我也是迫於無奈，如今我有了錢，我要彌補我的過錯，我要報答大哥恩情。此事可謂一舉兩得，三方有利。錢大哥，你就成全我們吧。

錢友良：我錢友良再窮再苦，也決不出賣自己的親人！這筆生意不好做，你走吧。（欲下）

孟雲天：回來！不要以為我在求你，我是在救你。

錢友良：我不用你來救，我們自己救自己。梨花我不賣，我愛她，我愛她！

孟雲天：不，你這不是愛她，你是在害她！

錢友良：什麼，我在害她？

孟雲天：如今你已落到這步田地，梨花再跟着你，以後的日子怎麼過？你兩手空空，身無分文，還能給她帶來什麼歡樂、什麼幸福？不，你給她帶來的只有貧窮、眼淚和痛苦！難道你還想連累她一輩子陪着你吃苦受罪不成？錢大哥，做人不能光為自己打算，也要為別人想想啊！

錢友良：（旁唱）一番話，猶似利劍刺我心，
　　　　　雖無情，却有理，我有口難分。
　　　　　人比人，心比心，
　　　　　事到臨頭三思忖。
　　　　　我與梨花真心愛，
　　　　　三載風雨情義深。
　　　　　總道是，前世有緣配成雙，
　　　　　又誰知，今生無福難成婚。
　　　　　惡人縱火家遭難，
　　　　　我心力交瘁留傷痕。
　　　　　他是腰纏萬貫贖舊情，

　　　　　　五彩龍舟來相迎。
　　　　　　我是兩手空空住涼亭,
　　　　　　好比那,泥菩薩過河難保自身。
　　　　　　更何況,他們少年初戀是原配,
　　　　　　我却是,半路夫妻未成親。
　　　　　　我若執意不放行,
　　　　　　誤人青春心何忍?
　　　　　　有心勸她離我去,
　　　　　　怎奈是,鋼刀斷鐵難斷情。
孟雲天:錢大哥,你若放她一條生路,利人利己,功德無量,你還可白得銀子三萬兩,三萬兩啊!
錢友良:(痛苦抉擇)……好吧,我依你便是。不過,我有話在先,從今之後,你要痛改前非,真心待她,恩恩愛愛地過一輩子。若是遇上什麽風吹草動,你又背信棄義,我是決不會饒過你的!(下)
　　　　(梨花挎一籃野菜上。)
孟雲天:(上前)梨花!
梨　花:(一見,竹籃落地)你——(自制,冷冷地)孟老爺,什麽風把你吹到這裡來了?
孟雲天:梨花,我是來賠罪,來贖情的。
梨　花:我聽不懂你的話。(欲走)
孟雲天:梨花慢走,你看,那江邊停着一條披錦掛彩的龍船,我是特來接你回府去的。
梨　花:接我回府?
孟雲天:是啊,那位冷小姐已死,我想與你破鏡重圓。
梨　花:鏡已破,心已碎,還圓得了嗎?
孟雲天:梨花,你可還記得,我曾經説過,孟雲天今生今世,只愛你梨花一人。總有一天,花會再紅,月會再圓——
梨　花:(打斷)你不要再説了!覆水難收,爲時已晚。你走吧,我決不會拋下錢大哥,讓他一人受苦。

孟雲天：你放心,錢大哥我是不會叫他吃虧的,剛纔已經與他談妥,我願付白銀三萬兩。
梨　花：白銀三萬兩?好大的價錢呀,他又怎說?
孟雲天：他是個商人,在三萬兩銀子面前,他還能怎麼說?
梨　花：不,我決不相信,大哥他不是那種人。
孟雲天：這……(招呼)錢大哥!
　　　　(錢友良上。)
孟雲天：錢大哥,梨花她不信你我剛纔已經商量妥了,你就當着她的面說句話吧。
錢友良：(勸說地)梨花,既然相公回心轉意,你還是跟他回府去吧。
梨　花：(一震)此話當真?
錢友良：(真誠地)真的,水往低處流,人往高處走,我不留你了。
孟雲天：好了好了,這是三萬兩銀票,請收下。
梨　花：(擔心地)大哥——
錢友良：(遲疑地)我……
孟雲天：大哥,拿着吧。
錢友良：好吧,我收下。(接過銀票)
梨　花：(失望,痛心)大哥……
孟雲天：(高興地)好了好了,我去吩咐家人,即刻開船回府。(下)
錢友良：梨花,請你稍待,我去去就來。(下)
梨　花：(痛苦地)真是料想不到啊……
　　　　(唱)三年前,秀才落魄換門庭,
　　　　　　三百兩銀子絕恩情。
　　　　　　三年後,大哥遭災遇財神,
　　　　　　三萬兩銀子賣我身。
　　　　　　三百兩,三萬兩,
　　　　　　難道說,金錢果能買靈魂?
　　　　(錢友良一手提包袱,一手捧酒壺上。)
錢友良：梨花,這包袱裡是你的東西,請你帶走。(遞)這壺酒,是剛從廢墟裡找出來的喜酒,你要走了,我敬你一杯。
梨　　花:(淒然一笑)好,梨花平日滴酒不進,今天就陪你乾上一杯。
錢友良:(斟酒)來!
梨　　花:來!
(兩人不停地乾杯,很快都喝醉了。)
梨　　花:錢老闆,我想問你句話。
錢友良:十句百句,只管問來。
梨　　花:當年我投河自盡,你為何要來救我?
錢友良:見死不救,非君子也。
梨　　花:你也算個君子?
錢友良:馬馬虎虎,算個小小君子,一個倒楣的小小君子。
梨　　花:不,你不是君子,你是個人販子!
錢友良:(跳了起來)什麼?你、你說我是個人販子?
梨　　花:當初你救了我,又養了我三年,如今有人出高價,你就狠心將我賣了,你不是人販子是什麼?你被三萬兩銀子迷住了眼睛,你被三萬兩銀子買走了靈魂!
錢友良:什麼?我被三萬兩銀子買走了靈魂?(大怒,猛擲酒杯)你、你打開包袱,睜大眼睛,好好看看!
梨　　花:(打開包袱,發現銀票)銀票!(銀票落地)大哥!
錢友良:(爆發地)什麼大哥小哥!你以為我是個商人,商人就只認得錢嗎?是的,我愛錢,我要賺錢,但父母從小教我,君子愛財,取之有道。該我得的,一分一厘我都要;不該我得的,金山銀山我不貪!如今我遭災落難,家破財盡,我是不願連累別人受苦呀!你卻說我是人販子?不,我也是個有心有肝、有情有義的人呀!我這心裡在流血,你看見了嗎?你看見了嗎!你們都給我滾吧!
梨　　花:(撲上,熱淚滾滾)大哥!
(唱)緊拉親人熱淚滾,
　　　　叫一聲大哥啊,我的好郎君!

　　　　聽你大哥這番話，
　　　　愛你大哥這片情。
　　　　怪你好意錯辦事，
　　　　傷我梨花這顆心。
　　　　患難之交命相依，
　　　　浪打風吹永不分。
　　　　家毀人窮志不移，
　　　　賣力賣藝不賣身。
　　　　寧願跟你當叫花，
　　　　寧願跟你住涼亭。
　　　　無吃妹會挖野菜，
　　　　衣破妹會連補丁。
　　　　有手能起八角樓，
　　　　有志豈會一世貧？
　　　　不做天上隨風雲，
　　　　不做水中無根萍。
　　　　青竹堅挺不變節，
　　　　蠟炬成灰一條心。
　　　　真金不怕烈火燒，
　　　　人間最貴是真情！

錢友良：（激動上前，緊緊擁抱）娘子！
　　　　（孟雲天上，見狀，欲上前干預，又覺理虧氣短，止步彷徨。）
　　　　（那首山歌又響起來了：
　　　　"小溪悠悠水長流，
　　　　人生匆匆易白頭。
　　　　青春年華多美夢，
　　　　夢成真時添憂愁。
　　　　有情未必人長久，
　　　　無緣偏成生死友。

大千世界千條路，
悲歡離合走春秋。"）
（孟雲天望着梨花與錢友良依依遠去的身影，心頭湧起一陣難言的失落感。他撿起地上的銀票，邊走邊撕，隨風拋撒，悄然隱去……）
（梨花似雪，晚霞似火……）
（燈漸暗，幕徐落。）

遲開的玫瑰

（眉戶劇）

陳　彥

【作者簡介】陳彥(1963—),陝西鎮安人。一級編劇。現任陝西省戲曲研究院院長,陝西省文聯副主席,陝西省劇協主席,中國戲劇家協會理事,西安交通大學兼職教授。從事文學、戲劇創作二十餘年,創作的戲曲劇本有《九岩風》、《留下真情》、《遲開的玫瑰》、《西部風景》、《西京故事》等十餘部。電視連續劇有《大樹小樹》、《養父》等,歌詞有《西部揚帆》、《父親》、《黃河情》等二百餘首。出版了《陳彥劇作選》、《陳彥詞作》和散文隨筆集《必須抵達》。

【劇情概要】20世紀80年代初,西部某大城市的一個深巷小院中,十九歲的女子喬雪梅考上了北京一所重點大學,就在她正欲赴京就讀時,母親突遇車禍身亡,一家老小五口人的重擔,便落在了她這個大姐的肩上。憑着責任感和良知,她先後三次放棄了再深造和成家立業的機會,把前途、事業和幸福,一次次讓給了弟妹,甚至養妹,並將身有殘疾的父親養老送終。直到三十六歲,弟妹們都一個個事業有成之後,她纔與傾心愛慕她的捅下水道的工人許師傅結婚成家。該劇以主人公喬雪梅的犧牲精神向人們昭示:自我價值的實現固然是美好的,但能給別人帶來幸福則是人生更高的境界。

【版本流傳】該劇最早發表於《劇本》雜誌2000年第3期。文化藝術出版社2005年出版的《國家舞臺藝術優秀劇目集》第一輯、江蘇美術出版社2007年出版的《中國當代百種曲》等書皆收錄了該劇。

【演出情況】該劇由陝西省戲曲研究院青年劇團於1998年首演,由謝平安導演,李梅、李小鋒、李娟、郝衛、陳魁等主演,王激和譚建春作曲。迄今為止,已演出二千餘場,觀眾反響強烈。每次演出時,大多數觀眾都被感動得淚水漣漣,有些觀眾看過後,再買票叫上自己的子女一起去看。它成了老百姓從心底裏真正喜歡的劇目。曾在陝西、北京、遼寧、貴州、上海、浙江、江蘇等省(市)巡演,先後有七十多所大專院校組織觀看。《遲開的玫瑰》還作為國家文化部向全國推薦的十五部優秀劇目之一,被陝西、山西、甘肅、寧夏、江蘇等省(市)十餘家劇團、多個劇種移植上演。該劇榮獲國家文化部第九届文华大奖、第六届中国艺术节大奖、中宣部第七届"五个一工程奖"、第六届中国戏剧节优秀剧目奖、第八届中国人口文化进步奖金奖、第十一届"曹禺戏剧文学奖",荣膺2005—2006年度国家舞台艺术精品工程十大精品剧目第一名,并作为唯一一台戏曲作品入选中宣部"2006年全国10部优秀文艺作品"。

（朱俊源）

人 物 表

姨媽　喬雪梅　父親　芳芳　婷婷
豆豆　溫欣　宮小花　女同學　同學們
衆同學　許師傅　同學甲　同學乙　同學丙

序

（80年代初。）
（喬家院子——一個極具民族傳統建築風格的民居小院。全劇從80年代初到整個90年代的故事就在這兒發生。隨着時間推移，遠景需不斷呈現具有時代特徵的新建築羣。而由一面矮磚牆半遮半掩在小院角落的一個下水道疏導井，却多年未變……）
（月色融融，燭光閃閃。）
（一羣年輕人圍着燭光翩翩起舞。同學們在祝賀喬雪梅十九歲生日，同時也在祝賀她考上重點大學。）
（合唱：）
唱起來，跳起來，
這是我們的大舞臺。
賀你高考放異彩，
祝你生日樂開懷。
把煩惱抛到雲霄外，
讓人生永遠火起來。
（篝火熊熊燃起。溫欣大膽地將紅玫瑰捧給喬雪梅。）
（正當舞會高潮迭起時，畫外傳來姨媽的報喪聲："雪梅，你媽她……她出車禍了！"）
（喬雪梅銳叫一聲"媽——"，手中紅玫瑰落地，衆大驚。）
（篝火漸漸熄滅。）

(一聲淒楚的伴唱飄至)
堵實了,堵實了,
下水的管道堵實了……
(伴唱中呈現出許師傅在院落一角捅下水道的勞作身影。)
(暗轉。)

第一場

(數日後。)
(喬雪梅、芳芳、婷婷、豆豆緊緊偎依着姨媽和坐在輪椅上的父親抽泣。)

姨　媽：(唱)
　　　　天災人禍難阻擋,
　　　　孩子們莫要太悲傷。
　　　　雪梅呀,你爸身殘需贍養,
　　　　弟妹年小需襯幫。
　　　　姨媽來回細思量,
　　　　風雨中只怕你得做頭羊。
　　　　(白)雪梅,你媽單位上的領導,考慮到家裏的實際情況,決定破格讓你去頂替。
喬雪梅：不,姨媽,我要上大學! 我要上大學!(哭着向房內跑去)
　　　　(芳芳、豆豆跟下。)(婷婷慢慢湊到父親跟前。)
父　親：雪梅不能耽誤呀,她考上大學容易嗎? 她媽苦苦奔波也正是為了讓孩子們都有出息呀!
姨　媽：這些我都反復想過,可面對這個攤子,她做老大的能走嗎?
父　親：老大? 雪梅……纔十九哇!
姨　媽：可她畢竟是老大呀!
父　親：唉! 看來這個家……恐怕從此……也就該散了。(撫摸着婷婷)她姨妈,我知道你家上有老下有小,不缺儿也不少女的,可看在这娃的份上,就请你无论如何把她收养了吧!你知道,我是跟婷婷她爸一块儿在工地上出的事,咱乔家既然把娃从六七岁拉扯到十几岁,再供养几年,也就能自立了,咱不能……
(婷婷哭着跑下。)

父　亲:豆豆我想寄养到乡下亲戚那儿去,芳芳大些,就让她先守着这个家,等满十八了,再去把她妈那份工作顶替了也就是了。

姨　妈:那你呢?

父　亲:我么……把她妈害了这几年,再不能害娃们了。这脓包迟早都是一挤,迟挤不如早挤了撇脱、省心……

姨　妈:大姐夫,你咋能说这样的话?

父　亲:该结束了,再不敢耽误娃们了,再不能耽误娃们了哇……
(乔雪梅从房内跑出。)

乔雪梅:爸!(跪倒在父亲轮椅前哭泣)
(芳芳腰系做饭围裙和婷婷、豆豆从房内出。)

芳　芳:(搀扶乔雪梅唱)
大姐莫着急,
上学仍按期。
家中由我来料理,
纵然是筷子能挑旗。

婷　婷:(唱)我卖冰棍换盐米,
豆　豆:(唱)我卖雪糕添寒衣。
婷　婷:(唱)给爸擦洗我接替,
豆　豆:(唱)送爸看病我搬移。
姐弟仨:(唱)
大姐你就放心去,
咱保证共患难相偎相依。

乔雪梅:(深受感动地唱)

　　　　小弟妹一個個深明大義,
　　　　猛然間都成熟難分高低。
　　　　做大姐怎能夠只顧自己,
　　　　十字口人生路選擇遲疑。
　　　　若不去,校門也許從此閉,
　　　　若不去,航船也許從此迷。
　　　　若是去,爸爸身殘誰體恤,
　　　　若是去,弟妹年小誰憐惜。
　　　　無情的遭遇難回避,
　　　　面對苦痛先解疾。
　　　　大學深造暫放棄,
　　　　先下活這盤缺車少馬的棋。
　　　　(白)爸,姨媽,這大學……我不去了。
父　親: 啊,你說啥?
喬雪梅: 大學……我不去了!
父　親: (狠狠拍着輪椅扶手)不行! 無論如何,這大學你得給我去上。
喬雪梅: 爸,家裏現在這個樣子,我就是去了也學不好。等芳芳長大了,我再找機會去學。爸,你就把我媽的那串鑰匙交給我吧,相信我會管好這個家的!
父　親: 雪梅……
姐弟仨: 大姐……
喬雪梅: 爸!
　　　　(喬父看着雪梅果敢堅毅的表情,極度無奈地將鑰匙交到了雪梅手中。激越的伴唱聲起)
　　　　含淚送走頂梁柱,
　　　　含笑迎來一挑夫。
　　　　千頭萬緒理有主,
　　　　太陽還從東邊出。
　　　　(伴唱中,喬雪梅解下芳芳腰上的圍裙慢慢繫上。姨媽和弟妹仨推父親下。）
（溫欣上。）

溫　　欣：雪梅,今晚六點四十分的火車,看,票我都給咱買好了。
　　　　　（喬雪梅無言地低下頭。）
溫　　欣：你咋了？
喬雪梅：我……不去了。
溫　　欣：啥,不去了？是晚點去嗎？
喬雪梅：不,去不成了。
溫　　欣：哎呀雪梅……
喬雪梅：（急忙擋住溫欣的嘴）求你別勸我,這陣兒我需要鼓勵,需要支援！
溫　　欣：雪梅！（唱）
　　　　　你怎能輕易做決斷,
　　　　　把美好的前程拋一邊。
　　　　　十年心血白澆灌,
　　　　　劍未磨成先自殘。
喬雪梅：（唱）
　　　　　家臨禍事弦音亂,
　　　　　身為長姐怎偷安。
　　　　　明早送你去車站,
　　　　　此一別……但願不是天上與人間。
溫　　欣：（唱）
　　　　　雪梅講話太傷感,
　　　　　同窗九年情意綿。
　　　　　臨行打開窗兩扇,
　　　　　你永遠是我夢中的玫瑰紅欲燃。
喬雪梅：（唱）
　　　　　窗裏明月窗外見,
　　　　　烤上你心中火一團。
　　　　　窗外的花影更凌亂,

期待着折花的月夜夢莫殘。

溫　　欣：雪梅，我……（無奈地）我理解你……無論怎樣，我都永遠永遠愛着你！（緊緊抓住喬雪梅的手）

（宮小花與衆同學上。）

宮小花：呀，咱們來的不是時侯。（不無醋意地）你倆同上一所大學，還没有拉手的時侯，一個是校花，一個是白馬王子，真讓我們望塵莫及呀。

溫　　欣：小花，雪梅她……不去了。

宮小花：哈，開國際玩笑哩，牌子這麼亮的大學不去，莫非你還想到月球上鍍金去？

溫　　欣：她真的不去了。

宮小花：雪梅呀，你咋給咱耍這冷彩哩？

喬雪梅：我家的情況你們都知道，我是老大，我……

宮小花：老大咋？將來還不都得各走各的路，各奔各的前程？雪梅呀，這事可不敢一時心血來潮……

喬雪梅：不，不，弟妹們都太小，再說我爸……

女同學：（掏出一個紅紙包）雪梅，這是同學們為了支持你上大學湊的三百塊錢，你還是去吧！

喬雪梅：不，不，我不能要，謝謝同學們的好意，我……我已經別無選擇了。

溫　　欣：雪梅，拿上吧，這是大家的一片心意嘛。

喬雪梅：不……不……

女同學：雪梅，即使不去，這錢家裏也是急需的呀！

同學們：拿上吧！拿上吧！

喬雪梅：（極其難為情地接過錢）謝謝同學們！

衆同學：（議論）唉，也真是的，遇上這麼個災難，撂下這一攤子，咋走呀！可真難為雪梅了。

宮小花：只是把這麼好個名牌大學不上，太可惜了，可憐咱纔考了個不入流的，要是能換一換該多好哇！

（許師傅突然從下水道裏冒了出來。）

宮小花：呀，咋還有個打"地道戰"的？
許師傅：對不起，味道不好聞。
宮小花：就是的，一股蒜苔味。(掩鼻)溫欣，咱們都走吧，雪梅家裏還亂着哩，就讓人家好好收拾收拾。看，明天的火車票我都給咱買好了。
溫　欣：我已經買過了。
宮小花：硬座還是臥鋪？
溫　欣：咱個窮學生還坐啥臥鋪哩。
宮小花：哎呀呀，快退了！快退了！這是我爸寫條子讓人弄來的兩張臥鋪票……(自覺失口)本來我是準備和雪梅坐的，現在倒讓他拾個便宜。
溫　欣：我還是坐我的硬座。
宮小花：咋，怕花錢？
溫　欣：不，不是這個意思。
宮小花：多餘的我給你掏過了。(硬將票塞進溫欣手中)
　　　　(喬雪梅突感一陣不安，眼巴巴望着溫欣。)
許師傅：哎呀，堵得實實的了！
　　　　(幕後男聲獨唱飄至)
　　　　堵實了，堵實了，
　　　　下水的管道堵實了……
　　　　(許師傅艱難地捅着下水道。)
　　　　(暗轉。)

第二場

(四年後。)
(許師傅仍在捅下水道。)
(姨媽提着一個生日蛋糕上。)
姨　媽：小許師傅，又在捅哩，咋三天兩頭的堵？
許師傅：人越來越多，管子太細，再加上管道佈局又不合理，能不堵嗎？今天誰過生日？

姨　　媽：是雪梅。過去她媽老張羅哩。

許師傅：你這個當姨媽的也真够費心了，四年了，三天兩頭的來看他們。

姨　　媽：我倒費啥心，這幾年可苦了雪梅了。哎，人呢？

許師傅：雪梅買菜去了，喬大伯在屋裏丟盹呢。

（姨媽向房內走去。）

（許師傅鑽進下水道。）

（芳芳心事重重地上。）

姨　　媽：芳芳。

芳　　芳：姨媽。

姨　　媽：我娃咋了？

芳　　芳：没咋……

姨　　媽：没咋……咋蔫不出溜的？芳芳，有啥心事還不能給姨媽説？

芳　　芳：姨媽，没有啥……

姨　　媽：芳芳到底大了，心思還這麼深的，你不説姨媽也就不問了。哎，你大姐今天把生日一過，可就二十三了，温欣大學也畢業了，搞不好他們的婚事很快就會有眉目，大姐一走，家裏這一攤子可就撂給我娃你了噢。

芳　　芳：（終於憋不住地）姨媽！（唱）
我明白肩上這責任，
也知道大姐該嫁人。
只是有把穿心刃，
左攔右擋扎透心。

姨　　媽：（白）啥事嗎，還包得這嚴的？

芳　　芳：（唱）温州裁縫姜小敏，

姨　　媽：（白）啥，開裁縫鋪？你看你這娃……

芳　　芳：（唱）
他胸有大志人超羣。

办厂意欲闯深圳，
非带走这片西部的云。
姨　　妈：好娃呀，你叫姨妈咋说你嘛！咱且不说人家裁缝高低贵贱，就说你大姐连大学都没上，顶替你妈当工人，一月挣三十八块五，辛辛苦苦把这个家撑持了四年，熬也该熬到"解放区"了吧？没想到你咋斜插出这一杠子。哎，我看你都咋对你大姐张口呀！
芳　　芳：姨妈……
（芳芳哭着向房内跑去。）
（姨妈追进。）
（已经变得有一种家庭妇女感的乔雪梅，一手拿着一个小弹簧秤，一手提着一篮菜上。）
乔雪梅：（唱）
黄瓜长，豆角扁，
冬瓜茄子两头圆。
清早去买价难砍，
过了中午半价端。
南边菜市人和善，
斤斤秤杆翘上天。
北边肉市人凶悍，
半斤就短一两三。
那刀光还扑闪闪，
那人的眼光绿如蓝。
（白）哎哟妈呀，吓死人了！
（许师傅从下水道里冒出。）
许师傅：咋了？
乔雪梅：那个卖猪肉的，凶的就跟卖人肉的一样，出气都一股血腥味儿。
许师傅：嘿嘿，卖肉的都这神气，一提砍刀眼珠子就发红，职业病嘛。

　　　　　（喬雪梅把菜放在院中的石桌上,掏出一把揉皺的錢,用
　　　　　小計算器算起賬來。）
喬雪梅：（嘴裏念念有詞地）黃瓜一角八,豆角兩角二,蔥一角四,
　　　　肉六兩半,給婷婷買高考復習資料五塊六……哎喲,這錢
　　　　咋不對呀?
許師傅：差多少?
喬雪梅：（又算一遍）整整差一塊呢。
許師傅：（停下手中的活）再看看。
　　　　　（喬雪梅將身上所有口袋都翻出來,仍不見那一塊錢。）
喬雪梅：八成是剛纔和那個賣肉的拌嘴時把賬搞混了,我找他去。
許師傅：這陣兒他還能認賬嗎?
喬雪梅：不認,不認咱工商所見!（欲走）
　　　　　（西服革履的溫欣拿着一束紅玫瑰上。）
　　　　　（喬雪梅、溫欣相互幾乎不敢相認地良久凝視。）
　　　　　（幕後伴唱）
　　　　還是這個院落,
　　　　咋不像那個身影,
　　　　咋不像那個人。
喬雪梅：溫欣,你……你回來了!
溫　欣：雪梅,今天不是你的生日嘛!
喬雪梅：我的生日……
溫　欣：對,你的生日。
喬雪梅：看我把日子都過糊塗了。你不是來信說要到特區看
　　　　看嗎?
溫　欣：已經去過了。
喬雪梅：怎麼樣,聽說那邊發展很快呀?
溫　欣：（激情澎湃地）對,發展得很快發展得很快呀!可一回到
　　　　咱這兒,就覺得憋悶得讓人透不過氣呀!
喬雪梅：不至於吧,我咋覺得一切都好好的呢。哎呀,深圳的菜一
　　　　定是貴得很?

温　欣：不知道。
乔雪梅：聽説一碗面就八塊？
温　欣：(隨話答話地)噢。
乔雪梅：聽説煤也貴得要命？
温　欣：噢。
乔雪梅：豬肉啥價錢？
温　欣：雪梅，咱能不能説點別的？
乔雪梅：噢，咱説點別的。哎，北京人是不是愛儲藏大白菜？
温　欣：雪梅，你咋……
乔雪梅：我咋了？
温　欣：没……没咋。
二　人：(重唱)
　　　　年年今天都見面，
　　　　一年比一年相認難。
　　　　年年今天都相伴，
　　　　一次比一次少波瀾。
乔雪梅：(唱)
　　　　忽然想起事一件，
　　　　買菜咋能丢一元。
　　　　若不趁早去清算，
　　　　時過境遷難討還。
　　　　(對温欣唱)
　　　　我去菜市轉一轉，
温　欣：(唱)只想和你多交談。
乔雪梅：(唱)去去就回時間短，
温　欣：(白)雪梅，我吃過飯了，你要客氣我可就走了。
乔雪梅：別別……
　　　　(唱)眼看就要坐失四斤茄子錢。
　　　　(許師傅從下水道探出頭。)
許師傅：(唱)

> 雪梅丟錢神分散,
> 心亂咋撥相思弦。
> 交談話中無火焰,
> 得設法讓她把心安。
> （許師傅不經意地將一元錢丟在喬雪梅身邊,等喬雪梅發現後,纔隱進下水道。）

喬雪梅：哎喲,找到了。
溫　欣：啥東西？
喬雪梅：菜錢！菜錢……（拾錢）
　　　　（溫欣更加驚異地看着喬雪梅。）
　　　　（打扮入時俏麗的宮小花上。）
宮小花：看我猜的咋樣,我就知道你一回來準往這兒鑽。
喬雪梅：小花。
宮小花：（突然驚詫地）哎呀,這還是雪梅嗎？這還是咱們的校花嗎？咋變成這樣了？生活的腐蝕性真大呀,要不是在你家碰見,放在別處我一準認不出來,咋搞的,看上去像過了三十的樣子。完了完了,歲月把一個美女徹底致殘了。
　　　　（許師傅突然從下水道裏冒出來。）
許師傅：朝過聖的驢回來還是驢喲。（嘟噥完用竹片子捅着下水道）
宮小花：你咕叨啥？
許師傅：我在背諺語哩。
宮小花：你還在這兒捅呢？（突然捂住鼻子）噓,還是一股蒜苔味。
許師傅：廢話,下水道裏能冒出香檳來。
宮小花：哎,我咋發現這一城的人說話都噌噌的,是不是和這西部的惡劣氣候有關。
許師傅：你好像不是在這長大的？
宮小花：哎,你怎麼說話的？誰倒跟你招嘴了？
許師傅：我跟下水道說話哩,誰倒跟你招嘴了？
　　　　（宮小花、許師傅處於對峙狀。）

喬雪梅：好了好了，咱進屋坐吧。
宮小花：真是撞見鬼了，都啥素質麼，這兒我一天也呆不下去了。溫欣，你還猶豫啥呢？今年分回來的大學生好多都南下了，你還呆在這兒幹什麼？誰倒稀罕你的赤誠、你的熱情！走吧，飛機票我都給咱定下了，咱們也來個孔雀東南飛吧！
喬雪梅：(突然覺得要失去什麼似的)溫欣，你……飛嗎？
溫　欣：我……我們都想去……闖闖……
喬雪梅：(似乎看出了什麼似地)也好，去闖闖也好。
溫　欣：我真希望你也能和我們一塊出去走走看看，人活着畢竟得實現自己的價值呀。
喬雪梅：難道我……沒有價值了嗎？
溫　欣：不，不是這個意思，我是說……你曾經那麼有理想……抱負，可現在……
宮小花：一個人有一個人的活法嘛，啊！
喬雪梅：我明白了，你們……走吧。
溫　欣：我想，我還會回來的。
喬雪梅：那是你的事。
溫　欣：雪梅……
喬雪梅：(壓抑住痛楚地)你走吧！(看着溫欣慢慢走出院門，下意識地大喊一聲)溫欣！
溫　欣：雪梅……
喬雪梅：(堅定地)走吧，走吧，你走！
　　　　(溫欣無奈地下。宮小花暗喜，隨下。)
　　　　(喬雪梅望着溫欣和宮小花遠去的背影，突然抓起紅玫瑰放聲痛哭起來。)
　　　　(婷婷上。)
婷　婷：大姐，你咋了？
喬雪梅：給大姐補習補習英語吧，大姐快荒廢完了。(哭)
婷　婷：大姐，你不要哭，等我高中一畢業，就回來接替你，我相信

　　　　　你會趕上他們的。
　　　　（芳芳和姨媽從房內出。）
芳　芳：大姐,你怎麼了？我知道你心裏的苦處,我……我哪兒也
　　　　不去了……
喬雪梅：(不解地)你……要去哪裏？
姨　媽：快給你大姐說。
芳　芳：姨媽已經跟我說好了,從現在起家裏這副擔子,就由我來
　　　　挑。(抓起菜籃子)
喬雪梅：(更加疑惑地)你……你要到哪去？
姨　媽：是這樣的,芳芳這幾年在外面談了個對象,是開裁縫鋪
　　　　的,最近趕風潮也想往深圳跑,死活鬧着要跟芳芳結婚,
　　　　還要把她帶走。
喬雪梅：(突然意識到什麼似地一把抓住芳芳)他……人可靠嗎？
芳　芳：(點頭)嗯。
喬雪梅：愛你嗎？
芳　芳：(點頭)嗯。
喬雪梅：感情深不深？
芳　芳：(含淚點頭)嗯。
喬雪梅：(加重語氣地)深不深？
芳　芳：(堅定地點頭)嗯。
喬雪梅：那……那你就去吧！(痛苦地搶過菜籃子,將芳芳推向
　　　　一邊)
芳　芳：大姐……
喬雪梅：千萬……千萬……不要錯過了愛的機會呀！(哭)
芳　芳：大姐……(與婷婷一起緊緊抱住喬雪梅)
　　　　(伴唱聲中現出許師傅捅下水道的身影)
　　　　堵實了,堵實了,
　　　　下水的管道堵實了。
　　　　今天掏,明天掏,
　　　　掏通了它又堵上了。

（暗轉。）

第三場

（一年後。）
（坐在輪椅上的父親，戴着隨身聽，手上擊着節拍，嘴裏唱着秦腔"呼喊一聲綁帳外——"。）
（豆豆拿着一串葡萄從房內出，見父親，急忙把葡萄藏到身後，躡手躡腳往外溜。）

父　親：豆豆，哪兒去？
豆　豆：我出去一下。
父　親：你把家裏那個石獅子咋還沒搬回來？
豆　豆：都啥年代了，要那東西有啥用麼？
父　親：這老房子傳了一兩百年了，啥都好好的，到你手上就啥都沒用了，聽說你拿石獅子換了個啥子魔方，你個敗家子，趕快給我換回來，要不換看我不卸了你的腿。
豆　豆：（嘟噥地）爛破獅子，晚上我扛回來就是了。
父　親：你成天慌慌張張往外跑，得是魂掉了？
豆　豆：屋裏悶得很麼。
父　親：悶得很？你手裏拿的啥？給誰呢？轉過來。（見豆豆轉過身亮出手中的葡萄）你大姐那樣批評你，你還裝啥蒜哩？娃呀，你還是個學生，明年纔高中畢業，現在就捲在這號事裏邊，將來咋得了哇！
豆　豆：我……
父　親：說，到啥程度了？
豆　豆：沒……沒到啥程度。
父　親：沒到啥程度，學習能從班上第五名一下子退到四十七名？你還偷你大姐的錢，出去跟伢娃吃哩喝哩，你狗日的不知道家裏日子的難場啊！你真對不起你大姐為你們付出的那份心血呀！

豆　豆：爸！（唱）
　　　　我也想從熱水鍋往外跨，
　　　　我也想從沼澤地往出拔。
　　　　只是雙腿不聽話，
　　　　越拔雙腳越下滑。
　　　　把她想成一個惡霸，
　　　　可她嫩得像根豆芽。
　　　　把她想成凶神惡煞，
　　　　可她靚得像朵蓮花。
　　　　幾番斷電電流大，
　　　　換了保險跳了閘。
父　親：咋來的你這號貨嘛！娃呀，這電流再大，也得想法關閘呀！
豆　豆：關麼，我這不是天天都關着哩，可……可關得太猛，人受不了，得有個過程麼。
父　親：（無可奈何地）過你娘的腳，滾，滾！冤孽，真是冤孽喲！
　　　　（豆豆提着葡萄溜下。）
　　　　（許師傅提着幾頁老式瓦，拿着鑲好的照片和勞作工具上。）
許師傅：喬大伯，你讓我幫忙放的全家福照片放好了。
父　親：哎呀謝謝！（接照片看）好！好！咋，下水道又壞了？
許師傅：可不，剛修通半個月又堵上了。
父　親：咋還要用瓦？
許師傅：雨季馬上要來了，我看你家有點漏，得揀一揀。
父　親：咱家的事，可沒讓你少操心！哪來的這老式瓦？
許師傅：我在前邊淘井時淘下的，這一片哪，地下隨便一刨都是老磚老瓦。
父　親：古城麼！
　　　　（喬雪梅一手提着菜籃，一手拿着錄取通知書跑上。）
喬雪梅：爸，爸！

父　　親：啥事看把我娃高興的？
喬雪梅：我參加成人高考，考上了！
許師傅：考上了？
喬雪梅：嗯。
父　　親：也是大學？
喬雪梅：專科進修，給大專文憑。
父　　親：好，不管咋，我娃的大學夢……總算能圓了。
喬雪梅：只是婷婷學習也蠻不錯的，今年高考要是能考上，我就暫時不去了。
父　　親：那咋行，總不能老把你耽誤著呀！
喬雪梅：我跟婷婷說過，只要她能考上重點，就咋都要讓她去，咱家也得保重點麼。
父　　親：都是重點，那你呢？唉！
　　　　　（許師傅慢慢向房後走去。）
喬雪梅：芳芳來信了。
父　　親：都說了些啥？
喬雪梅：問你老人家好呢！另外，他們在深圳一直打不開局面，說是想去海南闖闖，我給她寄了點錢。
父　　親：可家裏……
喬雪梅：家裏再難總比外面強麼。爸，我給單位招待所洗床單，今天一回領了五十多塊呢。
父　　親：娃呀，看看你這雙手哇……（顫抖地撫摸）
　　　　　（姨媽提著生日蛋糕上。）
姨　　媽：雪梅！
喬雪梅：姨媽！
姨　　媽：你……你該沒有忘記今天的日子吧？
喬雪梅：今天……
姨　　媽：你滿二十四了。
喬雪梅：今天有人來過沒有？
　　　　　（父親和姨媽都搖搖頭。）

（喬雪梅木然呆坐。）
（突然傳來敲門聲："喬雪梅，收信！"）
（喬雪梅異常興奮地奔向門口。父親、姨媽默默向房內走去。）
（一封碩大的信推移上，溫欣從信封內走出。）

溫　欣：（唱）雪梅，你好！
喬雪梅：（唱）溫欣，你好！
溫　欣：（唱）去年一別，
喬雪梅：（唱）書信稀少。
溫　欣：（唱）今逢生辰，
喬雪梅：（唱）猶見天驕。
溫　欣：（唱）天涯搏擊，山呼海嘯。
喬雪梅：（唱）男兒志高，踏浪弄潮。
溫　欣：（唱）把握時機，寶劍出鞘。
喬雪梅：（唱）夢中騰飛，夢醒難翱。
溫　欣：（唱）天地蒼茫，南北浩渺。
喬雪梅：（唱）日月穿梭，相見路遙。
溫　欣：（唱）
　　　　我已完婚，抱愧相告。
　　　　道聲珍重，前路扶搖。
喬雪梅：（唱）
　　　　好一個抱愧相告，
　　　　好一個前路扶搖。
　　　　我早知此情已虛緲，
　　　　也早聽苦雨打芭蕉。
　　　　悲劇收場無雷暴，
　　　　只是謝幕難彎腰。
　　　　非是溫欣人格小。
　　　　相形見絀分低高。
　　　　不能再做籠中鳥，

我該展翅出窩巢。
(婷婷拿着錄取通知書左右為難地上。)

婷　　婷：大姐,你咋了?
喬雪梅：(下意識地)溫欣來信了。
婷　　婷：信上說了些啥?
喬雪梅：(異常平靜地)他說他結婚了。其實,大姐早就料到會有這一天的。
婷　　婷：都是我們耽誤了你,要不然……大姐,你參加成人高考?
喬雪梅：(慢慢掏出通知書)你看,大姐又考上了。
婷　　婷：又考上了? 好,那你就上學去吧!
喬雪梅：婷婷,你呢?
婷　　婷：我……啊,沒……沒考上。
喬雪梅：你說什麼? 你平時學習成績那麼好,是不是在……
婷　　婷：真的,真的。(急忙掩藏通知書)大姐,你去吧,家裏就由我來接管。
喬雪梅：婷婷,你手上拿的什麼?
婷　　婷：沒有什麼。
喬雪梅：拿出來,讓大姐看看。
婷　　婷：沒有什麼。(欲進房)
喬雪梅：(厲聲地)婷婷!
婷　　婷：(突然止步,終於掩飾不住地)大姐!
　　　　(唱)
　　　　都怪我太自私不甘沉墜,
　　　　背地裏下苦功伴月盈虧。
　　　　本只為試學業證明無愧,
　　　　誰料想登榜首一舉奪魁。(掏出錄取通知書)
　　　　考上北大同窗醉,
　　　　真誠對姐吐心扉。
　　　　喬家無私把我養,
　　　　我要為喬家報春暉。

（欲撕通知書）

喬雪梅：婷婷……（搶過通知書）（唱）
　　　　手捧捷報心滴淚，
　　　　悲喜交加風挾雷。
　　　　熱淚為妹淌似水，
　　　　悲淚為我如雨揮。
　　　　要苦就苦我一個，
　　　　不能讓你再作陪。

婷　婷：（唱）
　　　　孔融讓梨穀同穗，
　　　　我非喬家枝頭梅。
　　　　渴飲你家千滴水，
　　　　理當湧泉來報回。

喬雪梅：（唱）
　　　　你雖不是親妹妹，
　　　　情同手足月同輝。
　　　　只要你能上正軌，
　　　　大姐含笑做路碑。

婷　婷：大姐——！（撲跪在喬雪梅腳下）
　　　　（許師傅捅下水道聲。）
　　　　（幕後伴唱起）
　　　　堵實了，堵實了，
　　　　下水的管道堵實了。
　　　　今天掏，明天掏，
　　　　掏通了它又堵上了。
　　　　（暗轉。）

第四場

（兩年後。）

（許師傅仍在捅着下水道。）
（姨媽提着生日蛋糕上。）

許師傅：我就估摸着你快來了。
姨　媽：你咋能估摸到？
許師傅：鳥在林子裏呆得久了，還能不知啥藤藤啥時結籽，啥蔓蔓啥時開花？
姨　媽：小許師傅，咱們認識這麼多年，還真不知道你的底細呢。結婚了嗎？
許師傅：你給我介紹過嗎？
姨　媽：咋非得我給你介紹？
許師傅：我看你不是常給雪梅介紹嘛。
姨　媽：那是沒有辦法了，你以為我是幹這個的。小許師傅，能不能幫我看張照片？
許師傅：誰的照片？
姨　媽：給雪梅又瞅了一個。
許師傅：（冷淡地）那你還是讓雪梅自己看吧。
姨　媽：你先幫忙參謀參謀嘛。
許師傅：對不起，我這眼睛不好使。
姨　媽：咋了？
許師傅：害紅眼哩。（鑽進下水道）
（喬雪梅推着父親上。）
父　親：喲，她姨媽來了，你看娃硬把我推到東大街轉了一圈兒，又是給我買襯衣，又是給我買磁療墊，冤枉錢花了一大堆。
姨　媽：看你說的，她不孝順你可孝順誰呀！雪梅，你大概又忘了今天的日子吧？
喬雪梅：（看了看蛋糕）姨媽，我不是說了，以後不再過生日了嘛。
姨　媽：你不過生日，可這生日要過你呀！你已經滿二十六了，該是考慮終身大事的時候了。姨媽又給你物色了一個，你就先看看照片吧。（掏出照片）

喬雪梅：姨媽……
姨　媽：這個人雖說是看大門的,可畢竟在賓館門口。文化程度要說略顯低了點,可娃還年輕,能學麼,高爾基不是也纔念了個小學嘛。(見雪梅很冷淡)大姐夫你看呢？
父　親：那還要看雪梅哩。
姨　媽：雪梅……
喬雪梅：難道……難道非要出嫁嗎？
姨　媽：娃咋說這話呢？你還能老在這個家裏？芳芳在海南已經扎住腳了,婷婷在大學也學得顯山露水的。雖說豆豆學習差了點,可不管咋早早就把媳婦號下了,如果元旦真的能娶回來,雪梅呀,你爸有了指望,你還不出嫁……可再等到啥時候哇？
喬雪梅：姨媽,等四弟把媳婦娶回來,我還是想去進修。
姨　媽：革命生產兩不誤嘛,你没看人家有了娃的,還不是照樣去進修。這事再拖不得了。
喬雪梅：(無奈地)那就嫁吧！(強忍着淚水向房内跑去)
　　　　(許師傅突然從下水道裏鑽了出來,直愣愣看着喬雪梅消失的背影。)
父　親：她姨媽,看來娃……不是太滿意呀！
姨　媽：可咱這條件……能高攀誰嗎？
　　　　(豆豆提着一個酒瓶子,爛醉如泥地上。)
豆　豆：(唱)
　　　　她是一個惡霸,
　　　　不是一根豆芽。
　　　　她是凶神惡煞,
　　　　不是一朵蓮花。
　　　　洪水來了猛獸下,
　　　　吞了豆芽啃蓮花。
　　　　太陽黑得像片瓦,
　　　　末日來了天要塌。(醉倒在院中)

許師傅：豆豆！（急忙上前攙扶）
父　　親：狗東西咋醉成這樣了。
豆　　豆：（醉語）豆芽走了……叫洪水捲走了……
姨　　媽：豆芽是誰呀？
父　　親：八成説的是倩倩。
豆　　豆：對,豆芽是……倩倩,倩倩……就是豆芽……叫洪水猛獸吞了。
姨　　媽：洪水猛獸又是誰呀？
豆　　豆：一……一個倒賣彩電的南蠻子。
許師傅：啥時候走的？
豆　　豆：今……今早……坐飛機……
父　　親：你倒是起了個早喲！
姨　　媽：你咋知道的？
豆　　豆：信……豆芽……留的信,豆芽説……全當她死了,可……豆芽没死呀……（淚流滿面）
　　　　　（喬雪梅聞聲從房内出。）
喬雪梅：豆豆咋了？
姨　　媽：叫人家給涮了。
喬雪梅：（一把抱住豆豆）弟弟,心裏難過你就放聲哭出來吧,哭出來就會好受些,大姐愛你,一家人都愛你呀！
豆　　豆：給我一杆槍吧！（見衆人驚）我……我要當兵,我要上前線,我不想活了……
　　　　　（許師傅背起豆豆,豆豆在許師傅背上亂踢亂喊。）
　　　　　（喬雪梅和姨媽幫許師傅把豆豆背進房内。）
　　　　　（父親狠狠捶着自己的頭轉着輪椅下。）
　　　　　（已明顯成熟老練的温欣拿着一束鮮花上。）
温　　欣：（唱）
　　　　　大潮捲起離人淚,
　　　　　南海搏擊顯作為。
　　　　　西部鋪下通天軌,

一腔熱血又奔回。
麗日當頂心抱愧,
故路舊巷訪雪梅。
(喬雪梅從房内出。)

溫　　欣:(有些不敢相認地)雪梅……
喬雪梅:你……你是不是把路走岔了?
溫　　欣:我……(深深鞠躬,久久不願直起)
喬雪梅:(過意不去地)……坐吧,請坐!
(溫欣慢慢坐到石凳上,靜靜凝視着喬雪梅。)
喬雪梅:請你不要這樣看我好不好?
溫　　欣:雪梅……真……真對不起!
喬雪梅:沒有啥對得起對不起的。
溫　　欣:雪梅,我……
喬雪梅:請你啥都不要說了,咱們就這樣靜靜坐一坐,你就走吧。
溫　　欣:雪梅……我……
喬雪梅:我需要安靜,真的,我需要安靜。
(許師傅從房内出,見狀,靜靜走到下水道前,慢慢隱下。)
溫　　欣:(不自在地解開衣扣)這天可真熱呀!
喬雪梅:是有些熱。
溫　　欣:怕有三十七八度吧。
喬雪梅:可能有。
溫　　欣:雪梅……我又回來了。中西部經濟已經開始騰飛,市上去南方挖科技和經營管理方面的人才,我被挖回來了。雪梅,你……你好嗎?
喬雪梅:我……好!
溫　　欣:可我聽說你還沒有……命運對你真是太殘酷了,你本來是可以很好地實現個人價值的,竟然就這樣……
(穿戴得珠光寶氣的宮小花上。)
宮小花:看我猜得準不準,我一想你就上這兒來了,看雪梅就是看雪梅嘛,非要說出去轉轉,害怕我吃醋是不是?(見雪梅的容顏,突然驚詫起來)哎呀雪梅,你……你真該去做個"拉皮兒"了。

溫　欣: 小花你……

宮小花: 我說的不是嗎?你看看雪梅眼角的魚尾紋、擡頭紋,還有眼袋……(異常驚詫地)哎喲媽呀,咋還有白頭髮呢!

(許師傅從下水道裏冒了出來。)

許師傅: 呸!今兒個咋這臭的呢。

宮小花: 喲,你還在打"地道戰"哩?就是臭,不過這臭味兒好像變了,沒有蒜苔的沖勁了,是一股爛肉味兒,說明古城人民的生活水準已經得到了顯著改善。不過與南方下水道的味道比起來,還差了點。

許師傅: 南方下水道是什麼味兒?

宮小花: 一股死魚爛蝦味。不是說呢,南北現在差距確實不小。要不是俺老公一腔熱血,連拖帶拽,我還真不願南雁北回呢。

許師傅: 咋,混不下去了?

宮小花: 恰恰相反,俺老公在那邊搞了幾座大型現代化立交橋設計,不僅撂倒了幾個老教授,而且還破格提了高職,現在就連上報紙上電視,都是家常便飯了。

溫　欣: (制止地)小花你……

宮小花: 這有啥不可以廣告的嘛,你沒看這次回來受的那個優待,又是市長請吃飯哩,又是分配專家樓哩,又是啥子第三梯隊哩,哎喲,就好像回來個大熊貓似的。

喬雪梅: (有些坐立不安地)你……你們坐吧,我給你們泡茶去。

宮小花: 有冰水嗎?

喬雪梅: 咱沒有冰箱。

宮小花: 哎呀雪梅呀,你咋把日子過得這清苦的,都啥時候了還沒個冰箱。不過我可要告訴你一個好消息,你們這一塊馬上就要拆遷改造了,你們可能很快就要住上歐式現代化大樓了,我老公是總設計。

喬雪梅：這一片民居都有一兩百年歷史了,怎麼……要拆嗎?
宮小花：這破破舊舊的,不拆還等到啥時候哇?
喬雪梅：我看外賓來,都怪羨慕這一片民居的。
宮小花：哎呀,那是老外在看咱的落後面呢。
喬雪梅：都歐式了……就先進了?
宮小花：哎呀雪梅,你看你這思想已經傳統、保守到啥程度了,咋就一點都不思進取呢?莫非一生就準備這樣交待了不成?
溫　欣：小花你……咋這樣説雪梅呢?
宮小花：咋,我説的都是實話呀!你看雪梅現在把日子過成啥了?都快成老古董了。
許師傅：(自言自語地)唉,這下水道再捅咋還是個下水道嘛!
宮小花：你這話啥意思?
許師傅：我跟下水道説話哩,誰倒跟你招嘴了。(跳進下水道内)
宮小花：你……
溫　欣：你……(無可奈何地)唉,走走走!(不無尷尬地推着宮小花下)
喬雪梅：(異常痛苦地唱)
　　　　一席話説得我人前低矮,
　　　　面對着成功者啞口難開。
　　　　難道説今生真的已交待,
　　　　怎屈服命運如此安排。
　　　　定要走出家門外——
　　　　(豆豆内喊:"大姐,我受不了,我受不了哇……")
喬雪梅：(唱)
　　　　哭聲讓我停下來,
　　　　幾多傷痛強遮蓋,
　　　　心中血淚誰來揩?
　　　　難道説幾次選擇都失敗,
　　　　難道説所作所為盡悲哀。

（豆豆內喊："我要宰了他！"）

喬雪梅：（唱）
　　　　看四弟如此消沉若不睬，
　　　　只怕良木成朽材。
　　　　扶弱弟哪管價值在不在，
　　　　當大姐該有大胸懷。
　　　　（豆豆提着一個包從房內跑出。）

喬雪梅：豆豆，你要到哪裏去？
豆　豆：我……我要南下！
喬雪梅：南下幹啥？
豆　豆：我……我要宰了他！
喬雪梅：你……你胡說些什麼？
豆　豆：此仇不報，誓不為人！（繼續向門外沖去）
喬雪梅：站住！你想當社會渣滓嗎？
豆　豆：（咬牙切齒地）就是當渣滓，我也要宰了他！
　　　　（喬雪梅阻攔不住，終於忍無可忍地狠狠抽了豆豆一耳光。）
喬雪梅：你真讓人痛心哪！我把一切都交給這個家了，可你……
豆　豆：（如夢初醒地愣了一會兒，而後"哇"地哭出聲來）大姐，你打吧，你狠狠地打吧，你打着我會好受些……
喬雪梅：（緊緊抱住豆豆唱）
　　　　叫聲四弟莫失態，
　　　　千般苦痛要掩埋。
　　　　縱然心靈受傷害，
　　　　做人的脊梁不能歪。
　　　　你是男子漢，
　　　　有淚別沾腮；
　　　　你是男子漢，
　　　　失意莫縈懷；
　　　　你是男子漢，

　　　　　心胸要放開；
　　　　　你是男子漢，
　　　　　跌倒莫徘徊。
　　　　　門牙打落咽肚海，
　　　　　胳膊打折袖裏揣。
　　　　　人生不能自挫敗，
　　　　　（白）四弟，想當兵，你就當兵去吧！
豆　　豆：大姐，我們都走了，那你……
喬雪梅：（白）誰讓我是老大呀！（唱）
　　　　　擦乾淚，挺胸懷，
　　　　　堂堂正正站起來。
豆　　豆：大姐——！（姐弟緊緊相抱）
　　　　　（幕後伴唱）
　　　　　堵實了，堵實了，
　　　　　下水的管道堵實了。
　　　　　今天掏，明天掏，
　　　　　掏通了它又堵上了。
　　　　　（許師傅艱難捅下水道的身影。）
　　　　　（暗轉。）

第五場

（90年代初。）
（遠處現代化建築羣正在包圍着這片傳統民居。）
（父親坐在嶄新的輪椅上，手裏把玩着電話子母機的子機。）
（喬雪梅伏在石桌上寫着什麽。）

喬雪梅：這下給芳芳、豆豆打電話，可就方便多了。
父　　親：方便了，可就是見婷婷越來越難了，咋一下考到英國留學去了。你説這麽個可憐娃，竟然在咱喬家給活出息了！

她親親的姊妹倆，咱家收養一個，成了材了；她舅家收養一個，嗨，給人家當了三陪了。

喬雪梅：爸，看把你驕傲的。
父　親：這娃呀，要不是你苦巴巴盯着、照看着，還不知要走到哪條道上喲。
喬雪梅：還是她自己肯努力。
父　親：沒你這個好大姐，看她能努力到哪兒去。就說芳芳吧，要不是你把她放出去，她還能搞起什麼服裝廠，爸還能穿上芳芳牌襯衣？
喬雪梅：難怪你每次不讓撕商標，原來是想在人前顯擺哩！（給父親做肩部按摩）
父　親：爸就是想顯擺哩。最讓爸沒有想到的就是豆豆，把那個豆芽娃愛的呀，眼看就要弄出人命案哪，沒想到你慢慢把他調治的……進部隊還考上了軍校，你說這……唉，就可惜虧了我雪梅喲！
喬雪梅：弟妹都出息成這樣，我還虧啥呢。
父　親：咱們這個家要不是你，恐怕……
喬雪梅：為咱們這個家付出的人太多太多了！爸，我算了一下，這些年光社區和親戚朋友幫助的錢物都過萬了……
父　親：是呀，爸常想，下輩子爸應該變牛變馬，挨家挨户給人家還人情債去。哎，咱們這一片是不是非拆不可？
喬雪梅：街道上已經在吹風了，爸，你再好好回憶一下，咱們這一片三百多户人家，過去都沒出過名人啥的？
父　親：沒有，這兒世世代代都是拉車的、跑堂的，織布的、蓋房的，出過畫匠、皮匠、銅匠、銀匠，好像還出過一個啥子……國民黨的情報處長，再沒個大人物了，這恐怕和文物保護沾不上吧？娃呀，政府對咱家不薄，要是政府讓搬，咱們恐怕還得帶頭搬哪！
喬雪梅：爸，這已經不是咱家個人的事了，聽專家說這一片民居有漢唐遺風，具有很高的保護價值，拆了太可惜了。

父　　親：是可惜呀！

　　　　　（姨媽提着生日蛋糕上。許師傅跟上。）

許師傅：我就算着你要來給她過生日……

姨　　媽：（急忙遮掩地）噓，雪梅不讓張羅。（進門）

喬雪梅：姨媽！許師傅也來了。

許師傅：我來看看下水道。

父　　親：下水道不是前天纔捅過嗎？

許師傅：（不好意思地）看看……我再看看。（走近下水道察看，自言自語地）還真是好着呢，年年今天都堵着哩呀？

姨　　媽：不堵還不好？

許師傅：不堵好……不堵……這兒就沒我的事了。

父　　親：小許師傅，既然來了就坐一會兒吧！

喬雪梅：坐一會兒！

許師傅：你自學考試這回又過了兩門。

喬雪梅：（驚奇地）你咋知道的？

許師傅：我今天去看榜……我也過了兩門。

姨　　媽：真是紅蘿蔔調辣子，吃出看不出。

喬雪梅：前幾天集中輔導古漢語，你參加了嗎？

許師傅：參加了。

喬雪梅：那兩天我爸輸液來着，我也沒去，回頭你給我講講吧！

許師傅：只怕……講不好。雪梅，我看你們這陣兒忙着保護這片民居哩，我給你幫忙弄了點資料。

喬雪梅：哎呀！太感謝你了，我給你泡杯茶去！（拿着資料進房）

父　　親：她姨媽，小許師傅可是個正正經經的好小夥子，我……還蠻喜歡的。

姨　　媽：那你咋一直也單弔着，怕也三十好幾了吧？

許師傅：比雪梅……嘿嘿，剛好大兩歲。

姨　　媽：也該找了。一直都沒談過？

許師傅：談過。

姨　　媽：咋？

許師傅：談不攏。
姨　媽：怕是眼頭太高了吧？你們清潔工裏都沒個女的？
　　　　（許師傅悶在了那裏。）
姨　媽：你在這家也不算外人了，今兒幫忙參謀一件事吧，看看這張照片咋樣。（掏出一張照片，還未遞到許師傅面前，見許師傅先揉起眼睛來）咋了，眼睛又咋了？
許師傅：沙眼。
姨　媽：你眼睛毛病咋這多的！
　　　　（喬雪梅端茶上。）
許師傅：我還是幫忙拾掇拾掇廁所下水管道，我看有些漏水。
喬雪梅：不用麻煩，許師傅！
許師傅：這麻煩啥呢，誰還不給誰幫個忙嘛。（向房後走去）
姨　媽：真是個好小夥子！雪梅，看看這張照片咋樣？
喬雪梅：姨媽！
姨　媽：不管你咋反對，這事再不能耽誤了哇！這個人姓趙，在北城區勞動局當科長，管招工的，四十多歲，妻子去年不幸……
　　　　（喬雪梅突然雙手蒙面，哭出聲來。）
　　　　（姨媽和父親愣在了那裏。）
　　　　（許師傅拿毛巾從房內出，將毛巾遞給姨媽後，又默默走進房去。）
姨　媽：我知道這個人年齡大了些，又是二婚，你心裏不滿意，可你要再不出嫁，以後會……
喬雪梅：那我爸呢？
姨　媽：咱就雇一個保姆……把你爸……好好照管上吧！
喬雪梅：他不管我爸？
姨　媽：（看看喬父，面有難色地）不……不是不管，是……
父　親：（突然惱怒異常地）他就是想管我也不讓他管！我有兒有女的，要他管，哼……甚麼貨喲！
姨　媽：大姐夫，你先別發火，咱們商量着來，雪梅她……畢竟是……過了三十的人了哇!
（父親突然一陣驚厥。）

喬雪梅：爸,你咋了？你咋了？
父　親：（咬咬牙）不咋,不咋。（強烈抑制住內心的痛楚,默默地轉著輪椅進房去了）
姨　媽：有些話我也沒有必要披著藏著,這些年姨媽給你介紹了那麼多對象成不了,大多還不是因為你爸？你把他孝順到這個份上也就夠了。
喬雪梅：姨媽！（唱）
　　　我也想有個家,
　　　做夢戴過新娘花。
　　　醒來爸爸跌床下,
　　　可憐的生命欲自殺。
　　　他下身潰爛日夜疼痛如刀刮,
　　　姨媽呀,雪梅怎忍離開家。
（姨媽極其愛憐地緊緊抱住喬雪梅。）
（已戴上近視眼鏡的溫欣,拿著一束鮮花猶豫不定地上,最終還是走進了院門。姨媽見狀進房。）

溫　欣：雪梅！
喬雪梅：（急忙擦乾眼淚）溫……溫局長來了！
溫　欣：你……你怎麼也這樣叫哇？
喬雪梅：我一個普通老百姓,不這樣叫,咋稱呼呀？
溫　欣：其實最近我一直就在你家附近。
喬雪梅：我知道,幾條大街都在改造,你是設計師,又是工程總指揮,還是城建局長,能不來嘛。
溫　欣：聽說你們廠轉產,你主動要求分流出來辦老年公寓？
喬雪梅：照顧老人我有經驗,再說還能解決一些下崗姐妹的就業,我們就操辦起來了。
溫　欣：有困難嗎？
喬雪梅：沒有,就是對拆遷這片民居區有意見,這是大夥搞的保護

理由,都說我是你的同學,讓我把材料遞給你。(遞過一厚摞材料)

溫　　欣：搞得這麼扎實?

喬雪梅：溫欣,溫局長,你比我見識多,接觸的新鮮事物也廣,南方的高樓大廈,我在電視裏看了也覺得很美,可非得都弄成一樣嗎?你沒有在這裏住過,感覺不到它的溫馨和美好,我想改造總不能把過去的東西都一古腦兒挖乾刨淨吧?難道新的就都是好的?

溫　　欣：(一怔)說得好,很多專家也在提這方面的意見,我們最近也正在反思城市建設中的一些問題,我先看看再說吧。

(宮小花與昔日幾位同學上。)

宮小花：(見石桌上的鮮花,看了看溫欣)今天又是雪梅的生日吧,看這花多鮮豔哪,哼!

女同學：雪梅,跟我們一塊兒出去走走吧。

喬雪梅：到哪裏去?

同學甲：老同學聚會。

同學乙：同學們都想用一年一度的聚會,聯絡聯絡相互之間的感情。

同學丙：也了解這一年大家都幹了些哈,相互促進促進嘛。

喬雪梅：你們去吧,我……我家裏走不開……

宮小花：啥走得開走不開的,你大概還沒進過五星級酒店吧,還沒有享受過真正的現代生活吧?

溫　　欣：小花,你……

宮小花：你沒看雪梅現在這活法,已經傳統的、陳舊的……

喬雪梅：小花,我不知道供養弟妹贍養老人是傳統的還是新潮的,我只知道這些事得有人去做,我不去做別人也得去做呀!

衆同學：走吧,雪梅!

喬雪梅：你們去吧,我真的走不開。

宮小花：雪梅呀,你真應該進入到社會精英層來看一看,看看大家都在想什麼、幹什麼,是怎麼追求、怎麼生活的,要不然你

　　　　　　會越來越落伍的……
溫　　欣：小花你……
宮小花：我這人就這大炮筒子脾氣，愛說個直話，咱同學中混得背的，不是都不願意參加這種聚會麼？
　　　　（許師傅從房內出，直愣愣盯着宮小花。）
宮小花：你還在這裏？你看啥哩？
許師傅：我看下水道呢。
宮小花：你看下水道麼，緊盯着我咋了？
許師傅：我看下水道就是這樣看的。
宮小花：你……（突然嗅到什麼似的）什麼味兒？你們聞到沒有，是一股死魚爛蝦味，已經跟南方下水道的味道差不多了。
　　　　（眾有些莫明其妙地看着宮小花）。
喬雪梅：好了好了，你們快去聚會吧。
眾同學：走吧，一塊兒去吧，雪梅！
喬雪梅：真的，下午我們廠還有幾個姐妹要來商量事呢。
宮小花：我就猜着雪梅不會去的，算了吧，大家把相互交換的禮物都送給雪梅吧。拿出來，拿出來呀！
同學甲：（掏出一本書）這是我最近寫的一部反映咱們這個城市市民生存狀態的小說，做個紀念吧！
同學乙：（掏出一本專著）這是我教學過程中，總結下的一點哲學思考，你也幫着提點意見！
同學丙：這是我製作的一個軟件。
宮小花：雪梅，這是溫欣的"磚頭"，《東西方城市建築比較學》，你看看有多枯燥乏味，還寫了六十多萬字，也許墊個桌子腿還能用。
　　　　（喬雪梅捧着沉甸甸一摞書和軟件光盤，雙手顫抖不已。）
　　　　（溫欣看着喬雪梅的難堪，無奈地欲下。）
宮小花：哎，局長大人，你到哪兒去？
溫　　欣：（不無憤怒地）工地！
宮小花：看你那脾氣！（對眾同學）雪梅，那我們走了，你再甭圈在

这个小院子里了,要学会享受阳光、空气、生活呀!(与众同学下)

乔雪梅:(唱)
手捧专著心颤抖,
千帆竞过我滞留。
同学们个个有成就,
我两手空空面含羞。
(石桌上电话机响,乔雪梅接。)
(芳芳、婷婷、豆豆各执电话出现在舞台上。)

姐弟仨:(合唱)
大姐莫含羞,
人前昂起头。
我们是你的专著,
我们是你的风流。

芳 芳:(唱)轻轻一声问候,
婷 婷:(唱)泪水哽在咽喉。
豆 豆:(唱)祝你生日快乐,
姐弟仨:(合唱)明月连起五洲。
(姐弟四人穿过时空跳起《电话舞》。)

芳 芳:(唱)
多想拉住大姐的手,
为你舞起七彩绸。

婷 婷:(唱)
多想拉住大姐的手,
唱支故乡信天游。

豆 豆:(唱)
多想拉住大姐的手,
红酒千杯把你酬。

乔雪梅:(唱)
多想拉住你们的手,

　　　　姐弟並肩共追求。
　　　　往前走，莫停留，
　　　　家中事兒別擔憂。
　　　　踏出一條通天路，
　　　　船不抵岸莫調頭。
姐弟仁：（合唱）
　　　　我們是你的春種，
　　　　我們是你的秋收。
　　　　我們是你的成就，
　　　　你是我們的方舟。（隱去）
喬雪梅：（唱）
　　　　人生若是比富有，
　　　　我擁有你們不含羞；
　　　　人生若是比競走，
　　　　我讓出跑道無怨尤。
　　　　難道説這種活法已陳舊？
　　　　難道説我與時代已脱鈎？
　　　　如果説新生活排斥拯救，
　　　　我只好敝帚自珍守清幽。
　　　　功可以没有，
　　　　名可以没有，
　　　　利可以没有，
　　　　寵可以没有；
　　　　忠厚不能没有，
　　　　忍讓不能止休，
　　　　善良不能變奏，
　　　　愛心不能換軸。
　　　　（合唱）
　　　　仰止高山平地不愧疚，
　　　　豔羨紅花綠葉莫含羞。

乔雪梅：（唱）
　　　　　守住孤独，咬牙奋斗，
　　　　　紧抓住老父亲颤悠的生命手不丢。
　　　　　（父亲怀抱行李转着轮椅上，姨妈随上。）
姨　妈：雪梅，你爸他……
乔雪梅：爸，你这是……
父　亲：雪梅，送爸到海南芳芳那儿去吧！
乔雪梅：你不是不服那儿的水土，上一次拢去了三天你就……再说芳芳他们厂子办得那么大，俩口儿一年四季东奔西跑的……
父　亲：可总不能老把你这样耽误着，娃呀，你看你的同学们，人家一个个把人都活成啥了，爸再耽误你，这心里……你送爸走，你送爸走吧！
乔雪梅：爸，我要是连老父亲都不养活，我还算个人嘛！
父　亲：（百感交集地）雪梅！
乔雪梅：爸爸！（紧紧抓住父亲的轮椅扶手）
　　　　（在无词伴唱中，乔雪梅推起轮椅，将父亲慢慢推向人生终极……）
　　　　（暗转。）

第六场

（数年后。）
（乔雪梅臂戴黑纱，静静地坐在父亲坐过的轮椅上。）
（许师傅端着一碗中药从房内出。）
许师傅：雪梅，把药喝了吧！
乔雪梅：许师傅，我……实在喝不下去！
许师傅：老父亲这么个身体状况，活了六十八岁，确算是寿终正寝了，你还得保重身体呀，雪梅！（唱）
　　　　老父亲颐养天年含笑走，

> 弟妹們乘風揚帆爭上游。
> 雪梅你含辛茹苦總擺渡,
> 到如今弟妹成材該無憂。
> 要打開院門兩扇把風透,
> 要洞開心靈窗口把光留。
> 莫說是人生孤獨愁長久,
> 看今夜月光浮動風輕柔。

喬雪梅:爸!(哭泣)

許師傅:新下水道已經鋪好,這個下水道從明天起就廢了,我就……再不來了。

喬雪梅:你……再不來了?

許師傅:下水道再不用捅了,我……就再不用來了。你保重吧,我走了!

喬雪梅:許師傅(突然站了起來)你……再不來了?

許師傅:啊,再……再不來了。(慢慢向門口走去)

喬雪梅:(突然大喊一聲)許師傅!(見許師傅猛然停住腳步)這麼多年,你為我們家……幹了這麼多事,從來還沒有……好好感謝過你……

許師傅:你太客氣了,誰還不給誰幫個忙嘛。(快步欲走)

喬雪梅:(又大喊一聲)許師傅!能不能給你送一件東西……做個紀念。

許師傅:不,我什麼也不要。如果可能,就請把你的名字留……留在這件工作服上吧!

喬雪梅:我的名字?

許師傅:對,你的名字。

喬雪梅:我……我又不是啥明星,留這……有啥用啊?

許師傅:啥叫明星?要我說,在今天這個普遍追求個人價值的時代裏,你……其實纔是最大的明星。

喬雪梅:我……是最大的明星?

許師傅:是呀,雪梅!實話對你說吧,我高中畢業後沒考上大學,顶替了父親捅下水道的職業，開始真有點自暴自棄，可在你的身上……我看到了自己的價值和希望，要說是你激勵我一步步走到今天，我從來沒有崇拜過任何明星，但我……崇拜你！

喬雪梅： 我……

許師傅： 雪梅，寫吧！（遞上筆）

喬雪梅： （拿着筆，面對許師傅的脊背顫抖不已）（唱）
面對這寬厚脊梁步步退，
喬雪梅有何德能把筆揮。
施恩人反把我視為尊貴，
羞怯怯顫巍巍寫下雪梅。

許師傅： 謝謝！這下……我該走了。

喬雪梅： 許師傅，你……走哇？

許師傅： 我……走哇！（剛欲出門又轉回身）雪梅，藥罐裏還有半罐藥，晚上睡前一定要記得再吃一次。

喬雪梅： 我記下了。

許師傅： 雪梅，你們要的這片民居的石雕數字我全部統計出來了。

喬雪梅： 啊！你怎麼統計的？

許師傅： 一家一家去看的。（將材料遞給雪梅，雪梅激動得雙手有些顫抖地接過）

許師傅： 那我走了！（剛出門，又返回到下水道口）

喬雪梅： 咋，把啥丟了？

許師傅： 我看看下水道……是不是又堵上了。好着哩，再不用捅了……（轉身急下）

喬雪梅： 許師傅！（追到門外）
（幕後伴唱）
你帶走了我的什麼，
心裏咋如此空落？
滿院關着寂寞，
月光蕩起寒波。

喬雪梅：(唱)
　　　　難道我愛上了這一個，
　　　　不愛心跳却為何？
　　　　如此歸宿心存惑，
　　　　情感疊起千道摺。
　　　　(姨媽提着生日蛋糕與溫欣匆匆上。)
姨　媽：雪梅，你看誰來了？
溫　欣：雪梅，生日快樂！
喬雪梅：你……怎麼這時候……還來了？
溫　欣：剛處理完事情。
姨　媽：溫市長，昨天我在電視裏，見你在南街建設工地忙着哩。
溫　欣：噢，南街很快就要竣工了。
姨　媽：雪梅，等會我給你說件事。我給你們擀碗面去。(進房)
溫　欣：雪梅，我來是想告訴你一個好消息。
喬雪梅：什麼好消息？
溫　欣：你們這片民居保護工程總算批下來了。
喬雪梅：真的？
溫　欣：今天剛上過會。
喬雪梅：(激動異常地)溫副市長，我要給你鞠一躬！(深深鞠躬)
溫　欣：不不不，我們應該給你鞠躬纔對呀！最近我們結合方方面面的意見，對城市建設思路做了調整，將對這一片進行保護性開發。
喬雪梅：保護性開發？
溫　欣：就是修舊如舊，這兒很可能要成為古城的一個新亮點哪！
喬雪梅：大家都說這一片沒出過大人物，還生怕保不住了呢。
溫　欣：(無限感慨地)大人物的遺產未必都是有價值的，而這一片普通民居却包藏着太豐富的精神內涵哪！我們把傳統的東西丟得太多了，該好好下功夫保護了。老父親去世有一百天了吧？
喬雪梅：前天滿百天。

温　欣：雪梅,你盡到責任了。你們辦的那個老年公寓,在我們社會保障體系還没有完全建立起來時,是一個不小的貢獻哪!

喬雪梅：這還要感謝你的支持。

温　欣：那是我的責任。聽説芳芳、婷婷還有豆豆,都給你辦的公寓捐了錢?

喬雪梅：婷婷放棄了那邊優厚的待遇,很快就要回國了。

温　欣：好,好,都是你這個大姐當得好呀!前幾天同學又聚會,還是把你請不去,你都成了大家的中心話題了。

喬雪梅：我……又讓你們同情憐憫了吧?

温　欣：不,誰也没有資格同情憐憫你,大家倒是給你用了兩個字。

喬雪梅：哪兩個字?

温　欣：你猜猜。

喬雪梅：悲哀?

温　欣：不,崇高!

喬雪梅：好了,別用那些好聽的字眼了,我家就這現狀,哪一個關節都需要有人撑着,咱同學中又是市長、作家、教授、銀行家、企業家的,我一個普通市民,什麼崇高不崇高的。

温　欣：(無限感慨地)不,支撑這個社會大廈不僅需要市長、教授、作家、企業家、銀行家,更需要千千萬萬承擔各種社會義務和責任的普通人哪!大家分析説,你們這個家如果没有你撑着,那兩個妹妹,也許走的完全是另外一條道,弟弟也許真的就成了殺人犯……十六年了,整整十六年,纔讀懂一個人,真是太殘酷了。

喬雪梅：好了,別再抒情了。

温　欣：同學們把你的婚事,定為大家的頭等大事,給它冠了個名稱叫"玫瑰花開行動",我自告奮勇當了個組長。

喬雪梅：(難為情地)我……小花她好嗎?

温　欣：跟一幫朋友自費到國外旅遊去了。

喬雪梅：小花真會享受生活。
溫　欣：可平庸的生活也在享受她呀！小花自小嬌生慣養，跟我一塊兒闖深圳時，由於專業平平，又吃不下苦，一直沒能體味到特區的真正內涵。但她千里迢迢追隨着我的那份真摯感情，還是使我很受感動的……
（身着泰國服飾的宮小花上。）
宮小花：（模仿外國人的神情）嗨！
溫　欣：你回來了！
宮小花：嗯哼！看我給你帶了個啥？（掏出玉石滾）這叫玉石滾，美容的，能把臉滾得平平展展的，生日快樂，拿上吧！你再看看我和人妖照的照片。（掏出照片）市長大人，你也來過過目吧。
溫　欣：算了算了。
宮小花：審查審查嘛。
溫　欣：（胡亂翻了翻）哪個倒是你嗎？
宮小花：喲，連我跟人妖都分不出來了？
溫　欣：我咋看是一樣的。
宮小花：（狠狠掐了溫欣一下）死鬼！
喬雪梅：你們坐，我給你們拿杯冷飲去。（進房）
宮小花：我咋覺得今日這院子少個啥？
溫　欣：少個啥？
宮小花：那個捅下水道的。
溫　欣：這個下水道廢了，許師傅可能走了。
宮小花：走了，再不來了？
溫　欣：再不來了。
宮小花：這小夥子也真該到"解放區"去了，太可憐了。
溫　欣：你可憐他？
宮小花：啊，人連這一點同情心還能沒有，你說光光堂堂一個小夥子，啥不能幹，當不了科長、處長、經理、老闆，賣個葫蘆頭泡饃總該行吧？

温　欣：(忍無可忍地)小花,應該同情的是你。
宮小花：咋了,我咋了?我説捅下水道的,把你市長大人哪一根神經給撞了?
温　欣：你没有資格説他!
宮小花：蔣介石我都隨便説哩,還没有資格説一個爛捅下水道的?
温　欣：住口!一個捅下水道的,忠於職守,默默無聞十六年,保障着城市一個幾萬人口的區段污水排放不受阻塞,難道不值得你敬重;一個勞動模範,自學成材,利用業餘時間,為城市下水道改造工程出謀劃策,給國家節約了大量資金,難道還需要你可憐?小花,除了享受生活,享受這個時代為你提供的物質文明外,你為這個時代、為這個城市,都做了些什麽呀?
宮小花：我……
(在温欣與宮小花對話時,喬雪梅與姨媽從房内出。)
姨　媽：雪梅呀,温市長説的那些我大多都不知道。可這幾天我到許師傅的隔壁鄰舍跑了好幾趟,聽説一條街的熱心人都為他介紹過對象,可他一直説有了,都説在他的書桌上放着一張大照片,已經十幾年了,不少人都看見他經常給照片前的花瓶裏插新鮮玫瑰,可就是不知道那姑娘是誰,他隔壁的周大媽領我從門縫往裏一看,我的眼睛濕潤了,雪梅呀,那照片上……是你呀!十幾年哪,他愛了你十幾年哪,娃呀,天底下哪有這樣的愛法呀!
(温欣、宮小花為之震動,隱去。)
(一束强光直射着淚流滿面的喬雪梅。)
喬雪梅：許師傅——!(唱)
　　　　暖流沖血脈,
　　　　熱淚掉下來。
　　　　衆裏尋他千百度,
　　　　驀然回首人早來。
(許師傅手捧紅玫瑰默默上。)

（伴唱）
月光如水樹影擺，
玫瑰紅似含羞腮。
（音樂中二人慢慢走近。）
（暗轉。）

第七場

（數月後。）
（修葺過的喬家院子。）
（幕後謠歌起）
還是那個院落還是那堵牆，
還是那個小巷還是那片房。
掛滿了紅燈，點燃了炮仗，
咱們的雪梅要當新娘。
（轉兒歌聲）
雪梅阿姨當新娘，
不給喜糖我尿一床……
（芳芳、婷婷、豆豆分別提着行李歸來。）
（姨媽上。）

姨　媽：都回來了。要是你媽你爸在，還不知道要高興成啥樣子。
　　　　（激動得哭出聲來）
芳　芳：姨媽，大姐該回來了吧？
姨　媽：快了！
豆　豆：姨媽，大姐夫是誰？咋到現在還給我們包着？
姨　媽：你大姐沒給你們說？
姐弟仨：沒有。
姨　媽：那是想給你們一個驚喜。
婷　婷：那你給我們先透透風，姨媽！
姨　媽：（引仨姐弟到下水道旁）這個下水道你們還記得嗎？

豆　　豆：這還能忘了，三天兩頭的捅，把人都能督亂死。
姨　　媽：你們大姐夫……就是那個捅下水道的許師傅。
　　　　　（姐弟仨面面相覷良久後，突然抱頭痛哭起來。）
　　　　　（喬雪梅上。）
喬雪梅：都回來了！
姐弟仨：大姐——（緊緊抱住喬雪梅哭泣）
芳　　芳：（唱）眼望大姐淚如雨下，
婷　　婷：（唱）萬語千言不能表達。
豆　　豆：（唱）一頭青絲閃爍白髮，
姐弟仨：（合唱）三十六春吐盡芳華。
芳　　芳：（唱）
　　　　　輕輕拔下一根白髮，
　　　　　曾經黝黑飄柔光滑。
　　　　　一把雨傘給我打，
　　　　　風雪地裏站着她。
婷　　婷：（唱）
　　　　　輕輕拔下一根白髮，
　　　　　光亮似雪耀紅臉頰。
　　　　　一張船票讓我搭，
　　　　　岸上招手留着她。
豆　　豆：（唱）
　　　　　輕輕拔下一根白髮，
　　　　　十指顫抖心亂如麻。
　　　　　一匹駿馬讓我跨，
　　　　　泥潭深處陷着她。
姐弟仨：（重唱）
　　　　　拔不盡的白髮代價，
　　　　　補不上的青絲朝霞。
　　　　　扳不回的人生道岔，
　　　　　虧不盡的如夢年華。

　　　　（白）大姐！（緊緊依偎在喬雪梅身邊）
喬雪梅：（唱）
　　　　弟妹們莫要淌熱淚，
　　　　大姐的人生並不虧。
　　　　一不虧家遭不幸未崩潰，
　　　　二不虧手足未散情未摧。
　　　　三不虧二妹成功弄潮水，
　　　　四不虧三妹讀完博士回。
　　　　五不虧四弟英才文武備，
　　　　六不虧老父壽終含笑歸。
　　　　七不虧自修畢業未荒廢，
　　　　八不虧辦成公寓濟困危。
　　　　九不虧遇見知音愛相隨，
　　　　許師傅冰心堪與月映輝。
　　　　十六年為咱家潤物無聲澤恩惠，
　　　　十六年為你們點點雨露灑春暉。
　　　　擁有他大姐很欣慰，
　　　　相信我的好弟，相信我的好妹，
　　　　定會對他敬重如山，含笑祝福高舉杯！
　　　　弟妹們送大姐出深閨！
姐弟仨：大姐！
喬雪梅：弟妹們，給大姐披上婚紗，把大姐打扮得年年輕輕漂漂亮亮的，送大姐出嫁！
　　　　（無限深情的伴唱聲起）（唱）
　　　　大姐是咱家的老大，
　　　　大姐是咱的媽媽。
　　　　大姐是菩薩，
　　　　大姐是燈塔。
　　　　大姐是大樹，
　　　　大姐是彩霞。

大姐的青春無價,
遲開的玫瑰榮華。
(伴唱中,婷婷、豆豆含淚為喬雪梅披上婚紗。)
(溫欣作為伴郎,攙着手捧紅玫瑰的許師傅上。宮小花作為伴娘攙上喬雪梅。芳芳、婷婷、豆豆牽起鋪天蓋地的婚紗向前走動。)
(玫瑰盛開,大地萬紫千紅。)

圖書在版編目(CIP)數據

後六十種曲(全十册)/朱恒夫主編.—上海:復旦大學出版社,2013.6
ISBN 978-7-309-09555-5

Ⅰ.後… Ⅱ.朱… Ⅲ.戲劇文學-劇本-作品-綜合集-中國 Ⅳ.I230

中國版本圖書館 CIP 數據核字(2013)第 042773 號

後六十種曲(全十册)
朱恒夫　主編

出品人:賀聖遂
責任編輯:宋文濤　胡春麗
出版發行:復旦大學出版社有限公司
地址:上海市國權路 579 號
郵編:200433
網址:http://www.fudanpress.com
電子信箱:fupnet@fudanpress.com
郵購電話:86-21-65642857(門市零售)
　　　　　86-21-65118853(團體訂購)
　　　　　86-21-65109143(外埠郵購)

山東鴻杰印務集團
開本 890×1240　1/32　印張 184.875　字數 4721 千
2013 年 6 月第 1 版第 1 次印刷

ISBN 978-7-309-09555-5/I·744
定價:800.00 元

如有印裝質量問題,請向復旦大學出版社有限公司發行部調換。
版權所有　　侵權必究